Svea Lenz
Lebensträume

Buch

Berlin, Sommer 1961: Wenn die junge Vicky und ihr Freund Achim nicht gerade für das anstehende Examen büffeln, treffen sie sich mit ihrer Clique am Zehlendorfer Waldsee. Dass sie in Ostberlin leben, aber im Westen Medizin studieren, ist für sie selbstverständlich – bis der Mauerbau über Nacht alles verändert. Um ihr Studium dennoch abschließen zu können, wagen Vicky und Achim die Flucht. Doch kurz darauf wird Achim verhaftet.

Frankfurt, Sommer 1963: Vicky hat ihr Examen in der Tasche und träumt von einer Karriere als Chirurgin. Bislang bleiben ihr aber alle Türen verschlossen. Mit etwas Glück landet Vicky schließlich an der Flughafenambulanz in Frankfurt. Zwischen dramatischen Einsätzen und ungeahnten Herausforderungen wird sie zur Hausärztin der Frankfurter Halbwelt. Und auch eine neue Liebe liegt in der Luft. Doch Vickys Herz hängt noch immer an Achim ...

Weitere Informationen zu Svea Lenz
sowie zu lieferbaren Titeln der Autorin
finden Sie am Ende des Buches.

Svea Lenz

Lebensträume

Ärztin einer neuen Zeit

Roman

GOLDMANN

Der Verlag behält sich die Verwertung der urheberrechtlich geschützten Inhalte dieses Werkes für Zwecke des Text- und Data-Minings nach § 44 b UrhG ausdrücklich vor. Jegliche unbefugte Nutzung ist hiermit ausgeschlossen.

Penguin Random House Verlagsgruppe FSC® N001967

1. Auflage
Originalausgabe Januar 2025
Copyright © 2025 by Svea Lenz
Copyright © dieser Ausgabe 2025
by Wilhelm Goldmann Verlag, München,
in der Penguin Random House Verlagsgruppe GmbH,
Neumarkter Str. 28, 81673 München

produktsicherheit@penguinrandomhouse.de

Dieses Werk wurde vermittelt durch die
Montasser Medienagentur, München.
Umschlaggestaltung: UNO Werbeagentur, München
Umschlagmotive: © Shelley Richmond / Trevillion Images
Redaktion: Ilse Wagner
LS · Herstellung: ik
Satz: KCFG – Medienagentur, Neuss
Druck und Bindung: GGP Media GmbH, Pößneck
Printed in Germany
ISBN: 978-3-442-49494-1

www.goldmann-verlag.de

BERLIN
SOMMER 1961

1

Berlin, dein Gesicht hat Sommersprossen

Der Hinterhof in der Spandauer Vorstadt lag noch im Dunkeln, es war erst kurz vor fünf, ein Sonnabend. In der Becker'schen Küche brannte jedoch schon Licht. *Schöner fremder Mann*, schmetterte Connie Francis aus dem Radio, während Vicky Stullen schmierte und der Tee zog. In der Wohnungstür drehte sich klackend ein Schlüssel.

»Morgen, Mutsch!«, rief Vicky ihrer Mutter entgegen.

Noch im Mantel stellte Traude Becker das Radio leiser, just als der Sprecher verkündete: »Hier ist RIAS Berlin – eine freie Stimme der freien Welt.«

Den warnenden Blick ihrer Mutter erwiderte Vicky gelassen. »Du horchst doch auch nach drüben.«

Mit *Schlager der Woche* brachte ihre Mutter sich für Nachtdienste am Wochenende in Schwung, und wann immer sie konnte, verfolgte sie gebannt das Ratespiel *Wer fragt, gewinnt* mit Hans Rosenthal. Nur sobald zum Sonntagsessen die von den Amerikanern gestiftete Freiheitsglocke im Schöneberger Rathaus ertönte, gefolgt vom Freiheitsgelöbnis, das zum Widerstand gegen Tyrannei mahnte, schaltete sie konsequent ab. Man wusste schließlich nie, wer im Mietshaus die Lauscher spitzte.

Traude Becker legte den Zeigefinger an die Lippen. »Aber leise.«

Wie Verschwörerinnen lächelten sie einander an.

Der Apfel war nicht weit vom Stamm gefallen. Das dicke sandblonde Haar war bei Vicky zum Pagenkopf geschnitten und mit einem Band zurückgehalten, bei ihrer Mutter zum strengen Schwesternknoten zusammengezurrt und von grauen Strähnen durchzogen. Die Augen groß und blau wie die Ostsee, erweckten die weichen Gesichtszüge von Mutter und Tochter den Anschein zweier sanftmütiger Seelen. Besonders bei Vicky, die mit dreiundzwanzig Jahren noch die pralle Frische ihrer Backfischjahre hatte. Bodenständig und zupackend wirkten sie beide, und mit voller Oberweite und runden Hüften stämmiger, als sie eigentlich waren. Sie hätten ein gutes Plakatmotiv abgegeben: Bäuerin und Bauerstochter, die mit der Sichel goldenes Korn für das tägliche Brot der Werktätigen ernteten.

Pommersche Kaltblüter, pflegte Vickys Mutter zu sagen. Nicht ohne Stolz, obwohl sie inzwischen zwei Drittel ihrer zweiundfünfzig Lebensjahre in Berlin verbracht hatte und Vicky ein Kind dieser Stadt war.

Die Kurznachrichten blieben zu einem Murmeln gedämpft, und Traude Becker schälte sich aus dem Mantel.

»Wie war die Nacht?«, fragte Vicky.

»Ruhig.« Ihre Mutter, wie immer in schmuckloser Bluse, wadenlangem Rock und bequemen Schnürschuhen, ließ sich auf einen der beiden Stühle fallen. »Nur ein Verkehrsunfall mit Milzriss und ein Blinddarmdurchbruch bei einem Kleinkind. Beides gut verlaufen.« Schwester Traude war eine feste Größe in den Operationssälen der Klinik am Spreeufer.

»... am Wochenende weiter unbeständig«, verlas der Radiosprecher im Flüsterton die Wetteraussichten. Schwungvolle Gitarrenklänge sprudelten aus dem Radio, und Vicky drehte wieder lauter. Eine ganze Big Band stimmte ein; ein Gute-Laune-Song, bei dem man unweigerlich mit den Fingern schnippen und zusammen mit dem Männerchor losträllern wollte. *Berlin Melody.*

Vicky stellte den Teller mit Wurststullen und eine Tasse Tee vor ihre Mutter.

»Kuck mal, was es die nächsten Sonntage bei uns gibt«, sagte Traude Becker und hielt Vicky ein goldglänzendes Päckchen hin.

Vicky staunte. »Wo hast du den Kaffee her?«

»Aus der Klinik.«

Vicky drückte die Packung an die Nase und sog den Duft ein; es war sogar richtig guter Kaffee. Im Konsum oder bei der HO war echter Bohnenkaffee kaum zu bekommen. Jenseits des Brandenburger Tors, bei Tchibo, Kaiser's Kaffeegeschäft, Reichelt oder Bolle, gab es ihn zwar im Überfluss, aber für einen Bürger mit Ostmark in der Lohntüte war er immer noch so teuer, dass Vicky nur dann welchen mitbrachte, wenn er im Angebot war.

»Ein halbes Pfund Kaffee für die Ärzte und Schwestern«, fuhr ihre Mutter lakonisch fort. »Aber Antibiotika sind ständig knapp, und nach jeder OP sammeln wir die Gummihandschuhe ein, um sie für den nächsten Eingriff zu waschen, einzupudern und zu sterilisieren.« Amüsiert verzog sie den Mund. »Hast du dir deine Bewerbung wirklich gut überlegt?«

Vicky setzte sich mit ihrem Teller zu ihrer Mutter. »Hat Stäps schon etwas dazu gesagt?«, fragte sie und biss von der Stulle mit Margarine und der Sanddornmarmelade ab, die Oma Käthe von der Ostseeküste geschickt hatte.

»Der hat gerade ganz andere Sorgen.« Traude Becker holte aus ihrer Handtasche ein Päckchen Juno und zündete sich eine Zigarette an; je nach Situation ihr Muntermacher oder ein Beruhigungsmittel. »Schmücke ist gestern nicht zum Dienst erschienen. Zwei der Schwestern sind ebenfalls wie vom Erdboden verschluckt.«

In diesen Wochen wusste jeder, was das hieß: Sie waren getürmt. Nicht nur in der Klinik lichteten sich die Reihen der Ärzte und Krankenschwestern. In Scharen verließen die Bürger ihren Arbeiter- und Bauernstaat durch die Hintertür Berlin. Wie eine Wasserstandsmeldung gab der RIAS permanent die genauen Zahlen durch: mehr als tausend jeden Tag, Tendenz steigend. Im Notaufnahmelager Marienfelde hatten die Briten zusätzlich Zelte aufgestellt, eventuell würde noch das Olympiastadion als provisorische Unterkunft herhalten müssen.

Ein Schiff wird kommen, lockte Caterina Valente wehmütig im Hintergrund.

Der verächtliche Zug um Traude Beckers Mund verriet, wie sie darüber dachte. Zuallererst kam der Patient, dann die Klinik mitsamt ihrer Forschung, irgendwann danach die Familie, und ganz zum Schluss durfte man an sich selbst denken. Das war das Ethos, das die Charité berühmt gemacht hatte.

Energisch stieß sie den Rauch aus. »Wenigstens hat Schmücke noch seine Beziehungen in den Westen spielen lassen und uns mit Penicillin versorgt, bevor er sich aus dem Staub gemacht hat. So viel Anstand hat er immerhin gehabt.« Sie warf ihrer Tochter einen aufmunternden Blick zu. »Ich frage Stäps gleich Montag, ob er sich deine Unterlagen schon angesehen hat.«

Vicky war mit ihrer Bewerbung früh dran, das Examen noch vor sich und das Material für ihre Doktorarbeit gerade erst zusammengetragen. Doch sie wusste, was sie wollte, und sie wollte an die Charité, an der sie bereits ihre Famulatur absolviert hatte: das Vorzeigekrankenhaus der Deutschen Demokratischen Republik, obwohl die letzten Kriegsschäden noch nicht behoben, nicht alle Neubauten fertiggestellt waren. Die Chancen, dass der ärztliche Direktor Dr. Stäps sie einstellen würde, standen gut. Auch wenn sie in den zwei Jahren Medizinalassistenz weniger verdienen würde als ihre Mutter und genauso Doppelschichten und Überstunden schieben müsste.

»Morgen hast du den restlichen Tag aber frei, oder?«, fragte Vicky. Als ihre Mutter bejahte, fügte sie hinzu: »Wollen wir ins Grüne fahren, vielleicht mit der Weißen Flotte? Oder über den Ku'damm bummeln?«

Traude Becker runzelte die Stirn. »Was soll ich auf dem Ku'damm? Mir im Schaufenster Sachen ansehen, die ich mir nicht leisten kann?«

»Wir schauen uns die Sachen an, die sich auch Westler nur auf Pump kaufen können, und studieren im Restaurant die Speisekarte mit Gerichten, für die wir niemals so viel Geld ausgeben würden, selbst wenn wir es hätten. Oder wir gehen einfach ins Kino. Und dann fahren wir vergnügt wieder rüber und freuen uns unseres Lebens.«

Beide lachten leise.

Traude Becker drückte die Zigarette im Aschenbecher aus und widmete sich ihrem Tee und den Stullen. Über den Rand ihrer Tasse hinweg musterte sie Vickys gutes blaues Sommerkleid mit ausgestelltem Rock und Bubikragen, letztes Jahr im Schlussverkauf bei C&A in der Wilmersdorfer Straße ergattert.

»Hast du nach der Arbeit noch was vor?«, fragte sie.

»M-hm«, bestätigte Vicky mit vollem Mund und zwinkerte ihrer Mutter zu.

Junge Leute, zwitscherte Conny Froboess aus dem Radio, *brauchen Liebe*. Mutter und Tochter lächelten sich an.

»Mach auf jeden Fall dein Studium fertig«, sagte Traude Becker leise, aber bestimmt. »Verdien dein eigenes Geld. Damit du auf eigenen Füßen stehst.«

»Was anderes kommt auch gar nicht in die Tüte!«, erwiderte Vicky leidenschaftlich.

Ihre Mutter wusste, wovon sie redete. Sie hatte spät geheiratet, schnell ihr Kind bekommen und war noch schneller wieder geschieden gewesen. Nachdem Hartmut Becker sang- und klanglos aus ihrem Leben verschwunden war, war sie froh gewesen, an die Charité zurückkehren zu können, ein Zimmer für sich und Baby Vicky inbegriffen.

Die weitläufige Klinik war das erste Zuhause gewesen, das Vicky gekannt hatte. Bewohnt von einer Großfamilie, in der es selbstverständlich war, dass sich immer eine Krankenschwester, Ärztin oder Arztgattin fand, die sich um die kleine Tochter von Schwester Traude kümmerte, wenn diese im Operationssaal stand. Auf den geometrischen Bodenfliesen der hallenden Korridore hatte Vicky ihre ersten Schritte gemacht, auf den Wegen zwischen den Gebäuden mit einem Kinderrad die ersten wackeligen Meter zurückgelegt, und ihr liebstes Spiel war es gewesen, zusammen mit den Arztkindern verbotenerweise in den Bibliotheken zu stöbern und die Sammlungen anatomischer Präparate und Wachsmodelle zu erkunden. Bis die Bomben auf Berlin fielen und Tante Hedwig aus Wolgast kam, um ihre Nichte mitzunehmen; da war Vicky gerade mal fünf Jahre alt gewesen. Erst nach dem Hungerwinter und der Blockade Westberlins, als sich die Lage in der Vierzonenstadt stabilisierte, hatte Traude Becker ihre elfjährige Tochter wieder zu sich geholt.

Vickys Blick wanderte zur Küchenuhr, sie musste bald los.

»Pass auf dich auf!«, bat ihre Mutter bemüht nebensächlich.

Traude Becker trieb nicht die Sorge um, ob ihre Tochter *anständig* blieb, in solchen Schubladen dachte sie nicht. Und ihre Befürchtungen galten auch nicht in erster Linie einem Sittenstrolch, der Vicky nachts auf dem Nachhauseweg auflauern könnte, oder dass sie nach einem Unfall mit zerschmetterten Knochen und zerquetschten Organen auf einem OP-Tisch landete; das wusste Vicky.

Sie beugte sich vor und gab ihrer Mutter einen Kuss auf die Wange. »Immer, Mutsch!«

Der RIAS berichtete vom *Werktag der Zone*, als Vicky kurz nach halb sechs die Wohnung verließ. Nach einem Abstecher zur Toilette auf halber Treppe eilte sie die ausgetretenen Stufen der übrigen drei Stockwerke hinunter. Hinter abbröckelndem Putz gurgelte es in den Rohren: Das Mietshaus erwachte zum Leben. Im Hinterhof knöpfte Vicky die Strickjacke über dem ärmellosen Kleid zu, für Mitte August war es empfindlich kühl. Neben verbeulten Mülleimern, an denen sich nachts die Ratten tummelten, holte sie zwischen einem Motorroller und dem Fahrrad ihrer Mutter ihr eigenes hervor. Die Handtasche quer umgehängt, stieg sie auf und fuhr zum Hofdurchgang hinaus.

Der Morgen graute, und noch grauer waren die Fassaden der Gründerzeithäuser, seit dem Krieg von Granatsplittern und Einschusslöchern vernarbt. Zu dieser frühen Stunde war die Rosenthaler Straße nahezu menschenleer, nur die Straßenbahn der Linie 11 rumpelte an Vicky vorüber. Im Fenster des Laufmaschendienstes waren nicht etwa Strümpfe ausgestellt, sondern Porträts von Wilhelm Pieck, Walter Ulbricht und Nikita Chruschtschow. *Grenzgänger: Grenzgewinnler! Pfui Teufel!*, schimpfte neuerdings ein Plakat an der nächsten Ecke, was Vicky einmal mehr ungerührt zur Kenntnis nahm; sie hatte ein reines Gewissen.

Sie radelte über den Hackeschen Markt mit seinen grün bewachsenen Baulücken und unter dem Viadukt des Stadtbahnhofs aus rotem Klinker hindurch. Von Sonnenaufgang keine Spur, unter dem düsteren Himmel schien es heute gar nicht richtig hell zu werden. Wenigstens regnete es nicht; seit Juli machte der Sommer mehr oder weniger Pause. Auf der Liebknechtbrücke überquerte Vicky die Spree zur Museumsinsel mit ihren Säulenbauten, dem Dom unter seiner provisorischen Kuppel und dem Marx-Engels-Platz, der sich dort erstreckte, wo einmal das kriegsbeschädigte Stadtschloss mitsamt Lustgarten gewesen war.

Auferstanden aus Ruinen, summte Vicky vor sich hin, *und der Zukunft zugewandt.* Eigens für diese Stadt schienen die ersten Zeilen der Nationalhymne geschrieben, und ganz besonders für die jungen Berliner und Berlinerinnen wie Vicky.

Unter den Linden kam das feudale Hauptgebäude der Humboldt-Universität in Sicht, die in einem Atemzug mit Nobelpreisträgern wie Robert Koch, Max Planck oder Albert Einstein genannt wurde. Die Humboldt war Vickys erste Wahl gewesen, weil dort große Namen wie Professor Pschyrembel lehrten und die Medizinische Fakultät an die Charité angeschlossen war. Doch obwohl sie während der Schulzeit allerlei Auszeichnungen eingeheimst und ein glänzendes Abitur abgelegt hatte, verlässlich jeden 1. Mai im Blauhemd der FDJ und mit roten Nelken in der Hand mitmarschiert war und sogar mit sechzehn Jahren das große Deutschlandtreffen der Jugend mitorganisiert hatte, hatte sie dort nicht den ersehnten Studienplatz bekommen. Stattdessen wurde sie der Veterinärmedizin zugeteilt – das liege ihr wesentlich besser, und außerdem würden Tierärzte so dringend gebraucht, dass man ihr gleich schon einen Arbeitsplatz in Aussicht stellen konnte. Ein Stipendium und sogar den Erlass sämtlicher Studiengebühren hätte es als Sahnehaube obendrauf gegeben. Ein verdammt verlockendes Angebot – es war nur nicht das, was Vicky wollte. Heute konnte sie darüber schmunzeln; im Westen hatte es ja geklappt.

Berlin war das doppelte Lottchen. Alles gab es zweimal: zwei Universitäten, zwei Währungen, die unterschiedlich viel wert waren, zwei voneinander isolierte Telefonnetze und je ein Geflecht aus Bahnstrecken, die miteinander verknüpft waren. Aus dem Westen strahlten RIAS und Sender Freies Berlin ihre Radioprogramme aus, aus dem Osten der Berliner Rundfunk. Auf der einen Seite der Sektorengrenze wurden B.Z. und Berliner Morgenpost gedruckt, auf der anderen die Berliner Zeitung. Der

Zoo hatte Flusspferd Knautschke, der Tierpark immerhin Pelikan Methusalem. Im Grunewald erhob sich der aus Trümmern aufgeschüttete Teufelsberg, in Friedrichshain der Mont Klamott; bei den Bäckern im Westen waren die Schusterjungen besser, im Osten die Splitterbrötchen.

Während die Eltern dieser Zwillingsstadt, die Alliierten, wie Spiegelfechter darum wetteiferten, wer das bessere Gesellschaftssystem vertrat, nahmen die Berliner und Berlinerinnen das Beste aus beiden Welten mit. Und während sich die Herren in Bonn und Schöneberg einerseits und die Genossen in Pankow andererseits zankten, wer freier und demokratischer war, ging das Leben in Berlin seinen alltäglichen Gang.

Vicky bog ab und fuhr auf den Platz der Akademie zu, den die Alteingesessenen immer noch Gendarmenmarkt nannten, eine Ruinenkulisse zwischen dem ausgebrannten Deutschen Dom und seinem skalpierten französischen Gegenstück. Schwungvoll fädelte Vicky sich durch den allmählich dichter werdenden Verkehr und tauchte schließlich in die Wilhelmstraße ein, an der sich ursprünglich herrschaftliche, jetzt heruntergekommene Fassaden und übrig gebliebene Gebäudeskelette abwechselten. *You are entering the American sector*, informierte ein Schild auf dem Trottoir lapidar. Zwischen einigen Passanten, anderen Radfahrern und einem knatternden Motorroller radelte Vicky munter hinüber.

2

Sauerkraut-Polka

In der Fleischerei Storz in der Garystraße herrschte an diesem Sonnabend wieder Hochbetrieb; halb Dahlem wollte sich für das Wochenende mit Koteletts und Kassler eindecken.
»Ich nehme dazu noch dreihundert Gramm Lyoner, Fräulein Vicky. Müssen Sie sich jetzt eigentlich auch drüben als Grenzgängerin registrieren lassen?« Das Gesicht der Mittfünfzigerin unter dem kleinen Hut zeigte eine Mischung aus Besorgnis und Mitleid.

Mehr als sechzigtausend Berlinerinnen und Berliner, die im Osten lebten, aber im Westen arbeiteten, waren seit ein paar Wochen aufgefordert, sich beim *Magistrat des demokratischen Berlins* zu melden. Seit Mittwoch in eigens dafür eingerichteten Stellen, eine Beratung über Arbeitsmöglichkeiten in ihrem Teil der Stadt eingeschlossen. Stolz ließ man schon jetzt den Erfolg dieser Kampagne gegen *Abwerbung und Menschenhandel* verkünden. Ein Vorwurf, den auf der anderen Seite der Sektorengrenze sowohl Bürgermeister Willy Brandt als auch die Bundesregierung entschieden zurückwiesen.

»Bin ich schon, Frau Leberecht«, antwortete Vicky, während sie in ihrer weißen Schürze den Aufschnitt abwog. »Seit meinem ersten Semester. Das habe ich damals für die Lebensmittelkarten gebraucht.« Fast genauso lange jobbte sie sonnabends und in den Semesterferien hier in der Fleischerei, die praktisch nur ein paar Schritte von der Bibliothek und dem Audimax der Freien Universität entfernt lag.

»Meine Putzfrau hat wegen dieser Registrierungsaktion gekündigt!«, mischte sich Frau Hassdenteufel empört ein. »Von heute auf morgen! Ich weiß gar nicht, wo ich für dasselbe Geld so schnell Ersatz herkriegen soll.«

Vicky verkniff sich eine bissige Bemerkung. Das sogenannte Scheuerlappengeschwader stand stellvertretend für das, was im kleinen Grenzverkehr schieflief: Ostberlinerinnen, die schwarz in Haushalten, Läden, Büros oder Fabriken aushalfen, in Krankenhäusern und Altenheimen und dort nicht nur – wie vorgeschrieben – einen Teil, sondern den gesamten Lohn in westlicher Währung erhielten. Mickrige zwei- oder dreihundert D-Mark im Monat, die sich jedoch beim Umtausch in Ostmark vervierfachten – mehr, als ein Ingenieur im Osten verdiente. Für die Arbeitgeberseite rechnete sich die illegale Beschäftigung ebenfalls, da sie so nicht nur die Löhne niedrig halten, sondern auch ihren Beitrag für die Lohnausgleichskasse sowie die Lohnsteuer unter den Tisch fallen lassen konnte. Während im Osten Arbeitskräfte an allen Ecken und Enden fehlten und die Lücken in den Betrieben jeden Monat, jede Woche weiter aufrissen.

Jede Wette, dachte sich Vicky, dass auch Frau Hassdenteufel zu denen zählte, die sich bei einem Friseur im Osten die Haare machen ließen oder zum Schuster gingen, weil es drüben billiger war. Eigentlich musste man dafür einen Ostberliner Personalausweis vorzeigen, aber für ein paar Mark extra wurde schon mal ein Auge zugedrückt. Und wer aus Westsicht zum Schnäppchenpreis einkaufen wollte, engagierte einfach einen Jugendlichen oder einen der *Einkaufsrentner*, die vor Markthalle oder Warenhaus parat saßen, und ließ sich gegen ein Trinkgeld das Gewünschte besorgen.

Schwarzarbeit und Schmuggel wucherten wie Giersch, zu

Lasten Ostberlins. Der Kreislauf aus Arbeit, Geld und Waren, der gerade erst so richtig in Fahrt geraten war, hatte eine Unwucht bekommen. Da verwunderte es nicht, dass über den Sommer die Kontrollen auf der östlichen Seite ausgeweitet worden waren. Während der Westen untätig zusah und es dabei beließ, sich über die *Schikanen aus Pankow* zu echauffieren.

»Ach, geben Sie mir doch noch was von der Krakauer«, sagte Frau Leberecht ungerührt.

Auch sonst nahm kaum jemand Notiz von Frau Hassdenteufels Ungemach. Die Hausfrauen und Haushälterinnen des Villenviertels waren ganz mit ihrem Einkauf bei Fleischermeister Storz und seiner Frau beschäftigt oder mit dem Nachbarschaftsklatsch. Nur die eine oder andere blickte betreten drein, weil sie selbst zum Scheuerlappengeschwader gehörte oder unter der Hand eine Hilfe aus dem Osten beschäftigte.

»Befürchten Sie denn jetzt keine Schwierigkeiten, Fräulein Vicky?«, fragte Frau Leberecht weiter.

»Malen Sie bloß nicht den Teufel an die Wand!«, warf Frau Storz von der Seite her ein und reichte Frau Brietzke das Paket mit Fleisch und Wurst über die Theke. »Mir graut schon vor dem Tag, wenn sie uns als frischgebackenes Fräulein Doktor verlässt!«

Vicky schmunzelte und wickelte das Stück Krakauer sorgsam ein. »Ich wüsste nicht, weshalb ich Probleme bekommen sollte«, versicherte sie Frau Leberecht.

Dass die Pendler aus dem Osten rückwirkend zum 1. August Miete, Strom, Wasser und Gas in Westmark begleichen mussten und nicht mehr auf den Wartelisten für hochwertige DDR-Produkte wie Autos, Motorräder, Kühlschränke oder Waschmaschinen stehen durften, betraf Vicky nicht. Was sie bei Storzens verdiente, ordnungsgemäß angemeldet und jede Mark korrekt in vierzig Pfennigen West, sechzig Pfennigen Ost ausbezahlt, blieb größtenteils für Studiengelder und Lehrbücher im Westen. Vicky war keine Schwarzarbeiterin und keine Grapschke, keine Schieberin, keine Währungsspekulantin oder wie die ganzen Schimpfnamen für Grenzgänger sonst noch lauteten. Das konnte sie jedem, der das wissen wollte, vorrechnen und schriftlich belegen.

Selbstbewusst stützte sie sich auf die gekachelte Theke. »Darf es sonst noch etwas für Sie sein, Frau Leberecht?«

Den ganzen Vormittag war Vicky emsig zwischen den mit Plastiktrauben dekorierten Thüringern, Nürnbergern, Frankfurtern, Braunschweigern und sächsischen Kamenzern zugange. Wenigstens in der Kühlvitrine der Fleischerei Storz war Deutschland noch ein einig Vaterland. Nachdem auch die letzte Kundin mit Kalbsschnitzel und Schweinemedaillons versorgt war, drehte Vicky um Punkt dreizehn Uhr das Schild an der Glastür auf *Geschlossen!*, und das große Aufräumen und Saubermachen begann.

Dieser Job war ein echter Glücksgriff, nicht nur finanziell. Als Oststudentin bekam Vicky zwar Währungsbeihilfe vom Westberliner Senat, derzeit hundertzwanzig D-Mark im Monat, aber die reichten nicht weit. Studiengebühr, Unterrichtsgelder für Vorlesungen und Übungen, die teils auch am Sonntag stattfanden; Ersatzgeld für Kurse mit erhöhtem Aufwand an Personal und Material, Wohlfahrtsgebühren wie Kranken- und Unfallversicherung und Studentenwerksbeitrag – dafür musste eine Medizinstudentin wie Vicky schon mal mehr als zweihundert Westmark im Semester hinblättern. Hinzu kamen kostspielige Fachbücher, teure Anschaffungen wie ein Mikroskop oder Sezierbesteck und kleinere Beträge wie Fahrtkosten.

An der Universität selbst wäre sie ohne ihr Fahrrad aufgeschmissen gewesen, da das Physiologische und das Anatomische Institut mehr als eine halbe Stunde zu Fuß auseinanderlagen und beide etwa genauso weit von der Mensa entfernt waren. Der praktische Unterricht fand jedoch in Kliniken in Charlottenburg, Moabit, Wilmersdorf oder im Wedding statt. Um bei einem straffen Studienplan pünktlich dort zu erscheinen, blieben nur Autobus oder S- und U-Bahn; das summierte sich auch mit der Fahrpreisermäßigung für Studierende. Vicky war heilfroh, dass sie es endlich ins Examenssemester geschafft hatte, in dem nur noch einzelne Kurse und Kolloquien auf dem Plan standen. Jetzt konnte sie von dem, was sie bei Storzens über den Sommer verdiente, etwas auf die Seite legen.

Vicky arbeitete gern hier. Sie mochte den Umgang mit Wurst, Fleisch und Innereien, deren frischen, manchmal leicht säuerlichen, manchmal metallischen Geruch und die rauchige Note, die über allem lag. Und der Duft von Scheuerpulver und Desinfektionsmittel und die weißen Kacheln erinnerten Vicky an ein Labor oder einen Operationssaal.

Aus der Wurstküche war ein erstickter Schrei zu hören, dann ein lautstarker Fluch von Lothar, dem Gesellen. Vicky ließ den Schrubber fallen und lief nach hinten, noch bevor Fleischermeister Storz nach ihr rief.

Harald, der spillerige Vierzehnjährige, der vor knapp zwei Wochen seine Lehre bei Storzens begonnen hatte, hielt seine Hand, von der das Blut troff.

»Was ist denn passiert?«, fragte Vicky und holte das Mäppchen mit medizinischer Notausstattung, das sie immer in der Handtasche mit sich trug.

»Zwei linke Hände hat er, das ist passiert!«, wetterte der Geselle, ein lang aufgeschossener Schlaks mit zackigem Adamsapfel. »Wenn er sich mit dem Messer schon so anstellt, lassen wir ihn besser nie an den Fleischwolf!« Er verpasste dem Lehrling eine Kopfnuss, und in Haralds helle Augen stieg das Wasser.

Vicky wischte mit einem Geschirrtuch notdürftig das Blut von der Hand des Jungen und besah sich die Wunde am Daumen. »Ist nicht allzu schlimm«, erklärte sie. »Trotzdem besser, wenn ich das nähe.«

»Jod haben wir da«, verkündete Frau Storz eifrig über der Keksdose, die als Hausapotheke diente.

»Achtung – brennt!«, warnte Vicky, und der Junge sog scharf die Luft ein.

Am Waschbecken seifte Vicky sich gründlich die Hände ein. *Sie haben keine Chirurgenhände, Fräulein Becker!* Dieser Satz aus dem Operationskurs hatte sich wie mit Widerhaken in ihrem Kopf festgesetzt. Sie hatte die gleichen robusten Hände wie ihre Mutter, und ihre waren genauso feinfühlig und flink. Zu Sauerbruchs Zeiten war Traude Becker eine Meisterin darin gewesen, die Skalpelle aufzufangen, die der bedeutende Chirurg mitten in der Operation achtlos von sich zu werfen pflegte. Dabei hatte Sauerbruch selbst keine Chirurgenhände im landläufigen Sinne gehabt. Vicky erinnerte sich noch genau an diese großen kräftigen Hände vor ihrem Gesicht, wenn er sich lachend zu ihr heruntergebeugt und das kleine Mädchen mit ruppig-großväterlicher Zärtlichkeit in die Nase gezwickt hatte.

Energisch hängte sie das Handtuch wieder an den Haken. Harald wurde blass, als sich die frisch desinfizierte Nadel dem Schnitt in seinem Daumen näherte.

»Ist in Ordnung, wenn du nicht hinsiehst«, erklärte Vicky aufmunternd. »Nicht erschrecken, das pikst jetzt ein bisschen.«

Als Schulmädchen war sie zum ersten Mal bei einer Operation in der Charité dabei gewesen, bei einer Appendektomie. Nur auf der Galerie natürlich, zwischen fast doppelt so alten Medizinstudenten und einigen wenigen Studentinnen. Ab da hatte es kein Halten mehr gegeben, und wann immer Vicky konnte, war sie mit der Schulmappe unter dem Arm in die Klinik gerannt, um gebannt zu verfolgen, wie mit kühnen Schnitten im Inneren eines lebendigen, atmenden Körpers gearbeitet wurde. Nichts auf der Welt kam dem gleich, und nichts wollte sie mehr als das.

»Ich bring dir mal meine Socken zum Stopfen vorbei«, foppte Lothar sie.

»Kannst du schön selber machen«, erwiderte Vicky trocken. »Siehste ja, wie einfach das ist. Das kriegst sogar du hin.« Sie verknotete den letzten Faden, schnitt die Enden ab und legte Harald einen schmalen Verband an. »Der dürfte dich nicht allzu sehr behindern«, meinte sie, während sie seine Hand ringsherum säuberte. »Montag sehe ich mir die Wunde noch mal an, und übernächste Woche ziehe ich dann die Fäden. Tetanusimpfung hast du?«

»Hat er«, bestätigte der Fleischermeister. »Sonst hätte ich ihn gar nicht erst bei uns anfangen lassen. Will ja schließlich keinen Ärger mit dem Fräulein Doktor.« Er grinste über die ganze Breite seines gemütlichen Gesichts.

Vicky gluckste. Demnach hatten ihre nebenbei vorgebrachten, aber beharrlichen Bemerkungen zum Thema Arbeitsschutz doch Früchte getragen.

»Hast ein Händchen für Steppkes«, meinte Lothar anerkennend und fuhr damit fort, das Arsenal an Fleischermessern sauber zu machen. »Gibst mal eine gute Kinderdoktorin ab.«

Vicky brummte ungnädig und schrubbte sich am Waschbecken Reste von Jod und Blut von den Fingern. Dass sie eine hervorragende Kinder- oder Hausärztin werden würde, bekam sie seit Studienbeginn von ihren Professoren und Dozenten gebetsmühlenartig vorgesagt; dafür brächte sie alle Tugenden mit.

Tugenden! Vicky schnaubte in sich hinein. Als ob es in der Medizin nicht vielmehr auf das Können ankam. Und Vicky wusste, was sie konnte. Trotzdem hatte sie von ihrem Doktorvater kein chirurgisches Thema für ihre Dissertation bekommen, sondern musste sich mit dem *Einsatz von Penicillin und Sulfonamiden bei Staphylococcus epidermidis im klinischen Umfeld* begnügen.

»Machen Sie ruhig Schluss für heute, Fräulein Vicky«, ließ sich Meister Storz über den Einzelteilen des auseinandergenommenen Fleischwolfs vernehmen.

»Danke, Herr Storz.« Vicky warf ihre Schürze in den Korb mit der Schmutzwäsche und holte ihre Strickjacke und die Handtasche.

Frau Storz trat zu ihr, ein verlegenes Lächeln auf dem Gesicht mit den Apfelbäckchen. »Ich habe Ihnen noch was eingepackt. Das können wir Montag nicht mehr verkaufen.«

Was vermutlich nicht stimmte. In den Päckchen, die Frau Storz ihr bisher mitgegeben hatte, waren Fleisch und Wurst genauso frisch gewesen wie für die Kundschaft. Aber natürlich wusste man auch hier, wie es um die Versorgung drüben stand. Im Osten fehlte ja nicht nur der Kaffee.

Mit Schrippen hatte es in diesem Jahr begonnen. Hämisch hatte die Presse im Osten die Preiserhöhung der Westberliner Schrippe von sieben auf acht Pfennig kommentiert und süffisant darauf hingewiesen, dass das Ostberliner Gegenstück auch in Zukunft nur fünf Pfennig kosten würde. Was kein wirklicher Trost war, wenn es besagte Ostschrippe so gut wie nie gab. Selbst wenn tatsächlich die Westler daran schuld sein sollten, die die Schrippen angeblich tütenweise über die Sektorengrenze trugen, weil sie im Osten umgerechnet nur ein Sechstel kosteten.

Nachdem im Mai in mehreren Bezirken der DDR Zehntausende Rinder und Schweine, für die es kein Futter mehr gegeben hatte, notgeschlachtet worden waren, hatte die Bundesregierung eine großzügige Hilfslieferung in Form von Milch, Butter und Getreide angeboten, die die Genossen in Pankow jedoch hochnäsig ausgeschlagen hatten. Seitdem waren Fleisch und Wurst knappe Güter. Die groß angelegte Kampagne *Fisch auf jeden Tisch* war genauso großartig verpufft, weil die Heringe und Makrelen aus der Ostsee nur selten im Konsum oder der HO auftauchten. Und obwohl die Lebensmittelkarten vor drei Jahren abgeschafft worden waren, acht Jahre nach denen im Westen, gab es Kartoffeln momentan nur auf Bezugsschein. Doch auch damit musste man schon beizeiten vor dem Laden stehen und noch ein Quäntchen Glück mitbringen. Der verregnete Sommer hatte sein Übriges getan: Obst und Gemüse kaufte Vicky diesen Sommer nur im Westen, weil drüben kaum was zu ergattern war. Und Westberliner Stullengold schmeckte einfach besser als frischfein aus dem VEB Dresdner Margarinewerk, fast wie echte Butter.

Sie schluckte ihren Stolz hinunter und nahm das Päckchen entgegen, das in festes Papier eingewickelt war, nicht in alten Zeitungen oder sofort durchweichtem Seidenpapier wie im Osten.

»Danke, Frau Storz. Meine Mutter und ich werden morgen beim Essen an Sie denken.«

»Schönes Wochenende!«, riefen der Fleischermeister und sein Geselle aus ihren jeweiligen Ecken der Wurstküche. Scheppernd fielen die gereinigten Lochscheiben des Fleischwolfs aus Haralds unverletzter Hand auf den Fliesenboden, und Lothar gab dem Lehrling einen Klaps auf den Hinterkopf.

»Bis Montag!«, rief Vicky zurück.

Unter dem Bimmeln der Ladenglocke schloss sie die Glastür hinter sich. Ein eisblauer Opel Kapitän schnurrte über die Kreuzung, ansonsten war keine Menschenseele unterwegs. Auch die benachbarte Buchhandlung Loriot Albert, spezialisiert auf Geisteswissenschaften, hatte bereits geschlossen.

Vicky legte das Päckchen in den Fahrradkorb und die Strickjacke mit dazu. In der gleichmäßigen Kühle der Fleischerei hatte sie nicht mitbekommen, wie warm es seit dem Morgen geworden war, fast schwül unter einem immer noch bedeckten Himmel. Gemächlich radelte Vicky durch das gutbürgerliche Viertel, das wie immer verschlafen unter alten Bäumen dalag; nur Vogelgezwitscher war zu hören.

Ein paar Sonnenstrahlen fielen durch die Wolkendecke, die gleich darauf nachgab und ein Stück blauen Himmel sehen ließ. Vicky lächelte und trat fester in die Pedale. Vielleicht hatte sie den Badeanzug doch nicht umsonst eingepackt.

3

Let's Twist Again

Dem Wetterbericht zum Trotz würden die Berliner und Berlinerinnen sicher auch an diesem Wochenende wieder grenzübergreifend zum Wannsee und Müggelsee ausschwärmen, an den Schlachten- und den Dämeritzsee. Vicky dagegen radelte ins noble Zehlendorf, bog hinter dem Krankenhaus Waldfriede zweimal ab und hielt vor einer schmucken Villa in der Goethestraße. Im angrenzenden Bungalow, dem ehemaligen Chauffeurhaus, waren die Jalousien herabgelassen: Heimleiterin Frau Wilms befand sich im Urlaub, sie hatten sturmfrei.

Vickys Fahrrad gesellte sich zu zwei Motorrollern und einigen Drahteseln in unterschiedlichen Stadien der Abnutzung. Wer nicht in der Nähe wohnte, kam besser mit seinem fahrbaren Untersatz hierher, denn die letzte U-Bahn ab Krumme Lanke fuhr eine halbe Stunde nach Mitternacht. Danach gab es nur noch einzelne Nachtbusse mit wenigen Zwischenhalten. Über den Fernsprechapparat im Haus ein Taxi zu rufen, konnten sich die wenigsten leisten, und ein Auto besaß sowieso kaum jemand.

Hinter den Sträuchern drangen Stimmen, Musik und das *Klick-klack, Klick-klack-klack* an der Tischtennisplatte hervor. Vicky nahm ihre Sachen aus dem Fahrradkorb und ging über die Außentreppe ins Haus. Im Flur begegnete ihr ein dunkelhaariger junger Mann in weißem Hemd und schwarzer Hose.

»*Salut!*«, nuschelte er, die Zigarette im Mundwinkel, und

schlenderte mit unnachahmlich französischer Lässigkeit davon.

Im Musikzimmer klimperte jemand selbstvergessen auf dem Piano, und aus der Bibliothek waren Gesprächsfetzen zu hören. In der Villa war alles vom Feinsten. Früher einmal hatte sie dem Direktor des ersten Rundfunksenders im Deutschen Reich gehört. Ein Schallplattenkönig und aufrechter Demokrat, den die Nazis gleich nach der Machtergreifung enteignet, in einem KZ inhaftiert und schließlich in den Tod getrieben hatten. Nach dem Krieg hatte die Witwe Knöpfke verfügt, das Haus solle den jungen Menschen an der neu gegründeten Freien Universität zur Verfügung stehen – was diese sich dem Hörensagen nach satte neunhundert Westmark Miete kosten ließ.

Vicky betrat die großzügige Küche, in der die Kaffeemaschine vor sich hin blubberte. Ursprünglich war die Villa als reines Tagesheim für Studierende wie Vicky gedacht, die nicht mal eben zwischen den Vorlesungen in ihre Bude konnten, weil sie eine Stunde oder mehr Fahrtzeit in den Osten hatten. Während des Semesters durften sie hier zwischen elf und einundzwanzig Uhr lernen, bei Schallplattenmusik entspannen, mit einer Partie Schach den Kopf freikriegen oder auf einem der Sofas ein Nickerchen halten. Eine Köchin sorgte mit ihren Helferinnen sogar für warme Mahlzeiten.

Über den Sommer blieb die Küche kalt. Dafür standen schon die von den Studenten mitgebrachten Flaschen Mampe Halb & Halb, Wurzelpeter, Berliner Luft und Wodka Gorbatschow für den Abend parat. Ein paar Studentinnen hatten sich bereit erklärt, für eine solide Grundlage in Form von belegten Stullen zu sorgen; vom selbst gebackenen Kuchen fehlte bereits ein tüchtiges Stück.

Vicky kramte aus ihrem Geldbeutel einige Münzen Westgeld und warf sie in die Sparbüchse: ihr Unkostenbeitrag für die von der Universität zur Verfügung gestellten Getränke im Kühlschrank. Sie holte sich eine Cola heraus, trank in langen Zügen und griff dann zu Papier und Stift.

»Tag, Fräulein Becker«, grüßte ein Mann hinter ihr.

Vicky sah kurz auf. Richard Dörner war hereingekommen, ein Jurastudent, der mit Ende zwanzig das Examen noch immer nicht in Sichtweite hatte. Er gehörte zu der Generation, deren Lebenslauf vom Krieg derart zerrüttet worden war, dass sie Jahre gebraucht hatte, um ihn wieder zurechtzuzimmern.

»Hallo, Herr Dörner.«

Die meisten Studis siezten einander. Einer der Widersprüche an einer Universität, die gerade einmal dreizehn Jahre alt war, die Freiheit im Namen trug und so modern und geradlinig sein wollte wie die Bibliothek, die Mensa und der Henry-Ford-Bau. Schlagende Studentenverbindungen waren ebenso verboten wie das öffentliche Tragen der Farben einer Burschenschaft, während sich die Professoren zu bestimmten Anlässen Talare überwarfen und sich teilweise mit Exzellenz und Magnifizenz anreden ließen. Und ganz selbstverständlich erschienen die Studenten mit ordentlicher Frisur und glatt rasiert in den Hörsälen, ihre Kommilitoninnen in Röcken statt Hosen und allenfalls mit dezentem Make-up.

»Sind Sie heute unser Babysitter?«, fügte Vicky scherzhaft hinzu.

Groß und hager, lehnte sich Richard Dörner gegen den summenden Kühlschrank. »In der Tat. Die Wach- und Schließgesellschaft des AStA meldet sich zum Wochenenddienst. Auf dass Anstand und Dekorum gewahrt bleiben.«

Vicky schmunzelte. Richard Dörner wirkte auf den ersten Blick grüblerisch bis melancholisch, aber von den Partys hier in der Villa war er nicht wegzudenken. Nicht nur, wenn es ihm oblag, als Letzter das Licht auszumachen und abzusperren.

Er löste sich vom Kühlschrank, als Vicky nach dem Türgriff fasste, und machte einen langen Hals, um die Notiz zu entziffern, die sie zusammen mit dem Päckchen aus der Fleischerei hineinlegte. *Eigentum von Vicky Becker, 11. Sem. Medizin. Warnung: enthält bakteriell kontaminierte Proben!!*

Grinsend nahm er sich eine der im Kühlschrank gelagerten Bierflaschen und schloss die Tür. »Gab's heute irgendwelche Probleme beim Grenzübertritt?«, fragte er.

Vicky, die Hand schon nach ihrer Tasche und der Strickjacke ausgestreckt, hielt inne. »Nein, warum?«

Dörner hatte Vicky vor Studienbeginn mit den ganzen Formularen und Anträgen geholfen. Wie Detlef Girrmann und Dieter Thieme kümmerte er sich im Studentenwerk um die Belange der ostdeutschen Kommilitonen und Kommilitoninnen, immerhin knapp ein Fünftel der Studentenschaft. Auch sonst hatten die drei ein offenes Ohr für deren spezielle Sorgen und Nöte. Damit kannten sie sich aus, nicht nur als angehende Juristen, sondern weil sie selbst von drüben stammten, sich jedoch für ein Leben im Westen entschieden hatten.

Die Mundwinkel angespannt, öffnete Richard Dörner zischend sein Schultheiss. »Eine Hundertschaft der Volkspolizei hat gestern zeitweise den Bahnhof Potsdam abgeriegelt und fast alle Reisenden als angebliche Fluchtverdächtige zurück in den Osten geschickt. In Babelsberg und Griebnitzsee war's ähnlich.«

Vicky zuckte mit den Schultern. »Davon habe ich nichts mitbekommen. Bei mir war alles wie immer.«

Richard Dörner trank einen Schluck und sah Vicky nachdenklich an. »Das wird nicht so bleiben, Fräulein Becker. Auch nicht für Studentinnen wie Sie.«

Das war Vicky bewusst. Ewig würde die Führung der Deutschen Demokratischen Republik nicht zusehen, wie ein kleiner Teil ihrer Jugend im Westen zur Schule ging oder studierte –

und dadurch womöglich dem Sozialismus abspenstig gemacht wurde. Umso wichtiger wäre eine baldige Zusage der Charité für Vicky: der Nachweis, dass sie ihrem Staat und seinen Menschen die Treue hielt.

»Seien Sie gegrüßt – die Dame, der Herr!«, rief Friedemann Schenk in der Tür. Ein vergnügtes Blinzeln hinter dicken Brillengläsern, schlug er die Hacken zusammen und deutete eine Verbeugung an. Wie immer in Sakko und Schlips und das semmelblonde Haar akkurat gescheitelt, trat er zu einem der Geschirrschränke und begann klappernd mit den Kaffeegedecken zu hantieren.

»Wollen Sie nicht ganz rüberkommen, Fräulein Becker?«, schlug Richard Dörner vor. »Solange Sie immatrikuliert sind, bekommen Sie problemlos eine Zuzugsgenehmigung für Westberlin.«

Vicky sah ihn verblüfft an, dieser Gedanke war ihr noch nie gekommen. »Wegen der paar Monate? Da wird mir jetzt keiner mehr böswillig Steine in den Weg legen.« Belustigt hob sie die Brauen. »Schließlich tue ich ja alles, um demnächst meine Arbeitskraft in den Dienst der Werktätigen zu stellen. Ganz im Sinne der Partei.«

»Sofern der andere deutsche Staat in ein paar Monaten überhaupt noch existiert«, unkte Richard Dörner. »Wenn die Bürger weiter in Massen abwandern, sitzen die Parteibonzen demnächst allein in ihrem maroden Land.«

»Et hätt noch immer jot jejange!«, trompetete Friedemann Schenk, den es der Wirtschaftswissenschaften wegen vom Rhein an die Spree verschlagen hatte, und steckte großzügig einen Zehnmarkschein in die Sparbüchse. »Für Sie auch ein Käffchen, Fräulein Becker?«

»Vielleicht später«, antwortete Vicky und nahm ihre Siebensachen mit aus der Küche.

In einem der Badezimmer zog sie den Badeanzug unter ihr Kleid, stopfte ihre Unterwäsche in die Handtasche und holte sich ein Handtuch aus dem Schrank, bevor sie auf die Terrasse ging. Die Wolken hatten sich weiter aufgelockert und machten der Sonne Platz; es versprach der erste richtige Sommertag seit Langem zu werden.

Friedemann Schenk hatte inzwischen draußen Platz genommen und debattierte bei Kaffee und Zigaretten mit Bengt, einem Politikstudenten aus Schweden, über den alten Bundeskanzler Adenauer und den neuen Präsidenten Kennedy. Eine der amerikanischen Gaststudentinnen lieferte sich ein Tischtennismatch mit Gernot Strasser aus Gelsenkirchen, und aus dem Kofferradio auf dem Fensterbrett trällerte Caterina Valente mit ihrem Bruder Silvio Francesco vom *Itsy Bitsy Teenie Weenie Honolulu Strandbikini*.

Aus dem Tagesheim war das Klubhaus der Universität geworden. Nicht nur ein Ort für Vorträge und offizielle Termine wie Herrenrunden mit Cognac und Zigarren oder Erstsemestertees, sondern ein zweites Zuhause für die Studentenschaft. Die Lage war ein Traum: Zwischen mächtigen Bäumen führte eine Steintreppe auf den Rasen, an dessen Ende sich der Waldsee erstreckte. Nur die umliegenden Villen hatten von ihren gepflegten Gärten aus Zugang zum Wasser. Deren gut situierte Eigentümer luden gern die angehenden Akademiker und Akademikerinnen zu Hausmusik, auf eine Cocktailstunde oder eine feine Soiree ein. Sofern sie sich nicht mal wieder bei der Universitätsleitung über infernalischen Partylärm beschwerten.

»Hallo, du Sonnenschein!« Friederike Butz, langbeinig, rehäugig und mit endlosem Pferdeschwanz, winkte Vicky zu. Auf einem Handtuch im Gras ausgestreckt, schien sie im knappen Bikini unbedingt ihre von der Amalfiküste mitgebrachte Sommerbräune erhalten zu wollen.

Auf der untersten Treppenstufe wandte Hannah Grüttner den Kopf, die Hornbrille überstreng in ihrem Porzellanpuppengesicht. Das dunkle Haar jungenhaft kurz geschnitten, wirkte sie in ihrer Freizeitkluft aus schwarzer Hose und engem schwarzem Oberteil noch zierlicher.

»Ist die Bourgeoisie von Dahlem mit Sonntagsbraten versorgt?«, spöttelte sie, während sie sich eine Zigarette drehte.

»Kiloweise!« Lachend setzte Vicky sich zu ihren Freundinnen. »Und bei euch?«

»Die alte Hexe hat mir schon wieder die Miete erhöht«, fauchte Hannah und zündete sich die Selbstgedrehte an. »Fünf Mark mehr ab dem nächsten Ersten. Vielleicht sollte ich in den Osten übersiedeln, da sind die Zimmer noch bezahlbar.« Hannah war zwar gebürtige Westberlinerin, aber mit einundzwanzig Jahren aus dem Charlottenburger Elternhaus ausgezogen, weil die Grüttners sich an ihrem existenzialistischen Weltbild und ihrer Verehrung für Simone de Beauvoir gestört hatten.

»Sofern du drüben eine Bleibe findest, die nicht gerade ein Hühnerstall ist«, entgegnete Vicky.

Hannah runzelte die Stirn. »Müssten da nicht jetzt massenweise Wohnungen leer stehen? Bei dem Exodus derzeit?«

»Kannsch net nach mehr Gehalt fragen?«, schlug Friederike vor, die aus dem Stuttgarter Raum stammte; sie war mit Vicky in einem Semester.

Hannah schnaubte durch den Zigarettenrauch. »Was glaubste, warum der Laden damit wirbt, preiswert zu sein? Weil er an den Löhnen geizt! Ich werd bis zum Examen mehr arbeiten müssen, so sieht's aus.« Ihr Studium der Philosophie und Literatur finanzierte sie sich bei der *Photocopie-Gesellschaft* in der Nürnberger Straße, wo sie Aufträge für Lichtpausen, Mikrofilme sowie den neuartigen Kopierapparat entgegennahm und Termine für die elektrischen Schreibmaschinen von IBM vereinbarte, auf denen die Studis ihre Dissertationen abtippten, bevor sie sie im Laden in Druck gaben.

»Das ganze System ist so kaputt«, murrte Hannah und trank einen Schluck von dem pechschwarzen Kaffee, den sie neben sich stehen hatte. »Hüben wie drüben.«

Friederike kaute bedrückt auf ihrer Unterlippe. Sie gehörte zu den Glücklichen, die von zu Hause alles bekamen, was sie brauchten, ihr Vater war Fabrikant; deshalb hatte sie auch Zeit für solche Aktivitäten wie den Hochschulkreis für Tierschutz.

»Endlich Wochenende!«, jubelte es weiter oben auf der Treppe. Mit klappernden Sandalen, flatterndem Rock und wippenden goldblonden Locken hüpfte Marlene Tettenbaum die Stufen hinunter. Außer Atem ließ sie sich neben Vicky fallen und trank in gierigen Zügen von ihrer Cola. Marlene pendelte ebenfalls aus dem Osten, aus Treptow. Alles an Marlene war ständig in Bewegung; kaum vorstellbar, wie sie das Sitzfleisch für einen Vorlesungsmarathon oder zum Büffeln aufbrachte. Genauso quecksilbrig bestürmte sie jetzt Vicky und Friederike mit Fragen zum Physikum, das ihren eigenen Worten nach wie ein Damoklesschwert über ihr hing, vor allem die Prüfung in Botanik. Dabei hatte sie noch ein gutes Jahr bis dahin, sie war erst im dritten Semester.

»Tag zusammen«, ertönte eine Männerstimme hinter ihnen. Unverwechselbar samtig und Vicky zutiefst vertraut, und ihr Herz zuckte auf.

Die sportliche Figur in einem kurzärmligen Karohemd und Blue Jeans, an den Füßen löchrige Segeltuchschuhe, kam Joachim Strathoff die Treppe herunter. Seine kupfernen Locken hatten seit dem Ende der Vorlesungen keine Schere mehr gesehen und fielen ihm in die Stirn. Das Gesicht, halb noch jungenhaft, halb schon männlich kantig, wirkte ernsthaft und locker zugleich, und die tiefbraunen Augen blickten warm.

»Na, Achim«, ließ Hannah sich vernehmen, »alles schick am hohlen Zahn?«

Der Spitzname Berlins für die Turmruine der Gedächtniskirche. In den Semesterferien schuftete Achim auf der Baustelle des Neubaus direkt daneben: ein Achteck aus Stahl, Beton und blauen Glasbausteinen aus dem französischen Chartres, das Ende des Jahres fertig sein sollte.

»Geht gut voran«, bestätigte er.

Vicky reckte den Arm, und für einen Moment verflochten sich ihre Finger mit seinen, die nur notdürftig von Schmieröl gesäubert waren; auch in den Härchen auf seinem Unterarm haftete noch Staub. Dann trat er von der untersten Treppenstufe auf den Rasen und bewegte sich zielstrebig zum Seeufer.

»Woran liegt das bloß«, rief Hannah ihm nach, »dass du immer als Erstes ins Wasser musst?«

Über die Schulter warf Achim ihnen ein Grinsen zu, das neben beiden Mundwinkeln Grübchen aufblitzen ließ. »Auch der Bau einer Kirche ist ein schmutziges Geschäft!«

Die vier jungen Frauen lachten.

Marlenes Panik wegen des Physikums schien verflogen. Während sie gedankenvoll an ihrer Cola nuckelte, pendelte ihr Blick zwischen Vicky und Achim hin und her, der sich neben den Ruderbooten bis auf die Badehose auszog. Vertraulich beugte sie sich zu Vicky hinüber.

»Stimmt es eigentlich«, flüsterte sie, die Kulleraugen aufgerissen, »dass Achim in Schanghai geboren ist und einen chinesischen Pass besitzt?«

Vicky schlüpfte aus den flachen Schuhen und streifte das Haarband ab. »Das musst du ihn schon selber fragen«, antwortete sie leichthin und stand auf, um sich aus dem Kleid zu schälen.

In ihrem flaschengrünen Einteiler ging sie durch das Gras

und watete in den See. Der Untergrund war schlammig, das Wasser kalt, aber trotzdem herrlich. Mit kräftigen Zügen schloss sie zu Achim auf. Im Wechselspiel von Wolken und Sonnenschein schwammen sie nebeneinander her und drifteten schließlich aufeinander zu. Vicky schlang die Arme um Achim, und in einem endlosen Kuss waren sie zwischen Eisvögeln und Fischreihern allein auf dieser Welt.

Im Lauf des Nachmittags trudelten nach und nach weitere Studenten und Studentinnen im Klubhaus ein. Wenige im Vergleich zu sonst, die meisten waren über den Sommer nach Hause gefahren oder gondelten mit minimalem Budget irgendwo in Europa umher. Trotzdem tummelte sich am frühen Abend ein munterer Kreis auf der Terrasse. Dass sich der Himmel wieder zugezogen hatte, trübte die Stimmung ebenso wenig wie die lästigen Mücken.

Weil ich noch jung bin, trällerte Danny Mann aus dem Radio, während in einem Grüppchen eine hitzige Diskussion über die Bundestagswahl in vier Wochen im Gange war. Als gebürtiger Kölner und Mitglied im Ring Christlich-Demokratischer Studenten an der FU hielt Friedemann Schenk natürlich die Fahne für Adenauer hoch. Gernot Strasser hingegen pries euphorisch Willy Brandt, der gerade auf dem Parteitag der SPD in Nürnberg den Wahlkampf eröffnet hatte. Die meisten Studis waren für Brandt, nicht nur, weil er als Regierender Bürgermeister von Berlin dem Kuratorium der Universität vorstand. Für einen Politiker war Brandt noch jung, dazu dynamisch und kraftvoll – eine neue Stimme auf der politischen Bühne, ein deutscher John F. Kennedy.

Vicky und Friederike, die wieder in ihre Sommerkleider geschlüpft waren, saßen an einem Tisch mit Marlene. Unweit davon begossen zwei Studenten, die Vicky nur vom Sehen kannte, unter markigen Sprüchen und Boxgesten den haushohen Sieg von Bubi Scholz gestern in Hamburg. Die amerikanische Gaststudentin ließ sich huldvoll von Bengt anflirten, während ein anderes Pärchen schon weiter war; schüchtern hielten sie sich an den Händen und wisperten sich Zärtlichkeiten zu.

Unterdessen zog Marlene die beiden älteren – und lebenserfahreneren – Studentinnen ins Vertrauen.

»Ich bin komplett verrückt nach ihm«, erzählte sie seufzend von ihrem Freund Hannes, der Zahnmedizin studierte und nach einem Zwischenstopp bei seinen Eltern im Schwarzwald gerade mit einem Kumpel durch Italien trampte. »Aber ich weiß einfach nicht ...« Nervös machte sie eine kleine Pause und knibbelte am Etikett ihrer Bierflasche. »Ob ich mich ihm wirklich hingeben soll«, fuhr sie im Flüsterton fort.

Vicky hob die Brauen. »Hingeben?«

Marlene wurde knallrot. »Na ja, ich meine – du weißt schon ...«

»Ich weiß durchaus, was du meinst«, erwiderte Vicky. »Aber warum hingeben? Sollte der Impuls nicht genauso von dir ausgehen? Entweder willst du es auch und tust es einfach – oder eben nicht.«

Marlene blickte verblüfft drein; Vicky sah ihr an, wie es in ihr arbeitete.

»Und wenn ich schwanger werde?«, fügte sie mit leichter Panik in der Stimme hinzu. »Was mache ich dann?«

»Warsch noch net im Kurs von Hammerstein?«, erkundigte sich Friederike. »Menschtruationszyklus der Frau?«

Marlene machte große Augen. »Nee, wieso?«

»Geh kommendes Semester unbedingt rein«, empfahl Vicky und stand, die Bierflasche in der Hand, auf. »Hammerstein erzählt dir was über die Kalendermethode von Dr. Knaus, Temperaturmessungen nach Döring und die Forschungen von John Billings.« Sie zwinkerte Marlene zu und schlenderte über die Terrasse.

Zwei Tische weiter entdeckte sie Maximilian Pachmayr, ein Urbayer, der aussah wie ein Spanier und nicht nur deshalb den Beinamen *Don Juan* weghatte. Max war im selben Semester wie Vicky und ein *echtes Käpsele*, wie Friederike es ausdrückte. Er versuchte gerade Hannah, die seinen Avancen bislang widerstanden hatte, mit Fachwissen zu beeindrucken – und zwar anhand seines buchstäblichen Leib- und Magenthemas, dem menschlichen Darm mit seinen Ein- und Ausgängen.

»Menno, Max!«, schimpfte Hannah mit vollem Mund und hielt ihm anklagend ihre angebissene Stulle entgegen. »Ich bin am Essen!« Ihr Blick fiel auf Vicky. »Euch Medis graut's vor nüscht, wa?« Sie war inzwischen hörbar von Kaffee auf Hochprozentiges umgestiegen.

»Nur vor eigener Selbstüberschätzung und Fehldiagnosen«, erwiderte Vicky vielsagend.

Max brach in dröhnendes Lachen aus und prostete ihr mit seinem Bier zu.

Ein gemischtes Grüppchen diskutierte über die technischen Grundlagen, die die beiden Weltraumflüge von Gagarin und Titow ermöglicht hatten; dass die NASA auch bald so weit sein würde, hielten sie allesamt für unwahrscheinlich. Währenddessen erläuterte ein hünenhafter Typ einer interessierten Zuhörerschaft, dass er als Physiker keine Hinweise dafür sehe, wie der zu kühle und nasse Sommer mit den Atomwaffentests der Amerikaner und der Sowjets zusammenhängen könnte.

Vicky entdeckte Achim zwischen einigen anderen Studis aus ihrem Semester.

»Drei Millionen Impfdosen haben die Genossen in Pankow angeboten«, hörte sie ihn sagen. Wie immer, wenn ihn ein

Thema gepackt hatte, schien er förmlich dafür zu brennen, mit leuchtenden Augen und lebhaften Gesten. »Drei Millionen! Das hätte einen großen Unterschied im Kampf gegen Polio ausgemacht. Stattdessen haben die Herren in Bonn glatt abgelehnt.«

Im vergangenen Jahr hatte die Contergan-Tragödie alle angehenden Mediziner und Medizinerinnen beschäftigt, diesen Sommer war es die Kinderlähmung, die in der Bundesrepublik so heftig wütete wie sonst nirgendwo in Europa.

»Das war die einzig richtige Entscheidung«, ereiferte sich Annette, bis hin zu den manikürten Fingernägeln eine aparte Erscheinung. »In den Impfdosen aus der Sowjetunion hätte ja sonst was drin sein können ... nichts für ungut«, fügte sie rasch hinzu, erst mit Blick auf Achim, dann auf Vicky, die sich in seine Armbeuge schmiegte.

Vicky blieb gelassen. »Die Westberliner Eltern, die ihre Kinder zum Impfen in die Charité bringen, haben da offenbar weniger Hemmungen ... ebenfalls nichts für ungut.«

Die beiden Studentinnen grinsten sich an; kleine Seitenhiebe nach hüben und drüben waren an der Tagesordnung.

»Das kann trotzdem nicht angehen«, beschwerte sich Emil in spitzem Hamburgisch, »dass ein Staat Leib und Leben seiner Bürger aufs Spiel setzt, bloß weil die Herkunft eines Impfstoffs nicht in die politische Agenda passt.«

»Beim Sabin-Tschumakow hast du aber immer das Risiko einer paralytischen Poliomyelitis durch den Impfstoff selbst«, beharrte Annette.

»Mit einer winzigen Wahrscheinlichkeit von eins zu einer Million«, erklärte Achim und streichelte Vickys Oberarm. »Also ungefähr wie vom Blitz getroffen zu werden.«

»Polio wird sich nur durch eine flächendeckende Impfung ausrotten lassen«, sagte Vicky. »Seit den Massenimpfungen im vergangenen Jahr tritt die Krankheit in der DDR kaum noch auf. Aber das hat auch deshalb so gut funktioniert, weil unser Gesundheitswesen gesamtstaatlich organisiert ist.«

»Ach ja, Ulbrichts Musterland«, stichelte Annette.

»Manchmal schon«, konterte Vicky. »Gerade die Bekämpfung von Epidemien gestaltet sich deutlich schwieriger, wenn jedes Bundesland sein eigenes Süppchen kocht.«

»Die Gesundheit des Einzelnen zu erhalten, ist bei uns Staatsziel«, warf Achim ein.

Annette blieb standhaft. »Dafür sind wir euch weit voraus, was medizinische Möglichkeiten angeht.«

»Stimmt doch gar nicht«, widersprach Manfred, der sich das Pendeln aus dem Ostteil sparte, indem er ein Zimmer bei seinem kriegsversehrten Onkel in Neukölln bewohnte. »Die DDR hat von Anfang an enorm viel in die Forschung investiert.«

Emil lächelte Annette nachsichtig an. »Hast du bei Schröder nicht aufgepasst? Vorbeugung ist die beste Medizin! Ganz ehrlich, da überzeugt mich das Gesundheitswesen in der Zone wesentlich mehr. Ich will als Arzt nicht wie ein besserer Automechaniker sein, der nur repariert, was schon kaputt ist.«

»Was erzählst du später mal einem Patienten, der in der eisernen Lunge liegt?«, bohrte Vicky nach. »Dass es sich um einen bedauerlichen Einzelfall handelt und du leider nicht mehr für ihn tun kannst? Wenn du genau weißt, eine simple Impfung hätte das verhindern können?«

Annette ließ nicht locker. »Und was erzählst du einem Patienten, der durch eine vermurkste Impfung bleibende Schäden davongetragen hat?«

»Es gibt ja auch noch den amerikanischen Impfstoff nach Salk«, wandte Manfred ein.

Emil winkte ab. »Mehrere Injektionen und ein Schutz, der erst nach Monaten komplett ist? Kannst du bei den Lütten vergessen.« Ein Teddybär von einem Kerl, galt seine Leidenschaft den kleinen Patienten. »Da ist die Schluckimpfung wirklich ein Geniestreich.«

Die hitzige Debatte, die sich über die Vor- und Nachteile von Lebend- und Totimpfstoffen entzündete, verfolgte Vicky nur noch mit halbem Ohr. Mittlerweile lastete der Himmel schwer auf den Baumwipfeln, ein Gewitter lag in der schwülen Luft und für Vicky ein Hauch von Wehmut. Fast fünf Jahre lang hatten sie zusammen gelernt und gefeiert, einander über Misserfolge und Liebeskummer hinweggetröstet, über ungerechte Professoren geschimpft und sich die Köpfe heiß diskutiert. Dies war der letzte Sommer, bevor sie sich mit Examen und Doktortitel in der Tasche in alle Winde zerstreuen würden.

La Paloma ohe, schluchzte Freddy Quinn aus dem Radio.

»Das hält doch kein Mensch aus«, knurrte Richard Dörner unmittelbar hinter Vicky. Er ging zum Fensterbrett und drehte den Senderknopf der Kofferheule, bis nach Rauschen und Wellensalat breites Amerikanisch zu hören war. Konservative Gemüter wie Friedemann Schenk protestierten, alle anderen brachen in Jubel aus: *American Forces Network* war der Sender der Jungen und Wilden beiderseits der Sektorengrenze.

Come on everybody!, rief Chubby Checker zu aufpeitschenden Schlagzeugrhythmen, und sofort waren sämtliche Studis außer Rand und Band. Sogar Friedemann Schenk.

»Let's twist again«, schmetterten sich Vicky und Achim entgegen, während sie mit elastischen Knien auf den Fußballen hin und her drehten und das Becken schwenkten. *»Like we did last summer!«*

Twist war der große Hit, im Westen wie im Osten der Stadt; da konnten die Genossen noch so oft den braven Lipsi anpreisen, eigene Lieder dafür schreiben lassen und sogar zum Patent anmelden.

»Sexualtrauma!«, jodelte Max Pachmayr das Schlagwort, mit

dem die ältere Generation den neuen Tanz schmähte. Dabei zuckte er in bester Elvismanier mit den Hüften und schob sich mit der Handfläche lässig die pomadierte Entenschwanzfrisur zurecht wie Hotte Buchholz, der deutsche James Dean.

»Knieverletzungen!«, jubelte Manfred mit echtem Medizinerhumor. »Wirbelsäulenschäden! Der Berufsverband der Orthopäden köpft den Schampus!«

Runde um Runde tanzten und sangen die jungen Leute ausgelassen zu Twist, Boogie-Woogie und Rock 'n' Roll. Wo sie auch herkamen, ob aus Westdeutschland, dem Osten oder der übrigen Welt: Im Herzen waren sie alle Berliner. Denn Westberlin war nicht die Bundesrepublik, Ostberlin nicht die DDR, und das lag nicht allein am Viermächtestatus. Berlin war eine Welt für sich; eine Stadt, die keinen Stillstand kannte und doch vom Strudel dieser unruhigen Zeit seltsam unberührt blieb. Eine Insel der Freiheit im roten Meer, die Sektorengrenze nichts als eine durchlässige Membran.

Ein zartes Gitarrensolo kündigte eine Verschnaufpause an. *Love me tender,* schnurrte Elvis aus dem Lautsprecher und brachte Paare auf Tuchfühlung zusammen. Auch Vicky und Achim. Die Blicke ineinander verhakt, hielten sie sich umschlungen, und die feuchtwarme Abendluft schien mit einem Mal elektrisch aufgeladen.

Achim zog sie enger an sich. »Der Alte hat kurzfristig Bereitschaftsdienst«, flüsterte er an ihrem Ohr. »Die ganze Nacht.«

Vickys Herz schlug schneller. »Worauf warten wir dann noch?«, raunte sie und nahm seine Hand.

»Stopp, stopp!«, rief Hannah, die den Klammerblues ausließ und stattdessen ihren Durst mit Bier löschte. »Ihr könnt doch nicht schon abhauen!«

»Der Abend hat gerade erst angefangen!«, protestierte auch Emil.

»Jetzt bleibt's halt noch!«, bekräftigte Max und schlug Achim kumpelhaft auf die Schulter.

»Wir ziehen nachher sicher noch weiter«, meinte Manfred, und Annette stimmte begeistert zu.

Der Osten der Stadt war berühmt für seine urigen Eckkneipen mit billigem Bier, der Westen hingegen für sein aufregendes Nachtleben. Ob *Swing Point* oder *Liverpool Hoop*, Jazzclubs wie *Eierschale* oder *Badewanne*, der leicht skurrile und ein bisschen anrüchige *Eden-Saloon*, in dem neben der Manfred Burzlaff Combo auch ein Moskauer Pianist aufspielte – in Westberlin steppte der Bär, und das ohne Sperrstunde.

»Trinken wir net noch ein Gläsle irgendwo?«, fragte Friederike.

»Sollen wir ins *Paris*?«, schlug Hannah vor.

Die feine französische Küche der *Paris Bar* konnte sich keiner von ihnen leisten, aber neben Künstlern, Architekten und Dozenten der Kunsthochschule zog es auch viele Studis dorthin, um bei einem Glas Beaujolais oder Pastis das Flair der Boheme aufzusaugen.

»Oder in die Hasenheide!«, rief Marlene entzückt und schwang mit fliegenden Locken die Hüften.

Im Volkspark Hasenheide gab es zwar keine Hasen, aber Bier zum Spottpreis, die beste Bockwurst im Westen – und vor allem Rock 'n' Roll bis in die Morgenstunden.

»So jung kommen wir doch nicht mehr zusammen!«, krähte Friedemann Schenk mit großer Geste, den Schlips mittlerweile auf halbmast. Obwohl es erst auf zwanzig Uhr zuging, hatte er bereits leichte Schlagseite.

Lachend wehrten Vicky und Achim ab und vertrösteten die anderen auf das nächste Wochenende.

»Muss Liebe schön sein!«, frotzelte Max und warf dabei Hannah einen begehrlichen Blick zu.

»Ich hör schon die Hochzeitsglocken läuten!«, kiekste Marlene.

Ein Grinsen auf den Gesichtern, gingen Vicky und Achim Hand in Hand davon, um sich auf ihre Räder zu schwingen.

4

Eine Insel für zwei

Die Schuhe abgestreift, lag Vicky auf dem schmalen Bett und ließ sich von Gitarrenklängen umspülen. Draußen vor dem geöffneten Fenster war es dunkel, im Schein der Nachttischlampe zeigte Achims Wecker kurz nach zehn Uhr abends. Die Luft war drückend, doch noch grollte kein Donner. Stattdessen drangen Stimmen und leises Lachen herauf, das feine Klingeln von Gläsern und Besteck und ein Nachhall von Tanzmusik: Im Sommergarten, in dem die Tische des mondänen *Café Warschau* auf die des Nationalitätenrestaurants *Budapest* trafen, vergnügten sich noch einige Gäste. Daneben waren einzelne Autos zu hören und dann und wann das Tuckern eines Motorrollers.

Vicky fühlte sich in dieser Wohnung nie recht wohl. Die Stalinallee war das Vorzeigeprojekt nicht nur Ostberlins, sondern der ganzen DDR. Ein baumgesäumter und von einem Grünstreifen durchschnittener Prachtboulevard nach sowjetischem Vorbild, eine sozialistische Flaniermeile. Wenn es in Ostberlin etwas zu kaufen gab, dann hinter den Schaufenstern dieser hohen Häuser, und wer es sich leisten konnte, ging auf eine russische Fischsoljanka ins *Bukarest* oder kehrte im *Tokayer Keller* ein.

Angefangen bei der monumentalen Deutschen Sporthalle war hier nirgends gekleckert worden, sondern richtig geklotzt. Hinter den weiß gekachelten Fassaden im Zuckerbäckerstil verbargen sich Marmortreppenhäuser mit orientalischen Teppichen, die Fahrstühle waren mit Edelholz ausgekleidet und die Türbeschläge und Klingelschilder aus blank poliertem Messing. Vicky kannte nur die Wohnung der Strathoffs, aber die war riesig: vier großzügige und helle Räume mit Parkettböden, Stuckdecken und Doppelfenstern, Fernheizung und Telefonanschluss, sogar ein gefliestes Bad mit Warmwasser.

Kein Vergleich zu dem Hinterhofzimmer mit Küche in der Rosenthaler Straße, wo Vicky und ihre Mutter sich die Toilette mit den Nachbarn derselben Etage teilten. Dort gab es heißes Wasser für den Badezuber nur, wenn man zuvor Kohlen aus dem Keller heraufgeschleppt hatte, und jeden Winter musste man beten, dass die Leitungsrohre nicht wieder zufroren. Die Strathoffs brauchten auch nicht in den warmen Monaten alle paar Tage Stangeneis für den Eisschrank zu holen wie Vicky und ihre Mutter bei Georg Dietz die Straße runter. Hier summte in der pastellbunten Sprelacart-Küche ein elektrischer Kühlschrank, der stets gut gefüllt war. Als Vicky ihr Päckchen aus der Fleischerei hineingelegt hatte, hatte sie sogar eine Dose russischen Kaviar und eine Flasche Krimsekt darin entdeckt. Achim hatte ihr davon angeboten, aber Vicky hatte nur gelacht, so absurd war ihr das vorgekommen. Ungefähr so absurd wie der Müllschlucker in der Küche. Den Gipfel des Luxus, einen Fernsehapparat, gab es hier allerdings nicht; davon hielt Achims Vater genauso wenig wie von Elvis oder Jerry Lee Lewis.

Wie in der Stalinallee würden in der Zukunft alle wohnen, hatte die Partei vollmundig verkündet. Bislang jedoch waren diese Arbeiterpaläste besonders verdienten Genossen vorbehalten. Und solchen, die sich dem Aufbau des Sozialismus mit Haut und Haaren verschrieben hatten. Wie Achims Vater.

Was für eine Ironie, dass im Juni vor acht Jahren ausgerechnet hier, auf einer Baustelle der Stalinallee, der Arbeiteraufstand seinen Anfang genommen hatte. Ein Flächenbrand aus Streiks,

Demonstrationen und Straßenschlachten, der sich weit über Berlin hinaus erstreckte. Das gewalttätige Ende dieser Unruhen, mit sowjetischen Panzern, Tausenden Verhaftungen und mehreren Dutzend Toten, steckte ihnen allen noch in den Knochen.

Vicky warf einen Blick zu Achim, der in Blue Jeans und Unterhemd auf dem Schreibtisch saß, ein Bein auf den Stuhl gestellt und die Gitarre auf dem angezogenen Knie.

»*It's now or never*«, sang er leise und mit weichem Timbre, »*come hold me tight. Kiss me my darling*, imperialistische Barbarei.«

Vicky musste lachen, und auf Achims Gesicht erschien ein Grinsen, bei dem sich seine Grübchen tief abzeichneten: ein vierundzwanzigjähriger Bengel, der es faustdick hinter den Ohren hatte.

Die Musik lag ihm im Blut: Die Großmutter war Klavierlehrerin gewesen, und seine Mutter hatte am Konservatorium studiert, bevor ihre Familie damals das Deutsche Reich verließ. Achim hatte auch als Einziger in der Klasse einen Plattenspieler besessen, ein Geschenk seines Vaters. Bis Reinhard Strathoff eines Tages die Scheiben genauer in Augenschein genommen hatte, die sein Sohn von Ausflügen zum Ku'damm mitbrachte, und sie mitsamt dem Gerät in Stücke gehauen hatte.

Vicky beobachtete Achim, wie er selbstvergessen auf der Gitarre zupfte. Die Muskeln und Sehnen seiner Arme waren deutlich ausgeprägt, seit er regelmäßig Betonteile schleppte und in luftiger Höhe Stahlträger zusammenschraubte. Er hatte schöne Hände, stark und zupackend. Sensible Hände, wie Vicky sehr gut wusste. Derselbe Doktorvater wie bei ihr hatte bei Achim keinerlei Bedenken gehabt, ihm ein chirurgisches Thema zuzuteilen: Er durfte sich mit Morbus Hirschsprung beschäftigen, einer angeborenen Fehlbildung des Dickdarms, für die es mehrere operative Verfahren gab.

Unter Achims Fingern brachte die Gitarre einen perlenden Akkord hervor und verstummte. Sein Blick traf sich mit dem Vickys.

Junge Leute brauchen Liebe, hatte Vicky den Schlager von heute Morgen wieder im Ohr. Aber wo gingen sie damit hin? Als OP-Schwester war ihre Mutter zwar in der gesamten Rosenthaler Straße hoch angesehen, dennoch wollte Vicky es nicht darauf ankommen lassen, dass jemand spitzkriegte, wie sie einen jungen Mann mit nach Hause nahm. Der Kuppelparagraph stellte unter Strafe, unverheirateten Paaren ein Liebesnest zur Verfügung zu stellen oder ein Stelldichein auch nur zu dulden. Da kam sie mit Achim lieber hierher, wenn sein Vater Dienst hatte. Die Pförtner unten im Haus drückten jedenfalls alle Augen zu; vielleicht hatten sie auch schlicht zu viel Angst vor Reinhard Strathoff, der ein hohes Tier im Ministerium von Erich Mielke war.

Vicky streckte die Hand aus. Achim stellte die Gitarre an ihren Platz, kam auf bloßen Füßen herüber und legte sich zu ihr.

»Bist du sicher«, flüsterte Vicky, »dass dein Vater so schnell nicht nach Hause kommt?«

»Hundertprozentig«, erwiderte Achim. »Wenn sie ihn die ganze Nacht zur Bereitschaft abgestellt haben, ist er nicht vor morgen Mittag zurück.« Was sein Vater bei der Staatssicherheit konkret machte, darüber redete Achim nie; vermutlich wusste er es selbst nicht so genau.

Eine Weile war es genug, sich einfach nur anzusehen, die Blicke sprechen zu lassen und ihr Lächeln. Dabei kannten sie sich schon so lange.

»Erinnerst du dich«, flüsterte Vicky, »wie du zu uns in die Klasse gekommen bist?«

»Und ob«, murmelte Achim und strich mit dem Daumen über ihre Wange.

Fünfzehn Jahre alt war Vicky gewesen, noch mit dicken Zöpfen, die sie um den Kopf gewunden trug. Das neue Jahr an der Oberschule in Lichtenberg hatte bereits begonnen, und Achim hatte unglücklich und ein bisschen verloren vorn beim Lehrer gestanden, die Augen unter dem kupferroten Haarschopf verblüffend dunkel, fast schwarz.

»Der Platz neben mir war frei«, fuhr Vicky fort, »weil Hildes Familie zwei Wochen zuvor in den Westen gegangen war. Schuchmilski hat dich deshalb zu mir gesetzt.«

Achim deutete ein Kopfschütteln an. »Ich habe mir den Platz neben dir ausgesucht. Du warst die Einzige, die mich nicht mit neugierigen Blicken aufgefressen hat. Dafür warst du viel zu sehr in dein Schulbuch vertieft.«

Vicky lachte und vergrub die Finger in seinen Locken. *Der rote Achim.* Den Spitznamen hatte er gleich weggehabt, nicht nur wegen seiner Haarfarbe. Höflich, aber merklich furchtsam hielten die anderen Schüler und Schülerinnen Abstand. Bei einem, dessen Vater bei der Stasi war, blieb man besser vorsichtig. Der Aufstand vom 17. Juni lag gerade ein paar Monate zurück, und die Schockwellen drangen bis in den kleinsten Winkel des Alltags vor.

Vicky kümmerte das nicht. Sie mochte Achims Art, eine paradoxe Mischung aus Schüchternheit und Selbstbewusstsein. Neben ihr saß kein alberner Pennäler und auch kein Halbstarker, sondern ein schon gereifter junger Mann, der trotzdem Witze bis an die Schmerzgrenze der Genossen und Genossinnen am Lehrerpult riss. Ihr war auch egal, dass sein Außenseiterstatus auf sie abfärbte, weil sie sonnabends mit ihm im Plattenladen auf dem Ku'damm die neuesten Scheiben anhörte. Achim übte mit ihr Russisch, das er fließend sprach, und Vicky half ihm in Mathe, worin er Nachholbedarf hatte. Und sonntags radelten sie oft zusammen zur Pfaueninsel oder ins putzige

Köpenick, wo Achim zuvor gewohnt hatte, um im Müggelsee zu schwimmen.

Vicky legte ihm die Hand an die Wange und küsste ihn. Genau wie sie ihn kurz vor dem Abitur zum ersten Mal geküsst hatte, ihr erster Kuss überhaupt. Was nicht einmal besonders viel Mut erfordert hatte, so nah waren sie sich da schon gewesen. Und genau wie damals erwiderte Achim ihren Kuss innig und tief, und ein Kribbeln rann durch Vicky hindurch.

»Sollten wir nicht lieber fürs Examen lernen?«, neckte sie ihn zwischen zwei Atemzügen.

»Tun wir doch. – *Palpebra superior*«, murmelte er und küsste ihre Augenlider, dann streifte sein Mund über ihr Jochbein. »*Os zygomaticum.*«

Die medizinische Fakultät der Humboldt hätte Achim mit Handkuss genommen. Stattdessen hatte er wie Vicky mit seinem ostdeutschen Abitur die Zulassungsprüfung an der Freien Universität absolviert. Die aus dem Boden gestampfte Westberliner Uni war der Gegenentwurf zur altehrwürdigen Lehr- und Forschungsanstalt im Osten. Während die Humboldt fest in der Hand der Partei lag, war die FU mit amerikanischen Spendengeldern finanziert, allen voran von der Ford Foundation, und das halbjährliche Vorlesungsverzeichnis war zugepflastert mit bezahlten Anzeigen von Langenscheidt, dem wissenschaftlichen Springer-Verlag und Zeiss Mikroskope, von der RIAS-Funkuniversität, der Tanzschule Sommer, Berliner Fresöni Schokolade und Coca-Cola.

Reinhard Strathoff hatte getobt. Dass sein Sohn an einem derartigen Hort des Kapitalismus studierte, traf ihn tief, nachdem er selbst in der Kommunistenhochburg Kiel groß geworden war und als junger Mann unter den Nazis für seine Überzeugung eingesessen hatte. Mindestens genauso schwer wogen die beruflichen Konsequenzen für ihn: Die anstehende Beförderung vom Major zum Oberstleutnant war auf unbestimmte Zeit verschoben worden, und er wurde zur Rotlichtbestrahlung beordert. Gegen die Entscheidung seines Sohnes war er jedoch machtlos gewesen, Achim war neunzehn und anders als im Westen damit bereits volljährig. Das Einzige, was Reinhard Strathoff tun konnte, war, den Geldhahn zuzudrehen. Vielleicht war es einem Rest an Vatergefühlen zuzuschreiben, dass Achim weiter hier schlafen und essen durfte. Vicky vermutete jedoch eher, dass Strathoff seinen Junior im Auge behalten wollte, bevor dieser vollends zum Klassenfeind überlief.

Vicky legte die Hand auf Achims Brust, dorthin, wo unter dem Feinrippstoff sein Herz pochte. Für sie war das Herz das schönste aller Organe mit seinen verborgenen Kammern, dem Kranz aus Adern und Venen, kraftvoll und verletzlich zugleich. Niemand, der einmal ein menschliches Herz in den Händen gehalten hatte, konnte das je wieder vergessen.

Sie öffnete den Knopf von Achims Blue Jeans, fuhr mit der Fingerkuppe über die feine Haarlinie unterhalb seines Nabels und freute sich an dem kleinen Schauder, der durch Achim lief. Die menschliche Anatomie im Hörsaal oder am Seziertisch zu studieren, das war eine Sache, einen Patienten zu untersuchen, allerdings eine ganz andere. Doch was für ein Wunderwerk der menschliche Körper tatsächlich war, verstand Vicky jedes Mal, wenn sie Achim unter ihren Händen fühlte.

Seine Finger wanderten unter den hochgerutschten Saum ihres Sommerkleids, und eine verlockende Wärme rieselte durch Vicky. »Ist heute ein guter Tag?«, raunte er.

Vicky dachte an ihren akribisch festgehaltenen Zyklusverlauf, die Temperaturkurven und die Tabelle nach Billings, in der sie die Beschaffenheit ihres Zervixsekrets notierte. Wissenschaftliche Neugierde und persönliches Interesse gingen manchmal Hand in Hand.

»Ein sehr guter Tag«, wisperte sie. Heute würde Achim sich nicht am Kondomvorrat seines alten Herrn vergreifen müssen. Unter langen Küssen streiften sie einander Kleidungsstück um Kleidungsstück ab. Ohne große Eile, sie hatten die ganze Nacht. Und während Vicky sich dem Rausch der Hormone überließ, dem Knistern in den Nervenbahnen und dem Feuerwerk der Synapsen, stand für sie die Zeit still.

Das Gewitter war anderswo niedergegangen, und die Nachtluft strich kühl über Vickys Haut. Den Kopf auf Achims Schulter, streichelte sie die Härchen auf seiner Brust, die im Schein der Nachttischlampe kupfern glänzten. Er roch noch nach dem Wasser des Waldsees und nach Achim selbst, wie Heu und Laub und ein bisschen salzig.

»In drei Wochen sind wir schon am Meer«, flüsterte sie. Auch in diesem Jahr würden sie wieder mit der Reichsbahn für ein paar Tage nach Wolgast fahren und auf den Fahrrädern Ausflüge zum Greifswalder Bodden und an die Strände Usedoms machen.

Achim brummte zustimmend, während er mit den Fingerspitzen über Vickys bloßen Rücken strich. »Oma Käthe überlegt bestimmt jetzt schon, womit sie uns mästen kann.«

Vicky lachte leise. »Und du musst mit Opa Karl zum Fischen rausfahren und deine chirurgischen Fähigkeiten beim Ausnehmen von Heringen unter Beweis stellen.«

Vicky war noch nie die Heimreise ohne die obligatorische Tasche angetreten, in der sich Gläser mit Leberwurst und eingemachtem Obst und Gemüse befanden, die Lücken dazwischen mit Räucherfisch und Speckseiten ausgestopft. Wer auf dem Land lebte und Platz für einen Garten nebst Schweineverschlag hatte, den brauchte die allgemeine Versorgungslage wenig zu kümmern.

Mit der Fingerspitze zeichnete Vicky die klaren Konturen von Achims Profil nach. Sie wusste, wo ihre Wurzeln lagen, halb in Vorpommern und halb in Berlin. Bei Achim war das anders. An der Oberschule hatte die Gerüchteküche gebrodelt: Seine Mutter sei eine Chinesin, die als Maos Vertraute in ihre Heimat zurückgekehrt war, sein Vater ein früherer russischer Agent und ein Kampfgefährte Ulbrichts aus Moskauer Tagen. Was sich hormonvernebelte Teenagergehirne eben so zusammenspannen. Als ob die Wirklichkeit nicht abenteuerlich genug gewesen wäre, mit Achims Kindheit in Schanghai, dem Sammelbecken derjenigen, die vor den Nazis fliehen wollten, aber woanders kein Visum bekamen. Wie Achims Vater und seine Mutter. Zwei junge Leute aus dem Norden und Süden Deutschlands, die sich sonst wohl nie begegnet wären, aber zufällig auf demselben Schiff befanden und nach der dreiwöchigen Überfahrt keine Zeit verloren, eine Familie zu gründen. Sobald sich nach Kriegsende abzeichnete, dass Ausländer in der Hafenstadt nicht länger geduldet sein würden, ging es für zwei Jahre nach Moskau und schließlich nach Ostberlin, die Keimzelle dessen, was ein neues und besseres Deutschland werden sollte.

Seine Mutter erwähnte Achim selten. Als er von den Weltfestspielen der Jugend in Bukarest zurückkehrte, wenige Wochen nach dem Arbeiteraufstand, waren sie und seine jüngere Schwester Mascha nicht mehr da gewesen. *In den Westen abgehauen*, lautete der lapidare Kommentar seines Vaters, und Achim war aus der sozialistischen Biedermeieridylle Köpenicks herausgerissen und an die Stalinallee verpflanzt worden. Er hatte nie wieder von den beiden gehört.

Achim wandte den Kopf. »Was hältst du eigentlich vom Heiraten?«

Vicky war für einen Moment perplex und brach dann in Lachen aus. »Machst du mir jetzt etwa einen Antrag?«

Ein Lächeln zuckte über sein Gesicht und ließ die Grübchen tanzen. »Ist eher eine Art Anamnese.«

»Eine Anamnese, soso.« Vicky schmunzelte.

Er rollte sich auf die Seite und strich Vickys Haar hinter ihr Ohr. »Sag, wie denkst du darüber?«

Vicky überlegte kurz. »In Anbetracht der Tatsache, dass wir uns bereits geraume Zeit kennen und im Großen und Ganzen gut miteinander auskommen …« Sie unterbrach sich mit einem Auflachen, als Achim sie spielerisch in die Seite zwickte; er wusste genau, wo sie kitzlig war. »Ich will erst das Examen schaffen«, fuhr sie ernster fort, »und meinen Doktor bauen.«

»Wenn wir beide an der Charité sind?«, fragte Achim leise und verschränkte seine Finger mit ihren.

»Wenn wir an der Charité sind«, wisperte Vicky, und ihr Herz schlug einen Purzelbaum.

Sie besiegelten ihr Versprechen mit einem langen Kuss.

»Willst du heute hier schlafen?«, flüsterte Achim an ihrem Mund.

Über seine Schulter hinweg warf Vicky einen Blick auf den Wecker, der kurz nach zwei Uhr anzeigte. So verlockend es war, einfach im muckeligen Bett liegen zu bleiben, Haut an Haut mit Achim – die Vorstellung, morgen hier in der Wohnung Reinhard Strathoff in die Arme zu laufen, war es nicht. Die wenigen Male, die sie dem herben Mann mit dem Bürstenhaarschnitt begegnet war, hatte er sie deutlich spüren lassen, dass er sie für einen schlechten Einfluss hielt.

Vicky schüttelte den Kopf. »Wenn meine Mutter nach dem Nachtdienst nach Hause kommt, und ich bin nicht da, macht sie sich Sorgen.«

»Ruf sie doch in der Klinik an!« Achim ruckte mit dem Kinn in Richtung des Flurs, in dem der Fernsprecher stand.

Vicky hob belustigt die Brauen. »Und wenn sie gerade bei

einem Patienten ist oder im OP steht? Lass ich dann ausrichten, dass ihre Tochter auswärts die Nacht verbringt? Das ist meiner Bewerbung sicher sehr förderlich. Du weißt doch noch von der Famulatur, wie an der Klinik getratscht wird.«

»Sag dann einfach, du übernachtest bei einer Freundin!«

Vicky zögerte. Wie sie es auch drehte und wendete: Sie hatte kein gutes Gefühl.

»Schon gut.« Lächelnd drückte Achim einen Kuss auf ihre Wange. »Ich bringe dich nach Hause.«

Bei Nacht waren alle Katzen grau, aber besonders grau und struppig zeigte sich das nächtliche Ostberlin. Die spärlichen Straßenfunzeln verbreiteten einen trübseligen Schein, und nur verschämt ließen sich einzelne Leuchtreklamen blicken. Dafür strahlten die Sterne umso heller, und die Luft war wie frisch gewaschen, ohne den muffig-staubigen Dunst, der üblicherweise in den Straßen hing. Leichtfüßig trat Vicky in die Pedale, die ganze Welt schien ihr glänzend und neu.

»Schau mal, da!«, rief Achim, der neben ihr radelte, und zeigte an den Nachthimmel. »Eine Sternschnuppe. Schnell, wünsch dir was!«

Vicky erhaschte gerade noch einen Blick auf den glimmernden Silberstreif, bevor er über den Dächern verglühte. »Nächstes Jahr um diese Zeit könnten wir schon an der Charité sein«, sagte sie.

»Wir beide in der Medizinalassistenz bei Professor Felix – das wär's!«, meinte Achim. »Aber glaub bloß nicht, dass wir jemals eine Verdienstmedaille einheimsen. Die gehen durch die Bank an diejenigen, die sich der Gesunderhaltung des Volkes verschrieben haben. Nicht an Chirurgen. Die schneiden ja nur Tumore und Gallenblasen raus und flicken Organe zusammen.«

»Ha, ha!«, machte Vicky selbstbewusst. »Wart's ab, bis wir

reihenweise Schrittmacher und künstliche Aortenklappen einsetzen. Wenn wir Herzfehler nicht mehr nur palliativ operieren, sondern komplett beheben. Eines Tages sind wir sogar vielleicht bei einer Transplantation dabei!«

Übermütig grinsten sie sich an. Diese Nacht war wie dafür geschaffen, von den Dingen zu träumen, die sich bereits am Horizont abzeichneten; in dieser Nacht schien einfach alles möglich.

»Diese Nacht werde ich nie vergessen!«, rief Vicky ausgelassen. »Die Nacht, in der wir beschlossen haben, dass wir heiraten werden.«

Achim scherte vor Vicky ein, weil sich von hinten bullerndes Motorengeräusch näherte. Zwei Lastwagen brausten dröhnend an ihnen vorüber, ohrenbetäubend laut in der stillen Nacht.

»Sie hat Ja gesagt!«, jubelte Achim den beißenden Dieselschwaden hinterher, und Vicky stimmte in sein lautes Lachen ein.

Im beschwingten Schlingerkurs radelten sie durch die leeren Straßen. Berauscht davon, jung zu sein und verliebt, auf der Zielgeraden zum Doktortitel und einer gemeinsamen Zukunft.

Sie hatten nicht den direkten Weg genommen, über den neuen, sparsamer ausgefallenen Bauabschnitt der Stalinallee und den Alexanderplatz. Stattdessen fuhren sie zur Spree hinunter, wo sich die kaputten Türme der Oberbaumbrücke vor dem Funkeln und Glitzern Westberlins abzeichneten.

»Was, zum Teufel ...«, entfuhr es Achim, und er bremste. Auch Vicky stutzte und hielt an.

Mehrere Lastwagen parkten vor der Brücke. Im Licht ihrer Scheinwerfer waren eine Barriere und Stacheldrahtschlaufen zu erkennen; davor standen Volkspolizisten Wache. Achim fackelte nicht lange und radelte auf einen von ihnen zu.

»Warum ist hier abgesperrt?«, wollte er wissen.

»Die Grense is' geschloss'n«, antwortete der Polizist in weichem Sächsisch. VoPos waren fast immer aus Sachsen. *Berlins fünfte Besatzungsmacht.*

»Aber warum?«, bohrte Achim nach.

»Die Grense is' geschloss'n«, wiederholte der Uniformierte stur. »Fahrnse weider.«

Achim wendete auf seinem Rad und kehrte zu Vicky zurück. Unwillkürlich verfiel sie in einen Flüsterton. »Ist bestimmt eine Maßnahme gegen Schmuggler.«

»Möglich.« Achims gerunzelte Stirn drückte Zweifel aus.

Tagsüber herrschte reger Verkehr auf der Fußgängerbrücke. Auf der Kreuzberger Seite war ein regelrechter Basar aus Wechselstuben, Läden, Kiosken und Marktbuden entstanden, in denen die Ostberliner und Ostberlinerinnen sich nicht nur mit Obst und Gemüse, Fleisch und Käse eindecken konnten, sondern auch mit Kaugummi und Nylonstrümpfen, Kaffee, guten Zigaretten und guter Schokolade, mit *Quick, Stern, Spiegel, Brigitte* und *Bravo* oder westdeutschen Tageszeitungen. Die Einfuhr war zwar verboten, aber bislang waren die Kontrollen an der Oberbaumbrücke eher lax ausgefallen, wie Vicky aus eigener Erfahrung wusste.

»Die haben sicher nur hier abgesperrt«, beharrte Vicky. Es musste so sein, alles andere war ganz und gar undenkbar.

»Sehen wir nach«, erwiderte Achim und hielt einen Augenblick inne. »Fällt dir eigentlich was auf? Es fährt kein einziger Zug.«

Vicky horchte. So still es diesseits der Sektorengrenze nachts auch war – das Rumpeln und Quietschen der S- und U-Bahnen war immer zu hören. Jetzt schien der Herzschlag Ostberlins verstummt.

Schweigend fuhren sie die Spree entlang. Der Zauber der Nacht war verflogen; stattdessen kroch ein beunruhigendes

Gefühl in Vicky herauf. Umso mehr, als der Stadtbahnhof an der Jannowitzbrücke, über den die U-Bahn zwischen Ost und West verkehrte, ebenfalls von einem Trupp der Volkspolizei abgesperrt war.

Auch auf der anderen Seite des Flusses lag Ostberlin im Tiefschlaf. Eine Nacht wie alle anderen Nächte, und doch hatten die vertrauten Straßenzüge für Vicky mit einem Mal etwas Beklemmendes.

Zwischen den finsteren Fassaden der Wilhelmstraße, der helle Fleck des Grenzschilds schon in Sicht, keuchte Vicky auf und stieg in die Bremse. Wo sie am Morgen noch ganz selbstverständlich durchgeradelt war und nur ein paar Stunden zuvor wieder mit Achim in umgekehrter Richtung, versperrten Volkspolizisten und Stacheldraht den Weg.

»Die können doch nicht eine ganze Stadt abriegeln!«, rutschte es ihr heraus.

»Werden wir feststellen«, gab Achim grimmig von sich. »Die offiziellen Übergänge müssen ja noch auf sein.«

Sie kehrten um und fuhren ein kleines Stück zurück. Doch bereits einige Meter vor dem verbarrikadierten Kontrollpunkt Friedrichstraße, hinter dem der amerikanische Checkpoint Charlie lag, hielt ein Volkspolizist mit einer roten Lampe in der Hand sie auf.

»Drähnse um!«, herrschte er sie an. »Die Grense is' geschloss'n.«

Am Potsdamer Platz, dem Dreiländereck der Besatzungsmächte, das noch immer vom Kahlschlag des Krieges gezeichnet war, erlebten Vicky und Achim das Gleiche.

»Das Brandenburger Tor ist sicher noch offen!«, rief Achim atemlos. »Das ist immer offen!«

Wie die Wilden strampelten sie auf ihren Rädern, bretterten durch die verlassenen Straßen und fegten um Hausecken herum.

Das Rattern und hallende Pochen von Presslufthämmern erschütterte die Stille der Nacht. Surreal um diese Uhrzeit, aber in diesen Momenten schien alles für Vicky unwirklich. Entlang der einstigen Prachtstraße Unter den Linden versanken nicht nur die Ruinen in der Finsternis; auch das Brandenburger Tor, sonst um diese Zeit feierlich erleuchtet, lag im Dunkeln. Umso greller wirkten die Scheinwerfer der Lastwagen und Militärfahrzeuge, zwischen denen Uniformierte Stellung bezogen hatten. Im kalten Licht von Baustellenstrahlern brachen Arbeiter mit schwerem Gerät die Ebertstraße hinter dem Tor auf.

Unter der Strickjacke klebte das Sommerkleid an Vickys Rücken, als sie mit wackeligen Knien vom Rad stieg. Passanten standen in Grüppchen zusammen und diskutierten erregt, andere standen wie eingefroren da, ungläubiges Entsetzen auf den Gesichtern; eine Frau weinte. Achim ließ sein Fahrrad fallen und ging zielstrebig auf einen der Volkspolizisten zu. Wie eine Schlafwandlerin folgte Vicky ihm.

»Was soll das?«, schnauzte er den Uniformierten an. »Was macht ihr hier?«

»Die Sekdorengrense is' ab heute gesischert«, erwiderte dieser gelangweilt.

»Gesichert?«, bohrte Achim nach. »Gegen wen oder was denn bitte?«

»Wir sischern den Frieden«, leierte der VoPo herunter.

»Einen Scheiß tut ihr!«, zischte Achim.

Der Polizist ließ sich nicht provozieren. »Gehnse weider.«

»Und wie kommen wir morgen zur Arbeit?«, mischte Vicky sich ein. »Oder wieder an die Universität?«

Der VoPo musterte sie von Kopf bis Fuß. »Suchense sisch 'ne anständige Orbeit, Frollein.«

»Glappe zu, Affe dod«, warf ein zweiter, noch junger VoPo von der Seite her ein und grinste breit.

Ein Ruck ging durch Achim, und er versetzte dem Uniformierten einen heftigen Stoß. Sofort hatten mehrere Polizisten ihre Waffen im Anschlag. Vicky riss Achim zurück, und spürbar unwillig ließ er sich zu ihren Fahrrädern zerren.

»Diese Schweine!«, fluchte er und trat gegen sein am Boden liegendes Rad. »Deshalb hat der alte Sack Bereitschaft! Der hat garantiert davon gewusst.«

Sein Zorn verrauchte so schnell, wie er aufgeflammt war. Schwer atmend fuhr er sich durch die Locken und stand dann mit hängenden Schultern da. Vicky schlang die Arme um ihn.

»Die müssen uns wieder rüberlassen«, flüsterte sie. »Wir sind an der Uni immatrikuliert und kurz vor dem Examen. Da werden sie schon eine Ausnahme machen.«

Achim nickte, wenn auch nur halbherzig. Während sie sich aneinander festhielten, starrten sie auf das Brandenburger Tor, hinter dem die Bauarbeiter einen Graben aufrissen und einen Wall aus Pflastersteinen aufschütteten.

Heute Nacht war auch in Berlin der Eiserne Vorhang heruntergerasselt.

5

So viele Träume

Berlin ächzte unter der Hitze, für heute waren wieder knapp dreißig Grad im Schatten vorhergesagt. Mancherorts hatten die Forsythien noch einmal zu blühen begonnen, die Erdbeeren und Birnbäume, mitten im September. Die Welt war aus den Fugen geraten.

In einem simplen Trägerkleid und die bloßen Füße unter dem Küchentisch, starrte Vicky durch das offene Fenster an die bröckelnden Hauswände. Normalerweise tobten um diese Uhrzeit Kinder im Hinterhof; jetzt war es bedrückend still. Seit der Grenzschließung vor fünfeinhalb Wochen stand Berlin unter Schock, teils wie gelähmt, teils in Aufruhr, der auf der Westseite ungleich stärker und lauter ausgefallen war.

Ist das euer Friedensstaat, mit Waffen und Stacheldraht?, war es von drüben erschallt, begleitet von Pfeifkonzerten und Pfuirufen. *Berlin bleibt frei!* Sogar Bierflaschen und Steine waren geflogen. Und bei einer Mahnwache am Brandenburger Tor hatten Tausende im Kerzenmeer das Lied der Stunde gesungen: *Einigkeit und Recht und Freiheit für das deutsche Vaterland.*

Wie viele in ganz Deutschland fühlte Vicky sich im Stich gelassen. Von Adenauer, der sich erst spät in der geteilten Stadt hatte blicken lassen und von den Westberlinern und Westberlinerinnen mit wütenden Pfiffen und Buhrufen empfangen worden war; möglicherweise hatte ihn das bei der Wahl am vergangenen Wochenende die absolute Mehrheit gekostet. Genauso waren sie von Kennedy enttäuscht, der nur die Sicherheit des Westteils im Sinn hatte und seinen Vizepräsidenten Lyndon B. Johnson vorschickte. Einzig Willy Brandt hatte klare Kante gezeigt, indem er von der *Sperrwand eines Konzentrationslagers* sprach. Starker Tobak gegenüber einem Staat, der sich ausdrücklich als antifaschistisch verstand. Aber es war bei flammenden Reden geblieben.

Vicky hatte noch Ulbrichts näselndes Sächsisch im Ohr, aus einer Pressekonferenz im Juni: *Niemand hat die Absicht, eine Mauer zu errichten.* Im Nachhinein ein Ausspruch voller Hohn. Eine Lüge. Denn jetzt wuchs eine Mauer in Berlin, jeden Tag ein bisschen höher und breiter, aus Hohlblocksteinen, Betonplatten und Stacheldraht.

Vicky zwang sich, den Blick wieder auf die aufgeschlagenen Bücher zu richten. Doch sie nahm kaum etwas von dem auf, was sie las, und der Notizblock blieb weiter leer. Schließlich kapitulierte sie und gesellte sich mit einem Küchenmesser zu ihrer Mutter, die die Kartoffeln schälte, für die Vicky in aller Frühe angestanden war; jetzt hatte sie Zeit dafür.

»Lass!«, schalt Traude Becker sie. »Lern lieber!«

»Ist doch sinnlos.«

Noch gleich an jenem Augustsonntag war Vicky mit Achim durch die Stadt gezogen, die einem Hexenkessel glich. Ganz Ostberlin schien auf den Beinen, um sich mit eigenen Augen von der geschlossenen Grenze zu überzeugen. Wasserwerfer, Panzer und Spähwagen waren durch die Straßen gerollt, und Kampfgruppen waren aufmarschiert. Von Kontrollposten zu Kontrollposten waren sie und Achim gepilgert, um in Erfahrung zu bringen, wie es für sie weitergehen würde, und sobald Montagmorgen die Ämter öffneten, hatten sie sämtliche zuständigen Stellen abgeklappert, um an einen Passierschein oder wenigstens an eine Auskunft zu kommen. Der Moment, in dem Vicky begreifen musste, dass sich die Grenze nicht wieder für sie öffnen würde, war der schlimmste gewesen.

»Vielleicht hat sich die Lage in ein paar Monaten entspannt«, ließ sich Traude Becker vernehmen, »und du kriegst eine Erlaubnis, für deine Prüfungen rüberzufahren. Oder die Universität überlegt sich was, wie ihr doch noch an euren Abschluss kommt.«

»Wenn ich erst in der Fabrik maloche«, erwiderte Vicky bitter, »werde ich fürs Examen keine Zeit mehr haben. Geschweige denn für eine Doktorarbeit.«

Der Magistrat von Groß-Berlin hatte keine Zeit verloren: Gemäß der Bekanntmachung vom 19. August sollten sich Lehrlinge und Studierende, Schüler und Schülerinnen, die bisher in Westberlin lernten, innerhalb von einer Woche bei der Abteilung für Volksbildung melden. Natürlich war Vicky der Aufforderung gefolgt und ins Rote Rathaus gegangen, allein schon, um ihren speziellen Fall zu schildern und eine Ausnahmegenehmigung zu erwirken.

Gestern war der Bescheid gekommen: Viktoria Luise Becker, geboren am 13.03.1938, hatte sich am Montag, den 2. Oktober, im VEB Berlin-Chemie in Adlershof einzufinden – *um sich in der Produktion zu bewähren*, wie es darin hieß.

»Wenn du dich dort erst eingearbeitet hast«, sagte Traude Becker, »steigst du schnell auf, klug und fleißig, wie du bist. Mit deinem Hintergrundwissen hast du garantiert Chancen auf Weiterbildung, vielleicht sogar noch mal ein Studium. Du kannst auch in der Pharmaforschung Großes bewirken, weißt du.«

Vicky schwieg. Am Fließband der ehemaligen Schering-Werke würde sie eingehen wie eine Primel. Und genauso wenig konnte sie sich vorstellen, dauerhaft in einem Labor eingesperrt zu sein.

Sie wollte nicht mit Mäusen und Ratten arbeiten, sondern mit Menschen. Am liebsten, wenn sie narkotisiert vor ihr auf dem Tisch lagen und Vicky ihrer geradezu morbiden Leidenschaft für Blut, Gewebe und scharfe Klingen freien Lauf lassen konnte.

»Willst du nicht doch noch ein paar Tage zu Oma und Opa fahren?«, fragte Traude Becker behutsam. »Das tut dir bestimmt gut.«

Vicky schüttelte den Kopf.

»Wegen Achim?«

Vicky zuckte mit den Schultern und schnitt die geschälte Kartoffel in akkurate Segmente.

Reinhard Strathoff war der Abteilung für Volksbildung zuvorgekommen und hatte seine Beziehungen spielen lassen: Entweder ackerte Achim künftig auf der Scholle einer LPG irgendwo jotwede, trat in die Nationale Volksarmee ein oder ging zum Bau. Er hatte sich für Letzteres entschieden und montierte jetzt in Lichtenberg sechs Tage die Woche Betonplatten für einen Wohnblock zusammen.

Wie Kinder waren sie gewesen, die im Spiel die Zeit vergessen hatten und dazu noch übers Ziel hinausgeschossen waren, und nun bekamen sie sowohl Stubenarrest als auch den Rohrstock zu spüren. Unter Demokratie hatte Vicky sich etwas anderes vorgestellt.

Am Wochenende nach der Grenzschließung war Hannah auf der Matte gestanden, mit einer westdeutschen Tageszeitung, die sie unter ihrem Pullover rübergeschmuggelt hatte, und einer Flasche Chianti in der Büchermappe. Während sie den Wein aus Wassergläsern tranken, hatte Hannah gefragt, warum Vicky und Achim noch in jener Nacht nicht einfach über den Stacheldraht gesprungen waren. Wie der junge Grenzpolizist zwei Tage später; das Foto davon war um die Welt gegangen.

Es war ihnen schlicht nicht in den Sinn gekommen. Sie hatten nicht fliehen, sondern nur ihr Studium beenden wollen. Wie naiv das gewesen war, wussten sie inzwischen beide. Aber jetzt konnte man nicht mehr einfach am Potsdamer Platz den Stacheldraht zur Seite schieben, und in der Bernauer Straße waren die Fenster zum Westsektor hin zugemauert.

Hannah hatte versprochen, an der Uni Druck zu machen, damit die sich was für ihre Grenzgängerstudis einfallen ließ. Doch zu einem weiteren Besuch von ihr war es nicht mehr gekommen, denn seit dem 23. August durften Westberliner Bürger und Bürgerinnen nicht mehr einreisen. Friederike hatte sich mit ihrem Personalausweis der Bundesrepublik gar nicht erst herübergetraut, aus Angst, womöglich aus purer Willkür festgehalten zu werden.

Die Türklingel schrillte, und Vicky zuckte zusammen.

Ihre Mutter legte ihr beruhigend die Hand auf die Schulter. »Ich geh schon.«

Angespannt horchte Vicky zur Wohnungstür, doch was ihre Mutter dort mit einem Mann sprach, war zu leise, als dass sie es verstanden hätte. Vicky erlaubte sich ein vorsichtiges Aufatmen; Stasi oder Volkspolizei liefen sicher nicht im Flüsterton auf. Vermutlich war es wieder ein Student, der nach dem Ernte- oder Produktionseinsatz des Sommers erneut Zeit für seinen Staat opferte, indem er Flugblätter verteilte, mit denen die Partei die Grenzschließung rechtfertigte. Vicky trat einen Schritt zurück, um in den winzigen Vorraum zu spähen, und blickte verblüfft auf den jungen Mann, den ihre Mutter mit in die Küche brachte.

»Hallo, Vicky«, grüßte Gernot Strasser. »Ich hoffe, es ist okay, wenn ich einfach so reinschneie. Das Studentenwerk hat mir deine Adresse gegeben.«

Vicky konnte nur nicken. Sie und der Chemiestudent kannten sich zwar aus dem Klubhaus, aber nicht so gut, dass sie jemals mit einem Besuch von ihm gerechnet hätte.

Das fein geschnittene Gesicht erhitzt und das dunkelbraune Haar an den Schläfen feucht, lächelte er Vicky vorsichtig an. »Wie geht's dir?«

In einer vagen Geste zuckte Vicky mit den Schultern.

Ihre Mutter griff zu Handtasche und Einkaufsnetz. »Ich wollte sowieso noch zur Spätverkaufsstelle. Mal kucken, ob ich da was ergattern kann.«

Zurzeit hamsterten die Ostberlinerinnen wie verrückt, vor allem Zucker und Konserven. Laut RIAS war es im Westen ähnlich; die Angst vor einer sowjetischen Invasion, einem neuen Krieg ging um.

Die Wohnungstür klappte hinter Traude Becker zu.

Gernots Blick wanderte über die aufgeschlagenen Medizinbücher. »Was für eine verfluchte Scheiße«, murmelte er. »Ich fass es noch immer nicht, dass da wirklich eine Mauer steht.«

»Willst du was trinken?«, fragte Vicky.

»Wasser wäre super.« Mit dem hochgekrempelten Hemdsärmel fuhr Gernot sich über die schweißnasse Stirn.

In langen Zügen trank er aus dem Glas, das Vicky ihm reichte, schlenderte zum Fenster und spähte hinaus. Dann schloss er das Fenster und lehnte sich mit dem Rücken dagegen.

»Seitdem die Grenze dicht ist, ist im Studentenwerk die Hölle los«, erzählte er. »Girrmann, Thieme, Dörner und ein paar andere haben sich zusammengetan, um fieberhaft nach einer Lösung für euch Grenzgängerstudis zu suchen. Inzwischen sind wir ein ganz schön großer Kreis, und wir haben einen Plan.«

Gernot war bereits vor geraumer Zeit gegangen, und noch immer saß Vicky am Küchentisch und zwirbelte den Bleistift zwischen den Fingern. In der Wohnungstür klackte der Schlüssel.

»Du wirst es nicht glauben«, verkündete Traude Becker und ließ die Tür hinter sich zufallen, »aber ich habe tatsächlich ein

Stück Eierschecke erbeutet. Die magst du doch so gern.« Sie stellte das prall gefüllte Einkaufsnetz ab und stöhnte. »Was sitzt du denn in der Hitze bei geschlossenem Fenster da?«

»Gernot hat es zugemacht, damit niemand mithört«, erklärte Vicky leise.

Den Fenstergriff schon in der Hand, sah Traude Becker ihre Tochter fragend an. Ihrer Mutter würde sie nichts vormachen können, das wusste Vicky.

»Die vom Studentenwerk wollen mich rausholen«, erklärte Vicky heiser. »Mit einem falschen Pass.«

Traude Becker ließ die Hand sinken und schwieg einige Herzschläge lang.

»Wie riskant ist das?«, fragte sie dann sachlich.

»Sie haben schon einige Studis auf diese Art rübergebracht«, antwortete Vicky. »Es hat immer geklappt.«

»Was ist mit Achim?«

»Gernot hat gestern den halben Tag auf der Stalinallee totgeschlagen, bis er Achim abpassen konnte. Achim hat gesagt, er geht nur, wenn ich gehe.«

Traude Becker löste sich vom Fenster. »Natürlich geht ihr beide rüber.«

Vicky beobachtete ihre Mutter, die sich daranmachte, die Einkäufe zu verräumen. »Sie denken darüber nach, auch Angehörige rauszuholen.«

Traude Becker verharrte einen Augenblick reglos, ein Päckchen Salz in der Hand. »Kommt gar nicht infrage«, erwiderte sie barsch und hantierte weiter mit den Lebensmitteln.

Vickys Brust krampfte sich zusammen. »Die werden dir Ärger machen, wenn sie mitkriegen, dass ich abgehauen bin.«

»Na und?« Die Bewegungen ihrer Mutter wirkten umso energischer. »Meine Generation ist darin geübt, wegzukucken und so zu tun, als wüssten wir von nichts.«

»Und wenn sie dir deswegen kündigen?«

Traude Becker schnaubte und bückte sich nach dem Kohleeimer. »Während Ärzte und Schwestern gerade Mangelware sind wie Kaffee?«

»Bitte, Mutsch«, flüsterte Vicky, »komm mit rüber.«

Ihre Mutter blinzelte. »Du hast keine wirkliche Vorstellung davon«, sagte sie, »wie es früher war, unter dem Hakenkreuz, du warst ja noch ein Kind.« Sie öffnete die Herdklappe und wandte sich halb zu Vicky um. »Wenn ich in den Westen gewollt hätte, wäre ich schon vor langer Zeit gegangen. Ich wollte aber hier leben, in einem Deutschland, das nicht dieselben Fehler macht, sondern von Grund auf neu gestaltet wird. Bei uns ist der braune Sumpf trockengelegt, drüben nicht. Dort sitzen überall alte Nazis, und wer weiß, ob die nicht noch mal die Oberhand kriegen. Aber das hier ...« Sie tippte auf die Arbeitsfläche. »Das ist eine gute Sache, besonders für uns Frauen. Hier will uns keiner am Herd festbinden, hier können wir genauso an der Gesellschaft mitwirken wie die Männer und was aus uns machen. Ich hatte damals das Glück, dass wir in der Klinik die Kinderbetreuung untereinander organisiert haben. Aber wer hätte sich um dich gekümmert, wenn ich irgendwo anders auf Arbeit gewesen wäre? Von so was wie Kinderkrippen haben wir früher nur träumen können. Und wir Frauen haben sogar unseren eigenen Feiertag! Nicht diesen läppischen Muttertag, an dem Mutti ein paar Blümchen oder eine selbst gebastelte Scheußlichkeit kriegt, bevor sie in die Küche zu ihrem Sonntagsbraten zurückkehrt. So was finde ich wichtiger als Butter auf der Stulle und jeden Tag Bohnenkaffee.«

Bis vor ein paar Wochen hatte Vicky genauso gedacht. Jetzt war aus dem Traum von einem besseren Deutschland ein beklemmender Albtraum geworden.

»Die haben uns eingesperrt«, entgegnete sie heiser, »und schwingen dazu noch die Peitsche.«

Während einer Ostseefahrt hatten ein paar Jungs aus Jux einen Brief verfasst, mit dem sie den Kapitän des Ausflugsdampfers um einen kurzen Landgang im dänischen Bornholm baten. Für diese verrückte Idee waren sie zu hohen Zuchthausstrafen verurteilt worden; einer davon, ein Student der Freien Universität, sogar zu acht Jahren. Und im Bezirk Rostock hatten zwei Männer je achtzehn Monate Gefängnis bekommen, weil sie gegen die Sperrmaßnahmen den Mund aufgemacht hatten.

Traude Becker beschäftigte sich mit Zeitungspapier, dünnen Holzscheiten und Zündhölzern. »Vielleicht ist es erst einmal ganz gut, dass die Mauer steht«, meinte sie. »Jetzt kann unser Staat sich von diesem permanenten Aderlass erholen und wieder auf die Füße kommen. Uns haben ja nicht die Amerikaner unter die Arme gegriffen, wir mussten uns aus eigener Kraft wieder aufrappeln.«

Ihr Friedensstaat kam Vicky inzwischen wie ein Friedhof vor, auf dem eine erzwungene Grabesstille herrschte. »An der Grenze sterben Menschen, Mutsch!«

Die vollen Lippen ihrer Mutter pressten sich zu einem Strich zusammen. Dass es eine Krankenschwester gewesen war, die in der Bernauer Straße aus dem Fenster in den Westen sprang und sich dabei tödlich verletzte, hatte Traude Becker spürbar mitgenommen; für sie gehörten alle Ärzte und Ärztinnen, Krankenschwestern und Pfleger zu derselben weit verzweigten Sippe.

Es war nicht bei tragischen Unglücksfällen geblieben. *Schießt vor allem nicht auf eure eigenen Landsleute!*, hatte Willy Brandt vor dreihunderttausend Menschen am Schöneberger Rathaus appelliert. Doch sie hatten geschossen. In der Charité, die an der Grenze lag, hatten sie die Schüsse gehört, und Ärzte, Schwestern und Patienten hatten mit angesehen, wie der Leichnam aus der Spree geborgen worden war. Und trotz aller Geheimhaltung hatte der Flurfunk verbreitet, dass dieser junge Mann auf dem

Obduktionstisch von Professor Prokop an einer Kugel im Kopf gestorben war. Die Utopie von einem neuen Deutschland fraß ihre eigenen Kinder.

Traude Becker schloss die Klappe vor dem Herdfeuer und richtete sich auf. »Ich kann nicht weg. Die Klinik braucht mich.«

Vicky hatte immer gewusst, dass die Charité das zweite Kind ihrer Mutter war. Eines, das besondere Fürsorge verlangte, und Vicky hatte sich deswegen nie weniger geliebt gefühlt.

Sie hatten nie groß über die Jahre gesprochen, die sie ohneeinander gewesen waren. Erst viel später hatte Vicky eine Ahnung davon bekommen, wie ihre Mutter diese Zeit erlebt haben musste, zusammengestückelt aus den Erzählungen der Ärzte und Schwestern. Als die Klinik von Bomben und Granaten getroffen wurde, der Bunker als OP-Saal herhalten musste und das verbliebene Personal auf Feldbetten im Keller hauste. Überall in den Gängen hatten sich die Verletzten und Sterbenden gestapelt, für die es kein Morphium mehr gab. Vom einzigen noch funktionierenden Hydranten Wasser zu holen, der jedoch unter Beschuss lag, war ein Himmelfahrtskommando gewesen, das ein Dutzend Schwestern und Pfleger das Leben kostete. In der Charité war man leibhaftig dabei gewesen, als das Reich des Führers in Leichen, Exkrementen, Blut und Eiter unterging. Bevor man sich ans Aufräumen und den Wiederaufbau machen konnte, zwischen Ruhr, Typhus und Tuberkulose und dem allgegenwärtigen Hunger. Ohne Strom und fließendes Wasser, ohne Medikamente und Verbandsmaterial, während sich der gefürchtete Russe auf wundersame Weise in den großen Bruder Sowjetunion verwandelte.

Vicky dagegen hatte bei ihren Großeltern, bei Tante Hedwig und den Cousins und Cousinen eine behütete Kindheit verlebt, mitten in Krieg und Not. Zwischen Volksschule, Kinderspielen und Ausflügen ans Wasser waren die Jahre des Umbruchs wie im Flug vergangen, und nicht einen einzigen Augenblick hatte sie daran gezweifelt, dass sie ihre Mutter wiedersehen würde. Jetzt jedoch, als junge Frau, konnte sie sich nicht vorstellen, noch einmal auf unbestimmte Zeit von ihr getrennt zu sein.

»Dann bleibe ich auch«, sagte sie.

Traude Becker warf die letzten geschälten Kartoffelstücke ins Wasser und setzte den Deckel auf. »Soll die Plackerei der letzten Jahre wirklich umsonst gewesen sein?« Sie stellte den Kochtopf auf die Herdplatte. »Die Mauer wird nicht für immer stehen bleiben, und dann bereust du womöglich, dass du diese Chance jetzt nicht genutzt hast. Wenn du meinen Rat willst: Geh rüber und mach dein Studium fertig. Leiste deine Medizinalassistenz ab. Und in zwei oder drei Jahren, wenn sich die Wogen geglättet haben, bist du wieder hier. Wir haben schon ganz anderes überstanden, oder nicht?«

Sie setzte einen Schlusspunkt, indem sie das Fenster öffnete und die staubige Luft des heißen Septemberabends hereinließ.

6

It's Now or Never

Das Oktoberlicht tauchte die Küche in die Sepiatöne einer alten Fotografie, während Vicky und ihre Mutter beim Abendbrot zusammensaßen und Erinnerungen nachhingen, die mal heiter ausfielen, mal wehmütig. Die ganzen letzten Tage waren von Nostalgie eingefärbt gewesen.

Traude Beckers Blick richtete sich auf die Küchenuhr. »Du meine Güte, ich muss gleich los!«

Sie hatte sich nicht freigenommen, heute musste alles ablaufen wie gewohnt, damit im Mietshaus niemand Verdacht schöpfte. Im Aufstehen schickte sie sich an, ihren noch halb vollen Teller abzuräumen. Beide hatten sie keinen großen Appetit gehabt, dabei hatte Vicky sich *Hoppelpoppel* gewünscht, Bratkartoffeln mit Speck, Zwiebeln und Ei, ihr Lieblingsgericht aus Kindertagen.

Vicky legte die Hand auf die ihrer Mutter. »Lass mich das machen. Ich hab jede Menge Zeit, der Läufer kommt erst um halb neun. Die Reste hebe ich dir für morgen auf.«

Traude Becker blickte bedrückt, und auch Vickys Kehle war wie zugeschnürt. Ab morgen würde ihre Mutter immer allein hier am Tisch essen.

Bis zuletzt hatten sie den Abschied hinausgezögert, jetzt war er unausweichlich. Mit weichen Knien stemmte Vicky sich vom Stuhl hoch, und ihre Mutter schloss sie in die Arme.

»Schreib mir eine Karte«, flüsterte Traude Becker, »damit ich weiß, dass du gut drüben angekommen bist, ja? Einfach nur einen kurzen Gruß ohne Unterschrift, sicher ist sicher.«

Vicky sog tief den pudrigen Duft ihrer Mutter ein, um ihn nicht zu vergessen. »Gib auf dich acht, Mutsch«, murmelte sie erstickt. »Grüß Oma und Opa und Tante Hedwig.«

Sie wäre gern noch einmal zu ihnen gefahren, doch dafür hatte die Zeit nicht mehr gereicht. Die Wochen waren mit heimlichen Vorbereitungen ausgefüllt gewesen; damit, auf Abruf bereitzustehen.

»Und du grüß Achim von mir«, erwiderte Traude Becker zärtlich. »Haltet zusammen, was auch kommt. Die ersten Monate werden bestimmt nicht leicht.« Ein wehes Lächeln um den Mund und die Augen feucht, streichelte sie Vicky über Haar und Gesicht. »Geh deinen Weg, mein Mädchen. Lass dich von nichts und niemandem davon abhalten. Und wir sehen uns sicher ganz bald wieder.«

Sie löste sich aus Vickys Umklammerung und ging in den Vorraum, um Mantel und Handtasche vom Haken zu nehmen. Das Geräusch, mit dem die Wohnungstür hinter ihr zufiel, klang überlaut in Vickys Ohren.

Die beleuchteten Fenster des Hinterhofs warfen einen schwachen Schein in das enge Zimmer, das sich Vicky zwölf Jahre lang mit ihrer Mutter geteilt hatte. Im Schrank fehlten einige Sachen: Das Nötigste an Klamotten hatte sie in zwei Kartons an Hannah und Friederike geschickt, ihre Medizinbücher und Utensilien wie das teure Stethoskop an Annette, Max und Emil. Jeweils von anderen Postämtern aus, damit es nicht auffiel, und mit erfundenem Absender. Geburtsurkunde und Impfpass, Zeugnisse und Studienbuch sowie die Unterlagen für die Doktorarbeit hatte Gernot bei seinem zweiten Besuch zwischen den

Chemiebüchern in seiner Mappe hinübergeschmuggelt. Sachte schloss sie die Tür.

In der Küche war es still. Vicky hatte das Radio in den vergangenen Tagen nicht mehr eingeschaltet. Sie ertrug die Selbstgefälligkeit nicht, mit der der Berliner Rundfunk die Grenzschließung als Sieg über die Kriegstreiber des imperialistischen Westens feierte, und vom RIAS, in dessen Frequenz zunehmend Störsender funkten, wollte sie keine Nachrichten hören, die sie womöglich noch nervöser machten.

Unerbittlich zählte die Wanduhr die Zeit ab. Gute zwei Stunden hatte der Läufer hier mit Vicky am Tisch gesessen. Ein blässlicher junger Mann, Student vermutlich, der seinen Namen für sich behalten und mit ihr eine fremde Unterschrift und die Eckdaten eines fremden Lebens geübt hatte. Erst vor einer knappen halben Stunde war er gegangen.

Sie dachte an Achim. Mehr als zwei Wochen hatten sie einander nicht gesehen. Gernot hatte darum gebeten; je weniger Kontakt, desto besser. Er hatte nicht genau gewusst, wann und wie sie Achim rüberholen würden, aber angedeutet, dass auch für ihn heute der Tag X sein könnte.

Der große Zeiger sprang auf die volle Stunde. Vicky fühlte sich nicht bereit zu gehen, aber bleiben konnte sie ebenso wenig. Montag hätte sie auf ihrer neuen Arbeitsstelle erscheinen sollen, und jeden Tag hatte sie damit gerechnet, dass die Volkspolizei bei ihr klingelte.

Sie zog ihren leichten Mantel über das dunkelblaue Kleid, das für ihre Prüfungen gedacht gewesen war. Gernot hatte es bei der Durchsicht ihrer Garderobe ausgesucht: Solch ein Kleid würde sich auch eine ausländische Studentin im Schlussverkauf der Boutiquen im Bikini-Haus herauspicken. Sie knipste das Licht in der Küche aus und zog die Wohnungstür hinter sich zu.

Zwei Stockwerke tiefer kam ihr die alte Witwe Wohlgemuth

entgegen, die in Morgenmantel und Latschen in Richtung der Toilette schlurfte. »Na, Frollein Vicky, jehn Se noch wat aus?«

»Ja, ich treffe mich mit Freunden auf ein Glas.«

»Jut so!« Das Schildkrötengesicht der Greisin verzog sich zu einem Lachen. »Se sind nur eenmal jung!«

Im Hinterhof hängte Vicky die Handtasche um und schwang sich auf ihr Rad. Zügig, aber ohne Hast fuhr sie auf die Rosenthaler Straße hinaus. Wie sie es tun würde, wenn tatsächlich irgendwo an diesem späten Sonnabend Freunde in einer Kneipe auf sie warten würden. Das Plakat an der Ecke, das die Grenzgänger schmähte, war inzwischen zerschlissen. *Nieder mit der SED!*, hatte jemand darüber geschmiert.

Vicky hatte nur ein kurzes Stück zu radeln. Vor dem Friedrichstadtpalast, der mit seinem Giebel und dem Kastenaufbau an eine Fabrikhalle erinnerte, stieg sie ab und ließ das Rad einfach stehen. Mitnehmen konnte sie es nicht, vielleicht freute sich in den nächsten Tagen jemand darüber, ein herrenloses Fahrrad abgegriffen zu haben.

Ihr Blick traf sich mit dem des Läufers. Wie ein x-beliebiger junger Mann wirkte er, der sich in dieser milden Oktobernacht die Zeit mit einer Zigarette vertrieb, während er auf seine Freundin wartete. Er schnippte die Kippe zu Boden, und Vicky setzte sich in Bewegung. Lichter spiegelten sich im Wasser, als sie zwischen anderen Fußgängern die Brücke überquerte. Sicher kamen einige davon gerade aus dem Theater am Schiffbauerdamm. Auch Vicky hatte eine abgerissene Karte für das Berliner Ensemble in der Manteltasche: *Frau Flinz*, eine Mutter Courage des Sozialismus.

Aus Eisenstreben und Glas türmte sich der schummrig erleuchtete Bahnhof auf, durch den in beide Richtungen Züge rumpelten: Die Friedrichstraße war jeweils für die Verkehrsbetriebe Ost und West zum Sackbahnhof geworden, aber auch die einzige verbliebene Bahnverbindung zwischen den beiden Halbstädten. Vicky holte tief Luft und ging hinein.

Im Bahnhof herrschte Hochbetrieb. Trotz des Mauerbaus war Ostberlin noch immer ein beliebtes Vergnügungsziel für Touristen aus dem Ausland wie für Westdeutsche, deren Tagesvisum um Mitternacht endete.

Einige Herzschläge lang hatte Vicky keine Ahnung, wo sie hinmusste. Es war Monate her, dass sie zuletzt hier gewesen war, jetzt sah alles anders aus. Nicht nur, weil überall bewaffnete Uniformierte mit strengen Mienen Wache hielten. Vicky orientierte sich an den Schildern und dem Laufstrom der Menschen und reihte sich in die Schlange für Westreisende ein. Vorsichtig warf sie einen Blick zurück und entdeckte ihren Läufer weiter hinten. Unwillkürlich atmete sie auf, obwohl sie wusste, dass er ihr im Ernstfall nicht helfen könnte, sondern seine eigene Haut retten musste.

»Ausweis'n!«, bellte der Grenzer.

Vicky trat an den Holztisch und hielt ihm den aufgeklappten schwedischen Reisepass hin. Nur kurz ließ der Uniformierte den Blick zwischen dem Passbild und Vickys Gesicht hin- und herwandern, bevor er sie durchwinkte. Ingeborg Sjöberg aus Uppsala sah ihr wirklich sehr ähnlich.

»Machense de Dasche uff!«, befahl der Zöllner am nächsten Tisch.

Gehorsam hielt Vicky ihre geöffnete Handtasche hin, und mit zwei Fingern stocherte der Zöllner darin herum. Die beiden Schlüssel an einem Ring passten nirgendwo mehr hin, der Hausmeister der Universität hatte eine ganze Schachtel solcher ausgedienter Schlüssel gespendet. Und Vickys Geldbeutel enthielt außer einem Rückfahrschein der BVG West lediglich etwas mehr als zwanzig D-Mark. Was eine ausländische Studentin eben für einen Abend in der Tasche hatte.

»Führnse Währung der Deudschen Demokradschen Rebbublik mit?«, bohrte der Zöllner nach.

Vicky fischte ein paar Münzen aus der Manteltasche. »Nur das Wechselgeld aus dem Theater. Kann ich das hier irgendwo umtauschen?« Die Fluchthelfer vom Studentenwerk hatten wirklich an alles gedacht.

Wortlos knallte der Zöllner eine Sammelbüchse des Roten Kreuzes vor ihr auf den Tisch, und Vicky stopfte die Münzen rasch hinein, bevor sie den Holzverschlag für die letzte Kontrolle betrat.

Abgeschottet vom Getümmel des Bahnhofs, war die Kabine klaustrophobisch eng. Vicky schluckte, als ihr eine Frau in der grauen Uniform der Grenzpolizei entgegenblickte. Grenzerinnen waren gnadenlos, hatte Gernot sie vorgewarnt. Vicky schob den Pass durch den Schlitz unter der Glasscheibe, und die Grenzerin studierte ihn eingehend. Sie war noch jung, keine dreißig, und Vicky beschlich das unheimliche Gefühl, ihr schon einmal begegnet zu sein. Unter dem leichten Mantel begann sie zu schwitzen, und das nicht nur, weil die Luft im Verschlag stickig war.

Ihr Gegenüber hob den Kopf, und der Blick saugte sich an Vicky fest. »Sprechen Sie deutsch?«

»Ich studiere Deutsche Literatur«, antwortete Vicky, um den skandinavischen Singsang bemüht, den sie oft bei Bengt im Klubhaus gehört und heute Abend mit dem Läufer geprobt hatte. »Deshalb war ich gerade im Theater. Eine großartige Vorstellung des Deutschen Ensembles.«

Die Grenzposten wussten es zu schätzen, wenn man die Kultur der DDR lobte, hatte der Läufer sie instruiert. Besonders wenn es auch nur entfernt mit Bertolt Brecht zu tun hatte.

Das Gesicht hinter der Glasscheibe zeigte keine Regung. »Studieren Sie nicht Medizin?«

Der Boden unter Vicky schien zu schwanken. Einen entsetzlichen Augenblick lang war ihr Kopf wie leer gefegt, bevor es ihr mit einem Schlag wieder einfiel.

Klinische Visite, mittwochs zwischen zehn und zwölf Uhr. Ein Baby, noch keine zwei Monate alt, das ständig weinte, Anzeichen von Luftnot zeigte und rapide an Gewicht verloren hatte, weil es von Anfang an schlecht trank und die Milch oft nicht bei sich behielt. Die Charité hatte Mutter und Kind in den Westen geschickt, doch auch die Ärzte in Charlottenburg rätselten. Die ganze Runde durch die Patientenzimmer hatte Vicky gegrübelt und war zu guter Letzt Professor Bayer durch den Krankenhausflur nachgerannt.

Traude Becker hatte einmal einen kleinen Patienten mit ähnlicher Symptomatik gehabt, ein Junge, der beim Klettern in einer Bauruine abgestürzt war. Was, wenn dieses Baby nun während der Geburt, die nicht ohne Komplikationen verlaufen war, ebenfalls eine Ruptur des Zwerchfells erlitten hatte? Professor Bayer hatte Vicky zuerst angesehen, als wollte er sie auslachen, dann aber sofort eine Operation angeordnet. Vicky hatte die anschließenden Vorlesungen sausen lassen, weil sie dabei sein durfte, während Professor Bayer den Bauchraum dieses winzigen Wesens öffnete und den Riss im Zwerchfell flickte, der so fein gewesen war, dass man ihn auf den Röntgenbildern schlicht nicht sehen konnte.

Vicky war es dann auch gewesen, die das Kind zur Mutter zurückbrachte, genau erläuterte, was gemacht worden war, und im Namen der Klinik versprach, das Baby noch eine Weile dazubehalten und zu päppeln, bevor man es mit Heilnahrung, Medikamenten und einem Plan für Nachuntersuchungen nach Hause entließ. So etwas vergaß man nicht.

Schweigend musterten Vicky und die Frau hinter der Glasscheibe einander. Vicky hatte kein Talent fürs Zocken, und sie war eine lausige Schauspielerin. Aber sie war gut darin, alles um sich herum auszublenden und sich ganz auf den Moment zu konzentrieren. Und in diesem Moment hüpfte ihr Medizinerinnenherz vor Freude.

Sie verkniff sich nicht länger das Lächeln, das auf ihr Gesicht drängte. »Wie geht es der kleinen Eva? Hat sie sich gut entwickelt? Sie müsste jetzt etwas über ein Jahr alt sein, nicht? Läuft sie schon?«

Die Grenzerin verzog keine Miene, aber in ihren Augen flackerte es. Entschieden klappte sie den Pass von Ingeborg Sjöberg zu und schob ihn durch den Schlitz.

»Gehen Sie weiter.«

Vollgepumpt mit Adrenalin, verließ Vicky den Verschlag und folgte den Schildern über eine Treppe zum Bahnsteig. Auch hier stand inzwischen eine Mauer: Eine Wand aus Drahtglas trennte die Gleise in Ost und West. Vickys Hormonschub flaute so schnell ab, wie er gekommen war; jetzt zitterten ihr die Knie. Sie spürte einen Blick auf sich und wandte vorsichtig den Kopf. Der Läufer stand ein paar Meter entfernt und zupfte an seinem linken Ohr. *Alles gut gegangen. Entspann dich.*

Trotzdem schlug Vickys Herz wild um sich; so musste sich Kammerflimmern anfühlen. Denn noch war sie nicht im Westen, noch konnte es sich die Grenzerin anders überlegen und die bewaffneten Grenzpolizisten alarmieren, die über den Bahnsteig patrouillierten.

Unter leisem Grollen und mit ratternden Rädern fuhr der Zug ein. Vicky ließ sich auf den nächstbesten Sitz fallen und zählte angstvoll die Sekunden, bis die Bahn anrollte und sie mit sich forttrug. Sie schloss die Augen, sie wollte nicht sehen, dass es jetzt kein Zurück mehr gab.

Die Fahrt schien endlos, dabei war es nur eine Station. Ruckelnd und mit quietschenden Bremsen hielt der Zug, und mechanisch stieg Vicky aus. Der Läufer überholte sie auf der Treppe, die Vicky wie ein unüberwindlicher Berg vorkam, und auf wackeligen Beinen erklomm sie eine Stufe nach der anderen.

Vor dem Bahnhofsgebäude blieb sie stehen und blickte sich suchend um; der Lehrter Bahnhof hatte kaum je auf ihren Alltagsrouten gelegen. Irgendwo dort drüben in der Finsternis musste der Stadtpark sein, in dem sie dem Läufer den geborgten Pass und die unbrauchbaren Schlüssel zurückgeben sollte.

»Da ist sie!«, rief jemand, und Vicky fuhr herum.

Die Nachtlichter spiegelten sich in den Brillengläsern von Friedemann Schenk, der rauchend mit einem zweiten jungen Mann zusammenstand, dessen Locken im Laternenschein kupfern glänzten. Achim schleuderte die Kippe von sich und rannte los. Vicky lief ihm entgegen und warf sich in seine Arme, und er presste sie so fest an sich, als wollte er sie nie wieder loslassen.

»Heute Nacht könnt ihr in meiner Bude unterkommen«, hörte sie Friedemann Schenk sagen. »Aber gleich morgen früh müsst ihr euch in Marienfelde melden.«

Vicky vergrub das Gesicht an Achims Schulter. Morgen war morgen. Heute zählte nur, dass sie es beide über die Grenze geschafft hatten.

7

Sag warum

»Hattest du keine Muffe?« Lothar trat aus der Wurstküche heraus, während er mit flinken Bewegungen eines der großen Messer am Wetzstahl schärfte. Lehrling Harald lugte neugierig um den Türrahmen herum, eine Metallschüssel in der Hand, auf der ein großes Pflaster prangte; die fadendünne Narbe am Daumen war nicht seine letzte Blessur geblieben.

Knapp vier Wochen danach war Vickys Flucht noch immer Gesprächsthema in der Fleischerei, auch bei der Kundschaft. Allerdings in einer verfälschten Version, laut der sie zusammen mit einer schwedischen Touristin ausgereist war, die dann den geliehenen Pass ihrer im Osten wartenden Freundin zurückgebracht hatte. Stasispitzel konnten überall lauern.

»Also, ich an deiner Stelle hätte mir an der Grenze bestimmt in die Hose gemacht«, fügte Lothar hinzu.

»Du schon«, ertönte hinter ihm der Bass von Fleischermeister Storz. »Aber unser Fräulein Vicky doch nicht!«

Vicky schmunzelte und putzte weiter die leer geräumte Kühlvitrine. Sie hatte Glück gehabt: Da im Oktober die meisten Studis gerade erst für die Vorlesungen ab Allerheiligen eintrudelten, hatte sich auf den Aushang im Schaufenster hin noch niemand gemeldet, und sie hatte sofort wieder bei Storzens anfangen können. Es war ein seltsames Gefühl, einen Teil ihres Lebens wiederaufzunehmen, als wäre nichts geschehen, während der andere Teil hinter der Mauer zurückgeblieben war.

Als sie sich unmittelbar nach der Grenzschließung in der Abteilung für Volksbildung gemeldet hatte, war sie im Roten Rathaus Marlene über den Weg gelaufen. Die hatte jene Nacht im August bei Annette verbracht und zwei Tage mit sich gerungen, bevor sie gesenkten Hauptes in den Osten zurückgekehrt war, zu ihrem Vater, den Geschwistern und der schwer zuckerkranken Mutter. Ohne dass sie ihren Freund Hannes wiedergesehen hatte. *Ist auch besser so*, hatte sie unter Tränen hervorgewürgt. Manfred war bei seinem Onkel in Neukölln geblieben; die Fluchthelfer vom Studentenwerk versuchten gerade, seine Verlobte Ingrid über die Grenze zu holen. Die Mauer in Berlin hatte Lebenswege zerstückelt wie zuvor ein ganzer Krieg.

Vicky war nicht abergläubisch, aber im Nachhinein erschien die Sonnenfinsternis im Februar wie ein Vorzeichen für die Zeitenwende, die sie gerade erlebten.

»Wie war es eigentlich in Marienfelde?«, rief Frau Storz, die geschäftig in der Wurstküche hin und her lief. »Davon haben Sie noch gar nichts erzählt, Fräulein Vicky. Bestimmt nicht schön, oder?«

»Nein, wirklich nicht«, antwortete Vicky knapp und wrang den Putzlappen über dem Eimer aus.

Nachdem der Mauerbau den Flüchtlingsstrom zu einem dünnen Tröpfeln gedrosselt hatte, war das Notaufnahmelager zwar halb leer gewesen, doch die Menschenmassen, die hier hindurchgegangen waren, hatten Spuren hinterlassen. Getrennt von Achim untergebracht, hatte Vicky sich mit anderen Frauen ein enges Zimmerchen mit muffigen Stockbetten und einem schiefbeinigen Tisch geteilt. Besonders vor den Gemeinschaftstoiletten hatte es sie gegraust, dagegen war diejenige in der Rosenthaler Straße eine Oase gewesen.

Dass sie auf Typhus und Tuberkulose untersucht worden war, auf Läuse und eine mögliche Schwangerschaft fand sie nachvollziehbar, aber die Art und Weise demütigend; sollte sie jemals als Ärztin auf einer solchen Stelle landen, würde sie es besser machen. Dafür war es mit den Formalitäten gut vorangegangen, und die Gespräche mit den Amerikanern, Briten und Franzosen, die sie zu ihrer politischen Gesinnung befragten, waren weniger hart ausgefallen als befürchtet. Als Studierende der Freien Universität hatten sie eine Vorzugsbehandlung genossen, das war spürbar gewesen. Vicky hatte fast ein schlechtes Gewissen gehabt, als sie und Achim nach nicht einmal einer Woche mit ihren paar Habseligkeiten das Lager wieder verlassen konnten, den grünen behelfsmäßigen Personalausweis Westberlins und die begehrte Zuzugsgenehmigung in der Tasche. Während ganze Familien seit Jahren im Lager ausharrten, weil noch ein Dokument fehlte, und sich an die Hoffnung klammerten, irgendwann einmal in die Bundesrepublik ausgeflogen zu werden, da das Rettungsboot Westberlin längst überfüllt war.

Vicky rieb noch einmal mit einem Tuch über die Oberflächen der Vitrine, als Frau Storz zu ihr trat und ihr ein Päckchen hinhielt. »Ich hab da eine Kleinigkeit für Sie, Fräulein Vicky. Ein leerer Bauch studiert doch nicht gern.«

»Danke, Frau Storz. Das ist wirklich sehr nett von Ihnen.«

Finanziell fing Vicky bei null an. Ihr Erspartes in Ostmark hatte sie nicht mitnehmen können und ihrer Mutter gegeben, und der bescheidene Rest an Westgeld, den Gernot und der Läufer für sie hinübergeschafft hatten, war schnell aufgebraucht. Wie zuvor die Währungsbeihilfe für Oststudis war auch die Eingliederungsbeihilfe für studentische Flüchtlinge nur ein Grundstock, und dazu noch befristet.

»Und jetzt dalli, ab ins Wochenende mit Ihnen!«, sagte Frau Storz lächelnd. »Sie werden schon sehnsüchtig erwartet.«

Vicky folgte ihrem Blick durch das Schaufenster. Ihr Herz machte einen Sprung, als sie Achim entdeckte, der draußen auf und ab schlenderte, die Hände in den Jackentaschen und den Kragen hochgeschlagen. Weil kurz vor der Vollendung der Gedächtniskirche jeder Tag zählte, war sein Job auf der Baustelle bereits neu besetzt gewesen, was ihn jedoch wenig zu kümmern schien.

In aller Eile räumte sie das Putzwerkzeug auf, tauschte die Schürze gegen ihren Mantel und verabschiedete sich mit einem fröhlichen Wochenendgruß.

Beim Bimmeln der Ladenglocke wandte Achim sich um, und sein Gesicht leuchtete auf.

»Was machst du denn hier?«, rief Vicky ihm vergnügt entgegen. »Wir sind doch erst heute Abend verabredet.«

Er küsste sie auf die Wange. »Ich hatte noch im Studentenwerk zu tun und dachte, ich hole dich ab.«

Die Büros des Studentenwerks lagen gleich um die Ecke, in einem betulich wirkenden Gebäude die Ihnestraße hinauf, in dem sich unter anderem auch der studentische Kundendienst *Heinzelmännchen* und die Beschaffungsstelle der Universität befanden. Achim war häufiger dort, und Vicky schaute ebenfalls ab und zu vorbei.

Der Kreis um Girrmann, Thieme und Dörner konnte jede helfende Hand gebrauchen. Innerhalb von drei Monaten war ein fein verzweigtes Netzwerk entstanden, das bis in die Technische Universität und an die Oberschulen reichte – und weit darüber hinaus. Der Mauerbau hatte eine Welle der Solidarität ausgelöst, gerade auch bei der älteren Generation, die nicht selten Tipps und Tricks aus der Nazizeit mit einbrachte.

Ein geliehener oder gefälschter Pass war nicht die einzige Möglichkeit, wie Vicky inzwischen wusste. Nachdem die Fluchtroute über die Kanalisation aufgegeben worden war, weil eine

Tour Mitte Oktober schiefgegangen war, wurde weiter an gegrabenen Tunneln und durchschnittenen Zäunen am Stadtrand von Berlin gearbeitet. Trotzdem blieben Ausweise aus halb Europa zwischen Skandinavien und der Schweiz der beste Weg in die Freiheit. Sogar Diplomatenpässe hatten sie zur Verfügung und belgische Blankopässe mitsamt Stempel und Gebührenmarken. Nur von amerikanischen, britischen und französischen Dokumenten ließen sie die Finger, um nicht womöglich eine der drei Besatzungsmächte in Erklärungsnot zu bringen. Mit der Rückkehr der Studierenden aus den Ferien, mit den Erstsemestern und neuen Gaststudenten aus aller Welt, die man um ihre Pässe oder die ihrer Verwandten und Freunde zu Hause bitten konnte, hatte die Fluchthilfe gerade erst richtig Fahrt aufgenommen.

Arm in Arm spazierten Vicky und Achim an den Villengärten vorbei, deren Bäume schon fast kahl waren. An diesem tristen Sonnabend im November schien Dahlem geradezu ausgestorben; nur das Rascheln des bunten Herbstlaubs unter ihren Schuhen war zu hören. Sie hatten denselben Weg, zur U-Bahn-Station Oskar-Helene-Heim neben der gleichnamigen Orthopädischen Klinik und Poliklinik der Universität. Vicky sparte auf ein gebrauchtes Fahrrad, da sie wieder fast genauso weit von der Universität entfernt wohnte wie vorher, nur in der anderen Richtung.

Jeder wollte ins Studentendorf Schlachtensee, in eines der hellen und freundlichen Zimmer mit funktionaler Gemeinschaftsküche und Gemeinschaftsbad. Ein Modellprojekt aus der Gründungszeit der FU, bei dem sich Häuser mit modernen klaren Linien in einer verschwenderisch großzügigen Grünanlage gruppierten. Über die Quote für ostdeutsche Studierende und aufgrund ihrer Semesterzahl waren Vicky und Achim dort untergekommen; ein absoluter Glückstreffer.

Vicky musterte Achim. Er hatte etwas auf dem Herzen, das sah sie ihm an. »Was ist los?«

Achim schwieg einige Augenblicke lang, dann machte er halt und zog Vicky an sich. »Was hältst du davon, wenn wir noch dieses Jahr das Aufgebot bestellen?«

Vicky runzelte die Stirn. »Wir waren uns doch einig, dass wir warten wollen, bis wir mit dem Studium fertig sind.«

»Bis wir an der Charité sind, ja. Nur wird jetzt nichts mehr daraus. Pläne schmieden ist eine Sache und eine andere, was das Leben damit macht.«

Vicky senkte den Kopf und fuhr mit dem Daumen über das Päckchen in ihrer Hand. »Ich will nicht ohne meine Mutter heiraten.«

Achim streichelte ihr über die Schultern. »Das versteh ich. Aber wenn nun die Mauer auf ewig Ost und West voneinander trennt? Willst du dein Leben lang auf einen Tag warten, der womöglich nicht mehr kommt?«

Das war nicht das, was Vicky hören wollte. Sie vermisste ihre Mutter so sehr, dass es wehtat. Bislang hatte sie nur kurze Kartengrüße geschrieben, keinen ausführlichen Brief, der womöglich abgefangen würde und Traude Becker in Schwierigkeiten brachte. Vicky konnte nicht einmal bei ihr in der Klinik anrufen, da die Telefonleitungen zwischen den beiden Halbstädten von der Ostseite aus schon vor gut zehn Jahren gekappt worden waren.

Bittend sah sie Achim an. »Reden wir heute Abend darüber? Dafür brauche ich einen freien Kopf, und den habe ich erst, wenn ich weiß, dass ich mein Lernpensum für heute geschafft habe.« Sie hob das Päckchen aus der Fleischerei an. »Wir könnten zusammen kochen, und dann sprechen wir. Von mir aus die ganze Nacht.« Herren- oder Damenbesuch nach zweiundzwanzig Uhr war im Studentendorf eigentlich nicht erlaubt, aber man musste sich ja nicht erwischen lassen.

Achim wich ihrem Blick aus. »Ich weiß noch nicht, ob ich heute Abend kann.«

Vicky blinzelte. Sie hatte sich schon die ganze Woche darauf gefreut; seit sie im Westen waren, sahen sie sich viel zu selten.

Er holte tief Luft. »Ich bin heute auf einer Passtour in den Osten.«

Vicky starrte ihn entgeistert an. »Spinnst du?«

Achim rieb über ihren Oberarm. »Keine Bange. Der Plan ist wasserdicht, und mein belgischer Pass ebenso. Gernot wird wieder mit dabei sein. Das haben wir letzte Woche schon mal gemacht.«

Vicky schluckte. Dass Achim dieses Risiko eingegangen war, während sie ahnungslos über ihren Medizinbüchern saß, drehte ihr den Magen um. »Und Girrmann, Thieme und Dörner sind damit einverstanden?«

Achims Wangengrübchen blitzten auf. »Nur Dörner weiß davon. Den habe ich so lange bequatscht, bis er eingeknickt ist. Wir haben einfach zu wenig Passtransporteure und Läufer.«

Vicky dämmerte, dass Achim weitaus mehr Zeit mit den Fluchthelfern verbrachte, als sie bisher angenommen hatte. »Was ist mit deinem Examen? Die Eingliederungsbeihilfe gilt nur für drei Semester, das weißt du.«

Achim zuckte mit den Schultern. »Gibt Wichtigeres. Ich werde den Jungs vom Studentenwerk ewig dafür dankbar sein, dass sie uns rausgebracht haben. Da kann ich nicht einfach nur rumsitzen und so tun, als ginge mich das alles nichts mehr an.«

»Was willst du machen?«, fragte Vicky verständnislos. »Ganz Ostberlin rüberholen und die halbe DDR noch dazu?«

Achim nickte bedächtig. »Wenn es sein muss.«

Mit ihren geschickten Händen hatte Vicky selbst schon die Bastelarbeit übernommen, ausländische Reisepässe mit Fotos aus der Kartei der ostdeutschen Studis zu versehen oder mit

Passbildern von Familienmitgliedern, von Freunden und Freundinnen. Streng genommen handelte es sich dabei um Urkundenfälschung, das war nicht nur den Juristen unter ihnen bewusst. Sie vertrauten darauf, dass die Notlage der Menschen drüben einen solchen Gesetzesverstoß rechtfertigte; Zivilcourage war das Gebot der Stunde. Etwas ganz anderes war es jedoch, sich aus der Sicherheit Westberlins über die Grenze zu wagen, um Ostbürger hinauszubringen. Bislang war fast jeder Fluchtversuch geglückt, trotzdem wussten sie alle um die Risiken für den Flüchtenden wie seine Helfer.

»Und wenn du auffliegst?«, fauchte Vicky. »Dann bist du nicht nur wegen deiner eigenen Republikflucht dran, sondern auch als Helfer. Ist dir nicht klar, was dir dann blüht?«

Fluchthilfe wurde von der Justiz der DDR als Menschenhandel gewertet und mit langen Zuchthausstrafen geahndet. Unter Umständen sogar als Spionage, und dafür waren schon Todesurteile verhängt worden. Das Regime Ulbricht war unberechenbar, das hatten sie seit dem Sommer gelernt.

»Das nehme ich in Kauf«, entgegnete Achim leise.

Angst und Wut tobten in Vickys Bauch. »Wenn du unbedingt was tun willst, dann mach's wie ich und bettel vor der Mensa um Spenden für den guten Zweck! Bequatsch die neuen Gaststudenten aus dem Ausland, damit ihre Verwandten und Freunde zu Hause uns die Pässe leihen. Übernimm von mir aus auch die Flüge nach sonst wohin, um die Dokumente herzuholen und wieder zurückzubringen. Aber riskier nicht Kopf und Kragen, indem du als geflohener Ostdeutscher über die Grenze gehst. Gerade jetzt nicht!«

Es war noch keine vier Wochen her, dass es um die Ausweispapiere des stellvertretenden Chefs der US-Mission, der in Ostberlin ins Theater wollte, Gerangel gegeben hatte. Eine eigentlich lächerlich kleine Auseinandersetzung am Grenzposten, die sich jedoch zu einer handfesten Krise auswuchs. Sechzehn Stunden lang hatten sich am Checkpoint Charlie amerikanische und sowjetische Panzer gegenübergestanden; sechzehn Stunden, in denen ganz Berlin den Kopf einzog und der Rest der Welt den Atem anhielt. Die Panzer waren zwar wieder davongerollt, aber wirkliche Erleichterung wollte sich nicht einstellen. Dafür blieb die Lage zu brenzlig, während Ostberlin die Mauer verstärkte und mit Fahrzeugsperren verbarrikadierte, Amerikaner und Sowjets sich mit der Wucht ihrer Atomwaffentests zu übertrumpfen suchten. Die Welt glich in diesen Tagen einem Pulverfass, dessen Zündschnur in Berlin lag.

»Ich kann nicht anders«, erwiderte Achim. »Davon bringst auch du mich nicht ab.« Unter dem grauen Novemberhimmel wirkten seine Augen umso dunkler.

Die ganze Zeit über hatten sie leise gesprochen, so nah standen sie beisammen, und dennoch kam es Vicky vor, als drifteten sie unaufhaltsam auseinander. Es begann zu nieseln.

»Mach doch, was du willst!«, schleuderte sie ihm entgegen und ließ ihn stehen. Achim rief nach ihr, doch sie drehte sich nicht mehr um.

Der Lichtkegel der Schreibtischlampe verwandelte das große Fenster von Vickys Zimmer in einen Spiegel, der sie von der Außenwelt abschottete. Das Studentendorf war luftig erbaut, darauf ausgerichtet, der Freiheit im Namen der Universität gerecht zu werden. An diesem Novemberabend empfand Vicky die gut zehn spartanisch möblierten Quadratmeter jedoch als erdrückend.

Sie schielte zum Wecker, dessen Zeiger sich nur in Zeitlupe zu bewegen schienen, und doch ging es bereits auf Mitternacht zu. Selbst die Lehrbücher und die angefangene Rohfassung ihrer Doktorarbeit boten heute keine Zuflucht. Nichts kam gegen dieses kummervolle Ziehen in ihrem Bauch an. Sie und Achim hatten noch nie gestritten.

Es klopfte. Vicky sprang auf und war in zwei Schritten an der Tür. Draußen unter der Flurleuchte stand Gernot, das Gesicht bleich und angespannt. Vicky sah ihm an, was er sagen wollte, noch bevor er den Mund aufmachte.

Achim war nicht aus Ostberlin zurückgekehrt.

RHEIN-MAIN
SOMMER 1963

EREHT UOY
SOMMER 1963

8

Moon River

Die Handtasche quer umgehängt, radelte Vicky zwischen grünen Feldern hindurch und tauchte in das kleine Waldstück ein, in dem schon das Brausen der Autobahn zu hören war. Beiderseits des Trampelpfads lichteten sich die Bäume, und der ockerfarbene Flachdachbau der Motel-Raststätte Pfungstadt-Ost kam in Sicht. Auf dem rappelvollen Parkplatz standen deutlich mehr Autos als Lastwagen, dabei war es noch nicht einmal neun Uhr morgens. Doch für den Großraum Frankfurt war dieser 25. Juni auch kein gewöhnlicher Dienstag. Der allerdings enttäuschend grau begann, der wolkenverhangene Himmel versprach nicht gerade Präsidentenwetter.

Vicky stellte ihren rostigen Klepper von Fahrrad an der Klinkerwand ab. Vor dem Eingang pries ein Klappschild in Kreideschrift *Steak Kennedy* als Tagesgericht für 4,50 DM an. Die Glastür schwang auf, und zwei Jungen in kurzen Hosen hüpften fähnchenschwenkend heraus; heute gab es Wichtigeres als Schulstunden oder Büroarbeit. Vater und Mutter im Sonntagsstaat musterten Vicky abfällig. In abgewetzten Blue Jeans und Segeltuchschuhen, eine ausgeleierte Strickjacke über dem Ringelshirt und das Haar, das lange keinen Friseur mehr gesehen hatte, einfach mit einem Gummi zusammengebunden, gab sie das weibliche Pendant eines Gammlers ab.

Vicky häufte eine Handvoll Münzgeld auf die Ablage des

Fernsprechers, griff zum Hörer und steckte gleich fünf Mark in den Schlitz. Ein Gespräch über sechshundert Kilometer hinweg war teuer. Sie wählte die Nummer des Fernamts und gab der Telefonistin eine Nebenstelle der Charité in Ostberlin an. Es klackerte und klickte in der Leitung, während sich auf Umwegen Verbindungen über die Mauer schalteten und schließlich den Apparat im Schwesternzimmer klingeln ließen. Eine Schwester Hilde nahm ab.

»Käthe Köppen hier«, meldete sich Vicky mit dem Namen ihrer Großmutter. »Guten Morgen. Könnte ich bitte Schwester Traude sprechen?«

»Muss ick nachkieken«, kam es schroff aus dem Hörer, vielleicht mit Urberliner Ruppigkeit, vielleicht mit der herrischen Autorität, die manch einer Krankenschwester in Fleisch und Blut überging. Oder es war doch durchgedrungen, dass Schwester Traude ab und zu Anrufe aus dem feindlichen Westen erhielt.

Bitte, bitte sei da!, bat Vicky stumm.

Am anderen Ende raschelte es, und dann hörte Vicky die Stimme ihrer Mutter, vorsichtig und ein bisschen aufgeregt. »Hallo?«

Vicky schossen Tränen in die Augen. »Ich bin's.«

Auch ihre Mutter atmete tief durch. »Geht's dir gut?«

»Sehr gut!« Vicky zwang sich, fröhlich zu klingen. »Sind alle überaus zufrieden mit mir. Gestern habe ich sogar ein Lob vom Chefarzt gekriegt. Und wie geht's dir?«

»Ach, wie immer«, antwortete Traude Becker munter, »alle Hände voll zu tun. Ich soll dich auch lieb aus Vorpommern grüßen.«

Die Verbindung war wie gewohnt schlecht, knisternd und rauschend und mit einem unangenehmen Nachhall. Als läge ein ganzer Ozean zwischen ihnen. Trotzdem war Vicky in diesen

Augenblicken ihrer Mutter näher als zuletzt in Westberlin. Ein eigentümliches Gefühl, schmerzhaft und tröstlich zugleich.

»Brauchst du irgendwas?«, erkundigte sie sich und warf mit einem Blick auf die Münzanzeige weitere Geldstücke nach.

»Iwo! Mach dir keine Gedanken, hier ist alles bestens.«

Was vermutlich sogar stimmte, seit dem Mauerbau schien auch das andere Deutschland sein Wirtschaftswunder zu erleben. Im Gegensatz zu Vicky, die sich nicht einmal selbst ein Päckchen Kaffee leisten, geschweige denn ihrer Mutter eines schicken konnte. Der goldene Westen hatte seinen Glanz längst eingebüßt.

Vicky umklammerte den Hörer fester. »Hast du inzwischen was gehört?«

Genauso selbstverständlich, wie sie nie unter ihrem eigenen Namen anrief, sprachen sie in diesen Telefonaten vieles nicht offen aus. Die Charité war nicht mehr nur in medizinischer Hinsicht ein Musterkrankenhaus, sondern auch ein Aushängeschild für den sozialistischen Staat. Auch wenn im Schwesternzimmer niemand die Lauscher spitzte, bestand immer noch die Möglichkeit, dass die Stasi die Leitung verwanzt hatte, das hatte Traude Becker in einem ihrer Gespräche angedeutet.

»Leider nicht«, erwiderte ihre Mutter bedrückt. »Der Senior weigert sich stur, mit mir zu reden.«

Das scharfzahnige Räderwerk aus Kontrollen und Patrouillen am Bahnhof Friedrichstraße hatte Achim verschluckt. Irgendwo hinter dem Rücken der Studentin, die er als Läufer dorthin begleitet hatte, während Gernot am Lehrter Bahnhof wartete. Das war das Einzige, was sie wussten.

»... aber letztlich ist es doch ein gutes Zeichen, meinst du nicht?«, drang die Stimme ihrer Mutter zu ihr durch. »Sonst hätten wir doch schon längst etwas erfahren.«

Die Dramen, die sich an der innerdeutschen Grenze abspielten, waren für die Presse im Westen wie im Osten ein gefundenes Fressen. Besonders die Propagandamaschinerie der DDR schlachtete genüsslich die Geschichten derer aus, die geschnappt worden waren – oder die ihr Leben dort gelassen hatten. Zwei Dutzend waren es bislang, fast ausschließlich junge Leute. Wie Dieter Wohlfahrt, ein Student der Technischen Universität. Mit seinem österreichischen Pass halb im Osten, halb im Westen zu Hause, hatte er sich dem Kreis um Girrmann, Thieme und Dörner angeschlossen. Im Dezember nach dem Mauerbau hatte er eigentlich aufhören wollen und dann doch noch eine letzte Tour in den Westen geplant. Er war gerade dabei gewesen, die Mutter einer jungen Bekannten durch den Zaun zwischen Staaken und Spandau zu lotsen, als aus dem Hinterhalt Schüsse fielen. Dieter Wohlfahrt verblutete, und die Grenzer ließen sich mehr als eine Stunde Zeit, bis sie den Leichnam auf ihre Seite des Zauns zerrten.

Die Nachricht hatte die Studentenschaft Westberlins bis ins Mark erschüttert. Umso entschlossener hatte das Netzwerk alles darangesetzt, noch mehr Menschen aus dem Osten herüberzuholen. Trotz mehrerer Verhaftungen waren es seit dem Mauerbau einige Hundert geworden, die es in die Freiheit geschafft hatten. Bis Stasi und Staat den bisherigen Fluchtrouten nach und nach Riegel vorgeschoben hatten. Mit dem reißerischen Aufmacher *Unternehmen Reisebüro* hatte der *Spiegel* sogar eine Titelgeschichte daraus gemacht.

Dass keine einzige Zeitungsmeldung auf Achim gepasst hatte, mochte wirklich ein gutes Zeichen sein. Trotzdem bekam Vicky nicht aus dem Kopf, wie die Freie Universität regelmäßig jener zehn Studenten gedacht hatte, die Anfang der Fünfzigerjahre politisch aktiv gewesen und dann im Ostteil der Stadt verschwunden waren. Dass man nie wieder von ihnen gehört hatte, ließ das Schlimmste ahnen.

Vicky klaubte die restlichen Geldstücke von der Ablage und steckte sie in den gefräßigen Fernsprecher.

»Es wird schon alles gut werden«, hörte sie ihre Mutter sagen. »Hab einfach ein wenig Geduld. Und wenn du erst ...« Ein Piepsen fiel ihr ins Wort. Rasselnd verschwand die letzte Münze im Inneren des Apparats, und die Verbindung brach ab.

Knapp sieben Mark hatten diese paar Minuten verschlungen; jetzt würde es wieder einige Wochen dauern, bis Vicky genug Geld für das nächste Telefonat zusammenkratzen konnte.

»Ich hab dich lieb, Mutsch«, flüsterte sie in das Tuten hinein.

Im Stillen leistete sie Abbitte für die Lüge, die sie einmal mehr aufgetischt hatte. Es gab keinen lobenden Chefarzt, denn das Städtische Krankenhaus Darmstadt kannte keine Dr. med. Viktoria Becker. Wie Seifenblasen waren ihre Zukunftsträume an der rauen Realität zerplatzt. Im Westen gab es alles im Überfluss. Nur keine Medizinalassistenzen.

Sie hätte im Osten bleiben sollen. Die Arbeit in der Pharmafabrik wäre womöglich gar nicht so übel gewesen, sie und Achim hätten einander noch, und sie wäre nicht durch diese unbarmherzige Mauer von ihrer Mutter getrennt. Ab und zu dachte sie sogar darüber nach, zurückzugehen. Doch auf Republikflucht standen mindestens drei Jahre Haft, selbst für diejenigen, die reumütig heimkehrten. Sofern nicht noch eine Verurteilung wegen Rädelsführerschaft, Sabotage oder Boykotthetze hinzukam, da waren die Richter drüben kreativ.

Vicky hängte den Hörer ein und holte ihr Rad, um zur Tankstelle hinüberzufahren. Vor dem Servicepavillon parkte sie den Drahtesel und nahm die Badetasche mit ihren Arbeitsklamotten aus dem Korb. An den überdachten Zapfsäulen kümmerten sich zwei Männer in Overalls um einen klotzigen Mercedes.

»Entschuldigung«, sprach Vicky einen der beiden an, »könnte ich mein Fahrrad wieder bis morgen früh hier stehen lassen?«

»Ei freilisch!«, rief der Tankwart und zwinkerte ihr zu. »Mer hawwe aach die Guggelscher druff!«

Vicky brauchte nicht lange zu warten. Pünktlich um Viertel nach neun rollte ein perlgrauer Ford Taunus an die Tankstelle, eine äußerst elegante Dame in den Dreißigern am Steuer, und Vicky stieg ein.

»Einen wunderschönen guten Morgen!«, rief Edelgard über die flotte Musik aus dem Autoradio hinweg. »Bereit, heute das Geschäft des Jahres zu machen?«

Vicky verstaute ihre Taschen im Fußraum. »Hilfst du mir nachher wieder mit Frisur und Make-up?«

»Aber sicher, Liebchen.« Edelgard gab Gas und fädelte sich in den Verkehr auf der Autobahn ein.

Eine gute Dreiviertelstunde hatten sie nach Hanau zu fahren, dem Geburtsort der Brüder Grimm. Die meisten Leute dort verdienten ihre Brötchen im Goldschmiedehandwerk oder bei den drei großen D: Degussa, Dunlop und dem Ableger Dunlopillo, Garant für guten Schlaf.

Vicky indes würde sich in ein Abziehbild Brigitte Bardots verwandeln, mit dickem Lidstrich und Kussmund, steifen Tuschewimpern und auftoupierter Mähne, und hinter einem Tresen mit Flaschen und Gläsern hantieren. Denn Hanau war auch die größte US-Garnison in Europa. Rund dreißigtausend Amerikaner lebten hier, Militärs wie Zivilangestellte, die teilweise ihre Frauen und Kinder mitgebracht hatten. Die Amis hatten ihre eigenen Schulen und Lebensmittelläden, eigene Kinos und Theater und fuhren in Straßenkreuzern mit amerikanischen Nummernschildern durch die Stadt. Und während die Offiziere in ihre schicken Clubs und Casinos ausgingen, strömten die unteren Ränge abends nach *Chicago-Nord*, das Lamboy-Viertel, und ins *Klein St. Pauli*, die Krämerstraße. *Bernhardseck, Pigalle, Moonlite-Bar, Eden-Bar, Jolly-Bar* oder *City-Bar* boten alles, was das Soldatenherz begehrte: Jazz, Swing, Rock 'n' Roll und die aufpeitschenden Takte der brandneuen Beatmusik, starke Drinks – und deutsche Fräuleins. Bei den GIs waren nicht nur die Dollars hart.

»Mach Platz, du Schlafmütze!«, knurrte Edelgard mit raschen Blicken in Rück- und Außenspiegel und scherte aus, um den VW Käfer vor ihnen zu überholen.

In einem dunkelgrauen Etuikleid mit passendem Jäckchen und Handschuhen, das klassisch schöne Gesicht nur leicht geschminkt, wirkte Edelgard Neumann wie eine gutbürgerliche Ehefrau, die zum Shopping auf die Frankfurter Zeil fuhr. Man musste schon sehr genau hinsehen, um festzustellen, dass das Blond unter dem schicken Hut nicht echt war. Trotzdem hätte wohl niemand vermutet, dass sie sich unter dem Namen Dolly von den GIs zu einem Glas einladen ließ, bevor sie ihnen in einem der Zimmer über dem *Gloria* gegen Bezahlung eine Stunde Glückseligkeit schenkte.

Vicky hatte sie einmal gefragt, warum sie dafür mehrmals die Woche die einstündige Autofahrt vom beschaulichen Biebesheim am Rhein auf sich nahm, anstatt sich eine Wohnung in unmittelbarer Nähe Hanaus zu suchen. Edelgard hatte sie entsetzt angesehen. *Packt ihr Doktors etwa mittags euer Butterbrot im OP aus?*, hatte ihre Gegenfrage gelautet.

»Vorhin kam im Radio«, ließ Edelgard sich jetzt vernehmen, »dass sie die offene Staatskarosse Kennedys im Flieger hergebracht haben. Hat man so was schon gehört? Ein Ford Lincoln übrigens, der Mann hat Geschmack.« Sie streichelte das Lenkrad ihres *Barocktaunus*.

Der Verkehr hatte merklich angezogen; heute war nicht nur ein Tag für die Geschichtsbücher, sondern auch für das persönliche Erinnerungsalbum. Wahrscheinlich waren die ersten Straßen auf Kennedys späterer Route nach Frankfurt und Wiesbaden bereits abgesperrt, deshalb waren Edelgard und Vicky extra früher losgefahren.

Normalerweise öffnete das *Gloria* erst abends. Viele Militärangehörige hatten heute jedoch frei und wollten den Besuch ihres Präsidenten und Oberbefehlshabers tüchtig feiern. Und da Kennedy nach der Parade auf dem Hanau Airfield in Langendiebach und dem Mittagessen in der Kaserne gleich wieder weiterfahren würde, rechnete Sammy Schlesinger spätestens zur Mittagszeit mit einem Ansturm auf sein Lokal. Der Tag heute versprach, jeden noch so umsatzstarken *pay day* am Ersten und Fünfzehnten eines Monats in den Schatten zu stellen.

»Schicker Mann, der Kennedy«, fuhr Edelgard fort. »Den würd ich nicht von der Bettkante stoßen. Nur irgendwo am Straßenrand stehen, um ihm zuzuwinken – ne, das brauch ich nicht unbedingt. Schon gar nicht ohne die Jackie. Sie ist ja zu Hause geblieben, muss sich wegen der Schwangerschaft schonen. Aber wenn die Jackie dabei gewesen wäre, hätt ich heute mal Arbeit Arbeit sein lassen.«

Vicky sah Edelgard unverwandt an. »Wie ist das eigentlich für dich, mit den GIs ins Bett zu gehen?«

Edelgard lächelte vor sich hin. »Ach, im Grunde tun sie mir leid, ewig weit weg von zu Hause, ohne ein liebes Wort oder eine Hand, die sie mal streichelt. Die zeigen sich für jedes bisschen Zuneigung dankbar. Manche sind ja noch nicht mal trocken hinter den Ohren! Da bin ich halb Mutti, halb Geliebte, und das bin ich gern.« Sie warf Vicky einen Seitenblick zu. »Warum fragst du? Liebäugelst du damit, auf die andere Seite des Tresens zu wechseln? Clever wär's. Ich bin zwar nicht die Nitribitt, aber ich verdiene in drei Stunden sicher mehr als du in einer ganzen Nacht.«

Sammy Schlesinger zahlte nicht schlecht, und die GIs waren beim Trinkgeld spendabel, doch was bei Vicky davon hängen blieb, reichte gerade so für das modrige Zimmer bei einer säuerlichen Kriegswitwe in Pfungstadt und für ein bisschen was zum Leben. Die unzähligen Bewerbungsmappen an Kliniken und Arztpraxen in der ganzen Bundesrepublik verschlangen mit handgeschriebenen Lebensläufen, Passfotos, Zeugniskopien und Porto nicht nur Zeit, sondern auch Geld, und genauso die Fahrkarten zu Vorstellungsgesprächen.

Vicky gluckste. »Danke nein. Ich hab schon genug davon, allzu anhänglichen Amis einen Klaps auf die Finger zu geben.«

Dröhnend und pfeifend zog eine Düsenmaschine über die Autobahn hinweg, im Landeanflug auf den Frankfurter Flughafen. Wesentlich lauter fiel das Donnern der Militärflugzeuge aus. Von der benachbarten Rhein-Main Air Base kamen an den Wochenenden ebenfalls viele Amerikaner in das *Gloria*. Denn dem Hörensagen nach ging es im Nachtleben der Mainmetropole ziemlich brav zu, verglichen mit dem Sündenpfuhl Hanau, der auch die Jugend des Umlands anzog, hungrig nach wilder Musik, Abenteuer und einem Hauch von Amerika.

»Siehst du«, erklärte Edelgard gelassen, »das ist der Unterschied zwischen uns beiden. Bei mir ist es wie auf dem Wochenmarkt: Wer die Äppel angrabbelt, muss zahlen. Übrigens hat Sammy mir durch die Blume zu verstehen gegeben, dass ich dich zum Tanzen überreden soll. Wär das nichts? Da könntest du beim Trinkgeld richtig absahnen! Die Figur dafür hättest du jedenfalls. Findet nicht nur Sammy.«

Vicky grinste. Sie mochte Sammy, ein glatzköpfiger und energiegeladener Mittfünfziger, der sich nie ohne gemusterte Seidenweste unter dem Jackett und passender Fliege blicken ließ. Mit der Entschädigung für das in der Nazizeit erlittene Unrecht hatte er sich das *Gloria* aufgebaut, und die zusätzliche Wiedergutmachung in Form einer Sonderkonzession hatte aus dem Lokal eine Goldgrube gemacht. Vor allem rechnete sie es ihm hoch an, dass er ihr überhaupt einen Job gegeben hatte. Junge Frauen mit Doktortitel waren auf dem Markt für Aushilfskräfte nicht gerade Wunschkandidatinnen.

»Mich auf der Bühne nackig zu machen, ist keine gute Idee«, erwiderte sie heiter. »Dass ich aufgedonnert und mit tiefem Ausschnitt hinterm Tresen stehe, ist schon gewagt genug. Sollte je rauskommen, dass ich mal auf der hessischen Reeperbahn mein Geld verdient habe, kann ich froh sein, wenn ich noch irgendwo Krankenhausflure putzen darf.«

Edelgard rümpfte die Nase. »Das ist doch albern! Welcher Beruf ist denn wohl dreckiger: mit knackigen Jungs in die Kiste zu hüpfen, die sich für den Abend bis unter die Fingernägel sauber geschrubbt haben, oder in bluttriefenden Eingeweiden rumwühlen, hm?«

Ihre Blicke trafen sich, und beide brachen in schallendes Lachen aus.

Seit Vicky aus Berlin fortgegangen war, hatte sie in Edelgard zum ersten Mal wieder so etwas wie eine Freundin gefunden. Hannahs Postkarte aus Paris lag schon einige Monate zurück, und obwohl es von Pfungstadt nicht übermäßig weit ins Schwäbische war, hörte Vicky kaum noch etwas von Friederike. Auch die übrigen Freundschaften aus der Studienzeit waren nach und nach eingeschlafen. Die Medizinalassistenz machte aus ihnen allen rastlose Zugvögel, die nur nach vorn schauten.

Der Verkehr auf der Autobahn geriet ins Stocken, und Edelgard tätschelte Vickys Knie. »Sei ein Schatz und zünd mir mal eben eine Zigarette an.«

Vicky bückte sich nach Edelgards Handtasche aus Krokodilleder.

»Du meine Güte«, hörte sie Edelgard murmeln. »Dieses verdammte Frankfurter Kreuz ist doch die reinste Mausefalle!«

Vickys Kopf ruckte hoch. Eine Handvoll Fahrzeuge parkte

kreuz und quer auf dem Bankett neben der Fahrbahn, und eine Menschentraube umstand eine Szenerie, die nach Unfall aussah.

»Fahr rechts ran!«, rief Vicky aus.

Murrend gehorchte Edelgard. »Ist es wegen dem Sokrates?«

»Hippokrates, Edelgard.«

Auf den viel zitierten Eid war Vicky bereits bei der Immatrikulationsfeier im Audimax der Universität eingeschworen worden, aber endlich als richtige Ärztin praktizieren zu dürfen, davon träumte sie noch. Was sie nicht davon abhielt, sich in besonders turbulenten Partynächten um Schnapsleichen zu kümmern, um Blessuren aus einer Rauferei oder den verknacksten Knöchel einer Stripteasetänzerin.

Sie griff sich die beiden Taschen, in denen sie deshalb alles Notwendige dabeihatte.

»Ist eine Frage des Anstands«, fügte sie hinzu, stieg aus und lief los, ein freudiges Zucken hinter dem Brustbein.

9

Help!

Der stahlblaue Borgward hatte einige Schrammen und Dellen abgekriegt. Die Beifahrertür stand sperrangelweit offen, und auf dem Sitz kauerte eine Frau im Kostüm, blass und zitternd. Ihr Begleiter presste ein Taschentuch auf seine blutende Kopfwunde, während er in der anderen Hand eine brennende Zigarette hielt; so weit schienen beide in Ordnung.

Vicky drängelte sich zu dem zerbeulten Motorrad durch. Ein paar Schritte davon entfernt lag ein junger Mann und stöhnte; einer der Passanten schob ihm gerade ein zusammengefaltetes Jackett unter den Kopf.

»Ich übernehme!«, rief Vicky eifrig.

»Ha no!«, empörte sich der hilfsbereite Samariter, stand aber auf, als Vicky sich neben den Motorradfahrer kniete, den Inhalt ihrer Taschen ausleerte und sich das Stethoskop umhängte.

»Hat jemand einen Krankenwagen verständigt?«, fragte sie in die Runde.

»Vorhin ist wer zum nächsten Telefon losgefahren«, verkündete ein Mann mit breitkrempigem Hut und spähte auf die volle Autobahn. »Kann aber was dauern.«

Vicky beugte sich über den Motorradfahrer.

»Hallo«, sprach sie ihn an. Seine Hand fühlte sich feuchtkalt an, erwiderte aber den Druck ihrer Finger. »Ich bin Dr. Viktoria Becker. Und wer sind Sie?«

»Axel Florschütz«, keuchte der junge Mann. Unter dem zerrauften hellbraunen Haar wirkte sein schmales Gesicht gespenstisch bleich.

Vicky sah ihm tief in die Augen, um seine Pupillen zu kontrollieren. »Wie alt sind Sie, Herr Florschütz?«

»Fünfundzwanzig. Seit Mai.«

Vicky lächelte, während sie mit Blick auf ihre Armbanduhr den Puls fühlte. »Ich seit März. Gibt keinen besseren Jahrgang! Wie viele Finger halte ich hoch?«

»Zwei?«, schnaufte Axel Florschütz unsicher.

Die Blue Jeans des jungen Mannes war zerrissen und ließ großflächige Schürfwunden erkennen. So unnatürlich verdreht, wie das eine Bein dalag, war es vermutlich gebrochen. Auf Höhe des Schlüsselbeins schob Vicky prüfend eine Hand unter die Lederjacke, zog sie aber sofort zurück, als Axel Florschütz einen Schmerzenslaut von sich gab.

»Okay, okay«, murmelte sie beruhigend. Die Schulter hatte es böse erwischt, und sicher auch den Ellbogen. Die gesamte linke Körperhälfte hatte eine Menge abgekriegt. »Ich mache Ihnen eben den Oberkörper frei, um Sie zu untersuchen, ja?« Sie öffnete den Reißverschluss der Lederjacke und die Hemdknöpfe und horchte ihn ab. Kurzerhand griff sie zur Schere und schnitt das Unterhemd auf. Behutsam tastete sie über den Brustkorb, auf dem sich bereits fette Blutergüsse abzeichneten, dann über Bauch und Hüften. »Können Sie mir sagen, wo es Ihnen am meisten wehtut, Herr Florschütz?«

Der junge Mann antwortete nicht; er rang zunehmend nach Luft, und seine Halsvenen traten hervor. Vicky fühlte noch einmal den Puls und versuchte abzuschätzen, wie lange es an einem Vormittag wie diesem wohl dauern würde, bis ein Krankenwagen eintraf. Und wie lange, bis Axel Florschütz im nächstgelegenen Krankenhaus ankam. Zu lange, beschloss sie. Gebrochene Rippen hatten einen Lungenflügel verletzt, jetzt zählte jede Minute, ehe die Lunge kollabierte.

Sie warf die Strickjacke von sich, streifte Gummihandschuhe über und sparte nicht an Desinfektionsmittel, bevor sie auf eine Spritze Lidocain zog, das sie sich angeschafft hatte, weil betrunkene GIs gern mal weinerlich wurden, wenn sie ihnen eine Platz- oder Schnittwunde nähte.

»Ich muss Sie leider ein bisschen piesacken, Herr Florschütz.«

»Woisch, was da machsch, Mädle?«, herrschte der hilfsbereite Samariter sie an.

Vicky achtete nicht weiter auf ihn, während sie die Betäubungsspritze setzte. »Wäre jemand so freundlich, mir zur Hand zu gehen? Möglichst dalli!«

Die Herren schoben die Hände tief in die Hosentaschen, die Damen umklammerten ihre Handtaschen fester. Mit einem Stoßseufzer trat Edelgard zwischen den Schaulustigen hervor und zog ihren Rock zurecht, bevor sie sich neben Vicky kniete.

»Sorg bitte dafür«, sagte Vicky, »dass er ruhig liegen bleibt. Fass ihn am besten an seiner rechten Schulter und dem Brustbein. Ja, genau da! Herr Florschütz, ich kümmere mich jetzt darum, dass die überschüssige Luft, die auf Ihren Lungenflügel drückt, entweicht. Dann können Sie wieder leichter atmen. Tut auch nicht weh, versprochen!«

Die Hände auf dem Oberkörper des Motorradfahrers, sah Edelgard neugierig zu, wie Vicky eine lange Kanüle auf eine frische Spritze montierte und gründlich desinfizierte.

»Hast du das schon mal gemacht?«, wollte sie wissen.

»Klar!«, erwiderte Vicky im Brustton der Überzeugung. Allerdings an einer Leiche im Anatomiesaal, bei der es nicht weiter tragisch war, wenn man Blutgefäße, Nerven oder das Herz traf.

Die Zungenspitze im Mundwinkel, konzentrierte sie sich darauf, mit den Fingerkuppen die richtige Stelle unterhalb der vierten Rippe zu ertasten und danach die Nadel im exakten Winkel auszurichten. Vicky wartete einen Augenblick, bis sich Angst und Euphorie die Waage hielten, und stach durch Haut und Gewebe, bevor sie langsam den Kolben aus der Spritze zog. Im Lärm der Autobahn konnte sie nicht hören, ob sich das erlösende Zischen austretender Luft einstellte, doch sie hatte ein gutes Gefühl.

Sie schraubte den Spritzenzylinder aus Glas und Metall ab. »Halt mal hier fest«, bat sie Edelgard, die folgsam das obere Ende der Kanüle ergriff, und Vicky schnitt lange Streifen von der Rolle Leukoplast, mit denen sie die Nadel fixierte. »Nicht gerade schön«, meinte sie, »tut's aber fürs Erste.« Sacht legte sie eine Hand auf die Brust des jungen Mannes. »Geht's besser?«

Er deutete ein Nicken an, eine Spur von Erleichterung auf seinem schmerzverzerrten Gesicht.

»Na«, ließ sich Edelgard vernehmen, »das gibt einen Spaß, wenn die im Krankenhaus das Klebeband von Ihren Brusthaaren abziehen, junger Mann. Kleiner Trost: wächst alles nach!«

Vicky wollte sich noch das Bein ansehen, als das Heulen eines Martinshorns an ihr Ohr drang. Wie das biblische Rote Meer teilte sich der Verkehr auf der Autobahn, und ein Krankenwagen brauste mit Blaulicht heran.

»Gleich haben Sie's geschafft, Herr Florschütz«, sagte Vicky.

Der Krankenwagen bremste scharf, und zwei Männer sprangen heraus. Im Laufschritt näherten sich ein Sanitäter in weißem Hemd und Hose und ein Arzt mit Krawatte unter dem Kittel, eine Arzttasche in der Hand. Der Sanitäter, der um die vierzig sein mochte, taxierte durch seine Hornbrille hindurch die leukoplastverklebte Kanüle in der Brust des jungen Mannes.

»Wer war das?«, bellte er und blickte strafend umher. Unter dem zurückweichenden Haaransatz hatte er etwas von einer Bulldogge.

»Ich.« Vicky richtete sich zu ihrer ganzen Größe auf. »Patient Axel Florschütz, fünfundzwanzig Jahre alt«, spulte sie herunter. »Nach Kollision auf seinem Motorrad mit einem Pkw keine Anzeichen für Schädel-Hirn-Trauma, aber Pneumothorax durch mehrere Rippenfrakturen. Außerdem offenbar mindestens je eine Femur- und Tibiafraktur und Frakturen der oberen linken Extremität. Weiter bin ich nicht gekommen.« Energisch ließ sie die Gummihandschuhe von den Fingern schnappen.

Der Sanitäter sah aus, als wollte er ihr den Kopf abreißen.

Unterdessen war der Arzt in die Knie gegangen, um Axel Florschütz abzuhorchen. Er warf Vicky einen flüchtigen Blick zu. »Krankenschwester?«

»Ärztin«, antwortete sie. »Examiniert und promoviert, aber noch ohne Approbation.«

»Soso.« Unter dem schütteren grauen Haar wirkte das runde Gesicht des Arztes freundlich, geradezu verschmitzt. Er nahm das Stethoskop ab und fischte in der Arzttasche herum. »Herr Florschütz, nachdem die junge Kollegin hier die Vorarbeit geleistet hat, gebe ich Ihnen was gegen die Schmerzen, und dann bringen wir Sie ins nächste Krankenhaus. Ansgar, hol die Trage!«

Sichtlich unwillig stapfte der Sanitäter davon, und der Arzt gestikulierte mit einer Spritze. »Würden Sie mal eben, Doktor ...?«

»Becker«, ergänzte Vicky, ging in die Hocke und schälte vorsichtig Jacke und Hemd von der unverletzten Schulter des Motorradfahrers.

»Dr. Frommer, Chefarzt. Angenehm«, sagte der Arzt und jagte die Nadel in den Oberarm.

Während Dr. Frommer und Ansgar, der bissige Sanitäter, Axel Florschütz auf die Trage luden und in den Krankenwagen schoben, sammelte Vicky ihre Siebensachen ein und bekam dabei das Grinsen nicht aus dem Gesicht. Sie hatte heute ihre erste Nadeldekompression am lebenden Objekt durchgeführt – allein!

»Dr. Becker!«, rief Dr. Frommer, die Beifahrertür des Krankenwagens schon in der Hand. »Wollen Sie mitfahren?«

»Und ob ich will!«, erwiderte Vicky spontan. Beide Taschen und die Strickjacke an sich gepresst, lief sie los. »Sag Sammy, dass ich später komme!«, rief sie einer verdutzt dreinblickenden Edelgard zu und kletterte vorn in den Krankenwagen.

Unter derben Flüchen steuerte der Sanitäter den Krankenwagen zwischen den Fahrzeugen auf der Autobahn hindurch, die mal mehr, mal weniger bereitwillig Platz machten. Dr. Frommer hingegen strahlte die Gelassenheit eines Mönchs aus, während er mit Vicky über typische Verletzungen bei Motorradunfällen und Komplikationen beim Pneumothorax fachsimpelte. Obwohl sie gegen den Höllenlärm des Martinshorns anbrüllen mussten, war dieses Gespräch wie dick gebuttertes Schwarzbrot für Vickys ausgehungerte Medizinerinnenseele. Mit babyblauen Augen, die hellwach und zugleich liebenswürdig wirkten, war Dr. Frommer genau der Typ von Arzt, zu dem selbst der schamhafteste und ängstlichste Patient sofort Vertrauen fasste, fand Vicky. Eine warmherzige Stimme mit schwäbischem Einschlag tat ihr Übriges, und bereitwillig beantwortete Vicky seine Fragen zu ihrem Studium, der Famulatur und der Dissertation.

»Wo leisten Sie Ihre Medizinalassistenz ab?«, erkundigte er sich, während Ansgar mit Blaulicht, Martinshorn und Hupe Autos von den Straßen Frankfurts scheuchte.

Vicky zögerte kurz. »Ehrlich gesagt bin ich gerade auf der Suche nach einer Stelle. Bislang habe ich erst die vorgeschriebenen vier Monate auf der Gynäkologie hinter mir.«

Noch während des Examenssemesters hatte sie sich die Finger an Bewerbungen wundgeschrieben, aber in ganz Westberlin kein einziges Vorstellungsgespräch bekommen. Da war die postwendende Zusage aus Remscheid mehr als willkommen gewesen. Nach diesen vier Monaten jedoch war die Assistenzärztin aus dem Mutterschutz zurückgekehrt, und man hatte Vicky lapidar mitgeteilt, dass man auf den anderen Stationen des Hauses keine weitere Verwendung für sie sähe.

Die Hausarztpraxis von Dr. Trautwein in Pfungstadt war daraufhin besser gewesen als nichts. Zumindest fünf Wochen lang; dann hatte den Arzt beim Rosenschneiden in seinem Garten ein Herzinfarkt ereilt. Ein junger und dynamischer Nachfolger hatte quasi schon in den Startlöchern gestanden. Allerdings ohne die erforderliche Berechtigung, eine Medizinalassistentin anzuleiten oder Vicky auch nur eine Bescheinigung über ihre abgeleistete Zeit auszustellen, was sich nun in ihrem Lebenslauf nicht gerade positiv ausnahm. Das einzig Gute, was dabei herausgekommen war, war die Bekanntschaft mit Edelgard, die zu den Patientinnen des verblichenen Dr. Trautwein gehört hatte.

Die Arme gemütlich über dem Arztkittel verschränkt, nickte Dr. Frommer weise. »Für die Mediziner der Generation X sind es harte Zeiten. Die Universitäten stopfen sie mit theoretischem Wissen voll und schieben gleich noch den Doktortitel hinterher, aber an der praktischen Ausbildung hapert es. Das sollen dann die Ärzte in den Kliniken übernehmen. Die wandern jedoch scharenweise ab, um ihre eigenen Praxen zu eröffnen, und das nicht nur aus finanziellen Gründen. Ganze Krankenhäuser müssen schließen, weil es an Ärzten und Pflegepersonal mangelt.«

Neben Vicky knurrte Ansgar etwas, das vielleicht zustimmend gemeint war, vielleicht aber auch eine Verwünschung, die dem VW Bulli galt, der nicht schnell genug auswich.

Stellen als Krankenschwester oder Laborantin waren Vicky zuhauf angeboten worden. Allerdings mit solch langen Kündigungsfristen, dass sie sich auf absehbare Zeit die Chance auf eine Medizinalassistenz verbaut hätte. Die Medizinalassistenzen, die sie hätte haben können, hätten sich auf drei oder vier Jahre erstreckt statt der vorgeschriebenen zwei, aber unentgeltlich wie ein Praktikum. Bei einer mindestens Achtzig-Stunden-Woche mit Nacht- und Wochenenddiensten nebenher noch zu jobben, fand selbst Vicky utopisch. Eine Klinik in Freiburg hatte Vicky hinsichtlich ihres Fachwissens auf Herz und Nieren geprüft – und ihr dann erklärt, dass man sie liebend gern eingestellt hätte, hätte sie ihr Studium im Osten absolviert und drüben schon Berufserfahrung gesammelt. Und sobald in einem Vorstellungsgespräch die Frage aufkam, ob sie in ihrem Alter nicht bald heiraten und Kinder bekommen wolle, hatte Vicky sowieso schon verloren, selbst wenn sie entschieden verneinte, das hatte sie schnell gelernt. Ihre berufliche Zukunft glich einem Lotteriespiel, bei dem sie bislang leer ausgegangen war; immerhin hatte sie es auf die Wartelisten einiger Kliniken geschafft.

Mit Karacho preschte der Krankenwagen durch enge Straßen und hielt schließlich energisch vor einem Krankenhaus. Ansgar sprang vom Sitz, und Dr. Frommer half Vicky galant aus der Beifahrertür.

»Geh schon mal vor!«, wies er Ansgar an, der zusammen mit einem herbeigeeilten Krankenpfleger den Patienten auf eine Transportliege umbettete und mit ihm in die Notaufnahme rollte.

»Alles Gute, Herr Florschütz!«, rief Vicky ihm nach.

»Bevor ich mich da drin um die Formalitäten kümmere«, sagte Dr. Frommer, »noch eine Frage an Sie, Dr. Becker. Könnten Sie sich vorstellen, Ihre Medizinalassistenz bei uns zu absolvieren? Für die gesamten zwanzig Monate, die Sie noch brauchen?«

Vicky warf einen Blick auf den Vorkriegsbau, der sichtbar in jüngerer Zeit erweitert worden war. »Hier?«

Dr. Frommer lachte. »Nein, bei uns am Flughafen. Da aber niemand schneller auf der Autobahn ist, schickt uns die Rettungswache oft zu Einsätzen wie diesem.«

Vicky war perplex. Von einer Flughafenklinik hatte sie noch nie gehört.

»Innere Medizin«, fuhr Dr. Frommer fort. »Chirurgie, Pädiatrie, Impfungen und betriebsärztliche Tätigkeit, alles unter einem Dach, und wir zahlen nach Tarif. Frisches Blut täte uns gut, noch dazu von einer patenten jungen Kollegin wie Ihnen. Wenn Sie wollen, können Sie gleich zum nächsten Ersten anfangen. Allerdings sollte ich Sie vorwarnen: Der Alltag bei uns steckt voller Herausforderungen.«

Vicky dachte an Massenkarambolagen auf der Autobahn mit entsprechend vielen Verletzten. An komplizierte Arm- und Beinfrakturen nach einem Sturz von der Gangway, an Blinddarmdurchbrüche und Arbeitsunfälle mit schwerem Gerät. Und an eine nach heftigen Turbulenzen notgelandete Maschine, die den einen oder anderen Pneumothorax an Bord hatte, ramponierte Organe, vielleicht sogar eine Hirnblutung. Sie konnte ihr Glück kaum fassen.

»Ich mag Herausforderungen«, antwortete sie. »Und ich fange sehr gern schon am ersten Juli an.«

Dr. Frommer zog einen kleinen Block samt Kugelschreiber aus der Brusttasche seines Arztkittels.

»Geben Sie mir eben Ihre Adresse, dann lasse ich Ihnen die Verträge heute noch zuschicken. Ihre Unterlagen können Sie am ersten Arbeitstag mitbringen.«

Vicky stellte ihre Taschen ab und notierte ihren Namen, ihr Geburtsdatum sowie die Anschrift und gab ihm den Block zurück.

Der Arzt runzelte die Stirn. »Pfungstadt? Da können Sie nicht wohnen bleiben, ich brauche Sie in der Nähe. Besorgen

Sie sich ein Zimmer in Frankfurt. Am besten mit Fernsprechanschluss. Kriegen Sie das bis nächste Woche hin?«

»Natürlich!«, versprach Vicky eilig. Für zwanzig Monate Medizinalassistenz würde sie auch unter einer Brücke schlafen. Oder neben einer Telefonzelle.

»Dann erwarten wir Sie am Montag. Den mündlichen Rapport beim Schichtwechsel können Sie sich am ersten Tag schenken. Es reicht, wenn Sie acht Uhr dreißig da sind.« Lächelnd schüttelte Dr. Frommer ihr die Hand. »Willkommen in meiner Mannschaft, Dr. Becker!«

Sie sah ihm nach, wie er ins Krankenhaus eilte. Die Wolkendecke riss auf, und Vicky badete im plötzlichen Sonnenschein.

10

It's a Man's Man's Man's World

Ich bin ein Berliner, hatte Kennedy am Tag darauf unter begeistertem Jubel vor dem Schöneberger Rathaus verkündet, bevor er am Nachmittag an Vickys alter Alma Mater von Wahrheit, Gerechtigkeit und Freiheit sprach und seinem Glauben an eine deutsche Wiedervereinigung Ausdruck verlieh. Und nicht einmal eine Woche später war Vicky bereits mit Sack und Pack nach Frankfurt umgesiedelt, in die Stadt von Goethe und Struwwelpeter.

Ihre Zimmerwirtin in Pfungstadt hatte wenig Verständnis dafür gezeigt, dass sie Knall auf Fall auszog, ihr glücklicherweise aber auch keine allzu großen Steine in den Weg gelegt. Sammy Schlesinger hingegen hatte darauf bestanden, dass sie im *Gloria* mit Schampus anstießen und Vicky zusammen mit einem Fünfzigmarkschein die Frankfurter Telefonnummer eines guten Freundes in die Hand gedrückt.

Dieser Freund namens Teddy Honigmann hatte mit angenehmer Baritonstimme durch den Hörer hindurch versprochen, schnellstmöglich eine bezahlbare Wohnung für Vicky zu finden, natürlich mit Fernsprechanschluss, und ihr einstweilen die Pension *Chic* empfohlen. Womöglich hatte er ein gutes Wort bei der Wirtin Frau von Bloedau eingelegt. Denn einhundertfünfzig Mark im Monat für das modern eingerichtete Zimmerchen mit Etagenbad waren finanziell gut zu stemmen, sogar mit Vickys nicht gerade üppigem Salär von etwas über sechshundert Mark. Die meiste Zeit würde sie ohnehin in der Klinik verbringen.

Von der Münchener Straße waren es zu Fuß gerade mal ein paar Minuten bis zum Hauptbahnhof. Den leichten Mantel über dem Arm, stieg Vicky in den Omnibus mit der Nummer 41 und ließ noch unbekannte Straßen an sich vorbeirauschen. Hinter dem Waldstück, in dem einsam ein Stadion nebst einem Freibad stand, kam gleich auch schon der Flughafen in Sicht. Mit einer Fahrtzeit von gut einer Viertelstunde wurde der Schnellbus seinem Namen mehr als gerecht, als er schließlich an einem voll besetzten Parkplatz hielt.

Die Mappe mit ihren Unterlagen in der Hand, stieg Vicky aus, in das Brummen und Dröhnen von Flugzeugmotoren hinein. Bunte Länderflaggen flatterten in einem kräftigen, aber warmen Wind, der auch mit dem Saum von Vickys blauem Sommerkleid spielte. Ihr langes Haar war zum strengen Knoten zusammengedreht, sie wollte an ihrem ersten Tag einen guten Eindruck machen. Auf flachen Schuhen hastete sie zwischen an- und abfahrenden Autos und schwarz lackierten Taxis über die Straße. *Lufthansa verbindet Kontinente* verhieß eine Aufschrift auf dem lang gestreckten Gebäude mit seinem viereckigen Turm.

Hinter der Glasfront sprudelte Vicky dichtes Stimmengewirr entgegen, und im Getümmel zwischen den Schaltern der Fluggesellschaften blickte sie sich suchend um. An der kreisrunden Informationstheke wartete bereits eine lange Schlange, und kurzerhand pickte Vicky sich einen der Kofferträger heraus.

»Entschuldigung«, rief sie über die scheppernde Lautsprecherdurchsage hinweg, »wie komme ich denn zur Flughafenklinik?«

Der junge Mann deutete hinter sich. »Einfach einmal komplett durch die Halle und dann rechter Hand wieder aus dem

Gebäude hinaus. Gleich hinter dem Flugdienst, können Sie gar nicht verfehlen. Sprechstunde ist aber erst ab neun!«

Das Wort *Sprechstunde* ließ Vickys Herz höherschlagen, und zielstrebig durchquerte sie die lichtdurchflutete Halle, in der es von Flugreisenden wimmelte. Sie selbst war erst einmal in ihrem Leben geflogen, mit einer der drei ausländischen Fluggesellschaften, die den Westberliner Flughafen Tempelhof ansteuern durften, ein knappes Jahr war das jetzt her. Die einhunderteinundzwanzig Mark für das Ticket von British European Airways waren kein Luxus gewesen, sondern reine Notwendigkeit. Einen Transitzug zu nehmen, der ab Friedrichstraße und über Bahnhof Zoo durch die halbe DDR fuhr, wäre an ihrer Stelle nicht mutig, sondern geradezu wahnwitzig gewesen. Spätestens bei der Kontrolle am Grenzübergang Marienborn wäre sie Gefahr gelaufen, als Republikflüchtling verhaftet zu werden. Dennoch hatte ihr die eineinhalb Stunden bis zur Landung in Düsseldorf die Angst im Nacken gesessen. Umso verbissener hatte sie sich in Martius' *Lehrbuch der Gynäkologie* vergraben, sodass sie vom eigentlichen Flug kaum etwas mitbekommen hatte.

Durch eine der Glastüren gelangte Vicky ins Freie. Flugzeuglärm schlug ihr entgegen und ein starker Wind, der nach Treibstoff, Asphalt und Gummi roch. Verdutzt blickte sie auf einen bescheidenen Flachdachbungalow, eingeklemmt zwischen dem Empfangsgebäude und einer riesigen Halle, auf der der Schriftzug *Pan American World Airways* prangte. Das rote Kreuz über der Tür war unmissverständlich, aber diese Baracke aus weiß gestrichenen und bereits angegrauten Holzlatten konnte unmöglich eine ganze Klinik beherbergen. Ein Schild mit der Aufschrift *Sanitätsstelle* und den Sprechzeiten legte nahe, dass es sich um einen Außenposten für Notfälle handelte, und zuversichtlich trat Vicky ein.

Auf einem der Stühle im Vorraum saß eine Frau, neben sich

einen Koffer und auf dem Schoß ihren kleinen Jungen, dem der Rotz aus der Nase lief. Ein Herr mittleren Alters im Anzug schritt steifbeinig auf und ab. So etwas wie eine Anmeldung schien es nicht zu geben, aber gleich hinter der ersten Tür hörte sie Stimmen. *Dienstzimmer*, verriet das dazugehörende Schildchen.

»He, Sie! Fräulein!«, wetterte der Anzugträger. »Wir warten schon deutlich länger. Stellen Sie sich gefälligst hinten an!«

»Ich arbeite ab heute hier«, entgegnete Vicky freundlich, aber bestimmt. »Wir sehen uns sicher gleich noch.«

Entschlossen klopfte sie an, und auf eine unwirsche Antwort hin drückte sie die Klinke nach unten.

Zwei Männer in Sanitätskluft, die sich an einem Tisch gegenübersaßen, sahen von ihren Formularen und Kaffeetassen auf.

»Guten Morgen«, grüßte Vicky fröhlich und schloss die Tür hinter sich. »Ich bin die neue Medizinalassistentin. Dr. Viktoria Becker.«

Sie streckte ihre Rechte dem dritten Mann im Raum entgegen, der seinen Arztkittel offen über den schmalen dunklen Hosen trug; auch die obersten beiden Knöpfe des weißen Hemdes waren leger geöffnet. Kaum größer als Vicky, drahtig und mit einer Boxernase, musterte er sie stirnrunzelnd.

»Seit geraumer Zeit liege ich Frommer in den Ohren, für Verstärkung zu sorgen«, knurrte er, die Stimme tief und rau. »Und was schickt er uns? Ein noch nicht durchgebackenes Brötchen!«

Die zwei Männer am Tisch kicherten wie Hyänen.

Endlich ließ sich der Arzt dazu herab, ihr die Hand zu schütteln; er hatte einen harten Händedruck. »Dr. Raimund Bockeloh, Oberarzt.«

Die schmalen Augen schienen von Natur aus skeptisch zu blicken, und der abweisende Gesichtsausdruck ließ darauf schließen, dass Dr. Bockeloh prinzipiell keinen Widerspruch duldete. Vicky schätzte ihn auf etwas über dreißig, obwohl das dunkle Haar, das militärisch kurz geschoren war und auf der Stirn mephistohaft spitz zulief, schon das erste Grau zeigte. Mit einem Kopfrucken deutete er hinter sich. »Pfleger Norbert Brumm.«

Der Blick aus blassblauen Augen saugte sich förmlich an Vicky fest. Ein baumstarker Kerl, wirkte der Pfleger mit dem verblüffend weichen, fast naiven Gesicht ein paar Jahre jünger als der Arzt, obwohl sich sein fahlblondes Haar bereits ausdünnte. Nur zögerlich rang er sich so was wie ein Lächeln ab.

»Und Pfleger Henning Meerbusch«, fügte Dr. Bockeloh hinzu.

Der andere Pfleger mochte in Vickys Alter sein, das Gesicht scharfkantig und spitzwinklig. Unter dem schwarz-braunen Haarschopf sprühte der Schalk aus den blitzblauen Augen, als er Vicky lässig zuwinkte und dabei von einem Ohr zum anderen grinste.

Vicky nickte den beiden freundlich zu. »Kann ich Ihnen meine Unterlagen geben?«

Dr. Bockeloh nahm ihr die Mappe ab. »In dem Kleidchen da können Sie bei uns aber nicht anfangen.«

»Die Kliniken, in denen ich bisher ...«, setzte Vicky an, doch Dr. Bockeloh schnitt ihr das Wort ab.

»Wir sind am Flughafen, hier bläst immer ein Wind. Wenn wir einen Notfall auf dem Rollfeld haben, werden Sie Ihre Hände für die Verletzten brauchen. Nicht dafür, Ihren Rock festzuhalten wie Marilyn auf dem Luftschachtgitter. Und wenn wir bei Katastrophenalarm ausrücken, wird Ihnen ein Kleid ebenfalls im Weg sein. Nehmen Sie sich dort etwas aus dem Schrank. Der Spind ganz rechts ist Ihrer.«

Vicky öffnete die Schranktüren und begutachtete das Angebot an weißen Langarmhemden, weißen Hosen und Arztkitteln, die sich offenbar nur in der Größe unterschieden.

»Sehen Sie uns nach, dass nichts wirklich Angemessenes für Sie dabei ist«, hörte sie Dr. Bockeloh hinter sich sagen. »Wir sind hier nun mal nicht auf weibliches Personal eingestellt.«
Willkommen in meiner Mannschaft! Im Nachhinein war Dr. Frommers Bemerkung durchaus wörtlich zu verstehen.
»Darf ich im Dienst Blue Jeans tragen?«, fragte Vicky herausfordernd.

Dr. Bockeloh, der sich halb auf dem Schreibtisch mit dem schwarz glänzenden Telefon und der Schreibmaschine niedergelassen hatte, sortierte den unterschriebenen Vertrag und die Lohnsteuerkarte aus der Mappe. »Von mir aus können Sie im Blaumann arbeiten. Nur nicht in einem dieser Mädchenkleider.«

Im dritten Anlauf fand sie eine Hose, die ihr dem Augenschein nach einigermaßen passen könnte. Als sie sich umdrehte, senkten die beiden Pfleger hastig ihre Blicke wieder auf den Tisch. Vicky sah sich um. Zwischen den mit Fachbüchern und anatomischen Modellen vollgestopften Regalen, der engen Küchenzeile und dem Waschbecken mit Spiegel gab es keinen Winkel, in den sie sich hätte zurückziehen können.

»W-wir gucken Ihnen schon n-nix weg«, ließ sich Pfleger Norbert mit leichtem Stottern vernehmen und fummelte eine Zigarette aus der Packung.

Neben dem Schreibtisch führte eine Tür in einen weiteren Raum. Wenn Vicky jetzt fragte, ob sie sich dort umziehen könnte, wäre sie gleich am ersten Tag als Zimperliese abgestempelt, das ahnte sie. Wie bei einer Mutprobe kam sie sich vor. Und genau so, wie sie sich damals zwischen ihren draufgängerischen Cousins an der Ostseeküste getraut hatte, eine Wespe mit der bloßen Hand zu fangen, öffnete sie gleichmütig den Reißverschluss ihres Sommerkleids.

»Alles schon mal gesehen«, prahlte Pfleger Henning und feixte hinter seiner Kaffeetasse.

Trotzdem spürte Vicky die verstohlenen Blicke der beiden auf sich, die vor allem ihren C-Körbchen galten. Wenigstens hatte sie vernünftige Unterwäsche an. Hätte sie im warmen Sommerwetter nicht auf Nylons verzichtet, hätte der Strumpfhalter vermutlich erst recht was zum Glotzen gegeben.

»Impfscheu sind Sie schon mal nicht«, ließ sich Dr. Bockeloh über dem Büchlein voller Stempel vernehmen und widmete sich dann ihren Zeugnissen. »Sie kommen aus dem Osten, aber haben im Westen studiert? Mit einer Famulatur an der Charité?«

»Bis vor zwei Jahren ging das«, erwiderte Vicky und stieg in die Sanitäterhose, die ihr in der Taille ein bisschen zu weit war, an Oberschenkeln und Po jedoch recht knapp saß. »Wäre die Mauer nicht gebaut worden, hätte ich meine Medizinalassistenz ebenfalls an der Charité absolviert.«

»Stattdessen sind Sie bei uns gelandet«, erwiderte Dr. Bockeloh lakonisch und blätterte weiter durch die Unterlagen.

In regelmäßigen Abständen drang mal mehr, mal weniger laut das Dröhnen, Donnern und Pfeifen der Flugzeuge durch die Wände und das gardinenverhängte Fenster.

»Sie hatten drüben Englischunterricht?«, fragte der Oberarzt erstaunt.

»Ja, das war auch im Sozialismus mal möglich«, entgegnete Vicky trocken. Dank des Jobs im *Gloria* war ihr Oberschulenglisch inzwischen alltagstauglich und um einige Flüche und amerikanische Slang-Ausdrücke reicher.

Obwohl sie extra zu einem größeren Hemd gegriffen hatte, bekam sie es über dem Dekolleté nicht zu und ließ die obersten Knöpfe notgedrungen offen. Sie schlüpfte wieder in ihre Schuhe, warf sich den Arztkittel über und schlug die Spindtür zu.

»Fertig! Zeigen Sie mir jetzt die Klinik?«

Von den beiden Pflegern war ein leises Prusten zu hören.

»Sicher«, erwiderte Dr. Bockeloh und ließ die Mappe auf den

Tisch klatschen. »Dieser Raum ist die Schaltzentrale. Hier laufen alle Fäden zusammen, und hier verbringen wir außerhalb der Sprechzeiten auch unsere Dienste. Das Telefon muss rund um die Uhr besetzt sein.« Er schob sich von der Tischkante herunter und öffnete die Tür nach nebenan. »Unser Ruheraum für die Bereitschaft.«

Vicky warf einen Blick in das nackte Kämmerchen mit den beiden Doppelstockbetten.

»Wir arbeiten in zwei Schichten«, erklärte Dr. Bockeloh und ließ die Tür wieder zufallen, »immer mit einem Arzt und zwei Pflegern. Auf dem Papier jeweils von acht bis zwanzig Uhr und von zwanzig Uhr bis acht Uhr morgens. Die Realität sieht meist anders aus. Folgen Sie mir!«

Im Vorraum waren mittlerweile sämtliche Stühle von Flugreisenden mit und ohne Koffer besetzt.

»Je nach Schichtplan«, fuhr der Oberarzt fort, »übernimmt die Sonn- und Feiertage ein entsprechend geschulter Mitarbeiter des Flughafens, ebenso die Vertretung im Krankheitsfall. Von denen schiebt keiner sonderlich gern Sanitätsdienst, also erscheinen Sie selbstverständlich auch noch mit dem Kopf unter dem Arm zur Arbeit. Falls Sie dennoch darauf bestehen, sterbenskrank zu sein, teilen Sie uns das frühzeitig mit. Gleiches gilt für etwaigen Urlaub.«

Der Oberarzt ließ Vicky in das Behandlungszimmer hineinspähen, das einfach, aber zweckmäßig ausgestattet war.

»Besser als im Osten, was?«, erklang eine noch jugendliche Männerstimme, und Vicky fuhr herum.

Die Hände in den Hosentaschen, stand die schlaksige Gestalt von Pfleger Henning hinter ihr und grinste.

Vicky zog eine Braue hoch. »Waren Sie denn schon mal drüben beim Arzt oder in einer Poliklinik?«

»Äh, nein. Aber im Radio bringen sie immer mal was über

die Ostzone, und ...« Unter Vickys hartnäckigem Blick verstummte er und bekam rote Ohren.
»Die Zahnarztpraxis«, fuhr Dr. Bockeloh an der nächsten Tür fort, »und hier die Toilette. Schlafen, essen, trinken und pinkeln Sie, wann immer Sie können. Sie wissen nie, wann Sie wieder Gelegenheit dazu haben werden. Denn wenn wir rennen, rennen Sie ebenfalls. Hier der Röntgenraum, da unser Labor, und hier drin lagern wir Medikamente und Verbandsmaterial.«
Alle drei Räume waren so eng, dass man sich kaum darin umdrehen konnte, aber für eine Sanitätsstelle, die mitten auf dem Flughafen Notfälle verarztete, war wirklich alles Notwendige vorhanden.
Dr. Bockeloh schlug die letzte Tür im Korridor zu. »Damit Sie sich mit allem gründlich vertraut machen können, dauert Ihre erste Schicht achtundvierzig Stunden.« Er warf einen Blick auf seine Armbanduhr. »Beginn genau jetzt.«
»Und wann bekomme ich den Rest zu sehen?«, wollte Vicky wissen.
Dr. Bockeloh runzelte die Stirn. »Welchen Rest?«
»Na, die übrigen Behandlungsräume, die OPs und Patientenzimmer.«
Er starrte sie an, als wäre sie nicht recht bei Trost.
Pfleger Henning gackerte. »Klang bei Dr. Frommer sicher wesentlich eindrucksvoller, oder? Nehmen Sie's ihm nicht krumm, Dr. Becker! Er ist furchtbar stolz auf das, was er im Auftrag von Gesundheitsamt und Flughafen im letzten Jahrzehnt aufgebaut hat. Angefangen hat er nämlich in einer halb so großen Baracke direkt hier neben der Wartungshalle, wo alle naselang die Flieger reinrollen.« Er deutete mit dem Daumen hinter sich, just als unmittelbar in der Nähe Triebwerke aufheulten und den Bungalow vibrieren ließen. »Mag man sich gar nicht vorstellen, was das früher für ein Krach gewesen sein

muss!«, rief er. »Irgendwo gibt's noch ein Foto von der alten Baracke! Mit Hecken vorn dran und einem Stück Rasen! Das war im Sommer bestimmt …«

»Sag mal, hast du nichts zu tun?«, herrschte der Oberarzt ihn an.

Die Schultern hochgezogen, trollte sich der Pfleger im abebbenden Flugzeuglärm.

»Morgen, Henning!«, schallte es durch den Korridor. Ein riesenhafter Mann hoch in den Fünfzigern stapfte heran, das Gesicht wie grob geschnitzt und ein paar verbliebene graue Löckchen um die Halbglatze. Das Hemd war ihm mindestens eine Nummer zu klein, und das Sakko spannte an den Schultern. »Morgen, Raimund!«

»Morgen, Otto!« Die beiden Männer begrüßten sich mit herzhaftem Handschlag. »Dr. Krautgartner, unser Zahnarzt, der im Gegensatz zu uns nur tagsüber anwesend ist.«

Durch die altmodische Professorenbrille hindurch beäugte der Zahnarzt die offen stehenden Knöpfe von Vickys Sanitäterhemd.

»Was haben wir denn da?«, schnurrte er wie ein dicker Kater vor der Sahne. »So was Herziges!«

»Medizinalassistentin Dr. Becker«, informierte der Oberarzt knapp.

Vicky hätte es nicht verwundert, hätte der Zahnarzt sie onkelhaft in die Wange gekniffen; stattdessen zerquetschte er beinahe ihre Finger in seiner Schaufelhand.

»Ein richtiges Zuckerstück!«, brummte er genüsslich. »Da hat es Frommer aber mal gut mit uns gemeint! Und Sie haben tatsächlich promoviert? Hoffentlich halten Sie länger durch als Ihre Vorgänger. Auf jeden Fall eine willkommene Zierde für unseren Herrenclub.« Er lachte dröhnend und walzte auf sein Praxiszimmer zu. »Übrigens, Fräulein Doktor: Ein selbst gebackener Kuchen zum Einstand ist nie verkehrt!« Augenzwinkernd verschwand er hinter der Tür.

Vicky zog irritiert die Brauen zusammen. Dass sie als Medizinalassistentin in der Hackordnung ganz unten stehen würde, damit hatte sie gerechnet. Nur nicht damit, dass man sie derart kleinmachte. Sie war noch keine halbe Stunde hier und hegte bereits Zweifel, ob Dr. Frommers Angebot auch hielt, was es versprach.

Der Oberarzt setzte ungerührt seine Einweisung fort. »Wir erwarten von Ihnen, dass Sie unter Aufsicht, aber weitgehend selbstständig arbeiten. Sind Sie unsicher oder haben Fragen, denken Sie erst einmal nach, bevor Sie uns unnötig löchern. Wir werden schon rechtzeitig eingreifen, sollten Sie Mist bauen.«

Vicky holte tief Luft. »Verzeihung, Dr. Bockeloh! Bei allem Respekt für die Arbeit, die Sie hier leisten: Ist diese simple Ambulanz überhaupt qualifiziert, mich als Medizinalassistentin auszubilden?«

In seinen dunklen Augen glitzerte es. »Kommen Sie mal von Ihrem hohen Ross runter! Im vergangenen Jahr hat dieser Flughafen drei Millionen Passagiere aus aller Welt gesehen, dieses Jahr werden es deutlich mehr sein. Offenbar können Sie sich nicht einmal ansatzweise vorstellen, wie viele davon in der einen oder anderen Form ärztliche Hilfe benötigen. Rund achttausend Beschäftigte gehen hier ihrem nicht immer ungefährlichen Job nach, für die wir als Betriebsärzte da sind. Wir kümmern uns um akute medizinische Probleme von Crewmitgliedern, und wenn wir dann noch Zeit haben, rücken wir für Rettungseinsätze aus. Ob Sie bei uns etwas lernen, liegt also ganz bei Ihnen! Wenn Sie mich jetzt entschuldigen – ich habe nämlich nicht nur eine volle Sprechstunde, sondern muss heute auch noch die Passagiere einiger Flüge aus und nach Schweden auf Pocken untersuchen und gegebenenfalls impfen.«

Vicky sah ihm nach, wie er im Licht der Leuchtstoffröhren durch den Korridor davoneilte, seine Bewegungen eine Mischung aus Tatendrang und Ungeduld.

Zwanzig Monate würde sie hier aushalten müssen. Zwanzig Monate in Dr. Frommers Mannschaft, die sie als eine Art Pinup im Ärztinnenkostüm betrachtete. Mit Puddingabitur. Zwanzig Monate, die sie für die Approbation brauchte.

»Dr. Becker!« Mit zügigen Schritten kam Dr. Frommer ihr entgegen, eine Dokumentenmappe unter dem Arm. »Ich habe mich kurz zwischen zwei Terminen in der Verwaltung davongestohlen, um Ihnen Hallo zu sagen. Schön, dass Sie da sind!« Lächelnd schüttelte er ihr die Hand und zog dann ein Blatt hervor. »Ihr Dienstplan für diesen Monat.«

Vicky warf einen flüchtigen Blick darauf, bevor sie den Plan zusammengefaltet in die Tasche ihres Arztkittels schob.

Der Chefarzt stutzte und brach dann in Lachen aus. »Habe ich tatsächlich vergessen, Ihnen etwas zum Anziehen zu besorgen? Verzeihen Sie meine Nachlässigkeit! Legen Sie mir einen Zettel mit Ihrer Kleidergröße auf den Schreibtisch, dann hole ich mein Versäumnis umgehend nach. Ich muss leider auch schon wieder, unglaublich, wie viel Papierkram hier anfällt!« Vertraulich beugte er sich zu ihr vor. »Und lassen Sie sich hier drin bloß nicht den Schneid abkaufen! Ich weiß doch, wie meine Jungs sind. Wir sehen uns zum Rapport heute Abend!« Mit einem freundlichen Augenzwinkern ging er davon.

In dem Gefühl, hier vielleicht doch nicht ganz unwillkommen zu sein, atmete Vicky tief durch und zog ihren weißen Kittel stramm.

Nachdem Vicky mithilfe einer langen Pinzette eine halbe Erdnuss aus der Nase des kleinen Jungen gefriemelt und ihn beschworen hatte, sich nie mehr irgendwas irgendwo reinzustopfen, rief Dr. Bockeloh den nächsten Patienten ins Behandlungszimmer. Der steifbeinige Mann im Anzug stellte sich als Heinrich Schröder vor.

»Und, Herr Schröder«, meinte der Oberarzt, »wo drückt der Schuh?«

»Ich komme gerade aus dem Urlaub«, antwortete dieser. »Und ich habe da so ein Dings am, äh ...« Mit einem Seitenblick auf Vicky lief er rot an. »Muss *sie* unbedingt dabei sein?«

Pfleger Henning, der in einer Ecke auf seinen Einsatz wartete, verbiss sich nur mühsam ein Grinsen.

»Dr. Becker verfügt über ein abgeschlossenes Medizinstudium«, erwiderte Dr. Bockeloh. »Da wird sie wohl das eine oder andere über die männliche Anatomie mitbekommen haben.«

Mit Leidensmiene legte Herr Schröder das Jackett ab, drehte sich um und ließ die Hosen herunter.

Der Oberarzt sah Vicky aufmerksam an. »Diagnose und Vorgehensweise, Dr. Becker?«

Sie beugte sich vor und betrachtete die rot leuchtende Beule auf dem haarigen Gesäß von Herrn Schröder. »Ein Karbunkel. Ein Konglomerat mehrerer Furunkel, die durch die bakterielle Infektion eines Haarbalgs entstehen. Lokalanästhesie, chirurgische Inzision, Desinfektion und Ableitung des Eiters. Keine Wundnaht, aber die Gabe von Penicillin ist angeraten.«

Die Arme verschränkt, lehnte Dr. Bockeloh sich zurück. »Dann legen Sie mal los!«

Hastig raffte Herr Schröder die Hosen hoch. »Können nicht Sie das machen, Herr Doktor?«

Der Oberarzt verzog keine Miene. »Ich kann Sie ins Krankenhaus überweisen, wenn es doch nicht so dringend ist. Da warten Sie allerdings ein paar Tage auf einen Termin. Mindestens.«

Zähneknirschend begab sich der Patient zur Liege, und Vicky zählte Pfleger Henning auf, was sie alles benötigte.

»Haben wir OP-Tücher da?«, fragte sie aus einer Eingebung heraus, während sie sich am Waschbecken die Hände sauber schrubbte und Gummihandschuhe überzog.

»Ta-daaa!« Mit der großen Geste eines Zauberers im Zirkus zog Pfleger Henning eines aus dem Schrank.

Vicky orderte gleich mehrere davon und trat an die Liege, um den Karbunkel zu desinfizieren. »Herr Schröder, ich decke Sie jetzt großzügig mit Tüchern ab. Nur die Stelle, die ich behandeln werde, bleibt frei.«

Ihr Patient schien erleichtert, war aber immer noch ziemlich verkrampft.

»Wo waren Sie denn im Urlaub?«, erkundigte sie sich, um ihn abzulenken, und griff zur Spritze. »Achtung – pikst und brennt!«

»M-mallorca.«

»Schön dort?« Mit den Schuhspitzen und Hacken schob Vicky sich Hocker und Instrumentenwagen zurecht und setzte sich. »Hatten Sie gutes Wetter?«

Während Herr Schröder von Strand und Meer erzählte, von Paella und Wiener Schnitzel, Vino Tinto und miserablem Bier und Dr. Bockeloh ihr über die Schulter sah, konzentrierte Vicky sich auf die Arbeit. Ihren Start in die praktische Chirurgie hatte sie sich anders vorgestellt. Egal, Hauptsache, sie hielt endlich wieder ein Skalpell in der Hand, und geradezu wollüstig schnitt sie die Eiterbeule auf.

11

Mädchen für alles

Vicky wollte in diesen Traum zurücksinken, wieder barfuß in der Astgabel eines alten Baumes sitzen und die Hand nach Achim ausstrecken, der lachend zu ihr heraufkletterte, in Blätterrascheln und Sonnenfunkeln, an einem Sommertag in Berlin.

Es half nichts, ihr blieb nur ein blasses Nachbild auf der Netzhaut, und sie öffnete die Augen. Unter geschlossenen Vorhängen stahlen sich die Nachtlichter des Flughafens hervor, und schemenhaft zeichneten sich die beiden Doppelstockbetten ab. Pfleger Norbert schnarchte wie ein Sägewerk, auch Dr. Bockeloh schlief.

Ob Achim in diesem Augenblick in einem ähnlich spartanischen Bett lag, irgendwo in einer Haftanstalt? Oder ging er schlaflos in seiner Zelle auf und ab, drei Schritte hin, drei zurück? Achim, der am glücklichsten war, wenn er auf einer Wiese liegend den Wolken zusah oder unter einem weiten Himmel ins Wasser eintauchte. Die Vorstellung, wie er seit eineinhalb Jahren zwischen Mauern, Gittern und Stacheldraht gefangen war, drückte ihr jedes Mal das Herz ab.

Aus dem Dienstzimmer perlte leise Radiomusik, Pfleger Julius bewachte das Telefon. Ansonsten war es still. Kein Triebwerk, kein brummender Propeller war zu hören, noch nicht einmal das durchdringende Röhren der Militärflugzeuge. Keine schwere Maschine bollerte vom Bauhof hinter der Sanitätsstelle zu ihrem

Einsatz irgendwo auf dem Gelände, und kein wuchtiger Traktor schleppte ein Düsenflugzeug aus der Parkposition. Es musste um vier Uhr morgens herum sein. Zwischen der letzten Frachtmaschine und dem ersten Passagierflug die einzige Stunde, in der wirkliche Nachtruhe herrschte.

Der Rhythmus des Flughafens war Vicky in Fleisch und Blut übergegangen, nach einem knappen Monat mit Doppelschichten und Überstunden. Dank der Pockenepidemie in Schweden hatte sie ihren Ausbildungsnachweis über verabreichte Impfungen gleich in der ersten Woche in der Tasche gehabt. Dennoch impfte sie weiter im Akkord gegen Pocken, Gelbfieber, Cholera, Tetanus und was die Reiseformalitäten sonst noch verlangten.

Jetzt, im Sommer, waren die Linienflüge proppevoll. Hinzu kamen Charterflüge, die Pauschalreisende nach Mallorca, Teneriffa und an die Costa del Sol brachten, nach Rhodos und Kreta oder an die dalmatische Küste. Und unablässig rollten Blechlawinen über die Autobahn: die eine Richtung Nordsee, die andere gen Süden, in den Schwarzwald, an den Bodensee oder über den Brenner nach Bella Italia. Fast in jeder Schicht rückte Vicky mit aus, um an einem Unfallort eine medizinische Bestandsaufnahme vorzunehmen, Blutungen zu stoppen, Infusionen zu legen und eine verletzte Person ins nächste Krankenhaus zu bringen. Ihrer ersten Nadeldekompression war eine zweite gefolgt, dieses Mal ganz offiziell; eingehend hatte sie studiert, wie Dr. Frommer einen Luftröhrenschnitt bei einem Schädel-Hirn-Trauma durchführte und ihre ersten beiden Verkehrstoten außerhalb des Sektionssaals gesehen.

Vicky kam fast nicht mit dem Berichtsheft hinterher, das sie nach dem Ende der Medizinalassistenz der Ärztekammer vorlegen musste. Wenn sie sowieso schon wach war, konnte sie die Zeit nutzen, um den Rückstand der letzten vierundzwanzig Stunden aufzuholen, bevor in der Sanitätsstelle wieder Trubel ausbrach. Sie schwang die Beine aus dem Bett, tastete nach ihren neu gekauften Tennisschuhen und schlich auf Socken nach nebenan.

Take these chains from my heart, raspelte Ray Charles aus dem Radio, begleitet von Pianoklimpern und schmalziger Streichmusik. Pfleger Julius, der mit einer brennenden Zigarette in der Hand im Arztstuhl flegelte, nahm hastig die Füße vom Schreibtisch. Flachsblond und mit tiefblauen Augen, war er der Jüngste der Mannschaft, gerade einundzwanzig Jahre alt geworden.

»Ich übernehme«, flüsterte sie. »Zisch ab!« Beide aus Berlin, hatten sie auf Anhieb einen Draht zueinander gehabt.

»Aye, Sir!« Julius tippte sich mit zwei Fingern an die Schläfe und grinste, was aus seinem Chorknabengesicht das eines Rotzbengels machte. Er drückte die Zigarette im übervollen Aschenbecher aus und schlappte gähnend nach nebenan.

Nach einem Abstecher auf die Toilette hatte Vicky das Dienstzimmer ganz für sich. Während frischer Kaffee durch die Maschine lief, pellte sie sich aus der weißen Baumwollbluse und warf sie in den Wäschekorb, den der Reinigungsdienst jeden Abend während des großen Putzmanövers leerte. Inzwischen lagerte im Schrank ein ganzer Satz solcher Blusen und weißer Damenhosen.

In BH und Arbeitshose holte Vicky den Kulturbeutel aus ihrem Spind, wusch sich unter den Achseln und im Gesicht und zwirbelte ihren Haarknoten neu zurecht. Sie drückte gerade Zahnpasta aus der Tube, als Dr. Bockeloh aus dem Ruheraum trat, die Augen noch schmaler als gewöhnlich und einen Bartschatten auf Wangen und Kinn.

»Habe ich Sie geweckt?«, fragte Vicky.

Der Oberarzt schüttelte den Kopf. »Ich schlafe nie viel. Müssten Sie eigentlich schon mitbekommen haben. – He, Sie können ja sogar Kaffee kochen!«, fügte er hinzu.

»Erwähnen Sie das unbedingt in Ihrem Bericht an die Ärztekammer. Gibt bestimmt ein paar Extrapunkte für meine Approbation.«

Er lachte trocken auf und verschwand im Korridor. Unter dem Gurgeln der Wasserleitung kehrte er kurz darauf zurück und machte sich an seinem Spind zu schaffen. »Wir warten übrigens immer noch auf den selbst gebackenen Kuchen, Dr. Becker.«

Die Zahnbürste im Mund und die Brauen hochgezogen, warf Vicky einen Blick über die Schulter und fing ein Grinsen von ihm auf, das seine Wangenknochen scharf hervortreten ließ. Er zog sich Hemd und Unterhemd über den Kopf und warf beides zusammengeknüllt in den Wäschekorb. Unter dem Arztkittel war er verblüffend durchtrainiert; womöglich kam die Boxernase nicht von ungefähr. Vicky beugte sich wieder über das Waschbecken.

»Gestatten?« Mit freiem Oberkörper stellte er sich neben sie und leerte klappernd seinen Kulturbeutel auf der Ablage aus. »Wer wie die Jungs spielen will, muss auch wie die Jungs pinkeln.«

»Dafür fehlen mir die anatomischen Voraussetzungen«, nuschelte Vicky. »Und ich spiele nicht.«

»Ist mir durchaus aufgefallen«, erwiderte er und schaufelte sich Wasser über Brust und Arme.

Ein kräftiger Geruch ging von ihm aus, wie nasse Erde und rauchig wie ein Laubfeuer. Fast überwältigend stark, aber nicht unangenehm. Vickys Blick verhakte sich an dem goldenen Ring, der an einer Kette um seinen Hals baumelte; seltsamerweise musste sie an die Hundemarke eines Soldaten denken.

Er beäugte die Zahnpastatube auf dem Waschbeckenrand. *»Perlodont?«*

»Schickt mir meine Mutter aus Ostberlin. Ich mag den Geschmack.«

In seinen dunklen Augen schimmerte es unvermutet warm auf. Er sah aus, als wollte er etwas dazu sagen, griff stattdessen jedoch zum Rasierpinsel und seifte sich das Gesicht ein.

»Dass ich Sie an Ihrem ersten Tag nicht mit offenen Armen empfangen habe«, erklärte er nach einer kleinen Pause, »war übrigens nicht persönlich gemeint. Eine Frau bringt zwangsläufig Unruhe ins Team, und das können wir hier nicht gebrauchen.«

Vicky hielt beim Zähneputzen inne und runzelte die Stirn. »Genau. Deshalb finden Sie in jeder x-beliebigen Klinik auch zu neunundneunzig Prozent Krankenschwestern, während Sie Pfleger mit der Lupe suchen müssen. Außer vielleicht in der Urologie oder der Dermatologie.«

Mit dem Rasierer zog Dr. Bockeloh unterhalb der Schläfe eine erste Bahn durch den Schaum. »In der Pflege, ja. Bei der Ärzteschaft sieht das schon anders aus. Und das hier ist keine normale Klinik. Wir sind permanent in Alarmbereitschaft, arbeiten ständig am Limit, und dafür brauchen wir eine straffe Struktur. Einen wirklich extremen Einsatz haben Sie nämlich noch gar nicht miterlebt. Wenn sich da der eine von so viel geballter Weiblichkeit ablenken lässt und der andere nur widerwillig den Anweisungen einer Frau gehorcht, kann das böse ausgehen.«

Vicky dachte an den Dackelblick von Pfleger Norbert und an Ansgar, die bissige Bulldogge. »Ich laufe ja nicht immer im BH herum.«

Um Dr. Bockelohs Mund zuckte es, während er den Rasierer unter fließendes Wasser hielt. »Als Kerl gehen Sie trotzdem nicht durch. Sie haben doch selbst schon erfahren, dass nicht jeder Patient bereitwillig vor Ihnen die Hosen runterlässt. Und das nicht allein, weil Sie Anfängerin sind. Es ist nur eine Frage der Zeit, bis der Erste Ihre Aufforderung, sich frei zu machen, als Einladung zu einem Schäferstündchen versteht.«

Vicky spuckte Zahnpastaschaum ins Waschbecken. »Und was ist mit den Patientinnen? Denen wird ganz selbstverständlich zugemutet, sich vor einem Arzt auszuziehen.«

»Ihre Geschlechtsgenossinnen in allen Ehren, Dr. Becker: Die Mehrheit wird wohl trotzdem einem Arzt die größere fachliche Kompetenz zuschreiben. Einfach deshalb, weil es sich so in den Köpfen festgesetzt hat. Bei Kindern sind Sie als Frau sicher im Vorteil ...«

Sie rollte mit den Augen. Nicht schon wieder die alte Leier!

»... und bei deren Müttern.«

Vicky gluckste hinter ihrer Zahnbürste. »In der Klinik in Remscheid war man der Auffassung, ich wäre nicht mütterlich genug für die Gynäkologie.«

Ein kleines Grinsen blitzte in seinem Mundwinkel auf. »Vermutlich klinge ich wie ein alter Knochen, der die Frauen am liebsten von den Universitäten verbannen und an den Herd zurückschicken will. Nichts liegt mir ferner. Aber ich bin nun mal Pragmatiker. Ihre Anwesenheit bedeutet für unsere Männerwirtschaft eine erhebliche Umstellung. Das wird nicht ohne Reibungsverluste abgehen.« Den Kopf in den Nacken gelegt, ließ er die Klinge über seinen Adamsapfel gleiten. »Ich für meinen Teil kann allerdings nachvollziehen, weshalb Frommer Sie unbedingt wollte. Sie sind gut. Manchmal ein bisschen zu empathisch, aber das gibt sich mit der Zeit bestimmt. Und eine Nadeldekompression an der Autobahn, als Frischling und im Alleingang ... alle Achtung.«

Vicky grinste glücklich vor sich hin und wusch den Bürstenkopf aus.

Der Oberarzt schnitt Grimassen, um die Bartstoppeln rings um den Mund abzuschaben. »Was schwebt Ihnen nach der Approbation vor? Langfristig, meine ich.«

»Thoraxchirurgie.«

»Respekt. Dass Sie da als Frau denkbar schlechte Karten haben, wissen Sie vermutlich, oder? In der Chirurgie allgemein.«

»Eine muss ja die Erste sein«, erwiderte Vicky gelassen. Sie spürte seinen Blick auf sich, während sie den Mund ausspülte und mit einem Handtuch abwischte.

»Ich mache mir übrigens rein gar nichts aus Kuchen«, sagte er. »Für geräucherten Speck wäre ich allerdings zu haben.«

Im Spiegel grinsten sie sich an. Einmal mehr fiel Vicky der Ring auf seiner glatten Brust auf, bevor er sich vorbeugte und Wasser über Hände und Gesicht laufen ließ.

Sie lächelte. »Ich kenne sonst keinen Arzt, der seinen Ehering im Dienst nicht im Spind oder einfach zu Hause lässt. Er muss Ihnen sehr viel bedeuten.«

Dr. Bockelohs Bewegungen froren ein.

»Ja«, sagte er dürr, wandte sich brüsk ab und griff zum Handtuch.

Das Telefon klingelte. Wieder ein Unfall am Frankfurter Kreuz.

Nachdem die erst im Frühling eröffnete neue Empfangshalle nicht nur über ein Badezimmer für die ganz kleinen Passagiere verfügte, sondern auch über einen Ruheraum mit Babybetten, galt der Frankfurter Flughafen als besonders kinder- und familienfreundlich. Was in der Sanitätsstelle durchaus zu spüren war. Kaum zu glauben, wie viele Kinder sich auf dem Weg zum Flughafen, im Flieger oder im Flughafenrestaurant eine Erbse in die Nase steckten, einen abgerissenen Knopf oder ein aufgelesenes Steinchen. Fast genauso häufig zeigte das Röntgenbild eine verschluckte Münze oder Murmel, und Vicky hatte die Aufgabe, einer völlig aufgelösten Mutter zu versichern, dass der Fremdkörper auf natürlichem Weg wieder hinausfinden würde.

Überhaupt stellten die Kleinen und Kleinsten die kniffligsten Fälle dar, weil oft nicht auszumachen war, wo Bauchweh und Fieber herkamen oder warum der Nachwuchs unablässig greinte und heulte. Es gab Sprechstunden, in denen Vicky sich zwischendurch komplett umziehen musste, weil sich ein Kind auf ihr übergeben hatte, und mehr als einmal verdarb sie einer Familie die Ferien mit der Hiobsbotschaft, dass es sich bei dem Ausschlag von Klein Peter um Masern handelte, Klein Veronika die Windpocken hatte.

Die Erwachsenen brachten als Souvenirs verkorkste Mägen und Durchfall mit, einen Hexenschuss, Gürtelrose und grippale Infekte, eine unschöne Begegnung mit einer Qualle am letzten Urlaubstag oder eine fiese Entzündung in der Fußsohle, nachdem sie auf einen Seeigel getreten waren. Vicky teilte Medikamente gegen Migräne oder Übelkeit aus, Beruhigungsmittel gegen Flugangst und Tropfen für verschleimte Kindernasen. Ab und zu stellten sich die Beschwerden eines Passagiers als Folge zu vieler Drinks während des Transatlantikflugs heraus, und an heißen Sommertagen machte regelmäßig irgendwo am Flughafen ein Kreislauf schlapp. Vieles war schnell Routine geworden; langweilig wurde es nie.

»Hochlegen und kühlen, Herr Wilms«, empfahl Vicky ihrem Patienten abschließend, schon in der Tür des Behandlungszimmers. »Sollte es in ein paar Tagen nicht besser sein, suchen Sie einen Orthopäden auf. Kommen Sie gut nach Hause!«

»Danke, Fräulein Doktor!« Der vierschrötige Mann, der sich den Knöchel auf der Gangway verstaucht hatte, schüttelte ihr kräftig die Hand und humpelte mit seinem bandagierten Fuß davon.

»Wer ist als Nächstes dran?«, rief Vicky munter in den Vorraum.

Von einem der Stühle erhob sich eine gertenschlanke Stewardess in der blauen Uniform der Lufthansa. Das mahagonidunkle

Haar unter dem kessen Hütchen modisch kurz geschnitten, schwebte sie auf hohen Absätzen herein.

Vicky schloss die Tür. »Guten Morgen. Medizinalassistentin Dr. Becker. Das sind Oberarzt Dr. Bockeloh und Oberpfleger Ansgar.«

Die Stewardess schlüpfte aus den Handschuhen, die ebenso makellos weiß waren wie die Bluse unter der Uniformjacke, und legte ihre perfekt manikürten Finger in Vickys robuste Rechte mit den kurz geschnittenen Nägeln. »Ruth Finkbeiner. Guten Morgen.« Sie trug keinen Ring.

»Nehmen Sie doch Platz, Fräulein Finkbeiner. Wie können wir Ihnen helfen?«

In eleganter Pose ließ sich die Stewardess auf dem angebotenen Stuhl nieder. »Ich wollte zu Ihnen, Dr. Becker. Es hat sich herumgesprochen, dass wir hier jetzt eine junge Ärztin haben.«

Vicky verbiss sich ein kleines Grinsen. In den ersten Tagen ihrer Medizinalassistenz hatten sich Feuerwehrmänner, Vorfeldarbeiter, Mechaniker, Zollbeamte und Flughafenpolizisten die Klinke in die Hand gegeben, um mit den Ärzten und Pflegern ein paar belanglose Worte über das Wetter, die bevorstehende erste Spielzeit der Fußballbundesliga und das Kantinenessen zu wechseln – und dabei einen Blick auf das Fräulein Doktor mit der kurvenreichen Ausstattung zu werfen.

Die Stewardess umfasste die Handtasche auf ihrem Schoß fester. »Bei mir handelt es sich um eine Frauensache.«

Vicky sah auffordernd zu Dr. Bockeloh, der mit verschränkten Armen an einem der Schränke lehnte und ihrem Blick abweisend begegnete. Ein stummes Duell, in dem Oberpfleger Ansgar den Sekundanten des Oberarztes gab.

»Wir sind drüben«, sagte Dr. Bockeloh schließlich und bedeutete Ansgar mit einem Kopfnicken, ihm zu folgen. Die Tür klappte hinter den beiden zu.

Vicky zog den Hocker heran und setzte sich zu ihrer Patientin. »Sie können mir alles sagen und mich alles fragen, Fräulein Finkbeiner. Es bleibt ganz unter uns.«

Die Stewardess atmete tief durch.

Mit wehendem Kittel eilte Vicky über den Korridor ins Dienstzimmer, ließ die Tür hinter sich ins Schloss fallen und legte das Privatrezept vor Dr. Bockeloh, der bei Kaffee und Zigaretten mit Ansgar am Tisch saß. »Würden Sie das hier bitte unterschreiben?«

Der Oberarzt runzelte die Stirn. »Anovlar?«

Fünfzig Mikrogramm synthetisches Östrogen in einem kleinen grünen Dragee, einundzwanzig Stück für 8,60 D-Mark. Dafür bekam frau eine kalkulierbare und schmerzfreie Monatsblutung in den sieben Tagen Pause zwischen zwei Packungen. Und obendrein eine nahezu hundertprozentig sichere Empfängnisverhütung. Was nur ganz unten auf dem Beipackzettel als Nebenwirkung aufgeführt war, aber zwei Jahre nach der Markteinführung allgemein bekannt war. Vicky schlug das Herz bis zum Hals. Als Jungärztin lehnte sie sich mit diesem Rezept verdammt weit aus dem Fenster; die sogenannte Anti-Baby-Pille war landauf, landab ein heißes Eisen.

Dr. Bockeloh zog die Luft durch seine Boxernase. »Ich gehe davon aus, dass Sie die Patientin gründlich untersucht haben und keine Alternative sehen, ihre Zyklusbeschwerden zu beheben.«

»So ist es«, bestätigte Vicky. Was zu ungefähr fünfundsechzig Prozent auch stimmte.

Die wuchtige Kinnlade vorgeschoben und die Mundwinkel herabgezogen, musterte Ansgar sie finster durch die Hornbrille. »Haben Sie sich den Nachweis über die Eheschließung zeigen lassen?«

Es hatte seinen Grund, dass Ruth Finkbeiner unbedingt zu einer jungen Ärztin wie Vicky wollte statt zum Betriebsarzt der Lufthansa oder zu einem Gynäkologen.

Vicky setzte eine Unschuldsmiene auf. »Nein, wozu?«

»Anovlar wird nur an verheiratete Frauen über dreißig und mit mindestens drei Kindern abgegeben!«, blaffte Ansgar.

»Aha«, meinte Vicky. »Und das ist wo genau festgeschrieben?«

»Das versteht sich von selbst«, erklärte der Oberpfleger und zog grimmig an seiner Zigarette. »Wofür so ein junges Ding das will, ist ja wohl klar.«

»Geht's uns was an?«, schoss Vicky zurück. »Aus medizinischer Sicht handelt es sich bei der menschlichen Sexualität um einen ganz und gar natürlichen Vorgang. Sämtliche Gebote und Verbote in diesem Zusammenhang sind nichts als ein gesellschaftliches Konstrukt, und dafür bin ich als Ärztin ja wohl kaum zuständig. Abgesehen davon wäre mir nicht bekannt, dass ein Mann, der in der Apotheke Kondome kaufen will, ähnlich strenge Bedingungen erfüllen muss.«

Dr. Bockeloh hörte ihr aufmerksam zu, die Augen zusammengekniffen und die Stirn in Falten gelegt. »Über Wirkweise, Nebenwirkungen und mögliche Risiken haben Sie die Patientin aufgeklärt?«, hakte er nach, was Vicky bejahte.

»Wollen Sie wirklich gewissenlos eine so junge Frau Keimschädigungen in Kauf nehmen lassen?«, fuhr der Oberpfleger Vicky an und gestikulierte dabei mit der Zigarette, die zwischen seinen Fingern steckte. »Unfruchtbarkeit? Oder bösartige Geschwüre?«

Vicky schob die Hände in die Taschen ihres Kittels und straffte die Schultern. »Die Gefahren von Schwangerschaft und Entbindung sind ebenso wenig zu unterschätzen. Abtreibungen, die per se strafbar sind, deshalb allzu oft heimlich von Stümpern durchgeführt werden und dann gravierende Komplikationen nach sich ziehen, klammern wir hier mal aus. Was dieses Hormonpräparat angeht, vertraue ich ganz dem Urteil von Prof. Dr. Pschyrembel. Während meiner Schul- und Studienzeit hörte ich ein paar seiner Vorträge – Sie auch schon mal?«

Der Blick des Oberpflegers schien sie förmlich aufzuspießen, während Dr. Bockeloh in sich gekehrt wirkte, der Gesichtsausdruck noch schroffer als gewöhnlich. Ein Ruck ging durch ihn, und Ansgar fiel die Kinnlade herunter, als der Oberarzt den Kugelschreiber zückte und seine Hieroglyphe auf das Rezept kritzelte.

»Und wenn uns die Weibsbilder deswegen jetzt die Bude einrennen?«, schimpfte der Pfleger.

»Unwahrscheinlich«, erwiderte der Oberarzt nüchtern. »Allen Unkenrufen zum Trotz ist der große Ansturm auf Anovlar bisher ausgeblieben. Wenn sich ein paar Rezepte dafür auf unserer Abrechnung finden, können wir das vertreten.« Er hielt Vicky das unterschriebene Stück Papier hin. »Bei ungewöhnlichen Beschwerden soll Fräulein Finkbeiner umgehend einen Arzt aufsuchen. Für ein neues Rezept kann sie wieder zu uns kommen, und sie muss sich entweder hier oder bei einem Gynäkologen regelmäßig untersuchen lassen.«

»Danke«, sagte Vicky leise, und ein Funke glomm in den Augen Dr. Bockelohs auf.

Auf quietschenden Gummisohlen verließ Vicky das Dienstzimmer, das Rezept in ihrer Hand wie eine Trophäe im Kampf gegen das engstirnige Patriarchat.

12

The First Cut Is the Deepest

Bei prallem Sonnenschein und über dreißig Grad Augusthitze war die Sanitätsbaracke der reinste Backofen. Der treibstoffgetränkte Wind, der durch das sperrangelweit geöffnete Fenster des Dienstzimmers blies, brachte ein wenig Erleichterung, fühlte sich aber dennoch an wie der Luftstrom eines Haarföhns, während schubweise das Dröhnen und Wummern der Motoren bis in den letzten Winkel drang.

Hungrig machte sich Vicky über das Mittagessen her. Die Mahlzeiten aus der Kantine stammten ebenso wie die Menüs des Flughafenrestaurants von Steigenberger und waren einfach spitze.

Ansgar beäugte missmutig ihr Plastiktablett. »Warum haben Sie neben Ihrem Nachtisch noch eine Praline liegen? Weiberbonus?«

Vicky spießte ein Stück Kartoffel auf ihre Gabel. »Vielleicht bin ich einfach nur netter zu den Kellnern, die uns das Essen bringen.«

Norbert prustete mit vollem Mund, duckte sich aber sogleich unter Ansgars bohrendem Blick; mit dem Oberpfleger verscherzte man es sich besser nicht.

Zu dritt hatten sie mit ihren Tabletts am Tisch gerade so Platz; der Oberarzt war an den Schreibtisch ausgewichen. Das Telefon klingelte, und sofort schossen alle Blicke zum Apparat.

»Bockeloh – wo?« Wie eine Sprungfeder schnellte er hoch und ruckte mit dem Kopf. Ansgar ließ das Besteck fallen, um mit der Instrumententasche nach draußen zum Krankenwagen zu spurten. Auch Vicky erhob sich rasch, schlüpfte in ihren Kittel, den sie der Hitze wegen über die Stuhllehne gehängt hatte, und trank prophylaktisch noch ein paar große Schlucke aus ihrem Glas. Nur Norbert kaute in aller Seelenruhe weiter.

»Aufsetzen, das erleichtert die Atmung«, wies Dr. Bockeloh die Person am anderen Ende der Leitung an. »Kalte Umschläge. Und Eiswürfel zum Lutschen geben. Wir sind sofort da.« Er knallte den Hörer auf die Gabel und schnappte sich die Arzttasche. »Zur Restaurantterrasse. Atemwegsobstruktion, vermutlich nach Insektenstich. Becker, Sie fahren mit! Norbert kommt zu Fuß nach.« In ein paar langen Schritten war er an der Tür. »Otto, kümmer dich ums Telefon!«, brüllte er durch den Korridor.

Vicky erhaschte gerade noch einen Blick auf den Zahnarzt, der den Kopf aus seinem Praxiszimmer streckte, dann rannte sie schon hinter Dr. Bockeloh her.

In einem Affenzahn raste der Krankenwagen mit Blaulicht und Martinshorn über den Asphalt, wo die Bullis und VW Käfer des Flughafens machten, dass sie aus dem Weg kamen. Dr. Bockeloh sprach in knappen Sätzen mit Vicky die Vorgehensweise durch, während sie an der Glasfront der Empfangshalle und am Pavillon für die Gepäckaufbewahrung vorbeipreschten. Vor der hohen Stele mit Weltkugel und Friedenstaube, neben der sich der endlos lange Springbrunnen erstreckte, bremste Ansgar jäh, und Vicky hüpfte vom Sitz.

Die Terrasse war ein ebenso beliebtes Ausflugsziel wie die umzäunte Grünfläche, wo man für fünfzig Pfennig auf Holzbänken sitzen und Flugzeuge beim Starten und Landen beobachten konnte. Auf den verschiedenen Ebenen des Außenrestaurants fanden locker mehrere Hundert Menschen Platz, und bei diesem satten Sommerwetter waren die Tische entsprechend voll besetzt. Vicky spurtete hinter Dr. Bockeloh her; um ein Haar hätten sie einen Kellner mit seinem Tablett umgerannt.

Eine Menschentraube drängte sich um zwei junge Frauen in hübschen Sommerkleidern, von denen die eine halb auf dem Boden lag und nach Luft rang, während die andere sie im Rücken stützte.

»Wir haben ganz vergnügt Kaffee getrunken und Kuchen gegessen«, schluchzte Letztere beim Anblick der beiden Arztkittel und des Sanitäters mit der Trage; dabei presste sie einen Eisbeutel gegen den Hals ihrer Freundin. »Und auf einmal hat sie aufgeschrien. Ganz fürchterlich! Ich glaube, es hat sie was gestochen, eine Biene oder Wespe, und jetzt kriegt sie keine Luft mehr!«

Die Rötungen auf der Haut waren nicht zu übersehen; eine allergische Reaktion. Vicky rief nach Thiopental und Succinylcholin.

»Gleich geht's Ihnen besser«, versprach sie, während sie das schnell wirkende Sedativum und das Muskelrelaxans injizierte. Sie ließ ihre erschlaffende Patientin zu Boden gleiten, kniete sich hin und überstreckte ihr den Kopf. »Laryngoskop.«

Ansgar reichte ihr das Instrument zur Kehlkopfspiegelung, das Vicky immer an eine Sense erinnerte. Sie schob die Stahlzunge in den Mund der jungen Frau, doch besonders weit kam sie damit nicht. Vicky blinzelte. Sie sah rein gar nichts. Die Schwellung im Rachen war wirklich übel und schien sich mit jeder Sekunde noch weiter auszudehnen.

»Warten Sie auf besseres Wetter?«, ranzte Ansgar sie an.

Es war zwecklos, und Vicky zog das Instrument wieder heraus.

»Kriegen Sie keine simple Intubation hin?«, schimpfte der Pfleger.

»So tun Sie doch was!«, kreischte die andere junge Frau.

Pfleger Norbert kam verschwitzt angekeucht.

»Fassen Sie sie am Kopf«, bat Vicky ihn. Sie fragte Ansgar gar nicht erst danach, sondern fischte selbst ein Paar Gummihandschuhe aus der Instrumententasche und schüttete großzügig Jod auf den Hals der jungen Frau.

»Sind Sie irre?«, donnerte der Oberpfleger. »Das können Sie noch nicht!«

Vicky knetete die Kehle der Patientin. Hier war das Zungenbein, dort die Schilddrüse. Aber sie ertastete nichts, was sie eindeutig als Ringknorpel identifizieren konnte. Im Seziersaal und bei Übungen am Phantom hatte sie dabei nie Schwierigkeiten gehabt, und bei Dr. Frommer neulich hatte es auch ganz leicht ausgesehen. Während die Sonne herunterbrannte und Dutzende von Blicken an ihr klebten, dachte Vicky daran, was alles schiefgehen könnte: lebensgefährliche Blutungen und ein zerschnittener Ringknorpel, kaputte Stimmbänder und eine perforierte Hinterwand der Trachea, im schlimmsten Fall sogar ein komplett zerstörter Atemweg, der nicht wieder zu reparieren war.

Hinter ihr brummten und dröhnten Flugzeuge, über ihrem Kopf knatterten die bunten Fahnen im Wind, und unter ihren Händen erstickte gerade eine junge Frau. Sie konnte es wirklich noch nicht.

Wir werden schon rechtzeitig eingreifen, sollten Sie Mist bauen, hatte sie die Stimme des Oberarztes im Ohr.

Dr. Bockeloh, der sonst vor Energie förmlich zu bersten schien, wirkte vollkommen ruhig, wie er auf der anderen Seite der Patientin in der Hocke saß und Vicky ansah, die Augen dunkel und still. Er vertraute ihr, und das machte ihr Mut.

Vickys Daumen glitt über Knorpel hinweg in die Delle, die sie gesucht hatte. »Skalpell!«

Ansgar rührte sich nicht, sondern musterte sie grimmig.

»Skalpell!«, wiederholte Vicky scharf, und unwillig drückte der Pfleger ihr das Instrument in die Hand.

Der vertraute Stahl gab ihr weitere Sicherheit, und sie zog einen Längsschnitt durch die Haut. Blut floss ihr entgegen, und sie schob die Spitze des Zeigefingers in den Spalt. Ein Lächeln zuckte über ihr Gesicht, als sie die Membran darunter fühlte, die sie dann quer durchtrennte.

»Tubus!« Das Plastikröhrchen passte millimetergenau. »Fixieren!«

Ansgar hantierte mit Leukoplast, während Dr. Bockeloh zum Stethoskop und der Adrenalinspritze griff.

»Abtransport!«, rief er nach wenigen Augenblicken, und mit wackeligen Knien stand Vicky auf.

Während der Oberarzt und Ansgar die Patientin auf die Trage hoben, zerrte Vicky die Gummihandschuhe von den Fingen und fuhr sich mit dem Ärmel über das schweißnasse Gesicht. Unterdessen packte Pfleger Norbert zusammen und erklärte mit dem leichten Stottern, das typisch für ihn war, der Begleiterin der jungen Frau, dass diese ins St. Elisabethen Krankenhaus in der Ginnheimer Straße gebracht würde.

Die Hände in die Hüften gestemmt, atmete Vicky ein paarmal tief durch, bevor sie sich die Handtasche der Patientin geben ließ und den beiden Männern nacheilte, die in geübt schnellen Bewegungen die Patientin in den Krankenwagen schoben.

Dr. Bockeloh knallte die Hecktür zu. »Sie bleiben da!«, herrschte er Vicky an. »Kein Aber!« Er riss ihr die Handtasche aus den Fingern und kletterte auf der Beifahrerseite in den Wagen.

»Sind es ihre Titten?«, hörte sie Oberpfleger Ansgar über den bullernden Motor hinweg rufen. »Oder warum lässt du der alles durchgehen?«

Das Zuschlagen der Türen verschluckte die Antwort des Oberarztes, und mit jaulender Sirene preschte der Krankenwagen in einer Dieselwolke davon.

Hatte sie etwas falsch gemacht? Bei dem Gedanken drehte sich Vicky der Magen um. Die Hände auf den Knien, bückte sie sich und tat einen langen Atemzug nach dem anderen, bis die Übelkeit nachließ. Als sie sich wieder aufrichtete, stand Norbert neben ihr.

»Ich hab's vermasselt, oder?«, würgte sie hervor.

Der Pfleger verzog das Gesicht. »Sah eigentlich n-nicht so schlampig aus.« Er schob die Hände in die Taschen seiner Sanitäterhose und kniff die Augen zusammen, halb zum Schutz gegen die gleißende Sonne, halb in einem schiefen Grinsen. »Mittagessen?«

»Warum haben Sie nicht intubiert?«, fragte Dr. Frommer sachlich, seine Lesebrille auf der Nase.

Bei Schichtwechsel stand die gesamte Mannschaft im Dienstzimmer versammelt. Der Chefarzt am Schreibtisch blickte Vicky ebenso aufmerksam an wie die drei Pfleger, während Ansgar aussah, als wollte er sie ungespitzt in den Boden rammen. Zahnarzt Dr. Krautgartner rieb gedankenverloren an einem Soßenfleck auf dem Hemd, und Dr. Bockeloh starrte über seine verschränkten Arme hinweg auf die Schuhspitzen.

Sie holte tief Luft. »Die Schwellung war zu stark. Da hätte höchstens ein Tubus in der Stärke eines Trinkhalms durchgepasst, und das auch nur mit erheblichem Verletzungsrisiko. Deshalb habe ich mich für die Koniotomie entschieden.« Wieder und wieder war sie jedes Detail, jeden Handgriff durchgegangen und sich keiner Schuld bewusst; trotzdem kam sie sich vor wie bei Gericht.

»Können Sie für sich ausschließen«, hakte Dr. Frommer nach, »dass Sie diese Entscheidung leichtfertig getroffen haben?«

Vicky nickte. »Absolut. Hätte ich die Möglichkeit für eine Intubation gesehen, hätte ich es versucht.«

Der Chefarzt schrieb eine kurze Notiz in das Rapportbuch und ließ sich dann über die restlichen Fälle unterrichten; in der Sanitätsstelle war es den Tag über wieder wie im Taubenschlag zugegangen.

»Sodele«, sagte er abschließend, klappte das Buch zu und setzte die Lesebrille ab. »Wir übernehmen. Der Tagschicht einen schönen Feierabend!«

»Schönen Abend!«, schallte es mehrstimmig unter eiligen Schritten, dem Klappern der Spindtüren und Stoffgeraschel durch den Raum.

»Lasst's euch heute Nacht nicht zu langweilig werden!«

»Witzbold!«

»Bis morgen!«

Das Rumoren im Zimmer ebbte ab, als Ansgar, Norbert und Dr. Bockeloh nacheinander gingen.

Vicky zupfte an ihrem Arztkittel, der ihr heute etliche Nummern zu groß schien. »Verzeihung, Dr. Frommer. Könnte ich erfahren, wie es der Patientin nach der Koniotomie geht?«

Der Chefarzt warf einen Blick zu Henning und Julius, die sich gerade an den Tisch gesetzt hatten. »Würdet ihr uns bitte kurz allein lassen?«

Die beiden Pfleger warfen sich vielsagende Blicke zu, nahmen ihre Kaffeetassen und Zigarettenpackungen und schlossen die Tür hinter sich. Gleich darauf konnte Vicky sie draußen vor der Baracke herumulken und lachen hören.

Dr. Frommer musterte Vicky nachdenklich. »Der Fall geht

Ihnen ziemlich nach, gell? Da machen wir jetzt mal was, was wir sonst nie tun.« Er griff zum Telefonhörer und betätigte die Wählscheibe. »Sanitätsstelle Flughafen, Frommer. – Ja, lange nicht mehr gesprochen. Muss, muss, aber man wird nicht jünger.« Der Chefarzt lachte herzlich. »Weshalb ich anrufe: Wir haben heute eine Patientin bei Ihnen eingeliefert. Eine …« Am Lesebändchen öffnete er das Rapportbuch und spähte mit zusammengekniffenen Augen auf die beschriebenen Seiten. »… Christiane Meyer. Meine Medizinalassistentin hat die Koniotomie durchgeführt und würde nun gern wissen, wie es der jungen Dame geht. – Ich weiß, dass das nicht üblich ist. Aber Sie kennen das doch: Die sind wie Welpen. Übereifrig und ganz wild darauf, dass man ihnen den Kopf tätschelt.« Er zwinkerte Vicky zu. »Danke, ich warte. – Frommer, guten Abend. Moment, ich reiche Sie weiter.«

Vicky nahm ihm den Hörer ab. »Dr. Viktoria Becker«, meldete sie sich atemlos.

»Schwester Hannelore, ei Guude«, ertönte eine weiche Stimme durch die Leitung. »Se hawwe de Luftröhreschnidd g'macht? Kaa Sorsche, Frollein Dokter! Guude Awweit, sacht der Owwerarzt, und dem Frollein Meyer geht's präschtisch. Isch sach ihr aach, dess Se nach ihr gefraacht hawwe.«

»Danke«, erwiderte Vicky erleichtert. »Vielen Dank!«

»Alla tschüss!«

Schmunzelnd nahm Dr. Frommer ihr den Hörer ab und legte ihn auf die Gabel. »Besser?«

Vicky nickte und fuhr sich über die nassen Augenwinkel. »Warum haben mir dann alle das Gefühl gegeben, ich hätte es verbockt? Besonders Oberpfleger Ansgar?«

Der Chefarzt kratzte sich am Kinn. »Ansgar ist … nun, Ansgar halt. Ein ostwestfälischer Bauernschädel. Er hat nie verwunden, dass sein Elternhaus nicht die finanziellen Mittel für Abitur und Medizinstudium aufbringen konnte. Und dann setze ich ihm so ein – in seinen Augen – Mädle mit Doktortitel vor die Nase. Aber er ist ein verflixt guter Pfleger. Das werden Sie spätestens dann feststellen, wenn er Ihnen bei einem größeren Eingriff assistiert.« Gemütlich lehnte er sich im Stuhl zurück. »Hätten Sie's verbockt, Dr. Becker – dann hätten Sie an Ort und Stelle einen Anschiss kassiert, dass Ihnen jetzt noch die Ohren klingeln würden.« Er kniff ein Auge listig zu. »Ich glaube viel eher, Sie sind enttäuscht, weil niemand Sie dafür gelobt hat, dass Sie ins kalte Wasser gesprungen sind. Für Ihr Können. Stattdessen gingen Oberarzt und Pfleger ihrer gewohnten Routine nach und kümmerten sich kein bisschen um Sie. Ich sag ja, in der Medizinalassistenz sind alle wie die Welpen.«

Vicky stieg das Blut ins Gesicht, und umso tiefer vergrub sie die Hände in den Taschen des Arztkittels.

»Irgendwann«, fuhr Dr. Frommer mit ernster Miene fort, »werden Sie einen Fehler machen, der ein Menschenleben kostet. Das bleibt in unserem Beruf nicht aus, und damit müssen Sie dann leben. Deshalb ist es wichtig, dass Sie Ihre Grenzen kennenlernen und im Zweifel jemand anderen übernehmen lassen. Sie müssen lernen, sich gegen Widerstand durchzusetzen, wenn Sie davon überzeugt sind, dass Sie das Richtige tun. Und Sie müssen das eine vom anderen unterscheiden. Jedes Mal aufs Neue, meist unter Zeitdruck und manchmal mit Angst im Nacken. Dafür war die Koniotomie heute schon mal ein guter Anfang, meinen Sie nicht?« Er lächelte. »Schönen Feierabend, Dr. Becker.«

13

Dream a Little Dream of Me

Das fahle Licht in der stickigen Telefonzelle blendete den Novemberabend aus. Noch durch die Glasscheiben hindurch war das Brausen des Verkehrs vor dem Frankfurter Hauptbahnhof zu hören, lautstarkes Hupen und das Bimmeln und Quietschen der Straßenbahn.

»Danke für das Paket!«, rief Vicky in den Hörer.

»Das ging aber schnell«, sagte Traude Becker im Schwesternzimmer der Charité verwundert. »Alles gut angekommen?«

Gestern Abend hatte Frau von Bloedau ihr an der Rezeption den in Packpapier eingeschlagenen und verschnürten Karton übergeben, darin Zahnpasta aus Ostberlin, Eingemachtes von der Ostsee und Oma Käthes Quittenbrot, wider Erwarten auf dem Postweg nicht geöffnet und alle Gläser noch heil.

»Einwandfrei«, bestätigte Vicky. »Ich schicke euch die Gläser gespült zurück und revanchier mich!«

»Halt doch dein Geld zusammen!«, schalt Traude Becker.

»Ich hab's wirklich übrig«, versicherte Vicky. »Die vielen Überstunden im Sommer haben sich bezahlt gemacht. Außerdem gibt's für Westpakete ein paar Mark Steuern zurück.« Jetzt konnte sie es sich leisten, Kaffee, Schokolade und Butter nach drüben zu schicken, guten Pfeifentabak für Opa Karl und Sunlicht-Seife, deren Zitronenduft ihre Mutter, Großmutter und Tante so mochten.

»Fährst du zu Weihnachten nach Wolgast?«, fügte sie hinzu, ein sehnsüchtiges Ziehen im Bauch.

»Im neuen Jahr. Über die Feiertage habe ich Dienst.«

»Ich auch. Ab Mitte Dezember ist bei uns Urlaubssperre, und ich muss wieder mit Doppelschichten rechnen. Höheres Fluggastaufkommen plus Feiertagsverkehr auf der Autobahn. Wenn noch Schneefall und Glatteis hinzukommen, wird die Hölle los sein.«

Es war ihr nichts anderes übrig geblieben, als die Lüge über die Medizinalassistenz in Darmstadt zu beichten, sonst hätte sie ihre neue Anschrift in Frankfurt nicht erklären können. Ihre Mutter hatte tüchtig geschimpft, aber nur, weil Vicky geglaubt hatte, sich für ihr Pech bei der Stellensuche schämen zu müssen. Bei aller gebotenen Vorsicht waren sie in ihren Telefonaten zu altvertrauter Offenheit zurückgekehrt, und Traude Becker schien förmlich alles aufzusaugen, was ihre Tochter über die Sanitätsstelle am Flughafen erzählte.

»Macht es dir die Herrenrunde immer noch sauer?«, wollte sie wissen.

Vicky schnitt eine Grimasse. »Der Feuerwehrmann, der bei uns einspringt, wenn jemand Urlaub hat, kriegt jedes Mal Stielaugen, wenn ich mich im Dienstzimmer umziehe. Und der Zahnarzt will mich ständig als seine Helferin schanghaien. Sonst geht's. Der Oberpfleger ist und bleibt allerdings ein Stinkstiefel.«

»Jede Station hat ihren Stinkstiefel. Erinnerst du dich noch an Oberschwester Hella? Die hat damals die Medizinalassistenten auch gehörig getriezt.«

»Die hat sie bestimmt nicht auf ihre Geschlechtsmerkmale reduziert«, meinte Vicky trocken.

»Täusch dich da bloß nicht! Dass man vielleicht was zwischen den Beinen, aber nichts im Kopf hat, will kein Jungarzt hören.«

Vicky gluckste und warf Münzen nach. »Ich wünschte, ich könnte dir zeigen, wo ich arbeite. Nicht nur mit einer Ansichtskarte vom Flughafen.« Sie hielt einen Moment inne und schluckte. »Dir und Achim.«

»Ich weiß«, erwiderte ihre Mutter weich.

Manchmal steckte Vicky sich ihr Stethoskop in die Ohren und horchte den eigenen Brustkorb ab. Medizinisch unauffällig, klaffte in ihrem Herzen dennoch ein Riss, der nicht zu flicken war.

»Und was ist mit der Wohnung?«, fragte Traude Becker nach einer kleinen Pause.

Vicky grinste glücklich. »Ich kann schon vor dem Ersten rein. Vorhin habe ich die Schlüssel geholt und die Ablöse vorbeigebracht.«

Teddy Honigmann hatte Wort gehalten: Rund zwanzig Quadratmeter in einer zu Singleeinheiten aufgeteilten Gründerzeitwohnung in der Taunusstraße. Vicky beschrieb ihrer Mutter das Zimmer mit der hohen Stuckdecke, die schlauchschmale Toilette auf dem Gang und das dazugehörende Bad. Alles für einen schlappen Hunderter im Monat und genau wie die Pension ganz in der Nähe des Hauptbahnhofs. Die bisherige Mieterin, eine todschicke Person in Vickys Alter, hatte sich vergrößern und neu einrichten wollen und Vicky gegen einen Obolus das Mobiliar überlassen.

»Der Schrank und das französische Bett brauchen eine Menge Platz«, sprudelte sie hervor, »aber unterm Strich ist es eben billiger, als mir etwas Neues zu kaufen.«

»Ein französisches Bett?«

»Ja, alles Schleiflack.« Vicky rollte mit den Augen. »Die Schminkkommode werde ich als Schreibtisch nutzen, habe ich mir überlegt. Ich brauche nur Bettzeug, da gehe ich morgen gleich nach dem Dienst ins Hansa-Kaufhaus. Den potthässlichen Kronleuchter hat sie zum Glück mitgenommen, aber ich muss unbedingt diesen plüschigen Samtbezug vom Telefonapparat abkriegen, und wenn es mit dem Skalpell ist.« Sie warf einen Blick auf ihre Armbanduhr. »Mein Bus kommt gleich. Tschüss, Mutsch! Nächstes Mal rufe ich schon von meinem eigenen Anschluss aus an. Hab dich lieb!«

»Ich dich auch, mein Mädchen!«

Vicky legte auf und sammelte das restliche Kleingeld ein. Künftig würde sie nicht mehr am Bankschalter im Flughafen Scheine in Münzen wechseln müssen, sondern eine monatliche Rechnung begleichen.

Sie stürmte zur Haltestelle, wo bereits der Schnellbus stand, Menschen und Koffer auslud und neue Fahrgäste samt Gepäck aufnahm, und Vicky ließ sich auf einen der Sitze fallen.

Der imposante Bau des Hauptbahnhofs, der auf die Wiederkehr seines Kaiserreichs zu warten schien, war neben dem Flughafen einer der wenigen Fixpunkte für Vicky. Nach fünf Monaten war Frankfurt noch immer eine fremde Stadt. Bei Dunkelheit glitzerten und funkelten die Straßen wie diejenigen in Berlin, besonders jetzt, im vorweihnachtlichen Lichterglanz; Sonntag war erster Advent. Doch Frankfurt war anders, lauter, hektischer, rauer, unter einer Dunstglocke aus Industrierauch und Autoabgasen, die nach jüngster Meinung deutscher Wissenschaftler für die Zunahme von Atemwegserkrankungen und Lungenkrebs verantwortlich waren und nicht etwa der Konsum von Zigaretten. Und während verschnörkelte Altbauten neuen Betonfassaden wichen und die letzten Bombenlücken mit Stahl und Glas gefüllt wurden, belieferten Brauereien die Kneipen noch mit Pferdekutschen, mussten die eigentlich automatisch betriebenen Gaslaternen häufig von Hand ein- und ausgeschaltet werden.

Im Sommer war es leichter gewesen. Da war Vicky an freien

Tagen auf ihrem ollen Rad in den Taunus hinausgefahren, auf der Suche nach einem Badesee oder wenigstens einem Tümpel, in dem sie sich wie in der Krummen Lanke oder im Müggelsee fühlen konnte. Im nasskalten Herbst blieb ihr nur ein Berliner Eiskaffee mit Schlagsahne im Café *Kranzler* an der Hauptwache, ein Ableger des Traditionscafés am Ku'damm. Und so einiges hätte sie für eine Weiße mit Schuss oder eine Currywurst gegeben. Aber Frankfurt hatte seine eigenen Würstchen, Äppelwoi, Handkäs mit Musik und Grüne Soße.

Heimweh, so hatte Vicky früher geglaubt, war etwas für alte Leute. Für Kriegsflüchtlinge und Vertriebene, wie sie zu Hunderten in Wolgast Zuflucht gefunden hatten, als Vicky dort gerade in die erste Klasse gegangen war. Jetzt gehörte sie selbst zu den Entwurzelten; alles, was sie besaß, passte in zwei Koffer. Sie war davongekommen, aber noch lange nicht angekommen. Vielleicht würde es mit einer eigenen Wohnung besser werden. Und vor ihr lagen noch fünfzehn Monate Medizinalassistenz.

Das Rucken, mit dem der Bus hielt, riss sie aus ihren Gedanken, und Vicky schlug ihren gewohnten Fußweg zur Sanitätsstelle ein.

»Abend!«, rief sie ins Dienstzimmer, wo sich die komplette Mannschaft bereits zum Schichtwechsel eingefunden hatte. Im Vorbeigehen holte sie ein Einmachglas aus ihrer Umhängetasche, stellte es auf den Tisch und legte ein papierumwickeltes Päckchen daneben.

Ansgar blickte misstrauisch. »Was ist das?«

»Leberwurst und Räucherspeck von meinen Großeltern an der Ostsee«, antwortete Vicky. »Ich war doch noch meinen Einstand schuldig.«

Der Zahnarzt lachte dröhnend.

»Haben die da drüben überhaupt genug zum Verschenken?«, stänkerte der Oberpfleger und blickte selbstgefällig in die Runde.

Norbert ließ den Glasdeckel aufschnappen, beschnupperte die Fettschicht und gab einen beglückten Laut von sich. »Julius, flitz mal eben in die Kantine und frag, ob sie noch Brötchen dahaben oder wenigstens ein paar Scheiben Brot!«

Henning begutachtete ähnlich begeistert den ausgepackten Speck, während Dr. Frommer hinter dem Qualm seiner Zigarette belustigt dreinblickte. Vicky trat an die Spindschränke, wo Dr. Bockeloh gerade seinen Arztkittel gegen eine Cabanjacke tauschte; mittwochabends hatte er es immer eilig, den Rapport hinter sich zu bringen.

»Wollen Sie sich etwa einschmeicheln?«, fragte er.

»Hab ich zwar nicht nötig«, erwiderte Vicky leichthin und schlüpfte aus ihrem Mantel. »Aber ja.«

Anerkennend verzog er das Gesicht. »Schlau. Sehr schlau.«

Vicky hob eine Braue. »Ich weiß.«

Grinsend nahm er seine Sporttasche heraus, schlug den Spind zu und drehte sich um. »Wenn ich morgen früh zum Dienst komme und nichts mehr vom Speck übrig ist, lasse ich euch das Lager bis auf die letzte Pillenpackung ausräumen und jede einzelne Schublade mit der Zahnbürste ausfegen!«

Schmunzelnd stieg Vicky in ihre weiße Kluft.

Die Nächte waren meist ruhig. Wenn Dr. Frommer im Dienst war, nutzte er diese stillen Stunden, um Vicky mit den organisatorischen Abläufen hinter dem Tagesgeschäft vertraut zu machen, mit dem Abrechnungssystem und rechtlichen und versicherungstechnischen Fragen. Weitaus häufiger jedoch sprach er mit ihr Fälle durch, vertiefte ihr Wissen mithilfe der kleinen medizinischen Bibliothek, der anatomischen Modelle oder dem von seinem Gestell baumelnden Skelett und gab ihr Übungsaufgaben.

Unter der Schreibtischlampe stichelte Vicky die Schale einer

Banane zusammen, die Dr. Frommer mit dem Skalpell gründlich zerschnitten hatte. Gar nicht so einfach, sich zu konzentrieren, während Trude Herr *Ich will keine Schokolade* durch das ganze Dienstzimmer krähte. Pfleger Norbert liebte Schlager.

Das Radio war ihr Begleiter durch die Nacht. Ansgar bevorzugte Hörspiele einerseits, politische Debatten andererseits und Dr. Frommer klassische Musik. Dr. Bockeloh fieberte bei jedem übertragenen Boxkampf mit, trainierte er doch selbst in einem Club, da hatte Vicky den richtigen Riecher gehabt. Ansonsten drehte der Oberarzt wie Henning, Julius und Vicky den Senderknopf am liebsten auf *American Forces Network*. Manchmal bestimmte die Hierarchie im Dienst das Programm, manchmal wurde geknobelt. Und manchmal entschied das Weltgeschehen.

Nächtelang hatten sie in diesem Herbst auf ein Wunder im niedersächsischen Lengede gewartet. Während Einsatzkräfte in einem Wettlauf gegen die Zeit um das Leben der verschütteten Bergleute kämpften, hatte das Team der Sanitätsstelle Mutmaßungen über Gesundheitszustand und Verletzungen der Grubenkumpel angestellt, Chancen abgewogen und medizinische Maßnahmen durchexerziert. Als der greise Adenauer abtrat und Ludwig Erhard, das satte Gesicht des bundesdeutschen Wirtschaftswunders, das Steuer übernahm, endete spürbar eine ganze Ära. Und erst eine Woche zuvor hatten sie allesamt stumm und starr vor dem Radio gesessen, im Schock über die Schüsse von Dallas. Die hoffnungsvolle Strahlkraft Kennedys war mit einem Schlag erloschen; seitdem trug die ganze Welt Trauerflor. Dass Lee Harvey Oswald zwei Tage später seinerseits einem Attentat zum Opfer gefallen war, vor laufenden Kameras und offenen Mikrofonen, hatte keine Genugtuung gebracht. Stattdessen gärten Zweifel und offene Fragen, blieb ein düsteres Unbehagen.

Dr. Frommer trat an den Schreibtisch, setzte seine Lesebrille auf und begutachtete Vickys Näharbeit. »Nicht schlecht, Dr. Becker. Für eine Medizinstudentin im achten Semester. Das können Sie doch eigentlich besser.«

Auf seinem Platz am Tisch wedelte Pfleger Norbert auffordernd mit der Hand.

»Eigentlich ja.« Seufzend stand Vicky auf und reichte Norbert die Banane, der sogleich die Schale mit den vermurksten Nähten abpellte und sich über seine nächtliche Zwischenmahlzeit hermachte.

Der Chefarzt nahm die Brille ab und griff zum Skalpell und einer Orange, deren ledrige und unebene Schale noch kniffeliger zu nähen war. »Sie sind heute nicht ganz bei der Sache. Haben Sie was auf dem Herzen?«

Den süß-frischen Duft der Orange in der Nase, ließ Vicky sich mit einem tiefen Ausatmen wieder auf den Arztstuhl fallen.

Ende August war sie über das Radio live dabei gewesen, als fast dreihunderttausend Menschen, afroamerikanisch und weiß, Männer wie Frauen, in Washington gegen Rassendiskriminierung demonstrierten. Schier unfassbar lang war die Liste derer, die mit ihrer Anwesenheit Solidarität bekundeten: Harry Belafonte und Sidney Poitier, Paul Newman und Joanne Woodward, Josephine Baker und Sammy Davis Jr., Gregory Peck, Burt Lancaster und Tony Curtis, Charlton Heston und Marlon Brando. Mahalia Jackson hatte kraftvoll Gospel gesungen, Joan Baez engelhaft *We Shall Overcome*, Bob Dylan mit rauchiger Stimme *When the Ship Comes In*, und Peter, Paul and Mary *If I Had a Hammer* und das von Dylan geschriebene *Blowin' in the Wind*. Lieder einer neuen Generation, einer neuen Zeit.

Höhepunkt der Veranstaltung war der Auftritt Martin Luther Kings gewesen, kurz nach zweiundzwanzig Uhr Frankfurter Zeit. *Let freedom ring*. Ein machtvoller Appell gegen Ungerechtigkeit und Willkür. Mehr Predigt als politische Rede und an manchen Stellen wie ein melodisches Gebet, hatte die volltönende Stimme des Baptistenpastors aus Georgia bei Vicky einen Nerv berührt. *I have a dream today!* Atemlos und Gänsehaut auf den Armen, hatte sie diese Aufbruchsstimmung aufgesaugt, die stark genug war, Mauern niederzureißen. Ein Sog, dem sie sich nicht entziehen konnte und der ihren Gedanken Flügel verlieh.

»Na?«, hakte Dr. Frommer nach, der sich halb auf dem Schreibtisch niedergelassen hatte und die ersten Orangensegmente verzehrte.

»Ich bin mit dem, was wir hier in der Sanitätsstelle tun, nicht zufrieden«, platzte Vicky heraus.

Der Chefarzt hob die graugestromerten Brauen. »Nicht zufrieden, soso. Das müssen Sie mir erklären.«

Sie holte tief Luft. »Wenn wir zur Autobahn ausrücken, sind wir meistens die Einzigen am Unfallort, die wirklich helfen können. Weil die Krankenhäuser Rettungswagen schicken, deren Fahrer eben nur Fahrer sind, ohne jegliche Sanitätsausbildung. Wir müssen jedes Mal entscheiden, wer von den Schwerverletzten unsere Hilfe am nötigsten hat, wen wir selbst mitnehmen und wen wir zum Transport den anderen Wagen überlassen. Ich mag mir nicht vorstellen, wie viele Leben es schon gekostet hat, dass nicht mehr an Erstversorgung möglich ist.«

Dr. Frommer nickte. »Deshalb ist gerade eine Neuordnung der Schulferien im Gespräch. Damit sich der Verkehr auf den Autobahnen entzerrt, wenn nicht alle Bundesländer gleichzeitig in den Urlaub starten. Über die Pflicht eines Erste-Hilfe-Kurses für Führerscheininhaber wird diskutiert und auch darüber, ob nicht jedes Fahrzeug auf den Straßen der Bundesrepublik einen Verbandkasten im Kofferraum haben sollte.«

»Das meine ich nicht«, widersprach Vicky.

»Sondern?«, brummte der Chefarzt mit vollem Mund.

Vicky war in Fahrt. »Die Hilfe, die wir leisten, ist zu primitiv! Wir bräuchten eine bessere Ausstattung im Wagen, zum Beispiel ein Beatmungsgerät oder einen Elektrokardiographen. Und genug Platz darin, um unterwegs notfalls einen Eingriff vorzunehmen. Dass der jeweilige Pfleger am Lenkrad immer wieder über den Rückspiegel den Zustand des Patienten kontrolliert, um im Ernstfall anzuhalten, nützt nichts, wenn wir dann nicht auch wirklich etwas tun können.«

Gedankenvoll zupfte der Chefarzt zwei Orangenschnitze auseinander. »Sie sind nicht die Erste, die sich solche Gedanken macht, Dr. Becker. In Heidelberg ist vor ein paar Jahren ein sogenanntes Clinomobil entwickelt worden, siebenundfünfzig oder achtundfünfzig war das. Ich bin mal hingefahren, um mir das anzusehen. Ein zu einem rollenden OP umgerüsteter Omnibus mit einem Arzt und zwei Sanitätern an Bord. Und mit einem Anhänger für den Stromgenerator. An sich genial in der Idee und Ausführung. Aber wie wollen Sie mit so einem Zigtonner schnell genug an der Unfallstelle sein? Ich fürchte, mit einer brauchbaren Ausrüstung für Krankenwagen müssen wir warten, bis uns der technische Fortschritt handlichere Apparaturen und genug Raum in den Fahrzeugen beschert.«

I have a dream.

Vicky sah ihn offen an. »Das genügt mir nicht. Ich will mehr! Ich will Patienten mit unklarem Befund nicht zwangsläufig zu ihrem Arzt zu Hause, zu einem Facharzt oder in ein Krankenhaus überstellen. Es gibt sicher genug, was wir auch gleich hier abklären oder behandeln könnten, hätten wir nur eine etwas bessere Ausstattung. Unser Labor leistet nicht einmal dreißig Prozent von dem, was es theoretisch könnte, und Proben in ein Fremdlabor zu geben, lohnt den Zeitaufwand nicht. Ich will hier operieren! Vor drei Monaten, der Arbeiter, der mit seinem Arm in einen Propeller geraten ist, nachdem sich die Bremsklötze des Fliegers gelöst hatten – ich weiß nicht, was aus ihm geworden ist, aber seine Chancen wären in jedem Fall besser gewesen, wenn wir uns gleich hier chirurgisch um seine Verletzungen hätten kümmern können. Und solche Notlandungen wie die der Air India neulich können ganz anders ausgehen als mit ein paar blauen Flecken und Platzwunden.«

Dr. Frommer lächelte sie verschmitzt an. »Spricht da die Sorge um unsere Patienten aus Ihnen oder Ihr Ego, das nicht oft genug ein Skalpell in die Hand bekommt?«

»Beides«, antwortete Vicky selbstbewusst. »Wenn wir einen richtigen OP hätten, dann ...«

Norbert sprang auf und riss die Tür zum Ruheraum auf. »He, Henning! Im Radio bringen sie gerade was über Oswald, Jack Ruby und die Mafia! Vermutlich läuft Kennedys wahrer Mörder noch auf freiem Fuß herum!«

Erheitert warf Dr. Frommer einen Blick über seine Schulter. »Kommen Sie, Dr. Becker, gehen wir vor die Tür. Hier stören wir nur.«

Draußen knöpfte Vicky ihren Arztkittel zu; bei fallenden Temperaturen war der Wind auf dem Flughafengelände beißend.

»Hatten Sie schon Gelegenheit, sich das Modell für die neue Empfangsanlage anzusehen?«, erkundigte sich der Chefarzt, während sie am Bungalow des Flugdiensts vorbeigingen. »Ist im Flughafengebäude ausgestellt. Ein echter Publikumsmagnet.«

Vicky musste lachen. »Ich weiß gerade einmal, dass es hier mehrere Bankschalter gibt, zwei Fotogeschäfte und Pralinen von Sarotti.«

»Sie haben das Porzellan von Rosenthal und die Lederwaren von Goldpfeil übersehen.«

Vicky grinste. »Ich hab's noch nicht mal geschafft, irgendwann in der Mittagspause zum Friseur zu flitzen.«

Hinter dem Flugdienstgebäude dehnte sich die farbige Befeuerung des Rollfelds aus, und der Wind pfiff Vicky um die Ohren. Mit blinkenden Lichtern und Getöse landete in einiger Entfernung eine größere Maschine, in Empfang genommen von einem der hellgelben VW Käfer, die mit aufmontierten Leuchtschildern als Follow-me-Cars fungierten.

»Sehen Sie unseren Tower dort hinten?« Dr. Frommer deutete auf den pulsierenden Lichtschweif, der Vicky an den Leuchtturm vor Peenemünde erinnerte. »Noch ist er ein einsamer Wächter. Allerdings nicht mehr lange. In den kommenden Jahren wird dort eine der modernsten Empfangsanlagen entstehen. Mit neuen Räumen für unsere Sanitätsstelle.«

Etwas in seiner Stimme ließ Vicky aufhorchen. »Aber?«

Im Widerschein der Flughafenlichter verzog er das Gesicht. »Es ist nicht ganz das, was ich mir vorstelle. Kaum mehr Platz, als wir jetzt haben. Vor allem an der Ausstattung wird weiter gespart, da ist ein Funkgerät das höchste der Gefühle. Ich habe mir bereits den Mund fusselig geredet, aber die Herren in der Verwaltung denken sich: Ja, ja, der Frommer, der geht eh in absehbarer Zeit in den Ruhestand, dann sehen wir weiter.« Er warf Vicky den listigen Blick zu, den sie bereits von ihm kannte. »Wollen nicht Sie die Herren in Anzug und Schlips davon überzeugen, dass wir eine richtige Klinik brauchen?«

»Ich?« Vicky war perplex. »Warum ich? Ich bin Medizinalassistentin.«

Der Chefarzt runzelte belustigt die Stirn. »So bescheiden?«

Um ihren Mund zuckte es. »Hat Ihr Vorschlag etwa damit zu tun, dass ich als Einzige im Team zwei nicht zu übersehende Argumente mitbringe?«

Er brach in lautes Lachen aus. »Das haben Sie gesagt, Dr. Becker! Nein, aber Sie sind jung und leidenschaftlich, Sie können begeistern. Außerdem traue ich Ihnen ohne Weiteres zu, ein brillantes Konzept für eine Flughafenklinik der Zukunft zu erstellen.«

In Vickys Magengegend flatterte es aufgeregt. »Warum macht das nicht Dr. Bockeloh?«

»Raimund? Der braucht keine Klinik, der operiert mit Steakmesser, Nähset und einem Drillbohrer vom Bauhof, wenn er muss.« Der Chefarzt trat einen Schritt vor, um ihr direkt in die Augen zu sehen. »Entwerfen Sie Ihre Traumklinik, Dr. Becker. Mit allem, was wir hier am Flughafen Ihrer Meinung nach brauchen.«

I have a dream. Vickys Herz schlug schneller. »Und wenn's nicht klappt? Wenn die meinen Vorschlag abschmettern?«

»Dann macht sich das als Planspiel immer noch gut in Ihrem Lebenslauf.« Seine Hand markierte in der Luft eine Überschrift in kapitalen Lettern. »*Entwurf einer zukunftsweisenden Klinik am Flughafen Rhein-Main.* Ich schreibe Ihnen eigens dafür auch ein chefärztliches Gutachten.«

Grüblerisch zog Vicky die Unterlippe zwischen die Zähne. Sie hatte ihre Stärke bisher in der praktischen Medizin gesehen, aber diese Herausforderung reizte sie.

In väterlicher Geste legte der Chefarzt ihr eine Hand auf das Schulterblatt. »Denken Sie darüber nach. Gerne noch ein bisschen hier draußen, wenn Sie mögen.«

Die Hände in den Taschen seines Arztkittels, wanderte er davon.

»Ach, und – Dr. Becker?«

Sie drehte sich um.

»Vergessen Sie aber nicht, drinnen noch eine Orangenschale aus einzelnen Fetzen zusammenzunähen.«

Vicky schmunzelte. »Ich setz mich nachher gleich dran.«

»Und gehen Sie ruhig in Ihrer Mittagspause zum Friseur, das steht Ihnen zu. Den einen oder anderen dummen Kommentar dazu schütteln Sie doch locker ab.« Grüßend hob er die Hand und machte sich auf den Rückweg zur Sanitätsstelle.

Die Arme zum Schutz gegen den Wind um sich geschlungen, legte Vicky den Kopf in den Nacken und beobachtete die Positionslichter der Flugzeuge, die über den Nachthimmel zogen.
I have a dream.

14

Ein junges Herz

Mit Feuereifer stürzte Vicky sich auf ihre neue Aufgabe. Den ersten Gedanken, ihre Mutter anzurufen und zu fragen, woran die Charité gerade forschte und was dort alles auf der Anschaffungsliste stand, verwarf sie sogleich wieder; unliebsame Lauscher in der Telefonleitung hätten sie mit Sicherheit der Spionage verdächtigt. Stattdessen nutzte sie in diesem Dezember jeden freien Tag, um in der Senckenbergischen Bibliothek zu recherchieren und um über ihrem Entwurf zu brüten. Und wenn sie im Schnellbus aus der Stadt hinausfuhr, über die Ausfallstraße, die in Kennedyallee umgetauft worden war, malte sie sich aus, wie sie sein müsste, die Klinik ihrer Träume. Die Nachtdienste unter Dr. Frommer gehörten weiterhin ihrer Ausbildung; in allen anderen Nächten jedoch konnte sie am Schreibtisch des Dienstzimmers ihrer Fantasie freien Lauf lassen.

»Gibt das Ihre zweite Doktorarbeit?«, wollte Pfleger Henning mit hörbarem Grinsen wissen.

»S-sie könnten im Nachtdienst auch was S-sinnvolles tun und uns allen Socken stricken«, witzelte Pfleger Norbert.

»Ha, ha!«, erwiderte Vicky gut gelaunt und blätterte in einem der Fachbücher.

Rockin' around the Christmas tree, schmetterte Brenda Lee auf AFN. Eine gute Woche vor Heiligabend, während es draußen schneite und der Heizkörper hinter Vicky bullerte, kam sie sich vor wie ein kleines Mädchen, das an den Weihnachtsmann schrieb. Mit einer fachlichen Begründung für jeden einzelnen Wunsch und einer groben Kostenschätzung.

»Wollten Sie nicht neulich in Ihrer Mittagspause zum Friseur?«, ließ sich Dr. Bockeloh vernehmen, der ebenfalls am Tisch saß, ein Buch auf den übereinandergeschlagenen Knien.

»War ich doch.«

»Nicht drangekommen?«, zog er sie auf. Henning gackerte.

Vicky warf dem Oberarzt einen ironischen Blick zu, den er mit einem kleinen Grinsen erwiderte, bevor sie weiter an ihren Notizen arbeitete. Sie hätte gern wieder einen Pagenkopf wie zu Studienzeiten gehabt, sich im letzten Moment jedoch dagegen entschieden. Ein tüchtiges Stück gekürzt, trug sie ihr Haar immer noch zum strengen Knoten zusammengedreht; das war einfach am praktischsten, wenn sie sich von einem Moment zum nächsten mit Skalpell, Schere und Tupfer über eine offene Wunde beugen musste.

Dr. Bockeloh legte sein Buch zur Seite und ging zur Kaffeemaschine. »Auch einen, Dr. Becker?«

»Gern, danke.«

Er platzierte die Tasse für Vicky auf einem freien Fleck zwischen den aufgeschlagenen Medizinbüchern. »Haben Sie die besorgt?«, fragte er und deutete auf den Stapel deutscher, britischer und amerikanischer Fachzeitschriften.

»Dr. Frommer.«

»Spendabel.« Er schlug das oberste Heft auf. »Darf ich?«

Vicky nickte. Während er in kleinen Schlucken von seinem Kaffee trank, blätterte er durch die Zeitschrift und warf dann einen Blick über Vickys Schulter.

»Ein Defibrillator?«

Vicky strahlte ihn an. »Genial, nicht? Ein kurzer Elektroschock bei Kammerflimmern, und zack!« Sie schnippte mit den Fingern. »Der Herzschlag ist wieder im Lot!«

Er verzog das Gesicht. »Als Ergänzung taugt das vielleicht. Aber ich kann mir nicht vorstellen, dass das die gängige Herz-Lungen-Wiederbelebung ersetzen kann, dafür ist das Zusammenspiel zu komplex. Ganz abgesehen davon nützt Ihnen ein solcher Kasten hier nichts. Bis Sie den Patienten in die Sanitätsstelle gerollt haben, ist es schon zu spät.«

Vicky tippte mit dem Ende ihres Kugelschreibers auf den Tisch. »Garantiert wird irgendwo gerade an einer transportablen Version getüftelt, weil andere Ärzte vor demselben Problem stehen. Und wenn wir hier erst operieren, können wir einen Defibrillator gut gebrauchen!«

Der Oberarzt runzelte die Stirn. »Ich will mich nicht einmischen, Dr. Becker, aber der Spatenstich für die neue Empfangsanlage soll bereits übernächsten Sommer erfolgen. Weshalb alle Pläne für den Innenausbau vermutlich längst unter Dach und Fach sind. Das müsste Frommer eigentlich wissen.«

Vicky schluckte. Dann straffte sie die Schultern. »Pläne lassen sich ändern. Ich muss nur überzeugend genug argumentieren.«

Dr. Bockeloh gab hinter seiner Tasse einen verächtlichen Laut von sich. »Da haben irgendwelche Schreibtischhengste das Sagen. Die wissen gerade noch, wie ein Röntgengerät im Prinzip funktioniert, dann hört's aber auch schon auf. Das sind Pfennigfuchser, die nur interessiert, was sie das am Ende kostet, und das wird in jedem Fall zu viel sein. Mit fachlichen Argumenten werden Sie nicht weit kommen. Da müssen Sie schon andere Geschütze auffahren.«

Vicky zwirbelte den Kugelschreiber zwischen den Fingern. »Nämlich?«

Er schob die Zeitschriften zur Seite und setzte sich halb auf die Tischplatte. »Am London Airport, in Le Bourget und Orly steht den Passagieren rund um die Uhr ein Arzt zur Verfügung. Mehr aber auch nicht. An ein paar anderen Flughäfen ist stundenweise einer anwesend. Sonst ist man überall auf Ärzte angewiesen, die in unmittelbarer Nähe gerade im Dienst sind, an einer Klinik oder in ihrer Praxis. Oder eben auf die Sanitätskenntnisse der Flughafenfeuerwehr.« Er deutete mit der Kaffeetasse hinter sich. »Was wir hier haben, ist also einmalig in ganz Europa. Und nun bauen sie uns für zig Millionen die neue Empfangsanlage hin, die den Flughafen Rhein-Main über das Jetzeitalter hinaus in die Ära des Überschallflugs führen soll. Natürlich nicht nur mit allen technischen Schikanen und Annehmlichkeiten für die Fluggäste, sondern auch im hypermodernen Design. Wenn Sie jetzt die Schlipsträger davon überzeugen können, dass ihr toller neuer Flughafen nur mitsamt einer großen modernen Klinik ein wirkliches Prestigeprojekt ist, stehen Ihre Chancen vielleicht gar nicht so schlecht.« In seinen Augen glitzerte es. »Packen Sie sie am Ego. Das funktioniert bei Männern eigentlich immer.«

»Sie sollen die an den Eiern kitzeln«, warf Henning grinsend ein.

Vicky, die eifrig mitgeschrieben hatte, hob den Kopf. »Danke für die Übersetzung«, erwiderte sie trocken.

»W-wenn Sie Ihren weiblichen Charme spielen lassen, k-können die gar nicht anders«, ließ Norbert sich mit blauäugigem Hundeblick vernehmen.

Vicky zog die Nase kraus. Bislang war sie prima ohne taktisch eingesetzte Koketterie ausgekommen, und so würde sie es auch in Zukunft halten.

»Wollen nicht lieber Sie diesen Part übernehmen?«, fragte sie Dr. Bockeloh leichthin. »Das wirkt bei Ihnen sicher überzeugender als bei mir.«

Der Oberarzt hob die Brauen. »Was habe ich mit Ihrem Luftschloss von einer Klinik zu tun?«

»Reicht Ihnen denn das hier?« Vicky machte eine Geste, die die gesamte Sanitätsbaracke einschloss. »Wollen Sie nicht mehr für unsere Patienten?«

Seine Augen wurden schmal. »Wir reißen uns den Arsch auf, damit unsere Patienten noch am Leben sind, wenn sie im Krankenhaus ankommen. Das ist im Ernstfall verdammt viel. Wären Sie schon länger bei uns, wüssten Sie das.«

Vicky blinzelte. »Interessiert Sie denn gar nicht, was danach aus den Patienten wird? Ob sie es geschafft haben oder nicht?«

»Nein.«

Vicky schnaubte. »Das klingt, als hätten Sie sich bequem hier eingerichtet.«

»Mag sein.« Er leerte seine Tasse.

Sie schüttelte verständnislos den Kopf und wollte sich wieder ihren Notizen widmen, als sie innehielt und Dr. Bockeloh einen schnellen Blick zuwarf. »Können Sie wirklich mit Steakmesser und Drillbohrer operieren?«

Er grinste. »Hat Frommer das gesagt? Ich bin früher mit dem Roten Kreuz einiges herumgekommen. Da lernt man, mit dem zu arbeiten, was man hat. Könnten Sie auch, wenn Sie müssten. Frommer ist noch mal ein ganz anderes Kaliber, der war Sanitätsoffizier an der Ostfront.« Er rutschte vom Schreibtisch herunter. »Zeigen Sie mir das Konzept, wenn es fertig ist. Ich spendiere Ihnen dann in meiner Eigenschaft als Oberarzt ein Autogramm.«

Während Perry Como mit einem Frauenchor und großem Orchester *It's Beginning to Look a Lot Like Christmas* schmetterte, glomm in Dr. Bockelohs Augen ein Funke auf, der auf Vicky übersprang.

Je näher Heiligabend rückte, umso betriebsamer ging es in der festlich geschmückten Empfangshalle zu. Ankommende Flugreisende wurden von ihren Verwandten oder Freunden überschwänglich begrüßt; andere brachen zu Ferien im Schnee oder in der Sonne auf. Touristen aus aller Welt freuten sich auf ein Fest im deutschen Winterwunderland, und Geschäftsmänner hatten ihren letzten Termin hinter sich gebracht. Mit Geschenken bepackt, flogen derzeit besonders viele Menschen nach Berlin. Denn vom 19. Dezember bis zum 5. Januar durften Bürgerinnen und Bürger des Westteils einen Passierschein für Besuche bei ihren Angehörigen in Ostberlin beantragen. Zum ersten Mal seit dem Mauerbau war ein Beisammensein im Kreis der gesamten Familie möglich. Nie sah man am Flughafen mehr glückliche Gesichter und strahlende Augen, hörte man mehr fröhliche Stimmen und freudiges Lachen.

Vicky hatte dafür keinen Blick. Aus Leibeskräften sprintete sie durch die Halle wie Armin Hary, der als erster Mensch die hundert Meter in 10,0 gelaufen war; bei einem Herzstillstand zählte jede Sekunde.

»Aus dem Weg!«, brüllte Dr. Bockeloh, der vorausrannte, und erschrocken sprang ein Ehepaar zur Seite.

Selbst wenn ein Beamter der Flughafenpolizei nicht den Einwinker gegeben hätte, wäre der Ort des Geschehens unschwer auszumachen gewesen. Von einer Menschenansammlung um einen Notfall ging die unverkennbare Mischung aus Schock, Neugierde, Aufregung und Hilflosigkeit aus. Während Dr. Bockeloh seine Arzttasche als Rammbock benutzte, boxte Vicky sich rücksichtslos wie Cassius Clay zwischen den Umstehenden durch, dicht gefolgt von Pfleger Henning.

»Ich übernehme!«, rief sie dem Flugsteward zu, der sich mit der Herzdruckmassage abmühte, und ließ sich auf die Knie fallen, um weiter den Brustkorb des am Boden liegenden Mannes zu bearbeiten. Henning stülpte die Maske über dessen Mund und Nase und betätigte rhythmisch den Beatmungsbeutel.

»Wie lange schon?«, hörte Vicky Dr. Bockeloh fragen.

»Zwei oder drei Minuten«, keuchte der Steward und stand auf.

Dr. Bockeloh ging in die Hocke und schob das Bruststück seines Stethoskops unter den geöffneten Hemdkragen des leblosen Mannes. Metallisches Scheppern und das hektische Quietschen von Gummirädern kündigte Ansgar an, der den Krankenwagen direkt vor die Tür gefahren hatte und nun im Laufschritt mit der rollenden Trage zu ihnen stieß.

»Weg!«, befahl Dr. Bockeloh, und Vicky gehorchte. Mit aller Kraft versetzte er dem Patienten einen Boxhieb gegen das Brustbein und griff erneut zum Stethoskop. Seine Augen trafen sich mit Vickys, und er deutete ein Kopfschütteln an, bevor ein Ruck durch ihn ging.

»Wir machen auf!«, bellte er.

Hier? Der Ausruf blieb Vicky in der Kehle stecken, als Ansgar die Instrumententasche öffnete, und Adrenalin jagte durch ihren Körper.

Während Dr. Bockeloh und Ansgar den Mann auf die Transportliege hievten und der Polizeibeamte mit ein paar Kollegen die Schaulustigen auf Abstand hielt, krempelte Vicky die Ärmel hoch, zog Gummihandschuhe über und griff zum Jod.

»Lassen Sie das Zeug!«, herrschte der Oberarzt sie an. »Das macht alles zu glitschig. Ein steriles Skalpell reicht völlig!« Er riss das Hemd des Patienten auf, sodass Knöpfe in alle Richtungen absprangen, dann das Unterhemd und schnappte sich selbst ein Paar Handschuhe. »So, Dr. Becker – ich höre!«

Vicky zählte mit den Fingerkuppen vom Schlüsselbein abwärts. »Fünfter Zwischenrippenraum von hier zur Achsellinie.«

»Sie haben eine Minute!«

Ansgar drückte ihr das Skalpell in die Hand. Vicky holte tief Luft, um ihre zitternden Knie wieder unter Kontrolle zu bringen, und setzte die Klinge an.

»Ziehen Sie den Schnitt ruhig länger«, drang Dr. Bockelohs Stimme zu ihr durch. »Sie werden den Platz brauchen.«

Die Zunge im Mundwinkel, säbelte sie durch Haut, Fettgewebe und Muskulatur, während der gleichmäßig pumpende Beatmungsbeutel die Zeit herunterzählte.

»Muss nicht präzise sein, Dr. Becker«, wies Dr. Bockeloh sie an. »Hauptsache, schnell. Aber achten Sie auf Speiseröhre und Lunge.«

Ansgar schien sich in eine vielarmige Göttergestalt verwandelt zu haben, seine Hände waren immer genau da, wo Vicky sie brauchte, um ihr freie Sicht zu verschaffen, die Schere zu reichen, eine Klemme oder den Spreizer zu halten. Mit einem flinken Schnitt öffnete Vicky den unscheinbaren Herzbeutel, dann lag das Herz selbst in seiner ganzen rohen Schönheit vor ihr und rührte sich nicht. Ihre behandschuhten Finger schlüpften in den Brustkorb und umfassten das faustgroße Organ. Für den Bruchteil eines Augenblicks zögerte sie, unsicher, wie fest sie zupacken sollte, und sofort legten sich Dr. Bockelohs Finger auf ihr Handgelenk.

»Lassen Sie kurz locker«, raunte er. »Dann gehen Sie einfach mit.«

Seine Brust an ihrer Schulter, gab Vickys Hand den Druck seiner Finger weiter an das Herz.

»Kräftig, aber mit Gefühl«, murmelte er an ihrem Ohr. »Denken Sie immer daran, dass das Herz einer der stärksten Muskeln ist. Der mit der größten Ausdauer. So ist's gut. Genau so.«

Vicky eigenes Herz machte einen Purzelbaum nach dem anderen, während sie unter Dr. Bockelohs Führung das Herz des Mannes bearbeitete, ihrer beider Atemzüge in vollkommenem

Gleichtakt. Der Hohlmuskel in ihrer Hand zuckte auf, und Vicky gab einen beglückten Laut von sich. Das Herz pulsierte ein zweites, ein drittes Mal, und Dr. Bockeloh zog Vickys Hand aus dem Brustkorb. Staunend betrachtete sie das Herz, das so regelmäßig pumpte, als wäre nichts geschehen, und ein ungeheures Glücksgefühl schäumte durch ihre Adern.

»Kann ich zumachen?«, fragte sie atemlos.

»Keine Zeit!«, erwiderte der Oberarzt knapp und zerrte sich die Handschuhe von den Fingern. »Abdecken, Patient fixieren und ab in die Uniklinik!«

Vicky schwebte förmlich, während sie die Aktentasche des Mannes aufsammelte und zwischen den Schaulustigen hindurch der Trage folgte, die Ansgar eilig aus der Halle schob.

Hinter der Glastür empfingen sie eisige Temperaturen und Flugzeuglärm. Ansgar und der Oberarzt waren bereits dabei, den Patienten in den Krankenwagen zu verladen, als Vicky stutzte. Der Patient blinzelte, bevor sein Blick suchend umherwanderte.

»Er kommt zu sich!«, rief sie hastig.

Fluchend schnappte sich Dr. Bockeloh seine Arzttasche.

Vicky fasste die Hand des Mannes und beugte sich über ihn. »Hallo. Ich bin Dr. Becker.«

»Muss das jetzt sein?«, ranzte Ansgar sie an.

Erst in diesem Moment bekam der Patient für Vicky ein Gesicht, männlich kantig, mit stahlblauen Augen und einem Grübchen im Kinn, höchstens um die vierzig Jahre alt.

»Nicht erschrecken«, sprach sie weiter. »Sie sind in der Empfangshalle des Flughafens zusammengeklappt, und wir haben einen Eingriff vorgenommen. Sie kommen jetzt ins Krankenhaus. Damit Sie sich unterwegs möglichst wenig bewegen, haben wir Sie festgeschnallt.«

»Ich gebe Ihnen was gegen die Schmerzen«, warf Dr. Bockeloh

ein, während er die Spritze setzte. »Allerdings nur eine kleine Dosis, damit Ihr Kreislauf nicht gleich wieder schlappmacht, okay?«

»Das ist alles beängstigend, ich weiß«, fügte Vicky hinzu. »Und die Fahrt wird sicher scheußlich für Sie. Aber diese gute Viertelstunde müssen Sie einfach durchhalten. Wir haben Sie immer im Blick und kümmern uns sofort um Sie, falls etwas sein sollte, ja?«

Eine Träne rollte aus seinem Augenwinkel, und er erwiderte den Druck ihrer Finger, bevor Vicky ihn losließ und der wie üblich energischen Routine nicht weiter im Weg stand. Hinter Dr. Bockeloh kletterte sie auf die Sitzbank des Krankenwagens, dessen Motor bereits lief, und schlug die Beifahrertür zu. Ansgar fuhr scharf an, und sie rasten über das Flughafengelände.

»Das ...« Vicky schnappte begeistert nach Luft. »Das war Rock 'n' Roll!«

Dr. Bockeloh warf ihr einen amüsierten Blick zu.

»Sie haben vielleicht Nerven!«, brüllte der Oberpfleger über das Martinshorn hinweg. »Ihr Salbadern hat uns eine Menge Zeit gekostet!«

»Ah, lass gut sein!«, rief Dr. Bockeloh gereizt. »Seine Chancen sind so oder so nicht gerade berauschend, da schadet ein wenig Freundlichkeit nicht.«

Vicky wischte sich eine lose Strähne aus der erhitzten Stirn; unter ihrer blutbespritzten Kluft war sie nass geschwitzt. »Ich lag deutlich unter einer Minute, oder?«

Dr. Bockeloh verzog das Gesicht. »Knapp.« Um seinen Mund zuckte es.

Vicky lächelte. »Sie sind ein guter Lehrer.«

»Und Sie sind die Pest als Schülerin«, knurrte er. »Eigensinnig, besserwisserisch und arrogant.«

Vicky sah zum Fenster hinaus, vor dem der winterliche Stadtwald vorüberflog. Heute hatte sie ein totes Herz wieder zum Schlagen gebracht; heute fühlte sie sich überlebensgroß und unbezwingbar.

Sie wandte den Kopf. »Ja, ich finde auch, dass ich perfekt ins Team passe.«

Er grinste.

15

Got My Mind Set on You

Nachdem das neue Jahr 1964 mild begonnen hatte, sackten die Temperaturen Mitte Januar kräftig ab, und ganz Mitteldeutschland schlotterte in Schnee und Eis.

Vicky war in Hochstimmung. Im Nachtdienst hatte sie die ausgekugelte Schulter eines Mechanikers, der auf schlüpfrigem Betonboden ausgerutscht war, wieder eingerenkt, war zu gleich zwei Einsätzen am Frankfurter Kreuz ausgerückt, und kurz vor sieben Uhr früh war der Anruf eingegangen, dass ein Streufahrzeug auf dem Flughafengelände einen Arbeiter überrollt hatte. Die Untersuchung in der Sanitätsstelle hatte nicht nur einen Schien- und Wadenbeinbruch ergeben. Einblutungen hatten den zerquetschten Unterschenkel bereits anschwellen lassen; innerhalb der nächsten paar Stunden würde der ansteigende Druck unweigerlich zur Gefahr für Muskeln, Blutgefäße und Nerven werden. Und so schnippelte Vicky im Behandlungszimmer durch die Faszien ihres sedierten und mit einer kräftigen Betäubungsspritze versehenen Patienten. Mit dem heutigen Tag hatte sie genug arbeitsmedizinische Fälle zusammen, um auch unter diesen Ausbildungsnachweis für die Approbation einen Haken zu setzen.

»Noch mal die Schere bitte«, sagte sie hinter der OP-Maske, und Oberpfleger Ansgar reichte ihr das Instrument. Persönlich kamen sie immer noch nicht miteinander aus, aber bei Eingriffen wie diesem hatte Vicky niemanden lieber an ihrer Seite, da hatte Dr. Frommer recht behalten.

Der Chefarzt saß auf einem Hocker neben ihr und verfolgte durch die Brillengläser jeden ihrer Schnitte. »Da können Sie ruhig beherzter rangehen, Dr. Becker«, brummte er hinter seinem Mundschutz. »Der Patient wird es Ihnen später danken. Sonst sieht's prima aus. Haben Sie das zuvor schon mal gemacht?«

»Eigenhändig nicht«, erklärte Vicky. »Ich habe Fasziotomien bisher nur an Leichen im Anatomiesaal beobachtet.«

Der Chefarzt lachte. »Dann ist das ja jetzt für Sie wie ein Kinofilm in Technicolor nach lauter Schwarz-Weiß-Streifen!«

Es klopfte, und Pfleger Julius streckte den flachsblonden Kopf herein, ein neugieriges Funkeln in den blauen Augen. »Vicky, da ist Besuch für dich.«

Sie sah auf die Uhr, Edelgard war mehr als pünktlich. »Ich bin hier fast durch, dauert aber trotzdem noch ein bisschen. Fräulein Neumann soll doch schon ins Restaurant vorgehen. Ich komme nach, sobald ich kann.«

»Okidoki.« Er verschwand wieder hinter der Tür.

In den Augenwinkeln Dr. Frommers fächerten sich tiefe Strahlenkränze auf. »Wir lassen den Patienten vom St. Elisabethen abholen. Sie brauchen sich nur um den Papierkram hier zu kümmern. Und den Rapport erlasse ich Ihnen für heute, schließlich haben Sie eigentlich schon Urlaub.«

Ansgars giftiger Blick prallte an ihr ab, und Vicky pulte frohgemut weiter mit Skalpell und Schere im aufgeschnittenen Bein herum.

Eine gute halbe Stunde später hatte Vicky sich umgezogen und eilte in das Flughafenrestaurant, das an diesem Januarmorgen nur mäßig besucht war. Die Terrasse lag im Winterschlaf, zog aber trotz der Kälte den einen oder anderen Gast an, um warm eingepackt den Flugbetrieb aus nächster Nähe beobachten zu können.

Edelgard hatte sich einen Fensterplatz ausgesucht und schon eine Tasse Kaffee bestellt. In einem piekfeinen Kostüm erhob sie sich, um Vicky zur Begrüßung in die Arme zu schließen.

»Entschuldige«, sagte Vicky atemlos und stellte ihre Tasche ab.

»Ach, wofür denn?«, wehrte Edelgard ab. »Hätte genauso gut sein können, dass ich am Schalter länger brauche. – Hübsch siehst du aus«, kommentierte sie die schwarzen Schnürstiefeletten und das hellblaue Kleid, das unter Vickys Tweedmantel zum Vorschein kam.

»Nur für dich«, erwiderte Vicky heiter, die nach und nach ihre überschaubare und inzwischen reichlich abgetragene Garderobe durch das eine oder andere preisreduzierte Stück ersetzte. »Sonst tut's mir irgendeine Hose mit Pulli.«

Edelgard seufzte. »Ein Jammer! Du könntest so viel mehr aus dir machen. Wie früher im *Gloria*!«

Lachend legte Vicky den Mantel über die Stuhllehne und setzte sich, stand jedoch noch einmal kurz auf, um die Blumenvase auf den freien Nebentisch zu stellen.

»Ich mag keine Nelken«, erklärte sie auf Edelgards fragenden Blick hin. »Die erinnern mich immer an FDJ und SED.«

»Ich soll dich herzlich von Sammy grüßen«, meinte Edelgard und winkte mit der Karte die Kellnerin herbei. »Hoffentlich hält das Frühstück, was es verspricht. Beim Namen Steigenberger und den Preisen hätte ich zumindest Tischdecken erwartet.« Naserümpfend strich sie über die nackte Tischplatte.

Sie bestellten beide das Standardfrühstück mit Kaffee und dazu Orangensaft, Edelgard zusätzlich noch Käse und Vicky zwei Spiegeleier mit Speck; nach dieser Nachtschicht kam sie fast um vor Hunger.

Edelgard beugte sich vertraulich vor. »Ich muss ein ernstes Wörtchen mit dir reden, Vicky! Wir haben einige Male miteinander telefoniert, und mit keiner Silbe hast du erwähnt, dass bei euch in der Sanitätsstelle ein solch attraktiver Arzt rumspringt!«

Vicky runzelte die Stirn. »Du meinst aber nicht Bockeloh, oder? Den Mephisto?«

»Und ob ich den meine! Geradezu gefährlich gut sieht der aus. Der dürfte mich gern mal von Kopf bis Fuß untersuchen. Im Separee.«

Vicky grinste. »Vergiss es, der ist verheiratet.«

»Na und? Ist ein Grund, aber kein Hindernis.« Edelgard stützte das Kinn auf die gefalteten Hände. »Lass mich raten: Und die Feuerwehrmänner hier sind groß, breitschultrig und so muskelbepackt wie Kirk Douglas als Spartacus.«

Vicky musste lachen. »Das sind mehrheitlich brave Familienväter mittleren Alters mit Plauze! Und hast du nicht am Telefon gesagt, du bräuchtest nach Weihnachten und Silvester im *Gloria* dringend einen männerfreien Urlaub?«

Edelgard gab sich entrüstet. »Ich habe sehr wohl ein Privatleben!«

Während sie frühstückten, berichtete Edelgard Neues von der hessischen Reeperbahn. Unter anderem, dass Vickys Nachfolgerin an der Theke darauf aus gewesen war, sich einen GI zu angeln und mit ihm nach Amerika zu gehen, nun jedoch mit dickem Bauch dasaß, nachdem ihr Lover mit Frau und Kindern in seine Heimat zurückgekehrt war. Vicky erzählte ihrerseits von der Arbeit in der Sanitätsstelle und dem Entwurf für eine neue Klinik.

»Wenn du jetzt ein paar Tage frei hast …«, ließ Edelgard sich zwischen zwei Schluck Kaffee vernehmen. »Willst du nicht mit dem nächsten Flieger nachkommen? Wir beide in Marrakesch –

Sonne und Palmen, bunte Basare, malerische Gassen und der ganze Zauber des Orients. Wär das nicht fabelhaft?«

Vicky schmunzelte, während sie *confiture* auf ihr Milchhörnchen strich. »Da würde wohl schon der Hinflug mein Budget sprengen. Außerdem will ich die Tage für meinen Entwurf nutzen.«

Das angebissene Käsebrötchen in der Hand, blieb Edelgard der Mund offen stehen. »Du arbeitest in deinem Urlaub? Ohne dass dabei eine müde Mark für dich rumkommt?«

Vicky zuckte mit den Schultern. »Lehrjahre sind bekanntlich keine Herrenjahre. Und je früher ich in der Verwaltung das Konzept vorlege, umso größer sind die Chancen, dass sie es in Betracht ziehen.«

»Und was hast du davon, wenn sie diese Klinik genehmigen? Das dauert doch, bis so ein Riesenbau steht und komplett eingerichtet ist. Bis dahin bist du als fertige Ärztin längst über alle Berge.«

Darüber hatte Vicky noch gar nicht nachgedacht. Ihr Blick wanderte aus dem Panoramafenster über die Terrasse, hinter der nacheinander ein Passagierjet der Pan Am und eine Propellermaschine der Swissair vorbeirollten. »Ich will einfach wissen, ob ich das hinkriege.«

»Hm«, machte Edelgard wenig überzeugt.

Eine kleine Pause entstand, in der sie ihr Käsebrötchen aufaß und Vicky den Rest ihres Milchhörnchens. Geziert tupfte sich Edelgard die Lippen mit der Serviette ab. Während sie sich mit eleganten Bewegungen eine Zigarette anzündete, warf sie immer wieder unter gesenkten Lidern einen Blick zu Vicky.

»Kann ich dich um einen Gefallen bitten?«, fragte sie dann.

Vicky gluckste hinter ihrer Kaffeetasse. »Wenn du mich jetzt fragen willst, ob ich deine Urlaubsvertretung übernehme, lautet die Antwort Nein.«

»Tzü.« Edelgard mimte die Entrüstete. »Als ob ich mir meine eigene Konkurrenz heranziehen würde.« Betont lange blies sie den Rauch aus. »Es geht um eine Bekannte hier in Frankfurt.«

Gunda Hagedorn war Ende zwanzig, langbeinig und feingliedrig, der Pelzkragen ihrer Kostümjacke zweifellos echt, das Blond ihrer modischen Kurzhaarfrisur möglicherweise nicht. Die hellbraunen Augen zusammengekniffen, musterte sie Vicky, die ihr am Tisch des Cafés in simpler Hose und Pulli gegenübersaß, umspült vom Stimmengewirr, Geschirrklappern und leiser Hintergrundmusik.

»Sie sehen nicht wie ein Fräulein Doktor aus«, äußerte sich Edelgards Bekannte schließlich durch den Rauch ihrer Zigarette.

»Hätte ich im weißen Kittel und mit umgehängtem Stethoskop herkommen sollen?«, konterte Vicky und trank in großen Schlucken von ihrem Kaffee. Sie hatte die halbe Nacht an ihrem Entwurf für die neue Klinik gearbeitet und sich gleich in aller Herrgottsfrühe schon wieder darangesetzt.

Kritisch beäugte Gunda Hagedorn die große und mittlerweile recht abgenutzte Tasche, die neben Vicky auf dem Boden stand und ganz sicher nicht nach Shoppingtour aussah. »Haben Sie etwa Ihr ganzes Werkzeug dabei?«

»Da ich nicht genau weiß, worum es geht«, entgegnete Vicky, »bin ich lieber auf alles vorbereitet.«

Das von Edelgard eingefädelte Telefonat zwischen ihnen beiden war knapp ausgefallen. Mit klarer Sopranstimme hatte Gunda Hagedorn lediglich mitgeteilt, dass sie einen ärztlichen Rat benötigte, und Zeit und Ort für ein Treffen vorgeschlagen – oder vielmehr bestimmt; alles an ihr versprühte eine damenhafte Grandezza.

Während es an diesem Spätnachmittag hinter den Spitzengardinen der Fenster dunkel wurde, waren fast alle Tische im einladend erhellten Raum besetzt. Und davon gab es viele: Über den Schaufenstern eines Plattenladens, der Drogerie-Parfümerie Kobberger und des Schuhhauses Hako nahm das Café *Regina* fast das gesamte erste Stockwerk des mehrgeschossigen Geschäftshauses ein. Die meisten Gäste waren weiblich, vom Backfisch bis zur Seniorin. Tüten von Hansa, Kaufhof, M. Schneider, Woolworth oder Peek & Cloppenburg neben sich, feierten sie unter aufgekratztem Geplauder ihre Schnäppchen mit Kaffee oder Mokka, einem Glas Sekt oder Likör und bestellten sich dazu ein Stück Frankfurter Kranz, Bienenstich, Käsesahne oder Schwarzwälder Kirschtorte, die in der gläsernen Vitrine ihre Runden drehten. Das *Regina* schien genauso zu einem Bummel über die Frankfurter Shoppingmeile zu gehören wie das *Kranzler* oder das Café *Hauptwache* auf dem gleichnamigen Platz um die Ecke.

»Ich bin oft hier«, erklärte Gunda Hagedorn. »Meist abends, zum Tanztee mit Livemusik. Da suche ich mir dann einen zahlungskräftigen Begleiter für die Nacht.«

Vicky wich dem abwartenden und geradezu lauernden Blick ihres Gegenübers aus. Sie kam sich wie in einem dieser verklausulierten Vorstellungsgespräche vor, bei denen nie ganz klar wurde, was als Feststellung und was als Frage gemeint war.

Die wenigen Herren, die in Anzug und Krawatte bei Cognac und Zigaretten zusammensaßen oder es sich mit Pils und Zeitung gemütlich gemacht hatten, sahen nach Banken oder Versicherungen aus, nach irgendwelchen Maklertätigkeiten zwischen Immobilien und Import-Export oder wie Rechtsanwälte. Auf der stark befahrenen und von der Straßenbahn durchschnittenen Zeil schlug das geschäftige Herz der Stadt. Daran würde wohl auch das Main-Taunus-Zentrum nichts ändern, das erste Einkaufszentrum Deutschlands und das größte Europas, das auf der grünen Wiese Sulzbachs kurz vor der Eröffnung stand.

Vicky wandte sich wieder Gunda Hagedorn zu. »Wie läuft das mit Ihren potenziellen Kunden dann ab? Gibt es da irgendein Erkennungszeichen wie eine Blume hinter dem Ohr oder einen Fächer auf dem Tisch?«

Gunda Hagedorn lächelte und streifte ihre Zigarette am Rand des Aschenbechers ab. »Männer halten naturgemäß immer Ausschau nach attraktiven Frauen, ob bewusst oder nicht. Ich erwidere deren Blicke nur offener, als andere Damen es tun würden. Was einer Einladung gleichkommt, mir ein Glas zu spendieren, woraus sich erst eine nette Plauderei ergibt, dann ein Flirt. Sobald die Frage aufkommt, ob wir unser Gespräch nicht woanders fortsetzen können, nenne ich meinen Preis und lasse keinen Zweifel daran, dass sich diese Ausgabe auch lohnen wird.«

»Und da macht keiner einen Rückzieher?«, hakte Vicky neugierig nach.

Amüsiert nippte Gunda Hagedorn an ihrem Kaffee. »Erstaunlich selten. Und gefeilscht wird praktisch ebenfalls nie. Knausrigkeit wirkt nämlich alles andere als potent.«

Vicky lachte.

Gunda Hagedorn fixierte sie über den Rand ihrer Tasse hinweg. »Sie sind nicht schockiert?«

Vicky zuckte mit den Schultern. »Dass ich mir nichts Schöneres vorstellen kann, als bis zu den Ellbogen in einem aufgeschnittenen Patienten zu stecken, taugt auch nicht gerade als Gesprächsstoff für gutbürgerliche Dinnerpartys.«

Das Lächeln auf dem zarten Gesicht Gunda Hagedorns vertiefte sich für einen Augenblick, bevor sie mit konzentrierter Miene die Zigarette im Aschenbecher löschte. »Da Sie ja nun mit Sack und Pack angerückt sind ... Würde es Ihnen etwas ausmachen, mich nach Hause zu begleiten und sich etwas bei mir anzusehen? An einer ziemlich intimen Stelle?«

Vicky blickte sie aufmerksam an. »Warum gehen Sie damit nicht zu einer niedergelassenen Ärztin?«

Gunda Hagedorn kräuselte die Lippen. »Weil Edelgard meinte, Sie wären nicht nur fachlich gut, sondern auch menschlich in Ordnung.« In ihren Augen funkelte es schelmisch auf. »Und dass Sie es nicht über sich bringen würden, Nein zu sagen, weil Sie sich mit Leib und Seele der Medizin verschrieben haben.«

Vicky grinste. »Damit könnte sie recht haben.«

Sie trank ihren Kaffee aus, und Gunda Hagedorn bat um die Rechnung.

Vier Wochen später saß Vicky in einem Vorzimmer des Verwaltungsgebäudes, einen Stapel Unterlagen auf dem übergeschlagenen Bein. Die Wanduhr tickte, und auf dem Schreibtisch gegenüber klapperte eine Schreibmaschine. Durch die angrenzende Tür drang eine Männerstimme, die an das Brummen einer Hummel erinnerte. Hier kam das Dröhnen und Pfeifen des Flugbetriebs gedämpft an; immer wieder stieg vor dem Fenster eine Maschine in den Himmel auf.

Vicky verglich die Uhrzeit ihrer Armbanduhr mit dem Ziffernblatt an der Wand. Zehn nach neun. Man ließ sie warten.

Das Telefon schrillte. »Rappsilber, Vorzimmer Kleinschmitt, guten Morgen«, meldete sich die Sekretärin. »Er spricht gerade. – Bedaure, Herr Kleinschmitt wird den restlichen Tag in Terminen sein, momentan ist er zeitlich stark eingebunden. Vielleicht in der kommenden Woche.« Ihr Bleistift glitt über den Notizblock. »Das werde ich ausrichten. Auf Wiederhören!«

Das Schreibmaschinengeklapper setzte von Neuem ein. Vicky fühlte sich beobachtet und wandte den Kopf. Über den eingespannten Papierbogen hinweg taxierte die Sekretärin Vickys dunkelblaues Kleid unter dem Arztkittel. Dasselbe Kleid, in dem sie Ostberlin verlassen, ihre Examens- und Doktorprüfungen bestanden und eine ganze Reihe von erfolglosen Vorstellungsgesprächen durchlaufen hatte. Auch die Schuhe waren dieselben, an den Spitzen bereits abgestoßen, sie besaß keine anderen mit Absatz. Nur die Nylons waren neu, und sie hatte sogar Wimperntusche und einen Hauch von Lippenstift aufgetragen. *Oho, Kriegsbemalung!*, hatte Henning feixend gerufen, als sie sich nach der Nachtschicht im Dienstzimmer zurechtgemacht hatte. *M-mit den Waffen einer Frau*, hatte Norbert grinsend ergänzt, und Dr. Frommer hatte ihr viel Glück gewünscht.

Herausfordernd musterte sie ihrerseits die Sekretärin, die geschätzt etwas über dreißig Jahre alt war und in Bleistiftrock und Schluppenbluse am Schreibtisch saß, die Füße in glänzenden Pumps sittsam zusammengestellt und das dunkle Haar zur Bienenkorbfrisur festzementiert. Ein dünnes Lächeln auf dem Gesicht, senkte die Vorzimmerdame den Blick wieder auf die Tasten.

Das Telefon klingelte erneut. »Rappsilber. – Jawohl, Herr Kleinschmitt. Und hier wartet noch ein Fräulein Doktor aus der Sanitätsstelle auf Sie. Ja, mit Termin. Haben Sie selbst vereinbart.« Die Sekretärin legte den Hörer auf die Gabel und deutete spitz auf die Tür zum Nebenraum. »Sie dürfen.«

Vicky richtete sich zu ihrer ganzen Größe auf, atmete tief durch und klopfte an. In dem auf moderne Art gediegenen Büro erhob sich ein schmaler Mann mit Hornbrille und pomadiertem Scheitel vom Schreibtisch.

Lächelnd gab Vicky ihm die Hand. »Dr. Viktoria Becker. Guten Morgen, Herr Kleinschmitt. Danke, dass Sie sich die Zeit nehmen.«

»Jetzt schickt Frommer also schon seine Medizinalassistentin vor«, äußerte sich der stellvertretende Leiter der Finanzabteilung und strich seine Krawatte glatt, als er sich wieder setzte. »Dann schießen Sie mal los!«

Vicky setzte sich auf den angebotenen Stuhl und hielt an ihrem Lächeln fest. Sachlich, aber nichtsdestoweniger drastisch und vor allem in einfachen Begriffen schilderte sie typische Verletzungsbilder von Verkehrs- und Arbeitsunfällen und Flugzeugunglücken, bevor sie häufige medizinische Ausnahmesituationen in der Luft und am Boden skizzierte. Sie beschrieb die Ausstattung, die dafür notwendig wäre, solche Fälle gleich an Ort und Stelle bestmöglich zu versorgen, untermauert mit Zahlen aus der Statistik des Flughafens und neuesten Forschungsergebnissen.

Unterdessen blätterte Herr Kleinschmitt mit unbewegter Miene durch die weitaus wissenschaftlicher gehaltene Ausgabe des Konzepts, von Vicky an der Schreibmaschine im Dienstzimmers abgetippt, von Dr. Frommer, Dr. Bockeloh und Zahnarzt Dr. Krautgartner unterzeichnet und in der *Frankfurter Lichtpausanstalt* in der Kaiserstraße vervielfältigt und gebunden.

»Das ist ja alles sehr interessant, Fräulein Dr. ...« – er spähte auf das Titelblatt – »... Becker. Ich fürchte jedoch, Planung und Kalkulation für unsere neue Empfangsanlage sind bereits abgeschlossen.«

Vicky hatte ihre Hausaufgaben gemacht. »Aber bestimmt nicht in Stein gemeißelt. Sollte das Fluggastaufkommen in diesem oder dem nächsten Jahr die Erwartungen übersteigen, werden Sie sicher Ihre Planung für den Neubau anpassen. Und dementsprechend auch das Budget.«

Herr Kleinschmitt blinzelte und blätterte langsamer durch die gedruckten Seiten. »Ich nehme an, eine erweiterte Klinik wäre auch mit einem erhöhten Personalaufwand verbunden?«

»Natürlich!«, erwiderte Vicky forsch. »Sie werden sicher ebenfalls mehr Arbeitskräfte einstellen, wenn der Flughafen weiter wächst, und die müssen betriebsärztlich versorgt werden. Das Team von Dr. Frommer arbeitet jetzt schon an der Belastungsgrenze, besonders zu Stoßzeiten wie Feiertagen oder über den Sommer. Über kurz oder lang wird das zu Lasten der Patienten gehen. Unabhängig von einer größeren Klinik könnten wir gut einen zusätzlichen Arzt und mindestens einen Pfleger brauchen. Besser noch eine Ärztin und eine Krankenschwester.«

Es klopfte, und die Stimme der Sekretärin schnitt durch den Türspalt. »Ich sollte Sie an die Besprechung mit dem Vorstand um zehn Uhr erinnern, Herr Kleinschmitt.«

Er warf einen Blick auf seine Armbanduhr und legte Vickys Arbeit zur Seite. »Danke für dieses aufschlussreiche Gespräch, Fräulein Doktor.«

Vicky sah ihre Felle davonschwimmen. So präzise, wie sie sonst das Skalpell führte, hob sie die Einzigartigkeit einer solchen Klinik im In- und Ausland hervor und griff dabei ganz selbstverständlich zu Ausdrücken wie *Spitzenposition, weltweites Renommee* und *Prestigegewinn*.

Durch seine Hornbrille hindurch musterte Herr Kleinschmitt sie eingehend. Zum ersten Mal, seit Vicky hier saß, hatte sie den Eindruck, dass er sie wirklich als Ärztin wahrnahm.

»Ihr Termin, Herr Kleinschmitt!«, drängte die Sekretärin hinter Vickys Rücken.

Gehorsam stand er auf und streckte Vicky die Rechte entgegen. »Ich denke, ich konnte mir ein Bild machen. Sie hören von uns.«

Hocherhobenen Hauptes marschierte Vicky unter dem kühlen Blick der Sekretärin durch das Vorzimmer nach draußen. Erst auf dem Korridor ließ sie die Schultern hängen. Monatelang hatte sie für den Entwurf einer neuen Klinik recherchiert und daran gefeilt, und am Ende hatte sie nicht einmal zwanzig Minuten Zeit gehabt, ihn zu präsentieren. Nachdem sie die weiteren Ausfertigungen ihres Konzepts mit Nachdruck auf Herrn

Kleinschmitts Schreibtisch gelegt hatte, fühlte es sich buchstäblich an, als ginge sie mit leeren Händen.

Während wichtig aussehende Herren in guten Anzügen und elegante Sekretärinnen an ihr vorübereilten, holte Vicky tief Luft und zog ihren Arztkittel stramm. Jetzt konnte sie ohnehin nicht mehr viel tun.

Außer vielleicht in regelmäßigen Abständen zum Telefonhörer zu greifen und eine Vorzimmerdame namens Rappsilber zu nötigen, ihrem Chef eine Erinnerung auf den Tisch zu legen.

16

Sag mir, wo die Blumen sind

Eine Blutvergiftung bei einem Mechaniker, die Gastritis eines Buchhalters in der Flughafenverwaltung oder die verbrühte Hand eines Kantinenkochs; Hörtests bei sämtlichen Männern, die zwischen Wartungshallen und Rollfeld im Lärm der Flugzeugmotoren arbeiteten, der Fieberkrampf eines Kleinkinds und ein Gast des Flughafenrestaurants, dem ein Bissen im Hals stecken geblieben war: Während jeder Schicht gab es mehr als genug zu tun. In Riesenschritten eilte Vicky der Halbzeit ihrer Medizinalassistenz entgegen, während der März verbummelt hatte, dass er eigentlich den Frühling bringen sollte, und ganz Deutschland in frostigen Nächten bibbern ließ.

»In ein paar Tagen wird das sicherlich vergessen sein, Frau Hellmann«, versprach Vicky. »Tschüss, Florian!«

»Tschüss, Doktor Vicky«, lispelte der kleine Blondschopf, dem sie eben einen tief sitzenden Splitter aus dem Finger operiert und die Entzündung behandelt hatte.

»Auf Wiedersehen, Fräulein ...« Frau Hellmann unterbrach sich belustigt. »Na, besser nicht!«

Vicky stimmte in ihr Lachen ein und brachte die beiden zur Tür des Behandlungszimmers.

»Wer ist als Nächstes dran?«, rief sie munter in den Vorraum, in dem überlaut das Bohren, Saugen und Schleifen aus dem Zahnarztzimmer zu hören war.

Vicky blickte verdutzt auf den riesigen Tulpenstrauß samt schleifengeschmückter Pralinenschachtel und Weinflasche, dahinter eine Bilderbuchfamilie, Vater, Mutter, kleiner Sohn und noch kleineres Töchterchen.

»Ich weiß nicht, ob Sie sich noch an mich erinnern«, sprach der Familienvater sie an. »Mir ist von jenem Tag praktisch nichts im Gedächtnis geblieben. Außer dass eine freundliche Ärztin da war und meine Hand gehalten hat.« In seinem Gesicht mit dem Kinngrübchen leuchteten die stahlblauen Augen auf. »Als ich am Flughafen anrief, hieß es, davon gebe es hier nur eine.«

Für einen Augenblick stand Vicky wieder in der Notaufnahme der Uniklinik, um anhand der Brieftasche ihres Patienten die Personalien aufnehmen zu lassen, nachdem sie nicht einmal eine halbe Stunde zuvor sein Herz in der Hand gehalten hatte.

»Und ob ich mich erinnere!«, erwiderte sie vergnügt. »Herr Röhrs, nicht wahr? Wie geht es Ihnen?«

Er nickte bedächtig. »Ganz gut. Die Ärzte in der Uniklinik und der Kur haben mich wieder hingekriegt. Ich muss nur einen Gang zurückschalten. Weniger arbeiten, keine Zigaretten, mehr Bewegung ...«

»... und mehr Zeit mit der Familie«, ergänzte seine Frau und strich ihrem Sohn über den Kopf.

»Ich hab Ihnen was gemalt!«, rief der Junge aus und streckte Vicky ein Blatt Papier entgegen. Darauf prangte eine Strichfigur im weißen Mantel und mit drei gelben Haaren auf dem Kugelkopf.

»Ich auch!«, piepste seine kleine Schwester, in der Hand ein wildes Gekrakel.

»Ah, super«, meinte Vicky. »Jetzt hab ich endlich was, das ich in meinen Spind hängen kann. Ich bin nämlich schon ein Dreivierteljahr hier und habe noch nichts gefunden, was mir dafür gefallen hätte.«

Die beiden Kinder strahlten um die Wette.

»Es war ein solcher Schock!«, brach es aus Frau Röhrs heraus, hörbar bemüht, vor den Kindern nicht zu sehr ins Detail zu gehen. »Noch dazu an Weihnachten! Sobald mein Mann wieder auf dem Damm war, habe ich gesagt, wir müssen unbedingt einmal persönlich hier vorbeigehen.« Sie kämpfte mit den Tränen.

Ich habe nur meine Arbeit gemacht war nichts, was Patienten gern hörten, das hatte Vicky von ihrer Mutter gelernt. *Es war mir ein Vergnügen* wäre zwar die Wahrheit gewesen, hätte aber vermutlich gefühllos oder zumindest befremdlich geklungen.

»Sehr nett von Ihnen, vielen Dank«, sagte Vicky deshalb, während sie versuchte, irgendwie neben den Kinderzeichnungen in der Hand auch noch Präsente und Blumen zu balancieren. »Das gebe ich gern an meine Kollegen weiter, schließlich war es Teamarbeit.«

Ihr Blick traf sich mit dem von Oberpfleger Ansgar, der in der Tür des Behandlungszimmers vorwurfsvoll nach der säumigen Medizinalassistentin Ausschau hielt. Auch die beiden Kinder begannen bereits herumzuzappeln.

»Wir wollten Sie gar nicht lange aufhalten«, ließ sich Herr Röhrs vernehmen. »Nur einfach kurz danke sagen.«

Vicky lächelte. »Es war schön, Sie zu sehen. Passen Sie gut aufeinander auf!«

»Das machen wir«, sagte Herr Röhrs und nahm seine kleine Tochter auf den Arm, Frau Röhrs ihren Jungen an der Hand, der Vicky zum Abschied lebhaft zuwinkte.

Ob ihnen bewusst war, wie sehr es einem Sechser im Lotto glich, dass sie heute zu viert diese Stippvisite machen konnten?

Ein glückliches kleines Flattern im Bauch, wandte Vicky sich an Ansgar. »Wären Sie vielleicht so freundlich, mir kurz zur Hand zu gehen? Sonst gibt's hier gleich Scherben.«

Knurrig überquerte Ansgar den Korridor und öffnete die Tür zum Dienstzimmer für sie.

Norbert blickte vom Schreibtisch auf. »G-gibt's was zu feiern?«

»Hat ein Patient vorbeigebracht«, erklärte Vicky und lud ihre Last neben den Listen und Formularen ab, die der Pfleger gerade bearbeitete, bevor sie aus dem Geschirrschrank eine Glaskanne holte und am Waschbecken füllte. Sie stellte die Blumen ins Wasser und nickte mit Blick auf Pralinenschachtel und Weinflasche. »Sie bedienen sich und geben auch der Nachtschicht Bescheid, ja?«

»Schicken Sie das nicht alles in den Osten?«, ätzte Ansgar.

Vicky runzelte die Stirn. »Wir haben als Team gearbeitet, und als Team haben wir das auch bekommen.«

Mit den Pralinen und Pikkolos, die Fräulein Finkbeiner und ein paar andere Stewardessen ihr als Dankeschön vorbeigebracht hatten, hatte Vicky es ebenso gehalten. Obwohl es streng genommen allein ihr Verdienst gewesen war, dass die jungen Frauen hier regelmäßig Rezepte für die Pille bekamen.

»Wollen Sie beide vielleicht ein paar der Tulpen für Ihre Herzdamen mitnehmen, sofern vorhanden?«, fügte sie hinzu. »Oder Dr. Bockeloh für seine Frau?«

Die beiden Pfleger wechselten einen Blick.

»Bin ich gerade in einen Fettnapf gestiegen?«, erkundigte sich Vicky heiter.

Das Telefon klingelte.

»Pfleger Norbert. Jau.« Er legte auf. »G-geistig verwirrte Person in der Empfangshalle. Und w-wir brauchen jemanden, der Russisch kann.«

»Ich wollte sie zu Ihnen rüberbringen«, erklärte der Beamte der Flughafenpolizei zerknirscht. »Aber sie hat sich so stark gewehrt, dass ich Angst hatte, ihr den Arm zu brechen. Deshalb habe ich angerufen.«

Vicky sah zu der alten Dame in einem struppigen Wintermantel hinüber, die durch die Halle tippelte wie ein aufgescheuchtes Huhn, dabei unablässig in ihrer Handtasche kramte und erregt vor sich hin murmelte.

Während ein medizinischer Notfall auf Menschen wie ein Magnet wirkte, hatte ein seelischer Ausnahmezustand den gegenteiligen Effekt. Die Flugreisenden machten einen großen Bogen um die alte Dame, als ob von ihr eine gefährliche und höchst ansteckende Krankheit ausginge. Nur zwei Halbwüchsige blieben stehen, glotzten und stießen sich grinsend an, bevor ihre Mutter herbeieilte, jedem einen Klaps auf den Hinterkopf gab und sie mit einem Knuff in den Rücken vor sich hertrieb.

Ansgar stellte sich breitbeinig hin und verschränkte die Arme über dem Brustkasten. »Dann machen Sie mal, Beckerchen!«

Psychiatrie war nicht Vickys stärkstes Fach gewesen; sie kannte sich besser mit den Erkrankungen von Leber und Niere aus als mit durchgebrannten Schaltkreisen des Gehirns. Andererseits manifestierten sich Infekte bei Senioren häufig in geistiger Verwirrtheit. Eine Lungenentzündung schloss Vicky aus, dafür war diese alte Dame zu agil unterwegs; am wahrscheinlichsten schien ihr ein Harnwegsinfekt.

Entschlossen ging sie ein paar Schritte auf die alte Dame zu, als diese erstarrte, ihre Handtasche an sich presste und Vicky anschrie. Auf Polnisch. Vicky verstand kein Wort, aber es klang nach Flüchen und Verwünschungen.

Ratlos blieb Vicky stehen. Während sie Ansgars Grinsen in ihrem Rücken spürte, grübelte sie darüber nach, was diese plötzliche Verhaltensänderung bei der alten Dame ausgelöst haben könnte. Sie musterte Ansgar, blickte dann an sich selbst hinunter, und eine Ahnung kroch in ihr herauf.

»Halten Sie mal!« Sie schlüpfte aus dem Arztkittel, nahm das Stethoskop ab und drückte beides Ansgar in die Hand. Den Haarknoten gelöst, hoffte sie, nicht mehr wie eine Ärztin auszusehen, sondern einfach wie eine junge Frau mit einem katastrophalen Modegeschmack. Erneut ging sie auf die alte Dame zu, die noch immer am selben Fleck stand und zitternd ihre Handtasche umklammerte.

»*Dobrij den, Babuschka*«, sprach Vicky sie sanft auf Russisch an, das überall im Ostblock zumindest ein bisschen verstanden wurde. »*Menya sovut* Vicky. *Na samom dele* Viktoria Becker.«

Die alte Dame zwinkerte. »Der Bäcker an der Ecke hat die scheensten Breetschen«, sagte sie auf Deutsch mit hartem Akzent, das R gerollt.

Vicky gluckste, und um den Mund der alten Dame zuckte es ebenfalls erheitert.

»Wir können auch deutsch sprechen«, schlug Vicky vor und musterte die Dame prüfend, die erhitzt wirkte, aber nicht fiebrig. »Wollen Sie Ihren Mantel ausziehen, und wir setzen uns einen Augenblick?«

Die alte Dame reagierte nicht, leistete aber auch keinen Widerstand, als Vicky ihr aus dem Mantel half, unter dem sie Wollrock und Bluse trug, und sie zur nächstgelegenen Bank führte.

»Besuchen Sie Verwandte in Frankfurt?«, erkundigte Vicky sich und nahm die Hand der alten Dame. Die Finger waren kalt, und der Puls ging schnell; nicht ungewöhnlich bei jemandem, der gerade eine Panikattacke erlitt. »Werden Sie denn abgeholt?«

Die alte Dame fuhr zusammen, atmete hektisch und flach, und Vicky strich ihr beruhigend über die Schulter. Klein und fragil, das weiße Haar sorgfältig zu Löckchen gedreht, ähnelte sie kein bisschen Vickys robuster Großmutter mit dem dicken Haarknoten. Und doch musste sie an Oma Käthe denken. So patent und zupackend diese in Haus und Garten unterwegs war, würde der Frankfurter Flughafen sicher auch sie überfordern.

»Wollen Sie mir sagen, wie Sie heißen?«, fragte Vicky. »Dann kann ich Sie ausrufen lassen.«

Die alte Dame antwortete nicht; stattdessen wanderte ihr Blick aus himmelblauen Augen über Vickys Gesicht. Ihr Kinn bebte, als sie Vicky über das Haar streichelte.

»Mein Meedele«, flüsterte sie. »War auch so blond. So scheen.«

Eine tiefe Trauer ging von ihr aus, als sie in sich zusammensank. Und weil Vicky nicht wusste, was sie sonst tun konnte, saß sie einfach mit ihr da und hielt die welken Finger der alten Frau in ihrer kräftigen jungen Hand.

»Frau Krakowiak?«, ertönte hinter ihnen eine Männerstimme mit atemloser Dringlichkeit, und Vicky wandte den Kopf.

Ein Mittzwanziger in Anzug und feinem Mantel, das Gesicht unter dem akkurat gescheitelten Haar kühn geschnitten, kam im Laufschritt auf sie zu.

»Entschuldigen Sie meine Verspätung, Frau Krakowiak!«, rief er. »Ich bin im Stau stecken geblieben.« Vor der Sitzbank ging er in die Knie und blickte der alten Dame aufmerksam ins Gesicht. »Erinnern Sie sich an mich, Frau Krakowiak? Frank Hilpert von der Staatsanwaltschaft Frankfurt. Ich habe Sie im Sommer ein paarmal zu Hause besucht, wissen Sie noch?«

Frau Krakowiak blinzelte und wirkte dabei, als würde sie gerade aus der Narkose erwachen. Sie runzelte die Stirn.

»Nu«, sagte sie leicht verärgert und strich sich den Rock zurecht, »natirlich weiß ich. Ich bin nicht weijch in Kopf! Mir war nur schwindelich.«

Frank Hilpert lächelte. »Ich freue mich, dass Sie da sind.« Er stand auf. »Kommen Sie, wir holen Ihr Gepäck, und dann bringe ich Sie in Ihre Pension.«

Die alte Dame ignorierte seine helfend ausgestreckte Hand, tätschelte stattdessen freundlich und ein bisschen verlegen Vickys Knie und stellte sich auf die Füße, ließ es aber zu, dass Frank Hilpert sich bei ihr einhakte. Er nahm den Mantel, den Vicky ihm reichte.

»Frau Krakowiak tritt dieser Tage als Zeugin bei unserem Prozess im Römer auf«, erklärte er. »Sie hat niemanden mehr, der sie hätte begleiten können, und die Reise war wohl etwas viel für sie. Danke, dass Sie sich um sie gekümmert haben!«

Fürsorglich geleitete er die alte Dame durch die Empfangshalle, wo das Getümmel die beiden nach wenigen Schritten verschluckte.

Vicky hatte sofort gewusst, welchen Prozess Frank Hilpert meinte. Lange vor dem ersten Verhandlungstag kurz vor Heiligabend hatte das Verfahren die Schlagzeilen und Radiosendungen beherrscht, weit über Frankfurt hinaus. Der größte Strafrechtsprozess der Nachkriegszeit, für den die Stadt großzügig ihr Rathaus zur Verfügung stellte. Die *Strafsache gegen Mulka u. a.* zog Massen von Zuhörern, Journalisten und Schaulustigen an, ging mit einem entsprechend starken Aufgebot der Polizei einher und war der erste Prozess, der komplett auf Tonband mitgeschnitten wurde. Zur Anklage standen die Verbrechen an jenem Ort, dessen Name zum Synonym für das ganze Grauen der Naziherrschaft geworden war: Auschwitz.

In ihrer nächsten Nachtschicht stichelte Vicky im Schein der Schreibtischlampe wieder einmal die zerschnittene Schale einer Banane zusammen. Dr. Frommer schien nicht eher Ruhe zu geben, bis sie auch mit verbundenen Augen eine absolut perfekte Naht hinbekommen würde. Er selbst hatte es sich mit einer Fachzeitschrift, Kaffee und Zigaretten am Tisch bequem gemacht, während im Hintergrund leise das Radio lief. Henning und Julius hatten sich bereits gegen Mitternacht aufs Ohr gelegt.

»An der Technischen Hochschule Aachen«, ließ sich der Chefarzt vernehmen, »ist zum ersten Mal die Herstellung synthetischen Insulins gelungen. Es verspricht weniger Nebenwirkungen als das bisherige Insulin aus Schweinepankreas. Vor allem hätte es den Vorteil, dass wir dann nicht mehr auf die Mengen angewiesen wären, die die Schlachtproduktion abwirft.«

Mit über- oder unterzuckerten Reisenden und den Auswirkungen von Diabetes auf die Gefäße hatten sie in der Sanitätsstelle regelmäßig zu tun; Blutzuckermessung und die Gabe von Insulin, Heparin oder Thrombodym waren für Vicky schnell Routine geworden.

»Es wird trotzdem noch eine Weile dauern, bis wir es breitflächig einsetzen können«, wandte sie ein.

»Sicher«, brummte er, »zumal wir lediglich schätzen können, wie hoch der tatsächliche Bedarf in der Bevölkerung ist. Vermutlich ähnlich wie in der Ostzone, wo Diabetes längst als Volkskrankheit gilt. Allerdings haben sie drüben durch ein zentrales Register verlässliche Zahlen, genau wie für Krebserkrankungen.«

»Fragt sich nur, wofür die Genossen diese Erhebungen sonst noch verwenden«, erwiderte Vicky bissig. Manchmal dachte sie noch an Marlene, die hauptsächlich ihrer zuckerkranken Mutter wegen die Freiheit des Westens gegen ein Leben hinter der Mauer eingetauscht hatte.

Über den Rand seiner Lesebrille hinweg warf er Vicky einen Blick zu und griff zu seiner Kaffeetasse. »Ihr gesundes Misstrauen in allen Ehren, Dr. Becker. Aber in der Medizin muss man immer Schaden und Nutzen gegeneinander abwägen, Risiken und Chancen.«

Vicky gab einen Laut von sich, der halb Zustimmung, halb Skepsis ausdrückte. Sie tauschten ein kleines Lächeln, bevor er sich wieder in die bedruckten Seiten vertiefte.

Eine Weile war im Dienstzimmer nichts als das perlende Streichkonzert aus dem Radio zu hören und das Dröhnen der nächtlichen Frachtmaschinen. Immer wieder schielte Vicky zu Dr. Frommer, der weiter durch seine Zeitschrift blätterte und hin und wieder gedankenverloren seinen Krawattenknoten zurechtrückte. Während Dr. Bockeloh sich im Dienst eher leger gab, zeigte sich der Chefarzt stets hundertprozentig korrekt gekleidet. Es fiel Vicky nicht schwer, ihn sich in Uniform vorzustellen, in einem Lazarettzelt an der Front, wo er mit dürftigsten Mitteln Verwundete zusammenflickte.

Sie verknotete den letzten Faden und sammelte ihren Mut. »Kann ich Sie was fragen, Dr. Frommer? Was Persönliches?«

Der Chefarzt blickte sie über seine Kaffeetasse überrascht, aber nicht unfreundlich an. »Sicher, Dr. Becker. Nur zu!«

»Wo waren Sie während der Nazizeit?«

Langsam stellte Dr. Frommer die Tasse ab. »Ich nehme an, Sie fragen mich das, weil Ihnen die Begegnung mit der alten Dame noch im Kopf herumgeht. Die Zeugin im Auschwitzprozess, die Ihrer Beobachtung nach panische Angst vor Ärzten und Sanitätern hat, gell?«

Seitdem verfolgte Vicky aufmerksam die Berichterstattung im Radio und kaufte sich am Hauptbahnhof die *Frankfurter Allgemeine* und die *Frankfurter Rundschau*, bevor sie in den Bus stieg. Gut vierhundert Zeugen würden im Lauf des Verfahrens angehört werden, rund die Hälfte davon ehemalige Häftlinge des Konzentrationslagers. Aus der DDR und der Tschechoslowakei angereist, aus den Vereinigten Staaten, Israel, Polen, der Sowjetunion und der ganzen übrigen Welt eingeflogen, um die unvorstellbaren Grausamkeiten zu schildern, die sie mit eigenen Augen gesehen, am eigenen Leib erfahren hatten. Menschen wie Frau Krakowiak.

Vicky nickte.

»Ich war« – der Chefarzt blinzelte, nahm die Brille ab und sann vor sich hin – »an einem finsteren Ort. Weil es eine finstere Zeit war. So finster, wie es heute kaum noch vorstellbar ist, obwohl gerade mal zwei Jahrzehnte vergangen sind.« Vorgebeugt und die Unterarme auf die Knie gestützt, drehte er das Brillengestell zwischen den Fingern. »Eine Zeit ohne Menschlichkeit. Ohne Gewissen. Möge Gott verhüten, dass je wieder solch dunkle Zeiten über uns kommen. Sofern man danach noch an einen Gott glauben kann.«

Er legte die Brille auf den Tisch und griff stattdessen zu einem Päckchen Roth-Händle. Den Blick gesenkt, klopfte er eine Zigarette heraus, zündete sie an und sah dem aufsteigenden Rauch nach.

»Es ist gut«, fuhr er fort, »dass dieser Prozess das ans Tageslicht holt und vor den Augen der Welt ausbreitet. Gerade weil sich so viele daran stören. Der Gedanke, dass weitere, anscheinend unbescholtene Bürger als Nazis entlarvt werden, ist für uns Deutsche mehr als unbequem. Noch unbequemer, wenn man daran erinnert wird, was man selbst getan hat. Was man nicht getan hat, indem man sich duckte und den Blick abwandte.« Er nahm einen langen Zug an der Zigarette. »Ich hege die Hoffnung, dass dieser Prozess wie eine Impfung wirkt. Bei euch, den Kriegskindern und Nachgeborenen. Weil gerade die Jungen so leicht von großen Worten verführt werden. Von markigen Parolen, dem Sog der Gemeinschaft und einem leidenschaftlichen Gefühl von Stärke und Überlegenheit.«

Vicky wärmte sich die klammen Finger an der Teetasse. Obwohl der Heizkörper volle Pulle lief, zog es bei diesem Wetter in der Baracke wie Hechtsuppe.

»Nicht lange nach meinem Physikum«, erzählte sie, »tauchten um den Jahreswechsel herum überall in Berlin Hakenkreuze, Davidsterne, SS-Runen und hetzerische Parolen auf, an Litfaßsäulen, S-Bahn-Zügen, Gebäuden und Haustüren.« Auf einem Kinderspielplatz war eine Nazifahne gefunden worden, und in den Straßen hatten antisemitische Flugblätter herumgelegen. *Deutsche, wehrt euch! Schmeißt Adenauer und sein Judenpack raus!* »Einen haben sie geschnappt«, fügte sie hinzu. »Im selben Alter wie wir Studis.«

Dr. Frommer nickte. »Deshalb halte ich es ganz mit Staatsanwalt Bauer, der gesagt hat, dass nichts der Vergangenheit angehört, weil alles Gegenwart ist und wieder Zukunft werden kann.«

Während man im Osten die hetzerischen Schmierereien unter die antifaschistische Auslegware kehrte, hatten die Freie und die Technische Universität gemeinsam eine Gedenkfeier für die Opfer des Nationalsozialismus veranstaltet. Hannah und Friederike waren mit hingegangen, Max und Manfred und eigentlich alle, die Vicky näher kannte, und Vickys Hand hatte fest die von Achim gehalten, sein Gesicht unter den roten Locken blass und angespannt, ein Lodern in den dunklen Augen.

»Wir Ärzte, Krankenschwester und Pfleger« – Dr. Frommers Stimme drang in ihre Gedanken – »haben ein besonders dunkles Kapitel der Medizingeschichte zu verantworten. Nicht nur in Auschwitz. Zeigen Sie mir ein Krankenhaus, eine Arztpraxis, in denen seinerzeit kein Unrecht geschehen ist. Das wird uns noch auf Jahrzehnte hinaus begleiten. Die Art, wie wir forschen und praktizieren, ist für uns eine andere geworden. Wir müssen vorsichtiger mit dem Leben und dem Tod umgehen als der Rest der Welt, das sind wir unserer Vergangenheit schuldig.«

Du weißt nicht, wie das damals war, unterm Hakenkreuz, hatte ihre Mutter einmal gesagt, *du warst ja noch ein Kind.* Vicky hatte tatsächlich keine Vorstellung davon, was sich damals hinter den ehrwürdigen Mauern der Charité ereignet haben mochte. In ihrer Erinnerung war die Klinik jener Jahre noch immer behütetes Zuhause einerseits, Abenteuerspielplatz andererseits.

»Sind Sie deshalb hier Chefarzt und nicht an einem Krankenhaus?«, wollte sie wissen. »Weil Sie hier etwas Neues schaffen konnten, unbelastet von der Vergangenheit?«

Dr. Frommer lächelte durch den Zigarettenrauch. »Möglich.« Sein Lächeln bekam etwas Ironisches. »Sofern man sich an einem Ort unbelastet fühlen kann, an dem vor zwanzig Jahren Zwangsarbeiterinnen an der Betonpiste für einen neuen Kampfbomber schufteten, manche davon noch halbe Kinder. Und egal, welche der großen Baufirmen den Zuschlag für unsere neue Empfangsanlage bekommen wird – Sie können sicher sein, dass die seinerzeit ebenfalls Zwangsarbeiter ausgebeutet hat. Alles vergraben unter der Euphorie von Wiederaufbau und Wirtschaftswunder. Dabei war der Nationalsozialismus wie ein aggressiver Krebs, der seine Metastasen weiträumig verstreut hat. Die Gefahr eines Rezidivs ist immer noch gegeben.«

Er drückte den Stummel im Aschenbecher aus und hustete ein paarmal kräftig. Tag und Nacht auf dem windigen Flughafen unterwegs oder bei diesem anhaltend nasskalten Wetter an der Autobahn im Einsatz, mit nichts als dem Arztkittel über der Kleidung, husteten und schnieften sie alle mehr oder weniger.

»Trotzdem ist Rhein-Main als Tor zur Welt nicht nur ein knackiger Werbespruch«, fuhr er fort. »Hier habe ich wirklich das Gefühl, dass Deutschland dabei ist, ein weltoffenes Land zu werden. Natürlich sind nicht alle Menschen gleich, sehen wir mal von einer gewissen anatomischen Grundausstattung ab. Aber Menschen haben alle die gleichen Rechte. Zum Beispiel darauf, dass sie in ihrem individuellen Fall die bestmögliche medizinische Versorgung bekommen. Dass wir das hier leisten können, ist ein ungeheures Privileg. Ganz im Sinne Hippokrates'.« Seine blauen Augen leuchteten.

Vicky dachte an den japanischen Geschäftsmann im Maßanzug, der nicht wie geplant ein paar Stunden später in New York gelandet war, sondern erst mal mit einer Nierenkolik in einem der hiesigen Krankenhäuser. An die walkürenhafte Afrikanerin, deren Besuch bei ihrer Schwester in London ebenfalls warten musste, nachdem eine akute Blinddarmentzündung eine sofortige Operation in St. Elisabethen nötig gemacht hatte. Und an die lebhafte Inderin, der sie nach gründlicher Untersuchung versichern konnte, dass mit ihrem ungeborenen Baby alles in Ordnung war.

Die Hände im Nacken verschränkt, blickte Dr. Frommer an die Decke, während draußen wummernd eine Frachtmaschine abhob. »Hier am Flughafen habe ich immer das Gefühl von Freiheit. Gerade wenn man Zeuge geworden ist, wie ein Regime Repressalien ausübt, spürt man das besonders deutlich, finden Sie nicht?«

Mit der Fingerkuppe fuhr Vicky über die Naht in der Bananenschale, die in ihren Augen wirklich perfekt geworden war. Dr. Bockeloh hatte recht behalten: Eine solch breit gefächerte und intensive Ausbildung hätte sie wohl kaum irgendwo sonst bekommen. Und trotzdem sehnte sie den Tag herbei, an dem die Approbationsurkunde ihr die Möglichkeit geben würde, als richtige Ärztin durchzustarten.

Noch ein knappes Jahr.

17

Schuld war nur der Bossa Nova

Ostern lag früh in diesem Jahr, nur gut zwei Wochen nach Vickys sechsundzwanzigstem Geburtstag im März, und fiel dementsprechend kühl und nass aus. Und auch zu Beginn des April fehlte noch jede Spur von Frühling. Hartnäckig, wie sie nun einmal waren, hatten die Stadttauben trotzdem mit der Balz begonnen. Vicky konnte sie oben auf dem Dach des Hauses in der Moselstraße gurren hören, während sie frühmorgens in einem üppig dekorierten Schlafzimmer auf dem samtbezogenen Schminkhocker saß.

»Warst du eigentlich dabei, als sie das Uran aus Amerika am Flughafen umgeladen haben?«, wollte Heidrun wissen, eine propere Brünette, die mit angezogenen Knien auf dem ausladenden Bett vor Vicky lag, das Licht der Stehlampe auf ihren entblößten Unterleib gerichtet.

Schmunzelnd wärmte Vicky das Spekulum in den behandschuhten Händen an. »Woher weißt du das denn schon wieder? Ja, war ich. – Achtung, gleich wird's ein bisschen unangenehm.«

»Na, ich lese Zeitung!«, erwiderte Heidrun und zuckte kurz zusammen, als Vicky das Instrument einführte. »Was hättet ihr denn gemacht, wenn dabei was passiert wäre?«

»Keine Ahnung«, murmelte Vicky, während sie konzentriert in Heidruns Vagina spähte. »Für Strahlenunfälle sind wir nicht gerüstet. Irgendeine zuständige Behörde angerufen vermutlich.«

»Bei euch ist echt eine Menge los«, meinte Heidrun und stieß einen sehnsüchtigen Seufzer aus. »Ich stelle mir das klasse vor, jeden Tag am Flughafen zu verbringen!«

Vicky gluckste. »Wenn man bis zum Umfallen arbeiten will, ist das wirklich eine feine Sache. Die Feiertage waren die Hölle. Jede Menge Passagiere, die in die Sonne flüchteten, und Blechlawinen auf der heillos überlasteten Autobahn. Schwerverletzte abzutransportieren, während Horden von Deutschen zu ihren Verwandten hüben wie drüben unterwegs sind und Belgier, Holländer, Engländer und Franzosen die Straße verstopfen – das war kein Spaß. Ich habe die Kollegen in Norddeutschland heiß beneidet, die haben Ostern zum ersten Mal Unterstützung durch einen Rettungshubschrauber gekriegt.«

Heidrun hob den Kopf; das mädchenhaft rundliche Gesicht ungeschminkt und das lange Haar zum Vogelnest hochgesteckt, wirkte sie jünger als Ende zwanzig. »Womöglich schnappst du im Dienst mal noch einen Dieb!«, rief sie aus. »Erst diese Wertsendung mit Gold und Edelmetallen, dann Reiseschecks und Dollarnoten für mehrere Hunderttausend Mark – denk doch mal, wie famos das wäre, wenn du solchen Gaunern auf die Schliche kommst und zur Heldin des Tages wirst! Wie der Angler, der die Reiseschecks bei Ingelheim aus dem Rhein gefischt hat.«

Vicky lachte. »Für ein zweites Standbein als Detektivin fehlt mir schlichtweg die Zeit. – Das sieht bei dir schon alles ganz prima aus. Nimm aber trotzdem weiter das Penicillin, bis die Packung leer ist. Und bleib bei Cebion und Naturjoghurt, das stärkt deine Abwehrkräfte.«

»Darf ich also wieder arbeiten?«

»Ich mache sicherheitshalber noch einen Abstrich und ruf dich dann morgen an. Halt mal bitte hier!«

Heidrun reckte den Arm vor und fasste das Spekulum am

oberen Ende. »Und du hast es auch wirklich nicht gemeldet?«, erkundigte sie sich. »Du weißt, wenn sich das irgendwie rumspricht, dass ich den Tripper hatte, bin ich ruiniert.«

»Danke, das war's.« Vicky packte die Probe sorgsam ein und nahm das Spekulum heraus. »Wenn du nicht petzt, petze ich auch nicht. Vergiss nicht, dass ich noch keine richtige Ärztin bin.«

Heidrun setzte sich auf und zog ihren Blümchenschlüpfer an. »Ich finde, du bist jetzt schon eine super Doktorin. Kannst du nicht nächstes Jahr deine eigene Praxis aufmachen? Einen festen Stamm an Patientinnen hättest du ja schon.«

»Schön wär's«, entgegnete Vicky seufzend und pellte die Gummihandschuhe ab. »Aber für die entsprechende Erlaubnis müsste ich nach der Approbation erst noch weiter Berufserfahrung sammeln. Mich weiterbilden. Ganz abgesehen davon, dass so eine Praxis ein Vermögen kostet.«

»Na und?«, meinte Heidrun gelassen und schlüpfte in eine legere Freizeithose und flauschige Hausschuhe. »Dann sammeln wir für dich. Und über den Rest geben dir Teddy Honigmann und seine reichen Freunde sicher einen Kredit.«

Bei dem Gedanken, wie das Frankfurter Rotlichtmilieu ihr eine eigene Praxis finanzierte, musste Vicky laut lachen, und sie verschwand im Badezimmer, um sich die Hände zu waschen.

Im Spiegel über dem Waschbecken schnitt sie sich selbst eine Grimasse, sie sah aus wie Braunbier mit Spucke. Die Doppelschichten über die Feiertage und die Überstunden, die durch Dr. Bockelohs Urlaub unmittelbar danach entstanden waren, hatten Spuren hinterlassen. Und neuerdings war sie auch noch zu solchen inoffiziellen Hausbesuchen wie heute bei Heidrun unterwegs.

Edelgards Bekannte Gunda Hagedorn, die im Frankfurter Nachtleben unter dem Namen Rita bekannt war und an wiederkehrendem Scheidenpilz gelitten hatte, war nur der Anfang gewesen. In Windeseile musste sich Vickys Telefonnummer im gesamten Bahnhofsviertel verbreitet haben. Alle paar Tage erhielt sie einen Anruf, in dem eine Freundin von Soundso oder eine Bekannte von Derundder um medizinische Hilfe bat.

Nicht immer ging es um Geschlechtskrankheiten, die sie sich als Voll- oder Teilzeitprostituierte eingefangen hatten, oder um Blessuren, die ein Freier hinterlassen hatte. Weitaus häufiger klingelte Vicky mit prallvoller Umhängetasche an einer unauffälligen Wohnungstür irgendwo zwischen der Mainzer Landstraße und dem Untermainkai wegen eines kleineren Haushaltsunfalls, einer stinknormalen Erkältung oder eines Magen-Darm-Infekts, wegen einer Impfung oder allgemeinen Unwohlseins. Oder sie traf sich mit ihrer nächsten Patientin in einem der einschlägigen Etablissements auf ein Glas unter vier Augen, bevor sie gemeinsam eines der verschwiegenen Zimmer im oberen Stockwerk aufsuchten. Mit den meisten war sie nach wenigen Sätzen per Du; der private Rahmen ihrer Begegnung schuf ein besonderes Vertrauensverhältnis, eine besondere Intimität. Inzwischen dämmerte Vicky, wozu ihre schicke Vormieterin ein französisches Bett unter einem Kronleuchter benötigt hatte und wie der häufige Herrenbesuch ihrer Nachbarinnen zu erklären war.

Als Vicky ins Schlafzimmer zurückkehrte, hielt Heidrun schon das Portemonnaie in der Hand. »Was bin ich dir schuldig?«

»Ein Fünfer reicht für die Materialkosten.«

Heidrun blickte sie vorwurfsvoll an. »Und deine Zeit und Mühe? Ich weiß schließlich, was Arbeit wert ist.«

»Trotzdem.«

»Kann ich dich wenigstens noch auf einen Kaffee einladen?«, fragte Heidrun. »Ich hab auch Marmorkuchen da. Selbst gebacken. Freizeit hab ich ja gerade im Überfluss.«

Vicky warf ihren Mantel über. »Geht leider nicht. Die Probe muss so schnell wie möglich ins Labor, und um acht beginnt mein Dienst.« Sie zögerte, mit guten Ratschlägen war sie vorsichtig, sie wollte nicht die Moralapostelin spielen. Dann gab sie sich doch einen Ruck, letztlich war sie die behandelnde Ärztin, wenn auch in den Hinterzimmern der Stadt. »Künftig lieber wieder mit Kondom, ja?«

Heidrun nickte schuldbewusst, und die beiden Frauen lächelten einander an.

»Wenn du das nächste Mal ins *Flamingo* kommst«, sagte Heidrun dann, »gebe ich dir aber einen aus. Keine Widerrede!«

»Abgemacht!«, erwiderte Vicky munter. »Ich meld mich dann morgen, ja?«

Überpünktlich rauschte sie in die Sanitätsstelle und grüßte freundlich die ersten beiden Patienten, die im Vorraum bereits auf die Sprechstunde warteten. Noch in Zivil schloss sie die Tür des Labors hinter sich, das dank ihrer Nebentätigkeit jetzt häufiger genutzt wurde, und schlüpfte aus dem Mantel.

Die Instrumente schon im Sterilisator, setzte sie die Kultur mit Heidruns Abstrich an. Den Fünfmarkschein würde sie am Ende der Sprechstunde, wenn sie sich um den dabei angefallenen Papierkram kümmerte, in die Stahlkassette im Dienstzimmer legen und im Kassenbuch notieren, wie sie es immer tat. Sie trug gerade gewissenhaft das verwendete Material ein, als sich die Tür öffnete.

»Aha, hier stecken Sie!«, rief Dr. Frommer aus. »Morgen, Dr. Becker! Mir war vorhin doch so, als hätte ich Sie vorbeihuschen sehen.«

Er trat näher und linste interessiert durch die Glasscheibe des Brutschranks. »Wieder eines Ihrer Experimente?«

»M-hm«, bestätigte Vicky, über das Materialbuch gebeugt. Es

hatte seine Vorteile, als Medizinalassistentin nicht Fisch und nicht Fleisch zu sein, halb schon Ärztin, halb noch Studentin.

»Löblich, löblich«, meinte der Chefarzt. »Ihre Wissbegierde und Ihr Fleiß sind bemerkenswert. Weiter so! Wir sehen uns gleich beim Rapport.« Die Tür klappte hinter ihm zu. Vicky hatte fast ein schlechtes Gewissen. Aber eben nur fast.

Mit einem frischen Kaffee ließ sich Pfleger Norbert auf einen der Stühle fallen und streckte aufseufzend die Beine von sich. »Was freu ich mich aufs M-mittagessen! Ich hab d-die Rindsroulade mit Spätzle bestellt – und Sie?«

»Ich auch«, murmelte Vicky. Ihr Magen knurrte, aber bis das Essen aus der Kantine hier eintraf, würde es noch locker eine Stunde dauern.

Konzentriert notierte sie weiter das Sammelsurium aus Impfungen, Infekten und kleineren Verletzungen in das Rapportbuch, das Dr. Frommer ihr anvertraut hatte, ergänzt um Sodbrennen, Ohrensausen, eine Bindehautentzündung sowie Befunde, die weiterer Abklärung bedurften. Unmittelbar nach der Vormittagssprechstunde war der Chefarzt zu einem Termin in der Verwaltung davongeeilt; Vicky hoffte, dass es dabei um ihren Entwurf für die neue Klinik ging. Sie hielt gerade den Transport eines Rollstuhlfahrers zum Flugzeug und die Begleitung einer blinden Frau durch den Flughafen fest, wofür sie in der Sanitätsstelle ebenfalls zuständig waren, als Dr. Frommer den Kopf zur Tür hereinstreckte.

»Dr. Becker, ich bräuchte Sie mal eben!«

»Natürlich.« Vicky stand rasch auf und folgte ihm über den Korridor. »Gibt es etwas Neues zu den Klinikplänen?«

Dr. Frommer zog eine Grimasse. »Bislang nichts Konkretes. Ich fürchte, da werden wir einen langen Atem brauchen. Nein, eine Dame aus der Verwaltung hat mich abgepasst, weil sie in einer dringenden Angelegenheit ärztlichen Rat benötigt. Möglichst diskret, also lassen wir unsere sonst so sorgfältige Dokumentation einfach mal unter den Tisch fallen, ja?«

Er öffnete die Tür zum Behandlungszimmer. »So, meine Gnädigste!«, rief er warmherzig. »Ich übergebe Sie vertrauensvoll an Dr. Becker. Bei der jungen Kollegin sind Sie in den besten Händen.« Sprach's und ließ die Tür hinter Vicky ins Schloss fallen.

Ihre Patientin wirkte ähnlich überrumpelt wie Vicky selbst. Kerzengerade und ein wenig steif saß sie in Bleistiftrock und Seidenbluse da und taxierte Vicky mit säuerlicher Miene.

»Eigentlich hatte ich mich ausdrücklich an Dr. Frommer gewandt«, verkündete die Vorzimmerdame namens Rappsilber genauso schnippisch, wie sie bisher Vickys telefonische Nachfragen beantwortet hatte.

»Tut mir leid, dass Sie mit mir vorliebnehmen müssen«, entgegnete Vicky ruhig. »Ich kümmere mich jedenfalls gern um Sie. Wie kann ich Ihnen denn helfen?«

Die Sekretärin senkte den Blick und strich über den Mantel, der zusammengelegt auf ihrem Schoß lag; dabei glänzte an ihrer Rechten ein feiner Goldreif. Es kostete sie sichtlich Überwindung, ihr Anliegen vorzubringen.

»Ich habe Blutungen«, erklärte sie schließlich unwillig. »Seit vorhin.«

»Stark?«

»Ein bisschen«, murmelte Frau Rappsilber und zupfte eine Fluse aus dem Mantelstoff.

Eine Frau wie sie suchte damit sicher nicht überstürzt und derart geheimniskrämerisch einen Arzt auf, wenn ihr nicht ein bestimmter Gedanke im Kopf herumspukte, überlegte Vicky.

»Ich schaue es mir an«, sagte sie und ging zum Waschbecken. »Wann war Ihre letzte Periode?«

»Vor sieben Wochen. Ich bin sonst immer pünktlich.«

Vicky seifte sich die Hände ein. »Machen Sie sich bitte unten frei und nehmen auf der Liege Platz, Knie angezogen.«

Während sie den Hocker herbeiholte, die Lampe ausrichtete und sich mit den Instrumenten beschäftigte, fragte sie Frau Rappsilber nach Schmerzen oder Krämpfen, nach früheren Schwangerschaften und Fehlgeburten, nach Zysten und Polypen, was diese durch die Bank verneinte.

Vicky trat an die Liege und legte eine Hand auf das bloße Knie von Frau Rappsilber, die den Blick starr an die Decke gerichtet hielt, die Hände zu Fäusten geballt. »Das ist jetzt sicher alles andere als angenehm für Sie, wir kennen uns ja praktisch nicht. Ich werde auch ganz behutsam sein, von Frau zu Frau. Atmen Sie tief ein und aus und denken Sie dabei an irgendwas Schönes, okay?«

Die Sekretärin nickte schicksalsergeben.

Vicky zog sich Handschuhe über, schob vorsichtig zwei Finger in Frau Rappsilber und tastete mit der anderen Hand den Unterbauch ab. »Wünschen Sie sich denn ein Kind?«

Frau Rappsilber schwieg einige Herzschläge lang.

»Mein Mann und ich haben es so lange versucht«, brach es dann aus ihr heraus. »Ich war deswegen schon ein paarmal zur Kur und habe auch sonst alles ausprobiert, aber nichts hat geholfen. Wir hatten uns damit abgefunden, dass unser Haus im Grünen leer bleibt.«

Vicky ließ sich auf dem Hocker nieder, um durch das Spekulum einen Blick in Frau Rappsilber zu werfen. »Kommt durchaus vor, dass sich der Kindersegen erst dann einstellt, wenn man gar nicht mehr darauf hofft. Wir unterschätzen oft, wie stark unser Kopf in ganz grundlegende körperliche Mechanismen hineinfunkt.«

»Haben Sie das im Studium gelernt?«, fragte die Vorzimmerdame mit hörbarem Misstrauen.

Vicky schmunzelte. »Eher im richtigen Leben. Ich bin teils in einer Klinik groß geworden, teils in einer Kleinstadt an der Ostsee. Der Gartenzaun meiner Großmutter war die Nachrichtenbörse schlechthin, da habe ich einiges mitbekommen. Zum Beispiel von einem Ehepaar am Ort, das ebenfalls lange vergeblich auf Nachwuchs gewartet hatte und schließlich eine Kriegswaise adoptierte. Nicht lange danach war die Frau schwanger, und ein paar Jahre später kam ein weiteres Geschwisterchen zur Welt. So kann's also gehen.« Sie begutachtete den hellrot eingefärbten Abstrichtupfer. »Sieht nach einer harmlosen Schmierblutung aus. Gut möglich, dass es an der hormonellen Umstellung durch eine Schwangerschaft liegt. Warten Sie getrost noch ein paar Tage ab. Sollte es stärker werden und dazu noch mit Schmerzen oder Krämpfen verbunden sein, rufen Sie sofort in einer gynäkologischen Praxis an. Die führen mit Ihnen dann Untersuchungen durch, die wir hier leider nicht machen können.«

Vicky stand auf, um Gummihandschuhe und Tupfer zu entsorgen.

»Was sollen denn die Leute denken?«, flüsterte Frau Rappsilber. »Ich bin fast fünfunddreißig!«

»Auf mich wirken Sie, als wären Sie ohne Weiteres in der Lage, klare Prioritäten zu setzen«, sagte Vicky. »Und geben Sie bloß nichts auf irgendwelche Unkenrufe wegen Ihres Alters! Jede Schwangerschaft hat ihre Risiken, auch in sehr viel jüngeren Jahren.« Sie drückte Frau Rappsilber eine Kompresse in die Hand. »Die müsste die nächsten paar Stunden reichen, um das Blut aufzufangen. Sie können sich wieder anziehen.«

Die Sekretärin rührte sich nicht vom Fleck. »Und meine Stelle?«, fragte sie bang. »Ich mag meine Arbeit.«

»Sofern wir beide richtigliegen«, antwortete Vicky und ging zum Waschbecken, »werden Sie einige Monate Zeit haben, sich das zu überlegen. Als Schwangere genießen Sie besonderen Kündigungsschutz, die sechs Wochen Mutterschutz jeweils vor und nach dem Entbindungstermin eingeschlossen.«

»Würden Sie denn weiterarbeiten, Dr. Becker?«, fragte die Vorzimmerdame zögerlich. »Mit Kind?«

Vicky trocknete sich die Hände ab. Ein Kind war das Risiko gewesen, dass sie und Achim in Kauf genommen hatten, jedes Mal, wenn die Wohnung in der Stalinallee ihnen gehörte. Kondome konnten reißen, Tabellen und Kalkulationen der biologischen Realität hinterherhinken. Keine Katastrophe, darin waren sie sich einig gewesen, aneinandergeschmiegt und die Finger ineinander verflochten. Nur eine Herausforderung mehr, die sie zu zweit schon meistern würden. Nichts war ihnen zu groß, zu schwer, zu gewagt vorgekommen, solange sie zusammen gewesen waren.

»Ich bin meilenweit davon entfernt, mir diese Frage zu stellen.« Vicky hörte selbst, wie belegt ihre Stimme klang, und räusperte sich. »Vermutlich schon. Ich kenne es gar nicht anders, meine Mutter hat als OP-Schwester gearbeitet, solange ich zurückdenken kann, und nicht nur, weil sie musste. Aus mir ist ja trotzdem was geworden.« Sie hängte das Handtuch zurück an den Haken und drehte sich um.

Die Sekretärin hatte sich wieder ihren seidigen und spitzenumsäumten Slip angezogen, mehr aber auch nicht. Die nackten Beine über die Kante hängend, saß sie auf der Liege und starrte ungläubig vor sich hin, die Hochsteckfrisur verrutscht und eine lose Strähne im Gesicht.

»Wir sind doch gar nicht auf ein Kind eingerichtet«, flüsterte sie heiser.

Vicky kannte dieses Gefühl, wenn der Lebensweg jäh eine neue Richtung einschlug und man sich in unbekanntem Gelände wiederfand. »Einen Schritt nach dem anderen, Frau

Rappsilber. Als Erstes gehen Sie zum Test in eine Apotheke. Sie geben dort eine Urinprobe ab, die dann einem männlichen Krallenfrosch in den dorsalen Lymphsack gespritzt wird, und ...« Vicky bremste sich. Die Sekretärin blickte derart pikiert drein, dass sie darauf verzichtete, über Froschsperma zu referieren. »Jedenfalls«, fuhr sie fort, »ist der Galli-Mainini-Test absolut zuverlässig, wesentlich mehr als die noch neuen Bluttests. Nach drei Stunden haben Sie Gewissheit. Mit einem positiven Ergebnis vereinbaren Sie einen Termin in der Praxis Ihres Vertrauens, wo Sie dann alles Weitere besprechen.«

Die Vorzimmerdame nickte und raffte sich endlich auf, die Nylons überzustreifen und mit unsicheren Fingern am Strumpfhalter zu befestigen. Als sie den Blusensaum stramm in den Bund des Rocks steckte, hatten ihre Bewegungen an Sicherheit gewonnen. Auf hohen Absätzen stöckelte sie zum Waschbecken, um vor dem Spiegel ihre Frisur in Ordnung zu bringen. Sie schien wieder ganz die Alte, und doch war etwas an ihr anders, heller und weicher. Sie hielt inne und wandte sich zu Vicky um.

»Und Ihnen schwebt eine richtige Klinik vor? Hier am Flughafen?«

18

Wenn die Sehnsucht nicht wär'

»Morgen!« Gut gelaunt marschierte Vicky ins Dienstzimmer; Ende April war endlich der Frühling in Frankfurt gelandet. Julius holte sich gerade frische Arbeitsklamotten aus dem Schrank und erwiderte ihren Gruß noch ein wenig verschlafen. Nach der Nachtschicht hielt Henning sich gähnend am bestimmt x-ten Kaffee fest, während Ansgar bei der ersten Tasse und einer Zigarette saß.

»Einen wunderschönen guten Morgen!« Die volltönend tiefe Stimme war Vicky unbekannt.

Ende zwanzig, Anfang dreißig mochte der groß gewachsene Mann sein, der vor den Spindschränken die Knöpfe seines Hemds öffnete, das Gesicht geradlinig, das dunkle Haar streng zurückgekämmt.

»Unsere neue Urlaubsvertretung«, erklärte Henning. »Springt die nächsten Dienste für Norbert ein.« Er zog eine Leidensmiene. »Weshalb ich heute länger bleiben darf, um den Babysitter zu spielen.«

Der Neuling grinste. »Nur ein, zwei Stunden, bis ich weiß, wie bei euch der Hase läuft! Die Amis haben dafür gesorgt, dass ich eine Top-Sani-Ausbildung kriege, auf einem Lehrgang in Chicago.«

Henning grummelte halbwegs besänftigt vor sich hin, und Vicky drückte die kräftige Rechte, die sich ihr entgegenstreckte.

»Wolf Rosskopf«, stellte sich der Ersatzmann vor, ein lebhaftes Funkeln in den Augen, die vielleicht grün waren, vielleicht grau oder blau. »Bisher Rhein-Main *Fire Station Two*, jetzt Florian Flughafen. Sie müssen Dr. Becker sein. Ich bin zwar erst seit ein paar Wochen auf der zivilen Feuerwache, aber von Ihnen habe ich schon einiges gehört.«

»Na, da bin ich gespannt«, erwiderte Vicky trocken, verstaute ihren Mantel im Spind und schlüpfte aus dem Pullover.

»Vorsicht, Kollege!«, rief Ansgar hinter ihr. »Die hat Haare auf den Zähnen!«

»Die braucht sie bei euch ja wohl auch!«, warf ihm Wolf Rosskopf zu und hängte das Hemd in den Spind für den jeweiligen Reservemann.

»Wieso sind Sie nicht auf der Air Base geblieben?«, fragte Julius an der Kaffeemaschine, nach den ersten Schlucken des Gebräus und ein paar Zügen an der Zigarette mit wiedererwachten Lebensgeistern. »Strafversetzt?«

Wolf Rosskopf lachte und stieg aus seiner Bundfaltenhose. »Die reduzieren gerade das deutsche Personal zugunsten ihrer eigenen Leute. Hier verdiene ich zwar weniger, kann aber hoffentlich meine Erfahrungen von drüben mit einbringen. Die Amis sind uns einige Nasenlängen voraus, was das Equipment angeht, technisches Know-how oder Fitnesstraining.« In kurzärmligem Unterhemd und Unterhose sah er wirklich aus, wie Edelgard sich einen Feuerwehrmann vorstellte, breitschultrig, sehnig und muskulös. »Für eine junge Ärztin sollen Sie's echt draufhaben«, sagte er, während er und Vicky fast gleichzeitig ihre weißen Hosen anzogen.

»Mit Betonung auf jung oder auf Ärztin?«, konterte Vicky und griff zu einer weißen Bluse.

Das Sanitäterhemd in der Hand, stutzte Wolf Rosskopf und blickte dann amüsiert. »Für jemanden frisch von der Uni.«

Bei jeder seiner Bewegungen wehte der würzige Duft seiner Haut zu Vicky herüber, und in ihrer Magengegend begann es zu kribbeln.

Mit einem knappen Gruß trat Dr. Bockeloh ein, am ersten Tag nach seinem Urlaub eine kräftige Sonnenbräune im Gesicht, dicht gefolgt von Dr. Frommer.

»Morgen allerseits!«, rief der Chefarzt in die Runde. »Wie ich sehe, haben Sie und unser neuer Floriansjünger sich schon miteinander bekannt gemacht. Schön, schön!«

Die letzten Knöpfe geschlossen und die Schnürsenkel zugebunden, lehnte Wolf Rosskopf sich an die zugeklappte Spindtür und beobachtete Vicky, die erst noch in ihre Tennisschuhe schlüpfte. »Ich freue mich auf unsere erste gemeinsame Schicht, Dr. Becker.«

Eine unerschütterliche Ruhe ging von ihm aus, gepaart mit der Attitüde eines Haudegens. Bei ihm konnte Vicky sich ohne Weiteres vorstellen, wie er, ohne mit der Wimper zu zucken, durchs Feuer ging.

»Von Ihnen kann ich sicher eine Menge lernen«, fügte er hinzu, sein Lächeln halb anerkennend, halb herausfordernd.

Einer der ersten Patienten dieses Vormittags war ein Pilot der Lufthansa, der sich als Erster Offizier Michael Tummescheid vorstellte, seinen Pilotenkoffer in der einen Hand, die andere notdürftig mit einer Stoffserviette verbunden.

»Ein kleines Missgeschick während des Frühstücks in der Kantine«, erklärte er grinsend und schüttelte seine Uniformjacke mit den Goldstreifen ab. »Ich hatte wohl etwas zu viel Kraft. Eigentlich wollte ich mir nur ein Pflaster geben lassen, aber die meinten, Sie hier sollten sich das mal ansehen.«

»Besser ist das«, erwiderte Vicky und löste den provisorischen Verband. »Könnten Sie bitte den Ärmel hochkrempeln?«

»Gern.« Betont langsam enthüllte er einen sehnigen Unterarm.

Sie spürte seinen Blick auf sich, während sie mithilfe von Pinzette und Lupe unter einer hellen Lampe winzige Glassplitter aus der Wunde pulte. Das Gesicht kantig und die knallblauen Augen ein Kontrast zu seinem dunklen Haar, schien er geradewegs dem Werbeplakat einer Zigarettenmarke entstiegen. Und er wusste, wie gut er aussah.

»Gehen Sie einmal hoch mit mir hinaus, Fräulein Doktor? Ich bekomme auch ohne Reservierung einen der besten Plätze im Henninger Turm. Da oben fühlt man sich fast wie im Cockpit, und gerade abends ist der Ausblick spektakulär. Wie mitten in Manhattan.«

Der hässliche graue Turm, das höchste Gebäude der Stadt, war von überall aus zu sehen. Ein Wahrzeichen Frankfurts wie Paulskirche, Römerberg und das aus den Kriegstrümmern wieder aufgebaute Goethehaus und ein echter Touristenmagnet.

»Danke nein«, murmelte Vicky, während sie die Schnittwunde von Blut und Orangensaft säuberte.

Der Pilot ließ nicht locker. »Wenn ich dort anrufe, zaubert uns Steigenberger ein Menü der Extraklasse.«

Vicky hantierte mit Betäubungsspritze und Jod. »Essen von Steigenberger kriege ich hier jeden Tag.«

»Aber nicht in meiner Gesellschaft. Und mit Champagner fängt die Nacht doch erst richtig an.« Sein Knie drückte sich gegen ihres.

Vicky wich seiner Berührung aus und setzte die ersten Stiche der Naht. »Bedaure, ich bin ständig im Dienst.«

Pilot Tummescheid sah zu Oberpfleger Ansgar und Dr. Bockeloh. »Irgendwann werden Sie doch auch mal von der Leine gelassen, oder? Sonst wenden Sie sich vertrauensvoll an mich, ich habe gute Beziehungen zum Betriebsrat.«

»Ich bin verlobt.«

»Verlobt ist nicht verheiratet.«
»Aber so gut wie.«
Vicky machte den letzten Knoten und schnitt die Fadenreste ab; dank Dr. Frommers Training stichelte sie jetzt wirklich Nähte wie ein Profi. Auf ihrem Hocker richtete sie sich auf, legte die Schere zur Seite und griff zum Verbandsmaterial. Ihr Blick traf sich mit dem des Oberarztes, der sie finster anstarrte, bevor er sich wieder seinen Formularen widmete.
»Haben Sie zufällig Ihr Impfbuch dabei, Herr Tummescheid?«
»Aber sicher.« Der Pilot bückte sich nach seinem Koffer. »Wie Sie sehen, bin ich mit allen Wassern gewaschen«, prahlte er mit Verführerstimme.
»M-hm«, brummte sie, während sie durch das Büchlein blätterte, und ein kleines Teufelchen sprang auf ihre Schulter. »Ihre Tetanusimpfung läuft allerdings in ein paar Monaten ab. Die frischen wir bei dieser Gelegenheit gleich mit auf.«
»Mit dem allergrößten Vergnügen, Fräulein Doktor«, erwiderte der Pilot, schälte sich aus seinem Hemd und ließ dabei seine durchaus beachtlichen Muskeln spielen.
Lächelnd reichte Vicky den Impfausweis weiter. »Unser Oberpfleger ist einsame Spitze beim Impfen. Sie werden den Piks überhaupt nicht spüren.«
Pilot Tummescheid zog ein langes Gesicht, und unter Ansgars mordlustigen Blicken marschierte sie munter zum Waschbecken.

Inmitten von Lautsprecherdurchsagen, vorbeieilenden Schritten und Stimmen verfolgte Vicky über das Stethoskop den Herzschlag ihrer Patientin, bevor sie vor der Wartebank in die Hocke ging, um die Manschette des Blutdruckmessgeräts anzulegen.
Während sie mit dem Gummibalg auf zweihundert pumpte, musterte sie prüfend das Gesicht, das wieder ein wenig Farbe angenommen hatte. »Geht's besser?«

Die junge Frau nickte, sichtlich erschrocken über den plötzlichen Schwächeanfall, der sie in der Warteschlange am Schalter überfallen hatte.

»Sollen wir lieber wieder nach Hause fahren, Fräulein Doktor?«, erkundigte sich der ebenfalls noch junge Ehemann besorgt, den Arm beschützend um seine Liebste gelegt.

Vicky ließ die Luft ab, horchte mit dem Stethoskop in die Arterie der Ellenbeuge hinein und beobachtete dabei das Zifferblatt des Druckmessers. »Aus medizinischer Sicht besteht erst einmal kein Grund dazu. Der Herzschlag ist in Ordnung und der Blutdruck zwar noch etwas niedrig, aber durchaus normal.« Sie löste die Manschette, nahm das Stethoskop und verstaute beides in der Arzttasche. »Wann haben Sie zuletzt etwas gegessen?«

Ihre Patientin überlegte angestrengt. »Gestern, glaube ich«, hauchte sie. »Ich hab kaum einen Bissen runtergekriegt. Ist doch unsere erste große Reise!«

Vicky schmunzelte. »Alte Weisheit meiner Mutter: Nie ohne Frühstück aus dem Haus! Getrunken haben Sie wahrscheinlich auch zu wenig. Zusammen mit der Aufregung kann das einen schon mal umhauen.« Sie holte ein Päckchen Traubenzucker aus der Arzttasche und drückte es der jungen Frau in die Hand. »Das müsste fürs Erste helfen. Nehmen Sie unterwegs regelmäßig kleine Mahlzeiten zu sich, trinken Sie viel Wasser und Saft und vertreten Sie sich zwischendurch die Beine. Sollte Ihr Kreislauf dann immer noch Probleme machen, suchen Sie umgehend eine Arztpraxis auf. Aber vor allem: Atmen Sie tief durch und versuchen Sie, sich zu entspannen.« Vicky warf dem jungen Mann einen gespielt strengen Blick zu. »Da nehme ich Sie mit in die Pflicht!«

Lächelnd zog er seine Frau enger an sich. »Natürlich, Fräulein Doktor.«

Vicky ließ die Arzttasche zuschnappen. »Gute Reise Ihnen beiden!«

Sie gesellte sich zu Dr. Bockeloh und Oberpfleger Ansgar, die gelangweilt herumstanden; dies war kein Kreislaufkollaps gewesen, der größeres Eingreifen nötig gemacht hatte oder gar eine Einlieferung ins Krankenhaus.

»Kein Wunder, dass die umgekippt ist«, knurrte Ansgar, während sie zu dritt zügig die Halle durchquerten, um in die Sanitätsstelle zurückzukehren. »So ein Klappergestell! Da holt man sich ja im Bett nichts als blaue Flecken!«

Vicky hatte schon den Mund geöffnet, um ihn darauf hinzuweisen, dass er für solche Fälle ja ausreichend Polsterung aufwies, als ihr Herz einen Schlag aussetzte. Dort vorn, in einer der Warteschlangen, leuchteten die kupferroten Locken eines jungen Mannes. Die sportliche Figur in legerem Hemd und Sakko, unterhielt er sich lebhaft mit seinem Begleiter, und bei jedem Lächeln blitzten Grübchen in seinen Wangen auf.

Die Arzttasche glitt Vicky aus den Fingern und polterte zu Boden. Ungläubig setzte sie einen wackeligen Schritt vor den anderen, dann rannte sie los, und es fühlte sich an, als könnte sie fliegen. *Achim!*, rief sie durch die ganze Halle, ohne dass ein Laut aus ihrer Kehle drang, *Achim!*, und ihr Herz schien förmlich zu explodieren vor Glück.

»Achim!«, stieß sie heiser hervor und packte ihn beim Arm, sie musste spüren, dass er real war.

Halb überrascht, halb abweisend taxierte er sie von Kopf bis Fuß. »*Excuse me, Miss.*« In geschliffenem Englisch wirkten seine Worte doppelt kühl. »*Do I know you?*«

Ihre Hand sank herab. Aus der Nähe sah er Achim nicht einmal besonders ähnlich, die Gesichtszüge zu glatt, um interessant zu sein, und mit einem selbstgefälligen Ausdruck.

»*Sorry*«, konnte sie nur murmeln, während die Umstehenden sie teils belustigt, teils entrüstet oder sogar tadelnd anstarrten; irgendjemand lachte. »*So sorry.*«

Mit hängendem Kopf schlich sie zurück, und bei jedem Schritt schien sie tiefer im Boden zu versinken.

»Dass Sie's so nötig haben, hätt ich auch nicht gedacht«, frohlockte Ansgar mit breitem Grinsen.

»Halt einfach mal die Schnauze!«, blaffte der Oberarzt ihn an.

Vicky spürte seinen Blick auf sich, eindringlich und fragend, als sie sich nach der Arzttasche bückte, die ihr zentnerschwer vorkam, und sie wünschte sich ein Mauseloch herbei.

In der nächsten Nachtschicht verkroch Vicky sich im engen Lagerraum. Medikamentenpackungen und Verbandsmaterial waren zwar tadellos aufgeräumt und auf dem neuesten Stand, trotzdem hatte sie das unwiderstehliche Bedürfnis, Schachteln und Tüten durchzuzählen und Listen abzuhaken.

Die Tür öffnete sich, und Jungpfleger Julius zwängte sich zwischen den Regalen hindurch.

»Ein Einsatz?«, fragte Vicky teils überrascht, teils hoffnungsvoll. Nachts hörte sie das Telefon normalerweise bis in den letzten Winkel der Baracke, und ein möglichst komplizierter und blutiger Notfall wäre genau das, was sie jetzt brauchte.

»Negativ.« Julius schob die Hände in die Taschen seiner Sanitäterhose. »Ich wollte nur mal nach dir kieken.« Aus dem Augenwinkel sah Vicky, wie er unter seinem flachsblonden Haarschopf vorsichtig zu ihr hinschielte. »Haste was? Liebeskummer vielleicht?«

Vicky schwieg und wühlte sich weiter durch Aspirin, das neue paracetamolhaltige ben-u-ron und die Ampullen mit Lidocain. Die Begegnung mit dem jungen Mann, den sie für Achim gehalten hatte, steckte ihr auch Tage danach noch in den Knochen.

»Andere Mütter haben auch dufte Söhne, weißte«, fügte Julius altklug hinzu.

»Was du nicht sagst.«

Er beugte sich vertraulich zu ihr vor. »Unser Norbert zum Beispiel ist heiß in dich verliebt.«

Vicky schnaubte und setzte energisch einen Haken nach dem anderen auf die Arzneimittelliste. »Genau wie in die schwarzhaarige Kellnerin im Flughafenrestaurant, die blonde Verkäuferin bei Sarotti und so ziemlich jede Krankenschwester von St. Elisabethen unter fünfzig.«

Der Pfleger machte ein pfiffiges Gesicht. »Jetzt, wo du's sagst ... Oberarzt Steinhübel im Sankt E. steht auch auf dich. Und natürlich unser schnieker neuer Feuerwehrmann.«

»Du gibst einen lausigen Kuppler ab.« Sie reckte sich nach einem Karton Mullbinden oben im Regal.

Julius war schneller. »Findste?« Er reichte ihr den Karton, ließ ihn jedoch nicht los. »Vielleicht will ich dich gar nicht verkuppeln. Ich bin auch für jeden Spaß zu haben.« Seine hellen Brauen zuckten vielsagend.

Vicky starrte ihn verblüfft an und musste schlussendlich lachen. »Danke für das nette Angebot!«

»Nett is ooch 'n Hamster, wa?«, berlinerte er und überließ ihr den Karton.

»Zieh Leine und lass mich arbeiten«, rüffelte Vicky ihn gutmütig.

»*A kiss is just a kiss*«, trällerte er und entfernte sich im Schlenderschritt. Halb schon in der Tür, warf er Vicky noch einen schwärmerischen Blick zu. »Du bist echt 'ne klasse Frau!«

Vicky schüttelte schmunzelnd den Kopf, und mit Schmackes fiel die Tür hinter Julius ins Schloss.

Die heitere Stimmung, die er mitgebracht hatte, hielt nicht lange vor. Während Vicky sich durch Abführmittel und Kohletabletten arbeitete, sah sie immer wieder vor sich, wie sie durch die Empfangshalle auf Achim zurannte und ihn am Arm fasste, bevor er sich in einen Fremden verwandelte. Als hätte sie Achim tatsächlich berührt, für einen flüchtigen und viel zu kurzen Augenblick, und ihn sogleich erneut verloren.

You must remember this, jazzte es melancholisch in ihrem Ohr, *a kiss is just a kiss*. Das Sehnen nach Achim, nach seiner Stimme, seinem Lachen, brannte wie Lidocain unter ihrer Haut, ohne dass sich je eine erleichternde Betäubung einstellen wollte. Wie suchte man nach jemandem, der spurlos verschwunden war? Hinter einer undurchdringlichen Betonmauer mit Schießbefehl? So unbekümmert sich Vickys Mutter am Telefon auch gab – wie beklemmend die Lage drüben geworden war, ließ sich an den verzweifelten Aktionen ablesen, mit denen Menschen die Flucht aus der DDR versuchten. Etwa die zwei jungen Männer aus Halle an der Saale, Flugzeugmechaniker der eine, Flugzeugschlosser der andere, die ohne jegliche Flugpraxis in einer geklauten einmotorigen Maschine unter dem Radar der Sowjets hindurch die Grenze überflogen hatten und schließlich in einem Kornfeld bei Minden in Westfalen gelandet waren.

The world will always welcome lovers. Unzählige Male war es Vicky durch den Kopf gegangen, die Nummer der Strathoffs anzurufen, die sie noch immer auswendig kannte, oder Achims Vater zu schreiben. In der Hoffnung auf eine Antwort, wo Achim war und wie es ihm ging. Die Angst, damit womöglich schlafende Wachhunde zu wecken, hatte sie jedoch stets davon abgehalten. Sie wollte lieber nicht herausfinden, wozu gekränkte Sozialistenehre und verletzter Vaterstolz fähig waren. Wie weit in den Westen hinein der lange Arm der Stasi wirklich reichte.

Hier am Flughafen konnte sie jeden Tag zwischen Dutzenden, Hunderten, Tausenden Menschen abtauchen; hier fühlte sie sich von Bundesgrenzschutz und Flughafenpolizei behütet, während die Wochen und Monate verstrichen.

As time goes by.

19

Pigalle (Die große Mausefalle)

Bei Tag war das Bahnhofsviertel von einer betriebsamen Bürgerlichkeit. Die Stenotypistinnen und Verkäuferinnen eilten in der Mittagspause zu Schuhmacher Krompos und in die Reinigung von Irma Schall, trafen sich mit der besten Freundin im Café *Bauer* in der Taunusstraße oder im *Kaffee-Express-Restaurant* in der Kaiserstraße. Buben zockten auf dem Bürgersteig mit Murmeln, den Schulranzen neben sich, oder versuchten den Kaugummiautomaten auszutricksen, während ihre Schwestern Gummitwist hüpften. Ihre Väter brachen morgens mit der Aktentasche in ihre Büros, Fabriken und Handwerksbetriebe auf und kehrten nach Feierabend mit leerer Thermoskanne nach Hause zurück. Die Mütter hängten unterdessen die Wäsche aus den Fenstern und trugen ihre Einkäufe aus dem Lebensmittelgeschäft von Jakob Latscha oder der Metzgerei Desch nach Hause, und am Sonntag war der Gottesdienst in der Weißfrauenkirche genauso Pflicht wie der gemeinsame Spaziergang durch den Park der Taunusanlage. Vor diesem geradezu kleinstädtischen Hintergrund wirkten das neu gebaute Hotel *Intercontinental*, eines der größten und modernsten der Bundesrepublik, und der Verwaltungsbau von IBM wie Visionen aus einem Science-Fiction-Magazin.

Sobald es dunkel wurde, zeigte die Gegend jedoch ihr anderes Gesicht. Rustikale Kneipen wie die *Sennhütt'n*, in der Ortsunkundige schon mal mehr für ihr Bier bezahlten als üblich und dazu noch damit rechnen mussten, von Gaunern ausgenommen zu werden, gab es hier genauso wie in anderen Großstädten. Besonders war hier höchstens die urige *Fischerstube*, in der sich Kleinganoven ebenso trafen wie die großen Strippenzieher. Und Rock 'n' Roll im *St. Pauli* oder im *Maxim* – mittwochs sogar mit Preistanzen! – war eher die Ausnahme als die Regel.

Denn Frankfurt bei Nacht jazzte und swingte, kokett geschminkt und paillettenglitzernd im bunten Neonlicht. *Corso, Lido, Palladium, Moulin Rouge, Sie-Bar, Tabu-* oder *Orchidee-Bar, Florida* und *Domino, Erotica, Tivoli, Himmel und Hölle, Pik-Dame* und *Pigalle* lockten mit aufreizendem Amüsement für Spießbürger, gelangweilte Ehemänner und nicht zuletzt für die Geschäftsreisenden, die in den Hotels und Pensionen rings um den Bahnhof abstiegen. Im *Kolibri-Kasino* von Charlotte Münchow konnten sich Glücksritter wie in Las Vegas fühlen, und das *Cherie am Hafen* bot denjenigen eine Nische, die jenseits bürgerlicher Normen lebten und liebten. Im *Adria-Leuchtturm*, der *Parisiana-Bar*, im *Reichshof*, *Schall und Rauch* oder *Picasso-Keller* fanden der notorische Fremdgänger, der abenteuerhungrige Tourist und der ewige Junggeselle weibliche Begleitung für die Nacht. Das *Casino de Paris* warb mit *Mädchen aller Hautfarben*; sein unmittelbarer Konkurrent, das *Imperial*, mit Plakaten der vergangenen Gastspiele von Josephine Baker und Marika Rökk. Dessen Inhaber Josef Buchmann hatte gerade zusammen mit dem Shell-Konzern den Grundstein für ein Bürogebäude am Nibelungenplatz gelegt, das in ein paar Jahren den Henninger Turm überragen würde. In Frankfurt gingen Halbwelt und Hochfinanz Hand in Hand. Und mittendrin betrieb Teddy Honigmann sein *Flamingo*.

»Doktor Vicky!« Mit ausgebreiteten Armen kam er im schummrigen Buntlicht auf sie zu.

In Maßanzug und Seidenkrawatte, jedes grau melierte Härchen am Platz und ein Siegelring am kleinen Finger, war er halb der Inbegriff des distinguierten Geschäftsmanns, halb charmanter Hasardeur. So würde Sean Connery einmal aussehen, sollte er noch in zwanzig Jahren James Bond spielen. Ein Lächeln auf dem noch immer markanten Gesicht, fasste Teddy Honigmann sie bei den Händen, und der Duft seines teuren Rasierwassers kitzelte Vicky in der Nase.

»Ich sehe schon, heute beehren Sie uns ausnahmsweise einmal privat!«, rief er über die sinnlich schmeichelnde Musik der Band hinweg, zu der einige Paare das Tanzbein schwangen.

Vicky lachte; das schmale tannengrüne Kleid mit weißem Bubikragen und schwarzer Schluppe war ihr als Schnäppchen bei C&A zugelaufen. »Meine Mutter meinte, ich müsse mal wieder unter die Leute, und zwar nicht, um zu arbeiten.«

Traude Becker hatte leicht reden, an der Charité feierten sie ständig irgendeinen Geburtstag, ein Jubiläum oder eine Auszeichnung, Weihnachten und was es sonst alles noch zu feiern gab oder unternahmen gemeinsam Ausflüge.

»Recht hat sie, die Frau Mama«, erwiderte Teddy Honigmann, der sie in den vergangenen Wochen zweimal telefonisch hergebeten hatte, nachdem eine seiner Stripteasetänzerinnen sich bei den Proben eine Bänderdehnung zugezogen und eine andere unter Magenschmerzen gelitten hatte.

Er half Vicky aus dem leichten Mantel; Mitte Mai waren die Abende bereits mild. »Wo möchten Sie sitzen?«

»Ein Platz an der Bar tut's mir.«

»Ich habe gerade ein Objekt in der Gutleutstraße erworben«, erzählte er, während er sie zum Tresen führte. »Gründerzeit, gute Bausubstanz. Lasse ich in den kommenden Monaten von Grund auf sanieren. Neue Parkettböden, Zentralheizung, alles vom Feinsten. Wär das nichts für Sie? Drei helle Zimmer, Einbauküche, modernes Bad? Preislich würde ich Ihnen selbstverständlich entgegenkommen, wer hätte nicht gern eine Mieterin wie Sie.«

»Eine, die nur selten zu Hause ist, meinen Sie?«, erwiderte Vicky heiter. »Ein Umzug lohnt sich für mich nicht mehr. In einem guten Dreivierteljahr bin ich mit der Medizinalassistenz fertig, und wer weiß, wo es mich dann hin verschlägt.«

Teddy Honigmann äußerte sein Bedauern und half ihr galant auf den langbeinigen Hocker, bevor er dem Barkeeper im Smoking einen Wink gab. »Fred, das ist Doktor Vicky, die sich so gut um unsere Mädchen kümmert. Sie ist heute mein persönlicher Gast, also lesen Sie ihr jeden Wunsch von den Augen ab.«

Der Barkeeper deutete eine Verbeugung an.

Eine perfekt maniküre Hand legte sich auf die Schulter von Teddy Honigmann. »Der erste Drink geht aber auf mich«, erklärte eine verlockend sanfte Stimme.

Mit Endloswimpern und verführerischen Lippen, das satt glänzende Haar kunstvoll hochgesteckt, ähnelte Heidrun nur entfernt Vickys Patientin aus den Hausbesuchen in der Moselstraße.

»Da wage ich nicht zu widersprechen«, erwiderte Teddy Honigmann gut gelaunt und verabschiedete sich mit je einem Handkuss von den beiden Damen.

»Schön, dich zu sehen«, sagte Heidrun und hauchte Küsschen auf Vickys Wangen. »Ich kann leider nicht groß plaudern, ich hab einen Fisch an der Angel. Tausend Dank noch mal für deine Hilfe!«

Im Duft eines feinen Parfums und in einem ausnehmend eleganten weinroten Kleid, das gerade so viel von ihren Kurven präsentierte, um neugierig auf das Darunter zu machen, schwebte sie auf hohen Absätzen davon, ein betörender Nachtfalter namens Désirée.

»Was darf ich Ihnen servieren, Doktor Vicky?«, erkundigte sich Fred, der Barkeeper.

Vicky stützte das Kinn in die Hand und kniff ein Auge zu. »Ich bekomme bei Ihnen nicht zufällig eine Berliner Weiße?«

Sein schmales Gesicht mit der langen Nase verzog sich zu einer lustigen Grimasse. »Ich fürchte, da muss ich passen.«

Vicky schmunzelte. »Dann lasse ich mich gern von Ihnen überraschen!«

Den Kopf schräg gelegt, musterte er sie, bevor er mit schlafwandlerischer Sicherheit Eiswürfel in einem Glas klingeln ließ und zu den Flaschen vor sich griff. »Sie sind ein Manhattan. Zu gleichen Teilen süß und herb, stark und warmherzig.«

Er goss die gerührte Mixtur durch ein Sieb und stellte augenzwinkernd das Kelchglas, in dem eine Kirsche schwamm, auf den Tresen. Die Farbe des Cocktails, die an eine Mischung aus Jodtinktur und Blut erinnerte, passte auf jeden Fall zu Vicky.

Belustigt prostete sie ihm zu und sah sich nach dem ersten Schluck eingehend um. Im *Flamingo* war alles edel und von ausgesuchter Qualität. Teddy Honigmann achtete auf jedes Detail, und genauso wählerisch war er bei seinen Gästen. Wer hackedicht war, ausfällig wurde oder schlicht nicht ins Ambiente passte, wurde von einem der Kellner, die allesamt aussahen wie Dressmen, nach draußen begleitet. GIs suchte man vergeblich, hierher begaben sich nur Offiziere der Air Force, die Wert auf ein gepflegtes Rahmenprogramm legten, bevor es zur Sache ging. Zwischen Frankfurt und Hanau lagen wirklich Welten.

Obwohl es ein Werktag war und erst kurz nach neun Uhr abends, waren fast alle Nischen besetzt; im *Flamingo* konnte man sich auch vor Beginn der aufreizenden Show prächtig unterhalten. Auf einem der Lederpolster entdeckte sie Heidrun, eine Zigarette elegant zwischen den Fingern, in der anderen Hand ein Champagnerglas. Ein durchaus attraktiver und sehr gut angezogener Mann mittleren Alters legte ihr die Hand aufs Knie. Heidrun alias Désirée warf ihm nur unter halb gesenkten Lidern einen Blick zu. Verlegen zog er die Hand zurück und schien seine Herzdame für einen Abend nur noch mehr anzubeten.

Vicky schmunzelte. Nach gut drei Monaten, die sie im Rotlichtmilieu ein und aus ging, hatte sie einen Blick dafür entwickelt, welche der eleganten Damen im Raum aus Neugierde hier waren oder wegen der ausgezeichneten Cocktails, der prickelnden Atmosphäre lasterhafter Eleganz oder um ihr eingeschlafenes Eheleben wieder in Schwung zu bringen – und welche hier auf Kundenfang gingen. Nämlich die, die gar nicht groß herausgeputzt aussahen, sondern als wären sie von Natur aus so schön, so exquisit. Andere wirkten geradezu brav und wie das nette Mädchen, die fürsorgliche Mutti von nebenan. Gemeinsam war ihnen allen das ungeheure Selbstbewusstsein in ihrer Haltung, ihren Gesten. Der Stolz im Blick, auf eigenen Beinen zu stehen, eigenes Geld zu verdienen und ihre eigenen Regeln zu machen. Ohne einen strengen Vater, einen Ehemann im Nacken und der Sperrgebietsverordnung der Stadt Frankfurt zum Trotz. Einfach weil sie sich trauten.

Mehr als tausend Frauen waren es offiziell, wie Vicky von einer ihrer Patientinnen wusste. Vermutlich zwei- bis dreimal so viele, die unter dem Radar der Behörden arbeiteten und ihren Beruf als Verkäuferin, Kaufmann oder Bardame angaben. Und nicht alle knüpften ihre Kontakte in Lokalen wie dem *Flamingo*. Die besonders exklusiven Damen kreuzten in Luxuskarossen durch die Nacht und sprachen auf der Straße die Männer an, die ihnen gefielen. Wie früher Rosemarie Nitribitt, die tragische Ikone der Frankfurter Halbwelt. Ihr schillerndes Leben und die Geheimnisse, die sie nach ihrer Ermordung mit ins Grab genommen hatte, lieferten immer noch Stoff für die Klatschpresse, für Filme und Romane.

»Abend! Hier ist doch sicher noch frei.« Eine Männerstimme riss Vicky aus den Gedanken. Ein Mittvierziger im Anzug legte besitzergreifend die fleischige Hand auf den Hocker neben Vicky.

Sie warf einen Blick über die Schulter. »Genau wie fünf andere Plätze hier am Tresen.«

»Der hier gefällt mir aber besser«, widersprach er und ließ sich auf das Lederpolster fallen.

Fred beugte sich vor. »Verzeihung, der Herr, aber die Dame will lieber allein sitzen.«

»Und ich will einen Cognac«, polterte besagter Herr und schnippte mit den Fingern. »Vom besten.«

Vickys Blick traf sich mit dem Teddy Honigmanns, der bereits stirnrunzelnd einen seiner Kellner heranwinkte, als eine sehnige Männerhand den aufdringlichen Kerl bei der Schulter fasste.

»Schieb ab!«, befahl dieser Mann mit rauer Stimme. »Hier sitze ich.«

Obwohl in puncto Körpergröße und Gewicht sicher überlegen, verzog sich der Mittvierziger knurrend, und der andere, dunkel, drahtig und mit Boxernase, nahm seinen Platz ein. Vicky hob verblüfft die Brauen.

»Entschuldigen Sie, der Herr«, setzte der Barkeeper an, doch Vicky unterbrach ihn.

»Schon gut, Fred. Das ist mein Oberarzt.«

Fred neigte höflich den Kopf. »Was darf ich Ihnen bringen, Herr Doktor?«

»Bourbon.« Den Ellbogen auf dem Tresen, schob sich Dr. Bockeloh den Knoten der schmalen Krawatte zurecht. »Hier verbringen Sie also Ihre Freizeit, Dr. Becker.«

»Ausnahmsweise.«

»Sicher doch.« Mit einem Nicken bedankte er sich für das

Glas, das Fred zusammen mit einem Schälchen Erdnüsse vor ihn hinstellte.

Vicky ärgerte sich über seinen ironischen Tonfall. »Und Sie? Auf der Suche?«

Dr. Bockeloh verzog den Mund und trank einen Schluck, ein Glitzern in seinen dunklen Augen. »Weshalb sollte ich für etwas bezahlen, das ich auch umsonst kriegen kann?«

Was vermutlich stimmte. Es gab immer wieder die eine oder andere Patientin in der Sanitätsstelle, die den Oberarzt hemmungslos anflirtete und verschnupft reagierte, wenn sie stattdessen von Vicky untersucht wurde. Auch hier im *Flamingo* weckte er sichtbar das Interesse einiger Damen. Im Dienst eher leger gekleidet, machte er im dunklen Sakko ordentlich etwas her; der Typ Mann, der einen bei der Hand packte, um sich gemeinsam in den Rausch der funkelnden Nacht zu stürzen. Und er trug keinen Ring.

»Hat Ihr Verlobter nichts dagegen, dass Sie allein ausgehen?«, wollte er wissen. »Oder gibt es den am Ende überhaupt nicht?«

»Was sagt Ihre Frau dazu, dass Sie sich in einem Stripclub herumtreiben?«, schoss Vicky zurück. »Ohne Ring am Finger?«

Dr. Bockeloh wandte sich ab, kippte einen großen Schluck Bourbon hinunter und dann gleich den nächsten. »Sie ist tot.«

Leise hatte er es gesagt, und doch kam es Vicky vor wie ein Donnerschlag. Ein in seiner Knappheit nüchterner Satz, in dem eine verblassende Spur von Schmerz und Wut mitschwang, ein Gefühl von Ohnmacht und Einsamkeit. Vickys Kehle war eng; auch sie brauchte jetzt einen langen Zug von ihrem Manhattan, bevor sie den Oberarzt aus dem Augenwinkel musterte.

»Ich bin privat nicht sonderlich gut mit Beileidsbekundungen«, sagte sie schließlich.

Seine versteinerte Miene geriet in Bewegung. »Das ist keiner von uns, dafür haben wir im Dienst zu viel gesehen und zu oft schlechte Nachrichten überbracht.« Tief durchatmend richtete er sich auf und ließ den Blick durch den Club wandern. »Solche Schuppen sind eigentlich nicht meine Kragenweite, mir ist ein Bier in irgendeiner Kaschemme lieber. Ich bin auch nur hier, weil ich mit eigenen Augen sehen wollte, ob es stimmt, was ich über Sie gehört habe.«

Vicky blinzelte. »Nämlich?«

Seine Augen wirkten hart. »Sie sind oft in Lokalen dieser Sorte unterwegs, nicht wahr? Wo Sie dann stundenweise in irgendwelchen Hinterzimmern verschwinden.«

Unwillkürlich spannte Vicky die Schultern an; dass sie sich mit ihren ärztlichen Freundschaftsdiensten bestenfalls in einer Grauzone bewegte, hatte sie von Anfang an gewusst.

»Ja, und?«, entgegnete sie angriffslustig.

Dann erst fiel bei ihr der Groschen. Der Gedanke, wie sie hier mit irgendwelchen fremden Männern Doktorspiele der erotischen Art veranstaltete, war zu absurd, und sie lachte so laut, dass sich einige der Gäste nach ihr umdrehten.

»Finden Sie das witzig?«, fragte Dr. Bockeloh grimmig.

»Allerdings«, erwiderte Vicky erheitert. »Vor allem, dass Sie nicht einfach in besagten Clubs nach mir gefragt haben, sondern mir hier auflauern.« Sie beugte sich zu ihm hinüber und sah ihn fest an. »Wer auch immer das behauptet, hat entweder einen Knick in der Optik oder eine blühende Fantasie. Wenn Sie's genau wissen wollen: Ich bin üblicherweise als Ärztin hier, da gibt's nämlich jede Menge zu tun.«

Die Stirn gerunzelt, drehte er das Glas auf dem Tresen. »Als Ärztin?«

»Ja, als Ärztin«, bekräftigte Vicky ungeduldig. »Ich behandle Tripper, Syphilis und Chlamydien, fiebrige Erkältungen, Magenverstimmungen, Blasenentzündungen und Menstruationskrämpfe. Das ganze Programm.«

»Verstehe.« Er zog eine abschätzige Miene. »Sicher ein lukrativer Nebenverdienst.«

»Mag sein.« Gleichmütig trank Vicky von ihrem Manhattan. »Ich nehme dafür jedenfalls keinen Pfennig. Wenn eine der Damen unbedingt ihr hart erarbeitetes Geld loswerden will, sage ich ihr, sie soll es der Bahnhofsmission spenden.«

Er warf ihr einen skeptischen Blick zu. »Warum machen Sie das? Haben Sie bei uns nicht genug Arbeit?«

Vicky, die sich schon halb vom Hocker heruntergeschoben hatte, um zu gehen, setzte sich wieder. »Weil es sonst keiner tut.«

Sie schwieg einen Augenblick.

»Diese Frauen«, fuhr sie fort, »haben ausnahmslos schlechte Erfahrungen mit niedergelassenen Ärzten gemacht. Unangenehme Fragen, dumme Kommentare, moralinsaure Standpauken. Manche sind während der Untersuchung unnötig grob angepackt worden, wie zur Strafe, oder man hat ihre Beschwerden schlicht nicht ernst genommen. Zu mir haben sie Vertrauen.«

Die Augen gesenkt, schien Dr. Bockeloh einige Zeit darüber nachzubrüten. Dann lachte er trocken auf und schüttelte den Kopf, wie über sich selbst. Als er den Blick hob, zeichnete sich ein schiefes Grinsen auf seinem Gesicht ab.

»Nehmen Sie meine Entschuldigung an?«

»Geschenkt«, erwiderte Vicky ruppig.

Nach ein paar weiteren Schlucken von ihrem Cocktail war sie ziemlich sicher, wer ihr hinterherspioniert und sie beim Oberarzt angeschwärzt haben könnte.

»Fragen Sie sich denn gar nicht, was unser geschätzter Ansgar Kiesewetter in einem Etablissement wie diesem treibt?«

»Na, was wohl«, knurrte Dr. Bockeloh.

Die Vorstellung, wie der gestrenge Oberpfleger hier in Sakko und Schlips bei einem Glas Hochprozentigem und Nüsschen mit gierigen Blicken den Striptease auf der Bühne verfolgte, brachte Vicky erneut zum Lachen, und auch um den Mund des Oberarztes zuckte es.

»Ich sorge dafür, dass er sich ebenfalls bei Ihnen entschuldigt«, sagte er rau. »Und zwar vor versammelter Mannschaft.«

»Besser nicht«, meinte Vicky. »Dann hat er nur noch mehr Grund, mich zu hassen.«

»Er hasst Sie nicht. Zumindest nicht persönlich. Er hasst nur ...«

»... dass ich ein Mädle mit Doktortitel bin«, fiel Vicky ihm ins Wort. »Noch dazu aus der Ostzone.«

Sie lächelten sich an, und Vicky durchzuckte die Frage, wie die Frau wohl gewesen war, um die er trauerte.

Aus der Innentasche seines Sakkos holte Dr. Bockeloh eine Packung Gauloises, zündete sich jedoch keine an, sondern ließ sein Feuerzeug auf- und zuschnappen, während er Vicky taxierte. »Woher kommt eigentlich Ihr übermäßiger Drang zu helfen? Haben Sie irgendwelche Schuldgefühle oder irgendwann einmal einen großen Verlust erlitten?«

Vicky wollte ihm widersprechen, doch er ließ ihr keine Gelegenheit dazu.

»Haben Sie früh Ihren Vater verloren?«, bohrte er mitleidlos nach. »Einen Bruder oder eine Schwester?«

Vicky starrte in den Rest ihres Cocktails. Die Verwaltung des Studentendorfs war einverstanden gewesen, dass sie Achims persönliche Dinge an sich nahm; seitdem hatten sie jeden ihrer Umzüge mitgemacht. Die beiden Fotos in Studienbuch und Personalausweis, die einzigen, die sie von ihm besaß, wurden ihm nicht gerecht. Sein Grübchenlächeln fehlte und das Lachen, das tief aus seinem Bauch kam. Eingefroren in Schwarz-Weiß, hatte er auf diesem Passbild nichts von der lebensprühenden Energie, die mit ihm aus Vickys Leben verschwunden war.

Manchmal strich sie über die Saiten der zerschrammten Gitarre, die er sich gleich nach der Flucht von der Eingliederungsbeihilfe gekauft hatte; ihr vergeblicher Versuch, seine Stimme zurückzuholen. Und das Hemd, das er zuletzt getragen hatte, hatte längst schon seinen Duft verloren. Zweieinhalb Jahre waren eine lange Zeit.

»Mein Verlobter«, sagte sie leise. »Achim ... Wir haben zusammen Abitur gemacht, zusammen studiert und wollten zusammen an die Charité. Nach dem Mauerbau sind wir in den Westen. Geplant war, dass wir doch noch unseren Doktor machen und danach wieder rübergehen. Stattdessen hat Achim sich unseren Fluchthelfern angeschlossen, um selbst junge Leute aus dem Osten rauszuholen, und ist dabei geschnappt worden. Seitdem habe ich nichts mehr von ihm gehört.«

Hinter ihren Augen prickelte es, und sie kippte den Rest ihres Manhattans hinunter.

»Darf's noch einer sein?«, erkundigte sich Fred, und sie nickte automatisch.

Vicky spürte, wie Dr. Bockeloh sie beobachtete.

»Deshalb fühlen Sie sich schuldig«, sagte er und zündete sich nun doch eine Zigarette an. »Weil Sie Ihren Traum vom Arztberuf wahrmachen können und er nicht. Sie sind verletzt und wütend, weil er unbedingt den Helden spielen musste und ihm das wichtiger war als alles andere. Sie eingeschlossen.«

Unsinn!, lag es ihr auf der Zunge, was sie jedoch mit einem tüchtigen Zug vom nächsten Cocktail hinunterspülte.

Eine Weile schwiegen sie beide.

»Jetzt verstehe ich«, ließ er sich dann vernehmen, »weshalb Sie sich so verbissen in die Arbeit stürzen.« Er runzelte die Stirn. »Wo haben Sie eigentlich die Medikamente für Ihre Patientinnen her? Sie dürfen doch noch keine Rezepte ausstellen.«

Vicky sah ihm so fest in die Augen, wie es der Alkohol noch

zuließ, der ihr bereits zu Kopf gestiegen war. »Aus dem Lagerraum unserer Sanitätsstelle«, antwortete sie fast trotzig. »Alles korrekt abgerechnet und eingetragen. Das können Sie jederzeit nachprüfen.«

Der Oberarzt nickte und tat einen letzten qualmenden Zug. »Das werde ich. Und darüber sprechen wir auch noch.« Er drückte die Zigarette im Aschenbecher aus, legte einen Geldschein aus der Hosentasche auf den Tresen und schwang sich vom Hocker. »Wir sehen uns morgen früh zum Dienst. Pünktlich!«

Lustlos trank Vicky ihren Cocktail aus; dieser Abend war gründlich verdorben.

Unausgeschlafen und mit Magenschmerzen schlich Vicky am nächsten Morgen in die Sanitätsstelle, und das lag nicht allein an den beiden höllischen Cocktails vom Vorabend. Sie hatte gerade die Hand auf die Klinke des Dienstzimmers gelegt, als die tiefe Stimme des Oberarztes durch den Korridor schallte.

»Dr. Becker, kommen Sie mal eben!«

Während sie auf den Lagerraum zuging, hinter dessen offen stehender Tür Dr. Bockeloh sogleich wieder verschwunden war, wappnete sich Vicky gegen die fristlose Kündigung. Womöglich würde sogar ein Brief an die Ärztekammer gehen, der Dr. Viktoria Becker aufgrund rechtlicher Verstöße grundsätzlich von der Approbation ausschloss. Ihr war übel.

»Schließen Sie die Tür!«, befahl er, während er in einem der Schränke kramte.

Einige Herzschläge lang ließ er Vicky unbeachtet herumstehen, bevor er sich umdrehte und ihr einen schuhschachtelgroßen Karton in die Hand drückte.

»Ich bin heute früher hergekommen«, erklärte er, »und habe einiges aussortiert, wovon wir zu viel bestellt haben oder was an

Medikamenten demnächst abläuft. Die nächsten paar Monate können Sie alles noch bedenkenlos verwenden. Hilft Ihnen das?«

Verblüfft stöberte Vicky mit einer Hand zwischen Verbandsmaterial, Jodtinktur, Penicillin und Schmerztabletten. »Sehr!«

Er griff zu seinem Kugelschreiber. »Wenn Sie für Ihre Patientinnen ein Rezept benötigen, zum Beispiel für Anovlar, oder eine Überweisung ins Krankenhaus, geben Sie mir Bescheid, dann stelle ich Ihnen das aus. Sollten Sie meine Hilfe benötigen, weil Sie sich etwas nicht zutrauen oder wenn es einmal um den Kunden einer Patientin geht, können Sie mich auch privat anrufen.« Er steckte den zusammengefalteten Zettel mit seiner Telefonnummer zwischen die Tablettenschachteln.

Forschend blickte Vicky ihn an. »Warum tun Sie das?«

Er wandte den Blick ab. »Einer muss es ja tun.«

»Danke«, sagte sie leise.

Die Miene unbeweglich, nickte er, und Vicky wandte sich zur Tür.

»Warten Sie!«

Zeitgleich hatten sie beide nach der Türklinke gefasst, und Dr. Bockelohs Hand lag warm auf ihrer.

Er zögerte kurz. »Es gibt da diese Gerüchte … Angeblich kauft die Bundesrepublik mithilfe von Mittelsmännern politische Häftlinge der DDR frei. Und anscheinend ist auch das Rote Kreuz in der einen oder anderen Form mit im Spiel. Wenn Sie wollen, kann ich ein paar Leute dort anrufen.«

Vickys Herz machte einen Satz.

20

All My Loving

Im Vorzimmer des Büros Kleinschmitt blätterte Vicky durch den Mutterpass, ausgestellt auf Elvira Rappsilber. Von der Bundesregierung im vergangenen Jahr eingeführt, sollten die darin festgehaltenen Vorsorgeuntersuchungen die Säuglingssterblichkeit eindämmen, die in beiden deutschen Staaten besorgniserregend hoch lag, weitaus höher als im übrigen Europa. Besondere Aufmerksamkeit galt der Rhesusunverträglichkeit, eine während der ersten Schwangerschaft erworbene Immunreaktion der Mutter, die jedes weitere Kind in Gefahr brachte. Ein Blutaustausch beim Neugeborenen war das Mittel der ersten Wahl, aber so weit musste es ein Baby erst einmal schaffen. Eingriffe im Mutterleib, sei es zur Abklärung oder als Therapie, waren jedoch technisch noch nicht ausgereift und zudem höchst umstritten. Und eine immunologische Behandlung der Mutter war derzeit ein reines Gedankenspiel.

»Das sieht alles sehr gut aus«, stellte Vicky schließlich zufrieden fest.

»Hoffentlich bleibt es so«, erwiderte Elvira Rappsilber bang. »Ich mag mir gar nicht ausmalen, was alles passieren kann.«

»Dann tun Sie's auch nicht!«, riet Vicky sachlich, aber nicht ohne Wärme. »Gehen Sie zu jedem Vorsorgetermin, hören Sie auf Ihren Arzt, und lassen Sie es sich ansonsten einfach gut gehen.«

Lächelnd steckte die Sekretärin den Mutterpass wieder in ihre Handtasche. »Dafür sorgt schon mein Mann. Er ist ganz aus dem Häuschen und hätschelt mich, wo er nur kann.«

»Wenn er das bis nach der Entbindung durchhält, wissen Sie endgültig, dass er der Richtige ist«, flachste Vicky.

Frau Rappsilber hatte Vicky jedoch nicht in erster Linie hergebeten, um über ihr spätes Mutterglück zu plaudern. Auf Zehenspitzen schlich sie zur Verbindungstür, hinter der die Stimme ihres Chefs am Telefon zu hören war, und winkte Vicky zu sich heran. »Mehr als fünf Minuten werden Sie nicht haben«, flüsterte sie. »Wenn überhaupt. Wahrscheinlich wird er nach wenigen Sätzen fliehen wollen.«

Das Murmeln jenseits der Tür verstummte.

»Jetzt!«, wisperte Elvira Rappsilber, klopfte energisch an und schob Vicky durch den Türspalt.

Verwirrt blickte Herr Kleinschmitt ihr durch seine Hornbrille entgegen. »Fräulein Dr. Becker. Waren wir verabredet?«

»Wie steht es mit den Plänen für unsere Flughafenklinik?«, platzte Vicky ohne lange Vorrede heraus.

»Die Pläne, ja«, sagte Herr Kleinschmitt, sprang aus seinem Schreibtischsessel auf und begann damit, umständlich die Papiere auf seinem Schreibtisch umzuschichten. »Gute Arbeit von Ihnen, sehr gute Arbeit, höchst interessant.«

»Danke, das weiß ich«, erwiderte Vicky. »Aber wie sieht es mit der Umsetzung aus?«

»Das geht nicht so schnell, wie Sie sich das vielleicht vorstellen.« Herr Kleinschmitt stopfte eine Handvoll Dokumente in seine Aktentasche. »Bei einem Projekt dieser Größenordnung müssen erst bestimmte Formalitäten geklärt sein. Konkrete Konzepte, Kostenvoranschläge, Anträge, Beschlüsse et cetera pp. Der Flughafen ist schließlich eine Aktiengesellschaft des Bundes, des Landes Hessen und der Stadt Frankfurt.«

»Deshalb habe ich mich an Sie gewandt«, erklärte Vicky. »Damit Sie die notwendigen Schritte einleiten.«

»Gut Ding will eben Weile haben, Fräulein Dr. Becker. Wenn Sie mich entschuldigen, ich muss leider. Sie hören von mir!«

Er setzte seinen Hut auf den pomadierten Scheitel, griff sich den Mantel vom Kleiderhaken und hastete mit der Aktentasche unter dem Arm an Vicky vorbei.

»Ich bin zum Termin bei den Herren der Holzmann AG und esse auswärts zu Mittag«, warf er seiner Sekretärin zu und stürmte aus dem Vorzimmer.

Vicky ließ sich nicht abschütteln und verfolgte ihn im Laufschritt durch den Korridor. »Mit einer solchen Klinik würde Frankfurt allen anderen europäischen Flughäfen den Rang ablaufen!«

»Mit der neuen Empfangsanlage werden wir das so oder so«, erwiderte Herr Kleinschmitt inmitten des Telefonklingelns und Schreibmaschinengeklappers, das gedämpft hinter den Türen hervordrang. »Sie bekommen ja Ihre neue Klinik! Aber unter Umständen müssen Sie da eben kleinere Brötchen backen. – Tag, Herr Böttcher!«

Ohne stehen zu bleiben, schüttelte er die Hand eines Herrn im Anzug, der ihnen entgegenkam.

»Wir brauchen aber genau so eine Klinik«, beharrte Vicky. »Bislang haben wir mehr Glück als Verstand gehabt, dass es bei einer maximalen Auslastung von sechzig bis siebzig Starts und Landungen pro Stunde nicht zu einem schweren Flugzeugunfall gekommen ist.«

»Mit Glück hat das nichts zu tun.« Hektisch betätigte Herr Kleinschmitt den Druckknopf des Fahrstuhls, als könnte er ihn damit schneller herholen. »Das liegt an unserem hohen technischen Niveau.«

»Genau dieses Niveau will ich auch für unsere Klinik!«

Die Aufzugtüren öffneten sich, und Vicky stieg neben Herrn Kleinschmitt ein.

»Irgendwann«, fuhr sie fort, während sich die Türen schlossen und sich der Fahrstuhl abwärts bewegte, »wird hier außerplanmäßig ein Flieger landen, in dem eine Frau in den Wehen liegt. Mit schwerwiegenden Komplikationen für Mutter und Kind, und dann wird jeder Weg zu weit sein. Oder stellen Sie sich nur einmal vor, wir bleiben jetzt stecken, und Sie erleiden einen Herzinfarkt. Egal, wie schnell die Feuerwehr uns beide rausholt – die besten Chancen haben Sie bei einer medizinischen Versorgung an Ort und Stelle. Die Statistiken zur Managerkrankheit sind ernüchternd.«

Herr Kleinschmitt fuhr mit dem Zeigefinger unter seinem Hemdkragen entlang. »Die Aufzüge sind auf dem neuesten technischen Stand und werden regelmäßig gewartet.«

»Es geht mir nicht nur um die künftige neue Klinik, Herr Kleinschmitt«, sagte Vicky. »Wir brauchen jetzt schon personelle Verstärkung und zusätzlich zu den Transportfahrzeugen einen richtigen Notarztwagen, in dem wir kritische Fälle angemessen versorgen können.«

Herr Kleinschmitt fixierte die Leuchtanzeige, die die Stockwerke herunterzählte. »Aber die Kosten, Fräulein Dr. Becker, die Kosten!«

»Die Feuerwehr bekommt ständig die Belegschaft aufgestockt und neue Fahrzeuge.«

»Das ist eine Frage der allgemeinen Sicherheit«, entgegnete Herr Kleinschmitt würdevoll.

»Ich kenne die Fakten«, parierte Vicky. »Die kritischsten Phasen eines Flugs sind Start und Landung, weshalb sich die meisten Unfälle im Nahbereich des Flughafens ereignen. Unsere Flughafenfeuerwehr ist auf eine Einsatzzeit von viereinhalb Minuten getrimmt, gemessen von der Alarmmeldung bis zu Beginn des Löschangriffs. Oberstes Ziel ist es, den Flugzeugrumpf so lange zu kühlen und die Rettungswege frei von Flammen zu halten, bis Passagiere und Besatzung in Sicherheit gebracht sind. Was angesichts der Tatsache, dass die Aluminiumlegierung eines Flugzeugs bereits bei vierhundertachtzig Grad Celsius zu schmelzen beginnt, kein leichtes Unterfangen ist. Dafür bleiben maximal zwei Minuten Zeit, das haben Tests in den Vereinigten Staaten gezeigt.«

Vicky hatte bei den Rettungsübungen gut aufgepasst. Regelmäßig fackelte die gut zwanzig Mann starke Feuerwehrtruppe mehrere Tausend Liter Flugzeugbenzin ab, um den Ernstfall zu imitieren. Ein Spektakel, das nicht nur Schaulustige anzog, sondern auch die Techniker von Total und Magirus, die sich neue Erkenntnisse zu ihren Löschmitteln und Feuerwehrfahrzeugen erhofften. Auch aus den Nachtschichten und Mittagspausen mit Wolf Rosskopf hatte Vicky einiges für sich mitgenommen.

»Worauf wollen Sie hinaus?«, warf Herr Kleinschmitt gereizt ein.

»In diesen Planspielen wird meist blind darauf vertraut, dass die Menschen an Bord auch in der Lage sind, das Flugzeug zu verlassen. Das ist bei einem schweren Crash jedoch nicht unbedingt gegeben. Mit Löschschaum flicken Sie nämlich nach einem Unfall nicht Dutzende von Schwerverletzten wieder zusammen.«

»Die Bergung durch die Feuerwehren ...«, setzte Herr Kleinschmitt an.

»... läuft zweifellos zügig ab«, unterbrach Vicky ihn. »Und ich will die Sanitätskenntnisse der Kollegen von Florian Flughafen oder der Verstärkung von Florian sechs in der Mörfelder Landstraße auch gar nicht in Abrede stellen. Der Haken ist und bleibt die Transportzeit ins nächstgelegene Krankenhaus, die nicht unter einer Viertelstunde zu schaffen ist. Hätten wir hier vor Ort eine richtige Klinik, könnten die dringlichsten Fälle innerhalb von zwei oder drei Minuten bei uns im OP sein. Ein professioneller Notarztwagen wäre dazu natürlich noch das Ass im Ärmel.«

Herr Kleinschmitt blickte derart griesgrämig drein, als hätte Vicky ihn gerade auf einen groben Rechenfehler in seinen Bilanzen hingewiesen. Er atmete sichtlich auf, als sich mit einem Pingen die Türen öffneten.

Vicky, die mit ihm aus dem Aufzug trat, entschied sich für einen radikalen Kurswechsel. »Haben Sie sich eigentlich schon mal überlegt, was hier los sein wird, wenn wir in der Sanitätsstelle eines Tages streiken?«

Er warf ihr einen irritierten Blick zu. »Drohen Sie mir etwa?«

Sie blieb gelassen, während sie auf quietschenden Gummisohlen neben ihm durch das Foyer schritt. »Sagen wir lieber, ich lote sämtliche Optionen aus.«

»Das dürften Sie wohl kaum in der Ostzone gelernt haben«, knurrte er und nickte der Empfangsdame grüßend zu.

Vicky wertete es als gutes Zeichen, dass er sich über sie erkundigt hatte.

»Ich weiß die Vorteile der freien Marktwirtschaft zu schätzen.« Sie stieß die Glastür ins Freie auf. »Genehmigen Sie uns doch einfach einen stinknormalen Transporter und die Geräte, die wir dafür brauchen, und wir lassen das Fahrzeug von den Mechanikern hier ausbauen und umrüsten. Das kommt unterm Strich wesentlich günstiger. Bewilligen Sie uns dazu noch einen weiteren Arzt und eine Krankenschwester, und ich wäre fürs Erste zufrieden.«

Herr Kleinschmitt stöhnte. »Hartnäckig sind Sie, das muss man Ihnen lassen.«

»Das lernt man im Osten«, erwiderte Vicky leichthin. »Sonst würde man dort nie Kartoffeln auf den Tisch kriegen.«

Unter dem wolkengemaserten Frühsommerhimmel zog er den Hut zum Schutz vor dem Wind tiefer ins Gesicht. »Ihr Engagement in allen Ehren, Fräulein Doktor, aber ich hoffe, Sie haben auch genügend Geduld von drüben mitgebracht.«
»Geduldig bin ich nur, wenn ich weiß, dass es sich lohnt.«
Abrupt blieb er stehen und sah ihr durch die Brillengläser hindurch fest in die Augen. »Also schön! Ich will sehen, was ich für Sie tun kann. Über eines müssen Sie sich jedoch im Klaren sein: Solange der Vorstand kein grünes Licht gibt, sind mir die Hände gebunden.«

Sie entließ ihn aus ihren Fängen, und er stieg in das wartende Taxi, das gleich darauf über den Asphalt davonbrauste, zwischen den Tanks des Treibstofflagers, der Hochspannungsstation und dem Notstromgebäude hindurch.

Vicky hob das Kinn. Elvira Rappsilber hatte bestimmt einen guten Draht zu der einen oder anderen Vorstandssekretärin.

Nach der Sprechstunde, die wieder einmal länger gedauert hatte, zog Vicky sich ins Labor zurück. In diesen Junitagen war die Stimmung in der Sanitätsstelle gedämpft, ganz Deutschland stand unter Schock. Ein offenbar geistig verwirrter Mann hatte mit einem selbst gebauten Flammenwerfer und einer Stichwaffe eine Volksschule im Kölner Stadtteil Volkhoven gestürmt. Zwei Lehrerinnen waren sofort tot gewesen, zwei ihrer Kolleginnen und rund dreißig Kinder lagen mit solch schweren Verbrennungen in den Krankenhäusern, dass sie teils nur mit Mühe zu identifizieren gewesen waren. Nicht alle würden es schaffen. Die Amtsärzte und Versorgungsämter trügen die Schuld daran, hatte der Täter bei der Vernehmung geäußert, die seine Tuberkulose nicht als Folge seiner Kriegsgefangenschaft anerkannt hätten. Die Ärzte im Krankenhaus, die den Tod seiner Frau und des zu früh geborenen Kindes zu verantworten hätten, bezichtigte er des Mordes, bevor er an einer selbst verabreichten Dosis Pflanzenschutzmittel starb. Die Frage, warum sich sein Hass ausgerechnet gegen Kinder gerichtet hatte, blieb offen.

Womöglich wäre Psychiatrie doch die sinnvollere Wahl gewesen, überlegte Vicky, während sie mit Petrischale und Pipette zugange war. Die vertrauten Handgriffe halfen ihr, alles andere auszublenden, und sobald sie sich an den Tisch setzte und das Glasplättchen in den Objektträger des Mikroskops klemmte, gab es für sie nur noch den Vaginalabstrich von Rotraut Morgner, im Bahnhofsviertel besser bekannt als Stella. Die Art von Gynäkologie, die sie dort praktizierte, inzwischen auch mit dem Segen von Dr. Frommer, fand sie wesentlich spannender als seinerzeit an der Klinik in Remscheid.

»Störe ich?«, fragte Dr. Bockeloh durch den Türspalt.

»Gleich«, murmelte Vicky geistesabwesend, was der Oberarzt als Einladung verstand, die Tür hinter sich zu schließen und sich halb auf den Tisch zu setzen. Die Ungeduld, die er ausstrahlte, kribbelte Vicky auf der Haut.

Sie hob den Kopf vom Okular und trug das Ergebnis sorgfältig ein. »Was gibt's?«

»Es geht um Ihren Verlobten.«

Vickys Puls beschleunigte sich, als sie die zusammengefalteten Papierbögen in seiner Hand entdeckte.

»An irgendwelche Informationen zu kommen, war schwieriger, als ich dachte«, fuhr er fort. »Ich habe mich von Pontius zu Pilatus durchtelefoniert, aber schließlich jemanden im Ministerium für gesamtdeutsche Fragen an die Strippe gekriegt, der etwas gesprächiger war. Dort erstellen sie tatsächlich Listen mit politisch Inhaftierten, und Freunde und Verwandte können Namen angeben. Vorhin war das für mich in der Post.«

Vicky entfaltete das Anschreiben und überflog den beigefügten zweiseitigen Fragebogen. »Vieles kann ich nicht beantworten. Wann er verurteilt wurde, wer der Verteidiger war oder wo er in Untersuchungshaft saß. Und die Frage nach Tatgenossen ...«

»Das macht nichts«, unterbrach Dr. Bockeloh sie. »Die wichtigsten Eckdaten reichen völlig aus. Den Rest beschaffen die sich dann schon.«

Vicky beugte sich über den Fragebogen; das Dröhnen eines Flugzeugs, das in die Wartungshalle rollte, ließ die Tischplatte vibrieren. *Name des Häftlings: Strathoff, Joachim. Geboren am: 27.01.1937 in Schanghai / Rep. China. Familienstand: verlobt.* Darunter trug sie ihre eigenen Daten und die Anschrift in der Taunusstraße ein. *Beruf: Ärztin (Medizinalassistenz).*

Beim nächsten Punkt zögerte sie. »Achims Mutter ist mit seiner Schwester vor gut zehn Jahren in den Westen gegangen, aber ich weiß nicht, ob die beiden in der Bundesrepublik leben.«

»Schreiben Sie sie trotzdem rein.«

Elsa Strathoff, geb. Weisbrod (Mutter). Mascha Strathoff (Schwester). Weitere Angehörige in der DDR: Reinhard Strathoff (Vater, 1961 Major der Staatssicherheit). Sie machte Angaben zu Achims Werdegang, seiner Übersiedlung von Ost- nach Westberlin im Oktober 1961 und notierte seine letzte Adresse im Studentendorf Schlachtensee. *Vorstrafen in der BRD, der DDR: keine. Festnahme wann?* Dieses Datum würde Vicky nie vergessen. *18. November 1961. Bahnhof Friedrichstraße, Ostberlin.* Viel zu dürftig schien ihr das, was sie in Form des Fragebogens an Dr. Bockeloh zurückgab.

»Ich komme mir so dumm vor«, flüsterte sie, »dass ich nicht selbst auf die Idee gekommen bin. Dass ich nie irgendwo nachgefragt, nie auf irgendeinem Amt vorstellig geworden bin oder einen Anwalt zu Rate gezogen habe. Dumm und feige.« Ein Schaf, dem nicht in den Sinn gekommen war, dass es Mittel und Wege gab, dem Wolf die Beute zu entreißen.

Die dunklen Augen Dr. Bockelohs schimmerten warm. »Davon konnten Sie nichts wissen. Das ist nicht wie mit den Suchlisten des Roten Kreuzes nach dem Krieg. Mit einem Feld- und Wiesenanwalt hätten Sie überhaupt nichts ausrichten können. Und die Presse hat zwar davon Wind bekommen, hält aber dicht, damit die Führung der DDR nicht einen kompletten Rückzieher macht.«

Vicky atmete tief durch. »Wie geht es jetzt weiter?«

»Mit einem diplomatischen Pingpong über eigens damit betraute Rechtsanwälte beiderseits der Mauer. Und dann kommt das große Feilschen. Wie ich aus einer anderen Ecke gehört habe, weniger um Bargeld als um Industriegüter, Erdöl, Rohdiamanten, Kupfer und Silber. Alles, was sich auf den Weltmärkten zu Devisen machen lässt und den Traum von einem sozialistischen Staat finanziert.«

»Das ist ...« Vicky blieben die Worte im Hals stecken.

»Menschenhandel? Ja. Aber die einzige Chance für Ihren Verlobten.«

Vicky dachte an den Prozess gegen Fritz Hanke, den sie im vergangenen Herbst in den Nachrichten verfolgt hatte. Ein junger DDR-Grenzer, der nach seiner Flucht in den Westen verhaftet und zu fünfzehn Monaten verurteilt worden war. Das Stuttgarter Gericht sah es als erwiesen an, dass Hanke ein gutes Jahr zuvor auf einen Flüchtenden geschossen hatte, der später an seinen schweren Kopfverletzungen starb – wofür Hanke mit einer Medaille und einer Prämie von zweihundert Ostmark ausgezeichnet worden war. Ausgerechnet Hankes Kompaniekameraden waren es gewesen, die westdeutschen Zöllnern über die Grenze hinweg den entscheidenden Tipp gegeben hatten. Spätestens da hatte Vicky begriffen, zu welcher Monstrosität sich ihr ehemaliger Heimatstaat entwickelt hatte.

»Machen Sie sich aber nicht zu viele Hoffnungen«, sagte

Dr. Bockeloh rau und rutschte vom Tisch herunter. »Diese Mühlen mahlen äußerst langsam. Und bei Fluchthilfe sind die drüben knallhart. Auch wenn Ihr Verlobter zu diesem Zeitpunkt bereits Westbürger war. Oder gerade deshalb.«

»Wenn ich wenigstens wüsste, wo er ist«, sagte Vicky leise. »Und ihm schreiben könnte.«

Die Miene des Oberarztes verhärtete sich. »Wünschen Sie sich das wirklich? Zu wissen, dass er auf Jahre hinaus in einem Stasi-Knast sitzt? Dass Sie beide womöglich nie wieder mehr haben können als Briefe, die von Dritten mitgelesen und zensiert werden? Das wäre doch grausamer als alles andere.«

Vicky folgte dem geschniegelten Kellner durch das Stimmengewirr und Geschirrklappern des Flughafenrestaurants, im unverwechselbaren Geruch von Bratfett, Kaffee und abgestandenem Zigarettenrauch, und durch die geöffneten Flügeltüren ins Freie. Obwohl es ein gewöhnlicher Werktag war, summte und brummte es auf der Terrasse wie in einem Bienenstock. Das heitere Juniwetter hatte zahlreiche Besucher angelockt, die die Sonne, die Küche von Steigenberger und den Hauch der großen weiten Welt genießen wollten, die Aussichtsfernrohre belagerten oder darauf warteten, dass das Bähnchen für die Flughafenrundfahrt eintraf.

»Der Tisch dort vorn«, erklärte der Kellner mit einer diskreten Geste. »Sehen Sie?«

»Danke, sehr freundlich«, erwiderte Vicky.

»Für das Fräulein Doktor doch immer!« Er zwinkerte ihr zu.

Auf den Arztkittel hatte Vicky verzichtet, und genauso auf Wimperntusche oder Lippenstift. Sie wollte einen absolut seriösen Eindruck machen, und dafür musste einmal mehr ihr altes dunkelblaues Kleid herhalten. Eine Mappe an sich gepresst und ein nervöses Flattern in der Magengegend, ging sie auf den

Tisch zu, an dem die drei Männer in aufgeräumter Stimmung saßen. In Anzug und Krawatte wirkten sie wie x-beliebige Geschäftsleute, die gerade ein zwangloses Mittagessen zu sich genommen hatten, nicht wie die Oberbosse des Flughafens.

»Entschuldigen Sie bitte«, sprach Vicky die drei an, die sich sogleich höflich erhoben, »dass ich Sie einfach so überfalle. Hätten die Herren einen Augenblick für mich? Dr. Viktoria Becker, Medizinalassistentin der Sanitätsstelle hier am Flughafen.« Mit ihrem Anliegen ausgerechnet hier und heute an den Vorstand heranzutreten, war ein Tipp von Fräulein Gabelsberger aus der Chefetage gewesen, und bei einer Tasse Kaffee hatte sie Vicky dazu noch mit dem nötigen Hintergrundwissen versorgt. »Guten Tag, Herr Ministerpräsident.«

Georg-August Zinn ergriff ihre ausgestreckte Rechte. Die hohe Stirn unter dem schütteren grauen Haar fragend gerunzelt, musterte er sie aufmerksam, aber nicht unfreundlich durch seine Brillengläser, die Gesichtszüge eine Mischung aus ernsthafter Aufrichtigkeit und zielstrebiger Sachlichkeit. Gebürtiger Frankfurter und seit fast fünfzehn Jahren Landesvater, setzte er alles daran, aus Hessen ein Musterland in Sachen Sozialdemokratie und Wirtschaftsaufschwung zu machen. Selbst von Haus aus Jurist und während des Dritten Reichs im Widerstand, hatte er Fritz Bauer zum hessischen Generalstaatsanwalt berufen und stärkte ihm bei der Aufarbeitung von Nazi-Verbrechen den Rücken. Und ganz nebenbei leitete er auch noch den Aufsichtsrat der Frankfurter Flughafen AG.

Lächelnd schüttelte Vicky den anderen beiden Männern die Hand. »Herr Luz. Herr Lange.«

Verkehrsdirektor Rudolf Lange war deutlich jünger als die beiden anderen Herren, die in den Sechzigern standen. Eckig und ein bisschen steif bis hin zu seinem Brillengestell, blitzte in seinem Blick dennoch etwas Schelmisches auf. Als gelernter

Elektroingenieur, der den Amerikanern dabei assistiert hatte, den zerbombten Flughafen wieder flottzumachen, tüftelte er am liebsten an Verbesserungen und Modernisierungen für Rhein-Main, hatte Fräulein Gabelsberger augenzwinkernd verraten.

»Biddschee, Frollein Dokter«, schwäbelte Flughafendirektor Walter Luz, der ganz nach gemütlichem Genussmensch aussah, »nemmet Se doch Blatz.« Einladend deutete er auf den freien Stuhl, während sich die Herren wieder hinter ihren Kaffeetassen niederließen.

Als gelernter Kaufmann hatte Luz fast sein ganzes Berufsleben in der Luftfahrtbranche verbracht, vor dem Krieg bei Zeppelin in Friedrichshafen, bei der Deutschen Aero Lloyd und schließlich als Leiter der alten Lufthansa, bevor er nach seiner Rückkehr aus russischer Gefangenschaft in den Vorstand des Flughafens berufen worden war.

Vicky lehnte freundlich ab. »Ich will Sie nicht lange stören. Ich möchte Ihnen nur in aller Kürze eine Idee für die neue Empfangsanlage ans Herz legen, die wir bei uns in der Flughafenambulanz entwickelt haben.« Wenn jemand das Budget für die neue Klinik bewilligen konnte, dann sicher die Herren Zinn, Luz und Lange.

Sie zog die Arbeit, die sie eigens zu diesem Zweck angefertigt und vervielfältigt hatte, aus der Mappe und drückte jedem Herrn ein Exemplar davon in die Hand.

»Für einen erstklassigen Flughafen wie Rhein-Main«, erklärte sie, »ist das Beste doch gerade gut genug. Und was wäre besser für den Ruf dieses Flughafens als eine Klinik ohne Klassenschranken, in der alle eine medizinische Versorgung auf Spitzenniveau erhalten?« Sie kam sich vor wie ein Staubsaugervertreter von Vorwerk oder wie eine Avon-Beraterin.

Vicky hatte dazugelernt und sich auf die nötigsten Fakten und Zahlen beschränkt. *Ein klassenloses Krankenhaus erster Klasse,* verhieß die Informationsschrift, die wie eine Werbebroschüre gestaltet war, garniert mit Fotos aus dem Wegweiserheftchen des Flughafens, das es für achtzig Pfennig am Informationsschalter gab, und fotokopierten Abbildungen aus medizinischen Fachzeitschriften. Hannah, die inzwischen in Paris bei einem Verlag arbeitete, hatte ihr beratend zur Seite gestanden, was Vickys sowieso schon hohe Telefonrechnung zusätzlich strapaziert hatte.

»Danke, dass Sie sich die Zeit genommen haben«, fügte sie hinzu.

Die drei Herren vom Vorstand erhoben sich eilig für einen flüchtigen Handschlag, bevor sie sich teils verdutzt, teils neugierig den bedruckten Seiten widmeten.

Mit einem tiefen Durchatmen trat Vicky den Rückweg an. Jetzt konnte sie nur hoffen, dass wenigstens einer der Herren den Hinweis der Titelseite aufgriff, dass in der Finanzabteilung, vertreten durch Herrn Kleinschmitt, ausführlichere Informationen zur Verfügung standen.

Dass Prominenz am Flughafen Schaulustige und Journalisten anzog, war nichts Ungewöhnliches. Sei es Alfred Hitchcock, der von den Jacob Sisters und zwei *Mädsche* in Frankfurter Tracht mit Äppelwoi im Bembel empfangen worden war und die knallharten Fragen eines Fernsehreporters in liebenswürdigem Deutsch beantwortete. Oder der amerikanische Justizminister Bobby Kennedy, der nach Berlin weiterflog, um dort eine Gedenkplakette für seinen ermordeten Bruder zu enthüllen, am Jahrestag der Rede vor dem Schöneberger Rathaus.

Einen solchen Menschenauflauf wie an diesem 2. Juli hatte es hier aber vermutlich noch nicht gegeben. Obwohl es noch nicht einmal acht Uhr morgens war, dieser Donnerstag trist und kühl begann, quoll die Terrasse des Flughafenrestaurants über. In der Empfangshalle drückten sich Reisende, die wissen wollten, was los war, die Nase an den Scheiben platt. Denn hinter den eigens für diesen Besuch aufgestellten Absperrungen drängten sich Hunderte zusammen. Viele junge Leute natürlich, die Mehrheit davon weiblich und wie zum Ausgehen hübsch gemacht, die Schilder mit den Namen ihrer Idole hochhielten, mit *Welcome to Frankfurt* oder *We love you!!*. Teenager beiderlei Geschlechts schwänzten die Schule oder hatten sich auf ihrer Lehrstelle krankgemeldet und umklammerten Autogrammbücher und Blumensträuße. Mechaniker, Tankwarte und Arbeiter in Overalls hatten ihre Frühstückspause vorgezogen, Piloten und Stewardessen einiger Airlines ihren besonderen Status genutzt und sich nach ganz vorn gemogelt. Dort, wo Journalisten zuhauf mit gezücktem Stift und Notizblock oder mit den Kameras im Anschlag bereitstanden. Einige Fotografen harrten auf den Stufen einer herbeigerollten Gangway von Pan Am aus, in der Hoffnung, aus erhöhter Perspektive die besten Bilder zu schießen; andere Reporter warteten darauf, mit umgehängtem Tonbandgerät diese historische Stunde festzuhalten.

»Ringo hat wegen einer eitrigen Mandelentzündung die ersten Konzerte in Kopenhagen, im niederländischen Blokker, in Hongkong und Adelaide verpasst«, erklärte Julius aufgekratzt. »Jimmy Nicol hat ihn ersetzt. Erst in Melbourne hat Ringo sich wieder hinter sein Schlagzeug gesetzt.«

»M-hm«, brummte Vicky; diese Story hatte sie während des Nachtdiensts bereits ein paarmal gehört.

Sie unterdrückte ein Gähnen. Ab heute waren wieder Doppelschichten angesagt, weil in Schleswig-Holstein und Niedersachsen die Schulferien begonnen hatten; Hamburg, Bremen und Hessen würden in den nächsten Tagen folgen. Und dann auch noch dieser morgendliche Einsatz wegen des Tankstopps einer Maschine nach London, die vier junge Männer aus Liverpool an Bord hatte.

Mit verschränkten Armen lehnten Ansgar und Dr. Bockeloh am Krankenwagen.

»Ich wette auf mindestens eine ausgekugelte Schulter«, sagte der Oberpfleger.

Die Augen zusammengekniffen, ließ Dr. Bockeloh den Blick über die Menge schweifen. »Zwei. Und locker fünfzehn ohnmächtige Mädchen.«

Auch Ansgar spähte in den Pulk. »Ich erhöhe auf zwanzig und lege noch drei verstauchte Handgelenke oder Knöchel obendrauf.«

Der Oberarzt sah ihn von der Seite her an. »Einen Zehner?«

»Gilt.«

Sie schüttelten einander die Hände.

»Da kommen sie!«, rief Julius atemlos und mit glänzenden Augen.

Das lautstarke Kreischen aus zumeist weiblichen Kehlen übertönte noch die Triebwerke der Qantas-Maschine aus Brisbane via Singapur, die über den Asphalt heranrollte; Jubelrufe und Sprechchöre erschallten. Mit angewiderter Miene steckte Ansgar sich einen Finger ins Ohr.

Ringo. John. Paul. George. Die größte Band des Universums, die gerade ihre Tournee um die Welt begonnen hatte, und neuerdings auch Kinostars. *Yeah! Yeah! Yeah!*

Eine Woge frenetischer Begeisterung brandete durch die Menge, als sich die Tür des Fliegers öffnete, und steigerte sich zu hysterischer Ekstase.

»Los geht's!«, brüllte der Oberarzt.

Vicky schnappte sich ebenfalls ihre Erste-Hilfe-Tasche und rannte zu einem der Metallgitter, wo Beamte der Flughafenpolizei schon die ersten Mädchen rauszogen, die Gefahr liefen, im Gedränge und Geschiebe zerdrückt zu werden, oder bereits das Bewusstsein verloren hatten.

Fast im Minutentakt hatte Vicky eine junge Patientin, einen Patienten vor sich, die sie nach einer schnellen Untersuchung mit Wasser und Traubenzucker versorgte, manchmal auch mit einer Infusion. Sie bandagierte Handgelenke und Knöchel und musste tatsächlich eine Schulter wieder einrenken. Während sie die x-te junge Frau mit tränenverschmierter Wimperntusche in eine Papiertüte atmen ließ, warf sie dann doch neugierig einen Blick auf die Passagiermaschine.

Auf der Gangway posierten vier Milchgesichter mit Wischmoppfrisuren und in Konfirmandenanzügen. *The Beatles.*

21

Blowin' in the Wind

In der frühen Dunkelheit des diesigen Novemberabends verbreiteten die Lichter des Flughafens einen pudrigen Schein. An die Rückwand der Baracke gelehnt, saß Vicky auf dem nackten Asphalt und starrte tränenblind vor sich hin. Schritte näherten sich, und hastig wischte sie sich über die Augen.

»Ich komme gleich!«, rief sie, aggressiver, als sie es gemeint hatte.

»Hat keine Eile«, erwiderte Dr. Bockeloh.

Vicky hatte geglaubt, sie würde bis Dienstschluss durchhalten. Nachdem der letzte Patient der Nachmittagssprechstunde verarztet worden war, hatte sie dann doch um zehn Minuten Pause gebeten. Zehn Minuten, um sich in einem verborgenen Winkel zu verkriechen, in dem sie mit ihrem Schock und ihrer Trauer allein sein konnte.

»Schlechte Nachrichten?«, erkundigte sich der Oberarzt.

Sie hatte sofort gewusst, dass etwas passiert war, als er den Hörer im Dienstzimmer an sie weiterreichte. Einfach nur für einen Plausch nahm es ihre Mutter nicht auf sich, von einem Postamt in Ostberlin eine kostspielige Telefonverbindung in den Westen schalten zu lassen, schon gar nicht an die Arbeitsstätte ihrer Tochter.

Vicky kämpfte mit einem Kloß im Hals. »Mein Großvater ist gestorben.«

»War er krank?«

»Nierenkrebs«, würgte sie hervor. »Ich wusste bis heute nichts davon. Sie waren sich einig, mir erst mal nichts davon zu sagen. Meine Mutter hat es auch erst spät erfahren und ihn dann gleich an die Charité geholt, aber dort konnten sie schon nichts mehr für ihn tun. Außer ihm zu sagen, dass er sich noch ein paar schöne Monate machen soll. Deshalb wollten meine Großeltern wohl auch unbedingt noch vor Weihnachten rüberkommen.«

Seit Anfang des Monats durften Rentner einmal im Jahr für maximal vier Wochen Verwandte im Westen besuchen, und das Kreisamt in Wolgast hatte Käthe und Karl Köppen die Reiseerlaubnis für Mitte Dezember anstandslos erteilt.

Die Hände in den Taschen seines Arztkittels und den Kopf gesenkt, schob Dr. Bockeloh mit der Schuhspitze ein loses Steinchen hin und her. »Sie hätten genauso wenig noch etwas für ihn tun können, Dr. Becker.«

»Vielleicht doch!«, widersprach Vicky heftig. »Die Uniklinik hier hat einen guten Ruf und ist bestimmt besser ausgestattet als die Charité. Wenn meine Großeltern den Besuchsantrag früher gestellt hätten ... Wenn sie vielleicht schon gleich nach der Diagnose hätten reisen dürfen ...« Vicky verschluckte sich an ihren eigenen Worten. *Wenn, wenn, wenn.*

Energisch kickte Dr. Bockeloh den Stein zur Seite, der irgendwo zwischen den Reifenstapeln und Kabeltrommeln des Bauhofs auftraf, und ließ sich neben ihr nieder.

»Der Tod«, sagte er nach einer Weile, »ist uns Ärzten nicht fremd. Wir nehmen ihn als gegeben hin. Zellen altern und sterben ab, Organe versagen den Dienst, das Herz bleibt stehen. Wir wissen, dass wir den Tod nicht aufhalten können, weil das der Lauf des Lebens ist. Wir können ihm nur Zeit abringen. Ein paar Monate oder Jahre, im günstigsten Fall die Jahrzehnte, die ein Menschenleben eben dauert. Wir lernen damit umzugehen, wenn wir einen Patienten verlieren, und setzen umso verbissener alles daran, beim nächsten wieder auf der Gewinnerseite zu sein. Daraus ziehen wir die Kraft, immer weiterzumachen. Aber wenn uns der Tod persönlich begegnet, trifft es uns völlig unvorbereitet.« Sie spürte seinen Blick auf sich. »Wir können nicht alle retten. Nicht einmal die, die uns am nächsten sind.«

Vicky wandte den Kopf. »Wie ist Ihre Frau gestorben?«

Die Unterarme auf die Knie gestützt, knetete er seine Hände. »Ich wollte sofort Kinder, sie noch ein bisschen warten. Letztlich hat die Biologie gesiegt.« Sein Gesicht verhärtete sich. »Zunächst verlief alles unauffällig. Morgendliche Übelkeit, ja, auch Wassereinlagerungen und leicht erhöhter Blutdruck, aber alles scheinbar im normalen Rahmen. Im Nachhinein glaube ich, sie muss mehr Beschwerden gehabt haben, als sie geäußert hat. In der zweiundzwanzigsten Woche hat sie einen Krampfanfall erlitten und ist ins Koma gefallen. Hirnblutung.«

Vicky schwieg betroffen. Das eklamptische Syndrom war gefürchtet, weil es sich oft nicht an die lange Liste gut beschriebener Symptome hielt. Die Ursache gab noch Rätsel auf, pathologische Untersuchungen legten jedoch nahe, dass hormonelle Störungen dafür verantwortlich waren. Der Stoffwechsel entgleiste in einem Ausmaß, dass es der Wirkung von Toxinen glich, daher auch die Bezeichnung Schwangerschaftsvergiftung.

Nachdenklich rieb sich Dr. Bockeloh das Kinn mit der Faust. »Obwohl es dafür keinerlei medizinische Grundlage gibt, kommt es mir bis heute so vor, als hätte sie sich gegen dieses Kind gewehrt. Als ob ich ihr mehr Zeit hätte lassen sollen.« Sein Mund verzog sich ironisch. »Sie sehen also, mit Schuldgefühlen kenne ich mich bestens aus.«

»Wie haben Sie das verkraftet?«

Auf seinem Gesicht zuckte es. »Gar nicht. Gesoffen habe ich, ich war monatelang nicht nüchtern und kann von Glück sagen, wenn ich dadurch keinen umgebracht habe. Wahrscheinlich hätten sie mich gefeuert, hätte das Hospital nicht bald darauf ohnehin dichtgemacht.« Er warf einen Blick über die Schulter. »Wirklich auf die Füße gekommen bin ich erst hier in der Sanitätsstelle.« Ein kleines Grinsen zeichnete sich in seinem Mundwinkel ab. »Frommer hat eine Vorliebe für schwarze Schafe in weißer Kluft.«

Unwillkürlich schmunzelte Vicky. »Das ist sicher nicht der Grund, weshalb Sie immer noch hier sind.«

Dr. Bockeloh lachte rau. »Nein.«

Einige Herzschläge lang schien er zu zögern.

»Bei Notfällen«, sagte er dann leise, »ist der Faktor Zeit der entscheidende. Hier können wir so schnell eingreifen, wie es überhaupt nur möglich ist. Das gibt mir den Adrenalinschub, nach dem ich süchtig bin. 99,9 Prozent unserer Patienten sind noch am Leben, wenn wir sie in der Klinik abliefern, das ist ein verdammt guter Schnitt. Und bei denen, die es nicht schaffen, weiß ich, dass sie von vornherein keine Chance hatten. Das macht es mir leichter.« Er verstummte und wirkte dabei fast verlegen, als hätte er Vicky seine größte Schwäche offenbart.

Hinter Sanitätsstelle und Flugdienstgebäude startete eine Maschine durch und hob ab.

»Wie war Ihr Großvater?«, fragte er nach einer längeren Pause. »Außer dass er wusste, wie man verdammt guten Räucherspeck hinkriegt?«

Vicky lächelte. »Wie im Märchenbuch. Knorrig und verwittert, mit weißem Bart, schelmisch blickenden Augen und einer Pfeife im Mundwinkel.« Sie krümmte Daumen und Zeigefinger beider Hände zu Kreisen und hielt sie sich vor die Augen. »Mit so einer kleinen Nickelbrille, die ihm immer auf die Nasenspitze rutschte. Als ganz junger Kerl ist er zur See gefahren, bevor er sich als Tischler niedergelassen und meine

Großmutter geheiratet hat. Im Ersten Weltkrieg haben sie ihn dann zur Marine eingezogen. Für den Fischfang auf einem Kutter.«

Dr. Bockeloh blickte zweifelnd, und Vicky lachte.

»Doch, das war wirklich so! Wenn die anderen Kinder Heiligabend mit ihren Eltern oder Großeltern zur Lüttenweihnacht in den Wald sind, ist mein Opa mit uns im Boot rausgefahren, alle warm eingepackt und eine Thermoskanne mit was Heißem dabei. Und während er für meine Cousinen Puppenstuben gezimmert hat und für meine Cousins Holzschiffe, hat er für mich eine richtige kleine Klinik gebaut. Die steht auch noch im Haus meiner Großeltern.«

»Das bleibt Ihnen«, meinte Dr. Bockeloh leise. »All diese Erinnerungen. Mehr bleibt uns am Ende nie.«

Vickys Augen füllten sich mit Tränen. »Ich hätte ihn so gern noch einmal gesehen. Mich von ihm verabschiedet. Und ich bin neidisch auf meine Cousins und Cousinen, dass sie diese Zeit mit ihm noch hatten. Ich kann nicht einmal zur Beerdigung fahren, weil sie mich drüben sofort einkassieren würden. Meine Großmutter wird mich wohl auch nicht mehr besuchen kommen. Die Fahrt über die Grenze traut sie sich allein nicht zu, und sie hat Angst, dass sie hinterher nicht wieder reindarf.«

Je länger sie im Westen lebte, desto deutlicher spürte sie, wie radikal die Mauer sie von ihrer Familie abgeschnitten hatte. Von ihren Wurzeln.

»Das ist das Schwerste daran«, sagte er heiser. »All das, was nicht mehr gesagt und getan werden kann. Was hätte sein können.«

Die Köpfe an Holzlatten der Barackenwand gelehnt, sahen sie einander lange an, im unablässigen Röhren, Wummern und Pfeifen des Flugverkehrs.

»Ich gehe wieder rein«, ließ Dr. Bockeloh sich mit einem tiefen Durchatmen vernehmen und erhob sich. »Sie stehen besser auch auf, sonst holen Sie sich noch eine Blasenentzündung.«

Obwohl für November die Nächte noch recht mild waren, fühlte sich der Asphalt unter Vickys Hosenboden inzwischen tatsächlich wie Eis an. Sie ergriff Dr. Bockelohs helfend ausgestreckte Hand und ließ sich von ihm in die Höhe ziehen. Auf kältesteifen Beinen geriet sie aus dem Gleichgewicht, und lachend fing er sie auf. Vielleicht das erste echte Lachen, das sie von ihm hörte; dunkel und vibrierend, kitzelte es sie in der Magengegend. Eine wohltuende Wärme ging von ihm aus, in die Vicky noch tiefer hineinkriechen wollte. Auf Augenhöhe mit ihr, wanderte sein Blick über ihr Gesicht, als wollte er sich jedes noch so kleine Detail einprägen, und sein Lächeln zog sie magisch an.

Der Moment zerstob so schnell, wie er gekommen war. Abrupt ließ Dr. Bockeloh sie los und wandte sich ab.

»Kommen Sie nach, wenn Sie so weit sind!«, warf er ihr über die Schulter zu, als er in großen Schritten davonging und sich dabei über sein kurz geschorenes Haar rieb wie nach einem Schlag auf den Hinterkopf.

Die Arme um sich geschlungen, stampfte Vicky mit den Füßen auf, um wieder Gefühl in ihre Beine zu kriegen. In das Dröhnen und Brummen von Passagierflugzeugen mischte sich das Donnern der Militärmaschinen.

Im Süden des Geländes gelegen, teilte sich die Air Base zwar die beiden Rollbahnen mit dem Flughafen Rhein-Main, war ansonsten jedoch eine Stadt für sich. Zum Militärstützpunkt gehörte *Gateway Gardens*, eine Wohnsiedlung mit Postamt, eigener Polizei und Bücherei, Schulen und Läden und einem Jugendclub, Gokart-, Bowling- und Kunsteisbahn, Sporthalle und Golfplatz, Kliniken für Mensch und Tier und einem Autohändler von General Motors.

Derzeit ging es drüben zu wie in einem Hornissennest. Denn die Air Base war nicht nur das *Gateway to Europe*; von hier aus wurden auch die GIs auf der anderen Seite der Welt versorgt. Wochen nach der Tonkin-Resolution, dem formalen Kriegseintritt der USA, bereiteten sich die Amerikaner nun auch praktisch auf den Kampfeinsatz vor. In einem Land, das wie Deutschland zwischen Kommunismus und Kapitalismus zerrissen worden war: Vietnam.

22

Strangers in the Night

Das alte Jahr war angezählt, und während es schneite und die Nächte vor Kälte klirrten, stand das neue Jahr 1965 in den Startlöchern. Martin Luther King war mit dem Friedensnobelpreis ausgezeichnet worden, und fast dreihunderttausend Bürger und Bürgerinnen Westberlins hatten das erneute weihnachtliche Passierscheinabkommen genutzt, um über die Feiertage ihre Verwandten drüben zu besuchen; für den Silvesterabend wurde ein ähnlicher Ansturm erwartet. Und Vicky bog auf die Zielgerade ihrer Medizinalassistenz ein.

Die Nachtschicht war ruhig gewesen. Nur zwei kleinere Einsätze auf der Autobahn, beide noch vor Mitternacht, nach denen Vicky sich für ein paar Stunden hingelegt hatte, bevor sie gegen halb vier Dr. Frommer am Telefon ablöste; auch Henning und Julius schliefen noch.

Pretty woman stop awhile, schmachtete Roy Orbison aus dem Radio, begleitet von einpeitschendem Schlagzeug und harten Gitarrenriffs, *pretty woman talk awhile*. Vickys Beine wippten unter dem Schreibtisch im Takt der Musik. Es war Jahre her, dass sie das letzte Mal zum Tanzen ausgegangen war. In einem anderen Leben, als in Berlin noch keine Mauer stand.

Kurz vor fünf Uhr früh hatte ein Beamter der flughafeneigenen Schutzpolizei verlegen ans Fenster des erleuchteten Dienstzimmers geklopft. Während Vicky ihm etwas gegen seine

Schniefnase und den bellenden Husten gab und ihm außerdem eine heiße Tasse Tee spendierte, hatten sie sich über seinen Job bei der neu geschaffenen Einheit unterhalten, die seit dem Frühling den Diebstahl von Frachtgut verhindern oder solche Fälle zumindest im Nachhinein aufklären sollte. Trotzdem waren vor ein paar Wochen Persianerfelle aus London für eine hiesige Kürschnerei im Wert von über zehntausend Mark spurlos verschwunden. Der Frankfurter Flughafen war offenbar eine Art Bermudadreieck für alles Teure und Kostbare.

»*Pretty woman, yeah, yeah, yeah*«, sang Vicky leise mit, während sie sich zu den Stellenangeboten der Zeitung durchblätterte. Obwohl sie jeden Monat etwas auf die Seite legte, wusste sie nicht, wie sie die Zeit zwischen der Medizinalassistenz und der ersten Anstellung als approbierte Ärztin überbrücken sollte.

Bollernd und röhrend kehrten Schneepflug und Streufahrzeug von ihrer ersten Runde des frühen Morgens zurück. Gleich darauf waren im Vorraum lebhafte Frauenstimmen zu hören. Ohne auf die Uhr zu sehen, wusste Vicky, dass es Punkt halb sechs war: Der Putzdienst trat seine Schicht an. Während am Ende eines jeden Tages ein ganzer Trupp einfiel, um die Sanitätsstelle bis in den letzten Winkel sauber zu schrubben und zu desinfizieren, kamen sie morgens nur zu zweit. In der Wasserleitung begann es zu rauschen, Schritte eilten geschäftig hin und her, und der Korridor füllte sich mit einem lebhaften Dialog in einer weichen und geschmeidigen Sprache, die viele Ös und noch mehr Üs enthielt.

Die Wirtschaft der Bundesrepublik brummte. An allen Ecken und Enden fehlten zupackende Hände, vor allem am Fließband und für Hilfstätigkeiten. Die sogenannten Gastarbeiter aus Italien waren schon lange da. Von Conny Froboess niedlich als *Zwei kleine Italiener* besungen, fand der viel zitierte Mann auf der Straße, der so gern nach Rimini und Riccione in den Urlaub fuhr, selten nette Worte: *Nur Vino und Spaghetti im Kopf! Auf unsere deutschen Frauen und Mädchen haben die's abgesehen! Und wer den Mund aufmacht, kriegt gleich ein Messer in die Rippen!* Spanier und Griechen waren gefolgt, und nachdem der Mauerbau den Zustrom an Arbeitskräften aus dem Osten abgeschnitten hatte, wurden Anwerbeabkommen mit der Türkei, Marokko und Portugal geschlossen. Im vergangenen Jahr war der einmillionste Gastarbeiter in Köln begrüßt worden, mit einem Moped als Geschenk und einem Strauß Nelken.

Vicky sah sie am Bahnhof oft aus dem Zug steigen, müde und gerädert nach ihrer langen Fahrt durch halb Europa, wie sie sich suchend nach ihrem Anschlusszug umsahen, der sie in die Kohlegruben des Ruhrpotts bringen würde oder irgendwo in eine Baufirma, zu Siemens nach Berlin, nach Hannover zu Bahlsen. Andere schraubten in Köln, Wolfsburg, Sindelfingen und Rüsselsheim des Deutschen liebstes Kind zusammen oder blieben in der Region, bei Hoechst in Frankfurt oder BASF in Ludwigshafen. Meistens waren es junge und jüngere Männer, die um der Arbeit willen in die Bundesrepublik kamen, dazwischen aber auch immer häufiger Frauen. Und eine davon klopfte jetzt ans Dienstzimmer und schob sich mit Putzeimer und Schrubber durch den Türspalt.

»Morgen!«, rief Vicky ihr gut gelaunt entgegen.

Eine Strickjacke über dem unförmigen weißen Putzkittel, murmelte die Frau einen Gruß und machte sich sogleich daran, den übervollen Aschenbecher auszuleeren und die Kaffeeringe auf dem Tisch wegzuwischen. Sie war noch jung, Anfang, Mitte zwanzig, und musste neu am Flughafen sein; Vicky hatte sie erst ein paarmal gesehen. Ihre dunklen Locken waren auf Kinnlänge geschnitten und mit Klemmen aus dem Gesicht gehalten; trotzdem ringelte sich eine Strähne vorwitzig in die Stirn.

Vickys Tasse war leer, und sie stand auf, um sich an der

Küchenzeile Nachschub zu holen. Die andere junge Frau stellte die Stühle umgekehrt auf den Tisch, um den Boden darunter zu wischen; dabei unterdrückte sie ein Gähnen.

»Möchten Sie auch einen Kaffee?«, fragte Vicky und hob die Glaskanne einladend an.

Die Putzfrau stutzte, wie ertappt, und schüttelte mit abweisender Miene hastig den Kopf. »Muss isch arbeite.«

»Und da können Sie nicht mal fünf Minuten Pause machen?«

Die junge Türkin hielt inne. Misstrauen und fast so etwas wie Hochmut zeichneten sich auf dem klaren, kühn geschnittenen Gesicht ab, während sie Vicky von Kopf bis Fuß musterte. Sie warf einen Blick zur Tür, hinter der ihre Kollegin irgendwo klirrend und scheppernd mit den frisch gereinigten Instrumenten hantierte, und richtete sich langsam auf.

»Kann isch Zigarette in Pause?« Ihre Bernsteinaugen schienen Vicky herauszufordern.

»Klar«, erwiderte Vicky und holte eine zweite Tasse aus dem Schrank.

Die andere junge Frau stellte den Schrubber in die Ecke, trat zu Vicky an die Küchenzeile und nahm den Kaffee wortlos entgegen.

Vicky streckte die Rechte aus. »Ich bin Vicky. Vicky Becker.«

Ihr Gegenüber zögerte und wischte sich dann die rechte Hand am Kittel ab. »Elif Yilmaz.« Sie hatte einen energischen Händedruck.

Einige Herzschläge lang sagte keine von beiden einen Ton, während sie sich über die Tassen hinweg Blicke zuwarfen.

»Wo aus der Türkei kommen Sie her?«, wollte Vicky dann wissen.

Elif Yilmaz stellte ihre Tasse ab und zog aus der Tasche ihres Putzkittels Zigarettenpackung und Feuerzeug. »Von Dorf. Hinter Istanbul.« Sie zündete sich eine Zigarette an und blies den

Rauch aus. »Kein Telefon, kein gar nix! Nur Ziege und Esel. Mit vier Beine und mit zwei.«
»Ich bin aus Berlin.«
Ein Funke glomm in den Augen der jungen Türkin auf.
»Diese oder andere?«
»Das andere.«
»Sie ...« Elif Yilmaz schien nach den richtigen Worten zu suchen, ließ dann Zeige- und Mittelfinger über die Küchenzeile spazieren und über einen imaginären Wall springen.
»Ja, ich bin geflohen. Ein paar Wochen nach dem Mauerbau. Im Osten hätte ich keine Ärztin werden können.«
Elif Yilmaz grinste und griff wieder zu ihrer Kaffeetasse. »Isch auch geflohen. Wollt nischt in Dorf bleiben. Nischt alte Mann oder dumme Jung heiraten.« Sie machte eine kleine Pause, in der sie an der Zigarette zog. »Und jetzt bin isch in Almanya. Verdien eigene Geld und lern Deutsch in Abendschule.« In ihren Augen funkelte es halb spitzbübisch, halb angriffslustig. »Bin frei.«
Über ihrem Kaffee lächelten die beiden Frauen einander an.

Nach ein paar weiteren frühmorgendlichen Kaffeepausen waren Vicky und Elif per Du, und nach zwei gemeinsamen Mittagessen in der Kantine sowie einem Berliner Eiskaffee nebst Kuchen im Café *Kranzler* gingen sie das erste Mal zusammen abends aus. Erst zu Pizza und einem Glas Chianti ins *Ristorante Santa Lucia* in der Münchener Straße, bevor sie auf ihren Absatzschuhen durch den Schneeregen des Februarabends ins *Flamingo* eilten.
Teddy Honigmann begrüßte sie freudig und half ihnen aus dem Mantel.
»Hinreißend, ganz hinreißend!«, äußerte er sich zu Elif, ihre grazile Figur, die am Flughafen unter dem Putzkittel verborgen

blieb, in einem schwarzen Etuikleid, und Vicky stellte die beiden einander vor.

Unter launigem Geplauder führte Teddy Honigmann sie zum Tresen und zog sich mit einem Handkuss zurück.

»Du kennst Chef?«, raunte Elif, als sie sich setzten.

»Na, du jetzt doch auch«, erwiderte Vicky gelassen. »Abend, Fred. Das ist Elif Yilmaz.«

Lächelnd neigte der Barkeeper den Kopf. »Ist mir eine Ehre. Was darf ich den Damen servieren? Für Sie wieder ein Manhattan, Doktor Vicky? Und für Sie, Fräulein Yilmaz?«

»Martini«, antwortete Elif wie aus der Pistole geschossen.

Fred nickte anerkennend und griff zu den Flaschen vor sich. »Klar und stark. Die perfekte Wahl für Sie.«

Mit glänzenden Augen sah Elif sich im Club um, der von Musik und Tabakrauch, Stimmengewirr und leisem Lachen erfüllt war.

Vertraulich beugte sie sich zu Vicky hinüber. »Ist verbotene Lokal, ja?«, fragte sie begierig. »Wenn mein Familie weiß, dass isch hier …« Ihr Mund formte ein empörtes O, wozu sie mit der Hand wedelte, als hätte sie sich verbrannt.

»Nicht verboten«, entgegnete Vicky augenzwinkernd und erwiderte das Winken von Rotraut alias Stella, die mit einem vornehm wirkenden Herrn in einer Nische saß. »Nur verrucht.«

»Verrucht.« Zusammen mit einem Schluck von ihrem Martini ließ Elif sich dieses Wort auf der Zunge zergehen. Sie zündete sich eine Zigarette an, schlug die Beine in den schimmernden Nylons übereinander und warf ihre kurzen Locken zurück, Vamp bis in die Fingerspitzen. »Verrucht gefällt misch!«

Während immer wieder eine Patientin von Vicky auf einen kurzen Plausch vorbeischaute oder um einen Hausbesuch in den nächsten Tagen bat, setzten die beiden jungen Frauen ihre Unterhaltung des Abends fort. Jedes Mal, wenn sie sich trafen, hatten sie sich viel zu erzählen. Von ihrem Leben im mehr oder weniger freiwilligen Exil und von ihren Träumen für die Zukunft. Von Berlin und Istanbul, wo Elif einige Zeit bei ihrem Onkel gewohnt hatte, um sich Arbeit in der Großstadt zu suchen, dann aber sofort auf eine Anzeige angesprungen war, in der Hilfskräfte für Deutschland gesucht wurden. Elif wollte mehr als nur Putzen; was, das wusste sie selbst noch nicht genau. Einstweilen war sie zufrieden damit, zu arbeiten, zu lernen und das, was Frankfurt ihr bot, in vollen Zügen auszukosten.

»In Wohnheim«, berichtete sie entrüstet, »alle sitzen abends herum und jammern von Türkiye. Sag isch, komm, wir gehen raus, machen was, leben! Dann alle so: Neiiin, was sollen Leute denken, können doch nischt ausgehen, ohne Manne, müssen brave Frauen sein.« Sie schnaubte und trank von ihrem Martini.

Vicky hob die Brauen, als Fred zwei Gläser Champagner vor sie hinstellte.

»Ein Bewunderer lässt grüßen«, erklärte er.

Sie hatte schon den Mund geöffnet, um abzulehnen, als Fred sich über den Tresen beugte.

»Keine Sorge, ist einer von den Guten«, beschwichtigte er. »Ein alter Freund von Herrn Honigmann. Hat mit seinen Geschäften ein bisschen Pech gehabt und fühlt sich wohl auch ziemlich einsam. Deshalb ist er gerade in eine Bude gegenüber vom Bahnhof gezogen. Da hat er es nicht so weit in die Clubs, wo er jemanden sucht, der ihm zuhört. Aber das lohnt sich, er hat eine Menge Spannendes von früher zu erzählen und ist überhaupt ein feiner Mensch. Also, wenn Sie ein bisschen Zeit für ihn übrighätten, Doktor Vicky …«

Lächelnd nickte er an das Ende des Tresens. Vicky schätzte den Mann, der vor einem Rest Cognac saß, auf Ende fünfzig, Anfang sechzig. Das schwere Gesicht mit der Knollennase und der hohen Stirn wirkte verlebt und ein bisschen traurig. Fast automatisch hob Vicky das Champagnerglas und prostete dem einsamen Herrn zu.

Er zögerte einige Herzschläge, bevor er das Glas in einem Zug leerte, seine Zigaretten nahm und mit langsamen Wiegeschritten herüberkam. Ein Schrank von einem Mann, der seinen Zweireiher wie ein gealterter Salonlöwe trug.

»Ich war so frei, Ihnen etwas zu bestellen«, rumpelte er in einem Bass, der nach Kettenraucher klang. »Die Damen sehen aus, als hätten Sie etwas zu feiern.« Er sprach mit dem gemütlichen Akzent und dem rollenden R der ehemaligen deutschen Ostgebiete.

Vicky schmunzelte. »Gewissermaßen.«

Dr. Frommer hatte ihr angeboten, in der Sanitätsstelle zu bleiben, bis sie als approbierte Ärztin etwas Neues gefunden hätte; in gut zwei Wochen war ihre Medizinalassistenz offiziell zu Ende.

Sie streckte dem Fremden ihre Rechte entgegen. »Vicky Becker. Das ist meine Freundin Elif Yilmaz.«

Er nahm erst ihre Hand, dann die von Elif und deutete jeweils einen Handkuss an. »Sehr erfreut, die Damen. Oskar Schindler mein Name.«

Umständlich klopfte er eine Zigarette aus der Packung und zündete sie an.

»Ich war mal in der Türkei«, brummte er mit Blick auf Elif. »1940 war das. Fast tausend Kilometer von Ungarn in meinem blauen Horch rübergefahren, mit Diplomatenpass in geheimer Mission.«

»Vorsicht, meine Damen«, ließ sich Fred belustigt vernehmen, während er Gläser auf Hochglanz polierte. »Wenn Herr Schindler erst mal von seinen Abenteuern erzählt, sinkt ihm die holde Weiblichkeit reihenweise zu Füßen. Wie bei James Bond!«

Oskar Schindler lachte polternd und ein bisschen verlegen

hinter dem Zigarettenrauch. »Was wär das Leben ohne schöne Frauen?«

Vicky konnte sich gut vorstellen, wie dieser etwas kauzige Märchenonkel in jungen oder jüngeren Jahren gewesen sein musste. Schlanker sicherlich, aber dennoch eine wuchtige und geradezu respekteinflößende Erscheinung. Ein Lebemann, der ordentlich auf den Putz zu hauen verstand, andere kaltblütig über den Tisch zog und ihnen dabei mit Chuzpe und Charme Geheimnisse entlockte. Jener Typ von Mensch, der in friedlichen Zeiten keinen Fuß auf den Boden bekam, aber im Chaos aufblühte, dank einiger halbseidener Talente.

»Was macht das Filmprojekt, Herr Schindler?«, erkundigte sich der Barkeeper.

»Gestern war das Fernsehen bei mir und hat ebenfalls danach gefragt«, berichtete Oskar Schindler mit betonter Bescheidenheit, und seine bestechend blauen Augen leuchteten auf. »Die Hessenschau. Dieses Mal wird etwas daraus, nicht wie dieser Rohrkrepierer von Fritz Lang. Die Dreharbeiten fangen im Frühjahr an, in Spanien. Richard Burton soll mich spielen, Gregory Peck hat ebenfalls Interesse bekundet. Romy Schneider ist auch mit von der Partie.« Sein Lächeln war das eines Zockers, der keinen Zweifel daran hatte, dass sich das Blatt beim nächsten Mal wenden würde. Beim übernächsten Mal. Irgendwann.

»Eine Film?«, warf Elif aufgeregt ein. »Für Kino? Mit Sissi-Romy?«

Elif liebte Kino und Klatschmagazine – *für lerne deutsche Sprache und Kultur!*

»Sie spielt meine Frau«, erklärte Oskar Schindler. »Emilie ist in Argentinien geblieben«, fügte er mit treuherzigem Blick hinzu. »Wir leben getrennt.«

Vicky schmunzelte über diesen altersschüchternen Flirtversuch.

»Herr Schindler hat im Krieg Juden gerettet«, warf Fred ein. »Auch welche aus Auschwitz. War's nicht so, Herr Schindler?«

Vicky dachte an Frau Krakowiak, die alte Dame, die verängstigt durch die Empfangshalle am Flughafen geirrt war. Noch immer wurden im Auschwitz-Prozess Zeugen gehört, seit April im gerade fertig gestellten und noch einmal eigens zu diesem Zweck nachgerüsteten Bürgerhaus Gallus. Weiterhin unter der Aufmerksamkeit der Öffentlichkeit und einem Ansturm von Besuchern, gerade auch von Schulklassen, von Studenten und Studentinnen. Und die Zeit drängte: Mit dem 8. Mai, zwanzig Jahre nach dem Ende des Krieges, würden nach geltendem Recht der Bundesrepublik sämtliche Verbrechen der NS-Zeit verjährt sein. Weshalb Stimmen laut wurden, dem Beispiel der DDR zu folgen und diese Frist zu verlängern oder sogar eine Verjährung grundsätzlich auszuschließen; demnächst würde sich deshalb der Bundestag damit befassen.

An einem ihrer freien Tage war Vicky in die Frankfurter Paulskirche gegangen, wo seit dem Buß- und Bettag Bilder aus Auschwitz gezeigt wurden. Was sie dort sah, war schwer auszuhalten, durch das rohe Schwarz-Weiß der Aufnahmen umso erschütternder. Zusammen mit Hunderten anderer Menschen durch die Räume zu gehen, hatte es erträglicher gemacht. Dennoch war sie froh gewesen, als sie wieder draußen stand, und war danach lange noch allein durch die graue und nasskalte Stadt gewandert. Seitdem ging ihr immer wieder im Kopf herum, wie es den Zeugen ergangen sein musste, die vor Gericht diese Gräuel noch einmal durchlebten, ihre Erinnerungen von Verteidigern und Richtern hinterfragt. Und wie der Abordnung von Juristen beider Seiten, die von Frankfurt aus über Wien nach Warschau geflogen waren, um am Ort dieser Verbrechen die Zeugenaussagen zu überprüfen.

»Jetzt bin ich neugierig«, sagte Vicky, schob ihr Glas zur Seite und nahm einen Hocker weiter Platz. »Setzen Sie sich zu uns, Herr Schindler.«

Auf brummbärige Art zierte er sich ein wenig. Erst als Fred ihm einen Hennessy nachschenkte, ließ Oskar Schindler sich zwischen den beiden jungen Frauen nieder. Ein verkrachter Geschäftsmann aus Mähren, mal Hühnerzüchter, mal Immobilienmakler, der Frauen, schnelle Motorräder und dicke Autos ebenso liebte wie den Heurigen in Wien, heute jedoch seinen Beruf schlicht als Bote angab. Und er erzählte die schier unglaubliche Geschichte, wie er zu Kriegszeiten mit einer Fabrik für Emaillewaren in Krakau im Handumdrehen Millionen scheffelte und genauso schnell wieder verpulverte. Auch dafür, seine jüdischen Arbeiter und Arbeiterinnen vor dem Konzentrationslager zu bewahren; wenn es sein musste, indem er die Nazis unter den Tisch trank. Mehr als eintausendzweihundert Menschen verdankten ihm ihr Leben, darunter dreihundert Frauen, die irrtümlich bereits ins Vernichtungslager abtransportiert worden waren. Vermutlich der einzige Zug, der jemals mit lebenden Jüdinnen Auschwitz wieder verlassen hatte.

23

Hit the Road Jack

Am anderen Ende der Telefonleitung holte Traude Becker tief Luft. »Herzlichen Glückwunsch, mein Mädchen! Du hast es geschafft!«

»Ja, ich hab's geschafft«, echote Vicky.

Bis zuletzt hatten sie Zweifel geplagt, ob ihr Berichtsheft aus zwanzig Monaten Flughafenambulanz, das sie zusammen mit anderen Unterlagen eingereicht hatte, den Ansprüchen genügen würde. Doch nun hatte sie es schwarz auf weiß vor sich. In Form eines simplen Vordrucks, ausgefüllt und mit Stempel versehen, der heute in ihrer Post gewesen war. Rückwirkend zum 1. März 1965 hatte ihr die Ärztekammer in Berlin-Charlottenburg die Bestallung erteilt, die sie berechtigte, in Westberlin und der gesamten Bundesrepublik den ärztlichen Beruf auszuüben. Während es landauf, landab an den Universitäten nur noch für jeden zweiten, der Medizin oder Pharmazie studieren wollte, auch einen Studienplatz gab, hatte Vicky ihr großes Ziel erreicht.

»Hast du schon was in Aussicht?«, erkundigte sich ihre Mutter.

»Ich wollte mit den Bewerbungen warten, bis ich die Approbation sicher habe«, erklärte Vicky. »Ein paar Kliniken habe ich aber schon ins Auge gefasst, da will ich es zuerst versuchen.«

»Ich bin so stolz auf dich«, sagte ihre Mutter leise.

Vickys Augen wurden heiß. »Ist es immer noch so schwierig?«, flüsterte sie in den Hörer.

Ihre Mutter druckste herum. »Es kommen auch wieder andere Zeiten«, äußerte sie sich schließlich vorsichtig.

Vickys Blick wanderte zum Fenster ihres winzigen Appartements. Der Sonnenschein, in dem sie vorhin noch die Nummer des Fernamts gewählt hatte, um sich mit dem Schwesternzimmer in der Charité verbinden zu lassen, war verschwunden; stattdessen ging draußen ein hässlicher Graupelschauer nieder. Die Woche vor Ostern zeigte der April sein launisches Gesicht.

Sie war in den Westen gegangen, um ihr Examen zu machen, die Promotion abzuschließen und mit der Approbation in der Tasche nach Ostberlin zurückzukehren. Dreieinhalb Jahre später war ihr der Weg dorthin weiter mit Stacheldraht und unter Androhung von Strafe versperrt, während bei den Olympischen Spielen des vergangenen Jahres in Innsbruck und Tokio einmal mehr eine gesamtdeutsche Mannschaft zum Kampf um die Medaillen angetreten war. Das deutsch-deutsche Verhältnis war eines voller Widersprüche und hielt Vicky im Schwebezustand zwischen Hoffnung und Resignation.

Das ohnehin trübe Tageslicht verblasste bereits, als Vicky auf die Sanitätsstelle zuging; am beleuchteten Fenster bewegte sich die Gardine.

»Jetzt!«, rief jemand, als sie das Dienstzimmer betrat.

»Herzlichen Glückwunsch, Dr. Becker!«, polterte, jubelte, knurrte, brummte die zum Schichtwechsel versammelte Mannschaft, und ein Sektkorken knallte.

Noch im Mantel und die Handtasche umgehängt, blickte Vicky perplex auf den Frühlingsstrauß, den Julius ihr mit breitem Grinsen entgegenstreckte.

»Gratulation, Dr. Becker!«, sagte der Chefarzt und schüttelte ihr herzhaft die Hand. »Willkommen in der offiziellen Ärzteschaft!«

Vicky murmelte ein Dankeschön nach dem anderen, während sie reihum mit Sekt anstieß und schmunzelte, als sie die Torte auf dem Tisch entdeckte. »Selbst gebacken?«

Zahnarzt Dr. Krautgartner lachte so heftig, dass sein Bauch unter dem zu knappen Hemd bebte.

»Ich habe noch eine Überraschung für Sie, Dr. Becker«, verkündete Dr. Frommer. »Kommen Sie mal mit!«

Vicky folgte ihm zum Schreibtisch, wo er einen großformatigen Papierbogen entrollte und an den Enden mit Utensilien beschwerte. Dass es eine Blaupause war, erkannte sie, mehr aber auch nicht. Ihr Auge war auf Form und Textur von Herz und Lunge, Leber und Niere geschult, auf den Verlauf von Muskeln und Sehnen, Nerven und Blutgefäßen. Nicht auf geometrische Linien.

»Ich habe diesen Entwurf schon vor ein paar Wochen bekommen«, erklärte Dr. Frommer. »Aber ich wollte ihn erst zur Feier des Tages herzeigen. Das hier wird unsere neue Klinik, Dr. Becker!«

Vicky gingen die Augen über, während er anhand der Blaupause die Einzelheiten erläuterte. Zwei Untersuchungsräume plus einen separaten für Erste Hilfe; natürlich auch Röntgen und ein erstklassig ausgestattetes Labor. Jeweils eigene Bereiche für Bestrahlung, Impfungen, Inhalationen, Hör- und Sehtests und zur Isolation hoch ansteckender Patienten. Zwei Arztzimmer und ein eigenes für die Einsatzleitung; Umkleide, Aufenthaltsräume, Schwesternzimmer, sogar ein Sekretariat, alles auf drei Stockwerken. Und ein richtiger OP inklusive Vorbereitungsraum.

»Alles auf dem neuesten Stand der Technik«, ergänzte der Chefarzt. »Und mit dem entsprechenden Personal.«

Er wusste, wie er einem den Mund wässrig machen konnte.

»Wann soll die neue Empfangsanlage fertig sein?«, fragte sie heiser.

»Ende 1967«, antwortete Dr. Krautgartner. »Ausgerichtet auf acht Millionen Passagiere jährlich.«

Bis dahin waren es noch mehr als eineinhalb Jahre, und selbst dann wäre es wohl der erste Großbau, der pünktlich fertig wurde.

»Ich weiß nicht, wie Sie es angestellt haben«, fuhr Dr. Frommer erheitert fort, »aber Kleinschmitt hat sich von Ihnen tatsächlich die Zusage für einen zusätzlichen Arzt und eine Krankenschwester aus den Rippen leiern lassen. Dazu kriegen wir einen Transporter, den wir in Eigenregie zum Notarztwagen ausbauen können. Und mit ein bisschen gutem Zureden meinerseits haben wir ab sofort das Budget für eine weitere volle Arztstelle.«

Er machte eine kunstvolle Pause.

»Möchten Sie als Assistenzärztin bei uns weitermachen, Dr. Becker?«

Vicky starrte auf die blauen Linien, aus denen einmal eine Klinik entstehen würde, die fast noch besser war als das, was sie sich über Monate hinweg ausgemalt hatte. Aber eben erst gegen Ende des Jahrzehnts.

»Na, was meinen Sie?«, hakte Dr. Frommer nach.

Vicky brauchte drei weitere Jahre als Assistenzärztin, um eine eigene Praxis eröffnen zu dürfen, und mindestens vier Jahre, um Chirurgin zu werden. In einer richtigen Klinik, nicht hier, und am besten verbrachte sie zusätzlich noch ein Jahr in den Vereinigten Staaten, dem Mekka der Thoraxchirurgie. Sie hob den Kopf.

Fast zwei Jahre hatte sie hier mit Dr. Frommers Mannschaft auf engstem Raum verbracht und nicht nur ihre Approbation erworben, sondern auch eine Menge gelernt. Auch über die Männer, die hier arbeiteten. Der grobschlächtige Dr. Krautgartner, der sie durch seine Professorenbrille abwartend ansah und sich dabei das Kinn kraulte, genehmigte sich zum Feierabend oft im Dienstzimmer eine Zigarre und einen Schnaps, dabei schob er in der Sanitätsstelle die ruhigste Kugel von allen. Besonders gut konnte er mit seinen kleinen Patienten, schäkerte dabei mit ihren Müttern und war ein Ass, was Anästhetika betraf; wahrscheinlich hätte er sogar noch aus Klebstoff und Nagellackentferner eine brauchbare Inhalationsnarkose zusammengepanscht.

»Jetzt können Sie ja eigentlich nicht mehr weg«, ließ Henning sich grinsend vernehmen, der mit seinen Witzeleien und lustigen Grimassen nicht nur die Patienten, sondern auch Vicky oft zum Lachen brachte. Er betete Elvis an, verschlang während der Nachtschichten Heftchen mit Wildwestromantik, und obwohl er es jedes Mal mit roten Ohren abstritt, wenn Norbert und Julius ihn damit aufzogen, war wohl doch etwas dran, dass er ab und zu im *Cherie am Hafen* verkehrte.

»G-genau! Sie müssen einfach h-hierbleiben.« Norbert liebte nicht nur Schlager, sondern auch dicke Schmöker wie *Krieg und Frieden* oder *Buddenbrooks*. Dass er gern aß, war offensichtlich. Seitdem er jedoch irgendwo aufgeschnappt hatte, dass gute Küche wie ein Aphrodisiakum wirken sollte, studierte er eifrig Kochbücher und Kochsendungen. Und da seine Traumfrau weiter auf sich warten ließ, lud er regelmäßig seine Nachbarn im Mietshaus zu Toast Hawaii, Schaschlik und Spaghetti Carbonara ein oder brachte Kostproben in Tupper zum Nachtdienst mit.

»Wär echt dufte, weiter mit dir zusammenzuarbeiten!«, stimmte Julius zu, der als Kriegswaise im Heim groß geworden war, von einem schnellen Flitzer träumte und auf einen Trip nach London sparte, wo das Herz der Beatmusik schlug.

Gut, manches hätte Vicky lieber nicht gewusst. Wie zum Beispiel, dass Ansgar barbusige Frauenbilder in seinem Spind hängen hatte und von Chili con Carne Blähungen bekam. Sauertöpfisch starrte er in sein Sektglas, als ob er gerade darin eine Fliege entdeckt hätte.

Vicky sah zu Dr. Bockeloh, der ihren Blick mied. Mit einem Zug leerte er sein Glas, stellte es in die Spüle und kehrte ihr dabei den Rücken zu.

»Sie können es sich ja noch überlegen«, ließ sich Dr. Frommer vernehmen, hörbar enttäuscht.

Vicky wusste sein Angebot zu schätzen. Sie wollte nur mehr als das, was die Sanitätsstelle ihr bieten konnte. Viel mehr.

»K-können wir jetzt die Torte anschneiden?«, fragte Norbert.

FRANKFURT
WINTER 1966

24

Stay (Just a Little Bit Longer)

Vicky legte den schwarzglänzenden Hörer auf die Gabel.

»Und?«, fragte Dr. Bockeloh, der halb auf dem Schreibtisch saß.

»Das war seine Tochter«, antwortete sie heiser.

»Wie hat sie es aufgenommen?«

Vicky hob die Schultern. »Schwer zu sagen. Erschüttert natürlich, aber dennoch einigermaßen gefasst.«

In dieser Nacht vom 17. auf den 18. Januar 1966 hatte sie zum ersten Mal einen Totenschein ausgestellt, zum ersten Mal das Bestattungsamt in der Eckenheimer Landstraße angerufen und zum ersten Mal eine Hinterbliebene informiert.

Hilfesuchend blickte sie zu ihm auf. »Hätte ich irgendwas anders machen können?«

Er deutete ein Kopfschütteln an. »Das Herz ist unberechenbar.«

Vickys Kehle war wie zugeschnürt. »Im Herbst ist bereits ihre Mutter gestorben. Ein Schlaganfall.«

Ein Ausdruck des Verstehens glitt über das Gesicht des Oberarztes. »Gar nicht so selten, dass bei alten Ehepaaren einer dem anderen innerhalb kürzester Zeit nachfolgt. An gebrochenem Herzen zu sterben, ist kein sentimentaler Mythos.«

Sie nickte, doch Trost empfand sie keinen.

»Machen Sie Schluss für heute«, befahl er.

Vicky warf einen Blick auf die Armbanduhr. »Es ist erst halb zwei.«

»Trotzdem. Der erste Todesfall nach der Approbation ist nicht dasselbe wie der erste während der Medizinalassistenz. Das Bewusstsein für Verantwortung ist ein anderes. Besaufen Sie sich, falls Sie das Bedürfnis danach haben, aber schlafen Sie auf jeden Fall an Ihrem freien Tag morgen aus.«

Widerspruchslos stand Vicky vom Schreibtisch auf.

»K-kopf hoch!« Mitfühlend sah Norbert sie an.

Vor dem geöffneten Spind leerte Vicky die Taschen des Arztkittels und warf ihn in den Wäschekorb, gefolgt von der Bluse, das Weiß gesprenkelt mit dem Blut von Heribert Schöllang aus Offenbach, sechsundsechzig Jahre alt. Während sie sich Hose, Pulli und Stiefel anzog, sah sie sein Gesicht vor sich, Augen und Mund geöffnet, wie verwundert, die Haut grau unter der von Teneriffa mitgebrachten Sonnenbräune. Noch immer fühlte sie sein Herz in ihrer Hand, diesen störrischen Hohlmuskel, der unter ihren knetenden Fingern noch ein einziges müdes Zucken von sich gegeben hatte und sich dann einfach nicht mehr regen wollte, so verbissen sie ihn auch bearbeitete. *Das hat keinen Sinn*, hatte Dr. Bockeloh irgendwann ein Machtwort gesprochen und Vickys Hand festgehalten.

Mit fahrigen Bewegungen knöpfte sie den Mantel bis oben hin zu, griff nach Handtasche und Sturzhelm und knallte den Spind zu.

»F-fahr vorsichtig«, ließ Norbert sich vernehmen. »Ist sicher r-rutschig draußen.«

»Dr. Becker?« Sie hörte die Stimme des Oberarztes hinter sich. »Trauer ist gut und richtig. Ein angekratztes Ego nicht. Wir sind nicht allmächtig.«

Unsanft ließ Vicky die Tür des Dienstzimmers hinter sich zufallen.

Vor der Sanitätsbaracke schnitt ihr der Wind ins Gesicht, und verharschter Schnee und Eis knisterten unter ihren Stiefelsohlen; der Wetterbericht hatte von zweistelligen Minusgraden gesprochen. Hinter den erleuchteten Fenstern des Bauhofs setzte sie den Helm auf, der ihr auf der Straße nicht selten belustigte oder schräge Blicke einbrachte. Doch sie hatte auf ihren Einsätzen auf der Autobahn genug schlimme Kopfverletzungen gesehen; dafür hatte sie sich sogar vom Flughafenfriseur eine unverwüstliche Kurzhaarfrisur schneiden lassen. Dicke Handschuhe an den bereits klammen Fingern, startete sie die Vespa und düste über den nächtlich leeren Parkplatz, im Vertrauen auf den zuverlässigen Streudienst des Flughafens.

Bei der Einfahrt in den Kreisverkehr nahm sie aus dem Augenwinkel einen Lichtfleck wahr, heller als der nachtfunkelnde Flughafen: die Scheinwerfer der größten Baustelle Europas, deren Planung jetzt schon erweitert worden war. Seit der Grundsteinlegung im vergangenen Sommer reckten sich zwei Dutzend Kräne in den Himmel, unter denen Tag und Nacht mehrere Hundert Arbeiter das Fundament der neuen Empfangsanlage hochzogen. Ab und zu landete einer davon mit kleineren Blessuren bei ihr in der Sanitätsstelle, aber auch mal mit gebrochenen Rippen, einem zerschmetterten Bein, einer zerquetschten Hand.

Auf dem knatternden Motorroller tauchte Vicky in den verschneiten Stadtwald ein. Im beißenden Fahrtwind liefen ihr die Augen über. Sicher waren auch echte Tränen des Kummers und des Zorns dabei, und voller Ingrimm wischte sie sich immer wieder über die nassen Wangen.

Die Flughafenambulanz war der Spatz in ihrer Hand, während sie sich bundesweit für Assistenzstellen in der Chirurgie bewarb. Die Bilanz des vergangenen Dreivierteljahres war ernüchternd: ein einziges Vorstellungsgespräch in Heidelberg, nach dem sie erst durch hartnäckiges Hinterhertelefonieren erfahren hatte, dass man sich für einen anderen Kandidaten entschieden hatte, ansonsten nur Absagen oder desinteressiertes Schweigen. Hin und wieder trudelte zwar das Angebot für eine Kinder- oder Frauenstation ein. Doch bevor Vicky im städtischen Krankenhaus von Hintertupfingen anfing, blieb sie lieber, wo sie war.

Schnurrend rollte die Vespa über den Main, in die Lichter der Stadt, die selbst einer einzigen Großbaustelle glich. Immer höhere Hochhäuser schossen glänzend wie Spargel aus dem Boden, die Ersten spöttelten schon über *Mainhattan*. Bei Niederursel entstand auf Ackerland eine reine Wohnstadt, die Raum für fünfundzwanzigtausend Menschen bieten sollte. Und da Frankfurt in Blechlawinen und Abgaswolken erstickte, wurde die Stadt kurzerhand umgekrempelt, um im Radau von Baggern, Dampframmen und Pressluftbohrern ein unterirdisches Schienennetz zu verlegen. Dafür trug man sogar das Café *Hauptwache* Stück für Stück ab und lagerte es ein, bevor Bauarbeiter den Platz unter den Neonreklamen von Cinzano, Bally, Stollwerck, Osram und der *Frankfurter Rundschau* zu einem gähnenden Krater aufrissen.

Die Ampel vor Vicky sprang auf Rot. Ein Bein auf den Asphalt gestellt, rieb sie sich die Finger, die trotz der Handschuhe steif vor Kälte waren. Dr. Frommer hatte Herrn Kleinschmitt einen satten Zuschuss für den Führerschein seiner Assistenzärztin abgeschwatzt, damit sie im Notfall einen Krankenwagen steuern konnte. Der mintgrüne Motorroller machte sie nicht nur unabhängig von den Fahrtzeiten des Schnellbusses, damit konnte sie sich auch durch jeden noch so dicken Stau hindurchschlängeln.

Neben ihr hupte es. Vicky wandte den Kopf und hob grüßend die Hand. Unter dem geschlossenen Verdeck des schneeweißen Mercedes kurbelte die Fahrerin das Fenster herunter. Weiß war auch der Pelzkragen, der das wildschöne Gesicht umschmeichelte; dagegen wirkte das schulterlange Haar umso dunkler. Der Typ Frau, der in einer Mischung aus Begehren und Argwohn als *rassig* bezeichnet wurde, eine Frankfurter Nofretete.

»Kommst du oder gehst du?«, erkundigte sich Helga. *Rote Lippen soll man küssen,* trällerte Cliff Richard aus dem Autoradio, und der Zwergpudel auf ihrem Schoß streckte neugierig das Schnäuzchen aus dem Fenster.

»Vorzeitig in den Feierabend geschickt«, erwiderte Vicky. »War eine harte Nacht. Und du? Lohnt sich das denn heute, bei der Affenkälte?«

»Aber unbedingt! Da ist doch nichts verlockender als ein kuscheliges Schlafzimmer!«

Mit Begriffen wie kuschelig hätte sie wohl kaum jemand im Milieu in Verbindung gebracht. Helga, die unter dem Namen Karin arbeitete, galt als geldgierig, kaltherzig und arrogant. Eine Einzelgängerin, die ihren Kunden härtere Praktiken anbot und für eine Stunde Lust und Schmerz satte dreihundert Mark einstrich, den Wochenlohn eines Arbeiters. Ein erzkatholisch erzogenes Mädchen aus Bottrop, das von Freiheit und einem besseren Leben träumte, nach der Lehre als Hutmacherin in eine unglückliche Ehe stolperte und ins Rampenlicht von Misswahlen und Modenschauen floh, in luxemburgische Nachtclubs und mit neuer Nase, neuen Wangenknochen in den Palast eines Prinzen in Beirut.

»Ich will doch noch mitnehmen, was nur geht«, fügte sie hinzu.

Helga war verlobt, mit Rainer, zehn Jahre jünger, und einer Aussteuer in Form von Brillantschmuck für fünfzehntausend Mark und einer halben Million auf dem Konto. Vielleicht würde sie jetzt, mit zweiunddreißig Jahren, doch noch ihren Traum von der Judoschule wahrmachen, vielleicht auch etwas ganz anderes.

»Sag mal«, meinte Helga zögerlich, »hast du demnächst Zeit für mich? Ich brauche deinen medizinischen Rat.«

Vicky kannte die andere Seite Helgas, die noch immer unter Entzündungen und Schmerzen litt, obwohl sie sich die Brustimplantate aus Silikongelee wieder hatte entfernen lassen. Die hinter den Tüllgardinen ihres siebentausend Mark teuren Himmelbetts schlecht schlief, mehr als ein Jahrzehnt später noch heimgesucht von der Erinnerung an ihre kleine Tochter, die nur fünf Monate alt geworden war, Lungenentzündung.

»Klar«, antwortete Vicky. »Wann soll ich bei dir vorbeikommen?«

Helgas luxuriöses Vier-Zimmer-Appartement, das sie mit ihrem Pudel und einem Pärchen Angorakatzen teilte, lag in derselben Straße wie Vickys neue Wohnung, keine zehn Gehminuten voneinander entfernt.

Die Ampel sprang auf Grün.

»Ich ruf dich an!«, versprach Helga, und mit einem kurzen Abschiedsgruß fuhr jede ihres Weges durch die Nacht.

Röhrend rollte die Vespa neben dem Schaufenster der *Privaten Ingenieurschule Bernard* durch die Toreinfahrt, und Vicky stellte den Motor ab. Der mit Mopeds und Fahrrädern vollgeparkte Innenhof war eines von mehreren Argumenten für ihre neue Bleibe gewesen; hier konnte sie sich ein bisschen wie in Berlin fühlen. Mit eisigen Fingern zerrte sie sich den Helm herunter und stapfte fluchend auf durchgefrorenen Beinen zur Haustür des Gründerzeitgebäudes. Ihre Nase fühlte sich an, als würde sie jeden Moment abfallen.

»Geh, do schau her!«, erschallte es vom Treppenabsatz über ihr. »'s Vickerl!«

Einen voluminösen Morgenmantel über dem gestreiften Pyjama, ergänzt um einen dicken Schal, Handschuhe, Pelzmütze und warme Pantoffeln, wiegte Leopold Fialka seinen Yorkshire Terrier auf dem Arm wie ein Baby. In einer Zeit glatt rasierter Männergesichter hielt er pfauenstolz an seinem Kaiser-Franz-Gedächtnisbart fest.

Besorgt musterte er Vicky. »Wos mochst denn fia a Schnoferl?«

»Ich habe heute Nacht einen Patienten verloren«, würgte sie hervor. »Das Herz.«

»Jössas!« In einer theatralischen Geste legte er eine Hand auf die Brust. »Verzöhl des ned dem Hansi! Der schnoppt jo üwa!«

Der Liebe wegen hatte er Prater und Stephansdom gegen *Kerb* und Paulskirche eingetauscht. Während *Hansi* in seinem Atelier fantasievolle Roben für Damen der Gesellschaft schneiderte, kümmerte sich *Poldi* um den barock eingerichteten Haushalt und die Finanzen. Und Hans Rehbein, ein schmales Männlein, war ein ausgemachter Hypochonder, der es als Gottesgeschenk betrachtete, seit einem halben Jahr mit einer Ärztin unter einem Dach zu wohnen.

»Scho schad«, meinte Leopold mit einem Seufzen. »Aba wann der Herrgott wen zu eam ruaft, kannst nix moch'n.« Der Schoßhund, eine rosafarbene Schleife auf dem Köpfchen, gab ein dünnes Fiepen von sich, und mit einem erneuten Seufzen kam Leopold die Treppe herunter. »'s Zwutschkal muass amol. Und wann's drauß'n no so schiach is.« Im Vorbeigehen rieb er mit seiner Pranke aufmunternd Vickys Schulter. »Baba!«

»Nacht!«, erwiderte Vicky und stieg in den vierten Stock hinauf.

Verdutzt ließ sie die Wohnungstür hinter sich zuschnappen und trat auf knarzenden Dielen in die beleuchtete Küche. Mit ähnlich überraschtem Gesichtsausdruck hob Elif den Blick von ihrem Buch, ein Glas Wein in der Hand.

»Warst du nicht mit Friedrich verabredet?«, erkundigte sich Vicky verwundert und legte Sturzhelm und Schlüssel auf den Tisch.

Wenn Elif ausging, kam sie entweder nicht vor Morgengrauen nach Hause, oder Vicky begegnete am nächsten Tag zwischen Küche und Badezimmer einem verlegen grinsenden jungen Mann – erst ein Martin, dann ein Tobias und zuletzt Friedrich. Um den Kuppelparagraphen scherte sich im Bahnhofsviertel niemand. Schon gar nicht ein Vermieter wie Teddy Honigmann.

Elif zog eine Grimasse. »Isch hab Schluss gemacht. Hat nur noch von Hochzeit und Kinder geredet. Schaffe, schaffe, Häusle baue.« Sie sah Vicky aufmerksam an. »Schlimme Nacht?«

Vicky stiegen Tränen in die Augen. Ihre Freundin stellte das Weinglas ab und kraxelte von dem durchgesessenen Blümchensofa herunter, um Vicky in die Arme zu schließen.

»Morgen ist nischt alles wieder gut«, murmelte Elif. »Aber besser.«

»Meine Mutter hat immer gesagt, ein Toter kommt selten allein«, flüsterte Vicky. »Ist die Pechsträhne erst einmal da, reißt sie so schnell nicht ab.«

»Kann sein«, entgegnete Elif und hauchte ihr einen Kuss aufs Ohr. »Muss aber nischt.«

Über Elifs Schulter hinweg entdeckte Vicky einen Strauß bunter Treibhausrosen mit Schleierkraut, der in einem Eimer auf der Spüle stand; so etwas wie eine Vase gab es in ihrem zusammengeschusterten Haushalt noch nicht. »Sind die von Friedrich oder schon von einem neuen Verehrer?«

Lachend löste sich Elif von ihr. »Die sind für disch! Hat Athanasios vorbeigebracht und lange Gesicht gemacht, weil nur isch zu Hause war, nischt du.«

Vicky runzelte die Brauen, aber unwillkürlich zuckte es um ihren Mund.

»Spieglein, Spieglein an der Wand«, lockte Elif, »wer ist schönste Griesche in ganze Stadt?«

Athanasios sah wirklich gut aus, lang aufgeschossen und schlaksig, die Gesichtszüge wie aus warmtonigem Marmor herausgemeißelt und das dunkle Haar ein bisschen zu lang. Immer in schwarzer Hose, weißem Hemd und eine Selbstgedrehte im Mundwinkel, sogar wenn er in einer Lederjacke auf seinem knatternden Moped davonfuhr. Wie seine drei schnauzbärtigen griechischen Mitbewohner, alle zwischen Mitte zwanzig und Anfang dreißig, arbeitete er als Kürschner in der Niddastraße, in der sich ein Pelzhändler an den anderen reihte. Wer etwas auf sich hielt, kaufte den Nerz, den Persianer, die Fuchsstola oder den Ozelot direkt in Frankfurt, wo das Herz der deutschen Pelzverarbeitung schlug.

»Keine Chance für Athanasios?«, fragte Elif behutsam. »Ist doch lieb und lustig und hat was in Kopf.«

Zwei Wochen nach ihrem Einzug hatte der Altwarenhändler wie ausgemacht das Sofa geliefert, aber jede weitere Mithilfe verweigert, bevor er in seinem Laster davonbrauste. Ratlos hatten Vicky und Elif mitsamt ihrem Möbelschnäppchen auf der Straße gestanden. Bis die vier Griechen aus dem Nachbarhaus kurzerhand anpackten und das Ungetüm das Treppenhaus hinaufbugsierten. Seitdem saßen sie öfter mal bei einer Flasche Wein zusammen, hier bei *gözleme* oder nebenan bei Tintenfisch, gefüllten Paprikaschoten und gebratenen Auberginen. Und spätestens wenn Nikolaos seine Gitarre hervorholte und lebensfrohe Lieder sang, die immer auch etwas Wehmütiges hatten, ruhte Athanasios' Blick dunkel und glänzend auf Vicky.

»Ich kann nicht«, flüsterte Vicky. In neun Tagen war Achims Geburtstag, sein neunundzwanzigster.

»Sind mehr als vier Jahre«, sagte Elif genauso leise.

Keine von beiden sprach die Frage aus, die im Raum stand:

was in weiteren vier Jahren sein würde, die Vicky ohne Nachricht von Achim blieb, in fünf, in zehn Jahren.

Im Sommer, kurz nach ihrem Umzug, hatte sie sich ein Herz gefasst und im Ministerium angerufen, fast genau ein Jahr nachdem sie den Fragebogen ausgefüllt hatte. Nicht nur, um ihre neue Anschrift und Telefonnummer mitzuteilen. Die Dame am anderen Ende der Leitung hatte sehr freundlich und verständnisvoll geklungen, ihr jedoch keine Auskunft geben können. Vorgänge wie dieser liefen unter einem dicken Mantel der Verschwiegenheit ab. Zum Schluss hatte sie Vicky noch um Geduld gebeten. Etwas, das sich so leicht sagte und doch so schwer war. Mit jedem Monat, der verstrich, ein wenig mehr.

Elif streichelte Vicky über die Wange. »Isch mach uns kleine Imbiss, und wir trinken Wein und reden, ja?«

25

Hang On Sloopy

Erst gegen Morgen war Vicky ins Bett gekrabbelt und wie vom Holzhammer getroffen eingeschlafen, wenn auch nur für ein paar Stunden. Trotzdem fühlte sie sich halbwegs ausgeruht, während sie an diesem Vormittag im Pyjama auf dem Boden des Badezimmers kniete und die Schmutzwäsche sortierte, um sie später zum Wäschedienst Kuhn ins Nachbarhaus zu bringen. Einkaufen bei Lebensmittel-Rügner und der Drogerie Krämer stand noch auf ihrem Plan, vielleicht Putzen; sie war diese Woche dran. Und später könnten sie und Elif noch in das erst vor ein paar Jahren eröffnete Hallenbad in der Bockenheimer Anlage, wo sie Elif derzeit das Schwimmen beibrachte. Was man eben so an einem freien Dienstag tat, vor allem wenn man sich von trüben Gedanken ablenken wollte.

Stirnrunzelnd drehte und wendete sie ein Kleidungsstück in den Händen.

»Elif!«, rief sie durch die halbe Wohnung. »Kann ich deine rote Bluse mitwaschen lassen, oder muss die in die Reinigung? Da ist kein Etikett drin!«

»Egal!«, schrie Elif über die Radiomusik in der Küche hinweg.

I can't get no, röhrte Mick Jagger lasziv unter harten schnellen Trommelschlägen, *satis-fac-tion!* Das Martinshorn einer Feuerwehr rauschte ein paar Straßen weiter vorbei, kurz darauf ein zweites. Wie so oft in der Frankfurter Innenstadt.

Vicky rappelte sich vom Boden auf und tapste hinüber zur Küche. »Weißt du, was ich mir überlegt habe?«, fragte sie im Türrahmen. »Wenn wir das dritte Zimmer doch vermietet kriegen, könnten wir uns eine Waschmaschine leisten.«

Im September hatte Kanzler Erhard die Nachkriegszeit für beendet erklärt; dennoch war bei Vicky und Elif vieles noch provisorisch. Erstere hatte notgedrungen die von ihrer Vormieterin übernommenen Schleiflackmöbel aus der Taunusstraße mitgebracht, Letztere schlief in einem klapprigen Bett, an das sie günstig über eine Kleinanzeige gekommen war.

Obwohl Teddy Honigmann ihnen wie versprochen bei der Miete entgegenkam, lagen die vierhundert Mark eigentlich außerhalb ihres Budgets. Elif hatte nicht einmal so viel in ihrer Lohntüte, und nachdem Vickys Erspartes für ihren Anteil des Führerscheins draufgegangen war, zahlte sie von ihrem Tausender netto im Monat noch den Motorroller ab. Doch Elif hatte unbedingt aus dem Wohnheimzimmer mit Stockbetten rausgewollt und sich nach einer richtigen Küche gesehnt, Vicky hatte von rußenden Kohleöfen und Etagenbädern die Nase voll gehabt. Und beide hatten sich auf Anhieb in die grundsanierte, helle und freundliche Altbauwohnung verliebt.

Elif hob den Kopf von Lehrbüchern und Schreibheft; seit dem Herbst besuchte sie das Abendgymnasium. »Noch mal solsche Hühner hierher einladen?« Sie ließ ihre kehlige Stimme die Tonleiter hinaufklettern und wackelte dazu mit dem Kopf. »Zimmer zu klein, Zimmer zu teuer und ohne Möbel! Straße zu laut! Meine Eltern sagen, keine gute Gegend für Töchterlein! Und isch soll Bad und Küsche mit türkische Putzfrau teilen?«

Glucksend lehnte Vicky den Kopf an den Türrahmen. »Oder wir verschulden uns bis über beide Ohren und schaffen uns nicht nur eine Waschmaschine an, sondern auch einen Fernseher und richten uns ein richtiges Wohnzimmer ein.«

Die beiden grinsten sich an.

Das Heulen eines Krankenwagens schwoll an und wieder ab, und im Flur klingelte das Telefon. Unwillkürlich warf Vicky einen Blick auf die Uhr. Zwanzig nach zehn.

»Becker?«

»Bockeloh. Wir haben Katastrophenalarm. Springen Sie in Ihre ältesten und wärmsten Klamotten. Irgendwas, in dem Sie sich frei bewegen können. Alles an Material wird vor Ort sein. Gutleutstraße dreizehn stimmt? Ich bin in etwa sieben Minuten bei Ihnen.«

Vicky warf den Hörer auf die Gabel.

In Blue Jeans, altem Ringelshirt und noch älterem Pulli, an den Füßen ausgelatschte Tennisschuhe, die sie eigentlich schon hatte wegwerfen wollen, rannte Vicky auf die Straße.

»Basset Se doch uff!«, wetterte ein älterer Herr unter seinem Hut hervor und reckte drohend seinen Gehstock.

»'tschuldigung!«, keuchte Vicky und zog die Ärmel des Strickpullis bis über die Fingerspitzen.

Nach der mollig warmen Wohnung war die knackige Kälte draußen ein Schock, es hatte sicher unter minus zehn Grad. Ihr Atem bildete dichte Wolken vor dem Gesicht, während sie sich zwischen den parkenden Wagen umsah.

Frierend spähte sie in die vorbeifahrenden Autos, dann legte ein putziger und reichlich zerbeulter tomatenroter Citroën vor ihr eine Vollbremsung hin, was ein Hupkonzert der nachfolgenden Fahrzeuge auslöste. Vicky riss die Beifahrertür auf und ließ sich auf den Sitz neben Dr. Bockeloh fallen, der das Gaspedal schon durchdrückte, bevor sie überhaupt die Tür zugeschlagen hatte.

»Eine Ente?«, stieß sie statt einer Begrüßung hervor. »Ernsthaft?«

Ein kleines Grinsen zuckte über sein Gesicht. »Tausende Franzosen können nicht irren. Platz für zwei Bauern und einen Sack Kartoffeln und so gut gefedert, dass die rohen Eier sicher wie in Abrahams Schoß mitfahren. Und ganz nebenbei noch klein und wendig.« In sportlicher Hose und Rollkragenpullover wirkte er hellwach und nicht so, als hätte er gerade einen zwölfstündigen Nachtdienst hinter sich.

Er fuhr wie der Henker, ohne Rücksicht auf Verkehrsschilder oder rote Ampeln, und Vicky stemmte sich gegen Armaturenbrett und Seitenwand.

»Auf einem Auslandseinsatz habe ich mich mit einem französischen Kollegen angefreundet«, erzählte er beiläufig. »Später habe ich ihn in Paris besucht, dort diese Karre gekauft und bin damit ein paar Wochen durchs Land gegondelt.« Er bremste scharf, schlug einen Haken auf die Gegenfahrbahn und fädelte sich weiter vorn zielsicher in eine beängstigend enge Lücke wieder ein, bevor er über die Friedensbrücke jagte, die die beiden Mainufer miteinander verband. »Wann immer es geht, bin ich in Südfrankreich, in meinem Haus dort«, fuhr er fort. »Wobei Haus zu viel gesagt ist, Hütte trifft's besser. Oder Einsiedlerklause. Mehr als eine Bruchbude hätte ich mir auch gar nicht leisten können. Inzwischen lässt sich's dort aber ganz gut wohnen, nicht weit weg vom Meer.«

Der Fahrtwind, der durch das offene Klappfenster der Fahrerseite hereinströmte, schien direkt aus einem Tiefkühler zu kommen.

»Ist das Fenster eigentlich kaputt?«, murrte Vicky und hauchte in ihre steifgefrorenen Finger.

»Absicht.«

Sie rasten auf eine größere Kreuzung zu, wo ein Polizist in weißem Mantel und mit weißen Handschuhen auf seinem Podest den Verkehr regelte. Dr. Bockeloh streckte die Linke zum

Fenster hinaus und ließ den Unterarm wie einen Propeller kreisen. Mit einem Stakkato schriller Pfiffe und großen Gesten stoppte der Schupo sämtliche anderen Fahrzeuge und gab der roten Ente freie Fahrt.

»War das das inoffizielle Signal für Arzt im Noteinsatz?«

»So ähnlich.«

Beide schwiegen, während Dr. Bockeloh auf der Kennedyallee mit waghalsigen Überholmanövern den Feuerwehren und Krankenwagen nachsetzte, die mit Blaulicht und heulenden Sirenen durch den Stadtwald preschten. Jetzt ließ es sich nicht länger verdrängen, dass sie zu einem Katastrophenfall unterwegs waren.

»Womit haben wir es zu tun?«, rief Vicky über den lautstark knatternden Motor hinweg.

»Kurz vor zehn Uhr hat es bei Caltex eine Explosion gegeben«, erklärte er. »Das ist die Erdölraffinerie in Raunheim. Genaueres wissen wir nicht, die Telefonleitungen dorthin sind unterbrochen. Wenn wir Pech haben, ist die neue Äthylen-Anlage betroffen.«

Vicky stockte der Atem. »Äthylen ist hochentzündlich!«

»Sie sagen es.« Er warf ihr einen Seitenblick zu. »Worauf müssen Sie sich einstellen?«

Vicky holte tief Luft und spulte von A wie Asphyxie über Knall- und Polytrauma bis hin zu V wie Verbrennungen alles herunter, was ihr einfiel.

»Vergessen Sie nicht die Schnitt- und Stichverletzungen durch umherfliegende Splitter aus Glas und Metall«, warf Dr. Bockeloh ein. »Im Chaos eines solchen Einsatzes werden tiefere Wunden leicht übersehen. Steht der Verletzte unter Schock, merkt er oft nicht mal selbst etwas davon.«

Vicky blinzelte durch dichten Nebel zum Flughafen hinüber, der seltsam unbelebt wirkte, wie ein Standfoto. Sie brauchte ein paar Sekunden, um zu begreifen, dass es kein Nebel war, sondern Rauch, der den Betrieb auf Rhein-Main lahmlegte. Bereits hier roch die frostige Winterluft angesengt, die Raffinerie in Raunheim musste lichterloh in Brand stehen.

»Normalerweise übernimmt jemand aus der Einsatzleitung die Triage«, erläuterte der Oberarzt. »Sie können sich also ganz auf den Patienten konzentrieren, der vor ihnen liegt. Ansonsten hören Sie einfach auf mein Kommando.«

Der erste Anflug von Nervosität ließ Vickys Adrenalinpegel weiter steigen; sie vertraute darauf, dass ihre Erfahrung mit Verkehrsunfällen zumindest eine gute Grundlage abgab.

Dr. Bockeloh bog ab, auf eine Straßensperre der Polizei zu, die sich gerade für die Einsatzfahrzeuge vor ihnen öffnete, und unter dem Winken seiner linken Hand, die das Blaulicht ersetzte, rollte die Ente ebenfalls hindurch.

Über riesigen Tanks und Schornsteinen und einem Labyrinth aus Rohrleitungen schraubte sich eine gewaltige Rauchsäule weit in den trüben Himmel hinauf; darunter schlugen grelle Flammen empor. Im Sirenengeheul eintreffender Rettungswagen und blauem Blitzlichtgewitter wummerten die Kompressoren der Löschzüge. Feuerwehrmänner eilten unter gebrüllten Befehlen geschäftig hin und her, entrollten Schläuche und kuppelten sie zusammen. Polizisten errichteten zusätzliche Absperrungen, hinter denen Ärzte, Sanitäter und Krankenschwestern unter freiem Himmel ihre ersten Patienten versorgten. Zwei Einsatzzelte standen bereit, weitere wurden gerade aufgeschlagen.

Dr. Bockeloh steuerte seinen Citroën an den Krankentransportern vorbei, die abfahrbereit in Reih und Glied parkten, und stellte ihn neben der Handvoll ziviler Autos ab. Vicky stieß die Tür auf und kletterte aus dem Kleinwagen, hinein in die klirrend kalte Luft, die ätzend und beißend roch, wie verkohlt und mit einem ekelerregend süßlichen Beigeschmack.

»Da ist unser Team.« Dr. Bockeloh deutete in Richtung der aufgereihten Krankenwagen.

Norbert, nach der Nachtschicht sichtlich gerädert, bearbeitete einen Kaugummi zwischen den Zähnen, während ein fröstelnder Julius an seinem Zigarettenstummel zog und ihn dann auf dem Asphalt austrat.

In einem OP-Kittel begrüßte Dr. Frommer sie mit kräftigem Händedruck. »Dr. Becker. Raimund. Danke fürs Kommen. Ich habe Sie bereits bei der Einsatzleitung angekündigt.«

Ansgar half Dr. Bockeloh mit seinem OP-Kittel, und der Chefarzt tat dasselbe bei Vicky.

»Henning hält am Flughafen mit Krautgartner die Stellung«, erklärte er, während er die Bindebänder an ihrem Rücken schloss. »Allzu viel wird da nicht los sein, der Flugverkehr ist erst mal eingestellt. Bislang haben wir hier mehrheitlich Schnittwunden und kleinere Verletzungen, viele Arbeiter waren gerade in der Frühstückspause. Die schweren Fälle aus dem Epizentrum der Explosion werden gerade erst geborgen. Rechnen Sie mit dem Schlimmsten. Der Knall war zehn Kilometer weit zu hören, im ganzen Umkreis wurden Dächer abgedeckt, und Fenster gingen zu Bruch. Druckwellen wie diese können Menschen meterweit durch die Luft schleudern. Sie bilden mit Dr. Bockeloh und Ansgar ein Team, ich mit Norbert und Julius ein zweites.«

»Hepp!«, bellte Ansgar an der Hecktür des Krankenwagens, Vicky fing die Arzttasche auf und rannte ins nächstbeste Zelt, vor dem zwei Sanitäter bereits heftig winkten und *Hier, hier!* schrien. Sie ließ die Tasche neben den Kisten mit Instrumenten und Material auf den Boden fallen und wischte sich die vor Kälte laufende Nase an der Schulter des Kittels ab, bevor sie sich über den ersten rußverschmierten Mann beugte.

Hinter ihr dröhnten Motoren und Kompressoren, während sie Hand in Hand mit Dr. Bockeloh und Ansgar mal intubierte, mal eine Koniotomie vornahm. Hier hatten sie die Mittel, um einen Pneumothorax nicht nur mit einer Nadeldekompression, sondern gleich mit einer stabilen Drainage zu versorgen. Unter dem auf und ab ebbenden Zischen des Löschwassers, Befehlsgebrüll und dem Fauchen der Flammen legten sie Infusionen, setzten Spritzen und richteten Knochenbrüche notdürftig ein. Immer wieder hob heulend das Martinshorn eines abfahrenden Krankenwagens an und verklang dann in der Ferne.

Das Schlimmste waren die schweren Verbrennungsopfer, denen die Haut in Fetzen am Körper hing, aufgebläht wie ein Ballon und das Gesicht bis zur Unkenntlichkeit zugeschwollen. Ihr Geruch, das Wimmern aus versengten Kehlen und das Wissen, ihnen bei jeder Berührung unsägliche Schmerzen zuzufügen, waren schwer auszuhalten.

Der Oberarzt beugte sich nur kurz über den nächsten Patienten, der wie gehäutet und skalpiert aussah, Brust und Bauchraum von scharfkantigen Metallteilen aufgeschlitzt.

»Kehrt marsch!«, befahl er.

Der Erste an diesem Vormittag, der zu spät auf ihren Tisch kam. Vielleicht nur ein paar Minuten oder sogar Sekunden, und doch konnten sie nichts mehr für ihn tun. Vicky, die mit ihrem Stethoskop schon in den Startlöchern gestanden hatte, schluckte. Blinzelnd wandte sie sich ab und brauchte ein paar Augenblicke, um sich wieder zu sammeln.

Im fliegenden Wechsel der Sanitäter hatten sie einen weiteren Patienten vor sich. Fieberhaft versuchten Dr. Bockeloh und Ansgar, die klaffende Wunde im Abdomen zu stopfen, und Vicky horchte über das Stethoskop den Brustkorb ab. Das Herz des Mannes pumpte wie verrückt, bei abgeschwächten Herztönen. Der Puls war flach, und sie ertastete eine erweiterte Halsvene. Im Herzbeutel musste sich Flüssigkeit angestaut haben.

»Herztamponade!«, rief sie hastig.

»Sind Sie sicher?«, bellte der Oberarzt. »Dann punktieren Sie!«
Vicky hantierte mit Lidocain und Jod und zog aus der Instrumentenkiste eine Spritze mit langer Nadel heraus.

»Processus xiphoideus«, flüsterte sie, während ihre Fingerspitzen über die Brust des Mannes wanderten, um die richtige Stelle abzumessen. »Linker Rippenbogen. In Richtung Mitte linke *Clavicula.«*

Vor ihrem inneren Auge sah sie das Herz in seinem Beutel schlagen und zögerte, plötzlich unsicher, wie tief sie hineinstechen konnte, ohne ein Koronargefäß zu verletzen, das Organ selbst oder die Leber. Das war noch einmal eine ganz andere Nummer als eine Nadeldekompression, eine Koniotomie oder eine offene Herzmassage. Mit einem Mal hatte sie Angst vor ihrer eigenen Courage.

»Ich kann das nicht«, entfuhr es ihr.

»Haben Sie eine Alternative?«, schnauzte Dr. Bockeloh sie an.

Hatte sie nicht. Wenn sie jetzt nicht handelte, gab es für ihren Patienten kaum eine Chance, das Krankenhaus lebend zu erreichen. Dass sie sich beim Einstechen der Nadel verschätzte, war da vermutlich das kleinere Risiko.

Das Blut rauschte Vicky in den Ohren, in einer Hand die Spritze, den Zeigefinger der anderen Hand auf der Brust des Patienten, an dem die zupackenden Handgriffe von Arzt und Oberpfleger rüttelten.

»Halten Sie doch einfach mal still, verdammt!«, brüllte sie.

Die Bewegungen der beiden Männer froren ein. Vicky kratzte ihren ganzen Mut zusammen, stach durch Haut und Gewebe, und der Kolben füllte sich mit Blut. Auf ihre knappen Befehle hin schraubte der bereitstehende Sanitäter den Glaszylinder ab. Mit den Leukoplaststreifen, die er ihr reichte, klebte sie die Nadel gründlich fest, damit sie nicht während des Transports verrutschte und womöglich doch noch das Herz traf.

»Fertig!«, raspelte sie aus trockener Kehle und trat mit weichen Knien zurück.

»Abtransport!«, echote Dr. Bockeloh nur Sekunden später.

Der nächste Trupp Sanitäter ließ jedoch auf sich warten. Eine Minute standen sie untätig herum, dann eine zweite, bis Dr. Bockeloh mit sichtbarer Ungeduld das Zelt verließ.

»Das war's«, erklärte er, als er kurz darauf zurückkehrte. »Wir sind durch.«

Vicky zerrte sich Gummihandschuhe und Mundschutz herunter und lief ins Freie. Nach der stickigen Luft im Inneren des Zelts war die Kälte draußen umso schneidender. Unter der Rauchsäule und den rußenden Flammen zerstreuten sich die Ärzte- und Pflegeteams genauso wie ihre nur leicht verletzten und mit Verbänden versorgten Patienten.

Der Wind trug Gesprächsfetzen zu ihr herüber. Der Polizeiabsperrung zum Trotz war eine Horde Reporter mit Fotoapparaten, Notizblöcken und Tonbandgeräten eingefallen, auf der Jagd nach den ersten Bildern und noch frischen Augenzeugenberichten.

»Mit mir ist's vorbei, hab ich für einen Moment ...«

»Ich dachte, um mich herum ist die Hölle ausgebrochen«, erzählte einer der rußverschmierten Arbeiter, die Stimme schleppend und die Kratzer im Gesicht jodverkrustet.

»... als ob ich im Atomregen steh!«

Vicky ließ sich gegen eines der Feuerwehrfahrzeuge sinken, und ihr leerer Magen revoltierte. Die zittrigen Hände auf den Oberschenkeln, bückte sie sich und würgte, aber es kam nichts heraus. In ihrem ausgedörrten Mund war nicht einmal genug Speichel, um den sauren Geschmack auf ihrer Zunge auszuspucken.

»Hier.« Dr. Bockeloh reichte ihr eine Flasche.

Gierig schüttete Vicky das Wasser in sich hinein und spülte

sich den Mund gründlich aus. Der Oberarzt trank den Rest, bevor er Vicky ein himmelblaues Zigarettenpäckchen entgegenstreckte. Sie schüttelte den Kopf.

»Zünden Sie sich trotzdem eine an. Das hilft. Auch gegen den Geruch.«

Das eine Ende der Zigarette zwischen den Zähnen, streckte Vicky das andere der Flamme des Feuerzeugs in seiner Hand entgegen.

»Ziehen«, erklärte Dr. Bockeloh amüsiert. »Nicht pusten.«

Beim ersten Kontakt mit dem Rauch schienen sich ihre Bronchien zu verkrampfen, danach konnte sie seltsamerweise umso befreiter atmen, auch die Übelkeit ließ nach.

»Gute Arbeit«, meinte Dr. Bockeloh. »In Extremsituationen wie diesen ist es besser, einen Fehler zu riskieren, als untätig zuzusehen, wie der Patient stirbt.«

Vicky konnte nur nicken. Heute fiel es ihr besonders schwer, nicht zu wissen, ob die Männer, die sie auf dem Tisch gehabt hatten, durchkommen würden.

An die Seitenwand des Fahrzeugs gelehnt, zogen sie beide schweigend an ihren Gauloises.

»Mit der Approbation in der Tasche«, sagte der Oberarzt nach einer Weile leise, »habe ich auch geglaubt, ich wäre schon ein fertiger Arzt. Mein erster Einsatz im Ausland hat mich eines Besseren belehrt. Ich war in Busan, ganz im Süden der koreanischen Halbinsel. Das Rote Kreuz hatte dort innerhalb von ein paar Monaten eine Klinik hochgezogen, ungefähr so groß wie bei uns ein durchschnittliches Kreiskrankenhaus. Innere, Chirurgie, Gyn und Zahnmedizin, mit Poliklinik, Röntgen, Labor und einer Apotheke. Der Krieg dort war gerade zu Ende, das Land im totalen Ausnahmezustand. Unmittelbare Kriegsverletzungen bekamen wir nur selten zu sehen, dafür dann das, was ein solcher Krieg hinterlässt. Unterernährung, besonders bei

Alten, Schwangeren und Kindern. Parasitenbefall und so ziemlich alle Krankheiten und Seuchen, die in schlechten hygienischen Verhältnissen gedeihen. Bislang unbehandelte Krebsgeschwüre, die in ihren Wucherungen alles überstiegen, was in hiesigen Krankenhäusern zu sehen ist. Nicht zuletzt viele, teils schwere Verbrennungen durch die offenen Feuer in den behelfsmäßigen Flüchtlingsunterkünften. In den gut fünf Jahren, die es dieses Hospital gab, müssen es wohl eine Viertelmillion Patienten gewesen sein, Tausende von OPs und sicher etliche Hundert Entbindungen mit und ohne Komplikationen.« Er machte eine kleine Pause und schnickte gedankenvoll die Asche von seiner Zigarette. »Danach war ich im Kongo«, sprach er weiter. »Gerade in die Unabhängigkeit entlassen und schon ein Schlachtfeld zwischen Kolonialismus und Kaltem Krieg. Ohne eigene Ärzte, während überall in den Straßen geschossen und gekämpft wurde. Das meiste, was ich als Mediziner heute kann, habe ich auf diesen beiden Hilfsmissionen gelernt.«

Vicky ließ seine Worte auf sich wirken.

Sie wandte den Kopf. »Gewöhnt man sich irgendwann an solche Einsätze?«

Sein Gesicht blieb unbewegt. »Nein. Man übt sich darin, irgendwie damit umzugehen.«

»Hey!«, erschallte eine volltönende tiefe Männerstimme. »Kann ich eine schnorren?«

Dr. Bockeloh reichte Wolf Rosskopf Zigarettenschachtel und Feuerzeug.

»Alter Schwede!«, nuschelte der Feuerwehrmann, die brennende Zigarette zwischen den Lippen. »Was für ein Einsatz!«

Er löste den Kinnriemen, zog den Helm vom Kopf und klemmte ihn unter den Arm. Mit der flachen Hand strich er sich über das dunkle Haar, das vor Schweiß triefte, bevor er die Zigarette aus dem Mund nahm.

»Die Zuleitungen zur Äthylenanlage sind zwar alle abgedreht«, berichtete er, »aber wir kriegen den Brand nicht gelöscht, weil uns permanent das Wasser einfriert. Die Kollegen lassen das Feuer jetzt kontrolliert abbrennen, was bestimmt ein oder zwei Tage dauert. Vorher kann keiner in die Anlage rein.«

»Wird noch jemand vermisst?«, wollte Vicky wissen.

Die Augen zusammengekniffen, blies Wolf Rosskopf den Rauch aus Mund und Nase. »Nur einer. Wobei wir nicht wissen, ob der nicht einfach wie ein scheuendes Pferd davongelaufen ist. Machen viele in so einer Ausnahmesituation.« Er wies mit dem Kinn in Vickys Richtung. »Bist du okay?«

Sie nickte, obwohl ihr noch flau in der Magengrube war, zog ein letztes Mal an der Zigarette und trat den Rest auf dem Asphalt aus.

»Rosskopf!«, brüllte es zwischen den Feuerwehrfahrzeugen.

»Wir sehen uns!«, warf er ihnen zu, schon im Laufschritt. »Und danke für den Glimmstängel!«

Der Oberarzt löschte seine Kippe unter der Schuhsohle und wandte sich ebenfalls zum Gehen. »Ich melde uns eben bei der Einsatzleitung ab, dann nehme ich Sie mit zurück in die Stadt.«

Die Arme um sich geschlungen, atmete Vicky ein paarmal tief durch. Jetzt erst bemerkte sie, dass sie noch immer den von Blut, Wundwasser und Jod durchtränkten OP-Kittel trug. Mit kältestarren Fingern nestelte sie die Bindebänder in Rücken und Nacken auf und riss sich das Kleidungsstück herunter. Sie brauchte jetzt dringend ein heißes Bad, für ihre müden und durchgefrorenen Muskeln ebenso wie für ihre Seele, und am besten noch einen Anruf bei ihrer Mutter.

26

Paint It Black

Fünf Tote und rund zweihundert Verletzte lautete die Bilanz zehn Tage später. Und aus *Caltex*, die Ruine der Äthylenanlage unmittelbar nach dem Brand von dicken Eiszapfen überzogen wie mit Zuckerguss, hatte die Frankfurter Schnodderschnauze flugs *Knalltex* gemacht. Vickys eigenes Resümee bestand darin, dass sie sich einen Stapel neuer Fachbücher anschaffte, Chef- und Oberarzt mit Fragen zu komplexen Notoperationen und Rettungsmaßnahmen löcherte und nach praktischer Anleitung verlangte.

Katastrophenszenarien beherrschten auch Vickys Gedanken, als sie an diesem zwar kalten, aber nicht mehr frostigen Abend auf der Vespa in die Innenstadt hineinrollte. Kurz vor dem Ende ihrer Schicht war die Nachricht eines Flugzeugunglücks hereingeplatzt: Eine gegen siebzehn Uhr vierzig in Frankfurt gestartete zweimotorige Propellermaschine vom Typ Convair Metropolitan mit Ziel Hamburg war hinter Bremen in einen Acker gestürzt und explodiert. An Bord hatte sich angeblich die Schauspielerin Ada Tschechowa befunden, ansonsten wusste man noch nicht viel über die gut vier Dutzend Passagiere und Besatzungsmitglieder. Nur, dass wohl niemand dieses Inferno überlebt hatte. Der schwerste Unfall der Lufthansa seit ihrer Neugründung im vorangegangenen Jahrzehnt.

Vicky parkte den Motorroller unter der Neonreklame des

Flamingo, nahm den Helm ab und fuhr sich mit der freien Hand ordnend durch die Kurzhaarfrisur.

»Verzeihung, gnädiges Fräulein!«

Vicky musterte den Mittdreißiger in Anzug und warmem Mantel, der seinen Hut lüftete.

»Sind Sie öfter hier?«, fügte er mit gewinnendem Lächeln hinzu.

Was durchaus zutraf. Mit Teddy Honigmann hatte sie im August auf die Urteile im Auschwitzprozess angestoßen, obwohl ihm diese zu milde ausgefallen waren. Derzeit sprachen sie häufig über das nachfolgende Verfahren, das seit Dezember im Frankfurter Landgericht stattfand, dieses Mal allerdings von der Öffentlichkeit weitgehend unbeachtet. Und Vicky war dabei gewesen, als Oskar Schindler eine Lokalrunde spendierte und dabei stolz sein Bundesverdienstkreuz herzeigte, bevor er sich wieder einmal für ein paar Wochen nach Israel verabschiedete – zur Erholung und um seine *Schindlerjuden* zu besuchen.

»Dürfen wir Ihnen einige Fragen stellen?«, mischte sich ein zweiter Mann ein, deutlich jünger und in Bundfaltenhose und Bomberjacke, einen Fotoapparat im Lederfutteral umgehängt. »Wir laden Sie auch gern auf einen Drink ein«, fügte er lächelnd hinzu und zündete sich eine Zigarette an.

»Die Masche zieht bei mir nicht«, entgegnete Vicky und schnappte sich ihre brandneue Arzttasche.

In der farbigen Beleuchtung des Clubs blickte sie sich nach Adelheid Schmitz um, die sie hergebeten hatte, und runzelte die Stirn. Obwohl es Freitagabend war, herrschte gähnende Leere, und die Stimmung der wenigen anwesenden Damen und einzelner Herren wirkte trotz der schwungvollen Musik gedrückt und eigenartig konfus zugleich.

»Vicky!« Heidrun, in einem verblüffend einfachen Kleid, flachen Schuhen und ungeschminkt, eilte ihr entgegen und fasste sie am Arm, die Augen schreckgeweitet. »Hast du schon gehört? Die Karin ist tot! Erstochen! Du weißt schon, die schöne Dunkelhaarige, die ein bisschen aussieht wie Farah Diba!«

Vicky stand wie vom Donner gerührt da. Sie sah Karin-Helga vor sich, in ihrem weißen Mercedes Cabriolet und ihrem Pudel auf dem Schoß, nachts an der Ampel, keine zwei Wochen war das her.

»Muss irgendwann vorgestern Nacht passiert sein«, ließ sich Fred vernehmen, während er den Tresen auf Hochglanz polierte. »Die vier Italiener bei ihr im Haus hatten sich gewundert, dass den ganzen Tag über die Wohnungstür einen Spalt weit offen stand. Die sind dann rein und haben sie im Schlafzimmer gefunden, vor dem Bett. Das reinste Schlachtfeld. Die Bullen waren heute auch schon hier.« Er warf Vicky einen mitfühlenden Blick zu. »Du kanntest sie näher, oder?«

Vicky konnte nur nicken, starr vor Schock.

Adelheid Schmitz tauchte neben ihr auf, die mit ihrem frischen Gesicht und dem sattblonden Haarturm stets wie aus einer Reklame für Butter oder Margarine wirkte.

»Das ist so furchtbar«, hauchte sie. »Die arme Karin!«

»Ihre Katze ist seitdem verschwunden«, wusste Heidrun zu berichten.

»Der Kater«, widersprach Fred. »Die Katze saß verängstigt neben ihr.«

»Und das Pudelchen?«, fragte Adelheid bestürzt.

»Guten Abend«, unterbrach eine Stimme forsch ihr Gespräch. »Können Sie uns mehr zum Fall Helga Matura sagen?«

Die zwei Männer vom Eingang standen breitbeinig im Club, mit Notizblock und Kugelschreiber im Anschlag. Definitiv keine Kriminalbeamten oder Privatermittler, sondern Pressefritzen.

»Trifft es zu, dass Frau Matura als gutbürgerliche Ehefrau in Düsseldorf gelebt hat, bevor sie auf die schiefe Bahn geraten ist?«

»Hatte Frau Matura einen Zuhälter? Vielleicht ihr Verlobter?«

»Frau Matura ist angeblich erst am Tag vor ihrer Ermordung aus München zurückgekehrt, wo sie ein Grundstück erwerben wollte. Wissen Sie etwas darüber?«

»Sie kennen sich hier im Milieu doch bestens aus. Fallen Ihnen Parallelen zu dem noch immer ungelösten Fall Nitribitt ein?«

»Hat Frau Matura irgendwann einmal geäußert, dass sie Angst hatte oder sich bedroht fühlte?«

Im Fragengewitter der Reporter hatte Vicky fortwährend Helgas Stimme im Ohr. *Ich brauche deinen medizinischen Rat*, hatte sie gesagt. *Ich ruf dich an*. Ein Anruf, der nicht mehr gekommen war.

»Guten Abend, die Herren!« Teddy Honigmanns geschmeidiger Bariton mischte sich ein. »Ich muss Sie leider bitten, mein Lokal zu verlassen.«

»Wir kommen im öffentlichen Interesse«, erwiderte der ältere der beiden Reporter.

»Schon mal was von Pressefreiheit gehört?«, ätzte sein jüngerer Kollege.

Teddy Honigmann lächelte nonchalant. »Gewiss. Ich erlaube mir lediglich, von meinem Hausrecht Gebrauch zu machen. Was Sie jenseits dieser Tür für irgendein Revolverblatt zusammenschmieren, steht Ihnen natürlich vollkommen frei.«

Der ältere Journalist taxierte ihn angriffslustig. »Ausgerechnet Sie werfen uns raus? Früher hätte einer wie Sie doch selber nirgendwo reindürfen. Schon vergessen?«

Teddy Honigmann ließ sich nicht aus der Ruhe bringen. »Deshalb lege ich überaus viel Wert auf Anstand und Respekt. Und Sie beide stören gerade rücksichtslos und ohne jegliches Taktgefühl eine private Trauerfeier.«

Drei der Kellner reihten sich neben ihrem Chef auf, mit einem würdevollen Ausdruck auf ihren schönen Gesichtern halb Totengräber, halb Leibwächter. Die Musik tröpfelte aus, und die Band ließ ihre Instrumente sinken.

In der plötzlichen Stille blickten die beiden Schmierfinken reihum in ungerührte bis feindselige Mienen und traten schließlich zähneknirschend den Rückzug an.

»Aasgeier«, schimpfte Heidrun vor sich hin und zündete sich eine Zigarette an.

»Schmeißfliegen«, stimmte Adelheid zu. »Hast du mir auch eine?«

Teddy Honigmann seufzte und strich sich das Sakko zurecht. »Ein schwarzer Tag für uns alle. Eigentlich wollte ich den Laden heute geschlossen lassen. Aber irgendwo muss man doch mit seiner Trauer und dem Entsetzen Zuflucht finden können. Nur den Tanzmariechen habe ich freigegeben. Die sollen den Abend lieber mit denen verbringen, die ihnen am nächsten sind.« Er winkte die Band heran und tippte auf den Tresen. »Fred, machen Sie uns allen einen Kurzen!«

Sobald sämtliche Angestellte, die Damen der Nacht und eine Handvoll männlicher Gäste sowie Vicky mit Schnapsgläsern versorgt waren, räusperte er sich.

»Ich finde keine Worte für diese furchtbare Bluttat, die sich in unserer Mitte ereignet hat«, ließ er sich vernehmen. »Wahrscheinlich gibt es dafür auch keine. Deshalb möchte ich einfach kurz innehalten und daran erinnern, dass jeder neue Tag, den wir erleben, nicht unbedingt selbstverständlich ist.« Er machte eine kleine Pause. »Auf Karin!«

»Auf Karin!«, echoten die Umstehenden mit erhobenen Gläsern und kippten den Schnaps hinunter.

Und wie Vicky wischten sich einige über nasse Augen, die wohl nicht allein dem Hochprozentigen geschuldet waren.

Im Bahnhofsviertel ging die Angst um. Nicht bei den Wirten, die nach dem ersten Schock kräftig von der Sensationsgier profitierten. Während die Damen augenscheinlich wie gehabt ihrem Gewerbe nachgingen, war Vicky an ihrem freien Wochenende mit der Arzttasche unterwegs. Sie kümmerte sich um Schlaflosigkeit, Magenbeschwerden und Migräne; vor allem hörte sie zu. Das Gespenst eines irren Triebtäters, der schon auf der Suche nach seinem nächsten Opfer war, spukte durch die Köpfe. Raubmörder, angelockt vom kolportierten märchenhaften Reichtum der Frankfurter Lebedamen. Ein abgewiesener Kunde, ein Freier, der sie als seinen Besitz betrachtete, ein rachsüchtiger Ex-Liebhaber oder Polizisten, die ihnen aus der Befragung zum Mordfall Matura womöglich einen Strick drehten – die Angst hatte viele Gesichter. Einige Prostituierte spielten mit dem Gedanken, auszusteigen, indem sie sich den nächstbesten Kerl als Ehemann angelten, andere damit, einen schweren Jungen als Beschützer zu engagieren. Die Freiheit und Unabhängigkeit, die das glitzernde Nachtleben versprochen hatte, schien in diesen Tagen nichts als Talmi.

Es war schon fast neun Uhr, als Vicky an diesem Sonntagabend nach Hause kam. In ihrer Küche, in der es nach starkem schwarzem Tee duftete, saß eine junge Frau, eine Strickjacke über dem geblümten Kleid und das dunkle Haar zum Pferdeschwanz zusammengezurrt.

»Zeynep ist Freundin aus Wohnheim«, erklärte Elif und sprang auf, um für Vicky ebenfalls einen Henkelbecher aus dem Oberschrank zu holen. »Sie braucht Ärztin«, fügte sie bittend hinzu und ließ sich wieder auf das Sofa-Ungetüm fallen.

Vicky unterdrückte ein Seufzen. Der Magen hing ihr in den Kniekehlen, und nach zwei Tagen Samariterdienst inklusive Seelsorge war sie ziemlich geschafft. Dennoch stellte sie ihre Arzttasche griffbereit ab und setzte sich auf den Stuhl gegenüber von Zeynep.

»Ich bin ganz Ohr«, sagte sie und pustete auf den heißen Tee.

Die dichtbewimperten Lider gesenkt, starrte Zeynep vor sich hin. Je energischer Elif auf Türkisch auf sie einredete, umso tiefer verkroch sich die junge Frau hinter ihrer Tasse, eine verlegene Röte auf ihrem rundlichen Gesicht. Schließlich hob Elif entnervt die Hände.

»Jetzt plötzlisch eingeschnappt wie Auster!« Seufzend griff sie zu ihrem Tee. »Zeynep will, dass du sie wieder zunähst. Da unten. Wie heißt das – Jungfrauhaut?«

Vicky blieb der Mund offen stehen, während Zeynep förmlich unter den Tisch zu rutschen schien.

»Sie war verliebt«, fuhr Elif fort, »in Landsmann. Haben auch immer aufgepasst. Ist aber kein Mann für ganze Leben, sagt Zeynep. Er will bleiben, sie geht zurück nach Türkei.«

»Dann verstehe ich das Problem nicht«, sagte Vicky.

»Zeynep hat Sorge, dass sie irgendwann Mann für Leben trifft und sie in Heiratsnacht nicht blutet.«

Nachdenklich trank Vicky von ihrem Tee. Die Existenz des Jungfernhäutchens war eine nicht anzuzweifelnde Tatsache. Eigentlich. Gesehen hatte Vicky noch nie eines. Auf keinem Schaubild, nicht bei den klinischen Visiten während des Studiums und auch nicht auf der Station in Remscheid. Die Gynäkologie war offenbar ein Fachbereich, der erst jenseits der Defloration begann. Kein Wunder, dass in alten Zeiten Jungfrauen und Einhörner in einem Atemzug genannt wurden.

Sie stützte das Kinn auf die Hand und sah Zeynep offen über den Tisch hinweg an. »Hast du denn geblutet, beim ersten Mal?«

Elif übersetzte, und Zeynep schien angestrengt nachzudenken, bevor sie verschämt den Kopf schüttelte.

Vickys Blick wanderte zu Elif. »Du etwa? Ich nämlich auch nicht.«

Theoretisches anatomisches Wissen war eine Sache, Vickys

empirische Beobachtungen eine andere. Nicht zuletzt bei sich selbst, brennend vor Neugierde und mithilfe eines Vergrößerungsspiegels.

Sie stand auf, um aus dem Kühlschrank eine Packung Quark zu holen, und setzte sich mit einem Küchenmesser in der Hand wieder an den Tisch.

»So ungefähr stellen wir es uns vor, nicht?« Sie präsentierte den Stannioldeckel des Plastikbechers und durchstach ihn mit der Messerklinge. »Ich habe da so meine Zweifel.«

Zugegeben, eine grobe und ziemlich brachiale Demonstration, die ihre Wirkung jedoch nicht verfehlte. Elif starrte mit erheitertem Grinsen auf die entjungferte Quarkpackung, Zeynep geradezu bestürzt. Letztere fasste Elif beim Arm und flüsterte ihr errötend und mit einem Seitenblick auf Vicky etwas zu.

»Zeynep fragt, was du machst, wenn du mal Mann deines Lebens triffst und er nur Jungfrau heiratet.«

»Dann kann er mir gestohlen bleiben«, erwiderte Vicky nüchtern.

Ein kleines Lächeln zuckte über Zeyneps Gesicht, dann zogen sich ihre Brauen düster zusammen.

»Sie sagt, du weißt nicht, wie es zu Hause in Türkei ist. Auf Dorf.«

Vicky dachte an die Mädchen ihrer Schulzeit in Berlin, die Köpfe zusammengesteckt, um über Jungs zu tuscheln und dem Mysterium auf den Grund zu gehen, das irgendwo zwischen ruppigen Neckereien, erstem Kuss und Brautbett versteckt sein musste. Gespräche, die unter Studentinnen eine erwachsenere und durchaus aufgeklärte Fortsetzung fanden, in stillen Winkeln zu vorgerückter Stunde. Natürlich wollten die meisten *unberührt* bleiben und sich für den künftigen Ehemann *aufsparen*. Wie die Konservendosen und Einmachgläser in den Küchenschränken ihrer Mütter. Das gehörte sich so, was sollten auch die Leute denken, und schließlich gab es auch noch die ganz praktische Hürde des Kuppelparagraphen.

Das allererste Rezept für die Pille, das sie als Medizinalassistentin am Flughafen ausgestellt hatte, war Vicky in lebhafter Erinnerung geblieben. Wie der oberste Sittenwächter hatte sich Oberpfleger Ansgar aufgeführt, während er privat keinerlei Hemmungen kannte, Stripteasetänzerinnen zu begaffen. Was vermutlich noch nicht einmal das Ende der Fahnenstange war. Wenn sie einander in den einschlägigen Lokalen über den Weg liefen, taten beide so, als hätten sie rein gar nichts miteinander zu schaffen.

Auf ihren Runden durch die Clubs gestern und heute war ihr überall von den Zeitungsseiten Helgas Gesicht entgegengesprungen. Kein Detail, das die Spürhunde von Reportern nicht ausgegraben hatten und genüsslich ausschlachteten, von den irrwitzigen sechshundertfünfzig Mark Miete für das Appartement bis zu der Fülle an Pelzen, Perücken und Peitschen im Schrank. Oder wie Helga als blutjunges Mädchen ihrem ersten Freund die Entschädigung für die Kriegsgefangenschaft abschmeichelte, um sich davon einen Mantel aus Murmeltierfell zu kaufen. In einer Mischung aus Neid und Schadenfreude wurde von *göttlicher Schönheit* und *schamlosem Luxus* geschrieben, und geradezu orakelhaft klang es, dass Helga Matura auf den Tag genau elf Jahre nach ihrer Scheidung ihrem Mörder zum Opfer gefallen war. *So stirbt keine Dame.*

Eine Boulevardzeitung hatte das Foto abgedruckt, wie Helgas Sarg – aus Eichenholz und tausend Mark teuer! – aus der Wohnung abtransportiert wurde. Und besondere Aufmerksamkeit galt der *wunderbaren braunen Haut ihres rechten Oberschenkels, in die sie sich die Initialen ihres adeligen arabischen Verehrers hatte einbrennen lassen.* Der Körper einer Frau schien nie ihr allein zu gehören. Noch nicht einmal im Tod.

»So viel anders ist das bei uns auch nicht«, stellte Vicky fest.

Zeyneps Miene drückte Zweifel aus, während sie sich von Elif Tee nachschenken ließ. Es juckte Vicky in den Fingern, sich wenigstens einmal anzusehen, ob sie bei ihr nicht etwas zustande brächte, was der gängigen Vorstellung eines Hymens ähnelte. Seitdem sie in ihren Nachtschichten nicht mehr Bananenschalen und Orangen zusammenstichelte, sondern mit Pinzette und Nadel die Häutchen von Weintrauben und die Membran unter der Schale roher Eier, traute sie sich zumindest die grundlegende Technik einer solch filigranen Operation zu. Und doch sträubte sie sich dagegen.

»Du willst etwas ungeschehen machen«, sagte sie, »das sich nun mal nicht mehr rückgängig machen lässt. Mit einem nagelneuen Jungfernhäutchen wirst du trotzdem keine Jungfrau mehr sein.« Ein Gedanke durchzuckte sie. »Möchtest du überhaupt wieder zurück in die Türkei?«

Unter Elifs Übersetzung hielt Zeynep sichtbar die Luft an, bevor es nur so aus ihr heraussprudelte, sodass Elif mit dem Übersetzen kaum nachkam.

»Sie sagt, es ist schwer in Deutschland. Viel schwerer, als sie gedacht hat. Arbeit und Sprache und Art der Leute. Hat Heimweh und Angst ... Angst, keinen Platz mehr zu finden.«

Vicky nickte. »Das verstehe ich.«

Langsam, damit Elif übersetzen konnte, erzählte sie von ihrer Flucht und ihrem schwierigen Neuanfang im Westen, von ihrer Mutter und Achim.

»Wenn ich gewusst hätte, was alles auf mich zukommt«, fügte sie hinzu, »wäre ich wohl besser drübengeblieben. Das lässt sich aber nicht mehr ändern, ich kann die Zeit nicht zurückdrehen. Erfahrungen zu machen, bedeutet immer auch, ein Stück weit die Unschuld zu verlieren.«

Mit bedrückter Miene starrte Zeynep in ihre Tasse.

Es war schon gegen Mitternacht, als Vicky und Elif sich um den Abwasch kümmerten; zu der angebrochenen Packung Quark hatten sie sich Pellkartoffeln gemacht. Zeynep war längst gegangen, aber noch lange nicht aus Vickys Gedanken verschwunden.
»Sie wird sich eine andere Ärztin suchen, oder?«
Unter dem geringelten Strickpullover zuckte Elif mit den Schultern. »Muss selber wissen, was gut für sie ist.«
Vicky hatte gründlich ihr Gewissen erforscht. Letztlich hatte sie Zeynep jedoch nur den Tipp mitgeben können, sich im Fall der Fälle, der Nacht der Nächte vorher ein Schwämmchen mit rotem Fruchtsaft einzuführen. Eine ihrer Patientinnen im Milieu, die schon fast dreißig war, aber mit ihren zarten Zügen und langen blonden Haaren keinen Tag älter aussah als zwanzig, verdiente mit dieser Scharade gutes Geld. Und die schwor jeden Eid, dass kein Kunde ihr je auf die Schliche gekommen war. *Männer*, hatte sie halb verächtlich, halb amüsiert erklärt, *Männer haben doch nicht den blassesten Schimmer, was zwischen unseren Beinen verborgen liegt.*

Einen tropfenden Teller in der Hand, hielt Vicky inne. »War ich zu hart?«

Elif nahm ihr den Teller ab und trocknete ihn sorgsam ab. »Du warst ... sehr deutsch. Geradewegs und ehrlich. Mag isch an deine Landsleute. Kein drumrum plappern, kein Honig in Bart schmieren, immer – zack! – frei raus.«

Einen konzentrierten Ausdruck auf dem klaren Gesicht und die kurz geschnittenen Locken hinter das Ohr zurückgestrichen, reckte sich Elif, um das gespülte Geschirr in den Oberschrank zu räumen. Während Zeynep nie wirklich in Deutschland angekommen schien, nutzte Elif das fremde Land als Sprungbrett für einen neuen Lebensweg.

»Hast du auch manchmal Heimweh?«, fragte Vicky.

Elif verzog das Gesicht. »Mal ja, mal nein. Isch war gern in

Istanbul. Ist so schöne Stadt! Und Leben dort ist fast so wie hier, viele junge Leute, die feiern und von Zukunft träumen. Alte Zöpfe abschneiden, weißt du?«

Die Telefonrechnung ihres deutsch-türkischen Haushalts war schwindelerregend hoch. Nicht nur Vicky führte Ferngespräche mit ihrer Mutter in Ostberlin und mit Hannah in Paris, sondern auch Elif mit ihrem Onkel in Istanbul. Die Brocken Türkisch, die Vicky von ihrer Freundin aufgeschnappt hatte, reichten kaum über *teşekkürler, lütfen, günaydın* hinaus. Danke. Bitte. Guten Morgen. Trotzdem klang Elif in diesen Telefonaten zu heiter, als dass es sich um rein pflichtbewusste Rapporte handeln könnte. Einmal allerdings hatte Elif ihre Eltern an der Strippe gehabt, die den beschwerlichen Weg in die Großstadt auf sich genommen hatten, um mit ihrer Tochter zu sprechen. Vicky hatte immer noch Elifs schrilles *anne!*, ihr empörtes *baba!* im Ohr. Hinterher hatte Elif sich erst einmal einen Schnaps eingegossen und im Rauch ihrer Zigarette wie ein feuerspeiender Drache gewirkt.

»Istanbul ist aber nischt wie auf Dorf«, fuhr Elif fort. »Und keine zehn Gäule kriegen misch zurück auf türkische Dorf!« Sie klappte die Schranktüren zu und lehnte sich an die Arbeitsplatte. »Zeynep hat geglaubt, sie kann ein oder zwei Jahre hier Geld verdienen und als dieselbe wieder nach Hause fahren. Jetzt merkt sie, dass Leben in Deutschland sie verändert hat, und hat große Schreck bekommen.«

Vicky wischte durch die Spüle. Hatte sie sich nach vier Jahren im Westen verändert? Sie wusste es nicht, sie hatte nie groß Zeit, über solche Dinge nachzudenken.

»Wie sagt deutsche Sprichwort? Wie du dir Bett machst, so liegst du? Da fällt mir ein ...« Aus der Tasche ihrer schmalen Hose zog Elif einen Zettel und entfaltete ihn. »In Lebensmittelladen hängt Anzeige in Fenster, für Bett und Schrank. Isch hab

Telefonnummer aufgeschrieben. Wenn wir zusammenlegen, können wir dritte Zimmer einrichten und finden vielleicht Mieterin. Wenn nischt, verkaufen wir eben wieder.«

Vicky wrang den Lappen aus, hängte ihn über den Wasserhahn und warf Elif dabei ein Lächeln zu. »Klingt nach einem guten Plan.«

27

Sunny

Mit einem freundlichen Gruß trat Vicky am nächsten Vormittag in das Vorzimmer von Kleinschmitt. Am Schreibtisch saß inzwischen ein aufgewecktes – und überaus eifriges – Fräulein Brinkmann. Deren Blick saugte sich förmlich an Vickys Begleiter fest; in seiner Feuerwehruniform machte Wolf Rosskopf gleich noch einmal so viel her.

Vicky nickte in Richtung der angrenzenden Tür. »Ist er da?«

»Er spricht gerade«, erwiderte Fräulein Brinkmann und senkte vertraulich die Stimme. »Sind heute alle etwas aufgeregt wegen des Zwischenfalls gestern.«

»Unter anderem deshalb sind wir hier«, erwiderte Vicky.

Erst bei Dienstbeginn hatte sie davon erfahren. Bei einer Boeing 707 der TWA nach New York war unmittelbar vor dem Abheben ein essenzielles Instrument ausgefallen, und der Flugkapitän hatte sich für eine Notbremsung entschieden. Zwar mit absolut sicherer Hand, sodass der Riesenflieger nicht eine einzige Positionsleuchte demolierte; trotzdem hatte sich das Düsenflugzeug einhundertfünfzig Meter hinter dem Ende der Startbahn in die Wiese gegraben wie ein Ackerpflug. Eine Stewardess hatte schwere Prellungen erlitten, alle anderen waren mit blauen Flecken, Beulen und Platzwunden davongekommen, und eine Dreiviertelstunde später waren sämtliche Passagiere schon an Bord der nächsten planmäßigen Maschine gewesen.

Dennoch saß der Schrecken tief; das Flugzeugunglück von Bremen war einfach noch zu frisch. Der beste Zeitpunkt für ein Gespräch mit dem stellvertretenden Leiter der Finanzabteilung, darüber hatten Vicky und Wolf Rosskopf sich heute Morgen in einem kurzen Telefonat zwischen Sanitätsbaracke und Feuerwache verständigt.

»Haben Sie etwas von Frau Rappsilber gehört?«, erkundigte sich Vicky.

Vor gut einem Jahr hatte eine Karte mit Klapperstorch, Name und Datum, Gewicht und Kopfumfang die geglückte Entbindung verkündet. Und prall vor Stolz hatte Herr Rappsilber eine Torte nebst mehrerer Flaschen Sekt vorbeigebracht, um sich für die zahlreichen Glückwünsche, Blumen, Strampler und Babyrasseln zu bedanken. Seitdem schien die frühere Vorzimmerdame zwischen Windeln und Schnullerfläschchen in der Versenkung verschwunden. Ein gutes Zeichen, hoffte Vicky.

Fräulein Brinkmann strahlte. »Zum ersten Geburtstag hat sie noch mal was geschickt.« Sie fischte zwischen den Papieren auf dem Schreibtisch eine Karte mit aufgeklebtem Farbfoto hervor und überreichte sie Vicky. »Entzückend, nicht wahr?«, fügte sie mit einem hingerissenen Seufzen hinzu.

Wie Krabbelkinder eben so aussahen, fand Vicky. Aber stramm und pausbäckig, mit Schelmenblick und breitem Grinsen die ersten Perlzähnchen präsentierend, war der kleine Andreas Rappsilber dem Augenschein nach quietschfidel.

»Sehr schön«, kommentierte sie zufrieden.

Das Vorzimmerfräulein nahm die Karte wieder entgegen und horchte. »Ich glaube, er hat aufgelegt.«

Forsch klopfte Vicky an die Verbindungstür und trat ein. Bei ihrem Anblick schien sich Herr Kleinschmitt förmlich zu ducken, bevor er sich einen Ruck gab und aufstand, um ihr die Hand zu schütteln.

»Immer wenn Sie hier aufkreuzen, wird's teuer«, grummelte er. »Wenn Sie jetzt auch noch Verstärkung mitbringen, befürchte ich das Schlimmste.«

»Oberbrandmeister Rosskopf«, stellte Wolf sich mit einem Händedruck vor.

Vicky fackelte nicht lange und breitete die mitgebrachten Unterlagen auf dem Schreibtisch aus.

Hinter der Hornbrille runzelte Herr Kleinschmitt die Brauen. »Richten Sie sich etwa auf den Kriegsfall ein?«

Abwechselnd beschrieben Vicky und Wolf die Ausstattung des wuchtigen Unimog mit Frontseilwinde, den Vicky für die Sanitätsstelle anschaffen wollte, mitsamt Zelten, Decken, Krankentragen, mehreren Notfallkoffern und Rüstmaterial zur Bergung von Verletzten, dazu einen Anhänger mit aufblasbaren Luftkammerzelten und Notstromaggregat.

»Ist das nicht ein bisschen übertrieben?«, fragte Herr Kleinschmitt genervt.

»Sie wissen bestimmt genauso gut wie wir«, entgegnete Wolf Rosskopf, »welche Mengen an hochentzündlichem Treibstoff hier in den Tanks lagern und jeden Tag durch die unterirdischen Leitungen laufen. Ein zweites *Knalltex* ist durchaus ein realistisches Szenario.«

»Aber braucht denn dafür die Sanitätsstelle unbedingt ...«, setzte Herr Kleinschmitt an, und Vicky unterbrach ihn.

»Frankfurt ist Sitz etlicher Chemiefirmen. Bayer, Hoechst, Degussa, Boehringer, Grünenthal, um nur einige zu nennen. Jederzeit kann es in einer davon zum Katastrophenfall kommen, und dreimal dürfen Sie raten, wer dann ohne das notwendige Rüstzeug ausrücken muss.«

»Ein eigentlich kleiner Zwischenfall wie mit der TWA-Maschine gestern kann durchaus zu einer Großschadenslage eskalieren«, spielte Wolf Rosskopf ihre gemeinsame Trumpfkarte aus. »Wollen wir dann darauf warten, dass von irgendwoher Verstärkung eintrifft?«

Herr Kleinschmitt erbleichte sichtlich. Dann seufzte er, studierte die von Vicky angefertigte Kostenaufstellung und seufzte noch einmal.

»Versprechen kann ich aber nichts, ja?«, knurrte er, schrieb sich jedoch eine Notiz, bündelte die ausgebreiteten Unterlagen und legte sie auf einen Stapel.

Vicky frohlockte.

Durch seine Brillengläser sah er sie scharf an. »Hatte ich Ihnen nicht großzügig das Budget für eine weitere Arztstelle bewilligt? Bislang finde ich in den Büchern allerdings keine entsprechenden Lohnausgaben.«

Vicky zuckte mit den Schultern. »Wir kriegen niemanden. Offensichtlich ist der Flughafen Rhein-Main trotz der aktuellen Situation auf dem Arbeitsmarkt nicht attraktiv genug für ausgebildete Mediziner.«

Sie musste nicht eigens erwähnen, dass eine übertarifliche Bezahlung da womöglich Abhilfe schaffen könnte, das sah sie ihm an der Nasenspitze an. Und wo einer mehr Geld bekam, war logischerweise auch für alle anderen eine Gehaltserhöhung drin.

»Sie bescheren mir noch ein Magengeschwür, Fräulein Dr. Becker!«, schimpfte er.

»Sollten Sie die ersten Beschwerden verspüren«, erwiderte sie munter, die Hand schon auf der Türklinke, »bekommen Sie bei uns selbstverständlich eine Vorzugsbehandlung. Ganz wie ein Privatpatient.«

In Hochstimmung marschierte Vicky neben Wolf Rosskopf durch den belebten Korridor. Montagmorgens ging es in der Verwaltung immer besonders hektisch zu, außerdem war Ultimo.

»Danke für die Schützenhilfe, werter Herr Kollege.«

»War mir ein Vergnügen, geschätztes Fräulein Kollegin!«

Vicky streckte die Hand aus, um den Aufzugknopf zu drücken, genau wie Wolf Rosskopf; für einen flüchtigen Moment streiften sich ihre Finger.

»Dafür könntest du mich jetzt eigentlich auf einen Kaffee einladen«, sagte er, sein Lächeln gerade so weit unverschämt, dass es umso charmanter wirkte.

Vicky lachte auf und schob die Hände in die Taschen ihres Arztkittels. »Geht leider nicht. Dr. Frommer hat mich abgestellt, um unsere neue Krankenschwester in Empfang zu nehmen.«

»... möchte auch ich Sie im Namen der Stadt Frankfurt ganz herzlich begrüßen«, verkündete ein Herr in Mantel und Hut feierlich auf dem Rollfeld.

Ähnlich wie bei seinen Vorgängern hatte Vicky kaum verstanden, wie er hieß und welche Position er im bürokratischen Gefüge innehatte. Das Dröhnen und Pfeifen der Passagiermaschinen, das Donnern der Militärflugzeuge und die Motorengeräusche von Bullis, VW Käfern und Traktoren verschluckte den größten Teil der vorgetragenen Ansprachen.

Vicky schielte auf ihre Armbanduhr und unterdrückte ein Seufzen; ein Notfall käme ihr jetzt mehr als gelegen.

An einen Staatsbesuch erinnerte der Auflauf an städtischen Würdenträgern und Journalisten, der dazu noch zahlreiche Schaulustige angezogen hatte. *Herzlich willkommen in Frankfurt Deutschland* verkündete ein langes Spruchband; darüber erstreckten sich die entsprechenden koreanischen Schriftzeichen.

»... als Zeichen der Freundschaft zwischen unseren beiden Staaten und gegenseitiger Hilfsbereitschaft ...«

Vor der Boeing 707 von Japan Airlines hatten sich mehr als einhundert junge Koreanerinnen versammelt, unter dem grauen Himmel bunt wie Paradiesvögel in ihrer heimatlichen Tracht, Lilien in der Hand und Tasche und Mantel über dem Arm; für einen 31. Januar war es verblüffend mild. In vorderster Reihe standen zwei Damen in pelzverbrämten Mänteln und drei offiziell aussehende Herren; soweit Vicky es mitbekommen hatte, die koreanischen Begleitpersonen während der langen Reise.

Geschätzte dreißigtausend Schwestern und Pfleger fehlten in den Krankenhäusern und Altersheimen. Ein dramatischer Notstand, weshalb die Bundesregierung schließlich zu demselben Mittel griff wie zuvor bei den Hilfskräften für die Industrie. Anwerbeabkommen mit Indien, Indonesien und den Philippinen gab es bereits, nun folgten die ersten Krankenschwestern aus Südkorea – mit Diplom und mindestens drei Monaten Deutschkurs im Gepäck.

»W-welche wohl unsere ist?«, fragte Norbert, mit einem Willkommensgruß in Form eines Tulpenstraußes bewaffnet.

»Steht doch hier.« Vicky hielt ihm das Pappschild unter die Nase, das auf Deutsch und Koreanisch mit *Sun-hi Kim* beschriftet war.

Er grinste.

Dabei hatte sie sich diese Frage auch schon gestellt, und nicht zum ersten Mal, seit sie hier warteten, ließ sie den Blick über die jungen Frauen schweifen. Und ebenfalls nicht zum ersten Mal fing sich ihre Aufmerksamkeit an einer, die alle anderen um knapp eine Haupteslänge überragte. Obwohl die junge Frau den Kopf gesenkt hielt, konnte Vicky erkennen, wie sie mit den Augen rollte und entnervt die Luft ausblies. Vicky grinste, und im nächsten Moment trafen sich ihre Blicke. Die Koreanerin biss sich auf die Unterlippe und schlug rasch die Augen nieder, spähte dann aber doch zu Vicky hinüber. Ein kleines Lächeln zeigte sich auf ihrem Gesicht und weitete sich ebenfalls zu einem Grinsen aus.

Die ist klasse, schoss es Vicky durch den Kopf. *Bitte, bitte, lasst es die sein!*

»… um es kurz zu machen – wir freuen uns sehr, dass Sie hier sind!«

Höflicher Beifall ertönte. Die Koreanerinnen, ihre Reisebegleitung und die Stewardessen winkten lächelnd noch einmal für die Fotokameras. Das Spruchband wurde eingerollt, und die Mehrheit der Krankenschwestern hastete unter aufgeregtem Geplauder zu den bereitstehenden Bussen, die sie zum Empfang im Römer bringen würden.

Einige jedoch schleppten ihren Koffer in Richtung der Sanitäter und Sekretärinnen, die wie Vicky mit hochgehaltenen Pappschildern auf ihre neue Kollegin in der Klinik oder im Pflegeheim warteten. Auch die groß gewachsene Krankenschwester, die vorhin so keck gegrinst hatte, trug ihr Gepäck über die Rollbahn. Als ihr suchender Blick sich an dem Namenszug in Vickys Hand fing, strahlte sie über das ganze Gesicht, und Vickys Herz schlug einen Purzelbaum.

»Hallo!«, rief Vicky ihr entgegen. »Ich bin Vicky. Vicky Becker. Assistenzärztin. Herzlich willkommen bei uns am Flughafen, Sun-hi Kim!«

Voller Neugier aufeinander gaben sie sich lächelnd die Hand. Nicht viel kleiner als Vicky und das lackschwarze Haar zum Knoten geschlungen, war Sun-hi Kim der vierundzwanzigstündige Flug von Seoul über Anchorage nicht anzusehen; in ihrem rot und grün schimmernden Gewand wirkte sie taufrisch.

»Und das ist Pfleger Norbert Brumm«, ergänzte Vicky.

Die Tulpenstängel umklammert, starrte Norbert die Koreanerin an, als würde Elizabeth Taylor leibhaftig vor ihm stehen, denn Sun-hi Kim war mindestens genauso schön. Dunkle Augen glänzten in einem ovalen Alabastergesicht, und der kleine Leberfleck neben dem Amorbogen war noch das i-Tüpfelchen dazu.

Vicky stupste Norbert verstohlen an, und der Pfleger fuhr zusammen. Seine Lippen bewegten sich, doch es kam kein Ton heraus; stattdessen streckte er steif wie ein Zinnsoldat Sun-hi Kim den Blumenstrauß entgegen. Diese bedankte sich mit einem Lächeln, das ihre hohen Wangenknochen betonte, und Norbert lief bis unter die Haarwurzeln rot an.

»Kommen Sie!«, sagte Vicky einladend, als die Turbinen der Boeing geräuschvoll ansprangen. »Wir zeigen Ihnen Ihren neuen Arbeitsplatz!«

Sie warf Norbert einen auffordernden Blick zu, und hastig bückte er sich nach dem Koffer.

»Herzlich willkommen!«, schallte es ihnen im Dienstzimmer entgegen.

Julius, der nach seinem Nachtdienst noch für ein paar Tassen Kaffee hier herumgelungert hatte, pfiff anerkennend durch die Zähne, bevor er sich Sun-hi Kim mit breitem Grinsen vorstellte, genau wie Henning, der ebenfalls aus Neugierde seinen Feierabend hinausgezögert hatte. Ansgar machte sich nicht die Mühe, vom Stuhl aufzustehen; in seiner Dienstkluft begnügte er sich mit einem übellaunigen Brummen und zog weiter an seiner Zigarette.

»Sayonara, Mademoiselle Butterfly!«, schnurrte Dr. Krautgartner genüsslich und betrachtete Sun-hi Kim von Kopf bis Fuß. »Eine wahre Lotosblüte hat sich da in unserer Mitte eingefunden. Hinreißend!«

Vicky grinste in sich hinein. So anders sich ihr eigener Einstand damals gestaltet hatte – auf die plumpen Schäkereien des Zahnarztes war Verlass.

Der schien Sun-hi Kims Hand gar nicht mehr loslassen zu wollen, während er ihr zunehmend angespanntes Lächeln gründlich in Augenschein nahm. »Das nenne ich mal gesunde Zähne! Blendend weiß und garantiert ohne jede Plombe. So sieht das also aus, wenn man unberührt von Zivilisationsschäden aufwächst!«

Der Chefarzt sprang ritterlich herbei. Ein vergnügtes Funkeln in den babyblauen Augen, schüttelte er der neuen Krankenschwester herzlich die Hand. »Dr. Frommer. Sehr erfreut. Wir schätzen uns glücklich, dass Sie bei uns sind, Fräulein Kim.«

»*Hwangyong hamnida*«, ließ sich Dr. Bockeloh vernehmen und deutete eine Verbeugung an.

Sun-hi Kim stutzte und fragte vorsichtig mit weicher und melodischer Stimme etwas auf Koreanisch, was der Oberarzt zu bejahen schien. Sie lachte über das ganze Gesicht, während sich ein lebhafter Dialog zwischen den beiden entspann, in dem Dr. Bockeloh deutlich langsamer sprach als sie, aber bemerkenswert flüssig und mit einem kleinen Lächeln. Erst das Knallen des Sektkorkens unterbrach die beiden.

»Ich bin sicher, wir werden uns ganz fabelhaft verstehen, Fräulein Kim«, erklärte der Chefarzt, während er die Gläser füllte und reihum austeilte. »Da wir nicht über ein Wohnheim verfügen, sind Sie fürs Erste in der Pension *Chic* untergebracht. Ein Tipp von Dr. Becker. Ich bringe Sie nachher gleich zum Taxistand. Bestimmt wollen Sie sich erst einmal ausruhen und so richtig in Deutschland ankommen.«

Während das Team der Sanitätsstelle auf die künftige Zusammenarbeit trank, besprach Dr. Frommer mit Sun-hi Kim, ob sie sich ein paar Tage Zeit lassen wollte, bis sie ihren Dienst hier antrat.

»Ich bin beeindruckt«, sagte Vicky und prostete Dr. Bockeloh zu.

Fragend hob er eine Braue, dann zuckte er mit den Schultern. »Es waren ja nicht nur Deutsche im Hospital vom Busan tätig. Mit der Zeit kamen einheimische Fachkräfte hinzu, von denen wir viele selbst ausgebildet haben. Neben Ärzten und Krankenschwestern arbeiteten dort auch Telefonistinnen, Putzfrauen und Küchenhilfen, Wachmänner und Kesselheizer. Sogar einen Friseur hatten wir. Da lernt man automatisch, sich zu verständigen.«

Die koreanische Sprache schien etwas in ihm aufgelockert zu haben, vielleicht lag es auch an den damit verbundenen Erinnerungen.

Er trank noch einen Schluck Sekt. »Meine Frau war ebenfalls Koreanerin.«

»Unter dem Namen kann sie hier aber nicht arbeiten!«, polterte Ansgar in den Raum hinein. »Sun-dings! Da weiß doch keiner, wie man das ausspricht.«

Einen Herzschlag lang herrschte Stille.

»Wir können Fräulein Kim doch nicht einfach mir nichts, dir nichts umtaufen!«, platzte Vicky heraus. Der Startschuss für eine erregte Diskussion.

»Wie wär's mit Sonja?«

»Nee, da denkt jeder an eine Blondine!«

»Wär aber ihrem richtigen Namen am ähnlichsten.«

»Dann sollen sich die Herrschaften halt etwas Mühe geben!«

»Jetzt aber mal halblang!«

»Im Ausland muss man sich eben ein bisschen anpassen!«

So viel zum Thema Weltoffenheit, ging es Vicky durch den Kopf, und sie sah zu Norbert, der jedoch in träumerischer Bewunderung für seine neue Kollegin versunken war.

»Stopp! Bitte!« Mit einer energischen Geste verschaffte sich Sun-hi Kim Gehör, glühende Flecke auf den Wangen und ein Funkeln in den Augen. »Sage einfag *Sunny* – okeh?«

28

When a Man Loves a Woman

Gegen halben sieben Uhr früh war ein Bauarbeiter auf der Matte gestanden. Ein bulliger Kerl etwas über dreißig mit Knollennase und Meckischnitt, der es nicht nur geschafft hatte, sich den Unterarm gründlich aufzuschlitzen, sondern auch die halbe Ohrmuschel abzureißen.

»Noch keine Hochzeit für Sie in Sicht, Frollein Dokter?«, fragte er im Behandlungszimmer, das frisch geflickte Ohr unter einem dicken Kopfverband.

Vicky beugte sich tiefer über die lange Schnittwunde im Unterarm. »Erst mal bin ich ganz und gar von meiner Arbeit hier in Anspruch genommen.«

»Müssen sich doch nicht hier verkriechen, sind doch viel zu hübsch! Na, warten Sie nur ab, irgendwann schneit schon mal einer rein, der heiratet Sie vom Fleck weg!«

Ungerührt stichelte Vicky weiter die gesäuberten Wundränder zusammen. »Nein danke. Außerdem stehe ich ja erst am Anfang meiner Laufbahn als Ärztin.«

Der Bauarbeiter schnalzte abfällig mit der Zunge. »Karriere, ich hör immer nur Karriere! Wer hat euch Frolleins das bloß eingetrichtert? Was ist mit Heim und Familie? Sitte und Anstand gehen noch ganz den Bach runter. Seh'n Sie doch bei der Matura! Wär die brav bei ihrem Mann geblieben, wär die nicht in der Gosse gelandet, mit 'nem Messer im Hals!«

Sogar Helgas Begräbnis hatte noch Stoff für reißerische Meldungen geliefert. Bei Nacht und Nebel nach Recklinghausen überführt, war sie im Morgengrauen im Beisein von fünf weiblichen Verwandten, darunter ihre Mutter, bestattet worden. *Verscharrt,* wie es im selbstzufriedenen Ton der Journaille hieß. Ihr Vater war der Beerdigung ferngeblieben, hatte jedoch der Presse gegenüber verlauten lassen, dass er nichts aus dem Nachlass seiner Tochter haben wollte. *Ich kann mein Geld auch auf anständige Weise verdienen.* Die Angehörigen der Grabnachbarn hatten unverzüglich Protest eingelegt, und der Sarg wurde flugs wieder ausgegraben und Helga umgebettet. Und trotz Hinweisen zu ihren letzten Begleitern in jener Nacht und fünftausend Mark Belohnung gab es noch immer keine heiße Spur.

»Da werfen Sie aber allerhand ganz unsortiert in denselben Topf«, erwiderte Vicky und nahm Nadel und Faden entgegen, die Sunny ihr für den letzten Zentimeter der Wundnaht reichte.

Aus dem Augenwinkel bemerkte sie, wie der Bauarbeiter die Koreanerin beifällig musterte. Da Sunnys Arbeitsfeld sich ganz auf die Sanitätsbaracke beschränkte, bestritt sie ihre Dienste in klassischer Schwesterntracht mit wadenlangem Rock und Häubchen.

»So eine würd mir gefallen«, äußerte sich der Bauarbeiter. »Ein liebes Mädchen. Anständig, anschmiegsam und bescheiden. Ist sicher froh und dankbar, jetzt hier zu sein und nicht mehr im Urwald.«

Vicky spürte förmlich, wie Sunny sich neben ihr versteifte.

»Habt ihr denn Urwälder in Südkorea, Sunny?«, fragte sie leichthin, während sie die Fadenenden verknotete und abschnitt.

»M-hm«, bestätigte Sunny voller Ironie. »Muss man aufpassen, dass man keine Tiger auf Straße überfährt.«

Vicky stand vom Hocker auf und zog sich die Gummihandschuhe aus. »Schwester Sunny wird Ihnen einen Verband anlegen, und ich stelle solange Ihre Krankmeldung aus.«

Eine halbe Stunde später, im Dienstzimmer mit einem Kaffee in der Hand, lachten sie immer noch über das dumme Gesicht des Bauarbeiters, zusammen mit Henning, Julius und Dr. Frommer.

Sunny war ein Gewinn für die Sanitätsstelle. Nicht nur, weil sie von sechs Uhr morgens bis zur Mittagspause die anfallende Arbeit mit stemmte und dazu noch eine Nachtschicht pro Wochenende verstärkte. Jeder Raum wurde sofort heller und freundlicher, sobald sie eintrat, und die Freude, mit der sie ihre Arbeit versah, ihr fröhlicher Schwung waren schon jetzt, Ende Februar, nicht mehr aus der Ambulanz wegzudenken.

»Morgen zusammen!« Den Kragen seiner Cabanjacke hochgeschlagen, kam Dr. Bockeloh zum Dienst. *»Annyeonghaseyo!«*

Mit glänzenden Augen erwiderte Sunny den koreanischen Gruß und erzählte lebhaft etwas in ihrer Muttersprache. Vielleicht von der Begegnung mit dem Bauarbeiter vorhin, denn Dr. Bockeloh stimmte in ihr Lachen ein und schien einen scherzhaften Kommentar dazu parat zu haben.

»Redet hier drin gefälligst Deutsch, verdammt noch mal!«, wetterte Ansgar in der Tür.

Seitdem Dr. Bockeloh mit Sunny den deutschsprachigen, vorerst auf drei Jahre befristeten Arbeitsvertrag durchgegangen war, verbrachte er einiges an Zeit damit, sie mit der Organisation und Arbeitsweise der Sanitätsstelle vertraut zu machen. Mit dem deutschen Gesundheitswesen, Behördengängen und ihren Rechten und Pflichten als Arbeitnehmerin in diesem fremden Land. Alles auf Koreanisch, durchsetzt mit deutschen Fachbegriffen. In der gemeinsamen Sprache schien nicht nur Sunny aufzublühen. Der Oberarzt lächelte häufiger als früher, einen warmen Schimmer in den dunklen Augen. Während Vicky die beiden beobachtete, fragte sie sich, ob Sunny seiner verstorbenen Frau wohl ähnelte, und verspürte dabei ein seltsames Ziehen irgendwo hinter ihrem Brustbein.

»M-morgen«, ließ sich Norbert vernehmen, sein Gesichtsausdruck beim Anblick von Sunny und Dr. Bockeloh halb sehnsüchtig, halb leidend.

Bisher hatte Vicky nicht viel mehr über Korea gewusst, als dass es nach einem blutigen Krieg in einen kommunistischen und einen kapitalistischen Teil zerrissen worden war, wie Deutschland und Vietnam. In Kaffeepausen wie diesen, beim Mittagessen oder während einer Nachtschicht erzählte Sunny mehr von ihrer Heimat. Wie die Bundesrepublik hatte Südkorea sich mithilfe der Amerikaner aus den Ruinen wieder aufgerappelt und erlebte nun ebenfalls sein Wirtschaftswunder, indem nicht mehr nur Reisfelder bestellt, sondern Fabriken gebaut wurden.

Sunnys Familie war das, was sie selbst als *gute Mittelklasse* bezeichnete, die es sich leisten konnte, ihre Tochter auf die Oberschule zu schicken und an einer Hochschule Krankenpflege studieren zu lassen. Ein angesehener Beruf in Südkorea, doch trotz eines glänzenden Abschlusses, Können und Fleiß hatte Sunny Mühe gehabt, Arbeit zu finden und dann auch länger als ein paar Monate zu behalten. Wer aus dem üblichen Rahmen fiel, wurde kritisch beäugt, und Sunny tanzte schon rein optisch aus der Reihe: größer und langbeiniger als der Durchschnitt, die Röcke, die sie in ihrer Freizeit trug, ein bisschen zu kurz und der Lippenstift zu rot. Vor allem liebte Sunny die Musik, die mit den amerikanischen Soldaten ins Land gekommen war. Die jedoch wurde nicht mehr gern gehört unter Park Chung-hee, der durch einen Militärputsch die Macht erlangt hatte und nach seiner Präsidentenwahl das Land mit eiserner Hand regierte. Bei aller Hinwendung zum Westen hielt man in Südkorea an althergebrachten konfuzianischen Idealen fest und besann sich dazu noch auf einen neuen Nationalismus. Und da Sunny sowieso neugierig auf die Welt war, die jenseits des Gelben, Japanischen und Ostchinesischen Meeres lag, war das Angebot aus Deutschland wie gerufen gekommen.

Dafür ertrug sie auch tapfer Heimweh und das deutsche Essen, wie sie Vicky in einer der stillen Nachtstunden anvertraut hatte. In ihrem Pensionszimmer fühlte sie sich oft einsam. Denn die koreanischen Kolleginnen, die nachmittags in derselben Sprachschule Deutsch büffelten, hatten sich bereits in ihren jeweiligen Wohnheimen angefreundet. Umso glücklicher hatte Sunny vorgestern Abend in der Küche von Vicky und Elif gesessen, bei Köfte, Reis und Gemüse, und hatte lachend erzählt, dass sie alle deshalb so putzmunter aus dem Flieger gestiegen waren, weil die Stewardessen von Japan Airlines sie zuvor großzügig mit Schlafmittel versorgt hatten.

Dr. Bockeloh trat an seinen Spind, und vergnügt vor sich hin lächelnd, schenkte Sunny sich Kaffee nach.

»Du, Sunny«, sprach Vicky sie an.

Die Krankenschwester stellte die Glaskanne zurück und sah sie aufmerksam an.

»Elif und ich haben überlegt ... Bei uns ist doch noch ein Zimmer frei. Ist nicht besonders groß, und es stehen nur Bett und Schrank aus zweiter Hand darin. Willst du es dir trotzdem mal ansehen?«

Sunnys Augen leuchteten.

»Also dann – bis morgen!«

»Tschüss, Jungs!«

Nach dem morgendlichen Rapport verabschiedete sich die Nachtschicht, während ihre Kollegen darüber debattierten, ob das enttäuschende 1:0 im gestrigen Länderspiel zwischen England und Deutschland ein schlechtes Omen für die Weltmeisterschaft im Juli war. Sunny war unterdessen schon im Behandlungszimmer verschwunden, um die bevorstehende Sprechstunde vorzubereiten.

Vicky tauschte gerade Dienstkleidung gegen Hose und Pulli, als Dr. Bockeloh im Arztkittel hinzutrat und in der Cabanjacke im Spind etwas suchte, was er nicht gleich zu finden schien.

»Ich kann Ihnen bei Gelegenheit mehr über die Arbeit im Hospital von Busan erzählen, wenn Sie wollen«, sagte er.

Vicky stieg in ihre Stiefel. »Ja, gern.«

Ungeduldig fischte er in den Jackentaschen herum. »In Frankfurt kann man zwar nicht koreanisch essen gehen, aber es gibt immerhin ein paar Chinarestaurants.« Endlich hielt er eine Packung Gauloises in der Hand und klopfte umständlich eine davon heraus, ohne Vicky dabei anzusehen. »Das *Peking* in der Kaiserstraße ist sehr gut. Nächsten Samstag? An dem Wochenende arbeiten wir beide erst früh, dann spät. Neunzehn Uhr dreißig?«

Die Hand nach ihrem Mantel ausgestreckt, hielt Vicky verblüfft inne. »Okay«, stimmte sie fast schon mechanisch zu.

»Dann reserviere ich uns einen Tisch.« Das harte Gesicht unbewegt, steckte er sich die Zigarette zwischen die Lippen und schlug die Tür zum Spind zu.

Vickys Brauen zogen sich zusammen und glätteten sich wieder, und ein kleines Lächeln spielte um ihren Mund, während sie in ihren Mantel schlüpfte und zu Helm und Handtasche griff.

29

Irgendwann gibt's ein Wiedersehn

»*Call my baby lollipop*«, schmetterte es aus dem Bad. »*Tell you whyyy, his kiss is sweeter than an apple pieee!*«

In ihrem Zimmer schmunzelte Vicky vor sich hin, während sie eine der neuen und praktischen Nylonstrumpfhosen anzog. Sunny sang sehr oft, sehr laut – und sehr gut. *Können wir Radio jetzt weggeben*, hatte Elif gewitzelt.

»Bin fertig in Bad!«, rief Sunny auf dem Flur, bevor sie unter Geträller die Tür zu ihrem Zimmer zuklappte.

Vicky, die sich mit dem Reißverschluss abmühte, riss dagegen ihre Tür auf. »Elif, kannst du mir bitte das Kleid zumachen?«

Sie trafen sich auf halbem Weg, just als auch Sunny wieder aus ihrem Zimmer trat, schon den Mantel über einem gemusterten Hängerkleid und die Handtasche über dem Unterarm.

»*See you later, alligator!*«, meinte Elif vergnügt.

»*After 'while, crocodile!*«, singsangte Sunny.

»Hab einen guten Nachtdienst!«, sagte Vicky.

»Bis morgen!«, erwiderte Sunny fröhlich und warf ihnen beiden einen Handkuss zu.

»Passt wie Faust auf Auge«, bekundete Elif, als die Wohnungstür hinter Sunny ins Schloss gefallen war.

Unsicher blickte Vicky an dem hellblauen Kleid herunter. »Lieber was Schickeres? Ist doch nur ein Abendessen.« Zeit zum Umziehen hatte sie mehr als genug. Zum Chinarestaurant *Peking*, wo sie an diesem ersten Samstag im März mit Dr. Bockeloh verabredet war, brauchte sie zu Fuß höchstens zehn Minuten.

Elif brach in Lachen aus. »Mein isch uns drei Ladys!«

Das stimmte zweifellos. Gerade mal fünf Tage war es her, dass Sunny den *Hanbok,* das traditionelle Gewand Südkoreas, unter einer Plastikhülle hier in den Schrank gehängt hatte, und es fühlte sich an, als würden sie schon ewig zusammenwohnen.

Unten auf der Straße jagte eine Polizeisirene vorüber. Seitdem eine Horde Filmleute eingefallen war, kam es im Bahnhofsviertel ständig zu Handgreiflichkeiten, in denen auch schon mal die Flaschen flogen. Niemand hier wollte eine Statistenrolle für echten und unverfälschten Lokalkolorit übernehmen. Und noch weniger, dass Helgas Lebensgeschichte für einen Gangsterfilm ausgeschlachtet wurde. Nicht einmal mit dem liebreizenden Gesicht von Vera Tschechowa. Dass es sich um dieselbe Filmgesellschaft handelte, die ebenfalls die Flugzeugkatastrophe von Bremen zu verwursten gedachte, machte es nicht besser; sogar Morddrohungen hatte es bereits gegeben. *In Frankfurt sind die Nächte heiß* war jetzt schon mehr als ein Filmtitel.

»Was hast du heute noch vor?«, erkundigte sich Vicky.

Elif folgte ihr ins Badezimmer und lehnte sich an den Türrahmen. »*Tagesschau* gucken. Muss isch darüber Aufsatz schreiben, für Schule.«

Fast zeitgleich mit Sunny hatte der Fernsehapparat Einzug gehalten, für den sich Vicky und Elif nach langem Hin und Her schließlich anstelle einer Waschmaschine entschieden hatten. Auf Pump, rund fünfhundert Mark waren nicht gerade ein Pappenstiel, doch dafür brachte er den *Beat-Club* in ihre Küche, *Einer wird gewinnen* mit Hans-Joachim Kulenkampff, die *Rudi Carrell Show* und die nervenzerfetzenden Krimis aus der Reihe *Stahlnetz,* wahre Straßenfeger.

Eine willkommene Ablenkung von den Nachrichten. Vietnam versank in Dschungelkämpfen und dem Bombenhagel der Amerikaner. Ho-Chi-Minh-Pfad, Vietkong und Napalm waren längst keine Fremdwörter mehr. Ein Stellvertreterkrieg, meinten die einen; andere hielten die Intervention der Amerikaner für berechtigt, damit nicht nach und nach der Rest des Kontinents dem Kommunismus anheimfiel und sich das prekäre Gleichgewicht der Mächte verschob. Ein Konflikt, der weit über Saigon und Da Nang hinausreichte, weil nicht nur China und die Sowjetunion einerseits und die USA andererseits ihre Finger im Spiel hatten. Auch Australien und Neuseeland mischten mit, und dazu noch eine Handvoll asiatischer Staaten, darunter Südkorea. Und während die DDR ihre Bürgerinnen und Bürger zur Solidarität mit Nordvietnam aufrief, forderte die Berliner Mauer fast jeden Monat neue Todesopfer. Mehr als achtzig waren es inzwischen – in den Grenzgewässern ertrunken oder auf der Flucht verunglückt, die meisten von Grenzern erschossen.

»Und um zehn kommt doch *Grand Prix*!«, fügte Elif verheißungsvoll hinzu.

Beim großen europäischen Schlagerwettbewerb, der in diesem Jahr in Luxemburg ausgetragen wurde, trat Margot Eskens mit *Die Zeiger der Uhr* für die Bundesrepublik an. Trotzdem würde vermutlich halb Frankfurt dem Österreicher Udo Jürgens und *Merci, Chérie* die Daumen drücken. Schließlich handelte es sich um einen Neffen des früheren und noch immer geschätzten Oberbürgermeisters Werner Bockelmann, dem die Stadt den Bau der U-Bahn verdankte, die ersten Hochhäuser und die Wohnsiedlung der Nordweststadt.

Während Vicky sich die Wimpern tuschte, spürte sie Elifs Blick auf sich.

»Halbe Putzfrauenkolonne von Flughafen wäre heute neidisch auf disch«, erklärte Elif. »Schwärmen glühend von Oberarzt. Aber ist gefährlische Mann!«

»Warum das denn?«, murmelte Vicky und bemühte sich, mit dem Bürstchen ein paar tuscheverklebte Wimpern wieder zu trennen.

»Ist einsame und hungrige Wolf. Schleicht sisch an und dann ...« Unter einem Knurren, das tief aus ihrer Kehle kam, bleckte sie angriffslustig die Zähne.

Vicky lachte und kämmte sich mit den Fingern durch ihre Kurzhaarfrisur. »Der hat doch nur Augen für Sunny!«

»Aber geht mit disch zu Chinamann essen.«

Vicky griff zu dem Überrest ihres Lippenstifts aus Hanauer Tagen, doch Elif drängte sich dazwischen. »Diese!« Mit Nachdruck hielt sie Vicky einen aus ihrem Arsenal hin.

Folgsam trug Vicky die Farbe auf. Ein warmes Kupferrot, das sie sich selbst wohl nicht ausgesucht hätte, sich aber tatsächlich gar nicht so übel an ihr ausnahm.

Die Türklingel schlug an.

»Und isch seh, was isch seh«, fügte Elif orakelhaft hinzu, bevor sie im Flur verschwand.

Vicky musterte ihr Spiegelbild, dieses fremde Rot auf den Lippen, das sie an einen Herbsttag im Grunewald erinnerte. Ob der Baum noch stand, in dessen Borke Achim ihrer beider Initialen geritzt hatte? In jenem Jahr, als sie gerade entdeckt hatten, dass sie nicht nur bester Freund, beste Freundin waren, sondern mehr. Alles war noch frisch und neu und aufregend gewesen, die ganze Welt schien ihnen zu gehören, und unter dem bunt gefärbten Laub hatte er sie an sich gezogen und geküsst. Ein Versprechen ohne Worte, damals schon.

»Vicky!«

Elifs gellender Ausruf ließ sie zusammenzucken, und klackernd fiel der Lippenstift mitsamt seiner Kappe ins Waschbecken. Auf Notfälle getrimmt, spurtete Vicky aus dem Badezimmer und blieb wie angewurzelt stehen.

Die Flurleuchte stanzte die überschlanke Gestalt eines jungen Mannes aus dem dämmrigen Treppenhaus, einen Kupferschimmer in den kurz geschnittenen Locken, in der Hand eine Plastiktüte und die Schultern hochgezogen, als fröre er. Mit weichen Knien setzte Vicky einen Fuß vor den anderen, vorsichtig und geradezu furchtsam, als ob es sich einmal mehr um ein flüchtiges Trugbild handelte.

In seinen dunklen Augen glänzte es auf, und ein unsicheres Lächeln huschte über das blasse und müde Gesicht, das scharfkantiger war, als sie es in Erinnerung hatte. Die Brust wurde ihr eng, sie hatte zu atmen vergessen.

Vicky holte tief Luft und umschlang Achim mit aller Kraft.

»Erst wollte ich anrufen«, sagte Achim heiser, als er wenig später am Küchentisch saß, vor sich einen Kaffee und einen zerdrückten Zigarettenstummel im Aschenbecher. Elif hatte ihm die Schachtel überlassen, bevor sie sich taktvoll in ihr Zimmer zurückzog.

»Aber ich hatte keine Ahnung, was ich am Telefon sagen sollte«, fuhr er fort. »Da habe ich von den hundertfünfzig Mark, die ich im Notaufnahmelager bekommen hatte, eine Fahrkarte gekauft und mich in Gießen in den Zug gesetzt.«

Vickys Finger schlossen sich fester um seine Hand, die auf dem Tisch lag.

»Obwohl ich nicht wusste, ob du noch ...«, begann er erneut und verstummte; er schien nach den richtigen Worten zu suchen. »Vier Jahre sind eine lange Zeit.«

»Diese ganze Zeit habe ich nur auf dich gewartet«, flüsterte Vicky.

Unter gesenkten Lidern schielte Achim zu ihr hin, und seine Wangengrübchen schienen auf, bevor er den Blick offen über ihr Gesicht wandern ließ. »Ich mag deine kurzen Haare.«

Verlegen lächelten sie sich an, und Achims Daumen strich über ihre Finger. Seine Jacke hing über der Stuhllehne; dieselbe Jacke, die er an jenem Samstag im November getragen hatte. Es waren auch dasselbe Hemd, dieselbe Hose, dieselben Schuhe, denen nach vier Jahren in irgendeinem Lagerraum ein muffiger Geruch anhing. Achim darin zu sehen, wirkte wie eine seltsame Schleife im geradlinigen Verlauf der Zeit.

»Die letzten Tage waren ...«, setzte er an, unterbrach sich jedoch und schüttelte ungläubig den Kopf. »Mit einem Schlag waren die Wärter wie ausgewechselt. Scheißfreundlich. Haben mir Westzigaretten gegeben und richtig gutes Essen, und ich durfte außer der Reihe duschen. Geradezu unheimlich war das. Dann bekam ich Besuch von einem Anwalt. Nicht dieser Kriecher, der neben mir im Gerichtssaal gesessen hatte und herunterleierte, was sowieso schon abgesprochen war. Eher der Typ windiger Geschäftsmann. Ein Herr Vogel, im Maßanzug mit klotzigen Manschettenknöpfen, eine teure Hornbrille im jovialen Gesicht. Der gab mir deine Adresse und Telefonnummer und meinte gut gelaunt, ich solle mich bereithalten, bald würde ich rauskommen. Ich hab's nicht geglaubt, auch nicht, als ich das Entlassungsschreiben in der Hand hatte und meine alten Sachen anziehen konnte. An einen üblen Trick hab ich gedacht, mit dem sie noch mehr Druck ausüben wollten. Sogar im Bus mit einer Handvoll anderer Häftlinge war ich überzeugt, die verlegen uns nur in einen anderen Bau. Bis die Grenze in Sicht kam und wir rüberfuhren. Ohne Kontrolle, einfach so. Erst auf dem Parkplatz, wo schon der Reisebus eines westdeutschen Unternehmens stand, hab ich's kapiert.«

Er griff nach seinem Kaffeebecher, trank jedoch nicht daraus, sondern starrte vor sich hin. Seine Haut wirkte grau und schuppig, und er blinzelte häufig; ein Verschütteter, dem das Licht nicht mehr vertraut war.

»Der Alte war's«, stieß er nach einer längeren Pause hervor. Er stellte den Becher so heftig ab, dass der Rest Kaffee darin hochschwappte, und rieb sich mit der freien Hand über das Gesicht. »Ich habe ihn am Bahnhof gesehen, an jenem Abend. Keine Ahnung, ob das ein blöder Zufall war. Oder ob er mich hat auspähen lassen und nur darauf gewartet hat, mir in die Augen zu sehen, wenn sie mich schnappen. Weglaufen war zwecklos, das habe ich sofort gewusst. Vielleicht war ich auch zu stolz. Oder zu feige.«

Vicky musste schlucken.

Achim löste seine Finger aus ihren, um sich eine Zigarette anzuzünden; dabei zitterten seine Hände. »Mein eigener Vater«, sagte er gallig und blies den Rauch aus, »hat die Kettenhunde auf mich gehetzt und dafür gesorgt, dass sie mich zu fünfzehn Jahren Zuchthaus verurteilen. Wegen *staatsfeindlichen Menschenhandels*. Als *gewaltbereites Mitglied einer Terrororganisation*.« Die Augen halb zusammengekniffen, beobachtete er einige Herzschläge lang den aufsteigenden Rauch. »Am Ende muss ich sogar noch dankbar sein. Als Strathoff junior ist mir vermutlich das Schlimmste erspart geblieben.«

»Willst du mir davon erzählen?«, fragte Vicky behutsam.

Achim senkte den Kopf, und seine Finger verflochten sich erneut mit ihren. »Vielleicht irgendwann.«

Im Flur zögerte Vicky. Aus der Küche drangen Fernsehstimmen und Musik; Elif sah sich noch den Rest des *Grand Prix* an.

Zu dritt hatten sie zu Abend gegessen, etwas Schnelles aus der Pfanne, während Vicky und Elif abwechselnd von ihrem Leben hier in Frankfurt zwischen Flughafen und Bahnhofsviertel erzählten. Eine Welt, die Achim merklich fremd war, und immer wieder war sein Blick auf Vicky zu liegen gekommen, wie aus weiter Ferne und staunend.

Vicky pochte mit dem Fingerknöchel an die Tür ihres Zimmers. Während sie und Elif sich um den Abwasch kümmerten, war Achim mit seinen dürftigen Habseligkeiten aus dem Notaufnahmelager ins Badezimmer gegangen und hatte sich in die Wanne gelegt.

»Achim?«, flüsterte sie durch den Türspalt und schob die Tür dann langsam weiter auf.

Die Lampe auf der Schminkkommode, die Vicky nach wie vor als Schreibtisch nutzte, zirkelte einen Lichtkreis durch das Zimmer.

»Du hast sie noch«, stellte Achim leise fest, barfuß, in einem kurzärmligen Unterhemd und der gestreiften Pyjamahose, die Vicky für ihn aus dem Koffer unten in ihrem Schrank geholt hatte.

Ihr Blick wanderte zu der zerschrammten Gitarre, die in der Ecke lehnte.

Sie schloss die Tür hinter sich und trat zu ihm. »Ich habe alles noch. Deinen Personalausweis, Zeugnisse, Studienbuch und deine angefangene Doktorarbeit. Auch dein Stethoskop und die Instrumentenmappe. Nur die Fachbücher nicht. Ich dachte, wenn du zurückkommst, kannst du meine haben.«

»Ja«, erwiderte er tonlos.

Eine eigenartige Befangenheit machte sich zwischen ihnen breit. Vicky gab sich einen Ruck und nahm ihren Pyjama vom Bett. »Ich bin gleich wieder da.«

Als sie aus dem Badezimmer zurückkehrte, schlief Achim bereits, das Gesicht halb ins Kissen gedrückt und den angewinkeltem Arm über dem Kopf, wie zum Schutz. Sie knipste die Lampe aus und schlüpfte zu ihm unter die Decke. Seine Locken waren im Nacken noch feucht, und unter dem Zitronenduft der Seife roch er nach Achim, wie Heu und Laub. Ein Geruch, den sie fast schon vergessen hatte und der ihr doch auf Anhieb wieder vertraut war. Der Länge nach schmiegte Vicky sich an ihn und legte die Hand auf seine Brust, dorthin, wo sein Herz schlug. Er war mager geworden, die Rippen drückten spürbar durch die Haut, und die Schulterblätter stachen scharf hervor. Ihr Heimkehrer aus dem Kalten Krieg.

Im Schlaf glitt Achims Hand herab, umfasste ihre Finger und presste sie fest an sich, und Vickys heiße Tränen durchfeuchteten den Rücken seines Unterhemds.

Zum ersten Mal in ihrem Leben spielte Vicky mit dem Gedanken, blauzumachen.

Achim hatte zwischendurch unruhig geschlafen, sie selbst war immer wieder hochgeschreckt, um sich zu vergewissern, dass sie nicht träumte, er wirklich neben ihr lag. Bis weit nach Mittag waren sie im Bett geblieben, ganz darin versunken, einander anzusehen und anzulächeln, den anderen zu spüren und die ersten vorsichtigen Küsse zu wagen.

Letztlich hatte jedoch Vickys Pflichtgefühl gesiegt, wenn auch kurz vor knapp. In einem Höllentempo brauste sie auf der Vespa durch den Sonntagabendverkehr zum Flughafen hinaus, beflügelt von diesem ersten Tag mit Achim zwischen spätem Frühstück und frühem Abendbrot, in der Küche mit Elif und Sunny.

Erst im Dienstzimmer, wo Dr. Bockeloh vor den Spindschränken seinen Arztkittel anzog, fiel ihr die Verabredung wieder ein. Bei der Vorstellung, wie er allein im Chinarestaurant saß und vergebens auf sie wartete, flatterte es unruhig in ihrer Magengegend.

»Entschuldigung!«, stieß sie atemlos hervor und öffnete ihren eigenen Spind. »Wegen gestern. Ich ... Mein Verlobter ist nach Hause gekommen!« Sie strahlte über das ganze Gesicht.

Die Bewegungen des Oberarztes froren ein, und sein Adamsapfel ruckte auf und ab.

»Das freut mich«, stieß er schließlich aus. »Für Sie beide.«
»Danke nochmals für Ihre Hilfe«, erwiderte Vicky leise.
In seinem Gesicht zuckte es: Er sah aus, als wollte er etwas sagen, nickte jedoch nur und ließ die Spindtür zufallen. Vicky sah ihm nach, wie er zur Kaffeemaschine ging, und ihre Kehle war eng.

30

I Got You (I Feel Good)

In Blue Jeans und warmer Jacke radelte Vicky eine Woche später auf ihrem ollen Klepper durch den Wald, in dem ansonsten keine Menschenseele unterwegs war. Der triste und ziemlich kalte Samstagvormittag lud nicht gerade zum Spazierengehen ein; nachts fror es noch. In den kahlen Bäumen riefen Vogelstimmen dennoch unverdrossen den Frühling herbei, und im rostigen Laub des alten Jahres, das den Boden bedeckte, leuchteten Schneeglöckchen, Märzenbecher und die ersten Krokusse.

»Wenn du willst«, rief sie über die Schulter Achim zu, »setzen wir uns nachher gleich an deine Bewerbung. Dann klappt es vielleicht noch zum Sommersemester.« Nach ihrem Nachtdienst gestern war sie in der Mertonstraße im Frankfurter Westend vorbeigebraust, um aus dem Sekretariat der Johann Wolfgang Goethe-Universität das aktuelle Vorlesungsverzeichnis mitzunehmen.

»Vergiss nicht, ich bin vorbestraft«, erwiderte er auf dem Fahrrad, das Elif ihm geborgt hatte. Seine ersten Meter durch die Straßen Frankfurts waren wackelig geraten, er musste erst wieder üben.

»Du warst aus politischen Gründen inhaftiert«, widersprach sie. »Nicht wegen Bankraub oder Totschlag.«

»Ist nicht gesagt, dass sie die Scheine aus Berlin auch anerkennen«, gab Achim zu bedenken.

Der Pfad stieg leicht an, und Vicky trat fester in die Pedale.
»Medizin ist Medizin! Falls sie dir tatsächlich für die Zulassung zum Examen noch den einen oder anderen Kurs aufbrummen, schaffst du das locker in einem Semester.«

»Und wovon bezahle ich das? Ich liege dir schon genug auf der Tasche.«

Die hiesige Uni verlangte keine Unterrichtsgelder, wie Vicky und Achim dem Vorlesungsverzeichnis entnommen hatten, das zu gut einem Drittel aus Anzeigen für Banken, *Frankfurter Allgemeine* und *Süddeutsche Zeitung* bestand, für Mercedes Benz und Volkswagen, Leitz, Suhrkamp und Diogenes, Mouson Lavendelparfum und Jade Hautbalsam. Trotzdem blieben zusammengerechnet immer noch etwas über zweihundertzwanzig Mark für sämtliche anfallenden Gebühren eines Semesters.

»Mit deinen Papieren aus dem Notaufnahmelager hast du ja wohl Anspruch auf Eingliederungsbeihilfe für Zonenflüchtlinge«, beharrte Vicky. »Oder wenigstens auf einen Gebührenerlass, vielleicht auch ein Darlehen.« Sie machte eine kleine Pause. »Und wenn du dein Examen doch noch an der FU baust?«

»Ich gehe sicher nirgends mehr hin, wo diese Drecksmauer in Sichtweite ist.« Erst jetzt, vier Jahre später, hörte Vicky bei ihm den soften Schmelz des Berlinerischen heraus; etwas, das ihr früher nie aufgefallen war.

Beide schwiegen, während sie die Anhöhe hinaufstrampelten.

»Wer zuerst unten ist!«, rief Achim am höchsten Punkt.

Johlend schoss er an ihr vorüber, und lachend setzte Vicky ihm nach. Nacheinander rauschten sie zwischen den Bäumen hindurch und aus dem Wald hinaus. Unten angekommen, bremste Achim so scharf, dass das Rad zur Seite ausschlug, und er ließ den Drahtesel auf den weichen Untergrund fallen.

Einige Herzschläge lang stand Achim einfach nur da und sah sich blinzelnd um. Seine Augen, an einen Raum von weniger als drei auf drei Metern gewöhnt, schienen die Weite des Tals kaum fassen zu können.

»Ich bin frei«, murmelte er. Als könnte er es jetzt erst fühlen, mehr als zwei Wochen nachdem die Unterhändler ihn rausgeholt hatten. »Frei!«, brüllte er aus Leibeskräften, sodass seine Stimme durch den Taunus schallte. »Ich bin frei!«

Unter Jubellauten, die tief aus seiner Brust kamen und zu den Baumwipfeln hinaufflogen, taumelte er mit ausgebreiteten Armen durch das winterbraune Gras und schien mit jeder Pore dieses Gefühl der Freiheit aufzusaugen. Ein Lächeln zuckte Vicky über das Gesicht, und ihre Augen wurden feucht.

Er geriet ins Stolpern, und die Wiese fing ihn auf. Die Augen zum Himmel gerichtet, schnappte er nach Luft. Stoßweise Atemzüge, unter denen sich sein Gesicht verzerrte; er weinte. Tröstend schmiegte sich Vicky an ihn, und haltsuchend umklammerte er ihre Hand.

Friedliche Stille senkte sich über sie.

»Lass uns an Meer fahren«, raunte er nach einer Weile.

Vicky hatte Dr. Frommer um ein paar freie Tage gebeten. Behördengänge und Besorgungen waren zu machen, Achim war ja praktisch nur mit einer Zahnbürste und einem Rasierer hier angekommen; außerdem wollte sie ihm die Stadt zeigen. Mit weichem Blick und warmherziger Stimme hatte der Chefarzt ihr gleich eine ganze Woche Urlaub genehmigt. *Alles Gute für Ihrer beider Neuanfang!*

»Wohin willst du?«

»Einfach nur ans Meer.«

Vickys Kopf an seiner Schulter und die Finger ineinander verschränkt, blickten sie in ein Stück blauen Himmels im Wolkengrau.

Durchgefroren kehrten sie am Nachmittag nach Hause zurück.

Die Frage, ob Achim bleiben durfte, stellte sich gar nicht erst, so herzlich, wie Elif und Sunny ihn aufgenommen hatten, und in seiner Eigenschaft als Vermieter hatte Teddy Honigmann ebenfalls nichts dagegen gehabt.

In Hose und Strickpulli saß Sunny am Küchentisch, die Unterlagen aus der Sprachschule vor sich ausgebreitet. »Ist Post gekommen. Für Achim.« Mit dem angebissenen Apfel in der Hand deutete sie auf das Küchenbüfett.

Ein schmales Kuvert lehnte an den beiden Päckchen, die nach ihrer weiten Reise über die deutsch-deutsche Grenze auf Vickys achtundzwanzigsten Geburtstag morgen warteten. Auch der Brief an Achim stammte aus der DDR, das Konterfei Walter Ulbrichts in Briefmarkenform war unverkennbar. Es kostete Achim sichtlich Überwindung, danach zu greifen.

»Von Rechtsanwalt Vogel.« Er warf Vicky einen Blick zu. »Eigentlich hätte ich dir gar nicht erzählen dürfen, wie sich meine Freilassung abgespielt hat.«

»Das weiß er doch nicht«, erwiderte Vicky nüchtern.

»Hast du deiner Mutter was davon gesagt?«

Vicky schüttelte den Kopf. Sie hatte nicht einmal seinen Namen zu erwähnen brauchen. *Du glaubst nicht, wer hier ist* am Telefon hervorzusprudeln, hatte schon genügt. Der lange Schatten der Stasi war bis nach Frankfurt zu spüren.

Achim gab sich einen Ruck, riss den Umschlag mit dem Finger auf, entfaltete den Briefbogen und erstarrte.

»Soll ich rausgehn?«, erkundigte sich Sunny behutsam.

Er machte eine abwehrende Geste und reichte das Schreiben an Vicky weiter. Die Kanzlei im Ostberliner Stadtteil Friedrichsfelde hatte ihm eine Rechnung gestellt.

»Eintausendfünfhundert Mark?«, entfuhr es ihr. Dafür arbeitete sie eineinhalb Monate in der Sanitätsstelle. Auch Sunny, die auf rund sechshundert Mark kam, holte erschrocken Luft.

»Ich dachte eigentlich, er wird von der Bundesrepublik bezahlt«, sagte Achim kleinlaut.

»Darauf möcht ich wetten!«, bekräftigte Vicky. »Und mich würd's nicht wundern, wenn er auch noch was von den Genossen kassiert.«

Sie hätten sich denken können, dass Freilassungen wie die von Achim nicht nur für die DDR ein einträgliches Geschäft waren, sondern ebenso für die Vermittler zwischen den Fronten. Vielleicht sogar verständlich, wenn man die Risiken in Betracht zog, die damit verbunden waren. Wer die Gunst der Apparatschiks verlor, fiel tief. Was vermutlich erklärte, weshalb der Rechnungsbetrag in D-Mark auf ein Westberliner Konto zu überweisen war.

Entschlossen stopfte Vicky den zusammengefalteten Bogen in den Umschlag zurück. »Wir rufen gleich Montagmorgen dort an und fragen, ob wir das abstottern können. Und am besten auch noch im Ministerium. Ich will wissen, ob das rechtens ist und ob es in so einem Fall nicht finanzielle Hilfe gibt.«

Die Hände tief in den Taschen seiner Blue Jeans, starrte Achim vor sich hin, die Lippen zusammengepresst. Er sah aus, als wäre ihm übel.

Vicky fasste ihn am Arm und blickte ihm fest in die Augen. »Wir kriegen das hin, okay?«

Selbst wenn sie sich die nächsten Monate dafür krummlegen müsste – eintausendfünfhundert Mark waren kein zu hoher Preis für Achims Freiheit.

Er nickte schließlich, wenn auch mit bekümmerter Miene. Er schien dasselbe zu denken wie Vicky: Für ein paar Tage am Meer war erst mal kein Geld übrig.

Mitten in der Nacht öffnete Vicky die Augen. Vor dem Fenster zeichnete sich Achims Silhouette ab; er schlief noch immer nicht gut. *Er wird Zeit brauchen*, hatte Traude Becker gesagt. Vicky war entschlossen, ihm diese Zeit zu lassen und gleichzeitig dafür zu sorgen, dass er in dieser neu gewonnenen Freiheit wieder Tritt fasste. Verschlafen krabbelte sie aus dem Bett und gesellte sich zu ihm. Eng umschlungen blickten sie auf die Straßenlaternen, unter denen die Scheinwerfer einzelner Autos und Motorroller vorüberglitten. Über den erleuchteten Fenstern der anderen Straßenseite glühte der Widerschein der nachtfunkelnden Stadt.

»Das Schlimmste an meiner Zelle waren die verfluchten Glasbausteine«, flüsterte er. »Ich konnte gerade noch unterscheiden, ob es Tag oder Nacht war, die Sonne schien oder es regnete. Aber ich habe nichts davon gesehen. Rein gar nichts.«

Es waren solche Bruchstücke, die er mit ihr teilte, jedes davon ein scharfkantiger Splitter, der unter Vickys Haut schnitt. Die meiste Zeit in Einzelhaft, war seine Schlafenszeit genauso geregelt, genauso kontrolliert gewesen wie die Position, die er dabei auf der Pritsche einzunehmen hatte; nachts war regelmäßig das Licht angegangen.

Es ist vorbei, hätte Vicky am liebsten gesagt. Doch das war es nicht, nicht nach dieser kurzen Zeit wieder in Freiheit, in der er nach und nach seine grauschuppige Gefängnishaut abgeworfen hatte. Bei jedem Geräusch, das ihn an das Rasseln eines Schlüsselbunds erinnerte, zuckte er zusammen. Sie drückte das Gesicht an seine Schulter und streichelte ihm über den Rücken.

Er fühlte sich härter und sehniger an als früher. Der Arzt in Gießen hatte ihm eine erstaunlich gute körperliche Verfassung bescheinigt, was wohl den Liegestützen zu verdanken war, mit denen er die leeren Stunden in seiner Zelle überbrückt hatte. Den Runden, die er trotz des wütenden Gebrülls der Wärter im Käfig des Gefängnishofs gerannt war, bis ihm die Luft wegblieb. Seine kleine Rebellion gegen die Haftregeln, fünfmal die Woche für eine Viertelstunde unter einem Fetzen freien Himmels.

Achim zog sie fester an sich. »Herzlichen Glückwunsch zum Geburtstag.«

Vicky hob den Kopf. »Und ich hab das beste Geschenk überhaupt bekommen.«

Mit gekauften Dingen hatten sie sich nie beschenkt. Höchstens mit Eintrittskarten für einen Film, den sie sich für den Geburtstag des anderen aufgehoben hatten, oder einer mit Rock 'n' Roll durchtanzten Nacht in der Hasenheide. Noch lieber hatte Vicky ihn in einen medizinischen Vortrag an der Charité geschmuggelt oder auf die Galerie, wo sie gebannt mitverfolgten, wie unten ein Aortenaneurysma operiert wurde, während er sie mit den ersten aufbrechenden Narzissen im Volkspark Friedrichshain überrascht hatte und mit einem Sonnenaufgang am noch verschneiten Schlachtensee.

In den Nachtlichtern, die durch das Fenster hereinfielen, lächelte er, bevor er sie küsste. Ein Kuss, der drängender ausfiel als bisher, geradezu fordernd, und unwillkürlich rieb Vicky sich an ihm wie eine Katze. Sie hatte es so sehr vermisst, begehrt und berührt zu werden. Nicht von irgendjemandem, sondern von Achim.

»Führst du deine Listen und Tabellen noch?«, murmelte er an ihrem Mund.

Auch ohne praktischen Nutzen hatte sie weiter ihren Zyklus studiert und vermessen wie für eine zweite Doktorarbeit. Nicht nur aus Gewohnheit, sondern auch mit der starrsinnigen Hoffnung, diese Aufzeichnungen doch noch einmal brauchen zu können.

»Könnte für heute noch knapp reichen«, flüsterte sie. »Bist du sicher?«, fügte sie hinzu, heiser vor Verlangen.

Achim beantwortete ihre Frage, indem er die Knöpfe ihres Pyjamas öffnete, und Vicky erschauerte, als seine Hand unter den gestreiften Stoff glitt.

»Ich bin genauso aufgeregt wie beim allerersten Mal«, gestand er atemlos.

Damals war Vicky die treibende Kraft gewesen, jetzt überließ sie ihm die Führung. Verwirrend neu fühlte es sich an, sich im Schutz der Dunkelheit nackt zu begegnen, unter Achims zärtlicher Gier, die manchmal unbeholfen geriet. Bis sich ein Rausch des Vergessens einstellte, in dem die vier Jahre zwischen ihnen dahinschmolzen und es für Vicky nur noch dieses funkensprühende und schwerelose Gefühl gab, Achims schweren Atem im Ohr, der halb ein Schluchzen war.

In seine Arme gekuschelt und die Wange an seiner Brust, horchte sie auf seinen sich langsam wieder beruhigenden Herzschlag.

»Weißt du noch?«, murmelte er. »Jene Party im Klubhaus, als wir mitten in der Nacht unterm Sternenhimmel im Waldsee schwimmen waren? In solche Erinnerungen habe ich mich geflüchtet. Sie haben sich nur so schnell abgenutzt. Ich hab mich davor gefürchtet, eines Tages nichts mehr zu finden, woran ich mich festhalten konnte.«

»Du hast es trotzdem durchgestanden«, wisperte sie und sog tief den Duft seiner Haut ein.

»Gerade so«, brachte er mühselig hervor. »Die erste Zeit war schwer genug, aber fünfzehn Jahre … Mehr als die Hälfte meines bisherigen Lebens! Wenn ich rauskomme, dachte ich ständig, bin ich ein Mann mittleren Alters und schon grau.« Sanft durchkämmte er ihre kurzen Haare. »Meine größte Angst war aber, dass sie dich ebenfalls zu fassen kriegen und in irgendeinen Bau stecken. Dass ich niemals wieder etwas von dir höre, dich nie mehr sehe. Bei dem Gedanken bin ich fast verrückt geworden.«

Vicky hob den Kopf und zeichnete die Konturen seines Gesichts nach, überwältigt von diesem Wunder, das ihnen geschenkt worden war. »Aber jetzt sind wir beide hier.«

Let›s have a party!, posaunte Wanda Jackson am Abend durch die Küche.

»So gut!«, stöhnte Sunny glücklich auf und biss gleich noch mal von dem *börek* ab. Elif strahlte.

»Fesch schaun's aus, die zwoa!«, ließ sich Poldi vernehmen, selbst in einen grauen Maßanzug mit paisleygemusterter Krawatte und passendem Einstecktuch gekleidet, den Kaiser-Franz-Bart akkurat zurechtgekämmt und das schleifengeschmückte Schoßhündchen wie ein weiteres modisches Accessoire auf dem Arm.

Vicky stimmte ihm bereitwillig zu. Wie zuvor bei Elif hatte Hans Rehbein auch an Sunny einen Narren gefressen. Rein beruflich. Beide hatte er nicht groß dazu überreden müssen, ihnen Kleider auf den Leib zu schneidern, die sie behalten durften, sobald er sie für sein Musterbuch abgelichtet hatte. *Sind doch nur Stoffreste*, hatte Hansi die Begeisterung der beiden abgetan. Denn Sunnys Kleid mit den übergroßen Blüten und das grafisch gemusterte für Elif waren superkurz ausgefallen – der letzte Schrei auf den Laufstegen der Welt.

»Der Hansi mocht dir a so a scheens Gwand«, meinte Poldi mit unverkennbarem Stolz auf seinen Liebsten.

Vicky lachte. »Dafür bin ich eindeutig zu kurvig geraten.« Für den Abend hatte sie ihr zwei Jahre altes tannengrünes Kleid mit weißem Bubikragen und schwarzer Schluppe aus dem Schrank geholt, das knapp über dem Knie endete.

Am Küchenbüfett hinter ihr, das als Bar diente, gab Hansi einen entrüsteten Laut von sich. Das feine goldblonde Haar gescheitelt und in einem für diesen Anlass viel zu vornehmen Smoking, legte er den Arm um Vicky.

»Liebsche«, verkündete er mit gespielter Strenge, das frisch gefüllte Weinglas in der zarten Hand, »Twiggy mag das Gesicht des Jahres 66 sein. Doch solche Trends sind vergänglich. Dein

Liebreiz hingegen ist zeitlos.« Treuherzig ließ er den Kopf halb an ihrer Schulter, halb auf ihrem Busen ruhen. »Ein ausnehmend hübscher Bengel, dein Achim. Zusammen gebt ihr fast ein so schönes Paar ab wie der Poldi und ich.«

Vicky folgte seinem Blick zum Sofa, das die Griechen aus dem Nachbarhaus für sich in Beschlag genommen hatten. Athanasios' anfangs waidwunder Blick hatte sich gelegt; während er halb auf dem Tisch saß und Achim auf der Sofalehne, schienen sie sich bei Bier und Zigaretten prächtig zu verstehen.

Die Türklingel schrillte.

»Geh isch!«, rief Elif.

Als sie gleich darauf zurückkehrte, stöckelte hinter ihr Edelgard Neumann in die Küche, umwerfend elegant in einem schwarzen Etuikleid mit passendem Mantel, den Elif ihr abnahm.

»Wie Tippi Hedren höchstselbst«, hauchte Hansi hingerissen.

»Ich habe in diesem verflixten Bahnhofsviertel ewig einen Parkplatz gesucht!«, schimpfte sie und begrüßte Vicky mit einer Umarmung und Wangenküssen. »Alles Liebe zum Geburtstag! Ich frage dich auch gar nicht erst, wie alt du wirst, das gehört sich unter Damen nicht. Ich feiere meinen neunundzwanzigsten jetzt auch schon seit fünf Jahren. Der hier ist für dich.«

Vicky nahm die Flasche Champagner entgegen und machte Edelgard reihum bekannt.

»Doch nicht etwa *der* Hans Rehbein?«, rief Edelgard verzückt aus. »O mein Gott! Also wirklich, Vicky – das hast du mir vorenthalten? Herr Rehbein, ich habe neulich in einer Zeitschrift die Abendrobe gesehen, die Sie ...«

She loves you, yeah, yeah, yeah, schmetterten die Beatles, und an der Tür klingelte es erneut. Dieses Mal war es Sunny, die in den Flur hinausging. Verblüfft blickte Vicky Julius entgegen, der in Blue Jeans, T-Shirt und Lederjacke eintrat und ihr grinsend ein kleines Frühlingssträußchen in die Hand drückte.

»Hab ich eingeladen«, erklärte Sunny mit schelmischem Lächeln, während sie Norbert vor sich herschob. »Okeh?«

Sie nahm ihm die Tupperbox ab und stellte sie geöffnet zwischen die anderen Häppchen auf den Küchentisch. Plötzlich mit leeren Händen dastehend, zupfte Norbert an seinem vanillegelben Hemd herum und murmelte etwas, das eine an Vicky gerichtete Gratulation sein mochte. Sunny mit nylonschimmernden Beinen unter dem Minikleid und knallrotem Lippenstiftmund, ihr schwarz glänzendes Haar fast bis zum Po herabfließend, überforderte ihn sichtlich.

»Das soll die neueste Mode sein?«, murmelte Edelgard hinter ihrem Weinglas. »Na, ich weiß nicht. Da bleibt für männliche Fantasie ja gar kein Raum mehr.«

Am Küchentisch brandeten lautstark Stimmen auf. Die Zigarette im Mundwinkel, versuchte Nikolaos gerade, seine Gitarre Achim in die Hände zu drücken, der jedoch abwehrte.

»Wirklich nicht, ich hab mehr als vier Jahre nicht mehr ...«

Sein Protest ging in den aufmunternden Rufen der vier Griechen unter. Während seine eigene Gitarre noch immer unberührt in Vickys Zimmer ausharrte, hob Achim schlussendlich doch Nikolaos' Instrument auf das Knie. Eine verlegene Röte im Gesicht, tasteten seine Finger suchend über die Saiten.

»Das müsste ich gerade noch hinkriegen«, murmelte er vor sich hin und räusperte sich.

Bei den ersten Takten stimmten sogleich alle ein, und Elif schaltete schnell das Radio aus.

»*Happy birthday to you*«, schallte es vielstimmig durch die Küche. »*Happy birthday*, liebe Vicky, *happy birthday to you!*«

Unter Jubel wurden die Gläser gehoben.

»Zum Wohl!«

»*Stin ygeia sou!*«

»Auf Vicky!«

»Weiter, weiter!«, feuerte Nikolaos Achim mit lebhafter Gestik an. »Mache Musik!«

Die Miene konzentriert, fuhr Achim über die Saiten, die daraufhin ein paar schiefe Töne von sich gaben. Er verzog das Gesicht und schüttelte den Kopf. Im zweiten Anlauf gelang das schmissige Riff, das jeder hier im Raum kannte und mit Beifallsrufen kommentierte.

»*The warden threw a party in the county jail*«, sang Achim, und Julius schnappte sich Sunny, um sie durch die Küche zu wirbeln.

»*Let's rock, everybody, let's rock!*«, verstärkte ein Chor aus Elif und den vier Griechen Achims Stimme, während Nikolaos und Athanasios mit bloßen Händen die Tischplatte zum Schlagzeug umfunktionierten. Poldi schaukelte im Rhythmus der Musik das Hündchen auf dem Arm, während Hansi Edelgard bei der Hand fasste und mit ihr ein paar Tanzschritte wagte. Sogar Norbert, ein Bier in der Hand, wippte mit den Knien.

»*... dancin' to the Jailhouse Rock!*«

Während Achim die Gitarre bearbeitete und dazu sang, traf sich sein Blick mit dem Vickys. Seine Augen leuchteten, und ein kleines Grinsen im Mundwinkel ließ seine Grübchen aufblitzen. Gestreift von der Erinnerung an die vergangene Nacht, schien Vickys Herz vor Glück zu zerspringen.

Elif stellte sich hinter sie und schlang den Arm um Vickys Taille. »Schöne Geburtstag?«, flüsterte sie ihr ins Ohr.

Vicky legte ihre Hand auf die ihrer Freundin und drückte sie fest. »Der allerschönste überhaupt!«

31

Stand by Me

Als Vicky an diesem nieseligen Gründonnerstag die Wohnungstür aufschloss, perlte ihr Gitarrenklimpern entgegen, das in eine schwungvolle Melodie überging.

»*Can't buy me lo-hoove*«, drang Achims kräftige Singstimme aus der Küche, »*lo-hoove!*«

Den Sturzhelm in der Hand, blieb Vicky lächelnd stehen und lauschte. Seit ihrer Geburtstagsparty vor dreieinhalb Wochen waren Achim und die alte Gitarre unzertrennlich; seine Soli und die Duette mit Sunny füllten die ganze Wohnung mit guter Laune. Sachte schloss sie die Tür hinter sich.

»*I'll give you all I've got to give ...*« Das Bein auf einen der Stühle gestellt, saß Achim auf dem Fensterbrett. Seine Grübchen blitzten auf, als Vicky zu ihm trat und ihn mit einem Kuss begrüßte.

»*Lo-hoove*«, sang er noch einmal weich, und die Gitarre gab einen griffigen Akkord von sich, bevor sie verstummte. »Wollten die dich heute gar nicht mehr gehen lassen?«

Um Viertel nach acht, mit dem Rapport bei Schichtwechsel, wäre ihre Nachtschicht zu Ende gewesen; jetzt war es kurz nach vierzehn Uhr.

Vicky schnitt eine Grimasse. »Die Osterreisewelle ist angerollt. Ich war die Nacht über gleich dreimal auf der Autobahn und heute Vormittag auch schon wieder. Je nachdem, wie stark der Regen ausfällt, den der Wetterbericht vorhergesagt hat, steht uns ein turbulentes Wochenende bevor.« Unwillkürlich blickte sie zum stummen Radio und dem ausgeschalteten Fernsehapparat. »Gibt's was Neues aus Berlin?«

Seit gestern Nachmittag überschlugen sich die Meldungen. Ein sowjetischer Düsenjäger war in den Stößensee gestürzt, eine Ausbuchtung der Havel zwischen Spandau und Charlottenburg. Auf Spionageflug, wie spekuliert wurde, und nicht nur deshalb prangerte die Presse diesen *Düsenterror* an, der die Menschen in Berlin bedrohte. Mit einer Busladung bewaffneter Armisten waren die Sowjets zum Seeufer ausgerückt, das im westlichen Sektor lag, und zankten sich nun mit den Briten darum, wer den Unglücksflieger bergen durfte. Was neben einem Großaufgebot an Rettungskräften auch französische und amerikanische Beobachter auf den Plan gerufen hatte. Die Lage schien ähnlich brenzlig wie vor viereinhalb Jahren beim Kräftemessen der Panzer am Checkpoint Charlie.

Achims Finger entlockten den Saiten etwas, das wie *Blowin' in the Wind* klang.

»Nur, dass sie immer noch nach den Piloten suchen«, berichtete er. »Die Sowjets haben über die Nachrichtenagentur TASS verlauten lassen, die beiden hätten sich heldenhaft geopfert, anstatt sich mit dem Schleudersitz zu retten und den Flieger führerlos in das Wohngebiet krachen zu lassen.«

Vier lange Jahre von der Außenwelt abgeschottet, saugte Achim Nachrichten und politische Sendungen im Radio auf wie ein Schwamm und verfolgte im Fernsehen nicht nur *Tagesschau* und *Heute,* sondern auch *Panorama* und *Monitor, Weltspiegel* und den *Internationalen Frühschoppen.* Oft entspannen sich hier in der Küche hitzige Diskussionen zwischen ihm und Elif. Dieser Tage erst, ob Freddy Quinns *Hundert Mann und ein Befehl,* in einer weiblichen Variante von Heidi Brühl gesungen, als Protestsong gegen den Krieg in Vietnam zu verstehen war.

Abwechselnd schienen Achims Grübchen auf. »Aber ich hab Neuigkeiten. Schau mal da auf dem Tisch.«

Vicky legte den Sturzhelm ab und entfaltete den Briefbogen. Die medizinische Fakultät der Goethe-Universität bat *Herrn cand. med. Joachim Strathoff* in der Woche nach Ostern zum Zulassungsgespräch. Vicky jauchzte auf.

Achim sprang vom Fensterbrett, schlüpfte aus dem Gitarrengurt und legte das Instrument auf dem Stuhl ab. »Das ist doch ein Grund zum Feiern, oder?«

»Und ob!« Sie strahlte über das ganze Gesicht.

»Ich weiß auch schon, wie.« Er zog sie an sich und küsste sie fiebrig. »Wir haben die Wohnung für uns«, murmelte er an ihrem Mund, während seine Hand unter ihren Mantel und Pulli glitt und Vickys bloßen Rücken streichelte.

Zwischen zwei Küssen seufzte sie und schielte auf die Uhr. »Ich habe noch Hausbesuche zu machen und bin sowieso zu spät dran.«

Die Arme um sie geschlungen, hielt Achim ihren Blick fest. »Willst du für diese Freundschaftsdienste nicht endlich mal einen kleinen Obolus verlangen? Deine Halbweltdamen verdienen doch gut, und wir können momentan jede Mark gebrauchen.«

Die Rechnung von Rechtsanwalt Vogel mussten sie begleichen, da biss die Maus keinen Faden ab. Wenigstens war das in Raten möglich, außerdem hatte Vicky beim Ministerium für gesamtdeutsche Fragen einen Antrag auf finanzielle Unterstützung gestellt. Die Mühlen dort mahlten allerdings langsam. Als Bundesbürger, der aus politischen Gründen im Ausland inhaftiert gewesen war, hatte Achim zudem Anspruch auf Entschädigung nach dem Häftlingshilfegesetz. Doch der erste Scheck, der für ihn eingetroffen war, hatte sich lediglich auf einen Kleckerbetrag belaufen. Insofern war Vicky nicht unglücklich über die zusätzlichen Arbeitsstunden, die sich über die Feiertage ansammeln würden.

»Was ich hier im Bahnhofsviertel mache«, wandte sie ein, »ist keine offizielle ärztliche Tätigkeit. Wenn ich mich dafür bezahlen lasse, ist das nichts anderes als Schwarzarbeit, und das würde mir Magenschmerzen bereiten.«

Achim runzelte die Stirn. »Ist dir noch nie der Gedanke gekommen, dass du damit ein ausbeuterisches System unterstützt?«

Verblüfft sah Vicky ihn an. »Das würde wohl eher zutreffen, wenn ich mir an meinen Patientinnen eine goldene Nase verdiene.« Sie lachte auf. »Außerdem ... Wenn ich so an die betreffenden Damen und ihre Kundschaft denke, ist noch gar nicht raus, wer hier wen ausbeutet!«

Er schien etwas sagen zu wollen, schluckte es jedoch hinunter und drückte sie fester an sich. »Dann heute Abend?«

»Versprochen!«, sagte Vicky und küsste ihn noch einmal. Daran, dass sie morgen früh schon wieder um acht Uhr in der Sanitätsstelle sein musste, wollte sie im Augenblick nicht denken.

Frohgemut lief sie in ihr Zimmer, um ihre Arzttasche zu holen. Einige ihrer Fachbücher lagen aufgeschlagen auf der Schminkkommode, daneben Block und Stift. Bei dem Gedanken, dass Achim nicht nur wieder in Freiheit war, sondern jetzt auch sein Examen nachholen würde, vertiefte sich ihr Lächeln.

Als sie am Abend zurückkehrte, war Achim jedoch nicht zu Hause.

»Der wollte noch mal raus«, erklärte Elif.

Es zog ihn oft hinaus, um irgendwo in der Stadt seine Runden zu drehen. *Spazierdenken* nannte er es. Als müsste er sich ständig versichern, nicht mehr eingesperrt zu sein, süchtig nach Licht und Luft und belebten Straßen.

Stattdessen saß eine junge Frau am Küchentisch, in Hose und Rollkragenpulli und das dunkle Haar ähnlich kurz geschnitten wie Vickys, vor sich einen Tee und zerknüllte Papiertaschentücher. Das rundlich weiche und völlig verweinte Gesicht kam ihr vage bekannt vor.

»Dilan arbeitet auch in Putzkolonne an Flughafen«, erklärte Elif. »Ist schwanger von deutsche Freund, aber Schweinehund hat Schluss gemacht, weil Eltern keine Türkin in Familie wollen. Dilan fragt, ob du es wegmachen kannst.«

Noch im Mantel, ließ Vicky sich auf den Stuhl fallen. Automatisch griff sie zu der Teetasse, die Elif ihr zuschob, obwohl ihr mehr nach einem Schnaps war.

»Bist du sicher, dass du schwanger bist?«, fragte sie dann.

Schniefend griff Dilan in ihren Anorak, der über der Stuhllehne hing, und Vicky entfaltete die beiden Papierbögen. Positive Galli-Mainini-Tests aus zwei verschiedenen Apotheken im Abstand von drei Wochen, der aktuellste erst ein paar Tage alt.

»Wann war deine letzte Periode?«

»Zwei Monat her«, antwortete Dilan. »Hat versprochen, er passt auf. Haben auch immer Dings benutzt. Aber ...« Sie schluchzte auf. »Isch kann nischt von dreihundertsiebzig Mark Kind großziehen! Weiß nischt, wohin mit Kind, wenn bei Arbeit, und weiß nischt, ob isch Arbeit behalten kann, mit Kind. Ob dann in Deutschland bleiben darf. Und nach Hause in Türkei kann nischt zurück, mit Kind, aber ohne Mann!«

Behutsam erläuterte Vicky ihr die rechtliche Situation lediger Mütter hierzulande. Das Jugendamt übernahm automatisch die Vormundschaft für das Neugeborene und kümmerte sich auch um die Alimente, die der Kindsvater zu zahlen hatte. Neuerdings konnte die Mutter einen Antrag stellen, um das Sorgerecht übertragen zu bekommen. Die Blicke, die Elif und Dilan dabei wechselten, verrieten jedoch, wie gering sie die Chancen einschätzten, dass das einer türkischen Gastarbeiterin gelang. Und wie viel Kraft es kosten würde, einen Ex-Freund zwecks Unterhalt vor den Kadi zu zerren. Noch dazu, wenn dieser eine Familie im Rücken hatte, die Dilan rundheraus ablehnte.

»Eine andere Möglichkeit wäre«, fügte Vicky hinzu, »dass du das Kind bekommst und zur Adoption freigibst. Du hättest dann trotzdem Anspruch auf Mutterschutz.«

Bei Dilan flossen wieder Tränen. »Und was ist mit Arbeit? Hab isch Angst, rauszufliegen und kein Stelle mehr zu bekommen, weil Privatleben nischt in Ordnung!«

Die Brauen grüblerisch zusammengezogen, drehte Vicky die noch fast volle Teetasse in den Händen. Sie sträubte sich gegen den Gedanken, dass Dilan das allein ausbaden sollte, wo doch immer zwei dazu gehörten, ein Kind zu zeugen. Doch mehr als gute Ratschläge hatte sie nicht anzubieten.

»Als Ärztin kann ich dir leider nicht helfen«, sagte sie bedrückt.

Auf ihrem Platz sank Dilan in sich zusammen, ein Häufchen Hoffnungslosigkeit.

Elifs Bernsteinaugen schlugen empört Funken. »Du willst nischt?«

»Wenn ich sage, ich kann nicht, meine ich es auch so«, verteidigte sich Vicky. »Ich habe nicht die leiseste Ahnung, wie man einen solchen Eingriff durchführt.«

»Du hast wie lange studiert?«, ereiferte sich Elif. »Wofür hast du Doktor dann bekommen?«

»Abtreibungen waren kein Lehrstoff an der Uni«, erklärte Vicky sachlich. »Und ich habe auch nie irgendwo etwas darüber gelesen. Das ist das eine große Tabu in der Medizin.«

In den klinischen Visiten hatte sie nur die Folgen illegaler Abtreibungen zu Gesicht bekommen: starke Blutungen, Infektionen bis hin zur Sepsis, irreparable Schäden an der Gebärmutter oder Verletzungen anderer Organe; zwei dieser Frauen war sie auf dem Sektionstisch des Anatomischen Instituts begegnet. Und immer schienen die belehrenden Warnungen der Professoren ausschließlich an die anwesenden Studentinnen gerichtet.

Stumm weinte Dilan vor sich hin, und Vickys Herz zog sich zusammen. Selbst wenn sie es gekonnt hätte: Der Paragraph 218 stellte Abtreibung unter Strafe, womöglich setzte man dabei sogar noch die Approbation aufs Spiel. Zwar gab es einen Passus zur medizinischen Indikation, wenn das Leben der Schwangeren in Gefahr war, doch dieser erwies sich in der Praxis als derart schwammig, dass man sich schnell in Teufels Küche brachte. Über die kriminologische Indikation nach einer Vergewaltigung stritt man noch; ein Erbe der Besatzungszeit nach dem Krieg.

Vicky kannte allerdings jemanden, der vielleicht Rat wusste.

Über die größtenteils verregneten Feiertage demonstrierten überall in der Bundesrepublik insgesamt hundertvierzigtausend Menschen mit Spruchbändern, Plakaten und Fahnen für den Frieden und gegen Atomwaffen. *Lieber heute aktiv als morgen radioaktiv.* Auch Elif und Achim marschierten mit, und bei der großen Abschlusskundgebung Ostermontag vor dem Römer tanzte Joan Baez einen Charleston zum New Orleans Jazz einer Frankfurter Amateurband. Vicky behandelte unterdessen mit Sunny im Akkord Wehwehchen und kleinere Beschwerden in der Sanitätsstelle und versorgte notfallmäßig Unfallopfer an der Autobahn. Und am Mittwoch nach Ostern saß sie mit Elif und Dilan in einem Taxi, das sie nach Frankfurt-Niederrad brachte.

In einer krummen Seitenstraße, die geradezu dörflich wirkte, stiegen sie aus, vor einem der schmalen und wie aneinandergeklebten Wohnhäuser aus den Vorkriegsjahren. Der Nachmittag war genauso trübselig wie die ganze letzte Woche, ein paar Tropfen trafen Vicky im Gesicht. Überlaut dröhnten Flugzeuge über ihren Köpfen; Niederrad lag in der Einflugschneise von Rhein-Main.

In dunkler Hose und weißem Hemd stand er schon in der Wohnungstür, als sie die Treppe heraufkamen, und gab Dilan zur Begrüßung die Hand. »Dr. Bockeloh. Kommen Sie rein!« Vicky hatte ihren Oberarzt immer in einem nüchternen grauen Wohnblock vermutet. Umso mehr überraschte sie die sanierte Altbauwohnung mit hohen Fenstern und honigfarbenen Dielen, die auf behagliche Weise modern wirkte.

Dilan hängte ihren Anorak an die Garderobe zu Dr. Bockelohs Cabanjacke und den Mänteln von Elif und Vicky. Auf der Schwelle zur Küche zögerte sie und musterte furchtsam das Arsenal an medizinischer Ausstattung, das auf der Arbeitsfläche des Einbauschranks ausgebreitet lag; der Geruch von Desinfektionsmittel hing in der Luft. Tapfer trat sie dennoch ein und ließ sich auf dem angebotenen Stuhl nieder. Dr. Bockeloh schenkte ihnen allen ein Glas Mineralwasser ein, bevor er sich zu Dilan setzte, ein paar Fragen zu ihrem Gesundheitszustand stellte und ihr erklärte, wie der Eingriff genau ablaufen würde.

»Sind Sie absolut sicher, dass Sie das tun wollen?«, fragte er abschließend.

Dilan war zwar etwas blass um die Nase, ihr energisches Nicken fiel jedoch unmissverständlich aus.

»Ganz wichtig: Sie dürfen niemandem davon erzählen«, fügte er hinzu. »Sonst landen wir alle für mehrere Jahre hinter Gittern. Auch Sie.« Er machte eine kleine Pause. »Gibt es noch etwas, das Sie wissen wollen?«

Dilan blickte ängstlich. »Tut sehr weh?«

»Die Betäubungsspritzen in den Muttermund werden Sie merken, aber das sollte auszuhalten sein. Ich kann Ihnen auch schon vorneweg etwas geben, das alles abdämpft. Vom Eingriff selbst werden Sie nichts spüren. Es kann sein, dass Sie in den nächsten Tagen leichte Krämpfe haben werden, aber nicht stärker als gewöhnliche Regelschmerzen.«

Dilan schluckte, ihr war sichtlich bang zumute.

Einen warmen Schimmer in den Augen, nahm Dr. Bockeloh ihre Hand. »Keine Angst. Es wird alles gut.«

Er stand auf und öffnete kurz das Fenster, um die Holzläden davor zu schließen. Im Halbdunkel durchquerte er die Küche, und grelles Neonlicht flammte auf. Auch die Leuchte über der Spüle schaltete er ein, und im Handumdrehen war aus seiner Küche ein einfaches, aber zweckmäßiges Behandlungszimmer geworden.

Vicky spritzte Dilan etwas zur Beruhigung, bevor die junge Türkin sich Schuhe und Hose auszog, hochrot im Gesicht. Es kostete sie offensichtlich Überwindung, in Gegenwart von Dr. Bockeloh auch ihre Unterhose abzustreifen. Elif half ihr dabei, sich mit angezogenen Knien auf den Küchentisch zu legen, den Vicky zuvor mit OP-Tüchern abgedeckt hatte.

»Du hast gehört, was er gesagt hat«, meinte Vicky leise und breitete ein weiteres OP-Tuch über Dilans entblößtem Unterleib aus. »Es wird alles gut!«

Dilan nickte zwar, doch sie zitterte, und Vicky streichelte ihr aufmunternd über die Schulter.

Gegenseitig banden Vicky und Dr. Bockeloh sich die OP-Kittel zu und drängten sich an der Spüle zusammen, um die Hände mit Seife und Bürste sauber zu schrubben. Immer wieder wanderte Vickys Blick zu dem größten der bereitliegenden Instrumente.

»Sieht aus wie eine umgebaute Fahrradpumpe«, wisperte sie.

»Ist auch eine.«

Vicky starrte ihn entgeistert an.

»Simpel, aber effektiv«, erklärte er nüchtern. »Erspart einem vor allem Scherereien bei den Fachhändlern für medizinischen

Bedarf.« Die Brauen konzentriert zusammengezogen, schlüpfte er in ein Paar Gummihandschuhe und beugte sich über Dilan. »Ist Ihnen kalt? Ich kann Ihnen eine Decke holen.«

Sie schüttelte den Kopf.

»Noch können Sie zurück, falls Sie es sich inzwischen anders überlegt haben.«

Dilan schüttelte erneut den Kopf, dieses Mal entschiedener.

»In Ordnung. Bevor wir loslegen, untersuche ich noch kurz Lage, Form und ungefähre Größe ihrer Gebärmutter. Nicht erschrecken!«

Trotzdem zuckte Dilan zusammen, als er sie von innen und außen abtastete, und umso fester umklammerte sie Elifs Hand.

Mit der Schuhspitze zog Dr. Bockeloh sich den Küchenstuhl zurecht und setzte sich. »Dann fangen wir an.«

Vicky übernahm die Rolle der OP-Schwester und reichte ihm erst das Spekulum, dann die Spritze mit langer Nadel. Dilan wimmerte.

»Ja, da gepikst zu werden, ist nicht schön«, murmelte er mitfühlend. »Aber gleich vorbei.«

Das Beruhigungsmittel schien seine Wirkung zu entfalten, Dilan entspannte sich. Mit der freien Hand strich Elif ihrer Kollegin über das kurze Haar und flüsterte liebevoll auf Türkisch mit ihr.

Konzentriert folgte Vicky den Anweisungen, mit denen der Oberarzt nach den Instrumenten verlangte, und fasste dort mit an, wo es nötig war. Wie die Atemzüge einer weiteren Person im Raum klang das Saugen der Pumpe, und von einer eigenartig zärtlichen Grausamkeit war es, wie blutiges Gewebe aus dem Ende des Schlauchs in die wassergefüllte Nierenschale plitschte. Sonst so hartgesotten, spürte Vicky, dass ihre Magennerven zitterten; vielleicht lag es an der Art des Eingriffs, dass sie derart empfindlich reagierte.

»Dilan, Sie haben's fast hinter sich«, verkündete der Oberarzt und hielt inne, um den Inhalt der Nierenschale gründlich in Augenschein zu nehmen.

Das Luftholen der Pumpe setzte noch einmal ein, dann ein zweites Mal, bevor Dr. Bockeloh das Ende des Aufsatzes herauszog und Vicky ihm dabei zur Hand ging, Dehnungsstäbchen, Hakenzange und Spekulum zu entfernen. Er stand auf und trat an das andere Ende des Tischs. »Möchten Sie es sich ansehen? Sie müssen nicht, aber Sie können, wenn Sie wollen.«

Dilan blinzelte und blickte dann ratlos zwischen ihm und Elif hin und her.

»Manchen Frauen hilft es dabei, Abschied zu nehmen«, fügte er hinzu.

Sie kniff die Augen zu und schüttelte den Kopf.

»Okay«, sagte er weich, »ich taste Sie nur noch einmal kurz ab, dann haben Sie's überstanden.« Er kehrte an seinen Platz zurück und drückte Vicky die Nierenschale in die Hand. »Toilette ist gleich nebenan«, raunte er kaum hörbar. Er warf ihr einen zweiten Blick zu. »Lassen Sie sich ruhig Zeit. Den Rest schaffe ich auch allein.« Der gesamte Eingriff hatte nicht einmal eine Viertelstunde gedauert.

Vicky schloss die Badezimmertür hinter sich. Mit weichen Knien ließ sie sich auf den Wannenrand sinken und starrte in die Nierenschale, in der die blutigen Gewebefetzen schwammen. So sahen also die Reste dessen aus, was bis vorhin eine Schwangerschaft zwischen der siebten und neunten Woche gewesen war, Gebärmutterschleimhaut, Plazenta und Fruchtblase. Und irgendwo dazwischen ein Embryo, der sich schon ohne Vergrößerungshilfe hätte erkennen lassen. Vickys Augen liefen über, und sie weinte um dieses gerade begonnene Leben, das sich nun nicht mehr ausformen, nie einen ersten Atemzug tun würde.

Die Dielen knarzten unter Schritten, und durch die Tür drangen Stimmen. Mit dem Ärmel des OP-Kittels wischte sich Vicky über die nassen Wangen und zog die Nase hoch. Die Zähne zusammengebissen, spülte sie den Inhalt der Nierenschale die Toilette hinunter und schwenkte das Behältnis unter fließendem Wasser aus.

Im Flur wehte ihr der Duft frischen Kaffees entgegen. Auf leisen Sohlen folgte sie den Stimmen und lugte durch die offene Tür. Zwischen dem Schreibtisch am Fenster und einem mit Romanen und Fachbüchern vollgestopften Regal lag Dilan auf einem hochbeinigen Sofa, Kissen im Rücken und eine Wolldecke bis zur Brust hochgezogen; Elif saß bei ihr und streichelte ihr das Knie. Die Hände um die Kaffeetasse geschlossen, wirkte Dilan erschöpft, aber auch erleichtert.

Dr. Bockeloh hatte den OP-Kittel abgelegt und sich auf den Couchtisch gesetzt. Er erklärte Dilan gerade, was sie in der nächsten Zeit alles zu beachten hatte, als sie eine Hand ausstreckte und ihn beim Unterarm fasste.

»Danke«, wisperte sie, hörbar bewegt.

Nachdenklich ließ Vicky den Kopf an den Türrahmen sinken. Das menschliche Sein war durchaus mehr als seine bloße biologische Existenz. Und heute hatten sie Dilan das Leben zurückgegeben, das sie sich wünschte und zutraute. Das war doch zweifellos etwas Gutes, oder nicht?

Vicky drückte den Wischmopp im Eimer aus und fuhr erneut über die Bodenfliesen in der Küche.

»Sauberer wird's nicht«, ließ sich der Oberarzt vernehmen, der unter Klappern und Klirren mit den frisch gereinigten Instrumenten beschäftigt war. »Aber du machst das gut, kannst gern wieder vorbeikommen.«

Irgendwann im Lauf des Nachmittags hatte sich das Du ganz

selbstverständlich zwischen ihnen eingeschlichen. Komplizen einer strafbaren Handlung, die sie jetzt waren, womöglich hatte auch die Intimität des Eingriffs dazu beigetragen.

Vicky grinste. »Ich habe während des Studiums in einer Fleischerei gejobbt. Da lernt man so was.«

»Passt zu dir. Chirurgen sind bekanntlich alle Metzger, wie der Volksmund weiß.«

»Ja, vielleicht habe ich deshalb so gern dort gearbeitet«, erwiderte Vicky heiter. »Das Putzen nach Feierabend hat mir immer geholfen, meine Gedanken zu sortieren, wenn ich bei einem medizinischen Problem nicht weiterkam.«

Sie spürte seinen Blick auf sich und hielt inne, auf das Ende des Schrubbers gestützt.

»Danke«, sagte sie leise, »dass du für Dilan jetzt auch noch deinen Urlaub verschiebst, nachdem du schon dieses gewaltige Risiko eingegangen bist.«

Wieder den Instrumenten zugewandt, zuckte er mit den Schultern. »Ein paar Stunden hin oder her machen keinen großen Unterschied. Ich kann gut erst morgen fahren.«

Vorhin hatten sie Dilan ins Taxi gesetzt, eine Krankschreibung wegen fiebriger Grippe in ihrer Jackentasche. Elif würde die Nacht mit im möblierten Zimmer verbringen, bevor sie morgen früh zur Arbeit musste, und sich sofort melden, falls etwas sein sollte. Die Nachuntersuchungen übernahmen dann Vicky oder Raimund in der Sanitätsstelle und würden dafür Regelbeschwerden oder etwas Ähnliches im Rapportbuch festhalten.

Er öffnete das Fenster und klappte die Holzläden nach außen um. Draußen war es düster, kaum zu unterscheiden, ob noch der Nachmittag über den Häusern lag oder schon die Abenddämmerung.

»Ich brauche jetzt einen kräftigen Schluck«, sagte er. »Du auch?«

Bei zwei Fingerbreit Whisky saßen sie in der frisch geputzten und durchgelüfteten Küche, in der nicht das Geringste noch darauf hindeutete, was sich am Nachmittag hier abgespielt hatte. Raimund hielt Vicky einladend die Zigarettenpackung hin. Sie zögerte, zog sich dann doch eine Zigarette heraus, und er gab ihr Feuer. Vicky nahm sich einen Augenblick Zeit, um das wattige und angenehm schwindelige Gefühl in ihrem Kopf zu genießen, das sich beim ersten Zug einstellte, noch verstärkt durch den ersten Schluck Alkohol.

»Machst du solche Eingriffe öfter?«, fragte sie dann. »Bei dir hat alles so routiniert gewirkt.«

Langsam blies er den Rauch seiner Zigarette aus. »Nur noch sehr selten. Das war jetzt die dritte, seit ich wieder in Deutschland bin. So was verlernt man jedoch nicht.«

Neugierde kitzelte Vicky. »Und wo hast du das gelernt?«

»Die Grundzüge habe ich während meiner Medizinalassistenz mitbekommen. In der Klinik, an der ich damals war, hat eine Oberärztin der Gyn Abtreibungen vorgenommen.«

Vicky blieb die Spucke weg.

»Es gab Gerüchte«, fuhr er fort, »dass sie während der NS-Zeit an Zwangssterilisationen und Zwangsabtreibungen beteiligt war. Aus Überzeugung.« Im Sitzen schlug er die Hacken zusammen und hob die flache Hand zum angedeuteten Hitlergruß. *»Die deutsche Ärzteschaft steht hinterr dem Führrer!«*, schnarrte er. »Irgendwie ist sie trotzdem an ihren Persilschein gekommen. Vermutlich weil sie wirklich eine hervorragende und erfahrene Gynäkologin war, die auch bei dramatischen Komplikationen genau wusste, was zu tun war, und damit etliche Mütter und deren Babys gerettet hat. Aber ab und zu pickte sie sich eben auch einen von uns Assis für Eingriffe raus, die nicht auf dem offiziellen OP-Plan standen. Wohl nicht aus reiner Nächstenliebe, denn sie ist mit diesen Mädchen und Frauen nicht gerade zartfühlend umgesprungen und hat sich fürstlich dafür entlohnen lassen. Schwarz natürlich.«

»Ist das nie rausgekommen?«, warf Vicky atemlos ein.

Nachsichtig sah Raimund sie über den Rand seines Glases hinweg an. »Du würdest dich wundern, was an einer ganz normalen deutschen Klinik alles unter der Hand abläuft. Chefarztbehandlungen gegen einen Umschlag voller Geld. Gastarbeiter, die ein paar Scheine auf den Tisch legen und mit auf ihren Namen ausgestellten Rezepten in der Apotheke Medikamente für die Eltern, Großeltern, Onkel und Tanten zu Hause holen, weil es die dort nicht gibt oder sie unerschwinglich sind. Und genauso findest du überall Ärzte und Ärztinnen, die Abtreibungen durchführen. Mehr oder weniger willig und mehr oder weniger gut.«

Vicky streifte ihre Zigarette am Rand des Aschenbechers ab. »Hast du dich nicht geweigert?«

In seinen Augen glitzerte es. »Hättest du das denn, wenn wir in der Sanitätsstelle so was von dir verlangt hätten? Als Medizinalassistentin? Ich geb zu, ich war auch einfach neugierig, und der Reiz des Verbotenen hat es noch interessanter gemacht. Sie hat genau gewusst, dass ich den Mund halten würde, weil ich sonst mit dran gewesen wäre.«

Vicky fuhr mit dem Finger den Rand des Glases entlang und dachte an ihre ersten Hausbesuche im Milieu, die sie als Medizinalassistentin noch nicht hätte machen dürfen. Hilfsbereitschaft war ein Grund dafür gewesen, aber mehr noch hatte sie wohl der Hunger nach Erfahrung angetrieben. Die Gier, etwas Außergewöhnliches zu leisten, indem sie sich über alle Vorschriften hinwegsetzte.

Raimund trank einen großen Schluck und lehnte sich im Stuhl zurück. »Wirklich gelernt habe ich es in Korea, von einem älteren Kollegen. Die Situation im Land damals ...« Er machte eine kleine Pause und schüttelte den Kopf, bevor er weitersprach. »Da saßen ausgemergelte junge Frauen vor uns, völlig verzweifelt, weil das vierte oder fünfte Kind unterwegs war, während sie nicht mal wussten, wie sie die anderen durchbringen konnten. Hätten wir denen einen Korb mit Essen mitgeben sollen, der vielleicht für einen Tag gereicht hätte? Eine Schachtel Kondome für zwei Wochen? Enthaltsamkeit predigen?«

Sein Blick wanderte durch die Küche, einen nachdenklichen Ausdruck auf seinem Gesicht. Die brennende Zigarette zwischen die Finger geklemmt, rieb er sich mit der flachen Hand über das kurz geschorene Haar.

»Es gibt da einen Roman von Thyde Monnier, *Le pain des pauvres*«, fügte er rau hinzu. »Im Deutschen trägt er den Titel **Liebe, Brot der Armen**. In Korea habe ich oft daran gedacht. Dort gingen soziale und medizinische Indikation nahtlos ineinander über. Aber auch bei uns sollte keine Frau die Risiken von Schwangerschaft und Geburt tragen, kein Kind großziehen müssen, wenn sie glaubt, sie schafft das nicht, oder es schlicht nicht will.« Er verzog das Gesicht. »Vielleicht gibt es sie tatsächlich, diese Frauen, die eine Abtreibung schulterzuckend hinnehmen wie eine lästige, aber notwendige Zahnbehandlung oder eine Schönheitskorrektur. Mir ist bisher jedenfalls keine begegnet.«

Vicky trank von ihrem Whisky und zog an der Zigarette. »Hast du deshalb nicht gezögert, mir die Rezepte für Anovlar zu unterschreiben?«

Er nickte vor sich hin. »Die Pille ist das weitaus kleinere moralische Dilemma. Sofern es da überhaupt eines gibt. Nur verbohrte Hohlköpfe, die ihr Lebtag nicht aus dem Elfenbeinturm rausgekommen sind, machen da einen Zirkus drum.« Geradezu verächtlich stieß er den Rauch aus und beugte sich vor, um den Zigarettenstummel auszudrücken. »Was soll schon groß passieren, wenn ihr Frauen euch das Recht herausnehmt, eure Sexualität genauso auszuleben, wie wir Männer es seit Jahrhunderten tun? Reißt dann der Höllenschlund auf? Stürzt der Himmel über uns ein?«

Bei dieser Vorstellung musste Vicky lachen, und auch um seinen Mund zuckte es.

»Das Einzige, was passieren kann und wird«, fügte er hinzu, »ist, dass Frauen künftig selbst bestimmen, ob und wann sie eine Familie gründen. Dass sie in der Zwischenzeit ihr eigenes Geld verdienen und dann auch folgerichtig Mitspracherechte einfordern. Ohne die Angst vor einer ungewollten Schwangerschaft zu leben, wird sie unabhängiger und mutiger machen. Und das fürchten diese jämmerlichen Knilche wie der Teufel das Weihwasser.«

Auch Vicky löschte ihre Zigarette im Aschenbecher. »Du nicht?«

»Ich nicht, nein. Warum auch?«

Im Neonlicht der Deckenleuchte lächelten sie einander an, und Vicky wurde bewusst, wie sehr sie ihn mochte. Als hätte sie die Sonne verschluckt, so fühlte es sich in ihrem Bauch an, und daran war nicht allein der Whisky schuld.

Das Lächeln auf seinem Gesicht verlosch, doch ein Glimmen in den Augen blieb. »Ich rufe dir ein Taxi. Dein Verlobter wartet sicher auf dich.« Er leerte sein Glas und verließ die Küche; gleich darauf konnte sie ihn am Telefon hören.

Vicky schluckte schuldbewusst. Am Vormittag hatte Achim sein Zulassungsgespräch an der Uni gehabt, war jedoch noch nicht zurück gewesen, als sie mit Elif in das Taxi stieg, um Dilan abzuholen. Sie trank aus, und der letzte Schluck schmeckte nach Bedauern; sie wäre gern noch geblieben. Im Flur schlüpfte sie in ihren Mantel, und Raimund kam aus dem Wohnzimmer.

»Taxi müsste gleich da sein.« Er drückte ihr einen Zettel in die Hand. »In Agay habe ich kein Telefon. Falls sich bei Dilan unerwartete Komplikationen einstellen sollten, ruf im Café an und frag nach Jacques. Der kann aus der Besatzungszeit noch ganz gut Deutsch und weiß, wo ich wohne.«

»Schönen Urlaub!«, sagte sie. Keck hätte es klingen sollen, unvermutet sanft war es herausgekommen.

Mit einem angedeuteten Nicken öffnete er die Wohnungstür für sie.

Vor der ersten Stufe wandte Vicky sich um. »Ich will es lernen. Solche Eingriffe durchzuführen, meine ich.«

Raimund lehnte im Türrahmen. »Wozu?«

Sie zuckte mit einer Schulter. »Einfach, damit ich es kann.«

In seinen Augen schimmerte es auf. »Besorg Fleischtomaten, ein paar kleine bis mittelgroße Melonen und am besten noch Papayas. Dann bringe ich es dir bei.«

Sein Blick löste sich von ihr, und unter einem sanften Klicken schloss sich die Tür.

Ausgelaugt und aufgewühlt, tieftraurig und zugleich seltsam beschwingt stieg Vicky die Treppen hinunter. Die Stirn gerunzelt, blieb sie jäh stehen. An Treibhaustomaten kam sie auch jetzt im Frühling problemlos ran, mit etwas Glück und entsprechend viel D-Mark genauso an Melonen, und wenn es in der Großmarkthalle im Ostend war oder bei *Balkan-Product* in der Sachsenhausener Seehofstraße, wo Elif und die vier Griechen häufig Zutaten für ihre heimatliche Küche kauften.

Aber was, um alles in der Welt, mochten Papayas sein?

Zu Hause betrat sie eine dunkle und stille Wohnung.

»Achim?«, rief sie leise.

Sie fand ihn in ihrem Zimmer, auf dem Fensterbrett sitzend, die Arme um die angezogenen Knie geschlungen und den Blick starr auf die aufflammenden Lichter des Abends geheftet. Vicky brauchte nicht erst zu fragen. Hilflos streichelte sie seinen Arm und drückte dann das Gesicht an seine Schulter.

»Wie in einem Verhör kam ich mir vor«, flüsterte er nach einer Weile. »Ich habe sogar genauso dagesessen, wie sie es mir im Knast eingebläut hatten, die Hände unter den Oberschenkeln.«

Das waren Nazi-Methoden, hatte er über die Vernehmungen in Untersuchungshaft gesagt. Anfangs die einzige Abwechslung im zähen Brei der Zeit und doch schnell gefürchtet, wann immer die Wärter ihn aus der Zelle holten und durch die Korridore führten, in denen es nach Angstschweiß und Lysol roch. Befragungen mal in leutseligem Ton, mal mit der Strenge mittelalterlicher Inquisition, die sich über Stunden hinzogen, manchmal über ganze Tage und bis in die Nacht. Immer in dem surrealen Gefühl, die bohrenden Blicke seines Vaters im Nacken zu spüren. In der Angst, sich mit einem falschen Wort, einer falschen Geste, dem Schweigen im falschen Augenblick tiefer hineinzureiten. Im Misstrauen gegen sich selbst, unter Druck zum Verräter zu werden oder, von Versprechungen verlockt, einen faulen Handel einzugehen. *Der Antifaschismus ist nichts als Tünche. Die machen einfach so weiter, wie sie es bis fünfundvierzig gelernt haben. Nur unter Hammer und Sichel anstelle des Hakenkreuzes.*

»Dann fiel mir ein«, fuhr er fort, »dass mich niemand mehr zu irgendwas zwingen kann. Da bin ich aufgestanden und gegangen. Einfach immer weitergegangen, bis ich irgendwie wieder hierhergefunden habe.«

»Ich hätte es besser wissen müssen, als dich dazu zu drängen«, wisperte Vicky.

Die Unterlippe zwischen die Zähne gezogen, schüttelte er langsam den Kopf. »Ich wollte es ja selber. Ich hab geglaubt, dass ich es hinkriege. Aber ich hab's nicht geschafft.«

Vicky rieb die Wange an seiner Schulter. »Du kannst es im Herbst noch einmal versuchen.«

»Ja«, raunte er, und sein Atem hinterließ einen blinden Fleck auf der Fensterscheibe.

32

Both Sides, Now

Aus dem Radio perlte liebliche Klaviermusik durch das nächtliche Dienstzimmer, und hinter der Tür zum Ruheraum drang Ansgars Schnarchen hervor.

Gähnend stemmte sich Norbert vom Stuhl hoch. »Ich leg m-mich auch noch was aufs Ohr!«

Die Lesebrille auf der Nase, wünschte Dr. Frommer ihm augenzwinkernd eine gute Nacht und widmete sich dann wieder seiner Fachzeitschrift.

»Nacht!«, murmelte Vicky, die unter der Schreibtischlampe in einem Lehrbuch der Gynäkologie und Geburtshilfe blätterte. Auch nach gut einer Woche hatte sie noch nicht die Antworten, die sie suchte.

Sobald sie allein waren, spürte sie den Blick des Chefarztes auf sich und sah auf.

»Wie geht es Ihrem Verlobten?«, erkundigte er sich behutsam.

»Nicht gut«, antwortete sie ehrlich.

Nach seinem verpatzten Zulassungsgespräch war Achim in ein tiefes Loch gefallen. Mit glasigem Blick hing er vor dem Fernseher herum oder wanderte halbe Tage lang ziellos durch die Stadt. Nachts schreckte er häufig hoch, verfolgt von den Schreien im Zellenblock, die Ausdruck seelischer Not gewesen sein mochten oder von körperlicher Pein. Halt schien er nur an seiner Gitarre zu finden, die Musik seine einzige Zuflucht.

Dr. Frommer wiegte bedächtig den Kopf hin und her. »Das Gefühl, lebendig begraben zu sein, hat sicher tiefe Spuren hinterlassen. Sie werden beide Geduld brauchen. Lassen Sie es mich wissen, wenn ich etwas für Sie tun kann. Oder für ihn.«

Sie tauschten ein kleines Lächeln, bevor sich beide wieder in ihren Lesestoff vertieften.

Geraume Zeit brütete Vicky über dem Schaubild eines Embryos im Uterus und schielte dabei immer wieder zu ihrem Chefarzt. Einige Herzschläge lang zögerte sie, bevor sie sich ein Herz fasste. »Darf ich Sie was fragen?«

»Jederzeit, das wissen Sie doch, Dr. Becker.« Lächelnd legte er die Zeitschrift mitsamt der Lesebrille zur Seite und nestelte eine Roth-Händle aus der Packung. »Schießen Sie los!«

Vicky wartete, bis er die Zigarette angezündet und sich nach dem ersten Zug ausgehustet hatte; die letzte Erkältung des vergangenen Winters schien er nicht mehr richtig losgeworden zu sein. Sein graues Haar dünnte sich zunehmend aus, er mochte inzwischen auf die sechzig zugehen.

»Wie stehen Sie zu Abtreibungen?«, fragte sie dann ohne lange Umschweife.

Seine Hand verharrte reglos über der Kaffeetasse. »Ich setze mal voraus«, sagte er scharf, »dass Sie mir das als eine rein theoretische Frage stellen.«

Zum ersten Mal, seit sie ihn kannte, wirkten seine blauen Augen hart, und Vicky beeilte sich zu nicken.

»Tja«, meinte er dann milder, »was kann ich Ihnen dazu schon sagen? Als Arzt, der sich noch gut daran erinnert, dass für Abtreibungen früher die Todesstrafe verhängt werden konnte. Gleichzeitig gehöre ich zu der Generation, in der aus Gründen der Rassenhygiene, wie es damals hieß, trotzdem solche Eingriffe erzwungen wurden.« Nachdenklich zog er an seiner Zigarette. »Ich kann Ihnen nicht mal sagen, dass es sich um eine Gewissensfrage handelt, denn die Gesetzeslage ist eindeutig. Gesetze sind jedoch menschengemacht und deshalb fehlbar. Ein Spiegel des Zeitgeists und wie dieser im Wandel begriffen. Die Ärzte und Ärztinnen, die damals Frauen und Männer gegen ihren Willen sterilisierten und ungeborene Kinder abtrieben, wussten das geltende Gesetz auf ihrer Seite. Und ich wage zu behaupten, nicht alle haben dabei gegen ihr Gewissen gehandelt. Dass sich solche Untaten niemals wiederholen, dafür haben wir Mediziner heute alle Sorge zu tragen.« Als wäre es ihm jetzt erst wieder eingefallen, dass er einen Kaffee vor sich hatte, trank er ein paar Schlucke aus seiner Tasse. »Vergessen Sie außerdem nicht«, fügte er hinzu, »dass wir in Deutschland nach dem Krieg Millionen Tote zu ersetzen hatten.«

»Niemand bekommt ein Kind, um eine Lücke in der Bevölkerung zu stopfen«, erwiderte Vicky verärgert. »Und es ist ein Armutszeugnis, dass wir die Frauen, die ungewollt schwanger werden, kaltherzig im Stich lassen.«

Zwischen zwei Zügen an der Zigarette sah er sie aufmerksam an. »Wem wollen Sie vorwerfen, dass die Last, die sich aus der Lust ergibt, nun einmal bei den Frauen liegt? Der Natur? Die Menschheit ist und bleibt der Biologie unterworfen. Auch wenn wir über deren simple Prinzipien längst das komplexe Gebilde der Zivilisation errichtet haben.«

»Wie fortschrittlich ist eine Zivilisation«, konterte Vicky, »die Frauen dazu verdonnert, Mütter zu sein, ob sie es wollen oder nicht? Die ledige Mütter demütigt? Während die Männer Narrenfreiheit genießen, müssen wir Frauen aufpassen wie Schießhunde, damit wir nicht den Rest unseres Lebens dafür büßen.«

»Na, na, Dr. Becker«, wiegelte Dr. Frommer ab. »Der erste Schritt, Sexualität und Fortpflanzung zu entkoppeln, ist ja bereits gemacht, gell?«

»Nur in der Theorie«, widersprach Vicky. »Die Realität sieht für die allermeisten Frauen immer noch anders aus.« Sie war sich bewusst, dass sie die Kondome für den Eigenbedarf nur deshalb problemlos in der Apotheke am Bahnhof bekam, weil sie dort als Ärztin bekannt war und man deshalb nicht genauer nachfragte.

»Ach«, wandte er gutmütig ein, »dieses Gezerre um Anovlar, Estirona, Eugynon und was die Pharmafirmen künftig noch aus dem Hut zaubern werden, kann nicht ewig andauern. Dafür sorgen schon junge Ärztinnen wie Sie.«

Vicky ließ nicht locker. »Das wird für viele Frauen allerdings zu spät kommen.«

Durch den Rauch hindurch ließ er den Blick auf ihr ruhen, bevor er den Zigarettenstummel ausdrückte und stattdessen das Feuerzeug zwischen den Fingern drehte. »Wissen Sie, weshalb Xanthippe bis heute als zanksüchtiges Weib verschrien ist?« Behaglich im Stuhl zurückgelehnt, schien er dieses Streitgespräch zu genießen. »Als Mutter von drei Söhnen war sie jeden Tag mit der Realität des Lebens konfrontiert. Der ihr angetraute Sokrates hingegen schwebte in seinem philosophischen Wolkenkuckucksheim und war sogar so närrisch, dafür seinen Tod in Kauf zu nehmen. Xanthippe hat es gewagt, den Mund aufzumachen, wenn sie etwas störte, was in der Antike als genauso anstößig galt wie in unseren Tagen. Also ein gutes Vorbild für die Frauen Ihrer Generation, Dr. Becker, will ich meinen.«

Vicky gluckste.

»Meine Generation von Medizinern«, sagte er nach einer kleinen Pause, »hat noch mit dem alten Eid des Hippokrates geschworen, niemals einer Frau ein Abtreibungsmittel zu verabreichen. Wenn man unbedingt Haarspalterei betreiben will, kann man natürlich darüber diskutieren, ob damit ausschließlich chemische und pflanzliche Arzneien gemeint sind oder auch ein instrumentell herbeigeführter Abort. Was haben Sie denn bei Studienbeginn versprochen, Dr. Becker? Mit dem Genfer Gelöbnis von 1948?«

Vicky musste nicht lange nachdenken. »Dem menschlichen Leben vom Zeitpunkt der Empfängnis an äußersten Respekt entgegenzubringen.«

Dr. Frommer machte ein vielsagendes Gesicht. »Was noch?«

»Dass ich meinen Beruf mit Gewissen und Würde ausübe und die Gesundheit meiner Patientinnen und Patienten für mich an erster Stelle kommt.«

Er nickte. »Das Wichtigste steht aber ganz am Anfang: die Menschlichkeit. Machen Sie sich immer bewusst, dass das Genfer Gelöbnis aus den Nürnberger Ärzteprozessen unmittelbar nach Kriegsende hervorgegangen ist. Als moralische Richtschnur. Denn eine Medizin ohne Menschlichkeit wollen wir alle nie wieder erleben.« Hinter seiner Kaffeetasse lächelte er. »Sie werden sich bestimmt nie eine heikle medizinische Entscheidung leichtmachen, Dr. Becker. Aber Sie werden sie zu treffen wissen, da bin ich sicher.«

Mit einem zufriedenen Durchatmen griff er wieder zu Lesebrille und Zeitschrift, und auch Vicky versenkte sich erneut in ihr Fachbuch, in ihren Grübeleien einen großen Schritt vorangekommen.

Nur im BH, damit ihre Stewardessenbluse nicht zerknitterte, lag Ruth Finkbeiner mit angezogenen Knien auf der Untersuchungsliege des Behandlungszimmers.

»Sieht alles tipptopp aus«, kommentierte Vicky, was sie durch das Spekulum erblickte; auch bei der Tastuntersuchung hatte sie nichts Auffälliges bemerkt. »Ich mache sicherheitshalber noch einen Abstrich. Falls was sein sollte, melde ich mich bei dir.« Drei Jahre regelmäßiger gynäkologischer Untersuchungen hatten eine freundschaftliche Nähe entstehen lassen.

Sie zog das Instrument heraus und stand vom Hocker auf, um mit Tupfer, Objektträger und Petrischale zu hantieren.
»Stellst du mir wieder ein Rezept aus?«, fragte die Stewardess, während sie sich ankleidete. »Vielleicht dieses Mal für Eugynon oder Estirona? Ich habe gehört, die neuen Pillensorten sollen besser verträglich sein.«
»Heißt es, ja.« Vicky pellte sich die Handschuhe ab. »Aber eben weil sie so neu sind, haben wir noch zu wenig Erfahrungswerte. Solange es dir mit Anovlar gut geht, sehe ich keinen Grund, das Präparat zu wechseln.«
»In Ordnung.« Ruth stieg in ihre Pumps. »Ich vertraue dir da voll und ganz.«
»Sooo«, meinte Vicky in ironischem Tonfall, während der Kugelschreiber über den Rezeptblock kratzte, »ist also für das Frollein Stewardess immer noch keine Hochzeit in Sicht?«
Diese lachte; auch sie kannte solche Bemerkungen zur Genüge. »Bin ich verrückt? Ich mag mein Leben so, wie es ist. Zumindest derzeit noch.« Ein glückliches Leuchten glitt über ihr Gesicht, während sie das Rezept in ihrer Handtasche verstaute; sie war frisch verliebt, in einen Piloten der Lufthansa. »Kann ich dir auch mal wieder einen Stein in den Garten werfen?«
Vicky musste nicht lange überlegen. »Das könntest du tatsächlich. Kommst du irgendwo auf deinen Zwischenstopps an Papayas ran?«

Drei Wochen später stand Vicky erneut am mit OP-Tüchern abgedeckten Küchentisch in Niederrad und kämpfte mit der umgebauten Fahrradpumpe und einer skalpierten Melone. Was bei Raimund neulich an Dilan so leicht ausgesehen hatte, schien die Stärke eines Herkules zu erfordern.
Wie Vicky hatte er einen OP-Kittel übergezogen und beob-

achtete ihre ungelenken Handgriffe, noch einen Rest südfranzösischer Sonnenbräune im Gesicht und einen verblassenden Bluterguss auf dem Jochbein; eines seiner jüngsten Boxtrainings war hart ausgefallen.

»Du brauchst nicht nur Kraft«, erklärte Raimund, »sondern auch den richtigen Dreh. Darf ich?«

Er stellte sich dicht hinter sie. Die Arme um Vicky gelegt, umfassten seine bloßen Hände ihre Finger in Gummihandschuhen. »Vorsichtig pumpen«, murmelte er an ihrem Ohr, »und dabei so rotieren. Lass locker! Ich übernehm die Mucki-Arbeit, damit du ein Gefühl dafür kriegst.«

Die Zunge in den Mundwinkel geklemmt, überließ Vicky ihm die Führung und konzentrierte sich ganz auf die Bewegungen, die er an ihre Hände weitergab. Ein glücklicher Laut entfuhr ihr, als die ersten Klümpchen Fruchtfleisch aus dem Ende des Schlauchs auf die Unterlage kleckerten.

Raimund löste seine Hände von ihren. »Jetzt mach allein weiter!«

Es blieb dennoch eine mühevolle Prozedur. Schnaufend legte Vicky die Pumpe nieder und stützte sich vor der endlich ausgehöhlten Melone auf dem Tisch ab.

»Willst du was trinken?«, fragte Raimund.

Vicky wischte sich über das erhitzte Gesicht. »Ein Kaffee wär nicht schlecht.«

Stattdessen reichte Raimund ihr ein Glas Wasser. »Mein Kaffee ist herzinfarktstark, und du wirst noch ruhige Hände brauchen.«

Was Vicky völlig unrealistisch vorkam. Während sie das Wasser hinunterstürzte, zitterten ihre Finger, und die Muskeln und Sehnen ihrer Arme fühlten sich wie ausgeleierte Gummibänder an. Ernüchtert betrachtete sie die Kiste mit Fleischtomaten, italienischen Melonen vom Großmarkt und den Papayas, die Ruth aus Südamerika mitgebracht hatte. Das anvisierte Lernpensum dieses Nachmittags schien ihr inzwischen mehr als ambitioniert.

»Sollen wir an einem anderen Tag weitermachen?«, erkundigte Raimund sich und nahm ihr das leere Glas ab.

Damit stachelte er ihren Ehrgeiz nur noch mehr an. Grimmig verneinte sie und schüttelte die Hände, um die Muskulatur zu lockern. Ein Grinsen im Mundwinkel, nahm Raimund ein großes Küchenmesser, schnitt die nächste Melone an, und Vicky machte sich erneut ans Werk.

»Die grundlegende Technik beherrschst du schon mal«, kommentierte er zwei Stunden später die letzte ausgesaugte Melone. »Jetzt geht's an die Feinarbeit.«

An den ersten Tomaten richtete Vicky ein wahres Massaker an, bis sie gelernt hatte, bei dieser empfindlichen Frucht Kraft und Fingerspitzengefühl auszutarieren.

»Nicht schlecht«, äußerte sich Raimund. »Dann wagen wir uns an die Kür.«

»Papayas deshalb, weil sie in Größe und Form einer Gebärmutter ähneln, nicht wahr?« Daran hatte Vicky sofort gedacht, als sie zum ersten Mal eine in der Hand gehalten hatte.

Raimund bejahte. »Auch das Fruchtfleisch erinnert verblüffend an das Uterusgewebe einer Schwangeren, wie du gleich sehen wirst.«

Vicky ließ sich am Küchentisch nieder, und Raimund ging neben ihr in die Hocke. Während sie vierhändig mit Zange und Dehnungsstäbchen das spitze Ende der Frucht wie einen Muttermund behandelten, erklärte er, worauf sie zu achten hatte, wie viel Blut normal war und wie sie eine von Natur aus gekrümmte Gebärmutter für die Dauer des Eingriffs vorsichtig strecken konnte. Es schien nichts zu geben, was er nicht über die weiblichen Fortpflanzungsorgane wusste.

»Hast du eigentlich schon mal ein Jungfernhäutchen gesehen?«, platzte Vicky heraus. »Ich meine, so eines, wie es der landläufigen Vorstellung entspricht?«

Verblüfft starrte er sie an, dann brach er in lautes Lachen aus, dieses tiefe und raue Lachen, das in ihrer Magengegend vibrierte. »Manchmal bist du ein echter Bulldozer! Ein einziges Mal, ja. Ein sehr junges Mädchen, das mit Bauchschmerzen zu uns in die Poliklinik kam und dem wir in einer Not-OP die von Geburt an geschlossene Membran öffnen mussten, damit das Menstruationsblut abfließen konnte. Beantwortet das deine Frage?«

In seinen Augen glitzerte es, und sein Grinsen sprang auf Vicky über.

»Zumindest fürs Erste«, erwiderte sie, und die Zungenspitze zwischen den Zähnen, widmete sie sich dem Phantomuterus aus den Tropen.

Eine bearbeitete Frucht nach der anderen schnitt Raimund der Länge nach auf und zeigte Vicky schonungslos, wo sie nicht alle Kerne erwischt hatte, was bei einer Patientin zu einer schweren Infektion führen würde, und wo sie zu fest abgesaugt oder den Aufsatz der Pumpe zu tief eingeführt hatte, was im Ernstfall eine verletzte Gebärmutter bedeutete. Erst bei den letzten beiden Papayas schien Vicky den Bogen endlich rauszuhaben.

Stöhnend ließ sie sich auf dem Stuhl zurückfallen, zerrte die Gummihandschuhe herunter und massierte ihre schmerzenden Hände. »Ich glaube nicht, dass ich das jemals beherrschen werde!«

Draußen wurde es schon dunkel, und im Neonlicht der Deckenleuchte spiegelte sich die Küche in der Fensterscheibe.

»Dafür musst du ein Gefühl entwickeln«, entgegnete Raimund, der an der Arbeitsfläche der Einbauküche mit heißem Wasser, gemahlenem Kaffee und einer Stempelkanne zugange war. »Und das geht nur durch Übung. Man braucht gut und gern mehrere Dutzend echte Abtreibungen, bis man sich als routiniert betrachten kann.«

»Hattest du nie Gewissensbisse?«, fragte sie und bedankte sich für die Tasse Kaffee.

»Nein.« Ebenfalls mit einer Tasse in der Hand, setzte er sich zu ihr. »Wenn eine Frau es so will, weil sie für sich keine andere Alternative sieht, halte ich es im ersten Trimester für vertretbar. Ein Kind zu zeugen, passiert verdammt schnell. Eines zu bekommen, ist aber nicht wie ein Infekt, den man einfach eben mal durchmachen muss.«

»Und nach dem ersten Trimester?«, bohrte Vicky nach.

Er schüttelte den Kopf. »Nur, wenn das Leben der Mutter auf dem Spiel steht. Und nur mittels einer Ausschabung, die allerdings ihre Risiken hat. Grundsätzlich gilt: Je früher der Eingriff stattfindet, umso besser.«

Beklommen betrachtete Vicky das Schlachtfeld aus dahingemetzelten Melonen, Tomaten und Papayas, die umfunktionierte Fahrradpumpe. Raimund hatte ihr genau erklärt, wie sie aufgebaut war. In jeder Fahrradwerkstatt könne sie sich so eine machen lassen, sie solle lediglich sagen, dass sie diese für ein wissenschaftliches Experiment bräuchte; an eine Abtreibung würde dabei niemand denken. Bei aller Wissbegierde, allem Lerneifer konnte Vicky sich trotzdem nicht vorstellen, dieses provisorische Instrument einmal in der leibhaftigen Realität einzusetzen, und noch weniger, solche Eingriffe gewohnheitsmäßig durchzuführen.

»Ich strebe wohl doch besser die Thoraxchirurgie an«, sagte sie mit einem Anflug von Galgenhumor. »Da habe ich wenigstens direkt vor Augen, was ich operiere, und auch sonst ist das eine klare und eindeutige Sache.«

»Du gehörst nicht in die Chirurgie«, sagte er mit brutaler Nüchternheit.

Vicky setzte zu einer wütenden Erwiderung an, doch Raimund ließ sie nicht zu Wort kommen. »Nicht, weil du eine Frau bist oder es dir an den nötigen Fähigkeiten fehlt. Du hast ein enormes Talent. Aber merkst du denn nicht, dass du außerdem ein Gespür für Menschen hast? Für deren alltägliche medizinische Sorgen und Ängste? Wie sehr dir gerade die Patientinnen auf Anhieb vertrauen?« Seine Augen glänzten, er schien vor Leidenschaft förmlich zu bersten. »Du hast für alles ein Händchen, vom fiebernden Kleinkind über die ganze Bandbreite der Gyn bis hin zur lebensbedrohlichen Notsituation. Und du bist mit so viel Gefühl bei der Sache. Das ist eine Gabe, verstehst du? Willst du die wirklich in einem technisierten OP-Saal vergeuden? Warum? Ist dein Ego noch nicht groß genug? Oder fürchtest du, als liebes kleines Doktorchen abgestempelt zu sein?«

Blinzelnd nippte Vicky an ihrem Kaffee, der tatsächlich stark wie ein Faustschlag war und ihr die Hitze ins Gesicht trieb. »Du bist genauso mit dem Herzen dabei! Das habe ich spätestens bei Dilan neulich gesehen.«

Er stieß ein trockenes Lachen aus. »Wo andere ein Herz haben«, knurrte er, »ist bei mir nur ein verdorrtes Etwas.«

»Glaubst du«, erwiderte Vicky.

Abrupt stand er auf und trat an die Arbeitsfläche. Einige Herzschläge lang war es still zwischen ihnen. Nur das Knistern der Packung Gauloises war zu hören, das Klicken des Feuerzeugs und Raimunds erster Zug an der Zigarette.

Vicky umklammerte die Tasse fester; auch mit Kaffee konnte man sich Mut antrinken. »Wie war sie?«

Er musste nicht erst nachfragen, wen sie meinte. Unter dem OP-Kittel lockerten sich seine Schultern. »Wir waren das wandelnde Klischee«, raunte er nach einer kleinen Pause, »die koreanische Lernschwester und der deutsche Jungarzt. Ich bin schon nicht besonders groß, und sie reichte mir gerade bis zur

Schulter. Ein funkensprühendes Energiebündel, *Miss Tausend Volt* haben wir zu ihr gesagt. Sie hat mich völlig umgehauen. Ich glaube, alle im Hospital waren ein klein wenig in Jiah verliebt. Aber mich wollte sie haben und hat sogar ihre Familie rumgekriegt, mich zu akzeptieren. So war sie.«

Die wunde Zärtlichkeit in seiner Stimme schnitt Vicky ins Herz. Sie gab sich einen Ruck und ging zur Spüle, um die leere Tasse hineinzustellen.

»*Was wäre, wenn* ist ein gewagtes Gedankenspiel«, fuhr er fort. »Wir sind ja immer das Ergebnis unserer Erfahrungen. Ich weiß nicht, was für ein Mensch ich heute wäre, wären die vergangenen zehn Jahre anders verlaufen. Trotzdem frage ich mich oft, was aus Jiah und mir geworden wäre. Ob ich auf Dauer in Korea hätte bleiben wollen, sie in Deutschland hätte glücklich sein können. Damals haben wir keinen Gedanken daran verschwendet. Uns schien alles möglich, alles machbar. Unstimmigkeiten und Streitereien haben wir weggelacht, jung und verliebt, wie wir waren. Heute wäre das vermutlich anders.«

Nachdenklich kehrte Vicky zum Tisch zurück. Raimunds Worte hatten etwas in ihr berührt, das sie nicht zu benennen wusste.

»Ich empfinde heute vieles anders, mit Mitte dreißig«, hörte sie ihn hinter ihrem Rücken sagen.

Mit dem Zeigefinger stippte sie in den orange leuchtenden Matsch einer Papaya und tupfte sich etwas davon auf die Zunge. Ein bisschen wie Melone schmeckte es und doch fremd. Wie überreif; Vicky wusste nicht, ob sie es mochte oder ob ihr davon übel wurde. Kurzerhand schob sie die Ärmel hoch und fasste nach einer Ecke der Unterlage.

Raimunds Finger schlossen sich um ihren bloßen Unterarm. »Lass. Ich mach das schon.«

Die Augen fast auf gleicher Höhe, starrten sie einander an.

Nur ihrer beider Atemzüge waren zu hören, schnell und flach. Vicky sog seinen Geruch nach nasser Erde ein, gewürzt mit Kaffee und Zigarettenrauch. Zusammen mit der frischen Süße des offen daliegenden Fruchtfleischs geradezu berauschend, und sein Blick, still und dunkel und tief, machte ihr weiche Knie. Jeden Moment konnte etwas zwischen ihnen kippen, und dann würde es kein Zurück mehr geben, das ahnte Vicky.

Raimunds Hand löste sich von ihrem Arm, und unter dem geöffneten Hemdkragen blitzte die Kette auf, an der er seinen Ehering trug. Hastig schlüpfte Vicky aus dem OP-Kittel, das glühende Gesicht der Zigarette zugewandt, die in der Kerbe des Aschenbechers wie in Zeitlupe vor sich hin qualmte.

»Wir sehen uns morgen im Dienst«, raspelte sie heiser.

Falls er etwas erwiderte, ging es in ihren Schritten auf den Küchenfliesen und Dielen unter, im Rascheln ihres Mantels und der zuklappenden Wohnungstür.

Unten auf der Straße gelang es ihr erst im zweiten Anlauf, den Motorroller zu starten, und es lag nicht nur am höllisch starken Kaffee, dass ihr Herzschlag ins Stolpern geraten war.

33

Under the Boardwalk

Der tosende Sturm übertönte sogar das Heulen der Martinshörner. Obwohl erst Mittagszeit, war es stockfinster. Umso greller flackerten die Blaulichter der vorausfahrenden Feuerwehr und die Blitze, die im Zickzack hinabstießen, bevor der nächste Donner krachte und sein Nachhall wie ein Erdbeben unter ihnen wegrollte. Mülltonnen kippten wie Dominosteine um, und abgebrochene Äste und Dachziegel flogen umher.

Das hornbebrillte Bulldoggengesicht grimmig verzogen, spähte Ansgar durch die Windschutzscheibe des Krankenwagens. Die Scheibenwischer liefen auf vollen Touren, wurden den Wassermassen jedoch kaum Herr. Unter dem Arztkittel klebten Vickys Bluse und Hose auf ihrer Haut; bei knapp dreißig Grad war es unerträglich schwül. Raimund auf der Sitzbank neben ihr packte sie grob bei den Schultern und brüllte sie an, doch sie verstand kein Wort. Dann sah sie den mächtigen Baum, der unmittelbar vor ihnen umknickte wie ein Zahnstocher, und sie schrie.

Vicky fuhr zusammen. Mit einem schmatzenden Geräusch löste sich ihre Wange vom narbigen Kunstlederpolster des Zugsitzes, und sie rieb sich die schlafverklebten Augen. Was sie für das Wüten des Sturms gehalten hatte, war nur der Fahrtwind, der durch das Fenster hereinflatterte, das Schnaufen von Lokomotive und Hydraulik, die ratternden Räder.

Benommen sah sie zu Achim, der sich mit verschränkten Armen auf das heruntergeschobene Zugfenster lehnte. Der Wind verwirbelte seine Locken, die in der Sonne wie reinstes Kupfer glänzten; auch sein Gesicht leuchtete.

Es war nur ein böser Traum gewesen. Sie waren wieder frischgebackene Medizinstudis, in den Semesterferien unterwegs nach Wolgast zu Oma Käthe und Opa Karl, voller Vorfreude auf Sommertage an der Ostsee und goldene Träume im Gepäck. Im grenzenlosen Vertrauen, dass nichts sie jemals trennen würde und die Zukunft ihnen gehörte, und Vickys Herz wurde groß und weit.

Achim wandte den Kopf und lächelte. Dieses offene Lächeln, das seine Wangengrübchen herausprägte und Vicky stets das Gefühl gab, das Gesicht der Sonne zuzuwenden.

»Wo warst du?«, fragte er, ein leises Lachen in der Stimme.

Vicky brauchte ein paar Augenblicke, bis ihr dämmerte, wie er es wohl gemeint hatte, und die Realität holte sie endgültig ein. Sie waren nicht mehr Anfang, sondern Ende zwanzig und fuhren nicht in einem Zug der ostdeutschen Reichsbahn nach Wolgast, sondern in einem der Bundesbahn an den Timmendorfer Strand, diesseits von Mauern, Metallzäunen und Stacheldraht. Vicky wischte sich eine Spur von Speichel aus dem Mundwinkel und antwortete mit einem Kopfschütteln.

Nicht einmal Achim konnte sie von den Einsätzen der vergangenen Woche erzählen, als innerhalb weniger Tage gleich zwei schwere Unwetter über Frankfurt hinwegfegten, mit orkanartigen Böen und umgestürzten Bäumen, Überschwemmungen und Schlammmassen, Bränden durch Blitzeinschläge und Kurzschlüsse. Gemessen an den Verwüstungen waren nur wenige Menschen zu Schaden gekommen, mit Knochenbrüchen, Quetschungen, hier und da einer Kopfverletzung; ein einziger Herzstillstand mit Verbrennungen nach Blitzschlag war dabei gewesen. Doch zum ersten Mal war für Vicky das Risiko mitgefahren, selbst nicht mehr heil nach Hause zu kommen. Für die anderen im Team eine vertraute Erfahrung, das war zwischen einsilbiger Entschlossenheit und derben Witzeleien angeklungen. Vielsagend war auch das einmütige Schweigen gewesen, in dem sie zu guter Letzt in der Sanitätsbaracke alle ihren Schnaps hinuntergekippt hatten, bevor sie sich aus den klatschnassen Arbeitsklamotten pellten und wieder zur Tagesordnung übergingen. Nur Vicky war es noch nicht gelungen, die Eindrücke ihrer stürmischen Feuertaufe abzuschütteln oder auch nur in Worte zu fassen.

»Fenster zu, es zieht!«, schimpfte ein Mann irgendwo hinter ihnen.

Achim verdrehte zwar die Augen, schob aber dennoch folgsam das Fenster zu und setzte sich auf den Platz gegenüber von Vicky. Ein kleines Lächeln wanderte zwischen ihnen hin und her.

Vicky war froh, die Sanitätsstelle erst einmal hinter sich zu lassen. Dr. Frommer hatte ihr ein paar freie Tage genehmigt, ehe in der kommenden Woche die ersten Bundesländer in die Schulferien aufbrachen. Und mit dem Scheck über eintausendfünfhundert Mark vom Ministerium für gesamtdeutsche Fragen war Vicky nicht nur ein Stein vom Herzen gefallen; jetzt konnten sie sich auch eine Fahrt ans Meer leisten.

»Früher hett's so was net gegewe«, zeterte eine Frau auf der anderen Seite des Gangs.

Zwei Ehepaare mittleren Alters hatten belegte Brote ausgepackt und Limonade respektive Bier geöffnet – und kauten dabei die Verhaftung von Jürgen Bartsch durch. Ein noch nicht volljähriger Schlachtergeselle, der gestanden hatte, in verschiedenen Städten des Ruhrpotts vier Jungen entführt und in einem alten Bunkerstollen missbraucht, ermordet und zerstückelt zu haben.

»Uff de Kerb hett er se sisch immer g'holt«, nuschelte einer der Männer mit vollem Mund. »Fuffzehn wor er beim erschte Mol!«

»Un de zwää Mädsche in Köln, die wo e alde Frau g'foltert und umbrocht hen!«, warf eine der Frauen unter dem Geraschel von Butterbrotpapier ein. »Solsch a Gewalt, denk emol! Also, de Juchend heutzutach ...«

Achim schnitt eine Grimasse und stand noch einmal auf, um seine Gitarre von der Gepäckablage herunterzuholen, wo auch sein neu gekaufter Rucksack lag. Am Gurt umgehängt, gab das Instrument die zarten Klänge von Fingerübungen von sich, bevor ein paar schwungvolle Akkorde ertönten.

»*Only you*«, stimmte Achim leise an, und seine Grübchen schienen dabei auf, »*can make all this world seem right ...*« Von ihm zur Gitarre gesungen, klang es nicht annähernd so schmalzig wie das Original der Platters, sondern volltönend und warm.

Ihr Lied in jenem Sommer sechsundfünfzig, als Vicky nach dem bestandenen Abitur Achim zum ersten Mal mit zu den Großeltern nahm. Zehn Jahre waren seitdem vergangen, und die Welt war nicht mehr dieselbe. Trotzdem saßen sie wieder zusammen in einem Zug, der sie ans Meer brachte, und der Oldie aus Jugendtagen, die tiefen Blicke, die sie einander zuwarfen, schufen einen Raum für sie allein, jenseits der Zeit.

»He, Sie!« Ein rotgesichtiger Mittfünfziger, stramm gespannte Hosenträger über dem karierten Hemd, erschien neben ihren Sitzplätzen. »Kennet Se au *Muss i denn zum Städtele hinaus?*«

Achim grinste. »Nur in der Version von Elvis!«

»Ha no«, meinte der Schwabe launig. »Wär uns scho rechd, mir un meirer Frau!«

Augenzwinkernd drückte er Achim ein Markstück in die Hand, und bereits nach den ersten Takten stimmten andere Reisende vergnügt in die Verszeilen ein.

Ein junges Ehepaar mit Kleinkind bat ihn um *Am Sonntag will mein Süßer mit mir segeln geh'n,* und ein Herrenclub wünschte sich *Es gibt kein Bier auf Hawaii.*

»*Sag mir quando, sag mir wann*«, schmetterte Achim unter schnellem Schrammeln auf der Gitarre für eine der beiden Ehefrauen von gegenüber.

Deren Begleiterin spendierte Vicky einen unbenutzten Pappbecher, mit dem sie lachend auf und ab ging, um Kleingeld einzusammeln. Auch der Schaffner ließ schmunzelnd zwei Mark hineinfallen und bekam dafür *So ein Tag, so wunderschön wie heute.*

Während zu Gassenhauern gesungen und geschunkelt wurde wie auf einer Jugendfreizeit und immer wieder Zaungäste aus den anderen Wagen neugierig vorbeischauten, trug der Bummelzug sie weiter in den Norden hinauf.

Obwohl der Nachmittag sich bereits dem Abend zuneigte und das Wetter eher durchwachsen war, rannten kleine und kleinste Kinder vergnügt kreischend beim Fangenspiel über den Strand, buddelten im Sand oder planschten in den Ausläufern der Wellen. Die Erwachsenen steckten die Nase in ein Buch oder eine Illustrierte, hielten ein Schwätzchen mit den Standkorbnachbarn oder genossen einfach den Ausblick auf Himmel und Meer.

Achim pfefferte Hemd und Hose auf das Handtuch und rannte in der Badehose johlend aufs Wasser zu. In ihrem lichtblauen Einteiler tat Vicky es ihm gleich. Die Ostsee war alles andere als warm, nach der langen Bahnfahrt jedoch umso erfrischender.

Mit kräftigen Zügen pflügte Vicky durch die Wellen. Das gleiche Wasser, in dem sie als kleines Mädchen schwimmen gelernt hatte. Ihr zweites Zuhause, bis zum Mauerbau. Unwillkürlich richtete sie den Blick gen Osten. Als könnte sie bis nach Wolgast blicken, in den Garten ihrer Großmutter. In dem Vicky und ihre Cousins und Cousinen Fußstapfen hinterlassen hatten, die nun deren Sprösslinge füllten. Kinder, die Vicky nur als Baby oder Kleinkind kannte, die Jüngsten sogar lediglich dem Namen nach. Wo sich über den Sommer sicher auch Vickys Mutter einfinden würde, bei Streuselkuchen und dem von Vicky geschickten Westkaffee.

»Worauf wartest du?«, rief Achim halb lockend, halb herausfordernd, ein Lachen auf dem Gesicht.

Die Lebenslust, die er aus jeder Pore verströmte, zerstreute Kummer und Wehmut. Wie junge Hunde tollten sie durch die Wellen und schwammen um die Wette.

Mit einem Freudenschrei tauchte Achim neben ihr aus dem Wasser auf und presste sie an sich.

»Bist du auch so glücklich?«, fragte er atemlos.

Ein Sonnenstrahl verirrte sich durch die Wolken und ließ die Wassertropfen auf seinem Gesicht funkeln. Er war noch immer schlanker als früher, hatte inzwischen aber etwas mehr Fleisch auf den Rippen, und seine Augen glänzten. Sie konnte sich nicht an ihm sattsehen, an diesen neuen Ecken und Kanten, die noch immer etwas Jungenhaftes hatten.

Vicky schlang ihm die Arme um den Hals und küsste ihn. »Über-überglücklich!«

Ein Grinsen zuckte über sein Gesicht und ließ die Grübchen tanzen, und mit einem Jubellaut riss er Vicky mit sich, in die nächste Welle hinein.

Über dem Klappern von Geschirr und dem Klingeln von Besteck und Gläsern summte es im Speiseraum der Pension wie in einem Bienenstock.

»Schau sie dir nur an«, murmelte Achim und ließ den Blick

über die anderen Gäste schweifen, die ebenfalls beim Abendessen saßen. »Diese ganzen Spießbürger.«

Mit dem Messer bugsierte Vicky den letzten Rest Fisch mit Kartoffel und Soße auf ihre Gabel. »Die leben einfach nur ihr Leben. Genau wie wir auch.«

So ganz passten sie nicht hierher, in diese kleine spitzgiebelige Villa mit verwunschenem Garten, und das nicht nur, weil sie den Altersdurchschnitt gehörig drückten. Achims Locken, die noch immer keinen Friseur gesehen hatten, waren ein bisschen zu lang, und die Art, wie er dunkle Hose und helles Hemd trug, wirkte ein bisschen zu lässig. Vickys Kleid mit den violetten Lilienranken aus Hansis Atelier fiel hingegen eindeutig zu kurz aus, obwohl es immerhin noch eine gute Handbreit über dem Knie endete.

Sie konnten sich glücklich schätzen, überhaupt noch irgendwo ein Zimmer bekommen zu haben; Ende Juni war die Hochsaison in vollem Gang. Das Landhaus Köppen war es geworden – eine zufällige Namensgleichheit mit dem großväterlichen Zweig von Vickys Familie, die ihr die Entscheidung leicht gemacht hatte. Die Pension warb mit guter Küche, mit Friesenstuben, Kaffeegarten und einer infrarotbeheizten Veranda, der Nähe zu Strand, Kurpark und Buchenwäldchen, zum Meerwasserschwimmbad und der Trinkkurhalle. Und bei einem Zimmerpreis von zwanzig Mark am Tag ließ sich auch das Etagenbad verschmerzen.

»Trotzdem«, beharrte Achim, »malochen bis zur Rente, damit man sich zwei Wochen Urlaub im Jahr leisten kann, die Eigentumswohnung mit Einbauküche und den Neuwagen. Was soll das denn für ein Leben sein?«

Vicky hatte durchaus selbst schon damit geliebäugelt, auf einen kleinen Gebrauchtwagen zu sparen, vor allem wenn sie sich auf der Vespa mal wieder Finger und Nase abfror. Doch solange Staus in Frankfurt an der Tagesordnung waren und die

U-Bahn sich noch im Bau befand, war sie auf zwei Rädern einfach schneller.

Nachdenklich musterte sie Achim, während sie sich den Mund mit der Serviette abwischte. Als er in Ostberlin verhaftet worden war, hatten beide deutsche Staaten noch mit jeweils einem Bein in der Nachkriegszeit gestanden. Mittlerweile war das Wirtschaftswunder nicht mehr nur ein geflügeltes Wort, sondern gelebte Realität. In Riesenschritten eilten sie dem nächsten Jahrzehnt entgegen, das geradezu futuristisch zu werden versprach. Veränderungen, in die Vicky nach und nach hineingewachsen, Achim hingegen von einem Tag auf den anderen hineinkatapultiert worden war.

»Denkst du das nie über die Leute«, bohrte er nach, »die du jeden Tag am Flughafen siehst?«

Vicky zuckte mit den Schultern und legte die Serviette zusammengefaltet neben ihren Teller. »Da bin ich ehrlich gesagt mit anderen Dingen beschäftigt.«

Mit den Gabelzinken schob Achim die Petersiliengarnitur auf seinem leeren Teller hin und her. »Das kann's doch aber nicht sein. Ich will mehr vom Leben. Ich will alles rausholen, was nur geht, an Erfahrungen, Eindrücken, Empfindungen. Nicht irgendwelchen unnützen Ballast anhäufen.«

»Man braucht aber auch ein Dach über dem Kopf und Essen auf dem Tisch«, wandte Vicky ein. Als sie sah, wie Achim unglücklich in sich zusammensank, bereute sie es. »Entschuldige. Das hätte ich nicht sagen sollen.«

Kopfschüttelnd legte Achim die Gabel auf den Teller. »Du hast ja recht. Ich habe schon überlegt, ob ich mich als Pfleger oder Sani bewerben soll, wenn es im Herbst mit der Uni wieder nichts wird. Aber was, wenn ich auch da im Vorstellungsgespräch versage? Ich weiß nicht einmal, ob ich das aushalte, den ganzen Tag in geschlossenen Räumen.« Er streckte die

Hand aus und umfasste Vickys Finger auf dem Tischtuch. »Gib mir einfach etwas Zeit. Mir fällt schon was ein, und wenn ich wieder auf den Bau gehe.«

Über den Tisch hinweg lächelten sie einander an.

Der Kellner trug die Teller ab und erkundigte sich, ob sie eine Nachspeise wünschten, was beide bejahten.

Achim griff zu seinem Weinglas. »Erinnerst du dich noch an Rudi? Rudi Dutschke? Der war öfter mal im Studentenwerk. Auch aus dem Osten. Durfte drüben kein Abi machen und hat es im Westen nachgeholt. Mit dem Mauerbau ist er in Westberlin hängen geblieben und hat Soziologie studiert.«

Vicky runzelte die Stirn, während sie die Gesichter der vielen jungen Leute Revue passieren ließ, die damals in der Ihnestraße ein und aus gegangen waren; eine halbe Ewigkeit schien es her.

»So ein Schlaks mit eckigem Gesicht, finsteren Augenbrauen und näselnder Stimme«, beschrieb Achim ihn genauer. »Bisschen jünger als wir, hat praktisch um die Ecke vom Studentendorf zur Untermiete gewohnt, gegenüber der Kirche. Klingelt's da echt nicht bei dir? Wir hatten uns doch mal drüber unterhalten, dass er als Tellerwäscher im Harnack-Haus jobbt, im Offizierskasino der Amis. Jedenfalls habe ich ihn in Frankfurt wiedergetroffen, bei der Vietnam-Demo kurz vor Pfingsten.«

Vicky stutzte. »Du warst auf der Demo?«

Jetzt war es an Achim, verblüfft dreinzublicken. »Hatte ich dir doch erzählt! Die war im Anschluss an den Vietnam-Kongress an der Uni, veranstaltet vom Sozialistischen Deutschen Studentenbund.«

Möglich, dass er es erwähnt hatte, doch Vicky hatte rund um die Feiertage Doppelschichten in der Sanitätsstelle geschoben und Hausbesuche gemacht, in einer Werkstatt eine Fahrradpumpe nach ihren Vorstellungen umbauen lassen und am heimischen Küchentisch mit weiteren von Ruth mitgebrachten

Papayas geübt. Ein hässliches kleines Schuldbewusstsein nagte an ihr, das sie mit einem Schluck Wein zu besänftigen versuchte.

»Rudi hat die Haare länger und eine Amerikanerin geheiratet«, erzählte Achim mit einem kleinen Grinsen. »Auch wegen der Kohle, in Westberlin gibt's gerade dreitausend Mark für jedes frisch verheiratete Paar. Sonst hat er sich kaum verändert. Immer noch der große Redenschwinger! Aber was er sagt, hat Hand und Fuß, ob zu Vietnam und dem amerikanischen Imperialismus, den Notstandsgesetzen oder der nuklearen Aufrüstung. Letzte Woche war er beim Sit-in an unserer alten Uni dabei. Ein Sitzstreik im Henry-Ford-Bau, weil die Juristen nur noch maximal neun Semester studieren dürfen, und wer von den Medis das Vorphysikum nicht nach drei Semestern hat, wird ebenfalls zwangsexmatrikuliert. Die Studis heute lassen sich nicht mehr alles gefallen, der SDS zettelt noch eine richtige Revolte an!«

Manches an der Freien Universität, die noch nicht einmal zwanzig Jahre alt war, hatte Vicky selbst als übermäßig streng empfunden, daran erinnerte sie sich noch gut. Gerade, was die Gleichbehandlung von Studentinnen und Studenten betraf. Doch genauso wenig hatte sie vergessen, dass die Uni ihr ermöglicht hatte, Medizin zu studieren, was ihr im Osten verwehrt geblieben war. Sogar finanzielle Unterstützung hatte sie erhalten, und dafür war sie bis heute dankbar.

Grüblerisch starrte sie die Plastiknelken in der Vase an, die sie nicht hatte wegstellen können, weil ringsum kein Tisch mehr frei gewesen war. »Müsste dir nicht alles ein Graus sein, was das Wort sozialistisch im Namen trägt?«

Eindringlich sah Achim sie an. »An die Idee des Sozialismus glaube ich nach wie vor, Vicky. Nur nicht, wenn er mit solchen Nazi-Methoden durchgesetzt wird. Es ist höchste Zeit, dass wir die alten verkrusteten Strukturen aufbrechen!«

Der Kellner, der den Nachtisch servierte, unterbrach ihr

Gespräch. Skeptisch beäugte Vicky den gestürzten Pudding, der auf seinem Glastellerchen noch nachzitterte. Den ersten Löffel, der stechend nach künstlichem Bittermandelaroma schmeckte, hätte sie am liebsten wieder ausgespuckt. Auch Achim verzog das Gesicht, doch tapfer schluckten sie den Glibber hinunter. Ein Blick zwischen ihnen genügte, und sie brachen in so lautes Lachen aus, dass die anderen Gäste zu ihnen hersahen.

Achim leerte sein Glas und warf grinsend die Serviette auf den Tisch. »Nichts wie raus hier!«

Draußen in der Meeresluft lachten sie immer noch. Nicht nur über den Pudding, sondern auch über die Kapelle, die auf der Terrasse der Strandhalle unter bunten Lichterketten und Topfpalmen zum abendlichen Tanz aufspielte – in Ponchos und Sombreros.

Der Abend zeigte sich freundlicher als der Nachmittag, und im Rauschen der Brandung waren sie nicht die einzigen Spaziergänger, die es zur Seebrücke hinauszog. Die übrig gebliebenen Wolken färbten sich zartrosa; so weit im Norden wurde es im Sommer deutlich später dunkel als in Frankfurt.

Wenn bei Capri die rote Sonne im Meer versinkt, trug der frische Wind von der Strandhalle herüber.

»Lass uns bloß nicht eines dieser bräsigen alten Ehepaare werden«, sagte Achim, als sie Arm in Arm über den laternenbeschienenen Steg gingen, »die sich zwischen Minigolf und Milchbar nichts zu sagen haben und nur noch bei Wechselbädern ein Prickeln verspüren. Oder wenn sie nackt auf der Terrasse des Kurhauses sonnenbaden.« Das Informationsheftchen des Ostseeheilbads, aus dem sie sich gegenseitig vorlasen, hatte bei ihnen beiden für Erheiterung gesorgt.

»Bestimmt nicht!«, widersprach Vicky lachend. »Wir sind auch nur wegen der Ostsee hier.« Sie fasste sich ein Herz. »Und überhaupt sind wir noch gar nicht verheiratet.« Neben Achims beruflicher Zukunft der zweite wunde Punkt zwischen ihnen, der bislang unangetastet geblieben war.

Er lehnte sich an die Balustrade und blickte zu den Positionslichtern der Schiffe hinaus, während er Vickys Rücken unter der leichten Jacke streichelte.

»Brauchen wir denn unbedingt einen Trauschein?«, fragte er nach einer kleinen Pause zögerlich. »Um den idiotischen Kuppelparagraphen schert sich ja kaum noch einer.«

Zumindest war er kein Hindernis für das Doppelzimmer gewesen. Was auch an Vickys Doktortitel gelegen haben mochte, am Wörtchen *verlobt* – oder schlicht daran, dass sich Pärchen zwecks unsittlichen Treibens wohl nicht ausgerechnet den braven Timmendorfer Strand aussuchen würden.

»Für immer verlobt?«, entgegnete Vicky halb im Scherz.

Achims Blick richtete sich auf sie, und er lächelte. »Wäre mal was ganz Neues, oder?« Er legte die Hände an Vickys Gesicht. »Wir gehören doch auch so zusammen«, flüsterte er.

Vicky antwortete mit einem langen Kuss, eine seltsame Mischung aus Erleichterung und Enttäuschung im Bauch.

Die knappe Woche flog viel zu schnell vorbei, zwischen Strandspaziergängen unter einem bleiernen Himmel, Schwimmen im Regen und einer Spritztour mit gemieteten Rädern in den Hafen von Niendorf, auf der sie ordentlich nass wurden. Erst an ihrem letzten Tag hatte Petrus ein Einsehen und sorgte für nahezu ungetrübten Sonnenschein.

Meerwassergetränkt liefen Vicky und Achim durch den Sand und trockneten sich lachend mit ihren Handtüchern ab. Vickys Bewegungen froren ein, angespannt spitzte sie die Ohren.

»Was ist?«, erkundigte sich Achim.

Sie deutete ein Kopfschütteln an, zerrte sich jedoch ganz automatisch das karierte Sommerkleid über den nassen Badeanzug, während sie den Strand mit Blicken absuchte. Dazu, den Reißverschluss zuzuziehen, kam sie nicht mehr; jetzt war sie sicher, dass sie Schreie hörte, und spurtete los.

Vor den zerfallenen Überresten dessen, was wohl kurz zuvor noch eine trutzige Sandburg gewesen war, drängte sich eine Menschentraube zusammen. Ein Mann hielt eine Frau fest, die laut weinte; ein zweiter kniete am Boden und schüttelte einen Jungen, vielleicht drei oder vier Jahre alt.

»Ich bin Ärztin«, keuchte Vicky, ließ sich zu Boden fallen und nahm ihm den leblosen kleinen Körper ab. Das sandverkrustete Kind kopfüber auf ihre Knie gelegt, klopfte sie ihm kräftig auf den Rücken. »Hat jemand einen Krankenwagen verständigt?«

»Ist grad einer losgelaufen«, hörte Vicky eine Mädchenstimme hinter sich.

Als kein Sand mehr herauskam, rollte Vicky den Jungen auf den Rücken. Kein Puls. Sie blies ihren eigenen Atem in den schlaffen Kindermund und begann, den kleinen Brustkorb mit dem Handballen zu bearbeiten.

»Eben saß er noch ganz fröhlich mit Schippe und Eimer da«, schluchzte die weinende Frau, offenbar die Mutter. »Und im nächsten Moment hab ich ihn nicht mehr gesehen!«

Laufschritte näherten sich durch den Sand. »Gibt hier im Umkreis kein Krankenhaus«, japste ein junger Mann. »Erst in Lübeck. In der Strandhalle hamse jetzt die Feuerwehr angerufen.«

Vicky nickte grimmig. Je nachdem, wie lange die Mutter erst nach ihrem Sohn gesucht und gerufen hatte, bis man ihn unter dem Sand hervorzog, war die Lage wirklich übel. Erschreckend fragil fühlte er sich unter ihrer Hand, ihrem Mund an. Überdeutlich nahm sie wahr, wie zart die Augenlider aussahen, die Wimpern sandbestäubt. Sie hielt inne, fasste an die Halsschlagader und hob den Kopf.

Die Mutter des Jungen klammerte sich an dem Badetuch fest, das über ihren Schultern lag. Achim war bei ihr und redete leise auf sie ein. Als sich sein Blick mit ihrem traf, verstummte er, und die verweinten Augen der Mutter richteten sich auf sie, ängstlich und hoffnungsvoll. Wie sollte sie ihr sagen, dass die gute Nachricht vorerst nichts als ein dürrer Strohhalm war?

»Er ist noch nicht über den Berg«, rang Vicky sich ab. »Aber zumindest schlägt sein Herz wieder.«

Weinend ließ sich die Mutter gegen Achim sinken.

Auf der Promenade flackerte das Blaulicht eines roten Transporters; zwei Männer in Uniform rannten durch den Sand auf sie zu.

»Kompressive Asphyxie durch Sand«, rief Vicky ihnen entgegen. »Er braucht so schnell wie möglich Bronchoskopie und Bronchiallavage. Und im Krankenhaus sollen sie beim Röntgen auch auf Frakturen im Brustraum achten, ich musste manuell wiederbeleben.«

»Das können Sie schön selber sagen, Frollein!«, ranzte einer der Feuerwehrmänner sie an. »Sie kommen nämlich mit!«

Vicky nahm es ihm nicht übel. Sie kannte diese Art von Ruppigkeit, wenn einem ein Einsatz zu nahe ging; vermutlich hatte er selbst Kinder zu Hause.

Wie eine kaputte Gliederpuppe sah der bewusstlose Junge auf den Armen des gestandenen Feuerwehrmanns aus, während sie durch den Sand auf den Feuerwehrbulli zuliefen. Vicky ließ sich auf eine der hinteren Bänke fallen und bettete das Kind auf ihren Schoß. Nie hatte sie sich mehr einen modernen Notarztwagen gewünscht, wie er gerade in einer Halle des Flughafens Frankfurt nach und nach Gestalt annahm, wann immer die Mechaniker ein Stündchen Luft hatten.

Achim half der Mutter in die Sitzreihe davor und reichte ihr die hastig zusammengerafften Strandsachen. Die Türen klappten zu, und mit heulender Sirene preschte der Wagen davon. Die Arme schützend um den kleinen Jungen geschlossen, wandte Vicky den Kopf und sah durch die Heckscheibe zu, wie sie und Achim sich immer weiter voneinander entfernten.

34

The Lion Sleeps Tonight

Die Hände in den Taschen ihres Arztkittels vergraben, wanderte Vicky um den Bauhof herum. Die blinkenden Lichter und die Befeuerung des Rollfelds waren die einzigen Farbtupfer an diesem grauen und diesigen Abend; immer wieder schlug der Wind Vicky Tropfen ins Gesicht. Der Juli zeigte sich ähnlich regnerisch wie der vorangegangene Monat; seit gestern hatte es außerdem spürbar abgekühlt. Das Röhren und Heulen der Flugzeuge, die schnurrenden Motoren der VW Käfer und Bullis, deren Reifen auf dem nassen Asphalt zischten, übertönten die Leere, die Vicky in sich spürte.

Vor der Sanitätsbaracke atmete sie noch ein paarmal tief den treibstoffgetränkten Wind ein und wischte sich über die nassen Wangen, bevor sie ins Dienstzimmer zurückkehrte. Als der Chefarzt ihr zu Beginn des Nachtdienstes die Post gab, die für sie angekommen war, hatte sie dringend frische Luft gebraucht.

»Geht's wieder?«, erkundigte sich Dr. Frommer über den Papierstapeln auf dem Schreibtisch, auch Norbert und Henning blickten ihr mitfühlend entgegen.

Vicky zuckte mit den Schultern, und neue Tränen stiegen ihr in die Augen. Mit einem kratzenden Geräusch schob Norbert den Stuhl zurück und stand auf, um Vicky einen Kaffee zu holen. Sie leistete keine Gegenwehr, als er ihr eine Pranke auf die Schulter legte und sie auf die Sitzfläche drückte. Seufzend setzte sich Dr. Frommer zu ihr, während die beiden Pfleger ihre Zigaretten einsteckten und auf Zehenspitzen rausschlichen.

Wortlos schob sie ihrem Chefarzt den aufgerissenen Umschlag zu, und er las die Karte, mit der sich Barbara und Friedrich Schmitz aus Hamburg-Ottensen bei ihr bedankten. Der Vater war mit einiger Verspätung in der Notaufnahme eingetroffen. Zu der Zeit, als Vicky sich um den Jungen kümmerte, war er an der Strandpromenade gewesen, um seinen Sohn mit einem Eis zu überraschen. Schokoladeneis mochte Jonas am liebsten. Gut zwei Wochen später holte jener letzte Urlaubstag am Timmendorfer Strand Vicky noch einmal ein.

Sie hatte Herrn und Frau Schmitz erzählt, wo sie arbeitete – was man eben so sprach, wenn man miteinander im Krankenhausflur saß und zwischen Hoffen und Bangen auf das Urteil der Ärzte wartete. Darauf, dass es etwas Neues gab, was das Zünglein an der Waage sein mochte. Es war schon später Abend geworden, als sie in der Pension anrief, damit Achim sie mit einem Taxi aus der Lübecker Klinik abholte. Sie hatte weder Geld noch den Zimmerschlüssel dabeigehabt, noch nicht einmal eine Jacke oder Schuhe. An Schlaf war danach nicht zu denken gewesen und noch weniger an Frühstück. Kaum ein halbes Brötchen im Magen, hatte sie wieder im Zug Richtung Süden gesessen und blicklos aus dem Fenster gestarrt, in Achims Armbeuge geschmiegt, bis die Müdigkeit sie endlich übermannte.

Mit betroffener Miene legte Dr. Frommer die Karte vor sich auf den Tisch. Aus Vicky brach es nur so heraus, während sie jeden einzelnen Handgriff beschrieb, den sie an dem verschütteten Jungen vorgenommen hatte.

»Sand ist tückisch«, sagte Dr. Frommer schließlich leise. »Dabei wirkt er auf den ersten Blick so harmlos. Wir sind uns des enormen Drucks nicht bewusst, den besonders nasser Sand auf den menschlichen Körper ausübt. Dem haben Rippenmuskulatur und Zwerchfell kaum etwas entgegenzusetzen. Nicht nur bei Kindern. Aber gerade bei denen werden schon gut zwei Handbreit im Sandkasten zur Gefahr.«

Jonas Schmitz hatte es nicht geschafft. Zwei Tage hatte sein kleiner Körper an den Geräten noch gekämpft, doch unter der eingestürzten Sandburg, die irgendein Erwachsener aufgeschaufelt hatte, war sein Gehirn zu lange ohne Sauerstoff gewesen.

»Ende dieses Monats hätte er seinen vierten Geburtstag gefeiert«, flüsterte Vicky. »Zu Hause warteten schon die Geschenke auf ihn, haben mir seine Eltern im Krankenhaus erzählt.«

Behutsam umfasste Dr. Frommer ihren Unterarm. »Falls es Ihnen ein kleiner Trost ist: Ich hätte alles genauso gemacht. Jede Entscheidung, die Sie getroffen haben, jedes noch so kleine Detail.«

Vicky schüttelte den Kopf. »Wenn ich nur schneller dort gewesen wäre, dann …«

»Nein, Dr. Becker.« Er verstärkte den Druck seiner Finger. »Ein paar Sekunden hin oder her hätten keinen Unterschied gemacht. Vermutlich nicht einmal ein paar Minuten. Sie haben alles getan, was in diesem Fall überhaupt zu tun war. Halten Sie sich das immer vor Augen, wenn Sie darüber nachdenken. Wen Thanatos einmal in den Klauen hat, den gibt er nicht mehr frei. Das müssen wir demütig akzeptieren, so schwer es uns auch fällt. Alles andere wäre törichte Eitelkeit.«

Vicky blickte auf die Karte, ohne die sie in seligem Nichtwissen geblieben wäre. Jetzt verstand sie Raimund, dessen Ehrgeiz sich darin erschöpfte, ihre Patienten so lange am Leben zu erhalten, bis sie sie in der Klinik abgeliefert hatten; danach waren sie für ihn Schrödingers Katzen. Dennoch zweifelte sie, ob diese Art von Pragmatismus wirklich der bessere Weg war.

»Ich weiß nicht, was ich den beiden antworten soll«, flüsterte sie.

»Schreiben Sie ihnen einfach ehrlich, was Sie empfinden«, riet Dr. Frommer. »Das ist nie verkehrt. Und bewahren Sie sich Ihr Mitfühlen und Mitleiden, auch wenn es Sie Kraft kostet. Damit erhalten Sie sich Ihre Menschlichkeit in diesem manchmal unbarmherzigen Beruf.«

»Je länger ich in diesem Beruf arbeite«, sagte Vicky nachdenklich, »umso mehr lerne ich nicht nur fachlich dazu. Ich fühle mich oft gezwungen, über mich hinauszuwachsen. Obwohl ich mir immer wieder erschreckend klein und hilflos vorkomme.«

Der Chefarzt lächelte. »So ist es.« Aufmunternd tätschelte er ihr den Arm und erhob sich, um einen Stapel Papiere vom Schreibtisch zu holen. »Um Sie zwischendurch auf andere Gedanken zu bringen ... Wir haben endlich einen Kandidaten für unsere freie Stelle.«

Vicky stellte den fast schon kalt gewordenen Kaffee ab und nahm die Bewerbungsunterlagen entgegen. Beim ersten Blick darauf verzog sie das Gesicht. »Eine Ärztin wäre mir lieber gewesen.«

»Ja nun«, meinte Dr. Frommer gut gelaunt, »ich fürchte, in diesem trockenen Kuchen sind nun mal keine Rosinen, die wir uns rauspicken könnten.«

Vicky studierte den Lebenslauf von Dr. med. Sven Küppers, geboren im westfälischen Münster. Das dazugehörende Schwarz-Weiß-Bild zeigte ein starkknochiges Gesicht, hellwach, entschlossen und absolut verlässlich. Aber wer würde sich schon mit einem Foto bewerben, das einen anderen Eindruck erweckte? Nach dem Medizinstudium in Marburg hatte er mit *summa cum laude* über Knochenbrüche promoviert, und obwohl ein knappes Jahr jünger als Vicky, bereits reichlich Erfahrung gesammelt, auch in der Chirurgie.

»Was will der bei uns?«, rutschte es ihr heraus.

Der Chefarzt lachte herzlich. »Vielleicht lockt ihn der Nervenkitzel.«

»Klingt gut«, befand sie schließlich und reichte ihm die Bewerbung zurück.

Er schien zufrieden zu sein. »Dann bestelle ich den jungen Mann mal ein, damit wir uns ein vollständiges Bild von ihm machen können.«

Die Nacht verlief trotz des sommerlichen Hochbetriebs ruhig: eine Kreislaufschwäche auf einem der späteren Flüge und ein nonstop brüllendes Baby mit erhöhter Temperatur, das mit an Sicherheit grenzender Wahrscheinlichkeit lediglich zahnte. Das Ehepaar allerdings, das nach zehn Tagen auf Kreta Fieber mitgebracht hatte und über Verstopfung, Kopfschmerzen und Müdigkeit klagte, trug ein paar Minuten lang eine gewisse Aufregung in die Sanitätsstelle, waren die beiden doch im Westerwald zu Hause. Denn dort hatten die Überschwemmungen des vorangegangenen Monats ein böses Nachspiel: Das Bakterium *Salmonella typhi* breitete sich mit einer Inkubationszeit von ein bis drei Wochen rasant aus, gut neunzig Typhuserkrankte lagen in den Krankenhäusern der Region. Um die Epidemie einzudämmen, wurden Kinos, Schwimmbäder und Tanzsäle geschlossen und Schützenfeste abgesagt. Der Schluckimpfstoff Typhoral war bereits derart knapp, dass die Bundeswehr mit ihren Beständen aushalf.

Erst eine genauere Untersuchung brachte Entwarnung, und Herr und Frau Benner konnten mit leichten Medikamenten und guten Wünschen ihren Heimweg fortsetzen. Dennoch blieb der jüngste Ausbruch von Typhus noch Diskussionsthema zwischen Vicky und Dr. Frommer, während Norbert in *Doktor Schiwago* schmökerte und Henning in *Verräter sterben schneller, Ringo*.

»Das lässt sich nun mal nicht besser planen, Dr. Becker«, argumentierte der Chefarzt, der vor einer Kaffeetasse und mit Zigarette am Schreibtisch saß. »Bei einer Haltbarkeit von maximal zwölf Monaten und Kosten von acht Mark pro Impfdosis muss man knapp kalkulieren.«

Das Telefon klingelte.

»Glücklicherweise ist Typhus inzwischen eine recht seltene Erscheinung geworden«, fügte er hinzu und nahm ab. »Frommer.« Mit verblüfftem Gesichtsausdruck lauschte er in den Hörer, dann breitete sich Erheiterung auf seinem Gesicht aus. »Ich schick sofort jemanden rüber. Sehen Sie zu, dass meine Leute reinkönnen. Haben Sie die Kollegen von der Feuerwehr schon verständigt? – Dann aber pronto! Und schaffen Sie noch einen Tierarzt oder Tierpfleger herbei, einen Zoologen oder von mir aus auch einen Zirkusdompteur.« Er legte auf. »Dr. Becker, ich habe den perfekten Einsatz für Sie! Notlandung einer Frachtmaschine aus Zürich. Drei junge Löwen an Bord sind ausgebüxt und haben die Piloten ins Bein gezwickt. Nehmen Sie Henning mit! Je nachdem, wie klein der Flieger ist, brauchen Sie einen wendigeren Assistenten als unseren Norbert.«

Vicky war bereits von ihrem Platz aufgesprungen und fing den Autoschlüssel auf, den er ihr zuwarf. In aller Eile zählte sie Henning auf, was ihr an zusätzlichem Material gerade so durch den Kopf schwirrte.

Die Hand schon auf der Türklinke, blieb er abrupt stehen. »K-Drähte? Rechnest du damit, Knochenbrüche an Ort und Stelle zu operieren?«

»Pack einfach ein!«, erwiderte Vicky und riss den Kühlschrank auf.

»Brauchst du P-proviant für unterwegs?«, fragte Norbert hinter ihr mit hörbarem Grinsen. Er wirkte keineswegs unglücklich, dass dieser Kelch an ihm vorüberging.

»Ich nicht«, murmelte Vicky, während sie die Fächer hastig durchstöberte, »aber die Löwen vielleicht.« Sie öffnete ein mit Butterbrotpapier umwickeltes Paket. Die dick belegte Stulle war genau das, was sie gesucht hatte. Kurzerhand pulte sie die Schinkenscheiben unter der Garnitur aus Gurke, Paprika und Ei hervor und stopfte sie in die Kitteltasche.

»Hee!«, beschwerte sich Norbert, der Gemütsmensch, ungewohnt heftig. »D-das ist m-meins! Ich k-kann m-mit leerem Magen nicht einschlafen!«

»Zu viel Fleisch ist ungesund!« Augenzwinkernd lief sie nach draußen.

Am Steuer des Krankenwagens hatte ein Pfleger zu sitzen, so lautete eine der ungeschriebenen Regeln der Sanitätsstelle. Besonders Ansgar verteidigte eifersüchtig seinen Platz am Lenkrad. Umso mehr genoss Vicky es, eigenhändig mit Blaulicht über den nächtlich erleuchteten Asphalt zu preschen.

»Ich hab mir überlegt«, rief sie über das Heulen des Martinshorns hinweg, »wir füttern die Löwen mit Schinken, den wir mit Schlafmitteln präpariert haben.«

Henning neben ihr schnaubte. »Vergiss es! Wir hatten zu Hause immer Katzen, und die haben sofort gewittert, wenn wir so was im Schilde führten. So schnell kannst du gar nicht gucken, wie die den Köder fressen, die Tabletten aber wieder ausspucken.«

»Uns wird schon was einfallen«, meinte Vicky munter. Im Rückspiegel tauchte das Blaulicht eines Feuerwehrfahrzeugs auf, und vergnügt trat sie das Gaspedal weiter durch.

Selbst wenn Dr. Frommer ihnen nicht die genaue Parkposition mit auf den Weg gegeben hätte, wäre die betreffende Frachtmaschine schon von Weitem zu erkennen gewesen. Zwei Wagen der Flughafenpolizei umstanden das Fahrwerk, und in den blauen Lichtblitzen zeichneten sich die Silhouetten der Beamten ab.

»Erste!«, rief Vicky, als sie mit der Arzttasche in der Hand die Tür des Krankenwagens zuschlug.

Wolf Rosskopf, der gerade zusammen mit einem Kollegen ebenfalls aus dem Fahrzeug sprang, lachte. »Du fährst wie die Feuerwehr!«

Die Polizisten, die teils mit dem Schlagstock in der Hand dastanden, teils mit brennenden Zigaretten, begrüßten sie mit großem Hallo. Eine Luke stand offen, und am Fuß der Leiter wartete ein Rampenarbeiter im Overall, der sich mit einer Eisenstange bewaffnet hatte.

»Kommen Sie mit rein?«, erkundigte sich Wolf, der die ersten Sprossen erklomm.

Der Arbeiter sah ihn entsetzt an. »Nä, isch geh do net ninn! Net mit dene Viescher do drinne!«

Im Laderaum war es dämmrig. Zwischen den Kisten und Paketen roch es nach Pappe, Gummi und Metall und ein bisschen staubig; darüber lag der stechende Geruch von Stall oder Zoo. Aus einiger Entfernung war Männergebrüll zu hören, mehrstimmiges Knurren wie von mittelgroßen Rottweilern und das Fauchen eines kleinen Drachen.

»Hier ist die Feuerwehr!«, rief Wolf in den Flugzeugrumpf hinein.

»Vornä!«, schallte es ihnen gepresst entgegen. »Im Känzeli!«

Irgendetwas scheppterte. Wolf stieß einen Fluch aus und ging in die Hocke. Er knipste die Taschenlampe an und besah sich die drei Käfige, an denen jeweils eine Seite schief in den Angeln hing. »Wie auch immer die Biester die aufgekriegt haben«, murmelte er verblüfft und untersuchte die verbogenen Verschlüsse. »Irgendwie müssen wir das nachher wieder zunieten.«

So ungefähr hatte Vicky sich das vorgestellt. Sie öffnete die

Arzttasche und stopfte Kirschnerdrähte und eine Zange in die Brusttasche ihres Arztkittels.

Wolf grinste. »Du bist nicht nur der Hammer, sondern ein ganzer Werkzeugkasten!«

»Weiß ich«, erwiderte Vicky selbstbewusst und ließ die Arzttasche zuschnappen.

Im Cockpit lieferten sich die beiden Piloten und die drei jungen Löwen einen erbitterten Kampf um die Oberhand. Das größte der drei Tiere hatte sich mit Zähnen und Klauen in das Bein des Flugkapitäns verbissen wie in einen saftigen Knochen. Die beiden kleineren hingen indes wie die Kletten an den Hosenbeinen des ersten Offiziers, der sie mit Wutgebrüll und drohend geschwungener Notaxt in Schach zu halten versuchte.

Wolf Rosskopf winkte ab, als sein Kollege ihm den Kescher reichen wollte. Stattdessen zog er feste Handschuhe über und packte den kleinsten Löwen einfach am Nackenfell. Vicky stellte die Tasche hin und nahm ihm das Tier ab, das kaum ein paar Monate alt war.

»Du bist ja noch ein Baby«, murmelte sie und streichelte über das Fell. »Gehörst doch eigentlich noch zu deiner Mama.«

Der Babylöwe erwiderte ihre Zärtlichkeit, indem er die spitzen Zähne in ihren Ärmel bohrte und auf den Arztkittel pinkelte. Das Tier auf Armeslänge von sich weggestreckt, eilte Vicky in den Frachtraum und schob es in einen der Käfige. Die kaputte Tür mit der Schulter zugedrückt, fädelte sie Knochendrähte durch die Gitterstäbe und bog sie mit der Zange zusammen, so gut es ging, bevor sie wieder ins Cockpit rannte.

Mit behandschuhten Händen und Kescher mühten sich die Feuerwehrmänner vergeblich ab, die beiden anderen jungen Raubtiere von den Piloten loszueisen. Vicky fischte die Schinkenscheiben aus der Kitteltasche, rupfte sie auseinander und drückte die Hälfte Henning in die Hand.

»Kuckt mal hier, ich hab was für euch!«, lockte sie die Löwenkinder. »So was Feines!«

»Miezmiez!«, schmeichelte Henning. »Kittikittikitti!«

Ob es nun am Schinken lag oder an ihrem albernen Gebaren – die Aufmerksamkeit der beiden Junglöwen hatten sie jedenfalls. Irritiert ließen sie von den Pilotenbeinen ab, zögerten einige Herzschläge lang und machten dann grollend und fauchend einen Satz vorwärts. Halb Großwildjäger, halb Cowboys, trieben Wolf und sein Kollege mit lauten Rufen und dem Ende des Keschers die Raubkatzen durch den Flieger, hinter Vicky und Henning mit ihren Schinkenködern her. Mit vereinten Kräften bugsierten sie jeweils zu zweit die beiden ungebärdigen Tiere in ihre Käfige, und während die Männer angestrengt die Türen zuhielten, beeilte sich Vicky, die Gitter mit Draht so fest wie möglich zu verschließen.

»Ein Sack Flöhe ist ein Scheiß dagegen«, keuchte Wolf, als auch der letzte Löwe wieder hinter halbwegs sicheren Gittern tobte. Er wischte sich den Schweiß von der Stirn und grinste Vicky an. »Dein animalischer Duft macht mich ganz wuschig!«

Lachend boxte sie ihn gegen den Arm und zog den von Babylöwenpipi befleckten Arztkittel aus. Sie schwitzte ebenfalls. Sobald ein Flieger längere Zeit herumstand, wurde es darin schnell heiß und stickig. Die Ärmel hochgekrempelt, öffnete sie die obersten beiden Blusenknöpfe.

Im Cockpit hatten sich die beiden Piloten auf den Schreck hin erst einmal eine Zigarette angezündet. Die Löwen waren für einen Privatzoo in London bestimmt, erzählten sie; dass die drei Raubtiere sich aus ihren Käfigen befreit hatten, bemerkten sie erst, als kurz vor Frankfurt etwas am Hosenbein des Flugkapitäns schnupperte. *Löwen im Cockpit!*, hatte dieser umgehend über Funk dem Tower durchgegeben. Der Lotse fühlte sich auf den Arm genommen. *Dann pack sie doch in deinen Tank*, witzelte er, bevor das Knurren und Fauchen im Hintergrund ihn davon überzeugte, sofort die Landeerlaubnis zu erteilen.

Der Erste Offizier hatte nur Schrammen und leichte Bissspuren davongetragen, die Henning mit Jod und Heftpflastern versorgte. Beim Kapitän sah es schon anders aus. Vicky ratschte das zerfetzte Hosenbein vollends auf und besah sich die Verletzungen.

»Da muss ich die Wundränder ausschneiden«, erklärte sie. »Am besten kommen Sie mit in die Sanitätsstelle.«

»Goht's nöd au hier?«, wollte der Flugkapitän wissen. »Mir müsset gleich noch uf London!«

Vicky warf ihm einen skeptischen Blick zu, während sie Gummihandschuhe überzog. »Wollen Sie wirklich heute Nacht noch weiterfliegen?«

Er wies mit dem Kopf nach hinten. »Wärttransport.«

Unter den Argusaugen von Sicherheitsdienst und Polizei waren die Diebstähle am Flughafen merklich zurückgegangen. Trotzdem kam ab und zu immer noch etwas abhanden, neulich erst ein Paket mit Saphiren und Rubinen im Wert von rund dreißigtausend Mark.

»Auf Ihre eigene Verantwortung«, erwiderte Vicky. »Und in diesem Fall müssen Sie ohne Betäubung auskommen.«

»Kas Problem!«

Der Flugkapitän hielt sich tapfer, während Vicky die Fleischwunden gründlich säuberte und daran herumschnippelte.

»Bisch es echts Engeli«, hörte sie den Kapitän sagen. »Willsch emol mit mir ausgoh? Ich bin der Urs.«

Aus dem Augenwinkel schielte Vicky zu ihm hinauf. Gletscherblaue Augen leuchteten in einem sonnengebräunten Gesicht; das honigblonde Haar zerrauft, strotzte er nur so vor heldenhaftem Selbstbewusstsein. Ein waschechter Sonnyboy – der ganz ungeniert in Vickys Blusenausschnitt spähte.

»Wenn Sie schon drei Babylöwen nicht gebändigt bekommen«, ließ sich hinter ihr Wolf halb scherzhaft, halb angriffslustig vernehmen, »werden Sie bei Dr. Becker erst recht den Kürzeren ziehen!«

Stirnrunzelnd wandte Vicky den Kopf; mit unerwünschten Avancen wurde sie schon selbst fertig. »Hast du nichts auf der Feuerwache zu tun? Großbrände löschen, Verletzte aus Blechwracks rausschneiden, Drachen töten?«

Die Arme vor der Brust verschränkt, erwiderte Wolf ihren Blick ungerührt, doch in seinem Mundwinkel lauerte ein kleines Grinsen, und seine Augen funkelten.

Das Grollen und Fauchen der Löwen in ihren Käfigen verstärkte sich.

»Hallo, jemand da?«, erschallte im Frachtraum eine Männerstimme. »Hier ist Dr. Stöcks vom Frankfurter Zoo!«

Wolfs schwere Stiefelschritte entfernten sich durch den Flugzeugrumpf.

Nachdem Vicky mit Hennings Hilfe das Pilotenbein verbunden hatte, beugte sie sich über die Arzttasche, um die mit Blut und Jod verschmierten Gummihandschuhe gegen ein frisches Paar auszutauschen.

»Sie beide haben sicher alle notwendigen Impfungen«, erklärte sie und hantierte mit Ampullen und Spritzenzylinder. »Ich gebe Ihnen trotzdem sicherheitshalber noch je eine Spritze gegen Tetanus und Tollwut.« Die Spritze in der Hand, drehte sie sich um. »Also, bitte Hosen runter, meine Herren!«

Der Flugkapitän namens Urs lief puterrot an; das war offenbar auch für einen Aufreißer wie ihn ein bisschen zu schnell. Henning gab ein unterdrücktes Prusten von sich, und auch Vicky verbiss sich ein Grinsen. Heute Nacht liebte sie ihren Job.

35

Adieu, Lebewohl, Goodbye

In der stillsten Stunde des Flughafens klang Ansgars Schnarchen wie ein ganzer Trupp Forstarbeiter, die ihre Kettensägen anwarfen. Julius schien trotzdem tief und fest zu schlafen, während Vicky sich auf der dünnen Matratze des Stockbetts das Kissen aufs Ohr drückte. Ein Rest Adrenalin, der noch durch ihren Körper zirkulierte, machte es nicht besser. Die Nacht war turbulent gewesen, mit einem größeren Unfall am Frankfurter Kreuz und einer Prügelei zwischen deutschen Urlaubern und englischen Touristen in der Empfangshalle. Plus einem Betrunkenen, der sich an den Scherben seiner Bierflasche die Hand aufgeschlitzt hatte, haarscharf an der Pulsschlagader vorbei. Innerlich fluchend setzte sich Vicky schließlich auf, stieg in die Tennisschuhe und griff zu ihrem Arztkittel.

Im erleuchteten Dienstzimmer trank Raimund gerade einen Kaffee. »Schon wieder wach?«

»Ich hätte nie geglaubt«, murrte sie, »dass Ansgars Laune mal noch mieser sein könnte als sonst. Und dass er die sogar im Schlaf ausagiert.« Ein herzhaftes Gähnen lief wie ein Krampf durch ihren Kiefer, und sie schielte auf die Uhr. Halb vier Uhr früh. Sonntag, der letzte Tag in diesem wenig sommerlichen Juli.

Um Raimunds Mund zuckte es, und er füllte eine zweite Tasse für sie. »Wär's dir lieber gewesen, er hätte die ganze Nacht hindurch mit Jubelgebrüll gefeiert?«

Am gestrigen Samstagnachmittag waren die Straßen wie leer gefegt gewesen. Während Vicky auf der Vespa zu Hausbesuchen fuhr, waren nur vereinzelt Kommentatorenstimmen aus überlaut gestellten Fernsehern und Radios zu hören, und immer wieder aufbrandender Jubel, enttäuschtes Stöhnen oder Buhrufe aus Wohnhäusern, Cafés und Kneipen. Ganz Frankfurt schien das Endspiel der Fußballweltmeisterschaft im Londoner Wembley-Stadion mitzuverfolgen, und alle hofften auf ein zweites Wunder von Bern. In der Verlängerung jedoch prallte der Ball vom Fuß des Engländers Geoff Hurst gegen die Latte des deutschen Tors, von dort auf die Linie und zurück aufs Feld, wo ihn Wolfgang Weber dann ins Aus köpfte. War das nun drin gewesen oder nicht? Der Schiedsrichter entschied nach einigem Hin und Her für England, und die Jungs von Helmut Schön verloren am Ende unglücklich mit 4:2.

Ein Funke glomm zwischen ihr und Raimund auf. Wie so oft, wenn sie einen Moment allein waren. Ein Echo jenes Nachmittags im Duft der Papayas, Melonen und Tomaten, und ein Lächeln entfaltete sich zwischen ihnen.

Vicky nippte an dem lebensrettenden Gebräu, das noch brühend heiß war. »Hätten wir nicht eigentlich einen geänderten Dienstplan für August kriegen müssen? Morgen fängt doch der Neue an.«

Raimunds Lächeln erlosch. »Wahrscheinlich will Frommer erst mal sehen, wie er sich so macht.« In sich gekehrt wirkte er über seinem Kaffee, einige Herzschläge lang. »Bis später«, sagte er abrupt, stellte die leere Tasse in die Spüle und verschwand im Ruheraum.

Die Stirn gerunzelt, schenkte Vicky sich Kaffee nach.

Unter dem Rauschen der Wasserleitung schloss Vicky die Toilettentür in der Sanitätsbaracke. Bereits jetzt, um Viertel vor sechs, schien ihr Blut schon zu fast fünfzig Prozent aus Kaffee zu bestehen. Im Schein der Leuchtstoffröhren glänzte der Boden des Korridors feucht, und über dem Schrubber entdeckte Vicky ein bekanntes Gesicht.

»Guten Morgen, Dilan«, grüßte sie fröhlich. »Geht's gut?«

Die Miene der jungen Türkin erhellte sich. »Alles gut, danke.«

Die beiden Frauen lächelten sich an, verbunden durch ein Geheimnis, über das sie nie wieder gesprochen hatten, das jedoch immer präsent war, wenn sie sich am Flughafen über den Weg liefen.

Vicky kehrte ins Dienstzimmer zurück, in dem inzwischen alle Spuren der vergangenen Nacht beseitigt waren, von hinuntergestürztem Kaffee, kurzen Zigarettenpausen und eilig verspeisten Zwischenmahlzeiten. Elif stellte gerade die Stühle wieder vom Tisch auf den frisch gewischten Boden.

»Hast du noch Zeit für einen Kaffee?«, erkundigte sich Vicky. Er war soeben durchgelaufen, und die Maschine gab ein sattes Rülpsen von sich.

»Immer!« Elif zog die Zigarettenpackung aus der Tasche ihres Putzkittels, zündete sich eine an und nahm die Tasse dankend entgegen. Ihre Augen schimmerten hellgolden im tief gebräunten Gesicht. Das Abendgymnasium hatte während der Schulferien seine Pforten geschlossen, und Elif war mit einem Koffer voller echt deutscher Mitbringsel in die Türkei geflogen, zum ersten Mal seit fast drei Jahren. Die zwei Wochen Urlaub bei ihrem Onkel in Istanbul hatte sie genossen, vor allem das Wiedersehen mit alten Freunden und Bekannten. Wenig harmonisch war allerdings der Besuch bei ihren Eltern ausgefallen, die ihr in den Ohren lagen, nach Hause zurückzukommen und sich einen anständigen türkischen Ehemann zu suchen.

»Machen wir heut was zusammen?«, fragte sie jetzt. »Vielleisch Freibad? Wetterberischt bringt für heute Sonne, aber morgen soll schon wieder regnen. Ins Brentano?« Das nach dem Umbau neu eröffnete Brentanobad in Rödelheim war das größte der Stadt – und das schickste, dort konnte man sich ein bisschen wie in Malibu oder Miami fühlen.

Vicky schnitt eine Grimasse. »Geht leider nicht, ich muss länger bleiben. Großer Bahnhof für die Nationalelf. Der Flieger wird irgendwann zwischen zwölf und vierzehn Uhr eintreffen.« Sie trank ein paar Schlucke. »Wie war's denn mit Hardy gestern?«, erkundigte sie sich dann.

Elif wiegte den Kopf hin und her und stieß dabei den Rauch aus. »So lala. Großer Pluspunkt: hat blöden Fußball für misch sausen lassen. Gleisch großer Minuspunkt: ist erschrocken, als isch ihn in Park geküsst hab.«

Vicky schmunzelte. »Bei dem Tempo, das du vorlegst, kann dem durchschnittlichen deutschen Kerl auch schwindelig werden.«

»Jaaa«, stieß Elif gedehnt aus, ein Leuchten in den Augen. »Aber isch mag die Art von deutsche Männer. Zuerst sind sie wie sture und lahme Ochsen, die gemütlisch Gras ausrupfen. Aber wenn man sie kitzelt, werden sie zum wilden Stier. Sexy!« Das Lächeln auf ihrem Gesicht wich grüblerischer Ernsthaftigkeit, während sie die Asche der Zigarette am Rand des frisch ausgewischten Aschenbechers abstreifte. »Isch hab gestern Achim gesehen. Auf Haschwiese.«

Vor allem an den Wochenenden war der Rasen hinter dem Hallenbad ein Treffpunkt für Halbwüchsige, Studierende und andere junge Leute, die gegen die bürgerliche Lebensweise ihrer Eltern rebellierten. Nicht mit Plakaten, Sprechchören oder Krawallen, sondern indem sie einfach *nichts* taten. Nach den randalierenden Halbstarken der Rock-'n'-Roll-Ära, den harten Rockern und den ausgeflippten Beatniks die neueste Jugendbewegung – und die langsamste. Unter dem Sammelbegriff

Gammler zusammengefasst, lungerten sie bei Bier oder Lambrusco herum, schnorrten Kleingeld und Zigaretten, stibitzten mal was aus einem Laden und bedankten sich überschwänglich für die Pausenbrote, die ihnen sympathisierende Oberschülerinnen spendeten. Die langhaarigen und unrasierten jungen Männer in ausgefransten Jeans, handgestrickten Pullis und Parkas, die dazugehörenden Mädchen mit noch längerer Wallemähne und manchmal barfuß, sangen zu Gitarre oder Blockflöte, philosophierten über das Leben und taten ihre Weltsicht auf selbstbemalten Hemden oder T-Shirts kund: *Kalle Marx hat Recht – Eigentum ist Scheiße! Jedem das Seine. Die Luft ist frei. Leb wie Diogenes, der Typ in der Tonne. Jesus war der erste Gammler.* Oder im Gedenken an ihre gleichgesinnten langhaarigen und von der Partei drangsalierten Brüder und Schwestern im Osten: *Die Mauer muss weg!*

Damit erzürnten sie nicht nur Bundeskanzler Erhard, den Vater des Wirtschaftswunders, das sie so rundheraus ablehnten. Die braven Bürgerinnen und Bürger schimpften über *Tagediebe*, *Schmarotzer*, *Schmuddelkinder* und *Lumpenpack* und riefen nach *Arbeitsdienst* und *Erziehungsanstalt*. *Unter Hitler hätt's so was nicht gegeben!* Die Polizei war machtlos, Rumgammeln stellte nun mal keinen Straftatbestand dar. Und selbst wenn sich in den Chlorgeruch des Stadtbads süßliche Dunstschwaden wie von Haschisch mischten: Darauf, die Stummel von Selbstgedrehten genauer zu untersuchen, wurde meist verzichtet, und ebenso auf das Filzen von speckigen Parkas, fleckigen Jeans und vollgemüllten Rucksäcken.

Wirklich vorstellen konnte Vicky sich Achim in dieser Szene zwar nicht, aber sie konnte es auch nicht ausschließen. »Bist du sicher?«

Elif sah sie nachsichtig an. »Gibt nischt so viele Rotfüchse mit Gitarre und solsche Lächeln in Stadt.«

Auf dem Korridor war Sunnys unverkennbare Singstimme zu hören. »*It's been a haaard daaay's night, and I've been workiiin' like a dog!*«

»Isch dacht nur, du solltest darüber wissen«, fügte Elif rasch hinzu, drückte den Zigarettenrest aus und leerte ihre Tasse.

Die Tür schwang auf, und Sunny schwebte herein, über das ganze Gesicht strahlend.

»Wunderschönen gute Morgen!«, rief sie ihren Freundinnen zu und machte vergnügt ein paar Tanzschritte. »Morgen hole ich mein Diplom ab und dann nie wieder Sprachschule, *yeah*!«

Fast zeitgleich trat Raimund aus dem Ruheraum. Sunny überschüttete ihn mit einem koreanischen Wortschwall, den er freundlich, aber knapp beantwortete. Er nickte Vicky und Elif zu und ging auf den Korridor hinaus, während Sunny sich trällernd mit einer frischen Schwesternuniform hinter den Paravent zurückzog, den sie mit einer Mischung aus Charme und beinharten Argumenten durchgesetzt hatte.

Die Tür zum angrenzenden Kämmerchen flog auf.

»Kann man hier nicht mal für fünf Minuten Ruhe haben?«, polterte Ansgar und setzte sich die Hornbrille aufs bartstoppelige Gesicht, bevor er seinen Spind aufriss.

Sunny lugte um den Paravent herum. »Schlechte Stimmung wegen Fußball gestern, ja?« Belehrend hob sie den Zeigefinger. »*Das Runde muss ins Eckige*«, deklamierte sie geradezu feierlich. Und: »*Nach dem Spiel ist vor dem Spiel.*«

Seinen Waschbeutel in der Hand, starrte der Oberpfleger sie verdutzt an.

»Ich habe nicht nur deutsche Vokabeln und Grammatik in Sprachschule gelernt«, erklärte sie stolz und zog sich unter Stoffgeraschel wieder hinter den Paravent zurück. »Sondern auch was von deutsche Kultur und Gesellschaft.«

Vicky und Elif brachen in Lachen aus, und Ansgar brummelte

erstaunlich handzahm etwas vor sich hin, während er am Waschbecken Zahnbürste und Rasierzeug auspackte.

Nicht wie unglückliche Verlierer wurde die Mannschaft um Wolfgang Overath, Uwe Seeler und WM-Neuling Franz Beckenbauer am Flughafen begrüßt, sondern wie Helden. Wie zuvor bei den Beatles hatte die Flughafenpolizei alle Mühe, die begeisterte Menge zurückzuhalten, die sich an den Intercontinental Jet von British European Airways drängte. Fast geschockt wirkten die Fußballer über den Jubel, der zu ihnen auf die Gangway hochschwappte, und nur zögerlich winkten sie in ihren dunklen Blazern und Krawatten in die Kameras der Fotografen. Das Fernsehen würde jede Minute live übertragen, von der Landung über die Fahrt in offenen Limousinen bis zum Empfang im Römer. Den Pokal hatten sie zwar nicht nach Hause gebracht, aber sie waren als Weltmeister der Herzen zurückgekehrt, jetzt schon Legende.

»Hunderttausende werden in der Stadt erwartet!«, rief ein Beamter der flughafeneigenen Polizeitruppe Vicky glückselig zu. »Mehr als bei Kennedy!«

Als Vicky endlich auf der Vespa vom Flughafen wegfuhr, waren die Straßen entsprechend verwaist. Nur die Überreste des Triumphzugs waren noch zu sehen, in Form von Konfettischnipseln und schlaffen Luftschlangen, Blumensträußchen, die ihr Ziel verfehlt hatten, und im Freudentaumel verloren gegangene Fähnchen in Schwarz-Rot-Gold. Mit Wembley hatte auch das Sommerloch ein Ende. Neulich hatte sogar eine Maus für Schlagzeilen gesorgt: Aus den Klauen eines Greifvogels gefallen, war sie vom Triebwerk einer amerikanischen Transportmaschine im Landeanflug auf Rhein-Main eingesaugt worden.

Der Wetterbericht hatte nicht zu viel versprochen, es war ein richtig schöner Sommernachmittag geworden. Doch nach mehr als zwanzig Stunden am Flughafen wollte Vicky nur noch etwas essen und möglichst schnell ins Bett. Müde stellte sie den Motorroller im Innenhof ab und stieg die Stufen hinauf.

Hinter der Wohnungstür herrschte Stille. Sunny hatte bis zum Abend Dienst, Elif war sicher allein oder mit Hardy im Freibad, und Achim war ebenfalls ausgeflogen.

Auf dem Küchentisch türmte sich ein Berg aus Münzgeld auf, bestimmt dreißig oder vierzig Mark. Achims regelmäßiger Zuschuss zur Haushaltskasse. Wenn er nicht zwischen Zeil und Römer für Passanten spielte, schlug er sich mit seiner Gitarre die Nächte im Club *Voltaire* um die Ohren. Eine Begegnungsstätte von jungen Leuten für junge Leute in der Hochstraße zwischen Bockenheimer Anlage und Opernplatz, unweit der gutbürgerlichen Frankfurter *Freßgass*. Ein Freiraum zum Tanzen, Rumhängen, Diskutieren, mit Filmvorführungen, Ausstellungen und Vorträgen.

Vicky ließ sich auf das Sofa fallen und kickte die Schuhe von den Füßen. Elifs Bemerkung ging ihr nicht aus dem Sinn, und sie widerstand der Versuchung, zum Aschenbecher zu greifen, um an den Resten der Selbstgedrehten zu schnuppern, die Achim neuerdings rauchte. Stattdessen durchstöberte sie die Zeitschriften, die er neben einer noch halb vollen Tasse Kaffee liegen lassen hatte.

Während die medizinischen Fachbücher unberührt in Reih und Glied standen, studierte er jetzt den *Spiegel*. Seit der Affäre um die Durchsuchung der Redaktionsräume lag das Nachrichtenmagazin mit der Bundesregierung im Allgemeinen und mit Verteidigungsminister Franz Josef Strauß im Besonderen im Clinch; die Ausgabe auf dem Küchentisch beklagte das Zechensterben im Ruhrgebiet. Die *neue kritik* war das Sprachrohr des SDS, der auch einen Ableger in Frankfurt hatte. Der Umschlag mit einer schlichten Aufzählung der Beiträge wie *Vietnam und wir* von Robert Havemann oder *Was heißt schon Leistungsgesellschaft* kam so intellektuell daher wie die Publikation einer geisteswissenschaftlichen Fakultät. Dagegen wirkte *konkret* umso lauter, mit scharfen Bräuten und dem fett gedruckten Schlagwort SEX auf fast jeder Titelseite. Aufmacher, die Vicky an die *Bild-Zeitung* erinnerten, obwohl am entgegengesetzten Ende des Meinungsspektrums angesiedelt.

Vicky schlug die zerknickte und von Kaffeerändern übersäte Ausgabe vom Juni auf und überflog *Die sowjetische Note* von Ulrike Marie Meinhof. Die Schärfe des Artikels passte so gar nicht zu dem puppenhaft weichen Gesicht der Autorin unter einer Hochglanzfrisur, und Vicky blätterte weiter. *Man nennt sie Vietkongs.* Erschüttert betrachtete sie die Schwarz-Weiß-Bilder einer verstümmelten Leiche, die ein Panzer der U.S. Army hinter sich herschleifte, und eines Kleinkinds mit Verbrennungen durch Napalm. Die Überschrift *Frankenstein* prangerte neueste Entwicklungen in der Medizin an. *Künstliche Embryos. Organverpflanzung. Sonden im Gehirn.*

Sie warf das Heft zurück auf den Tisch und blickte zum Fenster hinaus in den Spätnachmittag, in den diesen Sommer so seltenen Sonnenschein. Manchmal beschlich sie der Eindruck, sie und Achim redeten zwar viel über das, was sie beide beschäftigte, aber sagten sich dabei zu wenig.

Ab morgen wird es besser, beschloss sie. Morgen fing Dr. Küppers in der Sanitätsstelle an. Ein Paar Schultern mehr, auf das sich künftig Sprechstunden und Notfalleinsätze, Doppelschichten und Überstunden verteilen würden, und mit dem Abschluss der Sprachschule würde auch Sunny Vollzeit arbeiten.

Gähnend stand Vicky auf, um unter der Dusche den langen Arbeitstag von sich abzuspülen.

Ein Schuh, der zu Boden polterte, weckte Vicky. In der Dunkelheit blinzelte sie auf die Leuchtziffern des Weckers. Kurz nach halb vier Uhr morgens; in nicht mal mehr zwei Stunden musste sie aufstehen.

Achim schlüpfte zu ihr unter die Decke. Er roch nach Regen und Zigarettenrauch, nach Alkohol und süßlich schwer wie Räucherstäbchen. Sein Mund, der Küsse in ihren Nacken tupfte, fühlte sich genauso heiß an wie seine Hände, die unter das Oberteil ihres Pyjamas wanderten, und ein bisschen klebrig.

Vicky stellte sich schlafend.

Während am nächsten Morgen der Regen auf das Dach der Sanitätsbaracke trommelte und außen an der Scheibe hinabrann, ploppte im Dienstzimmer ein Sektkorken.

»Beachtlicher Lebenslauf, junger Mann«, ließ sich Dr. Krautgartner vernehmen. Hinter der Professorenbrille zwinkerten seine Äuglein vergnügt. »Darf ich bekannt machen? Dr. Becker, die es in unserer Männerwirtschaft nicht immer leicht hat.«

»Freut mich, Dr. Becker«, sagte der Neuankömmling mit angenehm festem Händedruck.

In natura war Dr. Sven Küppers ein breitschultriger Hüne, der deutlich reifer wirkte als siebenundzwanzig. Mit dem dicken Haarschopf in glänzendem Nussbraun und türkisblau leuchtenden Augen im schneidigen Gesicht hätte er perfekt auf das Titelbild eines der Arztromane gepasst, die am Zeitungskiosk auslagen.

»Auf gute Zusammenarbeit«, erwiderte Vicky.

»An mir soll's nicht liegen!« Seine Brauen zuckten amüsiert, und das Lächeln, das den kleinen Spalt zwischen seinen oberen Schneidezähnen enthüllte, wirkte auf sympathische Weise frech.

»Und diese entzückende Lotusblume hier«, fuhr der Zahnarzt schnurrend fort, »ist unsere Schwester Sunny. Sie kommt aus Südkorea.«

Sunny entzog sich der fleischigen Hand, die sich auf ihre Schulter legen wollte.

Reihum wurden Hände geschüttelt, Namen genannt, gegenseitig interessierte Fragen gestellt, während sie auf den neuen Arzt in ihrer Mitte anstießen. Das Glas in Dr. Frommers Hand gab ein durchdringendes Klingeln von sich, als er mit dem Kugelschreiber dagegen klopfte.

»Bevor wir uns dem Tagesgeschäft widmen«, verkündete er, »bitte ich Sie alle noch um einen Moment Aufmerksamkeit. Wenn sich eine Tür schließt, öffnet sich eine andere, heißt es. Manchmal ist es auch umgekehrt. Heute heißen wir nicht nur Dr. Küppers willkommen, sondern müssen uns auch leider von Dr. Bockeloh verabschieden.«

Alle waren geschockt, Stille breitete sich aus. Vicky starrte Raimund an, der halb auf dem Tisch saß, nach seinem Nachtdienst bereits in Zivil, eine saloppe Jacke über dem Hemd. Die Lider gesenkt, tippte er mit der Schuhspitze rhythmisch und wie ungeduldig gegen die gepackte Sporttasche am Boden. Vickys Blick wanderte zu seinem Spind, dessen Tür offen stand. Alle Fächer darin waren leer geräumt.

»Nach fast sechs Jahren bei uns am Flughafen«, fuhr der Chefarzt hörbar bewegt fort, »hat Raimund mich gebeten, ihn freizustellen.«

»Hast du von gewusst?«, wisperte Sunny atemlos in Vickys Ohr.

Vicky konnte nur stumm den Kopf schütteln.

»Eine Bitte«, sprach Dr. Frommer weiter, »der ich nur sehr ungern nachkomme. Zumal er mich im gleichen Atemzug dazu verdonnert hatte, Ihnen allen gegenüber einstweilen kein Sterbenswörtchen verlauten zu lassen.« Schmunzelnd legte er die Hand auf Raimunds Schulter. »Dessen ungeachtet unterstütze ich voll und ganz seine Entscheidung, dort zu helfen, wo es gerade am nötigsten ist. Raimunds neues Tätigkeitsfeld wird die *Mission Menschlichkeit* sein. An Bord der *Helgoland*, eines ehemaligen Urlaubsdampfers, der im Auftrag der Bundesregierung und unter der Leitung des Deutschen Roten Kreuzes nach Vietnam entsandt wird, als Hospitalschiff für die zivilen Opfer des Krieges.«

Ungerührt ließ Raimund den Beifall seiner Kollegen über sich ergehen, ihre Schulterklopfer und Knüffe, die rauen Bemerkungen. Erst als Sunny mit erhobenem Zeigefinger eine überaus lebhafte Ansprache auf Koreanisch hielt, lockerte sich seine Miene auf. Unvermutet sanft fiel seine Erwiderung aus, die Sunny dazu veranlasste, ihn zu umarmen. Unter den aufröhrenden Ohos und Ahas seiner Kollegen streichelte er ihr unbeholfen über den Rücken, bevor sie ihn losließ, glühende Flecke auf den Wangen und die Augen nass. Raimund sprang vom Tisch, schüttelte Dr. Frommer herzlich die Hand und schnappte sich schon im Gehen seine Sporttasche; er schien es wirklich eilig zu haben. Vicky schenkte er nur ein knappes Nicken.

Das Blut stieg ihr zu Kopf und pulsierte überlaut in ihren Ohren. Mit einem Ruck löste sie sich aus ihrer Erstarrung, knallte das Glas auf den nächsten freien Fleck und rannte ihm nach.

Erst draußen vor der Sanitätsstelle reagierte er auf ihre Rufe und drehte sich um.

»Du gehst nach Vietnam und sagst keinen Ton?«, fuhr sie ihn an.

»Hätte das für dich was geändert?«, blaffte er zurück.

Ja, alles. Vielleicht. Ich weiß es nicht. Die Gedanken purzelten in ihrem Kopf nur so durcheinander, und sie bekam keinen davon zu fassen, geschweige denn ausgesprochen.

Der Regenguss hatte nachgelassen, doch im Dröhnen und Brummen der Flugzeugmotoren und dem hallenden Lärm der

Großbaustelle fielen immer noch vereinzelt Tropfen vom Himmel. Raimund schlug den Kragen seiner Jacke hoch.

»Wann fährst du?«, fragte Vicky leise.

»Mein Zug nach Hamburg geht heute Nachmittag«, antwortete er. »Auf dem Pott gibt's noch allerhand zu tun, bevor wir in acht bis zehn Tagen auslaufen.«

»Und wie lange bleibst du?«

»Vorerst für ein halbes Jahr. Hängt aber davon ab, wie lang dieser verdammte Krieg dauert.«

Vicky schluckte trocken. »Kommst du überhaupt wieder hierher zurück?«

Raimund wich ihrem Blick aus und rieb sich mit dem Daumenballen über das Kinn. »Ich weiß es nicht«, antwortete er schließlich rau.

Einige Herzschläge lang sahen sie sich in die Augen. Als warteten sie beide auf eine Geste, ein Wort des anderen und wussten selbst nicht, was sie tun oder sagen sollten.

»Pass auf dich auf«, flüsterte Vicky, die Hände in den Taschen ihres Arztkittels zu Fäusten geballt.

In seinen Augen flackerte es, und er nickte nur. Die Sporttasche geschultert, wandte er sich zum Gehen.

Über dem Flughafen brach ein Sonnenstrahl durch die Regenwolken und stach Vicky schmerzhaft in die Augen, während sie Raimund nachblickte, der einfach aus ihrem Leben verschwand.

36

My Generation

Raimund fehlte spürbar in der Sanitätsstelle. Es war nicht so, dass der Motor ins Stottern geraten war, dafür sorgte schon Dr. Frommer wie ein erfahrener Ingenieur und Mechaniker in einer Person. Es war eher wie ein Knirschen im Getriebe, eine merkliche Unwucht oder ein ungewohntes Klopfgeräusch, das einen aufhorchen und die Stirn runzeln ließ.

Vicky vermisste ihn als Lehrer, Kollege, Freund. Unwillkürlich wartete sie darauf, dass er mit seiner energiegeladenen Art zur Tür hereinkam, am Spind neben ihr auftauchte und mit ihr zusammen zum bereitstehenden Krankenwagen rannte. Sie vermisste seine raue Stimme, seinen trockenen Humor und seine schroffe Art genauso wie die eingespielte Routine bei der Erstversorgung eines Patienten. Und sie hätte ihn gern gefragt, ob sie sich anfangs genauso angestellt hatte wie Dr. Küppers. Einen normalen Klinikbetrieb gewohnt, verkomplizierte er die Dinge oft, anstatt sich für die einfachste und schnellste Lösung zu entscheiden.

»Und, wie gefällt es Ihnen bisher bei uns?«, hörte sie Dr. Frommer hinter sich fragen, während sie sich nach dem Nachtdienst umzog.

»Also«, erwiderte Dr. Küppers umständlich, »es ist ja nun alles etwas eher ... rustikal.«

Der Chefarzt lachte. »Das ist die Medizin immer, darüber

kann auch dieser ganze technische Schnickschnack nicht hinwegtäuschen. Wir leisten hier Grundlagenarbeit in ihrer reinsten Form. Unterschätzen Sie nicht die Bedeutung, die das für unsere Patienten hat, im Kleinen wie im Großen.«

Vicky griff zu Handtasche und Sturzhelm und schloss die Tür ihres Spinds. »Bis übermorgen!« Wolf Rosskopf würde die nächste Nachtschicht für sie übernehmen.

Der Chefarzt lächelte sie über den Rand seiner Lesebrille hinweg an. »Schönen freien Tag morgen, Dr. Becker!«

Auf dem Korridor winkte sie Sunny zu, die zusammen mit Norbert Material aus dem Lagerraum ins Behandlungszimmer trug, und grüßte die ersten beiden Patientinnen, die auf den Beginn der Sprechstunde warteten: ein junges langhaariges Mädchen in Parka und einer mit bunten Flicken besetzten Jeans, die einen versifften Rucksack dabeihatte; unter dem Pony, der ihr in die Augen hing, wirkte sie blass um die Nase. Und neben ihr saß eine Nonne im Habit, die Perlen eines Rosenkranzes zwischen den Fingern.

Draußen vor der Sanitätsbaracke war es warm, obwohl noch nicht einmal halb neun am Morgen. Für den Nachmittag waren fünfundzwanzig Grad vorhergesagt. Badewetter. Sofern die Freibäder nach den mehr als durchwachsenen letzten Wochen und Monaten nicht schon dichtgemacht hatten.

Den Sturzhelm aufgesetzt, hielt Vicky einen Augenblick inne und blinzelte in die Sonne, die eine sattgoldene Färbung angenommen hatte. Septemberlicht. Im Rückblick schien der Sommer auf eine einzige gleißend helle und heiße Woche im August zusammengeschnurrt, und nun war er schon fast vorbei. Eine seltsame Art von Traurigkeit überfiel sie und das Gefühl, etwas Unwiederbringliches verpasst zu haben. Sie startete den Motor, und aus einem Impuls heraus fuhr sie an der gewaltigen Wartungshalle vorbei und zu den Werkstätten.

Mit einem munteren Gruß marschierte sie in die krachenden Hammerschläge hinein, in das Kreischen der Flex und das Zischen des Schweißbrenners.

»Morsche, Dokter Vicky!«, schallte es ihr mehrstimmig entgegen. Fast jeden dieser Männer hatte sie schon bei sich im Behandlungszimmer gehabt.

Sie hatte Glück. Im hintersten Winkel war tatsächlich jemand in dem wuchtigen elfenbeinfarbenen Transporter mit Mercedesstern am Kühlergrill zugange, und ihre Stimmung hob sich augenblicklich.

»Guten Morgen!«, rief sie aus.

Hinter der Seitenscheibe bewegte sich etwas im Laderaum, und gleich darauf lugte ein Mann im Overall um die geöffnete Hecktür herum.

»Ah, des Frollein Dokter besucht ihr Kindsche!«, sagte der Mechaniker und schmunzelte über das ganze Gesicht, das wie grob aus Holz geschnitzt wirkte. Das struppige Haar glimmerte silbern; Lothar Bosselmann, einer der erfahrensten Mechaniker am Flughafen, war nah an den sechzig. »Kommet Se, ninn in de gud Stub!«

Das ließ Vicky sich nicht zweimal sagen. Sie kletterte hinten in den künftigen Notarztwagen und stieg über das ausgebreitete Werkzeug.

Seit sie vor ein paar Wochen das letzte Mal einen Blick hineingeworfen hatte, hatte sich einiges getan. Fasziniert probierte sie den Schnappmechanismus aus, mit dem sich die Fächer unterhalb der Scheibe zur Fahrerkabine hin öffnen und wieder verschließen ließen.

»Gugget Se emol!« Herr Bosselmann betätigte einen Schalter. Dicke Bündel Leuchtstoffröhren flammten über ihren Köpfen auf und beleuchteten den Innenraum hell – sehr hell.

»Wow!«, entfuhr es Vicky blinzelnd, und prüfend betrachtete sie ihre Hände in diesem grellen Licht. »Das ist fast schon operationstauglich!«

Der Mechaniker grinste glücklich und zwinkerte ihr verschwörerisch zu. »Mer hawwe de Modor e bissche schneller g'macht. Jetz schafft er hunnertzwanzisch. Gibt nachher aach kaa Ärscher mit de Zulassung, versproche!«

Die Unterlippe zwischen die Zähne gezogen, sah Vicky sich selig in diesem Rohbau auf vier Rädern um. »Können Sie schon abschätzen, wann der Wagen einsatzbereit sein wird?«

»Ha jo«, erwiderte Herr Bosselmann mit einem tiefen Ausatmen. »Mer warte halt no uff de medizinisch Gerätschafte. Dann die Zulassung ... Nachle Se misch net feschd, awwa so bis Oschdere kennt's glabbe.« Mit dem schwarz geränderten Daumennagel kratzte er sich in der grau melierten Augenbraue. »Werd scho eng hier hinne, Dokter Vicky! Isch haw denkt, mer baue trotzdem no zwä Glabbsitz rei. Do un do. Un vielleischt no ... Guggegt Se!«

Aus der Brusttasche seines Overalls zog er ein Papier, entfaltete es, und über der handschriftlichen Skizze steckten sie die Köpfe zusammen.

In der Toreinfahrt der Gutleutstraße bremste Vicky scharf. Direkt unter dem Schild *Durchfahrt freihalten* parkte ein Taxi – und zwar genau so, dass sie mit der Vespa weder links noch rechts vorbeikam. Ihr blieb nichts anderes übrig, als zurückzusetzen und den Roller an der Hauswand abzustellen. Fluchend stapfte sie zum Eingang, riss die Tür auf – und prallte gegen eine harte Männerbrust. Äußerst kräftige Hände hielten sie im Gleichgewicht.

»*Sorry, ma'am*«, ertönte es in schwungvollem breitem Amerikanisch. Südstaaten, vermutete Vicky, dafür hatte sie in Hanau ein Gehör bekommen. »*Are you all right?*«

»*Sure!*«, erwiderte sie automatisch und blickte auf.

Der junge Mann, der mit einem verlegenen Grinsen die Hände wieder sinken ließ, maß bestimmt eins neunzig; seine Schultern und Oberarme schienen das gut geschnittene Sakko beinahe zu sprengen. Angesichts der dunklen Hautfarbe dachte sie im ersten Moment an einen GI, zumal ihr etwas an ihm merkwürdig bekannt vorkam.

Auf der Treppe erklangen Schritte. Vicky sah zunächst nur einen Stapel der großformatigen Kartons, in denen Hansi die meisten seiner Kreationen außer Haus zu geben pflegte, dann erst den Mann dahinter. Wahrscheinlich der Taxifahrer, doch Vickys Ärger war bereits verpufft, während sie immer wieder rätselnd zu dem jungen Amerikaner hinschielte, der höflich die Haustür aufhielt.

»Servas, Vickerl!« So behutsam wie sonst das *Zwutschkal* trug Poldi eine opulente Robe in Schreipink vor sich her, die von einer Plastikhülle geschützt war.

Hinter ihm folgte Hansi, am Arm eine Dame um die fünfzig und von etwas hellerer Hautfarbe als der junge Mann, vielleicht dessen Mutter. Ihre kurvige Figur wurde von einem umwerfend schicken Sommerkleid mit buntem Blumenmuster betont, ergänzt um riesige Ohrclips, die an ihr fabelhaft aussahen.

»*Of course he's gonna win on Saturday*«, zirpte sie im Gespräch mit Hans Rehbein, und ebenfalls mit Südstaatensound. »*He always does. He's the greatest.*« Das Lächeln, mit dem sie Vicky zunickte, war von ansteckender Warmherzigkeit.

Unter den gegenseitigen Danksbezeigungen und überschwänglichen Verabschiedungen, ein hackenschlagendes *Küss die Hand, gnä' Frau!* von Poldi eingeschlossen, fiel bei Vicky endlich der Groschen.

Natürlich kannte sie diesen jungen Mann. Die Stadt war vollgepflastert mit Plakaten, die den großen Boxkampf zwischen dem amtierenden Weltmeister im Schwergewicht und dem Europameister Karl Mildenberger ankündigten. In der Sanitätsstelle war deswegen für Samstag wieder eine Doppelschicht eingeplant, falls es im Andrang derer, die keine Karten mehr bekommen hatten, vor dem nahen Waldstadion zu Tumulten kommen sollte. Und Ansgar hatte letzte Woche stolz wie Bolle das Autogramm hergezeigt, für das er bei Hertie zwei Stunden in der Schlange gestanden hatte, und dann zu den nackten Mädchen in den Spind gehängt.

»*See you!*« Mit großer Geste verabschiedete sich Cassius Clay, der sich mittlerweile Muhammad Ali nannte, und die Haustür fiel hinter ihm ins Schloss.

Hansi stupste Vicky unter das Kinn. »Mach den Mund zu, es zieht!« Grinsend legte er den Arm um sie. »Käffsche?«

Die Arzttasche in der Hand, marschierte Vicky eine gute Woche später durch die Halle des Flughafens.

»Sie hätten mir ruhig ein wenig zur Hand gehen können«, rüffelte sie ihren neuen Arztkollegen, »anstatt sich dezent im Hintergrund zu halten!«

Dr. Küppers zuckte mit den Schultern. »Mit Kindern hatte ich das letzte Mal während der Medizinalassistenz zu tun.«

»Eben deshalb!«, beharrte Vicky. »Gerade kleine Kinder gehören zu unseren häufigsten Patienten.«

Treuherzig sah er sie von der Seite her an. »Aber Sie haben das so wunderbar gemacht! Ich glaube nicht, dass ich das derart patent und einfühlsam hinkriegen könnte. Als Mann.«

Julius gab ein warnendes Räuspern von sich, und Vicky setzte zu einer scharfen Erwiderung an.

»Vicky?«, rief ein Mann irgendwo im Getümmel. »Vicky Becker?«

Auf der Gummisohle ihres Tennisschuhs wirbelte sie herum

und blickte sich suchend um, stutzte dann, und ein Lächeln breitete sich auf ihrem Gesicht aus. »Max?«

Für einen flüchtigen Augenblick war sie wieder im Klubhaus am Waldsee, inmitten ihrer Kommilitonen und Studienfreundinnen, und aus dem Radio schmetterte Chubby Checker *Let's twist again!* Ein schwüler Abend im August, an dem keiner von ihnen ahnte, dass nur wenige Stunden später die Grenze zwischen Ost und West mit Barrikaden und Stacheldraht abgeriegelt würde und ihrer aller Leben unwiderruflich in ein Vorher und Nachher zerschnitt.

Fünf Jahre später kam Maximilian Pachmayr am Frankfurter Flughafen auf sie zu, das rabenschwarze Haar geschniegelt, die südländisch anmutenden Züge ein wenig voller und reifer.

»Wir gehen schon mal«, hörte sie Julius hinter sich sagen.

»Ich glaub's net!«, rief Max ihr entgegen. »Vicky! Mir ham uns ja ewig net gseh'n!«

»Zum letzten Mal bei der Abschlussfeier in Berlin«, erwiderte Vicky vergnügt.

Er setzte dazu an, sie in die Arme zu nehmen, zuckte jedoch im letzten Moment zurück.

Vicky zupfte lachend an ihrem Arztkittel, von dem ein säuerlicher Geruch ausging. »Ein Baby mit Koliken, ich hab was von der Spucke abgekriegt. Was verschlägt dich hierher?«

»Dritter Weltkongress der Gastroenterologen in Tokio«, erklärte er in seinem behaglich rumpelnden bayerischen Zungenschlag. »Zwischen Empfang und Sayonara-Party jede Menge Vorträge und Diskussionen, Golf, Konzertabende, lange Nächte an der Bar, Sightseeing. 's Übliche halt.« Dabei wischte er über das Revers seines perlgrauen Sakkos, als wäre etwas von der Babyspucke zu ihm herübergespritzt. Im sichtbar teuren Anzug mit Seidenkrawatte, in der Hand eine lederne Aktentasche, die genauso glänzte wie seine Schuhe, wirkte er geschäftsmännisch und weltgewandt. »Ich nimm Fortbildungen mit, wo ich nur kann«, fuhr er fort, »damit ich so schnell wie möglich den Facharzt krieg. Der Senior will langsam kürzertreten, aber unsere Praxis wird geradezu überrannt. Verdauungsstörungen, Diabetes, Magengeschwüre, Darmkrebs, Hämorrhoiden – des ist der Markt der Zukunft! Ich flieg bissl eher nach Tokio rüber – Sightseeing solo. Muss spektakulär sein, eine Stadt der Zukunft, aber noch mit Rikschas, Pagoden und Teehäusern. Und mit Geishas.«

Sein Augenzwinkern geriet anzüglich.

»Hast noch Kontakt zu früher?«, fügte er hinzu.

»Nur noch zu Hannah«, erwiderte sie. »Hannah Grüttner. Erinnerst du dich an sie? Hat Philosophie und Literatur studiert und arbeitet heute bei einem Verlag in Paris. Wir haben uns zwar auch seit Ewigkeiten nicht mehr gesehen, telefonieren aber oft. Im Oktober kommt sie mich endlich besuchen, auf dem Rückweg von Berlin. Ihr Vater feiert seinen Sechzigsten.«

»Hannah.« Ein verklärter Ausdruck trat auf Max' Gesicht. »Freilich! Zartes Persönchen mit großer Klappe. Verdammt hübsch.« Er lachte auf. »Bin ein ums andere Mal bei ihr abgeblitzt. A bisserl frigid, wenn du mich fragst.«

Das Lächeln auf Vickys Gesicht fror ein. Aus dem charmanten Don Juan ihrer Studienzeit schien genau der Typ Arzt geworden zu sein, der seiner Sprechstundenhilfe an den Po grapschte.

Max' Blick wanderte durch die Halle. »Und du? Schiebst hier Sanidienst?«

»Ich bin Assistenzärztin in der Flughafenambulanz.« Es kam nicht halb so würdevoll heraus, wie es in ihrem Kopf geklungen hatte.

Mitleid zeichnete sich auf seinem Gesicht ab. »War sicher net leicht für dich, als Zonenflüchtling. Und dann noch die

G'schicht mit Achim ... Schad eigentlich, mir ham alle glaubt, du bringst es zu was. Selbst als Frau.«

Nur noch mit halbem Ohr hörte sie zu, wie er von Emil erzählte, der in Hamburg gerade seinen Facharzt in Pädiatrie baute, und von Manfred, der in Göttingen bereits in die orthopädische Forschung involviert war. Friederike hatte den Chefarzt einer Privatklinik im Schwarzwald geheiratet, und Annette absolvierte ein Auslandsjahr in den USA. Einer ihrer Kommilitonen hatte es sogar zu Barnard, dem Thoraxchirurgen, nach Kapstadt geschafft.

Max warf einen Blick auf seine protzige Armbanduhr. »Du, ich muss!« Aufmunternd klopfte er ihr auf die Schulter. »Kumma auch wieder andere Zeiten! War schee, dich zu seh'n. Pfiat di!«

Er eilte davon, vom Scheitel bis zu den edlen Schuhsohlen jung, dynamisch und erfolgreich.

Es half nichts, daran zu denken, dass Max zwar im feinen Zwirn um die Welt jettete und mit Koryphäen seines Fachs einen trinken ging, in der Praxis seines Vaters jedoch tagtäglich mit Magensäften und Exkrementen zu tun hatte, in Verdauungsorgane hineinspähte und im Analbereich seiner Patienten und Patientinnen herumschnippelte. Vicky kam sich in diesem Moment dennoch klein und unbedeutend vor. Auf dem medizinischen Abstellgleis.

In einer Hand die Arzttasche, zog sie mit der anderen ihren von Babyspucke durchfeuchteten Kittel stramm und kehrte im Laufschnitt in die Sanitätsbaracke zurück.

Auf quietschenden Gummisohlen stürmte sie ins Dienstzimmer, ließ die Tasche auf den Schreibtisch plumpsen und stützte sich auf der Holzplatte ab.

»Ich will zur Weiterbildung!«

Dr. Frommer hob den Kopf von den Formularen vor sich

und musterte sie über den Rand seiner Lesebrille. Langsam fächerten sich tiefe Strahlenkränze in den Augenwinkeln auf.

»Ich dachte schon, Sie fragen nie!« Er lehnte sich im Stuhl zurück und holte aus einer Schublade ein paar Schreibmaschinenseiten hervor, hielt sie jedoch für einen Augenblick zurück, als Vicky danach greifen wollte. »Zwei Bedingungen, Dr. Becker. Nicht während der Stoßzeiten am Flughafen wie Schulferien, Feiertage et cetera. Und die Kostenübernahme klären Sie selbst mit Herrn Kleinschmitt.«

»Nichts leichter als das!«, sprudelte sie hervor.

Glücklich ließ sie sich mit den Unterlagen auf den nächstbesten Stuhl fallen. Und während sie sich durch Termine und Themen las, kam sie sich vor wie ein Kind, dem man im Süßwarenladen freie Auswahl ließ.

Der zu Ende gehende September brachte noch einmal Sonne satt, wie als Wiedergutmachung für den verpatzten Sommer. Kupfergolden fiel das Licht des frühen Abends durch das Fenster in der Moselstraße und brach sich in dem geschliffenen Stein an Heidruns Ringfinger.

»Der ist wirklich sehr schön.« Vicky meinte es ehrlich, obwohl sie eigentlich keinen Sinn für Schmuck hatte.

»Nicht wahr?« Heidrun strahlte.

Von der früheren Atmosphäre eines luxuriösen Boudoirs war nichts übrig geblieben, das Schlafzimmer lag schmucklos und kahl da. Wie bereits im Flur standen auch hier einige Umzugskisten herum.

»Weiß Hajo eigentlich, womit du bisher dein Geld verdient hast?«, wollte Vicky wissen.

Die künftige Frau Winternheimer zog die Nase kraus. »Sagen wir mal so .... Er weiß, dass es vor ihm einige andere Männer gab, die mir gegenüber sehr großzügig waren.« Ein spitzbübisches Lächeln zog über ihr rundes Gesicht. »Er sieht mich als Playgirl. Wie Holly Golightly.« Ihr Blick wurde eindringlich. »Bei Hajo in München – das ist eine andere Welt. In seinem Freundeskreis sind alle solche kreativen Köpfe. Fotografen wie er, Maler oder Bildhauer, Leute vom Theater oder Film, oder sie schreiben für irgendwelche Illustrierte. Ein paar Gastronomen sind auch dabei. Für die sind die Grenzen zwischen Schauspielerin und Starlet, Mannequin, Nacktmodell und Playgirl fließend, und keiner denkt sich was dabei.«

Einen nachdenklichen Ausdruck in den großen grün-braunen Augen, sah sie zum Fenster und sann einen Moment vor sich hin.

»Das ist hier nicht mehr dasselbe, Vicky«, sagte sie dann leise. »Vielleicht hat es mit Karin angefangen, deren Mörder noch immer irgendwo frei rumläuft, vielleicht ändern sich auch eben einfach die Zeiten. Was ich an diesem Geschäft so geliebt habe ... diese ersten Blickwechsel im Lokal, der Flirt, jener Glanz in den Augen der Männer, mit mir gesehen zu werden, bevor sie sich von mir hierher entführen lassen ... das verschwindet allmählich. Kann sein, dass es an der Pille liegt. Warum sollte mich ein Mann noch bezahlen, wenn er dasselbe bei einer anderen genauso unkompliziert kriegt, aber gratis? Oder es hat mit der zunehmenden Freizügigkeit zu tun. Ehrlich, ich zucke jedes Mal zusammen, wenn das Wort Sex so selbstverständlich ausgesprochen wird wie Steuererklärung oder Straßenverkehrsordnung.«

Vicky musste lachen, und Heidrun stimmte mit ein, bevor sie wieder auf den Verlobungsring an ihrem Finger blickte.

»Dieses verführerische Umwerben, das sinnliche Begehren scheint aus der Mode zu kommen«, fügte sie hinzu. »Die Kunden, die auf eine schnelle Nummer aus sind, werden spürbar mehr. Und für fünf Minuten mal eben die Beine breit zu machen, dafür bin ich mir echt zu schade.«

Edelgard trug sich ebenfalls mit dem Gedanken, auf ihre

reiferen Tage hin eine andere Laufbahn einzuschlagen. Etwa, indem sie Sammy Schlesinger mit einem eigenen Lokal Konkurrenz machte; ausreichend Kapital hatte sie zusammengespart. Andererseits war Mode ihre große Passion, weswegen sie sich bereits einige Ladenflächen in Frankfurt angesehen hatte und gerade mit Hansi verhandelte, ob er nicht ein paar eigens angefertigte Entwürfe als Konfektionsware anfertigen lassen wollte, die sie dann exklusiv anbieten könnte.

Übermütig stupste Heidrun Vicky an. »Also los, stell mir ein einwandfreies Gesundheitszeugnis aus und gib mir ein neues Rezept für die Pille mit auf den Weg nach Schwabing! Trinken wir danach noch gemütlich einen Kaffee zusammen? Ich hab zum Abschied noch mal gebacken.«

Schmunzelnd, aber mit wehmütigem Bedauern öffnete Vicky die Mary-Poppins-Tasche für ihre letzte gynäkologische Routineuntersuchung bei Heidrun.

Als Vicky am Abend die Wohnungstür aufschloss, schwappten ihr lebhafte Stimmen, Gelächter und Zigarettenrauch entgegen, darunter mischte sich das beiläufige Klimpern von Achims Gitarre. Mit ihm in der Küche saßen drei langhaarige junge Männer und zwei Mädchen, bei Bier, Selbstgedrehten und einem fast leeren Teller belegter Brote.

»Ich hab ein paar Freunde eingeladen«, begrüßte Achim sie vom Sofa her. »Ist das okay für dich?« Er stellte die Gitarre zu seinen Füßen ab und streckte die Hand nach ihr aus.

Vicky legte ihre Siebensachen auf das Küchenbüfett, schälte sich aus der Jacke und kletterte ohne Schuhe zu Achim aufs Sofa. Das Mädchen neben ihm zog zwar einen Flunsch, rückte aber zur Seite, und Achim küsste Vicky auf den Mund.

»Das ist Vicky«, erklärte er, öffnete ein Bier für sie und legte ihr den Arm um die Schultern.

Die drei jungen Männer hörten auf Schorsch, Rolo und Kutte; auf dem Schoß des Letzteren lümmelte eine Katja. Bis auf Kutte schienen sie deutlich jünger als Vicky und Achim zu sein; Roswitha, die neben Vicky schmollend an ihrem Bier nuckelte, schien noch nicht mal volljährig.

»Vicky ist Ärztin«, sagte Achim, »am Flughafen.«

»Groovy!«, äußerte sich Rolo.

»Lässt du dich also auch von der Konsumgesellschaft ausbeuten«, meinte Kutte hingegen mitleidig und kraulte seinen zotteligen Bart.

Schorsch nickte beifällig.

Vicky hob die Brauen. »Eigentlich leiste ich medizinische Hilfe, und dafür werde ich selbstverständlich bezahlt.« Sie nahm sich ein belegtes Brot vom Teller. »Und was macht ihr so?«

»Wir widersetzen uns tapfer dem Leistungsdruck«, verkündete Kutte und stieß Katja an, die sich sofort daranmachte, eine Zigarette zu drehen, anzuzünden und Kutte zwischen die Lippen zu stecken.

»Ist echt ein harter Job, nichts zu tun«, ließ sich Rolo unterdessen grinsend vernehmen.

»Dass wir leben, das feiern wir jeden Tag«, stimmte Schorsch mit ein.

Roswitha kicherte.

Katja begann von der dänischen Halbinsel Jütland zu schwärmen, wo sie und Kutte ein paar Wochen des Sommers *vergammelt* hatten. Was in eine gemeinschaftliche Diskussion mündete, wo wohl besser zu überwintern wäre, sobald es auf der Haschwiese zu kalt würde, ob in Rom, auf Kreta oder im andalusischen Torremolinos.

»Und wie finanziert ihr das?«, wollte Vicky wissen.

Kutte richtete die Augen an die Decke. »Der Herr in seiner Güte sorgt für die Seinen. Wie bei den Lilien auf dem Feld.«

Seine Stimme troff vor Ironie. Über sein Bier hinweg linste er zu Vicky. »Du kommst nicht zufällig an billige Flüge ran?«

»Ich arbeite in der Ambulanz, nicht am Ticketschalter.«

Achim zog sie fester an sich. »Vicky ist neulich Muhammad Ali über den Weg gelaufen. Hier bei uns im Haus.«

Kutte nickte anerkennend. »Guter Mann! Hat sich laut und deutlich dagegen ausgesprochen, seinen Militärdienst abzuleisten, falls sie ihn doch noch einziehen.«

Von Muhammad Ali, der diesen Namen trug, seit er sich der *Nation of Islam*, den *Black Muslims*, angeschlossen hatte, kamen sie auf den ermordeten Malcolm X., auf Martin Luther King und die amerikanische Bürgerrechtsbewegung zu sprechen. Kutte redete am meisten. Er schien zu allem etwas zu sagen zu haben, eine Gemengelage aus Versatzstücken, die er irgendwo aufgesammelt hatte, Hauptsache, links, Hauptsache, anti. Sein Feindbild waren die deutschen Politiker, allen voran Bundeskanzler Erhard, der geschworen hatte, alles zu tun, um das Unwesen des Gammlertums zu zerstören, solange er regiere. Und die Namen von Fidel Castro und Che Guevara, Mao Tse-tung, Ho Chi Minh und Rudi Dutschke führte Kutte im Mund wie die von Popstars.

Elif kehrte von ihrem Abendunterricht zurück, den Stoffbeutel mit Heften und Lehrbüchern über der Schulter. An die Spüle gelehnt, trank sie ein Glas Wasser und hörte mit einem amüsierten Gesichtsausdruck eine Weile zu, bevor sie kopfschüttelnd eine gute Nacht wünschte. Als Sunny, die ins Kino gewollt hatte, einige Zeit später ebenfalls nach Hause kam, grüßte sie zwar überrascht, aber freundlich in die Runde. Auf Kuttes *Ho-Ho-Ho-Chi-Minh*-Ruf mit hochgereckter Faust reagierte sie jedoch mit einem verstörten Blick, schnappte sich einen Apfel und eine Banane aus dem Obstkorb und zog sich schnell in ihr Zimmer zurück.

»In Vietnam kämpfen auch Deutsche«, berichtete Kutte, der sich ausnahmsweise mal selbst eine Zigarette drehte, weil Katja gerade auf dem Klo war. »Mitten in amerikanischen Einheiten. Hat das *Neue Deutschland* geschrieben. Ich hab mir eine geholt, als ich im Sommer bei den Kumpels an der Gedächtniskirche rumgegammelt hab und mal für einen Tag in den Osten rüber bin.«

Vicky runzelte die Stirn. »Dem Propagandablatt der Partei würde ich nichts glauben.«

»Da stand, sie haben es von der DPA, und auch das Hauptquartier der amerikanischen Streitkräfte hat's unter dem Druck der Beweislast bestätigt«, beharrte Kutte selbstgefällig.

»Papier ist geduldig«, entgegnete Vicky.

Kutte sah sie nachsichtig an. »Das sagst du nur, weil du dich dem materialistischen Gruppenzwang untergeordnet hast.«

»Und du glaubst, du weißt nach einem kurzen Abstecher besser über den Osten Bescheid als ich, die ich drüben groß geworden bin«, konterte Vicky.

Katja kletterte zurück auf Kuttes Schoß und schlang die Arme wie beschützend um ihn, während sie Vicky böse anfunkelte; er selbst lachte nur.

Kutte verhielt sich wirklich so, als hätte er die Weisheit mit Löffeln gefressen. Während sie den anderen gegenüber milde Gelassenheit entgegenbrachte, empfand Vicky ihm gegenüber nichts als Abneigung. Anders Achim; mit glänzenden Augen und einem Leuchten auf dem Gesicht zerpflückte er mit Kutte die Dynamik des Krieges in Vietnam und die Rolle der USA als imperialistischem Aggressor. Vier Jahre fast vollständig isoliert, schien Achim in Gesellschaft erst richtig aufzublühen; je größer und lauter die Runde, umso besser.

Im Sofa zurückgelehnt, teilte Vicky sich mit Achim eine der Haschzigaretten, die zusammen mit einer Flasche Schnaps auf den Tisch kamen; sie war neugierig, was da wohl dran sein mochte. Und während Achim argumentierte und debattierte und dabei ihr Knie streichelte, ließ sie die flammenden Reden über die kaputte Gesellschaft und eine schlechte Welt an sich vorüberziehen.

Gegen halb zwei waren Achims neue Gammlerfreunde endlich gegangen, nicht mehr ganz sicher auf den Beinen, aber an ihrem Pegel gemessen verblüffend leise. Haschisch sorgte offenbar tatsächlich für eine fast Zen-gleiche Tiefenentspannung. Oder diese jungen Leute waren sogar zu faul für Radau.

»War doch ein klasse Abend, oder nicht?«, fragte Achim, während er und Vicky bei sperrangelweit geöffnetem Fenster die Küche aufräumten.

»Wenn man sich dessen versichern muss, war es meistens ein glatter Reinfall oder zumindest durchwachsen.« Sie war müde und außerdem nicht mehr nüchtern.

Einige Herzschläge lang war nur das gläserne Klappern der leeren Bierflaschen zu hören, die Achim wegstellte; unten auf der Straße knatterte ein Moped vorbei.

»Du magst sie nicht, oder?«, erkundigte er sich dann zögerlich.

Vicky zuckte mit den Schultern, während sie die klebrigen Überreste von der Tischplatte wischte. »Spielt doch keine Rolle.«

Nach einer kleinen Pause unternahm er einen weiteren Anlauf. »Kutte hat nicht unrecht. Du lässt dich in der Sanitätsstelle wirklich ausbeuten. Du bist weitaus mehr dort als hier. Und wofür?«

Vicky schnaubte. »Das wird überall so sein, egal, in welcher Klinik. Und das haben wir auch gewusst, als wir uns für diesen Beruf entschieden haben.«

Sie spürte seinen Blick auf sich. »Was hältst du davon, wenn wir mit den anderen über den Winter in den Süden ziehen?«

Vicky zog die Brauen zusammen. »Wie soll das gehen? Ich muss arbeiten. Und was ist mit deinem Examen? Deiner Doktorarbeit?«

»Die Uni kann doch noch mal ein Semester warten.«

Vicky hielt kurz inne. In ein paar Monaten würde Achim dreißig werden. Seit fast fünf Jahren hatte er keinen Hörsaal, kein Labor von innen gesehen, sich nicht mehr ernsthaft mit Medizin beschäftigt. Umso verbissener rubbelte sie gleich darauf über einen hartnäckigen Fleck auf der Tischplatte.

»Wenigstens für zwei Wochen oder so?«, hakte er nach, fast bittend.

»Zwei Wochen Urlaub am Stück sind utopisch«, entgegnete Vicky. »Da hat sogar Frommers Großzügigkeit ihre Grenzen, und das machen auch die Kollegen von der Feuerwache nicht mit.«

Mit einem klatschenden Geräusch landete das Geschirrtuch aus seiner Hand in einer Ecke der Spüle.

»Verdammt, Vicky! Ich will leben, verstehst du? Leben!« Einen fiebrigen Glanz in den Augen, unterstrich er seine Worte mit weit ausholenden Gesten; vor Leidenschaft schien er geradezu in Flammen zu stehen. »Meine Freiheit genießen! Mir den Wind um die Nase wehen lassen. Die Welt entdecken. Willst du das denn nicht auch?«

Den feuchten Lappen in der Hand, richtete Vicky sich langsam auf. »Doch. Wenn Zeit dafür ist. Vor allem aber will ich als Ärztin Menschen helfen, wo ich kann. Das war doch auch einmal dein großes Ziel.«

Schweigend sahen sie einander an, und Vicky entdeckte einen harten Zug um seinen Mund, der früher nicht da gewesen war.

Seine Miene entspannte sich, und er löste sich von der Spüle, um Vicky in die Arme zu schließen. »Lass uns deswegen nicht streiten«, flüsterte er.

Unter seinen halb zärtlichen, halb fordernden Küssen schmolz Vicky dahin.

Eng umschlungen taumelten sie durch den Flur in Vickys Zimmer, das jetzt auch Achims war. Um sich gegenseitig die Kleidung vom Leib zu schälen und sich nackt die innige Vertrautheit zurückzuholen, die ihnen für einen Moment abhandengekommen war.

Dösig nach einem langen Tag, von Alkohol und Haschisch und gestillter Lust, lächelte Vicky in die Dunkelheit, während Achims Fingerspitzen Schleifen und Ranken auf ihren bloßen Rücken malten.

»Hast du dir je vorgestellt, wie es mit einem anderen Mann wäre?«, raunte er.

»Nein«, murmelte sie, halbwegs ehrlich.

»Und wenn wir es mal versuchen«, fuhr er nach kurzem Zögern fort, »du und ich, mit jemand anderem? Wir waren ja die Ersten füreinander, wir wissen nur, wie es zwischen dir und mir ist.«

Unwillkürlich versteifte sie sich und drehte sich blinzelnd um. »Das ist nicht dein Ernst!«

Im Widerschein der Straßenlichter, die durch das Fenster hereinfielen, stützte er den Kopf auf. »Warum denn nicht? Rein um der Erfahrung willen. Dieses Exklusivrecht auf den anderen ist eigentlich Schwachsinn. Darunter erstickt doch auf Dauer die Lebendigkeit einer Beziehung.«

Vicky konnte ihn nur wortlos anstarren.

»Es wäre doch nichts als Sex«, lockte Achim und streichelte ihre Wange. »Das hat mit unseren Gefühlen füreinander nichts zu tun. Wir gehen trotzdem weiter gemeinsam unseren Weg.«

Vickys Magen ballte sich schmerzhaft zusammen. Sie wandte sich von ihm ab und raffte die Decke fest um ihre Blöße.

»Denk einfach mal drüber nach, okay?«, flüsterte er und drückte die Lippen auf ihre Schulter.

Vicky vergrub das Gesicht im Kissen.

37

Only the Lonely (Know the Way I Feel)

Achims Vorschlag ließ Vicky verunsichert und ratlos zurück, während der spätsommerliche September einem goldenen Oktober Platz machte. Mit Elif oder Sunny darüber zu reden, brachte sie nicht fertig; sie war es nicht gewohnt, in Herzensdingen Freundinnen zu Rate zu ziehen. Vicky hatte nie zu den Mädchen gehört, die im trauten Kreis beratschlagten, ob sie sich rarmachen oder im Gegenteil den ersten Schritt tun sollten und ob der Rempler des Angebeteten auf dem Schulhof als Zuneigungsbekundung zu verstehen war. Von Anfang an war zwischen Achim und ihr alles klar und eindeutig und herzenseinig gewesen. Bis jetzt.

Der einzige Mensch, dem sie sich anvertrauen wollte, war ihre Mutter, und selbst das kostete sie Überwindung. Doch wann immer sie sich allein in der Wohnung gewusst hatte, hatte sie vergebens im Schwesternzimmer der Charité angerufen.

Es war noch dunkel, als Vicky zu Fuß durch den morgendlich zähen Berufsverkehr eilte. Unter den Neonreklamen vor dem erleuchteten Hauptbahnhof warf sie einen Blick auf die Uhr; sie hatte noch Zeit. Kurzerhand riss sie die Tür eines Telefonhäuschens auf, leerte das Kleingeld aus ihrem Portemonnaie auf die Ablage und ließ sich eine Fernverbindung nach Ostberlin geben. Angespannt lauschte sie auf das Klackern und Rauschen in der Leitung.

»Schwester Traude?«, drang es aus dem Hörer.
Vicky atmete auf. »Ich bin's. Kannst du reden?«
»Moment.«
Im Hintergrund konnte Vicky das Murmeln zweier Frauen hören. In ihrer Brust zog es sehnsüchtig, als sie aus dem anschließenden Gelächter das warmherzige Lachen ihrer Mutter heraushörte.

»So, jetzt«, meldete sich Traude Becker wieder zu Wort, während hinter dem Telefonhäuschen ein drängelndes Hupkonzert anhob. »Wo bist du?«

Vicky konnte förmlich vor sich sehen, wie ihre Mutter die Stirn fragend krauszog. »Am Bahnhof, Hannah abholen. Ich hab mir extra zwei Tage freigenommen, wenn ich sie schon mal wiedersehe.«

Am anderen Ende der Leitung war es kurz still.

»Ist alles in Ordnung bei dir?«, erkundigte sich Traude Becker daraufhin. »Du klingst so bedrückt. Irgendwas auf Arbeit? Oder mit Achim?«

Vicky verließ der Mut. Sie konnte es nicht aussprechen. Wie eine Verräterin wäre sie sich vorgekommen, nach allem, was Achim durchgestanden hatte. Vielleicht schämte sie sich auch zu sehr, weil sie normalerweise so zupackend, offen und selbstbewusst war und mit einem Mal an sich selbst zweifelte. Mit Achims Freunden am Tisch, die Mädchen auf gewollt schäbige Art feenhaft, fühlte sie sich wie eine biedere Mutti zwischen lauter ungebärdigen Teenagern.

»Es ist gerade schwierig mit uns«, flüsterte sie stattdessen.

Ihre Mutter schwieg einen Augenblick.

»Ich habe leider keinen großen Erfahrungsschatz, den ich mit dir teilen könnte«, erwiderte sie dann. »Aber nachdem ich mich von deinem Vater getrennt hatte ... Im Nachhinein habe ich mich doch gefragt, ob ich nicht länger hätte durchhalten sollen.

Auch deinetwegen. Ob nicht der eine oder andere Kompromiss drin gewesen wäre.«

Ein kleines Lächeln stahl sich auf Vickys Gesicht. »Ludwig Erhard hat einmal gesagt, ein Kompromiss ist die Kunst, einen Kuchen so zu zerteilen, dass am Ende jeder glaubt, er habe das größte Stück bekommen.«

Traude Becker lachte. »Da ist was dran! Nur bin ich eben nicht für Kompromisse gemacht. Ganz oder gar nicht.«

Hinter ihr ertönte eine hektische Frauenstimme.

»Komme sofort!«, rief sie über die Schulter und sprach dann wieder in den Hörer. »Wir haben gerade einen Notfall reingekriegt.«

»Danke, Mutsch«, sagte Vicky leise und meinte es auch so.

»Ich hab dich lieb, mein Mädchen!«

Vicky hängte ein, klaubte den kläglichen Rest Kleingeld auf und ging zum Bahnhofsgebäude hinüber.

Unter dem weiten Gewölbe aus Stahlstreben und Glas hallten Stimmen und Schritte wider, das Kreischen von Rädern und quietschende Bremsen. Eine gute Viertelstunde wartete Vicky am Bahnsteig, bis endlich der verspätete Nachtzug aus Berlin einfuhr und seine wenigen Passagiere auslud. Mit einem Freudenschrei liefen Vicky und Hannah aufeinander zu und fielen sich um den Hals.

»Ewig nicht gesehen und gleich wiedererkannt!«, frotzelte Hannah.

»Knapp«, erwiderte Vicky lachend. »Vier Jahre waren eine verdammt lange Zeit!«

Hannah kniff sie spielerisch in den Arm. »Du hättest mich auch jederzeit in Paris besuchen kommen können! Mensch, wir wissen doch beide, wie das ist: Als Neuling schuftest du doppelt so viel wie die alten Hasen, und als Frau legst du noch mal eine Schippe drauf.«

Sie hatte sich kein bisschen verändert. Klein und zierlich, eine Baskenmütze auf dem kurz geschnittenen dunklen Haar, prangte noch immer eine überschwere Hornbrille in ihrem Porzellanpuppengesicht. Nur die schmale Hose und die weiße Bluse, die unter dem schwarzen Pullover hervorspitzte, sowie der Wollmantel über ihrem Arm sahen teurer aus als die Kleidungsstücke, die sie während ihrer Studienzeit getragen hatte.

»*Très chic*«, kommentierte Vicky.

»Als ob du dafür einen Blick hättest!«, spöttelte Hannah. »Ist alles vom Flohmarkt oder aus zweiter Hand. Anders kommst du in Paris zu nüscht.« Sie musterte ihrerseits Vicky, die über Blue Jeans und Bluse einen leichten Mantel trug. »Fabelhaft siehst du aus! Die kurzen Haare stehen dir enorm gut.«

»Wie war's in Berlin?«, fragte Vicky, während sie durch das Getümmel der Bahnhofshalle gingen.

Den vollgepackten Rucksack über der Schulter, verdrehte Hannah die Augen. »Wie sich Familienfeiern im Hause Grüttner eben so abspielen. Vordergründig heiles Großbürgertum, während hinter den Kulissen die Fetzen fliegen. Vor allem an diesem schwarzen Schäfchen hier wurde kein gutes Haar gelassen. Wird mich wieder einige Stunden bei meinem Psychoanalytiker kosten.«

»Wieso bist du überhaupt mit dem Interzonenzug gekommen und nicht geflogen?«

Hannah blinzelte vergnügt hinter den Brillengläsern. »Ach, ich find's einfach spannend, als Westler durch die halbe DDR zu fahren, auch bei Nacht. Und billiger ist's sowieso.«

»Du willst dich bestimmt erst einmal ausruhen, nach der langen Fahrt«, vermutete Vicky.

»Nö, bin putzmunter! Der Zug hält ja nur für die Kontrollen, und dazwischen konnte ich mich prima auf der Sitzbank langmachen und pennen.«

»Dann gleich Frühstück?«, schlug Vicky vor, als sie ins Freie traten.

»Unbedingt! Ich sterbe vor Hunger!«

Selbiges Frühstück dehnte sich bis weit nach Mittag aus. Erst stieß Sunny zu ihnen, die den letzten von ein paar Urlaubstagen hatte; für Hannah stieg sie noch einmal in das Dirndl, das sie von ihrem langen Wochenende in München mitgebracht hatte, und erzählte begeistert von ihrem Ausflug nach Neuschwanstein. Etwas später folgte Hannahs Wiedersehen mit Achim, der nach einer langen Nacht im *Voltaire* endlich aus den Federn gekrochen war, und zu guter Letzt kam Elif von ihrer Frühschicht am Flughafen nach Hause.

Das schöne Wetter lockte Vicky und Hannah dann doch noch aus dem Haus. Sie begleiteten Achim zum Römer, wo er ihnen ein exklusives Ständchen gab, bevor sie für einen gemütlichen Bummel weiterzogen. Und es fühlte sich an, als hätten sie sich nicht vor vier Jahren das letzte Mal gesehen, sondern vor vier Wochen.

Am Abend belagerten wieder einmal Achims Gammlerfreunde die Küche. Dafür, dass sie Konsum strikt ablehnten, konsumierten sie jedes Mal Unmengen von Bier und Zigaretten, von belegten Broten oder Bratkartoffeln mit Speck und Spiegeleiern.

Hannah war der Hit in der Runde, die sich um ein paar langhaarige Köpfe erweitert hatte. Alle träumten sie von den gewundenen Gassen in Montmartre und den Cafés, von Sacré-Cœur und Notre-Dame und den Brücken über die Seine, wo In-den-Tag-hinein-leben nicht nur eine anerkannte Daseinsform, sondern Teil der Kultur war. Die Stadt der Träumer war ihr persönliches Mekka, mit dem Baron de Lima als ihrem Propheten, einem alterslosen Lebenskünstler mit Musketierbart, hohen Stiefeln und Amuletten um den Hals. In der einen silberberingten Hand die Pfeife, in der anderen seinen Wanderstab, predigte er den Müßiggang und die Liebe zur Natur, zu Malerei und Poesie und traf eine strenge Auswahl, wen er in seine Gammlerschule aufnahm.

»Du meine Güte!«, stöhnte Hannah später in Vickys Zimmer. »Die glauben auch, dass in Paris Haschisch auf den Bäumen wächst!«

Sie riss das Fenster auf und kraxelte auf das Fensterbrett, wo sie sich eine Zigarette anzündete.

»Das gibt's schon«, sprach sie weiter, »dass man sich mit ein paar hingeworfenen Skizzen was verdienen kann. Aber da ist's wie sonst auch: Dafür muss man gut sein und sich ein bisschen anstrengen. Was jetzt so toll daran sein soll, sich rumgammelnd für ein paar Francs von amerikanischen und japanischen Touristen ablichten zu lassen wie ein Tier auf Safari, das weiß ich allerdings auch nicht.« Energisch pustete sie den Rauch aus dem Fenster und schnippte die Asche auf eine Untertasse.

Einige Augenblicke war nur das Brausen und Dröhnen des nächtlichen Verkehrs unten auf der Straße zu hören. Vicky bezog unterdessen eine Seite des Bettes mit frischer Wäsche; Achim hatte von sich aus angeboten, die kommenden zwei Nächte auf dem Sofa in der Küche zu schlafen.

»Achim hat sich ganz schön verändert«, fuhr Hannah fort. »Nicht nur, weil er seine Prachtlocken jetzt lang trägt. Beim Frühstück ist es mir nicht so sehr aufgefallen, erst heute Abend.«

Vicky schwieg, während sie Kissen und Decke aufschüttelte.

»Ist alles okay zwischen euch?«, erkundigte sich Hannah. »Ich meine, ihr hattet euch vier Jahre nicht gesehen, nichts voneinander gehört. Das stelle ich mir schwierig vor.«

Ein Blick von Vicky genügte. Hannah sprang vom Fensterbrett herunter, und im Schein der Nachttischlampe schüttete Vicky ihrer Freundin ihr Herz aus.

»Na ja«, gab Hannah schließlich gedehnt von sich, mit gekreuzten Beinen auf dem Bett neben Vicky sitzend. »Diese Art von Libertinage scheint ja gerade *en vogue* zu sein. In gewissen Pariser Kreisen war sie das wohl schon immer. Allerdings hat die sogenannte freie Liebe inzwischen einen derart verkopften Überbau bekommen, dass es schon fast wieder kleinkariert ist. Meinem persönlichen Eindruck nach profitieren allein die Männer davon. Die vögeln munter durch die Gegend, faseln dabei von Befreiung und sexueller Revolution und degradieren die Frauen dann doch wieder nur zu willigen Betthäschen. Also alles wie gehabt.«

Sie trank einen Schluck von dem Rotwein, den sie sich aus der Küche mitgebracht hatten, wo die Gammlerparty noch in vollem Gange war.

»Was würdest du tun, an meiner Stelle?«, fragte Vicky leise.

»Ich?« Mit der Fingerkuppe schob Hannah sich die Hornbrille wieder ein Stück die Nase hinauf. »Ich bin da außen vor. Ich bin damit zufrieden, ab und zu eine schöne, aber flüchtige Liaison zu haben. Alles andere wäre mir viel zu anstrengend. Wenn du eine offene Beziehung ausprobieren möchtest, tu's. Die Vicky, die ich kenne, ist dafür nicht gemacht. Nicht für halbe Sachen. Dafür bist du viel zu bodenständig und geradlinig.«

Vicky starrte in ihr Glas. »Ich will Achim nicht verlieren«, flüsterte sie.

Hannah taxierte sie. »Weil du ihn liebst oder weil du ein Mensch bist, der sich einfach nicht geschlagen geben kann? Himmel, Vicky! Du flickst jeden Tag Schwerverletzte notdürftig zusammen und bringst reglose Herzen wieder zum Schlagen. Du hast bei den Obermuftis des Flughafens deine Traumklinik durchgeboxt – und jetzt lässt du dir in deinen eigenen vier Wänden von einer Horde Gammler auf der Nase rumtanzen? Merkst du gar nicht, wie klein du dich vorhin in der Küche gemacht hast? Auch Achim gegenüber. Warum? Du glaubst doch nicht etwa, du bist ihm was schuldig?«

Vicky schluckte. »Ich denke so oft ... Vielleicht hätte ich ihn davon abhalten können, in den Osten rüberzugehen, an jenem Samstag im November«, bekannte sie. »Wäre ich nur hartnäckiger gewesen, hätte ich besser argumentiert. Als er mich am nötigsten brauchte, habe ich ihn im Stich gelassen.«

»So ein Quatsch!« Hannah schäumte geradezu über. »Es hatte schon seinen Grund, dass die Fluchthelfer vom Studentenwerk mit der eisernen Regel arbeiteten, nie einen Ostler über die Grenze zu schicken. Achim wusste das und hat sich eigenmächtig drüber hinweggesetzt. Dafür hat er mit vier Jahren seines Lebens bezahlt, was mir aufrichtig leidtut. Doch anstatt dass er jetzt erst recht was aus seiner Freiheit macht und doch noch seinen Doktor baut, glaubt er, seine verlorene Jugend mit aller Macht nachholen zu müssen. Schon mal daran gedacht, dass ihr euch einfach auseinanderentwickelt habt? Was sicher traurig wäre, aber ich kenne Beziehungen, die an weniger gescheitert sind. Also hör auf, dich für die Entscheidungen, die er getroffen hat, schuldig zu fühlen!«

Vicky drehte die himmelblaue Packung von Hannahs Gauloises in der Hand. Solche Zigaretten hatten auch vor Raimund gelegen, auf dem Tresen des *Flamingo*, etwas über zwei Jahre musste es her sein. Jener Abend, als er in Sakko und Krawatte in den Club gekommen war, um herauszufinden, was seine Medizinalassistentin im Milieu so trieb. Im Rückblick wohl das erste Mal, dass sie einander nicht als Lehrer und Schülerin begegneten, sondern Persönliches von sich preisgaben.

»Raimund hat einmal etwas ganz Ähnliches zu mir gesagt.«

Nach über einem Monat auf See war die *Helgoland* in Vietnam eingetroffen. Vicky hatte ein Foto davon gesehen: ein schlankes weißes Schiff zwischen verrosteten Seelenverkäufern.

Wie aus einer Reklame für Peter Stuyvesant, hatte der *Spiegel* geschrieben. Erst mit erheblicher Verspätung hatte der Dampfer sein Ziel erreicht, um diplomatisches Fingerspitzengefühl walten zu lassen. Außerdem mussten die im Tropenklima streikende Klimaanlage, die die Temperaturen unter Deck auf achtunddreißig Grad ansteigen ließ, der defekte Kompressor und unterwegs abgerissene Leitungen in Singapur erst mit eigens eingeflogenen Ersatzteilen repariert werden. Eine anonyme Bombendrohung hatte die Fahrt begleitet, und während die *Helgoland* den Fluss hinaufschipperte, hatte der Vietkong vom östlichen Ufer aus die Eskorte aus Militärhubschraubern beschossen, wenn auch nur halbherzig. Und die vorausfahrenden Schnellboote hatten auf jedes Bündel Treibholz gefeuert, das in Sicht kam, weil sich darin Minen verbergen konnten.

Mittlerweile ankerte das Schiff im Hafen von Saigon. Vicky konnte sich Raimund gut in diesem schwimmenden Hospital vorstellen, zwischen Chirurgie, Innerer Medizin, Gynäkologie, Labor und Radiologie. Mit drei Operationssälen und hundertfünfzig Betten versuchte das deutsche Team aus acht Ärzten und achtzehn Krankenschwestern, die schlimmste medizinische Not zu lindern – in einem Land, in dem lediglich ein Arzt auf knapp siebzehntausend Einwohner kam. Die geplante Zahnstation an Bord war verwaist geblieben, dafür hatte sich niemand gefunden, genauso wenig wie ein Fachmann für Tropenmedizin. Mit zweieinhalbtausend Mark Arztgehalt, ausbezahlt in der schwachen Landeswährung, lockte man keinen hinter dem Ofen hervor. Für einen solchen Kriseneinsatz mitten im Inferno eines Krieges, verbunden mit bürokratischen und organisatorischen Hürden, musste man geschaffen sein, halb Idealist, halb Abenteurer.

»Wer ist Raimund?«, fragte Hannah neugierig.

Vicky blickte auf. »Dr. Bockeloh. Mein früherer Oberarzt.«

»Aha.« Hinter den Brillengläsern funkelten Hannahs Augen vergnügt. »Scheint ein kluger Mann zu sein, dieser Oberarzt Raimund.« Sie stopfte sich das Kissen hinter den Rücken und lehnte sich gemütlich zurück. »Erzähl mir mehr!«

Zwei Wochen nach Hannahs Besuch, der naturgemäß viel zu kurz ausgefallen war, stand der Betrieb am Flughafen für den Moment still. Hinter den Lichtblitzen von Feuerwehr und Polizei wallte dicker Qualm zum fahlen Oktoberhimmel empor, und grelle Flammen schlugen aus einer Boeing der Lufthansa-Tochter Condor. Dieser Urlaubsflieger würde heute nicht mehr nach Teneriffa abheben.

Auf dem gesamten Abfertigungsvorfeld stank es nach Rauch, Treibstoff und verbranntem Plastik und Gummi. Über dem Wummern der Kompressoren, dem Zischen und Fauchen der Löschschläuche waren gebrüllte Befehle zu hören, während Flugzeuge über Rhein-Main ihre Kreise zogen, bis die Start- und Landebahnen wieder frei sein würden. In sicherer Entfernung zur brennenden Maschine parkte der Krankenwagen mit Blaulicht auf dem Asphalt, und wie am Fließband spähte Vicky in die Rachen der Passagiere.

»Ist Ihnen schwindelig oder übel?«, spulte sie ein ums andere Mal herunter. »Haben Sie Kopfschmerzen? Schluckbeschwerden oder Atemnot? Tut Ihnen sonst etwas weh? Nein? In Ordnung, bitte dort hinüber.«

Irgendwo in der Schlange brach Unruhe aus; Dr. Küppers und Norbert rannten sofort los und trugen eine ohnmächtige Frau zu den geöffneten Hecktüren des Krankenwagens, während gleich mehrere Passagiere ihre umgehängten Kameras zückten und den brennenden Flieger fürs Familienalbum festhielten.

»Halt!«, bellte Ansgar. »Was glauben Sie, wo Sie hingehen?«

Der angesprochene Urlauber deutete auf den wartenden Bus, der sich zusehends füllte. »Ei, zurück zum Schalder! Mir müsset gugge, wie mir jetzt no wegkomme!«

Seine Frau plusterte sich auf. »Mir hawwe doch fest gebucht! Vollpensiong!«

Der Oberpfleger zeigte sein grimmigstes Bulldoggengesicht. »Bevor unser Frollein Doktor grünes Licht gibt, gehen Sie beide heute garantiert nirgendwo mehr hin!«

Kurzerhand packte er die beiden am Arm und zerrte sie zurück in die Schlange. Ans Ende natürlich.

»Ist doch alles gut«, schmeichelte Vicky, um das weinende Kleinkind auf dem Arm seiner Mutter so weit zu beruhigen, damit sie es untersuchen konnte. Vergeblich, unwillig drehte es ständig den Kopf zur Seite und heulte dabei umso lauter. Schließlich fasste Vicky in ihre Kitteltasche. »Schau mal, was ich hier hab!«

Mit tränennassen Augen fixierte das kleine Mädchen das zellophanumwickelte Bonbon. Aufschluchzend grapschte es danach und drehte es dann hingerissen zwischen den Fingerchen, und Vicky drückte mit dem Holzspatel rasch die Kinderzunge nach unten.

»Sind alle zweiundachtzig da«, ließ sich eine der Stewardessen vernehmen, die mit einem Klemmbrett in der Hand die Warteschlange abgeschritten war.

»Und was ist mit unserem Gepäck?«, erkundigte sich die Mutter bang. »Wir haben doch auch den Sportwagen für die Kleine dabei!«

»Sobald das Feuer gelöscht ist, kümmern sich die Kollegen von der Abfertigung sofort darum«, erklärte die Stewardess mit freundlicher Routine.

Dr. Küppers tauchte wieder neben Vicky auf und zog einen frischen Holzspatel aus der Brusttasche. »War nur der Schreck, deshalb ist sie umgekippt.«

Vicky nickte, während sie den nächsten Passagier mit geübten Handgriffen auf eine mögliche Rauchgasvergiftung untersuchte. »Lassen Sie sie trotzdem erst mal im Wagen. Wir nehmen sie nachher mit zur Empfangshalle, ist sicher besser als im Bus.«
Die Reihen vor ihnen lichteten sich rasch. Sobald die Flammen gelöscht waren, saß auch der letzte Passagier im Bus, und die Arbeiter rangierten bereits mit dem Traktor, um die angekokelte Maschine so schnell wie möglich aus dem Weg zu schaffen.
»Richtig was los heute!«
Über die Arzttasche gebeugt, hob Vicky den Kopf und lächelte Wolf Rosskopf zu, Spuren von Ruß und Löschschaum auf seinem Kesselanzug und den Helm unter dem Arm. »Was war denn der Auslöser?«
»Verbindungsschlauch zwischen Nachschublaster und Flieger beim Tanken geplatzt«, erklärte er. »Noch mal glimpflich ausgegangen. Bei euch alles okay?«
»Bis auf ein paar Schrammen und blaue Flecke durch die Evakuierung alle unverletzt.« Sie ließ die Arzttasche zuschnappen und richtete sich auf. »Ich wollte dich übrigens heute schon anrufen. Der Unimog ist da!«
Wolf grinste. »Dann komm ich später bei euch vorbei. Muss nur erst noch was zwischen die Kiemen kriegen.«
Auch Vicky kehrte mit ihren Kollegen zum kalt gewordenen Mittagessen zurück.

Mit aufmerksamem Blick schritt Wolf neben Vicky durch die lang gestreckte Garage und pfiff schließlich durch die Zähne.
»*Nice*«, kommentierte er das klotzige Einsatzfahrzeug in Elfenbeinweiß, das aussah, als tauge es ohne Weiteres für die abenteuerliche Durchquerung der Sahara oder eine Tour über den Himalaya. Prüfend betastete er die hohen Reifen mit dem massiven Profil. »*Nice!*«

»Wart mal ab, bis du das hier siehst!« Vicky öffnete die Hecktüren.

»Mein lieber Scholli!« Wolf erklomm die zwei Stufen der Trittleiter und sah sich gründlich zwischen Material und Gerätschaften um. »Da hat Kleinschmitt aber tief in die Tasche gegriffen. Alles vom Feinsten! Pass bloß auf, dass euch das gute Stück nicht unterm Hintern weggeklaut wird!«

Vicky gluckste. »Da gibt's hier Lohnenderes abzugreifen.«

Der jüngste Coup am Flughafen hatte sich auf eine fette Million Mark belaufen, die aus Jugoslawien kommend an die Deutsche Bank hätte gehen sollen. Den gelben VW Käfer der Lufthansa hatte der Dieb gleich mitgehen lassen und dann in einem Waldstück bei Kelsterbach abgestellt.

Wolf blickte über die Schulter. »Bist du schon Probe gefahren?«

Vicky nickte. »Gleich nach der Sprechstunde. Allerdings nur einmal kurz um den Block.«

Wolf sprang aus dem Laderaum heraus. »Lass mal hören!«

Über das Trittbrett schwang sich Vicky hinter das Lenkrad und steckte den Schlüssel ins Zündschloss. Rasselnd und röhrend sprang der Dieselmotor an. Im Leerlauf trat sie das Gaspedal durch, und unter der Haube brach eine Stampede von siebzig Pferdestärken los.

»Echtes Kraftpaket!«, rief Wolf über den Lärm hinweg.

Vicky strahlte. »Damit sind wir für den nächsten Großeinsatz gerüstet, oder?«

Wolf lachte laut heraus. »Du bist ein absolutes Phänomen! Halb der beste Kumpel, halb sinnliches Vollweib.«

Belustigt schüttelte Vicky den Kopf und stellte den Motor ab. Sie kletterte aus dem Fahrerhaus, sprang vom Trittbrett – und landete geradewegs ins Wolfs Armen.

Lächelnd hielt er ihren Blick fest. Sie hätte genug Zeit gehabt, sich ihm zu entwinden, das Gesicht wegzudrehen oder ihn anders abzuwehren; sie hätte nicht einmal Kraft gebraucht. Doch sie tat nichts dergleichen.

Sein Kuss war warm, fiel kräftig aus und schmeckte pfeffrig, ein bisschen nach Tabak und Pfefferminz. Zusammen mit seinem Geruch nach Rauch und Kerosindunst und dem Dröhnen einer abhebenden Maschine wie elektrisierend. Eine glühende Spur zog sich durch Vickys Bauch und dann weiter hinab, zwischen ihre Schenkel. Als sich Wolf schließlich von ihr löste, schnappte sie nach Luft.

Die Augen glänzend, fuhr er mit dem Daumen sanft über ihre Lippen. »Ruf mich an, wenn's brennt«, raunte er.

Seine schweren Knobelbecher entfernten sich zwischen den parkenden Fahrzeugen, während Vicky diesem Kuss nachschmeckte. Der erste von einem anderen Mann als Achim.

Mit spitzen Nadeln und scharfen Klingen konnte sie im Schlaf umgehen, doch vor dem Spiel mit dem Feuer hatte sie Respekt.

38

Take Up Thy Stethoscope and Walk

Weine nicht, wenn der Regen fällt, dam-dam, dam-dam, bat die sonore Stimme von Drafi Deutscher zu den monotonen Akkorden einer E-Gitarre. Norbert hatte das Radio angelassen, bevor er zur Kantine hinübergelaufen war.

Draußen war es schon dunkel, obwohl gerade erst siebzehn Uhr durch. Am Schreibtisch des beleuchteten Dienstzimmers nahm Vicky die letzten Eintragungen ins Rapportbuch vor, füllte die letzten Formulare aus. Dieser Donnerstag war ein normaler Tag in der Sanitätsstelle gewesen, betriebsam, aber ohne größere Vorkommnisse. Auf dem Korridor konnte sie Sunny und Julius hören, die noch aufräumten, bevor später die Putzkolonne einfallen würde.

Vicky klappte das Rapportbuch zu und blickte zum Fenster. Tropfen rannen außen an der Scheibe hinab. Der November hatte freundlich begonnen, zeigte jedoch zur Mitte hin sein missmutiges Gesicht. Die ganze Woche war kühl und nass gewesen, Montag hatten sich sogar schon erste Schneeflocken unter den Regen gemischt.

Marmor, Stein und Eisen bricht, rockte es aus dem Radio.

Sie war Achim die Antwort auf seinen Vorschlag schuldig geblieben. Ein Ja fühlte sich falsch an und ein Nein wie etwas, für das sie sich schämen müsste. Ein Befremden hatte sich zwischen ihnen eingeschlichen, das schwer zu fassen und noch schwerer anzusprechen war. Womöglich gab es dazu auch nicht viel zu sagen; in dieser Frage konnten sie am Ende nicht auf einen gemeinsamen Nenner kommen. Wolfs Kuss zum Trotz, der ein einmaliges Ereignis geblieben war und Vicky dennoch immer wieder im Kopf herumging. Als ob sie und Achim zwei getrennte Leben unter demselben Dach führten, so fühlte es sich in diesen Wochen an. Sogar dann noch, wenn sie nebeneinander im selben Bett lagen.

Liebeskummer lohnt sich nicht, my Darling!, versprach Siw Malmkvist, und Vicky nahm die jüngste Ausgabe der *konkret* zur Hand, die sie heute Morgen vom Küchentisch hatte mitgehen lassen. Der Aufmacher *Pille für eine Nacht* hatte sie dazu bewogen.

Ein größerer Busen, zwanzig Pfund Gewichtszunahme, weniger Lust, aber vor allem keine Angst mehr vor einer ungewollten Schwangerschaft – so beschrieben die befragten Frauen ihre Erfahrungen mit dem Hormonpräparat. Die Pille sei gesellschaftsfähig geworden, schrieb der Autor Michael Luft, ein Zurück zu den moralischen Normen der Vergangenheit würde es nicht geben. Natürlich erwähnte er auch Wilhelm Reinmuth, Pfarrer der noch provisorischen Kirche des Retortenviertels Nordweststadt. Verheiratet und mit kleinen Kindern, hatte der Mittdreißiger mit Parolen wie *Ich will schockieren* oder *Opas Kirche ist tot* bereits innerhalb Frankfurts für Aufsehen gesorgt. *Vielleicht ist Christus da am nächsten, wo's am meisten zum Himmel stinkt,* war eine seiner Weihnachtsbotschaften gewesen. Seitdem er zu Erntedank eine leere Pillenschachtel auf den Altar gelegt hatte, war er bundesweit bekannt. Eine Unterschriftensammlung verlangte seine Absetzung, während andere für ihn lautstark auf die Straße gingen. *Kirchendemokratie oder Kirchendiktatur?* Das Lager der erzürnten Konservativen hatte vorerst gewonnen, Pfarrer Reinmuth wurde suspendiert.

Beim weiteren Lesen des Artikels, der mit leicht bekleideten Schönheiten aus dem Bildband *Six Nymphes* garniert war, gingen Vicky die Augen über. Eine Verhütungsspritze, vergleichbar einer Impfung? Eine Pille, die noch bis zu sechs Tage nach dem fraglichen Verkehr eingenommen werden konnte? Und eine für den Mann? Zukunftsmusik, gewiss, aber Michael Luft erwähnte erste Tests und Studien.

Fieberhaft machte Vicky sich Notizen. Sie musste nach dem Schichtwechsel unbedingt Dr. Frommer fragen, ob er etwas darüber gelesen hatte oder in welchen Fachzeitschriften sie mehr dazu finden könnte.

Gut gelaunt kamen Julius und Sunny herein.

»Alles wieder in Schuss«, verkündete Julius und goss sowohl für sich als auch für Sunny Kaffee ein.

»Danke euch«, erwiderte Vicky.

»Machst dich gut als Chefin«, meinte er.

Vicky zwinkerte ihm zu. Seit Anfang des Monats überließ Dr. Frommer ihr hin und wieder die Verantwortung für eine komplette Tagschicht, damit er in den ruhigeren Nachtdiensten Dr. Küppers ein wenig unter die Fittiche nehmen konnte.

Beim Kaffee tauschten sich Sunny und Julius über Kinofilme aus, die sich gerade besonders lohnten, und über die neuesten Scheiben. Er hatte im Frühling seinen lange gehegten Traum von einem Trip nach Liverpool und London wahrgemacht und die Beatles live in Wembley gesehen, und die beiden waren auch schon ein paarmal zusammen zum Tanzen ausgegangen.

»M-mistwetter!«, fluchte Norbert und balancierte ein abgedecktes Tablett ins Zimmer. Angewidert schüttelte er sich, hängte die nasse Jacke über den Stuhl und setzte sich. »W-willst du dir auch n-noch was holen?«, fragte er, an Vicky gewandt.

Über ihre Notizen gebeugt, schüttelte sie den Kopf. »Lohnt sich nicht mehr, ist ja bald Feierabend.«

»Ich koche heute Abend für Elif und Vicky«, erklärte Sunny und setzte sich mit einer *Brigitte* zu Norbert an den Tisch. »Koreanisch.«

Mit grüblerischer Miene biss der Pfleger von seinem Frankfurter Würstchen mit Senf ab und schielte dabei zu Sunny; von ihr koreanisches Essen vorgesetzt zu bekommen, war offenbar einer seiner großen Träume. Julius grinste und zündete sich eine Zigarette an.

Nach den letzten Takten Musik erklang der Signalton für die Nachrichten um siebzehn Uhr dreißig. Die erste Meldung galt der Lage in den Katastrophengebieten von Kärnten und Osttirol, die zum dritten Mal innerhalb von vierzehn Monaten vom Hochwasser heimgesucht worden waren. Noch dramatischer war die Lage in Norditalien, wo Wirbelstürme die sintflutartigen Regenfälle begleitet hatten. Pisa, Florenz, Venedig und Triest waren in meterhohen Fluten versunken, ganze Ortschaften tagelang von der Außenwelt abgeschnitten. Knapp zwei Millionen Doppelzentner Ernte waren vernichtet und mehr als drei Millionen Stück Vieh. Auf dem Schwarzmarkt kostete ein Brot derzeit umgerechnet zehn Mark, und Banken waren zahlungsunfähig, weil das Papiergeld in den Tresoren unbrauchbar geworden war. Über einhundert Tote waren zu beklagen, Tausende trotz der bereits angelaufenen Hilfsmaßnahmen noch obdachlos.

Vicky dachte an die großzügige Ladefläche auf dem Dach des Unimogs, der noch auf seinen ersten Einsatz wartete. Aus einem Geistesblitz notierte sie *Schlauchboot – mit Motor?* unten auf das Blatt.

Die Inlandsmeldungen kreisten um das Ende der Koalition aus CDU/CSU und FDP unter Erhard, der nach dem Streit um das vier Milliarden Mark große Finanzloch schließlich zurückgetreten war. Sein designierter Nachfolger für die neue Große

Koalition mit der SPD, Kurt Georg Kiesinger, wies jedoch einen gewaltigen Pferdefuß auf: Er war bis 1945 Mitglied der NSDAP gewesen. Nach Bundespräsident Lübke, der unter Hitler zwar nie in der Partei gewesen war, aber als Bauleiter Zwangsarbeiter und KZ-Häftlinge beaufsichtigt hatte, nun auch noch ein Nazi-Kanzler? Studierende protestierten lautstark, aber auch andere Stimmen kritisierten diese Entscheidung als Beleg für die unzureichende deutsche Vergangenheitsbewältigung.

Ein Teufelchen sprang auf Vickys Schulter, und unter *Schlauchboot* kritzelte sie *Fernsehapparat für Sanitätsstelle – Nachrichten!!*

»Kann ich?«, fragte Julius, die Hand schon am Radio, und auf Vickys Nicken hin drehte er den Senderknopf.

Round, round, get around, schallte es mitreißend aus dem Radio, *I get around!*

»*Whu-hu-hu-huuu*«, sang Julius mit, schnappte sich Sunny, und ausgelassen legten die beiden eine kesse Sohle auf das Parkett des Dienstzimmers.

Vicky schmunzelte. In den USA längst Superstars, war der Empfang für die Beach Boys vor rund zwei Wochen eher bescheiden ausgefallen. Am Flughafen Frankfurt hatte sie lediglich eine Abordnung der Presse erwartet, ein Glas Sekt und rund dreihundert eingeschworene Fans, die meisten davon hier ansässige Amerikaner. Und Sunny. Sie liebte diese Musik, die nach einem endlosen Sommer unter der Sonne Kaliforniens klang, und hatte sich deswegen sogar freigenommen. Nicht nur, um sich ein Autogramm von den fünf Jungs zu holen, die eine kuriose Mischung aus Chorknaben, Beatles-Abziehbildern und Surferboys darstellten. Sondern auch, um danach mit dem Zug nach Ludwigshafen zu fahren, zum ersten Konzert der Band auf deutschem Boden. Erst in Hamburg, der nächsten Station ihrer Tournee, hatte der Ruhm sie eingeholt. Horden ekstatischer Fans stürmten den aus Frankfurt kommenden Zug, und gleich mehrere Hundertschaften der Polizei mussten energisch eingreifen.

»*Ba-ba-huuu*«, schmetterten sich Julius und Sunny gegenseitig ausgelassen zu, während Norbert litt wie ein Hund.

Zahnarzt Dr. Krautgartner streckte den Kopf zur Tür herein. »Was ist das denn für ein Tollhaus hier?«, schimpfte er. »Kaum ist die Katze aus dem Haus ...«

»... findet die Schichtleitung«, ergänzte Vicky prompt, »dass die fleißigen Mäuse am Ende eines langen Tages auch mal fünfe grade sein lassen können. Solange sie nicht auf dem Tisch tanzen.«

Sunny, yesterday my life was filled with rain, schmeichelte Cher mit wohliger Melancholie aus dem Radio. Sunny kiekste glücklich.

Mit großer Geste gab Julius einen Schmachtseufzer von sich. »Dein Lied!«

Sunny stürzte vorwärts und fasste Norbert bei der Hand. »Jetzt musst du mit mir tanzen!«

Verlegen wehrte Norbert ab.

»Mir zuliebe!«, beharrte Sunny und zerrte an seiner Hand.

Der baumstarke Pfleger lief bis unter die fahlblonden Haarwurzeln rot an.

»Darf ich das süße Fräulein dann um dieses Tänzchen bitten?«, fragte der Zahnarzt schnurrend von der Tür her.

Das überzeugte den Pfleger dann doch. Zu den poppig-souligen Rhythmen kreiselte Sunny an Norberts Hand um die eigene Achse, sodass der Saum ihrer Schwesterntracht um ihre schlanken Beine wirbelte, während der Pfleger wie ein tapsiger Tanzbär von einem Fuß auf den anderen trat, sichtlich im siebten Himmel.

»*Sunny, one so true*«, stimmte Julius halb inbrünstig, halb neckend ein, »*I love you-huu!*«

Sein vielsagendes Grinsen beantwortete Vicky mit einem Schmunzeln.

Mit graziösen Schritten tanzte Sunny auf Norbert zu und lächelte zu ihm auf. »Willst du heute Abend mit Koreanisch essen?«

Seine Augen quollen fast aus den Höhlen.

Das Telefon klingelte, und sofort drehte Julius das Radio leiser.

Automatisch sah Vicky auf die Uhr. Viertel vor sechs. »Becker?«

»Florian eins. Mertens.« Im Hintergrund schrillten Telefone, redeten Männer hektisch durcheinander. »Alarmstufe eins. Verunfallter Personenzug zwischen Unter- und Oberliederbach. Kommen Sie mit allem, was Sie haben!«

Eine Schrecksekunde lang horchte Vicky auf das Tuten in der Leitung. Dann setzten die gewohnten Mechanismen ein, und sie knallte den Hörer auf die Gabel.

»Ein Zugunglück bei Oberliederbach. Großalarm. Dr. Krautgartner, bleiben Sie bitte heute länger! Du auch, Sunny! Hier, das sind die Telefonnummern der anderen. Versuch, sie zu erreichen, damit sie sich sofort auf den Weg machen. Frommer zuerst.«

»Okeh!« Sunny hatte schon den Finger in der Wählscheibe.

Vicky warf Julius den Schlüssel des Krankenwagens zu. »Fahrt ihr voraus! Ich habe nur eine grobe Ahnung, wo es zu diesen Liederbachs geht!«

Den Schlüssel zum Unimog in der Faust, die Arzttasche in der anderen Hand, rannte sie noch schnell zur Toilette.

Eine genauere Ortskenntnis brauchte Vicky auch gar nicht. Am Steuer des Unimogs brauste sie einfach dem blau blitzenden und sirenenheulenden Korso der Flughafenfeuerwehr hinterher.

Im Rückspiegel tauchten die Blaulichter weiterer Einsatzfahrzeuge aus dem Frankfurter Stadtgebiet auf. An diesem regnerischen Novemberabend schien alles, was vier Räder und eine Notfallausrüstung besaß, dasselbe Ziel zu haben.

Schaulustige säumten die Durchgangsstraße von Unterliederbach; der Anruf in der Sanitätsstelle war jetzt gute zwanzig Minuten her. Auf der Landstraße wiesen die Blaulichter von Polizeifahrzeugen den Weg, und ein Feuerwehrlaster, ein Krankenwagen nach dem anderen bogen vor Vicky ab. An der Absperrung vor dem Unglücksort kurbelte sie das Fenster herunter, streckte den Arm hinaus und ließ die Hand propellerähnlich kreiseln, wie sie es bei Raimund gesehen hatte, am Tag von *Knalltex*. Einer der Polizisten winkte sie eilig durch, und der Unimog pflügte durch die feuchte Wiese, hin zu seinen Artverwandten von Rotem Kreuz, Feuerwehren, Technischem Hilfswerk, U.S. Army und Air Force.

Vicky stellte den Motor ab, und ihre Hände krampften sich um das Lenkrad. Die aufgebauten Scheinwerfer beleuchteten vier oder fünf Eisenbahnwagen, zerknüllt wie Papier, die sich teils ein gutes Stück weit über dem Boden auftürmten; Glassplitter funkelten im Gras zwischen verbogenen Metallteilen und Holzfragmenten. Aus allen Richtungen gellten Schreie, ertönten Befehle, und aus dem bereitstehenden Clinomobil schleppten Sanitäter ganze Arme voll Blutkonserven.

Es wimmelte nur so von Helfern in Uniform oder Zivil. Letztere waren vielleicht aus der unmittelbaren Umgebung herbeigeeilt oder in den letzten beiden Wagen mitgefahren, die unbeschadet auf dem Gleis stehen geblieben waren. Tatkräftig packten sie bei den Verletzten mit an, sammelten orientierungslos umherirrende Personen ein und versuchten mithilfe von Trümmerteilen, Eingeklemmte zu befreien. Das schwere Gerät, mit dem Feuerwehr und THW dem zerknäulten Metall zu

Leibe rückten, sprühte kreischend Funken. Und die Dampfschwaden der Lok, in den zerplatzten Triebwagen des entgegenkommenden Zuges verkeilt, waberten wie dicker Nebel umher. Eine Szenerie wie in einem bizarren Albtraum.

Energisch klopfte es an der Karosserie des Unimogs, und Vicky fuhr zusammen.

»Mach hinten mal auf!«, rief Julius.

Die Arzttasche in der Hand, sprang sie aus dem Fahrerhaus in eine Matschpfütze. Den Hänger hatten die beiden Pfleger bereits abgekoppelt, und Vicky öffnete die Hecktüren, damit sie an die Zelte rankamen. Dem Bestatter, der gerade seinen Wagen schräg hinter dem Unimog abstellte, schenkte sie nur einen flüchtigen Blick, bevor sie einen der Notfallkoffer schnappte und sich ins Chaos warf.

Im Sirenengeheul der heranrückenden und mit Verletzten wieder davonfahrenden Krankenwagen bekam sie zunächst hauptsächlich Prellungen und Schnittwunden zu sehen. Die kleinen Blessuren reichte sie an die Sanis weiter, die größeren flickte sie selbst an Ort und Stelle. Beim Aufprall waren Menschen wie Puppen durch den Zug geschleudert worden, andere hatten sich beim Sprung aus den ineinandergeschobenen Waggons gebrochene Knöchel und Schienbeine zugezogen, zerschmetterte Handgelenke und Ellbogen; auch ein paar Schleudertraumen und Gehirnerschütterungen diagnostizierte Vicky. Sehr viele junge bis sehr junge Leute hatten in diesem Zug gesessen, das fiel ihr auf.

Unmittelbar über ihr ertönte Gebrüll, und Vicky hob den Blick. Zwei Feuerwehrmänner herrschten eine Frau an, sie solle ihre Einkaufstaschen loslassen, damit sie sie aus dem Abteil ziehen konnten. Unter lautem Schluchzen schüttelte diese nur den Kopf, bis die beiden Männer sie schließlich bei den Armen packten. Noch auf der Krankentrage hielt sie unerbittlich ihre Einkäufe umklammert.

»Vicky, wir sind so weit!«, rief Julius.

Keinen Augenblick zu spät.

»Hier lang!«, brüllte Vicky zwei Sanitätern mit Trage zu und rannte mit Koffer und Tasche voraus zum Zelt.

Frische Gummihandschuhe übergezogen, beugte sie sich über die junge Frau auf dem Klapptisch. Fast noch ein Mädchen, allerhöchstens Anfang zwanzig. Das lange blonde Haar von dunklem Blut verklebt, blinzelte sie Vicky verwirrt und verängstigt an.

»Ich bin Dr. Becker«, sagte Vicky, während sie die Reflexe prüfte, Atmung und Herzschlag. »Und wer sind Sie?«

»Lisa«, hauchte das Mädchen.

Vicky lächelte. »Hallo, Lisa. Sag ruhig Vicky zu mir, okay? Ich versprech dir, wir stehen das zusammen durch.«

Lisa zeigte ein schwaches Nicken, dann rollten ihre Augen nach hinten, und sie verlor das Bewusstsein.

»Lisa!« Vicky versetzte ihr links und rechts einen Klaps auf die Wangen. »Hey! Lisa! Bleib wach, hörst du? Lisa!«

Kein Puls.

Fieberhaft rief Vicky Kommandos, griff blind zu den Instrumenten, die Norbert und Julius ihr reichten, während sie verbissen darum kämpfte, dass Lisas Herz wieder ansprang. Das Blut rauschte ihr in den Ohren, und es klang fast, als ob jemand ihren Namen sagte. Unwillig ruckte sie mit der Schulter, um die Hand abzuschütteln, die sich um ihren Unterarm schloss, doch die fremden Finger packten umso fester zu.

»Dr. Becker!«

Keuchend blickte sie in Dr. Frommers Augen.

»Es hat keinen Sinn«, sagte er bedauernd, aber bestimmt. »Die inneren Verletzungen waren zu schwer. Sparen Sie sich Ihre Kraft und Zeit für diejenigen auf, bei denen Sie noch etwas ausrichten können.«

Vicky beugte sich der Autorität seiner Erfahrung und hatte dennoch schwer an dem Kloß in ihrem Hals zu schlucken. Dr. Frommer nickte ihr zu und ging hinüber zu dem zweiten Zelt, an dem Ansgar und Dr. Küppers gerade die letzten Handgriffe vornahmen.

Eine Hand auf dem Brustbein des leblosen Körpers, bückte Vicky sich über Lisas Ohr, unter dem sich eine Blutlache gesammelt hatte. »Es tut mir leid, Lisa«, flüsterte sie heiser. »Es tut mir so leid, dass ich nicht mehr für dich tun konnte.«

Sie wandte sich vom Klapptisch ab; sie wollte nicht sehen, wie die Sanitäter Lisa davontrugen. Zornig schleuderte sie die Gummihandschuhe zu Boden und rieb sich mit dem Ärmel des Arztkittels über das Gesicht.

»'tschuldigung!« Ein Feuerwehrmann trat ans Zelt. »Können Sie mir bitte sagen, was ich damit machen soll?«

Er war noch jung, deutlich jünger als Vicky; im Licht der Scheinwerfer wirkte seine Gesichtsfarbe grünlich. In der Hand hielt er einen Schnürschuh. Vicky wollte ihn schon anschnauzen, weshalb er mit einem Schuh zu ihr kam, als sie bei genauerem Hinsehen entdeckte, dass noch ein Fuß samt Socke darin steckte.

Vicky kramte eine durchsichtige Plastiktüte aus dem Notfallkoffer. »Norbert, halt mal bitte die hier auf!«

Sie schnitt einen Beutel mit Kochsalzlösung auf und leerte den Inhalt in die Tüte, dann nach Augenmaß einen zweiten. Julius assistierte ihr dabei, den Männerfuß von Schuh und blutgetränkter Socke zu befreien, bevor sie diesen in die Flüssigkeit gleiten ließ. Mit einem simplen Gummiring verschloss sie das obere Ende der Tüte.

»Ab damit ins nächste Krankenhaus!«, ordnete sie an. »Die sollen sofort rumtelefonieren, ob der entsprechende Patient irgendwo eingeliefert wurde.«

In der Plastiktüte trug der junge Feuerwehrmann den abgetrennten Fuß vor sich her wie einen Goldfisch.

Vicky zog sich ein frisches Paar Handschuhe an, atmete tief durch und drehte sich um. Zwei Feuerwehrmänner betteten gerade den nächsten Patienten auf den Klapptisch, ein junger Mann, in dem Eisenteile steckten.

Die Bergungsarbeiten würden sicher die ganze Nacht dauern, das Aufräumen und die Untersuchungen zur Unglücksursache wohl noch länger. Für das Team der Sanitätsstelle war der Einsatz kurz nach einundzwanzig Uhr zu Ende.

»Gute Arbeit!«, bekundete Dr. Frommer und ließ seine Packung Roth-Händle herumgehen.

Es fühlte sich nicht so an. Während sie rauchend zusammenstanden, massierte Norbert sich blinzelnd die Nasenwurzel. Auch Julius' Augen schimmerten feucht, und Ansgar fletschte grimmig die Zähne. Dr. Küppers entschuldigte sich hastig und verschwand zwischen den Einsatzfahrzeugen; als er von dort zurückkehrte, war er kreidebleich, und sein Atem roch säuerlich.

Die Kollegen von Florian Flughafen traten hinzu, ebenfalls Zigaretten zwischen den Fingern oder im Mundwinkel, die Gesichter angespannt und glänzend von Schweiß, verschmiert mit Staub, Ruß und Öl. Sie nickten einander nur zu; für diesen Moment gab es keine Worte, vielleicht würde es nie welche geben.

»Hier.« Wolf reichte Vicky einen Becher, in dem Kaffee dampfte. »Du solltest außerdem was essen.«

Abwehrend schüttelte sie den Kopf.

»Ist besser, glaub mir.«

Vor der mobilen Küche des THW ließ Vicky sich neben Wolf auf eine herumstehende Kiste fallen. Schulter an Schulter löffelten sie im Blaulichtgewitter schweigend den Erbseneintopf, während hinter ihnen Kompressoren dröhnten, Metall kreischte und knirschte, Männerstimmen hallten und Räder mit schmatzendem Geräusch durch die Wiese rollten.

In dieser Nacht vermisste sie Raimund aus tiefster Seele.

39

Where Did Our Love Go

»Hü oder hott, Frolleinsche!«

Vicky zuckte zusammen und fing im Rückspiegel den erbosten Blick des Taxifahrers auf. Mit dem Roller vom Flughafen nach Hause zu fahren, hatte sie sich in dieser Nacht nicht mehr zugetraut. Nach den zwei großen Schnäpsen, die sie in der Sanitätsbaracke hinuntergekippt hatte, und einer Zigarette, die Norbert ihr spendierte, bevor sie sich aus ihrer Dienstkleidung geschält hatte, die vom Regen durchfeuchtet und mit Schlamm und Blut bespritzt gewesen war.

Fahrig holte sie ihr Portemonnaie aus der Handtasche, reichte wahllos ein paar kleinere Scheine zwischen den Vordersitzen durch und kletterte aus dem Wagen, der sogleich hinter ihr davonfuhr. Im Treppenhaus zog sie sich am Handlauf die vier Stockwerke hinauf. Sunny müsste längst schon da sein; Henning, der zusammen mit Dr. Krautgartner am Flughafen die Stellung gehalten hatte, hatte sie nach Hause geschickt, damit morgen früh wenigstens eine im Team ausgeschlafen zum Dienst kam. In weniger als sechs Stunden würde Vickys Wecker klingeln.

Hinter der Wohnungstür prallte sie gegen eine Wand aus Zigarettenrauch und Haschdunst, Stimmengewirr und Gelächter. Die Gammler waren wieder einmal eingefallen. Jetzt wünschte sie sich, sie hätte in der Sanitätsstelle übernachtet, aber dort hätte sie nicht duschen können. Sie setzte dazu an, sich im dunklen Flur vorbeizuschleichen, und trat dann doch in die Küche, von der Partystimmung angezogen wie eine Motte vom Licht.

»Sieh an«, rief Kutte ihr über die Batterie Bierflaschen auf dem Tisch hinweg zu, »die heilige Viktoria! Heute wieder ein paar Leben gerettet, ja?« Sein Sarkasmus war beißend.

»Du siehst ganz schön scheiße aus«, ließ sich Katja, die wie so oft auf seinem Schoß saß, vernehmen.

»Komm, setz dich zu uns!« Kutte winkte sie heran, als wäre sie hier der Gast. »Zelebrier mit uns das Chaos!«

»Ihr wisst doch gar nicht, was wirkliches Chaos überhaupt ist«, entgegnete Vicky heiser.

»Mach dich mal locker!«, protestierte Schorsch.

»*Beethoven forever!*«, warf Rolo zusammenhanglos ein.

Kutte grinste. »Chaos ist die Antithese zum Hamsterrad. Nur wer Chaos in sich hat, kann einen tanzenden Stern gebären, um es mit Nietzsche zu sagen.«

Alle lachten wie über einen gelungenen Witz. Achim, der mit einem Bier in der Hand an der Spüle lehnte, den Arm um Roswithas Schultern gelegt, lachte mit.

»Achim, deine Alte ist ja echt 'n steiler Zahn, aber komplett unentspannt«, beschwerte sich ein langhaariger Typ, der sich Mucke oder Mucki nannte.

»Mach dich doch endlich frei von dem ganzen Scheiß!«, empfahl Kutte. »Schau uns an, wir machen nur das, wozu wir Lust haben: saufen, pennen, bumsen.«

»Arbeit schändet«, ergänzte ein anderer junger Mann, der am Fenster herumlungerte.

Erneut brandete Gelächter durch die Küche.

Wie unter einem Mikroskop betrachtete Vicky Achims neue Freunde, die Hedonismus predigten und Freiheit von allen Zwängen, dabei aber nur ihr Leben vergeudeten. Es ging ihnen bei diesem passiven Protest nicht um Vietnam, nicht um eine bessere Gesellschaft. Das war ihnen egal, weil ihnen sowieso alles egal war, was über die eigene Nabelschau hinausreichte. Und ihre *Gammlerbienen* schienen das höchste Glück darin zu sehen, schmückendes Beiwerk abzugeben. Rotzige Lolitas, die wie Groupies an den Lippen der selbst ernannten Lebenskünstler hingen und auf ein Fingerschnippen hin herbeisprangen.

Viele der Passagiere im voll besetzten Zug der Königsteiner Bahn waren in ihrem Alter gewesen. Schüler und Schülerinnen kurz vor dem Abschluss; junge Frauen und Männer auf dem Weg in den Feierabend oder nach einem Einkaufsbummel, einem Treffen mit den Kumpels, den besten Freundinnen, dem oder der Liebsten. Wovon hatten sie geträumt, bevor sich der entgegenkommende Triebwagen in ihren Bummelzug gebohrt hatte wie ein Torpedo? Diesen Augenblick würden selbst die niemals vergessen, die mit nur leichten Blessuren aus dem Wrack geklettert waren, weil sie einfach Glück gehabt hatten. Während andere gerade in den Krankenhäusern um ihr Leben kämpften, in dem nichts mehr so sein würde wie zuvor. Vicky dachte an ein Mädchen, höchstens sechzehn oder siebzehn Jahre alt, das mit Sicherheit seinen Unterschenkel verlieren würde. Bei einem jungen Mann, der von einer Eisenstange durchbohrt worden war, hatte sie nur noch den Tod feststellen können. Auch Lisa würde niemals mehr eine Party feiern.

Erschöpfung, Trauer und Wut waren eine hochentzündliche Mixtur.

»Raus!«, brüllte Vicky. Polternd und scheppernd landete der Schlüsselbund aus ihrer Hand zwischen den Bierflaschen auf dem Tisch; Glas klirrte. »Auf der Stelle! Und ich will keinen von euch jemals wieder hier sehen!«

In der plötzlichen Stille richteten sich alle Blicke teils fragend, teils herausfordernd auf Achim.

Die dunklen Augen glänzend und hart, nahm er den Arm von Roswithas Schultern. »Wenn sie gehen, gehe ich auch.«

Worte, die sich nicht zurücknehmen ließen, die zwischen ihnen standen, während Vicky und Achim sich am Küchentisch gegenübersaßen. Allein. Unter markigen Sprüchen und verächtlichen Blicken auf Achims Spießerbraut war die feierfreudige Truppe abgezogen. Nacheinander waren Elif im Pyjama, Sunny im Nachthemd mit bedrückten Mienen durch die Wohnung geschlichen und wieder hinter ihren Zimmertüren verschwunden.

»Wo willst du jetzt hin?«, fragte Vicky.

Den gepackten Rucksack und die Gitarre neben sich, zuckte Achim mit den Schultern. »Ich find schon was, fürs Erste. Frankfurt ist mir sowieso zu piefig. Vielleicht erst mal irgendwohin ins Ausland. Oder doch wieder nach Berlin. Dort kann ich sicher mehr bewegen als hier.«

Vicky deutete ein Nicken an.

»Du verstehst das nicht«, fuhr er nach einer kleinen Pause fort. »Es geht nicht nur ums Feiern und Faulenzen. Es geht darum, das Bewusstsein zu erweitern und neue Lebensweisen auszuprobieren. Um ein neues Denken.«

Nein, das verstand sie wirklich nicht.

»Schau dich doch mal um!«, rief er. »Siehst du nicht, wie gerade alles um uns herum kaputtgeht? Dass wir in eine Zeit des Krieges und der Unterdrückung zurückfallen? Kannst du da einfach den Kopf in den Sand stecken? Du hast null politisches Bewusstsein. Null!«

»Was ich jeden Tag mache«, gab Vicky verärgert zurück, »ist das nicht politisch? Jeden Patienten, jede Patientin behandle ich bestmöglich, egal, wo er oder sie herkommt. Ist das etwa nicht die Art von Demokratie, die dir vorschwebt?«

Sein Blick war unversöhnlich.

»Arzt zu sein – das war doch auch einmal dein Traum«, fügte sie leiser hinzu.

»Das war ganz allein dein Traum«, entgegnete er, halb bitter, halb mild. »Ich habe ihn nur mitgeträumt, weil ich dir nah sein wollte.«

Vicky war wie vor den Kopf geschlagen; sie brauchte ein paar Augenblicke, um sich wieder zu sammeln. »Aber du hattest an der Uni die besseren Noten! Und die Profs haben dich nach Kräften unterstützt.«

Achim verzog den Mund. »Die haben mich gefördert und besser benotet, weil sie genau wussten, dass ich es weiter bringen würde als du, obwohl ich nicht annähernd dein Talent habe, deinen Fleiß und Ehrgeiz. Einfach weil ich ein Mann bin.«

Sie schluckte; das tat weh, auch Jahre danach noch.

Den Blick gesenkt, spielte Achim mit einer Zündholzschachtel. »Jener Nachmittag am Strand, in Timmendorf ... Der war für mich so was wie ein Wendepunkt. Du warst so ruhig, so beherrscht bei der Wiederbelebung des kleinen Jungen. Du hattest alles im Griff.«

»Das hatte ich keineswegs«, würgte Vicky hervor.

»Du hast aber so gewirkt! Da habe ich begriffen, dass ich das nicht kann. Ich wäre ein miserabler Arzt geworden.«

Eine Weile schwiegen beide.

»Was willst du stattdessen machen?«, fragte Vicky dann.

Ratlosigkeit und Entschlossenheit wechselten sich auf Achims Gesicht ab, während er die Zündholzschachtel zwischen den Fingern drehte. »Herausfinden, was ich kann und was ich will. Wer ich bin.« Er zögerte. »Und das kann ich hier nicht. Nicht bei dir. Wenn ich jeden Tag vor Augen habe, dass du deinen Weg schon gefunden hast.«

Vicky überwand ihren Stolz. »Sehe ich dich wieder?« Ihre Stimme klang ihr selbst klein und dünn in den Ohren.

Seine Miene wirkte angestrengt. »Diese vier Jahre ...« Er verstummte, fuhr sich mit der Zunge über die Unterlippe und rieb dann mit dem Daumengelenk darüber. »Im Knast habe ich die ganze Zeit nur an dich gedacht. Ohne diese Tagträume wäre ich draufgegangen. Aber alles, was ich jemals für dich empfunden habe ...« Seine Stimme klang heiser, dämpfte sich zu einem Flüstern. »Davon ist praktisch nichts mehr übrig. Als hätte ich dort unsere ganze Liebe aufgebraucht.«

Die Stille danach war erdrückend und nahm Vicky die Luft zum Atmen.

Achim legte seinen Wohnungsschlüssel auf den Tisch und stand mit Rucksack und Gitarre vom Stuhl auf. Dazu murmelte er etwas, das eine Entschuldigung sein mochte, ein Dankeschön oder ein Abschiedsgruß. Es spielte keine Rolle, nichts spielte mehr eine Rolle.

Stumm starrte Vicky vor sich hin und horchte auf das leise Klicken, mit dem sich die Wohnungstür hinter ihm schloss, und wie sich seine Schritte durch das nächtlich stille Treppenhaus entfernten.

Auf leisen Sohlen näherte sich Elif und ließ sich neben ihr nieder. Vicky nahm wahr, dass sie ihr tröstend über den Rücken rieb, doch sie fühlte es nicht. Und genauso wenig, als Sunny sich kurz darauf zu ihnen gesellte und Vickys Hände streichelte, die seltsam körperlos auf dem Tisch lagen.

Aus dem Augenwinkel verfolgte Vicky den Sekundenzeiger ihrer Armbanduhr, und mit jedem Vorwärtsrucken sank ihre Hoffnung, dass Achim es sich anders überlegen und umkehren würde.

Kurz nach eins. Ein neuer Tag. An diesem 18. November war es fünf Jahre her, dass Achim in Ostberlin verhaftet worden war. Der Kreis hatte sich geschlossen. Endgültig.

FRANKFURT FRÜHLING 1968

40

The Times They Are a-Changin'

Jedes Mal, wenn Vicky das weitläufige Appartement hoch oben über dem *Flamingo* betrat, kam sie sich vor wie zwischen den Seiten der *Vogue*, die sie manchmal beim Flughafenfriseur durchblätterte. Das moderne Mobiliar raunte *Design*, und die Dekoration schien geradewegs aus einem Museum für zeitgenössische Kunst zu stammen, ergänzt um ein paar geschmackvolle Antiquitäten. Auch in den eigenen vier Wänden zeigte sich Teddy Honigmanns Sinn für Ästhetik und Qualität.

»Mein Leben lang habe ich noch keinen Arzt gebraucht«, murrte er, während er die Knöpfe des zweifellos maßgeschneiderten Hemdes löste. »Und jetzt sind Sie auch hier oben Stammgast, Doktor Vicky. Man könnte glauben, ich wäre schon ein alter Mann.« Im Unterhemd auf dem schwarzen Sofa sitzend, lächelte er mit der Koketterie eines Grandseigneurs.

Schmunzelnd ließ Vicky sich neben ihm nieder und legte die Manschette des Blutdruckmessgeräts um seinen Oberarm. »Alt bestimmt noch nicht. Nur ein bisschen eitel. Und das durchaus zu Recht.«

Er schnalzte abschätzig mit der Zunge, doch seine Augen leuchteten. Für einen Mann, der stramm auf die sechzig zuging, war er noch tadellos in Form, das wusste er.

»Die Geschäfte halten mich jung«, erklärte er. »Obwohl die letzten zwei Jahre nicht gerade ein Spaziergang waren.«

»Aber nur, was Ihre Bauprojekte betrifft, oder?«, meinte Vicky, löste die Manschette und nahm das Stethoskop ab.

Was lange ganz und gar undenkbar schien, war nun doch eingetreten: Die Bundesrepublik hatte ihre erste Rezession seit dem Krieg erlebt. Nach der Kohlekrise, als tonnenweise für die Halde gefördert worden war, und der Stahlkrise war den Deutschen die bis dato unersättliche Kauflust vergangen. Kapazitäten wurden stillgelegt, Investitionen aufgeschoben, Beschäftigte entlassen; gerade Berufsanfänger hatten es schwer, eine Stelle zu finden. Doch es ging bereits wieder aufwärts, dem Konjunkturprogramm sei Dank, das Wirtschaftsminister Karl Schiller und Finanzminister Franz Josef Strauß ausgeklügelt hatten – *Plisch und Plum,* wie sie aufgrund einer gewissen Ähnlichkeit zu Figuren von Wilhelm Busch gern genannt wurden.

Eines der wenigen Geschäfte, das während dieser Talfahrt wohl keine Einbußen erlitten hatte, war der Duty-free-Shop am Frankfurter Flughafen. Ein fünfundachtzig Quadratmeter großes Einkaufsparadies mit schottischen Whiskys für knapp elf Mark die Flasche und Parfumschnäppchen; deutsche Zigaretten kosteten hier weniger als die Hälfte, amerikanische sogar nur ein Sechstel. Alles in allem ein zweistelliger Millionenumsatz, Tendenz steigend, den die Flughafen Frankfurt AG gut gebrauchen konnte. Denn mit dem Neubau der Empfangsanlage war Rhein-Main bis weit übers Dach verschuldet. Ein schweres Erbe für den neuen Flughafendirektor Dr. von Laun, ein fünfzigjähriger hanseatischer Schifffahrtskaufmann, nachdem Walter Luz sich in den wohlverdienten Ruhestand verabschiedet hatte. Zumal auch die geplante Startbahn West einige Millionen verschlingen würde – sofern die sich anbahnenden Klagen dieses Projekt nicht stoppen würden.

»Die Vergnügungsbranche ist doch bestimmt krisensicher«, fügte Vicky hinzu.

»Sollte man glauben. Doch die Zeiten ändern sich, Doktor Vicky. Sagen Sie bloß nicht, das ist Ihnen noch nicht aufgefallen.«

Vicky brummte zustimmend, zog den Spanngurt um seinen Oberarm fest und suchte nach einer brauchbaren Vene. Erotikgöttinnen vom Schlag einer Rosemarie Nitribitt oder Helga Matura, die in Luxuskarossen durch die Nacht kreuzten, waren verschwunden. Viele Lebedamen, die Vicky von früher her kannte, hatten inzwischen ihr Erspartes in einen bürgerlicheren Broterwerb investiert, geheiratet oder waren weggezogen. Trotzdem galt Frankfurt als Hauptstadt des sündigen Gewerbes. Die einschlägigen Lokale waren voll von immer jüngeren Frauen, die auf einen schnell verdienten Fünfziger aus waren. Und nicht nur dort.

»Jedes Mal«, sagte Teddy Honigmann, »wenn ich am Kaiserplatz vorbeikomme und die Mädchen da sehe, wie sie in ihren kurzen Röckchen frieren, denke ich: Das ist doch keine Art und Weise, sein Geld zu verdienen.«

Wie auf dem Grabbeltisch bei Hertie, fand Edelgard, seit Herbst stolze Inhaberin einer schuhschachtelgroßen Edelboutique mitten in der Altstadt, eine charmante Dreizimmerwohnung mit Küche und Bad gleich mit im Haus.

»Jetzt pikst es ein bisschen«, murmelte Vicky und stach die Nadel in Teddy Honigmanns Armbeuge.

»Und dann dieser Bodensatz an Loddels, der sich immer weiter breitmacht!«, fuhr er verärgert fort. »Ungehobelte Schlägertypen! Flüstern den Mädchen ein, dass sie sie groß rausbringen und beschützen. Dabei nutzen sie sie nur aus, und wenn die Kasse nicht stimmt, setzt es Prügel. Alle naselang rückt die Polizei an, weil sich die Zuhälter wieder mit Fäusten und Messern einen Kampf ums beste Revier liefern. Solche Gewalt hat es früher hier nicht gegeben.«

Vicky legte das erste blutgefüllte Röhrchen auf den Glastisch und montierte ein zweites an die Nadel. »Gab es vor ein paar Jahren nicht auch mal Streit zwischen zwei Clubbesitzern, und der eine hat auf den anderen geschossen? Ich glaube, mich dunkel an so was zu erinnern, ich war gerade frisch hergezogen.«

Teddy Honigmann lächelte. »Ach, die Geschichte ... Da ging es um die Ehre. Und um eine Frau. Am Ende geht es doch immer um eine Frau, nicht wahr?« Er seufzte. »Ich vermisse die guten alten Zeiten. Wir waren zwar alles Schlitzohren, aber mit Niveau. Wir hatten Respekt, sowohl voreinander als auch den Mädchen gegenüber. Wir hatten Stil. Und heute? Weil die Leute lieber vor dem Fernseher sitzen, als ins Kino zu gehen, lockt das *Harmonia* neuerdings mit Schmuddelfilmen. In den ersten Nachtclubs kommt die Musik aus der Konserve. Willi Schütz, der Bauunternehmer, ist nicht mehr damit zufrieden, Häuser zu Dirnenwohnheimen umzubauen. Jetzt will er ganz offiziell ein Bordell eröffnen. Ein Bordell! Mit einer sogenannten einheitlichen Beischlafgebühr. Für meine Begriffe klingt das nicht sonderlich erotisch, sondern wie Fließbandarbeit. Wahrscheinlich lässt Schütz dann seine schweren Jungs aus den Boxclubs auch noch den Wachschutz machen. Wenn das so weitergeht, erkennen wir in ein, zwei Jahren unseren Kiez nicht wieder.«

Vicky entfernte Nadel und Spanngurt. »Drücken Sie bitte hier drauf«, bat sie, und folgsam presste Teddy Honigmann den Zeigefinger auf den Tupfer, den Vicky mit einem Streifchen Leukoplast festklebte.

Das Bahnhofsviertel veränderte bereits merklich sein Gesicht. Die einstmals kleinbürgerliche Idylle bröckelte, nachdem mehr und mehr Familien wegzogen. In die frei gewordenen Räume rückten Kleinunternehmen nach, Gastarbeiter und junge Leute, die sich wie Vicky, Sunny und Elif die Miete teilten und im Laissez-faire der Hauseigentümer und Nachbarn die Freiheit fanden, die sie suchten. Hansi und Poldi überlegten ebenfalls, sich etwas anderes zu suchen; sie fürchteten, der zunehmend schlechte Ruf des Bahnhofsviertels würde die gut betuchten Kundinnen abschrecken.

»Ich habe gerade ein neues Projekt an der Angel«, sagte Teddy Honigmann und zog sich auf Vickys Bitte hin das Unterhemd aus feiner Baumwolle über den Kopf. »Im schicken Westend. Also wenn Sie sich verändern wollen ...«

Vicky lachte und griff erneut zum Stethoskop. »Danke, aber ich bin in unserem Dreimäderlhaus sehr glücklich.« Ohne Elif und Sunny wäre sie in den schlimmen ersten Monaten verloren gewesen.

Aufmerksam horchte sie in Teddy Honigmanns silberbehaarte Brust hinein und runzelte die Stirn.

»Mir wäre wirklich wohler, Sie würden einen Spezialisten aufsuchen«, stellte sie schließlich fest und nahm die Ohroliven heraus.

»So einen alten Sack mit Wurstfingern?«, protestierte er, während er sich wieder ankleidete. »Der mir Zigaretten und Alkohol verbietet, während er sich selbst abends Cognac und Zigarre genehmigt? Am Ende schickt der mich noch auf den Trimm-dich-Pfad. Oder zu einer Körnerkur in den Schwarzwald. Ich hab ein gutes Leben gehabt, Doktor Vicky. Das ist die beste Rache überhaupt.«

»Ein langes Leben aber auch«, konterte Vicky und legte das neue Rezept für den Betablocker Propranolol auf den Tisch.

Im Gegensatz zu den ersten beiden Verfahren setzte Teddy Honigmann sich beim dritten Auschwitzprozess, der gegenwärtig vor dem Frankfurter Landgericht verhandelt wurde, ab und zu in den Zuschauerraum. *Wenn schon sonst kaum jemand davon Notiz nimmt.*

»Wie geht es eigentlich Herrn Schindler?«, fügte sie hinzu. »Ich habe ihn eine Weile nicht mehr gesehen.«

»Weil Sie inzwischen viel zu selten einen Abend bei mir im Club verbringen«, erwiderte Teddy leichthin und schloss die Manschettenknöpfe. »Ach, dem geht's gut. Trotz Zucker und obwohl er seine Pumpe ebenfalls merkt. Das scheint nun mal das Los von uns Lebemännern zu sein, wenn wir in die Jahre kommen.« Er klappte den Hemdkragen hoch und legte die Krawatte um. »Wie steht's denn um Ihr Herz, Doktor Vicky?«

In den ersten Wochen ohne Achim hatte sie sich regelmäßig bei Fred am Tresen volllaufen lassen. Jedes Mal hatte Teddy Honigmann sie eigenhändig in seinem Mercedes nach Hause gefahren und darauf bestanden, sie in die Wohnung hinaufzubringen. Bis Vicky sich buchstäblich genug ausgekotzt hatte und begriff, dass es ihr keinerlei Linderung bringen würde. Ein gebrochenes Herz tat nun einmal scheußlich weh, da musste sie durch.

»Ich komm zurecht«, erwiderte sie munter.

»Also, wenn ich nur zehn Jahre jünger wäre ...« Mit dem Augenaufschlag des geübten Verführers richtete er den Krawattenknoten und schlüpfte dann in sein Sakko. »Sie trinken doch noch ein Gläschen Schampus mit? Ist gut für den Kreislauf.«

Vicky wehrte lachend ab. »Ich habe heute noch Nachtdienst. Aber morgen komme ich auf jeden Fall im Club vorbei, ich will mit Elif und Sunny feiern.«

»Ah, der große Tag! Wenn Sie den Rat eines doppelt so alten Mannes annehmen wollen: Ab dreißig kommt das Beste erst noch!«

Unten auf der Straße schwang Vicky sich auf den Motorroller. Für Mitte März schien die Sonne schon enorm kräftig. Eine Wohltat nach dem bitterkalten Winter mit viel Schnee, in dem das Thermometer nachts auch schon mal auf arktische minus zweiundzwanzig Grad gefallen war.

Eigentlich hatte sie vorgehabt, gleich zum Flughafen zu fahren, um sich im Labor mit den Blutproben zu beschäftigen und vor Dienstbeginn vielleicht in der Kantine noch in Ruhe zu Abend zu essen. Stattdessen entschied sie sich spontan für einen Umweg, und ein kleines Lächeln um den Mund, startete sie den Motor.

Wer auf dem Flughafen Rhein-Main arbeitete, war meist in den umliegenden Gemeinden Zeppelinheim, Kelsterbach, Mörfelden oder Walldorf zu Hause – oder in Niederrad. Unter dem Dröhnen der einfliegenden Maschinen parkte Vicky die Vespa vor einem dieser kleinen ausdruckslosen Wohnblöcke, wie sie zuhauf aus eintönigen Rasenflächen mit Teppichstange sprossen. Sie hatte Glück: Die weiß-rote Triumph stand chromglänzend vor dem Haus. Der Türsummer beantwortete ihr Klingeln, und Vicky stürmte die Treppen hinauf.

In Unterhemd und kurzen Trainingshosen lehnte Wolf Rosskopf in der Tür; dass er die neue Sportgruppe von Florian Flughafen leitete, sprang einem förmlich ins Auge. Barfuß, unrasiert und eine dunkle Haarsträhne in der Stirn, blinzelte er ihr aus kleinen Augen entgegen. Auch die Kollegen der Feuerwehr schoben zuweilen Doppelschichten und Überstunden.

»Gut geschlafen?«, neckte Vicky.

»Gibt das einen Hausbesuch der Betriebsärztin?«, knurrte er, doch um seinen Mund zuckte es.

Vicky gluckste. »Nicht direkt.«

Er trat einen Schritt zurück. »Dann schwing deinen Boppes mal rein!«

Sturzhelm und Arzttasche in der Hand, marschierte sie geradewegs in die kahle Einbauküche und verstaute die blutgefüllten Röhrchen im Kühlschrank zwischen der Junggesellenmischung aus Bierflaschen, Eiern und Speck.

»Willst du einen Kaffee?«, fragte Wolf.

»Keine Zeit.« Vicky schlüpfte aus Mantel und Schuhen. Als

sie den ersten Knopf ihrer orangefarbenen Bluse öffnete, hielt Wolf ihre Hand fest.

»Stopp!«, murmelte er. »Das ist mein Job.«

Vicky keuchte auf, als er sie mit seinem ganzen Körper rücklings gegen den summenden Kühlschrank drückte und hitzig küsste; nicht nur sein Mund verriet ihr, dass er sich mächtig freute, sie zu sehen. Seine Hände schienen überall gleichzeitig zu sein, gefolgt von seinen Lippen, seiner Zunge. Vicky fasste unter den glatten Stoff seiner Sporthose, umklammerte seine harten Hinterbacken und schloss die Lider.

Sie brauchte kein Hasch, Gras, Pot, Shit oder wie Marihuana sonst noch genannt wurde. Kein LSD oder Acid, das inzwischen ebenfalls unter den übrig gebliebenen Gammlern kursierte – und unter ihren Erben, den bunten und Flower-Power predigenden Hippies. Das Opiumgemisch der Berliner Tinke, das nicht selten aus Einbrüchen in Apotheken stammte, tröpfelte von der Haschwiese in die Studentenbuden und Jugendzimmer der Stadt, und ebenso das Heroin, das die GIs aus Vietnam mitbrachten. *High sein, frei sein.*

Vickys Droge war diese rohe Sinnlichkeit mit Wolf, und auch ein bisschen ihre Medizin. Hungrig rissen sie an den Kleidungsstücken des anderen, voller Ungeduld auf die nackte Haut darunter, und lieferten sich einen Wettlauf ins Schlafzimmer. Vicky schubste Wolf in das ohnehin schon zerwühlte Bettzeug und holte sich diesen Höhenflug, nach dem sie süchtig war.

Ihr Atem floss ineinander, und Wolf küsste sie noch einmal sanft, bevor sie wieder Arme und Beine sortierten. Mit einem schmatzenden Geräusch lösten sich die verschwitzten Körper voneinander, und beide brachen in Lachen aus. Ihr schneller Herzschlag langsam abebbend und ein wohliges Nachglühen im ganzen Körper, streckte sich Vicky auf dem Laken aus und lächelte in die letzten Strahlen der untergehenden Sonne.

»Wir sind ein verdammt gutes Team«, stellte sie fest. Wolf brummte zustimmend und streichelte ihren Bauch. Etliche Einsätze hatten sie inzwischen gemeinsam absolviert. Zum Beispiel bei der Douglas DC-4, ein Frachtflug für Lufthansa und British European Airways aus Manchester, die beim Landeanflug in den nahen Stadtwald gekracht war und deren Piloten sie nur noch tot bergen konnten. Oder im Orkan Xanthia vor etwas mehr als einem Jahr, der noch nie gemessene Windgeschwindigkeiten von mehr als zweihundert Stundenkilometern erreichte und massive Sturmfluten über die Küste hereinbrechen ließ, die achtzig Seeleuten das Leben kosteten. Auch im Rhein-Main-Gebiet war der Ausnahmezustand ausgerufen worden. Während der Flugbetrieb komplett stillstand, diente die Sanitätsbaracke als Lazarett für den gesamten Umkreis des Flughafens, alle Hände an Deck. Jeden Augenblick, den Vicky sich über die herangekarrten Verletzten beugte, hatte es sich angefühlt, als würde der Orkan den Bungalow einfach wegpusten. Und als beim Start einer Boeing 707 der Pan Am mit Ziel Chicago eines der Triebwerke in Brand geriet, die Flugkabine zu Bruch ging und Flammen sogar die Startbahn überzogen, waren sie haarscharf an einer Katastrophe vorbeigeschrammt; nur rund zwanzig Leichtverletzte hatte es zu behandeln gegeben.

Dazwischen war ein erneuter Ausbruch der Pocken über sie hinweggerollt. Vermutlich aus Indien eingeschleppt, just in dem Moment, als die WHO die Schutzimpfung weltweit vorschrieb und dazu eine groß angelegte Kampagne startete. Die Kollegen der Feuerwehr und der verschiedenen Polizeieinheiten hatten mithelfen müssen, ankommenden und abfliegenden Passagieren Fieber zu messen und Nachweise zu kontrollieren, während Vicky und der Rest des Teams im Akkord impften. Denn obwohl in der Bundesrepublik seit Ewigkeiten eine Impfpflicht galt, lag die Quote schätzungsweise bei deutlich unter siebzig Prozent; außerdem hatte das Bundesgesundheitsministerium beschlossen, die Gültigkeit des Impfzeugnisses von drei auf zwei Jahre zu verkürzen. Mitten in die Sommerreisewelle platzte dann noch ein neuartiges hämorrhagisches Fieber, das in Belgrad, Marburg und auch in Frankfurt einige Todesopfer forderte, und das bis dato unbekannte Marburg-Virus hielt den Flughafen einige Wochen lang in höchster Alarmbereitschaft.

Vicky drehte sich zu Wolf um und zeichnete mit der Fingerspitze Kreise um die frische Wunde an seinem Oberarm. Sie selbst hatte sie genäht, Freitag erst, nachdem Wolf sich während des Bergungseinsatzes an einem scharfkantigen Metallteil geschnitten hatte, durch den festen Stoff des Kesselanzugs hindurch. Morgens war der Anruf gekommen: Zwischen Mörfelden und Walldorf hatte ein Personenzug nach Frankfurt das Haltesignal missachtet, einen entgegenkommenden Nahverkehrszug voller Schüler und Schülerinnen gerammt und teils entgleisen lassen, teils aufgeschlitzt. Eine Rentnerin war dabei ums Leben gekommen, ein Vierzehnjähriger hatte es ebenfalls nicht geschafft. Von den mehr als vier Dutzend Verletzten rangen drei noch mit dem Tod, hatten die Nachrichten heute Morgen gemeldet.

»Heute Nacht habe ich davon geträumt«, flüsterte Vicky.

Wolf fuhr durch ihr kurz geschnittenes Haar. »Mir geht's auch noch im Kopf herum.«

Erlebnisse wie diese schufen eine Nähe zwischen ihnen, die über körperliche Anziehungskraft hinausging, das Knistern zwischen ihnen aber noch weiter anfachte. Eros und Thanatos, das wusste schon Sigmund Freud.

Wolfs Haut wies einige Narben auf, manche fadendünn, manche wulstig, dazwischen die knotigen Erhebungen alter Verbrennungen. Allesamt Erinnerungen an seine Berufsjahre als

Feuerwehrmann, abgesehen von der Blinddarmnarbe oberhalb der scharfen Rinne seines Leistenmuskels. Lebensspuren, die Vicky im letzten Dreivierteljahr vertraut geworden waren.

Im *K52* in der Kaiserstraße waren sie sich zum ersten Mal privat über den Weg gelaufen. Vicky war manchmal mit Elif und Sunny dort, um bei lauter Musik wild zu tanzen und dabei den Schmerz von sich abzuschütteln. An jenem Abend war sie allein gekommen. Kraftvolle Beats, harte Gitarrenriffs und buntes Licht, ein paar Drinks und Wolfs unverhohlenes Flirten hatten eine lustvolle Neugierde geweckt, und sie waren hier gelandet, in diesem Bett. Der *Summer of Love*, der von San Francisco aus um die Welt zog, hatte auch Vicky in Frankfurt erreicht.

Sie kraulte seinen dunklen Brustpelz. Bei Wolf war es ganz leicht, sich für ein paar Stunden einfach fallen zu lassen, ohne einen Gedanken an morgen zu verschwenden. Sich nichts zu erhoffen, nichts zu ersehnen.

Wolf beugte sich über sie und küsste sie erst auf die Stirn, dann auf die Nasenspitze. »So nachdenklich? Du bist doch nicht etwa dabei, dich in mich zu verlieben?«

Erheiterung sprudelte in Vicky herauf. In diesem Moment kam sie sich vor wie in einer der Spielszenen von *Das Wunder der Liebe*, den sie sich zusammen mit Elif angesehen hatte. Oswalt Kolle, bereits in seinen Zeitschriftenkolumnen der Aufklärer der Nation, gab sich darin redlich Mühe, dieser Mischung aus Beziehungsproblematik und freizügiger Darstellung einen wissenschaftlichen Anstrich zu verleihen. In Schwarz-Weiß gedreht und mit Diskussionsrunden versachlicht, schwang darin stets die Mahnung mit, alles Gezeigte ausschließlich als Anleitung für ein glückliches Eheleben zu verstehen. Sonst hätte dieser Film im Februar überhaupt nicht in den Kinos anlaufen dürfen, selbstverständlich erst frei ab achtzehn Jahren.

Dabei sprang einem überall Sex in Großbuchstaben entgegen. Die *Quick* und *Neue Revue* druckten neuerdings Schönheiten in knappen Bikinis aufs Titelbild; auch der *Stern* lud zwischendurch mit reichlich nackter Haut zum Zugreifen ein. Und die jüngere Generation beließ es nicht mehr nur beim Händchenhalten, sondern knutschte schon mal hemmungslos in der Öffentlichkeit. Die Sexwelle schien nicht mehr aufzuhalten. *Zur Sache, Schätzchen.*

Auch vom anderen Ende her wurde an den alten Moralvorstellungen gerüttelt. Petra Schürmann, die erste deutsche Miss World und eine beliebte Fernsehansagerin, hatte sich mit Baby auf dem Arm für das Titelbild der *Hör Zu!* ablichten lassen. *Mein Wunschkind heißt Alexandra.* Unehelich geboren, wie sie im Interview mit der Fernsehzeitschrift freimütig bekannte. *Jede Frau – auch wenn sie keinen Ehering trägt – hat ein Recht auf ein Kind.*

Und die Lehrerin Luise Schöffel gründete zusammen mit sechs anderen ledigen Müttern einen Verband, um mit dem Gesetzbuch unter dem Arm der bisher so unerbittlichen Rechtslage den Kampf anzusagen.

Vicky sah Wolf offen an. »Warst du überhaupt schon mal verliebt?«

»Immer ein bisschen und nie genug.« Er stützte den Kopf auf und streichelte Vicky über die Wange. »Ist auch besser in einem Beruf, bei dem jeder Arbeitstag mein letzter sein könnte. Ich weiß, die meisten Kollegen sehen das anders. Mich würde es belasten, eine Frau und womöglich sogar Kinder zu Hause zu wissen, und das kann ich im Ernstfall nicht brauchen. Vielleicht irgendwann einmal, wenn ich zu alt oder zu unbeweglich für den aktiven Einsatz geworden bin.« In seinen Augen, die ständig die Farbe zu wechseln schienen, schimmerte es auf. »Wenn du bis dahin nicht den Richtigen gefunden hast, können wir es ja ernsthaft miteinander versuchen.«

Vicky lachte laut heraus. »Ich warte bestimmt nicht mehr auf den Richtigen!«

Wolf lachte mit, bevor er sich über ihr abstützte und ihr den Mund mit einem langen Kuss verschloss.

»Ich will dich ja nicht rausschmeißen«, murmelte er dann, »aber ich glaube, du musst zum Dienst.«

Vicky nickte, draußen dunkelte es schon. Sie tauchte unter ihm hindurch und schwang die Beine aus dem Bett. »Kann ich bei dir noch schnell duschen?«

»Klar.« Wollüstig rekelte er sich in seiner ganzen männlichen Pracht auf dem Bett. »Ich dagegen werde deinen Duft heute im Dienst tragen wie einen Talisman.«

»Spinner!« Belustigt sammelte sie das gebrauchte Kondom auf und verschwand im Badezimmer.

Im nächtlichen erleuchteten Dienstzimmer bündelte Vicky die Unterlagen zu Tages- und Quartalsabrechnung und unterschrieb noch die Bestellung für den jüngst zugelassenen Lebendimpfstoff gegen Masern, der geringere Risiken barg als der nur wenig ältere Totimpfstoff. Sie warf einen Blick auf die Uhr. Noch zwölf Minuten bis Mitternacht.

»Ich mache kurz Pause«, sagte sie. »In einer Viertelstunde bin ich wieder da.«

Henning murmelte ein Okay, völlig gefangen von *Im Todeskreis der Grenzbanditen*. Durch die Hornbrille warf Ansgar ihr einen missmutigen Blick zu. Dass Vicky als neue Oberärztin nun über mehr Befehlsgewalt verfügte, war ein Brocken, an dem er schwer zu schlucken hatte.

Sie trat aus der Sanitätsbaracke und verkroch sich zum Schutz gegen den Wind tiefer in ihrem Arztkittel. Nachts klangen die startenden und landenden Maschinen umso lauter. Hinter dem Flugdienstgebäude blickte sie über die funkelnden und blinkenden Lichter des Rollfelds. In den Geruch von Benzin und Kerosin, von Gummi und warmem Metall mischte sich eine erste Ahnung von Frühling.

In der Tschechoslowakei war der Frühling bereits angekommen, in Form von mehr Freiheit und Demokratie, und die Hoffnung auf Tauwetter zwischen Ost und West entfaltete sich wie die ersten grünen Blättchen an den Bäumen. Weit und breit schien plötzlich Aufbruch in der Luft zu liegen, wo auch immer junge Leute sich gegen die bestehende Ordnung auflehnten, in Tokio, Kairo, Rom und Turin, in Algier, Caracas, Schanghai, Madrid und sogar in Warschau.

Auch hierzulande kündigte sich eine neue Zeitrechnung an. Mit Adenauer schien die alte Bundesrepublik zu Grabe getragen, die doch noch nicht einmal zwanzig Jahre zählte. In Bonn regierte jetzt eine neue Garde, darunter auch – als Außenminister und Kiesingers Vizekanzler – Willy Brandt, das aufrichtige und entschlossene Gesicht Westberlins nach dem Mauerbau. Gegenüber den Schwergewichten von Union und SPD wirkte die FDP als ausgleichende Oppositionsmacht mit gerade einmal fünfzig Sitzen im Bundestag klein und schwach. Weshalb sich die politisch interessierte Jugend zur Außerparlamentarischen Opposition formierte, angeführt vom SDS und Rudi Dutschke.

Während ein Teil ihrer Generation als Blumenkinder auf Haschwölkchen umherschwebte und *Make love, not war* singsangte, zeigten sich vor allem die Studierenden weitaus kämpferischer und erhoben den hingerichteten Revolutionär Che Guevara zu ihrer Ikone. Auch in Frankfurt. Zwischen *Sit-ins* und *Teach-ins* debattierten und demonstrierten sie lautstark gegen die von Agent Orange entlaubten Regenwälder und die napalmverbrannten Kinder in Vietnam, gegen die Erhöhung der Fahrpreise von sechzig auf achtzig Pfennig und den tausendjährigen Muff, der unter den Talaren ihrer Professoren hing.

Der Staatsbesuch von Schah Mohammed Resa Pahlewi und Farah Diba letzten Sommer wurde zum Katalysator. Was märchenhaften Glamour nach Westberlin hätte bringen sollen, stieß auf wütenden Protest gegen Menschenrechtsverletzungen im Iran und endete in Krawallen. *Schah, Schah, Scharlatan!* und *Mörder, Mörder!* brüllten die Demonstranten, und Tomaten, Farbeier und Mehltüten flogen durch die Gegend. Iranische Sicherheitskräfte prügelten auf deutsche Protestierende ein und erhielten Verstärkung von der Polizei, die mit Schlagstöcken, Wasserwerfern und Tränengas gegen die zunehmend wütende Menge vorging.

Der tödliche Schuss auf den Studenten Benno Ohnesorg war ein Schock. Umso mehr, als der Schütze, der Polizist Karl-Heinz Kurras, der an jenem Abend in Zivil den Abzug gedrückt hatte, in erster Instanz freigesprochen wurde, während der Student Fritz Teufel wegen eines angeblich geworfenen Steins ein halbes Jahr lang in Untersuchungshaft schmorte. Das Vertrauen der jungen Leute in den deutschen Staat war ebenso erschüttert, wie sich die USA vom einstigen Freund zum neuen Feind gewandelt hatten. Auf dem Weg zur nächsten Vietnam-Kundgebung in Frankfurt war Rudi Dutschke am Flughafen erst einmal von der Polizei zu einer Befragung gebeten worden, bevor ihm später auf dem Bahnhofsvorplatz ein Amerikaner einen Faustschlag verpasste: *I am just coming from Vietnam!*

Alle Zeichen standen auf Sturm. Den Soundtrack dazu lieferten die Rolling Stones und die erwachsen gewordenen Beatles, Bob Dylan, The Who und The Doors, Pink Floyd und Grateful Dead, und auf einem Festival im kalifornischen Monterey hatte Jimi Hendrix seine Gitarre angezündet.

Vicky zog ein Päckchen Lucky Strikes aus der Kitteltasche. Sie rauchte selten, höchstens nach einem extremen Notfalleinsatz. Manchmal zündete sie sich auch beim Ausgehen eine Zigarette an oder zu einem besonderen Anlass. So wie jetzt, kurz vor Mitternacht. Bevor sie zu ihrem Hausbesuch bei Teddy Honigmann fuhr, war ihr aus dem Briefkasten eine Postkarte entgegengefallen. Die *Goldelse*, die Berliner Siegessäule, glänzend vor einem leuchtend blauen Himmel. Achim hatte an ihren Geburtstag gedacht.

In unregelmäßigen Abständen waren Ansichtskarten von ihm eingetrudelt, aus Paris, der Bretagne und von den griechischen Inseln, aus London und britischen Küstenorten, München und zuletzt Berlin. Was er schrieb, klang nach Gammlertum und Hippieleben, dazwischen Sätze, die als Entschuldigung oder Rechtfertigung gedacht sein mochten. Was er mit diesen Postkartengrüßen bezweckte, war ihr nicht klar. Vielleicht wusste er es selbst nicht, so wie er vieles über sich und sein Leben noch nicht zu wissen schien. Am Ende ging es ihm womöglich schlicht genau wie ihr: Sie waren zwar kein Paar mehr, aber hatten sich ihr halbes Leben gekannt, und das ließ sich nicht einfach wegwischen.

Vickys Blick wanderte zur Großbaustelle, von den Scheinwerfern taghell erleuchtet. Natürlich war die neue Empfangsanlage nicht Ende des vergangenen Jahres fertig geworden. Hauptsächlich deshalb, weil acht Millionen Passagiere im Jahr zu niedrig gegriffen war, wie sich herausstellte. Bei der ersten Erweiterung der Pläne ging man dann von zwölf Millionen Fluggästen aus, nun rechnete man schon mit doppelt so vielen, die eine entsprechend knapp doppelt so lange Schalterhalle bekommen würden und ebenfalls mehr Platz für große und noch größere Flugzeuge.

Ein Projekt für das kommende Jahrzehnt. Und genauso lange würde es noch dauern, bis die neue Klinik den Betrieb aufnahm. Zu lange für Vicky.

Mit knapp dreißig Jahren Oberärztin zu sein, war nicht schlecht, wenn auch nur an der Flughafenambulanz, und ein

Monatsgehalt von über zweitausend Mark war ebenfalls nicht zu verachten. Mit ihrer Erfahrung und ein paar Weiterbildungen war die Facharztprüfung für Allgemeinmedizin vor der Landesärztekammer in der Myliusstraße ein Klacks gewesen, doch zu mehr reichte es bislang noch nicht. In der Gynäkologie hatte sie kaum etwas vorzuweisen außer Routineuntersuchungen, die Behandlung von Geschlechtskrankheiten und die Rezepte, mit denen sie dazu beitrug, dass bereits eine knappe Dreiviertelmillion der bundesdeutschen Frauen die Pille nahm. Und schon gar nicht durfte sie jemandem erzählen, dass von den geschätzten mehreren Hunderttausend Abtreibungen, die jedes Jahr in Deutschland unter dem Radar der Strafverfolgung vorgenommen wurden, drei auf ihr Konto gingen. Eine bei einer jungen Frau, die am Kaiserplatz auf den Strich ging, die anderen beiden bei einer Jura- und einer Medizinstudentin, die auf irgendwelchen dunklen Kanälen an ihre Nummer gekommen waren. Jedes Mal in einem dieser möblierten Zimmer, mit einer eingeschworenen Freundin der Patientin als rechte Hand, hatte Vicky gehörig Muffe gehabt. Doch da sämtliche Nachuntersuchungen nichts Auffälliges ergaben, hatte sie wohl alles richtig gemacht.

In der Chirurgie sah es für sie nicht besser aus. Voller Neid hatte sie die Berichterstattung über die weltweit ersten Verpflanzungen menschlicher Herzen verfolgt, die Professor Barnard, der Chirurg mit dem blendenden Lächeln, in Kapstadt gewagt hatte. Dass der erste Patient achtzehn Tage später in Folge der Immunsuppressiva, die eine Abstoßung des Organs verhindern sollten, an einer Lungenentzündung verstarb, war nach normalen Maßstäben ein Rückschlag. Aus medizinischer Sicht war jedoch ein bahnbrechender Erfolg gelungen. Was auch der zweite Patient bewies, der zweieinhalb Monate nach der Operation wohlauf war.

Null Uhr durch. Im Lichtermeer des Flughafens trat Vicky den Zigarettenstummel aus. Die große Dreißig. Sobald sie wieder im Dienstzimmer am Schreibtisch saß, würde sie die ersten Bewerbungen aufsetzen. Auch wenn sie Dr. Frommer womöglich vor den Kopf stieß, indem sie ihn um ein Zwischenzeugnis bat. Es war Zeit, dass sich etwas änderte.

41

The Sound of Silence

In der letzten Märzwoche war der Frühling endgültig angekommen. Unter warmem Sonnenschein platzten überall in Gärten und Grünflächen weiße und rosafarbene Blüten auf, die Bäume trieben Knospen aus, und in der Sanitätsbaracke war wieder einmal Kindertag.

In unregelmäßigen Abständen kamen Grüppchen von noch kleinen oder schon größeren Kindern aus Vietnam hier an. Immer über die Schweiz, wo das internationale Kinderhilfswerk *terre des hommes*, das diese Flüge mithilfe von Spenden organisierte, gegründet worden war. Kinder, die im Krieg Gliedmaßen verloren hatten, andere mit neurologischen Ausfällen nach einer Kopf- oder Wirbelsäulenverletzung. Erblindete oder gehörlose Kinder, mit Bewegungseinschränkungen durch Brandnarben, angeborenen Beeinträchtigungen oder Erkrankungen der inneren Organe. Hier in Deutschland würden sie die Behandlung, die Therapie bekommen, die in ihrer kriegsgeschüttelten Heimat undenkbar war, und danach bei Pflegefamilien ein vorläufiges Zuhause finden.

Obwohl diese Kinder während ihres Zwischenaufenthalts im Nachbarland die vorgeschriebene Quarantänezeit absolviert hatten, oblag es der Sanitätsstelle, die Gesundheitspapiere zu kontrollieren und noch eine kleine Rundumuntersuchung vorzunehmen. Erst dann durften sie offiziell einreisen und mit

Krankentransport, Anschlussflug oder der Bahn auf Kliniken im ganzen Bundesgebiet verteilt werden. Normalerweise eine reine Formalität, bei der es trotz des ernsten Hintergrunds meist vergnügt zuging und die mit dem Austeilen von Lollis ihren Abschluss fand.

An diesem Spätnachmittag jedoch hatte Vicky ein kleines Mädchen auf der Untersuchungsliege, das apathisch wirkte. Die dunklen Augen waren glasig, und das spitze Gesichtchen glühte. Das Fieberthermometer zeigte 38,5 Grad.

»Ich kann es mir selbst nicht erklären«, sagte die Rotkreuzschwester, die die Kinder begleitete. »Beim Abflug in Genf war sie noch putzmunter. Erst als wir in der Luft waren, begann sie zu fiebern. Sie hat auch über Bauchschmerzen geklagt.« Zärtlich streichelte sie der Kleinen über den Kopf.

Vicky tastete den Bauchraum des Kindes ab, dann die Lymphknoten, horchte mit dem Stethoskop in den schmalen Brustkorb hinein und prüfte noch einmal den Puls am linken Handgelenk. Die rechte Hand war amputiert worden, der übrige Arm bis zur Schulter hinauf und den Rücken hinunter von Brandnarben überzogen.

»Vielleicht nichts als Aufregung und Angst«, stellte Vicky schließlich fest, »die sich jetzt erst zeigen.« Eingehend studierte sie die Papiere von Le Thi Thu, fünf Jahre alt. »Trotzdem möchte ich sie in diesem Zustand eigentlich nicht in einen Zug nach Hamburg setzen. Warten Sie bitte einen Augenblick, ich will sehen, ob ich sie zumindest heute irgendwo in Frankfurt unterbringen kann.«

Im Vorraum ging es zu wie auf einem Kindergeburtstag. Die ehrenamtlichen Helfer und Helferinnen und Sanitäter freundeten sich buchstäblich spielerisch mit ihren neuen Schützlingen an. Auch Sunny brachte drei kleinen Mädchen einen Abzählreim bei, Norbert kickte sich mit einem Buben ohne Arme einen Ball zu, und zwei Jungs, die zwölf oder dreizehn Jahre alt sein mochten, lieferten sich ein Wettrennen auf Krücken, mit gelähmten Beinen der eine, während dem anderen ein Unterschenkel fehlte.

»*Hello, Miss Doctor!*«, rief der Größere der beiden ihr keck zu.

»*Hello, you two rascals!*«, erwiderte Vicky vergnügt.

Ob sie diesen Begriff nun kannten oder nicht – ihr Grinsen war jedenfalls eindeutig das von Lausebengels. Ein ums andere Mal war Vicky beeindruckt von der Fröhlichkeit dieser Kinder, die doch so viel Schreckliches gesehen und am eigenen Leib erfahren hatten.

Im Dienstzimmer klemmte sie sich hinter das Telefon.

»Kinderstation, Schwester Doris.«

»Dr. Becker, Sanitätsstelle Flughafen.« In knappen Sätzen umriss Vicky den Gesundheitszustand der kleinen Le Thi Thu und erkundigte sich, ob vielleicht ein Bett für sie frei war.

Schwester Doris zögerte hörbar. »Ei, mir hawwe eigentlisch gar kee Blatz. Fieber, sachet Se? Net des mer uns was einschlebbe ...«

»Ich verstehe«, erwiderte Vicky. Auf Biegen und Brechen wollte sie die Kleine nicht einem Krankenhaus aufzwingen, zumal ein gewisses Restrisiko bestand, dass tatsächlich irgendein Infekt vorlag. »Trotzdem vielen Dank.«

Sie drückte die Gabel herunter, wählte die Nummer der nächsten Klinik und erhielt dort eine ganz ähnliche Antwort. Kurz dachte sie daran, aus dem Telefonbuch noch Kinderheime herauszusuchen, und legte dann endgültig den Hörer auf. Dr. Frommer war auf der Baustelle, irgendwas mit den Zuleitungen für die neuen Klinikräume, doch sie war sicher, dass er ihre Entscheidung mittragen würde. Sie kehrte ins Behandlungszimmer zurück.

»Ich würde Le Thi Thu gern über Nacht hierbehalten. Morgen früh sehen wir dann weiter. Wo müssen Sie denn heute noch hin, Schwester ...« Mit einem Auflachen streckte sie ihre Rechte aus. »Entschuldigung, ich hatte mich noch gar nicht vorgestellt. Dr. Viktoria Becker.«

»Ach, Sie sind das!«

Verblüfft musterte Vicky die Rotkreuzschwester. Eine schlanke Person Mitte zwanzig, das aparte Gesicht sonnengebräunt und das kurz geschnittene Haar unter dem Schwesternhäubchen sattbraun. In den langbewimperten dunklen Augen funkelte es, als sie Vicky die Hand gab. »Schwester Felizitas. Ich war jetzt ein Jahr lang auf der *Helgoland*.«

Unter dem wissenden Blick der Rotkreuzschwester wurden Vickys Wangen heiß. Es verging kein Tag, an dem sie nicht an Raimund dachte. Und das nicht nur, weil beständig neue Schreckensmeldungen über den endlosen Krieg in Vietnam durch die Zeitungen und Illustrierten, Radio und Fernsehen hereinfluteten. Ein halbes Jahr hatte er auf dem Hospitalschiff verbringen wollen, nun waren es schon eineinhalb Jahre. Ohne ein Wort von ihm, an niemanden, soweit sie wusste.

Vicky rang sich gerade dazu durch, nach ihm zu fragen, als Schwester Felizitas erneut das Wort ergriff. »Ich würde dann ebenfalls gern bleiben. Frau Hansen vom Kinderhilfswerk kann die übrigen Kinder auch allein nach Hamburg bringen. Ich müsste nur eben meine Mutter anrufen und ihr sagen, dass ich einen Tag später komme.«

Vicky vergrub die Hände in den Taschen ihres Arztkittels. »Ich zeige Ihnen eben, wo unser Telefon steht.«

In der Sanitätsbaracke war spätabendliche Stille eingekehrt. Dr. Küppers und Henning waren mit heulender Sirene im neuen Notarztwagen davongebraust, in der Empfangshalle war jemand zusammengeklappt, und Julius hatte sich für eine Zigarette nach draußen verzogen. Wann immer Ansgar ein paar Tage frei hatte, war die Stimmung gleich viel friedlicher, fand Vicky.

Sie hatte nur die Schreibtischlampe eingeschaltet. Im Dämmerlicht beugte sie sich über die Untersuchungsliege, die sie anstelle des Tisches an die Wand des Dienstzimmers gestellt hatten, und umwickelte Le Thi Thus Beine erneut mit nassen Tüchern. Die Temperatur war gesunken, aber mit 37,9 Grad immer noch zu hoch. Sunny hatte zwar keine Ahnung von vietnamesischer Küche, war aber trotzdem vor ihrem Feierabend ins Flughafenrestaurant hinübergelaufen, damit die Köche von Steigenberger aus ihrer prallvollen Vorratskammer etwas zauberten, das wenigstens ein bisschen asiatisch angehaucht war. Reis vor allem, den vermisste Sunny selbst am meisten in der deutschen Küche, und Rinderbrühe war bei einem kranken Kind sowieso nie verkehrt. Doch Le Thi Thu hatte nur weinend den Kopf weggedreht, sobald sich der Löffel ihrem Mund näherte.

»Schlaf dich gesund, kleine Maus«, flüsterte Vicky und zog die Decke wieder über das Mädchen.

Le Thi Thus Linke schloss sich um ihre Finger und drückte sie fest an sich. Die Untersuchungsliege knarzte, als Vicky sich darauf niederließ, und ein kleines Lächeln um den Mund, streichelte sie über das seidige Haar und die Wangen des Mädchens. Ein Schlauchboot oder gar einen Fernsehapparat für die Sanitätsstelle hatte Herr Kleinschmitt ihr verwehrt, in Anbetracht der angespannten finanziellen Lage des Flughafens. Doch eine Kiste mit Spielsachen, Stiften und Malbüchern und ein paar Stofftiere würde er ihr sicher nicht abschlagen; auf die Idee hätte sie schon früher kommen sollen.

»Sie können gut mit Kindern«, ließ sich Schwester Felizitas hinter ihr vernehmen. Ihr ein Zimmer für die Nacht zu besorgen, hatte sie abgelehnt; stattdessen hatte Dr. Frommer ihr einen Platz im Ruheraum angeboten. »Sagt Raimund auch.«

Vicky wandte den Kopf. Vor dem gemeinsamen Abendessen hatte Schwester Felizitas ihre Rotkreuztracht abgelegt. In einer hellen Bluse saß sie am Tisch, der in die Mitte des Dienstzimmers gerückt worden war. Die langen Beine in Khakihosen übereinandergeschlagen und Ballerinas an den Füßen, wirkte sie feminin und forsch zugleich. Der Blick, den sie Vicky über die Kaffeetasse zuwarf, war irgendwas zwischen mitfühlend, neugierig und herausfordernd.

Vicky blieb ihr eine Erwiderung schuldig und wandte sich wieder dem kleinen Mädchen zu.

»Auf der *Helgoland* lernt auch der schweigsamste Stockfisch das Reden«, fuhr Schwester Felizitas nach einer kleinen Pause fort. »Anders hält man nicht durch. Wann immer man einen der Ärzte oder eine Schwester abends an der Reling stehen sieht, weiß man, er oder sie braucht jetzt jemanden, um sich den Tag von der Seele zu reden.«

Vor der Grausamkeit, mit der dieser Krieg geführt wurde, konnte man selbst hier, im fernen Deutschland, nicht die Augen verschließen. Besonders ein Foto bekam Vicky nicht mehr aus dem Kopf: Ein Vietnamese im Karohemd, die Hände auf dem Rücken gefesselt, exakt in dem Augenblick, in dem ihm ein anderer Vietnamese in Uniform mit einem Revolver in den Kopf schießt, mitten auf einer Straße in Saigon. Ein Bild, das um die Welt gegangen war.

Julius trat ein und beugte sich über die Kleine. »Wie geht's ihr?«, fragte er leise.

Le Thi Thus Atemzüge kamen tief und regelmäßig; hinter ihren geschlossenen Lidern zuckte es. Vicky legte prüfend die Hand auf Stirn und Wange des Kindes; sie fühlte sich definitiv nicht mehr so heiß an. »Ich glaube, es wird.«

»Soll ich dich ablösen?«

Vicky schüttelte den Kopf.

»Okidoki. Dann horche ich mal an der Matratze.« Mit einem Gutenachtgruß an beide Frauen verschwand er im Ruheraum.

Auf der Liege rutschte Vicky so herum, dass sie weiter Le Thi Thu streicheln und dabei Schwester Felizitas ansehen konnte.

»Wie ist es, auf der *Helgoland* zu leben und zu arbeiten?«

Sie wusste nur das, was ab und zu in den Zeitungen stand. Zum Beispiel, dass das Schiff nach einem Jahr verlegt worden war. Von Saigon, einer immer noch wohlhabenden Stadt, in der die Lebensumstände vergleichsweise gut waren, weiter in den Norden hinauf, nach Da Nang. Und damit genau an die Grenze zwischen Nord- und Südvietnam, wo die Amerikaner ihre wichtigsten Stützpunkte hatten, Anschläge und erbitterte Kämpfe an der Tagesordnung waren. Während der Tet-Offensive des Vietkongs im Februar war die Lage sogar derart kritisch geworden, dass die *Helgoland* ihren Liegeplatz im Hafen verlassen und ins offene Wasser der Bucht ausgewichen war, um mögliche Angriffen durch Artillerie und Granatwerfer zu entgehen.

Dabei war die Berichterstattung hierzulande nicht frei von Kritik. *Keine Mark und keinen Mann für den Krieg in Vietnam*, skandierten die Demonstranten auf der Straße, und die Presse stimmte einen ähnlichen Tenor an. Von Anfang an hatten den Einsatz der *Helgoland* empörte Stimmen begleitet, die darin eine politische Demonstration sahen. Ein Vorwurf, gegen den sich Gesundheitsministerin Schwarzhaupt energisch verwahrte. Die USA hatten zwar um militärische Hilfe gebeten, damit sie mit der neuen blitzblanken Bundesrepublik an ihrer Seite in den Augen der Welt besser dastanden; stattdessen hatte man sich in Bonn auf die Entsendung eines Hospitalschiffs geeinigt. *Medizin statt Munition.* Um guten Willen einerseits zu zeigen, andererseits aber auch einfach Gutes zu tun; schließlich waren auch die Malteser mit drei Hospitälern in Da Nang, Hoi An und An Hoa vertreten. Doch dieses trockene Genörgel um Sinn und

Zweck dieser Mission war längst von wesentlich saftigeren Schockmeldungen eingeholt worden.

Schwester Felizitas blickte spöttisch drein. »Jedenfalls geht es an Bord nicht so zu, wie die deutsche Regenbogenpresse zu wissen glaubt. Einer der Funker hatte einen fetten Vertrag mit der *Bunte* an Land gezogen, um seine schmale Heuer aufzubessern. Er dachte wohl, dafür müsse er dann auch ordentlich Futter liefern, und hat sich diese ganzen Sensationsgeschichten ausgedacht. Orgien zwischen Krankenschwestern und Ärzten? Sexpartys mit vietnamesischen Frauen? Alles erstunken und erlogen!«

Sie leerte ihre Tasse und stand auf, um sich an der Kaffeemaschine nachzuschenken. An die Küchenzeile gelehnt, beschrieb sie die *Helgoland*, auch nach dem Umbau noch eng und verwinkelt. Eine Nussschale, verglichen mit den Lazarettschiffen der Amis. Proppenvoll schon mit hundert deutschen Männern und Frauen vom Seemann bis zum Chefarzt und der Physiotherapeutin. Eine Schar vietnamesischer Krankenschwestern packte mit an, und immer waren weitaus mehr Patienten und Patientinnen an Bord, als es eigentlich Betten gab. Ein hoffnungslos überfülltes Rettungsboot.

»In den Zweierkabinen kann man sich kaum umdrehen«, erzählte Schwester Felizitas. »Trotzdem stapeln wir uns darin manchmal zwanzig Leute hoch zum Feiern. Natürlich gibt's bei uns Partys, klar. Wir sind alle jung, wir können nicht immer nur essen und schlafen, wenn wir mal frei haben. Und groß raus können wir auch nicht, schon gar nicht abends, wegen der Sperrstunde. Da ist es jedes Mal wie Urlaub, wenn wir Nachschub von einem Versorgungsschiff der HAPAG kriegen. Aus versicherungstechnischen Gründen dürfen wir die Ladung nämlich nur auf dem offenen Meer entgegennehmen, und dafür schippern wir dann alle drei bis vier Monate raus. Bei vierzig

Grad Hitze Kisten schleppen ist eine echte Plackerei, aber danach können wir uns wie auf einer Kreuzfahrt fühlen, indem wir auf dem Deck faulenzen und im Meer schwimmen. Sonst sind Ausflüge nämlich praktisch unmöglich. Außer natürlich man heißt Dr. Raimund Bockeloh.«

Vickys fragendes Stirnrunzeln beantwortete Schwester Felizitas mit einem Grinsen.

»Fragen Sie mich nicht, wie er es angestellt hat«, sagte sie belustigt, »vielleicht, weil er schon eine Zeit lang in Asien gelebt hat und deshalb gleich einen guten Draht zu den Leuten dort kriegt ... Aber er hat es tatsächlich geschafft, sich einen zivilen Jeep zu besorgen. Damit braust er in seiner Freizeit durch die Gegend und sieht sich was von Land und Leuten an.«

Vicky lächelte. »Das klingt wirklich sehr nach ihm.«

»Einmal hat er mich mitgenommen.« Schwester Felizitas lachte auf. »Gott, ich hatte solche Angst, dass sie uns trotz unserer Rotkreuzuniformen für Amis halten und auf uns schießen! Einmal und nie wieder, habe ich da beschlossen.«

Vickys Brauen zogen sich grüblerisch zusammen. »Müssen Sie nicht ständig Angst haben?«

Die Krankenschwester sann einige Augenblicke vor sich hin.

»Der Tod ist dort allgegenwärtig«, sagte sie dann leise, »das stimmt. Auch der eigene. Diesem Gedanken entkommt man nicht. Wir haben drei Särge an Bord, falls einem von uns was passiert. Die stehen an Deck, mit einer Plane drüber. Ganz bequem zum Sitzen, aber ab und zu ist es schon komisch, sich vorzustellen, dass man selber vielleicht morgen oder übermorgen darin liegen könnte.« Sie atmete tief durch. »Bisher ist es gut gegangen. Wir behandeln alle, die wir aufnehmen können, und fragen nie, auf welcher Seite sie stehen. Das respektiert auch der Vietkong. Bei unserer Arbeit absolut neutral zu sein – das ist unsere Lebensversicherung.« Sie nippte an ihrem Kaffee. »Was

Mut und Gelassenheit betrifft ... Da habe ich viel von Raimund gelernt. Er ist absolut furchtlos. Ein Raubein, möchte ich fast sagen. Wäre er dabei nicht ein solcher Gentleman.«

Vicky sah sie offen an. »Warum erzählen Sie mir das alles?«

»Weil ich glaube«, erwiderte Schwester Felizitas sanft, »dass Sie es wissen sollten. Und Sie sollten auch wissen, dass er viel an Sie denkt.«

Vickys Herz schlug einen schnelleren Takt an. »Wann fliegen Sie wieder zurück?«

»Erst einmal gar nicht«, erklärte die Krankenschwester nüchtern. »Einer meiner beiden Brüder sitzt seit einem Unfall im Rollstuhl, und über die Zeit haben seine Nieren den Geist aufgegeben. Tassilo, der Älteste von uns dreien, spendiert ihm jetzt eine. Da will ich bei meiner Familie sein.«

Chirurgisch gesehen war die Verpflanzung einer Niere keine große Herausforderung. Der große Haken daran war das Immunsystem, das sich gegen diesen vermeintlichen Eindringling zur Wehr setzte. Neue Medikamente versprachen Abhilfe – allerdings mit dem Risiko schwerwiegender Infektionen.

Weil es nicht viel gab, was Vicky dazu sagen konnte, ohne dass es platt oder hohl klang, versuchte sie das, was sie empfand, in ihren Blick, ihre Mimik zu legen. Schwester Felizitas bedankte sich mit einem kleinen Lächeln, das traurig und tapfer zugleich wirkte.

Draußen war der Dieselmotor des Notarztwagens zu hören, und kurz darauf näherten sich die Stimmen von Henning und Dr. Küppers. Unter Vickys Hand regte sich das Mädchen und murmelte etwas, das wie *toidoi* klang.

»Was hat sie gesagt?«

»Sie hat Hunger.«

Die beiden Frauen lächelten sich an, und gemeinsam machten sie sich daran, das Essen für Le Thi Thu aufzuwärmen.

42

Yesterday

Ein hässliches Schrillen riss Vicky aus dem Schlaf. Missmutig zog sie sich die Decke über den Kopf, sie war doch gerade erst von einem weiteren Nachtdienst nach Hause gekommen. Der gellende Ton bohrte sich erneut in ihre Ohren, und sie fuhr hoch. Das Telefon klingelte, womöglich ein Großalarm. Mit einem Satz war sie aus dem Bett, krachte im Hinausstürmen schlaftrunken mit der Schulter gegen den Türrahmen und stieß sich dann auch noch den Zeh an der Kante des Flurschranks an.

»Becker?«, rief sie atemlos in den Hörer, noch ein wattiges Gefühl im Kopf.

»N-n-n-norbert hier. F-f-f...« Er klang völlig aufgelöst.

»Hol erst einmal tief Luft und versuch, dich zu beruhigen, ja?«, sagte Vicky, während sie auf einem Bein balancierte und sich den schmerzenden Zeh rieb.

Im Hintergrund flüsterte und raschelte es, dann drang Sunnys Stimme durch die Leitung, klein und dünn. »Dr. Frommer ist zusammengebrochen, Vicky. Der Oberpfleger fährt ihn gerade nach Sant Elisabeth.«

Umspült von hallenden Stimmen und dem Kommen und Gehen auf dem Krankenhausflur, harrte Vicky auf dem harten Holzstuhl aus, Handtasche und Sturzhelm neben sich auf dem

Boden. Für ihre rasante Fahrt quer durch die Stadt hätte sie sicher einen Strafzettel verdient.

Zum x-ten Mal fiel Vickys Blick auf die große Wanduhr. Kurz vor zwölf. Vor nicht einmal drei Stunden hatte sie Dr. Frommer noch in der Sanitätsstelle gesehen, zum morgendlichen Rapport bei Schichtwechsel und ohne dass ihr etwas aufgefallen wäre.

Zugegeben, in letzter Zeit hatte er abgespannt und müde gewirkt. Nicht ungewöhnlich bei einem Mann fortgeschrittenen Alters, der auf dem Chefarztposten einer chronisch unterbesetzten Ambulanz saß und dazu noch alle naselang die Arbeiten auf der Baustelle begutachtete, Besuche von Pharmareferenten über sich ergehen ließ und mit Vertretern medizinischer Unternehmen über brandneue Geräte verhandelte. Auch seinen häufigen Erkältungen hatte sie keine weitere Bedeutung beigemessen, nach diesem harten Winter, der jede Menge Grippe-, Rhino- und sonstige Viren über die Schwelle der Sanitätsbaracke gespült hatte. Sogar Vickys Rossnatur hatte zwischendurch die Waffen gestreckt, und rotzend und hustend hatte sie zwei Tage lang das Bett gehütet.

Trotzdem beschlich sie nun das Gefühl, etwas übersehen zu haben.

»Dr. Becker?« Ein groß gewachsener schlanker Arzt um die fünfzig näherte sich, und Vicky sprang auf. »Dr. Hirschle, Chefarzt der Inneren«, stellte er sich mit einem kräftigen Händedruck vor.

»Wie geht es ihm?«, sprudelte Vicky hervor.

»Berappelt sich gerade wieder«, erklärte der Mediziner. »Wir wollen ihn trotzdem noch ein paar Tage dabehalten, um ein, zwei Dinge abzuklären.«

Vicky sah ihm fest in die stahlgrauen Augen. »Sein Kreislauf hat nicht einfach so schlappgemacht, oder?«

Seine Antwort fiel routiniert aus. »Lassen Sie uns erst die weiteren Untersuchungen abwarten, dann wissen wir mehr.«

»Kann ich zu ihm?«

Das professionelle Lächeln des Chefarztes weichte zu einem echten, herzlichen auf. »Aber sicher. Er hat schon nach Ihnen gefragt. Hier entlang bitte.«

Als Vicky in Blue Jeans und leichter Jacke das Mehrbettzimmer betrat, erhellten sich die Mienen der mittelalten bis älteren Herren in karierten oder gestreiften Pyjamas.

»Sie sind hoffentlich unsere neue Krankenschwester«, ließ sich einer von ihnen launig vernehmen, die Lesebrille auf der Nase und die Tageszeitung vor sich ausgebreitet.

»Bedaure«, erwiderte Vicky nicht unfreundlich, aber knapp, ihr war nicht nach Plänkeleien zumute.

Auch Dr. Frommers Gesicht leuchtete bei ihrem Anblick auf. Erschreckend klein und schmal wirkte er im Krankenhemd, als wären mit dem Arztkittel auch seine kraftvolle Autorität und seine so unerschöpfliche Energie von ihm abgefallen.

Vicky nahm sich einen Hocker. »Sie machen ja Sachen!«

Er winkte ab. »Alles halb so wild. Außer dass die mich hier an die Leine gelegt haben.« Kritisch beäugte er die Infusion, die über eine Nadel in seine Armbeuge tropfte.

»Kann ich jemanden für Sie anrufen?«, erkundigte Vicky sich schuldbewusst. Fast fünf Jahre hatten sie zusammengearbeitet, ohne dass sie wusste, ob er Familie hatte.

»Nein, nein«, wehrte er ungeduldig ab. »Aber es gibt trotzdem eine Menge zu erledigen.« Ächzend setzte er sich halb auf und tastete auf dem fahrbaren Nachttisch nach einem beschriebenen Zettel. »Würden Sie mir das alles von zu Hause besorgen? Adresse steht obendrauf, Schlüssel finden Sie in meinem Spind.«

Vicky buchstabierte sich durch Dr. Frommers Handschrift,

die noch unleserlicher geraten war als sonst.« Ich glaube kaum, dass Sie hier drin rauchen dürfen.«

»Und ob! Ich kenne alle hier lange genug.« Sein Lachen ging in einen Hustenanfall über, der nur zögerlich abflaute. »Im Schreibtisch der Sanitätsstelle«, fuhr er dann fort, »liegt eine Mappe. Unter dem Kassenbuch. Darin finden Sie ein Schriftstück, mit dem ich meinen Posten als Chefarzt vorübergehend an Sie abtrete. Damit gehen Sie zu Herrn Rohloff in die Verwaltung.«

Vicky starrte ihn aus großen Augen an. »Das kann ich nicht! Ich habe bei Weitem nicht genug …«

»Papperlapapp!«, fiel er ihr ins Wort. »Wer soll es denn sonst machen? Küppers ist ein guter Junge und ein brauchbarer Arzt, aber er hat nicht Ihren Schneid und vor allem nicht Ihre praktische Erfahrung. Sie wuppen das schon! Und es ist ja nur für eine gewisse Zeit. Danach kann Raimund übernehmen.«

Vicky runzelte die Stirn. »Meinen Sie wirklich, der taucht noch mal hier auf?«

Lächelnd zog er sich die Decke zurecht. »Der kommt schon wieder.«

Beklommen starrte sie auf die Liste. Dr. Frommer schien sich auf einen längeren Krankenhausaufenthalt einzustellen. »Sie wissen genau, was mit Ihnen los ist, nicht wahr? Zumindest ahnen Sie es. Waren Sie deswegen überhaupt schon mal bei einem Arzt?«

Sein Blick hatte etwas Listiges. »Wir Weißkittel sind die schwierigsten Patienten überhaupt, das wissen Sie doch bestimmt, Dr. Becker. Vergessen Sie um Himmels willen die Bücher und Zeitungen nicht! Sonst sterbe ich hier vor Langeweile, bevor mich die Herren Kollegen überhaupt in die Mangel genommen haben.«

Nach einem kurzen Abstecher in die Sanitätsbaracke, wo sie die anderen beruhigte, dass es ihrem Chefarzt so weit gut ging, fuhr Vicky nach Zeppelinheim weiter. Allerdings mit einem Wagen vom Taxistand; Dr. Frommers Liste war zu umfangreich, als dass sie alles mit der Vespa hätte transportieren können. Amerikanische Militärmaschinen donnerten über sie hinweg, als sie auf die gesichtslose Häuserzeile zuging. Der gesamte Straßenzug sah aus, als wäre er unmittelbar nach dem Krieg aus dem Boden gestampft worden. Hinter der Wohnungstür im Erdgeschoss schlugen ihr ein muffiger Geruch und abgestandener Zigarettenrauch entgegen. Im Wohnzimmer stellte sie die Tüte mit Roth-Händle und Zeitungen ab, die sie noch am Flughafen gekauft hatte, und sah sich um. Nirgends entdeckte sie gerahmte Familienfotos oder sonstige Erinnerungsstücke. Nur ein ziemlich kitschiges und von Tabakrauch vergilbtes Gemälde, das wohl eine Landschaft im Schwarzwald zeigte. Wie in einer Zeitkapsel kam sie sich vor, zurückversetzt in jene Jahre, als im bombenverwüsteten Deutschland alles noch ein Provisorium war.

Vicky zuckte zusammen, als ein metallisches Pingen ertönte und der mechanische Kuckuck schrie. Sie gab sich einen Ruck, öffnete die Glastüren des Schranks und suchte die Fachbücher und den Gedichtband von Rilke heraus, nach denen Dr. Frommer verlangt hatte, bevor sie im Schlafzimmer auf dem ungemachten Einzelbett Pyjamas, Unterwäsche, Pantoffeln und einen Morgenmantel in seinen Koffer legte. Im Bad, vor dem mit Bartstoppeln übersäten Waschbecken, den Kulturbeutel schon in der Hand, hielt sie inne. Die gesamte Wohnung verströmte eine solche Einsamkeit, dass es ihr das Herz abdrückte. Vicky atmete tief durch und packte Zahnbürste, Zahnpastatube und Rasierzeug ein.

Nach dem abendlichen Rapport erklärte Vicky dem versammelten Team, dass Dr. Frommer noch für einige Untersuchungen in St. Elisabethen bleiben würde. Über den Schreibtisch des Dienstzimmers hinweg blickte sie in besorgte und betroffene Mienen.

»So lange werde ich versuchen, ihn so gut wie möglich zu vertreten«, fügte sie hinzu. Sie sah zu Dr. Küppers. »Da uns fürs Erste ein Arzt fehlt, müssen wir beide die Tag- und Nachtschichten unter uns aufteilen. Wir können allerdings mit Verstärkung durch Florian Flughafen rechnen.« Nach ihrem zweiten Besuch bei Dr. Frommer war der Nachmittag mit einer Stippvisite im Verwaltungsgebäude und einer langen Reihe von Telefonaten ausgefüllt gewesen.

»Das wird doch das reinste Fiasko!«, polterte Ansgar los. »Sie sind kein Chefarzt! Und der Grünschnabel da muss auch noch eine Menge lernen!«

»Jetzt mach mal halblang!«, rief Henning verärgert.

»Du kannst so ein Arsch sein!«, fuhr Julius den Oberpfleger an. »Mann, Frommer liegt im Krankenhaus! Und dir fällt nix Besseres ein, als hier rumzustänkern?«

Auch Norbert nahm Anlauf für einen Einwand, während es in Sunnys Augen zornig funkelte und Dr. Krautgartner sich verlegen den Bauch kratzte.

Vicky atmete tief durch. »Würdet ihr Oberpfleger Ansgar und mich bitte kurz allein lassen?«

Vielsagende Blicke machten die Runde. Teils mit Zigarettenpäckchen und Kaffeetassen bewaffnet, teils unter erregtem Flüstern verließ das übrige Team den Raum, und die Tür klappte zu.

Mit Gegenwind hatte Vicky gerechnet, trotzdem musste sie sich erst sammeln.

Ansgar war schneller. »Darauf warten Sie schon die ganze Zeit, oder?«, knurrte er. »Aber eines sage ich Ihnen: Wenn Sie mich jetzt rausschmeißen wollen, hat der Betriebsrat auch noch ein Wörtchen mitzureden.«

Vicky fixierte ihn ungerührt. »Umgekehrt wird ein Schuh draus, Ansgar. Seit ich hier angefangen habe, haben Sie kein gutes Haar an mir gelassen. Ja, ich habe einen Busen, das ist nun wirklich nicht zu übersehen. Ich bin trotzdem eine verdammt gute Ärztin, das hätten Sie in den vergangenen fünf Jahren durchaus mitbekommen können. Mir persönlich ist es auch gleichgültig, ob Sie mich mögen oder nicht. Fakt ist, dass ich ab sofort das Sagen in der Sanitätsstelle habe. Und entweder raufen wir zwei uns so weit zusammen, dass der Betrieb hier reibungslos weiterläuft, oder es ist tatsächlich besser, Sie gehen. Was ich allerdings bedauern würde.«

Vicky bückte sich nach der Schnapsflasche zu ihren Füßen und holte aus einer der Schreibtischschubladen zwei Gläschen. Sie hatte sich gut auf dieses Gespräch vorbereitet.

»Menschlich gesehen sind Sie ein ziemlicher Stinkstiefel«, fuhr sie fort, während sie ihnen beiden einschenkte, »und ein Chauvi obendrein. Aber Sie sind eben auch ein verflixt guter Pfleger. Besonders bei größeren Eingriffen bin ich froh, Sie neben mir zu wissen.« Sie schob ihm einen der Schnäpse zu und streckte ihre Rechte aus. »Schaffen wir das«, fügte sie hinzu, »die Ambulanz in Dr. Frommers Sinn gemeinsam weiterzuführen? Kriegen wir das hin, uns wenigstens so weit zu vertragen? Ich würde nämlich gerade jetzt auf Ihre gute Arbeit nur ungern verzichten.«

Eine zornige Röte auf seinem groben Gesicht, starrte Ansgar auf den Hochprozentigen vor sich. Sein Kiefer mahlte; es war ihm anzusehen, wie es in ihm arbeitete. Schließlich ging ein Ruck durch ihn, und er packte Vickys Hand. »Von mir aus.«

Beide kippten sie den Schnaps hinab und husteten kurz. Ansgar drehte das leere Gläschen in seiner Pranke. Die Stirn in

Dackelfalten gelegt, schielte er zu Vicky. »Er kommt doch wieder zurück, oder?«
Seine Frage ging nicht gegen sie, das hörte sie heraus, und sie versuchte sich an einem zuversichtlichen Lächeln. »Das hoffe ich sehr.«

43

Light My Fire

Am Küchentisch hob Vicky das Weinglas. »Auf Elif!«
»Glückwunsch!«, stimmte Sunny ein, und beide stießen mit einer strahlenden Elif an.

An diesem Dienstagabend, dem ersten im April, gab es in ihrem Dreimäderlhaus etwas zu feiern: Elifs Antrag auf Ausbildungsförderung war genehmigt worden. Hundertfünfzig Mark im Monat waren zwar nicht die Welt, zumal es sich um ein zinsloses Darlehen handelte. Doch sie erlaubten ihr, künftig nur noch zwei Tage die Woche und in den Schulferien als Putzfrau zu arbeiten und sich die übrige Zeit aufs Büffeln zu konzentrieren, ein Jahr vor der Reifeprüfung auf dem zweiten Bildungsweg.

»Hast du jetzt eigentlich schon konkrete Pläne, was du mit dem Abi machen willst?«, fragte Vicky, während sie die Spaghetti Bolognese auf die Gabel zwirbelte. Sie hatte heute gekocht.

»Soziologie interessiert misch«, antwortete Elif mit vollem Mund. »Und Politik. Oder Psychologie. Auf jeden Fall will isch nach Berlin.«

Vicky hob die Brauen. »Dort bist du von der Mauer umzingelt.«

»Aber da tobt das Leben!«, widersprach Elif lebhaft. »Da wär isch an Puls der Zeit.« Sie grinste Vicky an. »Wär doch lustig, isch an deiner alten Uni.«

Lachend gab Vicky ihr recht, und doch überfiel sie ein Anflug von Wehmut. Dabei hatte sie von Anfang an gewusst, dass ihre Zeit hier zu dritt befristet sein würde, Sunnys Arbeitsverhältnis endete mit dem Januar nächsten Jahres.

Diese schien ebenfalls gerade daran zu denken; die Miene grüblerisch, hielt sie, die Gabel in der Hand, inne. »Glaubst du, ich bekomme noch mal ein Arbeitsvertrag?«, fragte sie leise.

Verblüfft sah Vicky sie an. »Willst du denn hierbleiben?« Davon war bei ihr nie die Rede gewesen.

Sunny nickte mit ernster Miene. »Das Heimweh war schlimm, am Anfang. Und Deutsch ist so schwierig! Immer noch, auch nach fast ein Jahr Sprachkurse und zwei Jahre hier.« Ein Leuchten zog über ihr Gesicht. »Aber ich mag das Leben hier. Nicht nur wegen Arbeit am Flughafen. Ich will noch viel mehr sehen von Deutschland und von Europa.«

Im Hof stand jetzt ein weiteres Fahrrad, und an freien Tagen fuhr Sunny allein oder mit ihren Freundinnen durch den Taunus. Und wann immer sie ein paar Tage am Stück Urlaub hatte, stieg sie mit einer kleinen Reisetasche in einen Zug, der sie in den Schwarzwald oder an den Bodensee brachte, nach Bayern oder hinauf an die Küste. Kurztrips, die im Gegensatz zu einem Besuch in ihrer alten Heimat erschwinglich waren; ein Hin- und Rückflug nach Seoul kostete locker achttausend Mark.

Kopfschüttelnd widmete sie sich wieder den Spaghetti. »Denke ich immer, wenn Studenten hier gegen Staat protestieren: Ihr habt es so gut hier, habt so viel Freiheit und wisst es nicht.«

Vicky brauchte nicht lange zu überlegen. »Das geht bestimmt. Ich habe gerade sowieso viel in der Verwaltung zu tun, da kann ich das vielleicht schon auf dem kleinen Dienstweg klären.«

Sunny strahlte.

»Wissen deine Eltern, dass du bleiben willst?«, fragte Elif.

Sunny verdrehte die Augen. »Schicken mir dauernd Stellen für Krankenschwestern!« Das Anwerbeabkommen hatte sich als kurzfristige Lösung erwiesen, inzwischen suchte Südkorea selbst händeringend nach ausgebildeten Pflegekräften.

Vertraulich beugte sie sich über ihren Teller. »Neulich haben sie Adresse von südkoreanische Landsmann geschickt. Wegen Heirat. Ein Gastarbeiter in Ruhrgebiet. Als Berg ... Bergebau ... Wie heißt diese Beruf mit Kohle?«

»Bergmann«, erklärte Vicky.

Sunny tippte sich an die Stirn. »Ich hab Hochschulabschluss, ich wasche bestimmt keine schwarzen Arbeitskleider von Bergmann! Und wenn ich heirate, dann nur ein deutsche Mann. Die stehen auf eigenen Füßen.«

Im Nu waren sie mitten in einer munteren Diskussion über die Eigenarten deutscher, türkischer und südkoreanischer Männer und Frauen. Dabei kamen sie auch auf die vier Griechen nebenan zu sprechen, die nun wohl dauerhaft bleiben würden, nachdem ihr Heimatland von der Monarchie in eine Militärdiktatur gestürzt war. Athanasios hatte außerdem jetzt eine deutsche Freundin, noch blonder als Vicky und mit kürzeren Röcken als Elif und Sunny, die neben ihrem Studium her irgendwelche Straßenkunst machte.

Ihre kleine Feier dauerte nicht sehr lange, Sunny musste morgen früh raus, Elif sogar noch früher. Vicky eigentlich auch, doch sie hatte sich Unterlagen mit nach Hause genommen.

»Na-hacht!«, rief Elif auf dem Flur.

»Nacht!«, antworteten Sunny und Vicky unisono in der aufgeräumten Küche.

Erstere nippte im Stehen noch an einer Tasse Tee, während Letztere vor den Papieren saß, die sie großflächig auf dem Tisch ausgebreitet hatte.

»Ist viel Arbeit als Chefin, ja?«, fragte Sunny nach einer Weile.

»Das kannst du laut sagen!« Vicky stöhnte. »Ich habe keine Ahnung, wie Dr. Frommer das immer wie nebenbei erledigt hat und trotzdem in den Nachtdiensten Zeit fand, mir alles Mögliche beizubringen.«

Sunny schwieg einen Augenblick.

»Glaubst du, dass was Schlimmes mit ihm ist?«, fragte sie dann zaghaft.

Den Kopf aufgestützt, sah Vicky ihre Freundin offen an. »Ich will den Teufel nicht an die Wand malen, aber dass sie ihn heute in die Uniklinik verlegt haben, macht mir große Sorgen.«

Mit bekümmerter Miene nickte Sunny vor sich hin. Sie stellte die Tasse in die Spüle und kam zu Vicky herüber. Die Arme um sie geschlungen, hauchte sie ihr ein Küsschen auf die Wange. »Gute Nacht! Und denk an Schlafen, okeh?«

Im Badezimmer ließ Sunny es in den Rohren gurgeln und rauschen, öffnete und schloss leise die Türen im Flur, dann wurde es still. Nur ab und zu fuhr unten auf der Straße ein Auto, ein Motorroller vorbei, krakeelte ein Betrunkener herum, während Vicky Formulare ausfüllte, Listen schrieb und zu guter Letzt über den Dienstplänen brütete. Selbst mit der Verstärkung durch die Feuerwehrmänner würde es ohne Doppelschichten und haufenweise Überstunden nicht gehen. Vor allem wenn jeder im Team auch mal einen oder zwei Tage frei haben wollte; außerdem stand mit den Osterfeiertagen wieder eine größere Reisewelle an. Inzwischen dämmerte ihr, weshalb Dr. Frommer sich selbst höchst selten Urlaub genehmigte.

Vicky horchte auf. In den nächtlichen Straßen hallten die Sirenen der Feuerwehr wider, und reflexartig blickte sie auf die Uhr. Gerade Mitternacht vorbei. Sie stand auf und öffnete das Fenster. Es klang, als ob sich gleich mehrere Löschfahrzeuge aus verschiedenen Richtungen in die Innenstadt bewegten, und ein schwacher Brandgeruch wehte herein. Während sie das Fenster wieder schloss und ein großes Glas Wasser trank, lauschte sie sprungbereit in den Flur hinaus. Doch das Telefon schwieg. Offensichtlich kein Großalarm, und Vicky setzte sich wieder an die vertrackten Dienstpläne.

Um Viertel nach eins gab sie auf und rieb sich gähnend die tränenden Augen. Sie bündelte gerade die Unterlagen, als die Türklingel schrillte. Vicky fuhr zusammen. Ein paar Augenblicke verharrte sie reglos mit unruhigem Herzschlag und schüttelte dann den Kopf über sich selbst. Das war keine Folge von *Aktenzeichen XY ... ungelöst*, wo Eduard Zimmermann alle paar Wochen freitagabends mit steinerner Miene um Hinweise zur Ergreifung des Täters bat und mit seinen eindringlichen Warnungen für verriegelte Fenster und abgeschlossene Türen sorgte. Wahrscheinlich war es nur Poldi, weil Hansi wieder einmal einen seiner hypochondrischen Anfälle hatte.

Trotzdem öffnete sie die Wohnungstür vorsichtshalber nur einen Spalt weit, und ihr Herz setzte für einen Schlag aus.

»Hallo, Vicky«, sagte Achim mit tanzenden Grübchen. »Ich hab von der Straße aus Licht brennen sehen und dachte, ich klingel mal auf gut Glück.«

Einen Moment lang konnte Vicky ihn nur anstarren, während ihr verwünschtes Herz einen Purzelbaum schlug. »Machst du jetzt Rainer Langhans Konkurrenz?«, platzte sie dann heraus.

Dessen krause Wallemähne war so etwas wie das Wahrzeichen der Polit-Wohngemeinschaft *Kommune 1* in Berlin, die spätestens mit dem Prozess gegen Langhans und Teufel berühmt geworden war. Angeklagt wegen eines Flugblatts, das mit beißendem Zynismus einen Kaufhausbrand in Brüssel mit mehr als zweihundertfünfzig Toten zu einer Kritik an der Konsumgesellschaft und dem Vietnamkrieg ummünzte. *Burn, warehouse, burn.* Was nach Meinung der Staatsanwaltschaft durchaus einen Aufruf zur Brandstiftung darstellte. Der Auftritt der beiden vor

Gericht mit Seifenblasen und albernen Phrasen war auch nach dem Freispruch noch in aller Munde.

Achim lachte. »Brauche ich nicht! Ich sehe sowieso besser aus als er.«

Das stimmte zweifellos. Die dicken glänzenden Locken, die ihm fast auf die Schultern reichten, luden förmlich dazu ein, sie mit den Fingern zu durchwühlen. Seine sportliche Figur hatte er wiedererlangt; das weit geöffnete Hemd, das schmale Sakko und die enge Blue Jeans trug er mit einer verführerischen Lässigkeit. Das Bummelleben schien ihm gutzutun, er leuchtete geradezu von innen heraus. In Vickys Bauch begann es zu kribbeln.

Hinter ihm drang aufgekratztes Getuschel hervor, dann mehrstimmiges Lachen.

»Was ist jetzt?«, rief eine tiefe Männerstimme mit leichtem Lispeln.

Vicky zog die Tür weiter auf. Auf dem Treppenabsatz hielt sich ein Pärchen umschlungen; wie typische Studis sahen sie aus.

»Ich zeige gerade ein paar Freunden aus Berlin die Stadt«, erklärte Achim. »Gudrun und Andi. Und die zwei Hanswurste da sind ...«

Der Rest seines Satzes ging im schrillen Kläffen vom *Zwutschkal* unter, das sich durch das Treppenhaus zu ihnen hochschraubte. Während sich unten Poldis Schritte entfernten und die Haustür ins Schloss fiel, sah Vicky kurz zu den zwei anderen Jungs, die ein paar Stufen tiefer herumfläzten. Typ sensibler Künstler der eine, grinsendes Brillengesicht der andere, wirkten sie betrunken oder zugedröhnt. Oder beides.

»Ich weiß, es ist ziemlich unverschämt«, fuhr Achim fort, »aber könnten wir heute Nacht bei dir unterkommen? Wir waren im *Voltaire* feiern, und die Leute, bei denen wir eigentlich übernachten wollten, scheinen dummerweise ausgeflogen zu sein.«

Vicky runzelte die Stirn. »Warum geht ihr nicht in ein Hotel oder eine Pension?«

»Haben wir ja versucht«, erwiderte Achim mit zerknirschter Miene. »Aber wir wirken wohl nicht mehr nüchtern genug. Und ehrlich gesagt sind wir auch ziemlich abgebrannt.«

Die vier jungen Leute in seinem Schlepptau brachen in geradezu hysterisches Gelächter aus, definitiv high.

»*Set the night on fire!*«, jodelte der Brillenträger durch die Streben des Treppengeländers hindurch.

Vicky konnte ihren Blick kaum von dem Pärchen lösen. Dieser Andi sah mehr nach einem André oder einem Andrej aus, dunkel und ein bisschen exotisch, von einer markigen Männlichkeit und auf laszive Art unverfroren.

»Wir schlafen auch einfach auf dem Boden«, ließ sich Gudrun mit sirenenhaft klarer Stimme und schwäbischem Einschlag vernehmen. Blond und langmähnig, war sie das, was Hannah als *jolie laide* bezeichnet hätte: das Gesicht unter dem Pony zu hart, um wirklich hübsch zu sein, doch mit den kajalumrandeten Katzenaugen gerade deshalb umso faszinierender. In Minirock und hohen Stiefeln wäre sie im *K52* der Star gewesen. Das Charisma der beiden war fast unwiderstehlich.

»Bitte, Vicky!«, beschwor Achim sie. »Es wäre doch nur für heute Nacht.«

Einen Wimpernschlag lang war Vicky in Versuchung, sie hereinzulassen. Und sei es nur, um Achim diese eine Nacht lang wieder in ihrer Nähe zu haben und sich vielleicht für ein paar Stunden das zurückzuholen, was sie verloren hatte. Nur ein einziges Mal noch.

Dann setzte ihr Verstand wieder ein, und sie straffte die Schultern. »Tut mir leid, das geht nicht.«

Achims Grübchen blitzten auf. »Kein Problem. Das *Voltaire* hat ja noch eine Weile auf, vielleicht ergibt sich da noch was.« Er zögerte, und sein Lächeln vertiefte sich. »War trotzdem schön, dich zu sehen.«

Auf eine Geste von ihm trampelten die jungen Leute derart ausgelassen die Treppen hinunter, als hätte Achim ihnen soeben eine Suite im *Frankfurter Hof* für lau besorgt.

»Achim, warte kurz!«, rief Vicky, lief schnell in die Küche und kehrte mit einem Stapel Post zurück. »Ich wusste nicht, wo ich die hinschicken soll.«

»Sicher noch ein paar Schecks für meine Zeit im Knast«, murmelte er. »Danke, kann ich gerade gut gebrauchen! Falls noch was kommt, behalt es einfach. Du hattest wegen mir ja auch Auslagen.«

Einige Herzschläge lang blickten sie einander in die Augen, und Achim schien nach den richtigen Worten zu suchen.

»Mach's gut«, flüsterte Vicky rasch.

Sie sah noch, wie er nickte, bevor sie die Tür mit Nachdruck schloss und erleichtert aufatmete.

Am darauffolgenden Samstagabend kuschelten sich Vicky und Elif mit Häppchen und türkischem Tee auf das geblümte Sofa. Im zweiten Programm lief *Die Zürcher Verlobung*. Beide brauchten sie heute Abend eine heile Welt mit ordentlich Zuckerguss. Elif trauerte Hardy nach, der sich nach langem Hin und Her schließlich von ihr getrennt hatte, weil er sich zwischen Pauken und Putzen vernachlässigt fühlte. Und Vicky war noch dabei, die Diagnose zu verdauen, die die Uniklinik bei Dr. Frommer gestellt hatte: Lungenkrebs. Wie schlimm es war, würden die Untersuchungsergebnisse in der kommenden Woche zeigen; so lange sollte es ein Geheimnis zwischen ihnen beiden bleiben.

Die Liebeskomödie mit Liselotte Pulver, der deutschsprachigen Audrey Hepburn mit ihrem ansteckenden Lachen, war gerade mal elf Jahre alt und doch schon ein Stück Nostalgie. Nach den Kinofilmen erlebte auch das Fernsehen eine Zeitenwende. Die Hesselbachs, Deutschlands liebste Fernsehfamilie, waren von den unverbesserlichen Scholzens abgelöst worden; statt Liesel Christ mit ihrem legendären *Ei, Kall!* band sich nun Inge Meysel als resolute Mutter der Nation die Küchenschürze um. Das Raumschiff *Orion* patrouillierte durch das Weltall, die Bezaubernde Jeannie sprang aus der Flasche, und Gentleman-Detektiv Graf Yoster gab sich die Ehre. Emma Peel zeigte mit Schirm, Charme und Melone den männlichen Agenten, was eine Harke war, und das Team von *Kobra, übernehmen Sie* bewies ein ums andere Mal, dass es keine Mission gab, die wirklich *impossible* war.

Im Film hatte Julchen nach allerlei lustigen Irrungen und Wirrungen endlich ihren Büffel gekriegt, dessen Sohn Pips damit endlich eine neue Mutti, und auch der Pudel hechelte glücklich in die Kamera.

Mit einem seligen Seufzen krabbelte Elif vom Sofa herunter. »Büffel gefällt mir! Sag isch doch, deutsche Männer sind wie die Stiere.«

»Bernhard Wicki ist Schweizer«, wandte Vicky ein.

»Ja, ja, die Liebe in der Schweiz, cha-cha-cha«, stimmte Elif in die Schlussmelodie zum Happy End ein und verschwand mit schwungvollen Tanzschritten in Richtung Badezimmer.

Schmunzelnd stand auch Vicky mit dem leeren Teller auf und schaltete im Vorbeigehen auf den anderen Fernsehkanal um, denn der gemütliche Abend war erst zur Hälfte vorbei. Im ersten Programm berichtete die *Tagesschau* gerade von den gewalttätigen Unruhen, die die Vereinigten Staaten erschütterten, nachdem Martin Luther King auf dem Balkon eines Motels in Memphis, Tennessee, erschossen worden war.

Unter Knistern löste Vicky das Zellophan von der Pralinenschachtel, die sie vom Flughafen mitgebracht hatte, während sie weiter mit halbem Ohr zuhörte. Die DDR hatte heute ihre 12,2 Millionen Wahlberechtigten an die Urnen gerufen, um über die neue Verfassung abzustimmen. Der erste Volksentscheid drüben – und gemäß selbiger Verfassung auch der letzte. Ein neues *Grundgesetz des Friedens, der Demokratie, des Sozialismus und der Völkerfreundschaft*, das für die Bürgerinnen und Bürger nicht nur Grundrechte festschrieb, sondern auch Grundpflichten. Die Wahlbeteiligung wurde auf 98 Prozent beziffert, die Jastimmen auf rund 94 Prozent, wie die SED verlauten ließ.

Vicky löste den Deckel von der Schachtel und stellte sie auf den Tisch.

»Frankfurt«, verkündete der Nachrichtensprecher hinter ihr. »Die mutmaßlichen Brandstifter, die in der Nacht zum Mittwoch in zwei Kaufhäusern mit selbst gebauten Brandbomben Feuer gelegt haben, sind gefasst.«

Vor dem Hintergrund des Flugblatt-Prozesses gegen Langhans und Teufel eine Meldung von überregionaler Bedeutung. Fast zeitgleich waren die Brandsätze bei Kaufhof und Schneider per Zeitzünder explodiert; die Sprinkleranlagen und die Feuerwehr, die Vicky in besagter Nacht gehört hatte, konnten das Schlimmste verhindern.

»Hierbei handelt es sich um die siebenundzwanzigjährige Germanistikstudentin Gudrun Ensslin, den vierundzwanzig Jahre alten Andreas Baader ...«

Vicky erstarrte.

»... den sechsundzwanzig Jahre alten Studenten Thorwald Proll, alle drei aus Westberlin, sowie den Schauspieler Horst Söhnlein aus München.«

Vicky fuhr herum, in der Hoffnung auf irgendwelche Personenbilder. Doch nur die Schlagzeile und das Schwarz-Weiß-

Foto einer abgefackelten und löschwasserverwüsteten Kaufhausabteilung waren zu sehen, vor denen Karl-Heinz Köpcke stoisch verlas, was an Bestandteilen für die verwendeten Bomben im Gepäck der vier sowie im Fahrzeug der Studentin gefunden worden war.

Set the night on fire!
»Cha-cha-cha!«, sang Elif gut gelaunt auf der Türschwelle.
»Was ist? Hast du Gespenst gesehen?«
»Erinnerst du dich an Dienstagnacht?« Vickys Mund war ausgedörrt, ihr Puls raste. »Als Achim vor der Tür stand?«
»Hast du erzählt. Wollte mit Partyfreunden hier über Nacht bleiben. Sehr frech! Gut, dass du ihn weggeschickt hast.«
»Die vier, die er dabeihatte …«, raspelte Vicky heiser. »Ich glaube, das waren die Kaufhausbrandstifter, die sie gestern geschnappt haben.«

Während Elif frischen Tee aufsetzte, drückte ihre Miene Zweifel aus. »Meinst du wirklisch?«

»Wie viele Studis namens Gudrun und Andi aus Berlin waren wohl zufällig in Frankfurt, während es Brandanschläge auf zwei Kaufhäuser gab?« Vickys Kehle war eng. »Vielleicht sollte ich zur Polizei gehen.«

Elif runzelte verständnislos die Stirn. »Wozu? Hast du irgendwas wegen Feuer mitbekommen? Wenn die das waren, hat die Polizei sie doch jetzt. Alles in Butter.«

Vicky kaute grüblerisch auf der Unterlippe. »Und wenn Achim mit drinhängt?«

»War sein Name etwa dabei? Siehst du!« Elif fasste sie am Arm. »Selbst wenn er was damit zu tun hat, geht es disch nix mehr an. Er hat jetzt sein eigenes Leben, klar?« Mit ruppiger Zärtlichkeit fuhr sie Vicky durch das Haar. »Komm, lenk disch mit Musik ab, ja?«

Nach dem Wetterbericht, der für die nächsten Tage Aufheiterungen und steigende Temperaturen ankündigte, und dem *Wort zum Sonntag* saßen sie pünktlich zur Eurovisionshymne wieder auf dem Sofa.

Beide hofften sie auf einen aufsehenerregenden *Grand Prix* wie im vergangenen Jahr, als Sandie Shaw für Großbritannien im superkurzen Glitzerkleidchen antrat. Barfuß. Ausgerechnet in der Wiener Hofburg, dem Kaiserschloss der untergegangenen Donaumonarchie. Dann hatte sie auch noch haushoch gewonnen, und *Puppet on a String* wurde zum Riesenhit.

Mit einem entzückten Laut kommentierte Elif das bodenlange Kleid mit transparenten Ärmeln der französischen Sängerin und seufzte. »In Farbe bestimmt noch toller!«

Per Knopfdruck hatte Vizekanzler Willy Brandt im August auf der Internationalen Funkausstellung in Berlin die Ära des Farbfernsehens gestartet. Zumindest für die Haushalte, die ein entsprechendes Gerät besaßen.

Vicky lachte auf. »Und wo kriegen wir jetzt auf die Schnelle dreitausend Mark für so eine Kiste her?«

In der Londoner Royal Albert Hall versackte Österreich mit Karel Gott auf den hinteren Rängen, während Wencke Myhre mit Volantmini, Kulleraugen und süßem norwegischem Akzent einen guten sechsten Platz für die Bundesrepublik einfuhr. Cliff Richards, der im Rüschenhemd schon mal *Congratulations* beschworen hatte, verlor am Ende um einen lumpigen Punkt gegen Spanien – ein absoluter Ohrwurm, dessen Refrain *Laa-la-la-laa, la-la-laa* wirklich jeder mitsingen konnte.

Bei der Fanfare der *Tagesschau* sprang Elif auf und schaltete den Apparat aus, bevor sie sich wieder aufs Sofa fallen ließ.

Der *Grand Prix* beschäftigte sie noch eine Weile, und sie kamen darauf zu sprechen, wie bunt und vielfältig die Welt geworden war. Knallige Farben und poppige Muster hatten Einzug gehalten. Junge Männer trugen schon auch mal ein Hemd in Rosa oder Lila, und während ihr weiblicher Gegenpart mutig immer öfter zu Hosen griff, boten Röcke und Kleider die Qual der Wahl zwischen Maxi, Midi und Mini. Mode war längst nicht mehr ein Diktum von oben, sondern ein Ausdruck von Protest, einer Weltanschauung oder der Selbstverwirklichung, mit selbst gebatikten T-Shirts und eigenhändig bestickten Blusen, Hemden oder Jeans. Eine neue Freiheit lag in der Luft und duftete nach Patschuli, Sandelholz und Jasmin.

Gegen halb zwei drehte sich klackend ein Schlüssel in der Wohnungstür.

»Vorbeischleichen ist zwecklos!«, rief Vicky neckend in den Flur hinaus.

Glühende Flecke auf den Wangen und ein Lächeln um den Mund, kam Sunny herein.

»Und, wie war's?«, wollte Elif wissen.

Sunnys Lächeln vertiefte sich, während sie Mantel und Handtasche auf einem der Stühle ablegte, die Schuhe abstreifte und mit einer frischen Tasse aufs Sofa kletterte.

»Jetzt spann uns nicht auf die Folter!«, meinte Vicky lachend.

»Also«, begann Sunny gedehnt, sobald Elif ihr Tee eingeschenkt hatte, »er hat für mich gekocht. Wie heißt das? Saure Braten? Mit Klößen.« Schwärmerisch verdrehte sie die Augen. »So gut!«

»Und dann?«, bohrte Elif ungeduldig nach.

»Dann hat er vorgelesen. *Vom Winde verweht*. So romantisch!«

»Aber nicht den ganzen Schmöker, oder?«, warf Vicky erheitert ein.

Sunny beugte sich vor, um eine der übrig gebliebenen Pralinen aus der Schachtel zu fischen. »Ich hab ihm das Buch irgendwann weggenommen«, sagte sie verschmitzt und machte eine kunstvolle Pause. »Er braucht Nachhilfe beim Küssen. Aber lernt schnell!«

Im freudigen Jubel ihrer Freundinnen ließ Sunny sich auf dem Sofa zurückfallen. »Norbert«, fügte sie verträumt hinzu, »ist nicht nur groß und blond und stark. Teutone!« Sehnsüchtig seufzte sie auf. »Hat auch großes Herz und sanfte Seele.«
Elif stupste sie in die Seite. »Sunny ist verliebt!« Die glänzenden Augen der Koreanerin sprachen Bände.

44

Leaving on a Jet Plane

Am Mittwoch vor Ostern saß Vicky in einem Arztzimmer der Uniklinik und las sich durch die Untersuchungsergebnisse von Dr. Karl Frommer, geboren am 25. April 1909. Derselbe Jahrgang wie ihre Mutter. Bei jedem Umblättern nahm sie aus dem Augenwinkel die Röntgenbilder wahr, die noch am Leuchtkasten an der Wand hingen. Prof. Dr. Graeven, ein hagerer grau-blonder Mittfünfziger, hatte sie ihr vorhin genau erläutert. *Unter uns Kollegen.*

»Ihnen als Medizinerin brauche ich ja nicht zu sagen, was das heißt«, ließ er sich vernehmen, sobald Vicky am Ende des Berichts angelangt war.

Sie hob den Kopf. »Aber Sie sind der Fachmann. Sie wissen zweifellos, was mit Operation und Bestrahlung möglich ist.«

Sein längliches Gesicht mit der hohen Stirn, das Gesicht eines Feingeists, verzog sich kummervoll. »Nicht bei einem derart fortgeschrittenen Stadium des kleinzelligen Bronchialkarzinoms und bei diesem Grad der Metastasierung. Hier können wir nur noch palliativ arbeiten. In Abwägung von Nutzen und Risiken und im Hinblick auf das Alter von Dr. Frommer würde ich von einer Radiotherapie abraten. Mit einer medikamentösen Behandlung allerdings ließe sich seine Lebensqualität noch eine Weile aufrechterhalten.«

»Von welchem Zeitrahmen sprechen wir?«

Dr. Graeven spielte mit der Lesebrille auf der Schreibtischunterlage vor sich. »Das ist in der Praxis meist schwierig zu beziffern. Anhand meiner Erfahrungswerte würde ich acht bis zwölf Monate sagen. Maximal.«

Vicky blinzelte vor sich hin, ihre Kehle war wie zugeschnürt. »Weiß er es schon?«, fragte sie nach einer längeren Pause heiser.

Ihr Gegenüber nickte.

Das Ticken der kleinen Uhr auf dem Schreibtisch stach überlaut in Vickys Ohren. Am liebsten hätte sie sie angehalten, besser noch die Zeit zurückgedreht, um Wochen, Monate, ein oder zwei Jahre, als noch etwas zu machen gewesen wäre. Den Gedanken, über ihre Mutter eine Zweitmeinung aus der Charité einzuholen, verwarf sie sofort wieder. Das neue Strafgesetzbuch der DDR, das im Sommer in Kraft treten würde, sah härtere Strafen für politische Vergehen vor; nun waren sie doch wieder vorsichtiger geworden, was sie einander am Telefon anvertrauten.

Ihr Blick wanderte zum Fenster hinaus, wo eine Wolke gerade die Frühlingssonne auslöschte.

Über dem Asphalt flimmerte es; trotz des kräftigen Windes schien die Sonne warm auf das Rollfeld. An diesem Ostersonntag kreiselte der Betrieb am Flughafen wie gewohnt um die neue Fluggastbrücke, die nach amerikanischem Vorbild einen direkten Übergang zwischen Abfertigungshalle und Flugzeug ermöglichte. In der Sanitätsstelle jedoch ruhte die Arbeit für den Moment; ein Kollege von Florian Flughafen hatte sich bereit erklärt, am Telefon zu bleiben, während Vicky und ihr Team mit einer Trauerbinde am Arm Spalier standen.

Aus einer amerikanischen Militärmaschine wurden vier Särge ausgeladen. Vier Deutsche, die zu Beginn des Jahrzehnts nach

Vietnam gegangen waren, um in einem Hilfsprojekt der Bundesregierung Ärzte auszubilden, allen finanziellen und bürokratischen Hürden und dem Krieg zum Trotz. Dr. Krainick, Professor für Pädiatrie, und seine Frau Elisabeth. Dr. Discher, Facharzt für Innere Medizin. Dr. Alteköster, Assistenzarzt. Vom Vietkong während der Kämpfe um Hue entführt, mit Schüssen in Genick oder Kopf hingerichtet und in einem Massengrab verscharrt.

Unwirklich war es, fand Vicky, hier zu stehen und die Särge zu beobachten, die an diesem herrlichen Frühlingstag in den Bestattungswagen verschwanden, um nach Freiburg und Düsseldorf überführt zu werden. Wie vieles gerade unwirklich schien. Dr. Frommer würde nicht mehr in die Sanitätsbaracke zurückkehren. In jeder freien Minute, die ihnen das betriebsame Osterwochenende ließ, besprachen sie im Team, wie sie ihm noch ein gutes letztes Jahr bereiten konnten.

Norbert boxte sie so fest gegen den Oberarm, dass es wehtat, und verständnislos sah sie ihn an. Erst als Sunny einen erstickten Laut von sich gab, blickte sie suchend umher und vergaß dann für einen Augenblick das Atmen.

Ein drahtig gebauter Mann entfernte sich von der Militärmaschine, die Haut tiefbraun gegen das Weiß der Hose und des kurzärmligen Hemdes. Eine sportliche Sonnenbrille auf der Boxernase und einen Seesack über der Schulter, näherte er sich mit energiegeladenen und fast ungeduldigen Schritten. Das kurz geschorene dunkle Haar, das auf der Stirn mephistohaft spitz zulief, war von mehr Grau durchzogen als noch vor knapp zwei Jahren. Vickys Herz hämmerte gegen ihre Rippen.

»War der einzige Flieger, den ich auf die Schnelle kriegen konnte«, rief Raimund über das Heulen der Triebwerke, während die Pfleger ihn mit freudigen Ausrufen und Schulterklopfern willkommen hießen, Dr. Küppers und Dr. Krautgartner mit herzhaftem Handschlag. Sunny schlang ganz ungeniert die Arme um ihn, und er drückte sie kurz an sich, bevor er sich Vicky zuwandte.

»Wie geht es ihm?«, fragte er ohne Umschweife.

»Wahrscheinlich schlechter, als er sich anmerken lässt«, antwortete sie. »Wir hoffen, dass er bald nach Hause darf.«

Raimund nickte. »Ich will nur eben nachsehen, ob meine Bude noch steht, und fahre dann gleich in die Uniklinik.«

Ohne ein weiteres Wort ging er eilig davon und ließ Vicky mit einem Tumult in ihrem Inneren zurück.

Eine Kaffeetasse in der Hand, trat Vicky einen Tag später aus der Sanitätsbaracke in die Sonne, die schon fast etwas Sommerliches hatte. Aufseufzend ließ sie sich auf einen der Campingstühle fallen, die zusammen mit einem Klapptisch neuerdings hier standen. Vickys Antrag auf Außenmobiliar hatte Herr Kleinschmitt ohne Zögern abgeschmettert; für solche Kinkerlitzchen sei nun wirklich kein Geld da. Also hatte sie Tisch und Stühle aus eigener Tasche bezahlt. Wenn es schon ein Schönwetterjahr zu werden versprach, wollte sie auch etwas davon haben.

Trotz Fluglärm und österlichem Hochbetrieb wirkte Rhein-Main an diesem Wochenende wie das stille Auge inmitten eines Hurrikans. Nur wer den Flughafen gut kannte, bemerkte die auffällige Präsenz der Polizeieinheiten, die gekonnt verschleierte, dass ein Großteil der Mannschaft im Stadtgebiet gebraucht wurde.

Die Spannungen, die seit dem Schah-Besuch und dem gewaltsamen Tod von Benno Ohnesorg ohnehin schon in der Luft lagen, hatten sich mit voller Wucht entladen. Auslöser war das Attentat vom Gründonnerstag. Auf dem Ku'damm hatte ein Hilfsarbeiter aus München drei Schüsse auf Rudi Dutschke abgefeuert, zwei davon in den Kopf; noch war unklar, ob er überleben würde. Die Wut der Studenten hatte ein klares Ziel: den übermächtigen Pressekonzern Axel Springer, der bereits seit Jahren mit fetten Aufmachern der *Bild-Zeitung, B.Z.* und *Berliner Morgenpost* die protestierenden jungen Leute verhöhnte und dämonisierte. *Stoppt den Terror der Jungroten jetzt! Störenfriede ausmerzen. Wer Terror produziert, muss Härte in Kauf nehmen! Kein Geld für langbehaarte Affen! Man darf auch die ganze Drecksarbeit nicht der Polizei und ihren Wasserwerfern überlassen. Rote SA.* Und aus der geplanten, von der Polizei jedoch vereitelten Protestaktion der Kommunarden Langhans und Teufel, beim Besuch des US-Vizepräsidenten Humphrey Tüten mit Pudding, Sahne und Mehl zu werfen, hatte die *Bild* mal eben einen Bombenanschlag gemacht.

Noch am Gründonnerstag belagerten die ersten Studierenden das Axel-Springer-Hochhaus in Kreuzberg, um die Zeitungsauslieferung zu behindern. Der Auftakt für ein Wochenende voller Krawalle gegen den Verlag, auch in München, Köln, Hamburg und Frankfurt. Steine, Flaschen und brennende Fackeln flogen, Autos formierten sich zu Barrikaden, Molotowcocktails setzten Verlagsfahrzeuge in Brand, und Reifen wurden aufgeschlitzt. Die Polizei reagierte mit scharfen Hunden, Wasserwerfern und Knüppeln, manchmal selbst dann noch, wenn die Demonstranten bereits auf dem Boden lagen. Und schnell waren es nicht nur Studis, sondern auch Lehrlinge, Schülerinnen und Schüler, die ihrem Zorn freien Lauf ließen, mehr als zwanzigtausend insgesamt. *Springer-Mörder! Die Bild hat mitgeschossen! Gestern Dutschke, morgen wir!* Einige Dutzend wurden verletzt, mehrere Hundert festgenommen, darunter auch Peter Brandt, der älteste Sohn des Außenministers. Solche schweren Ausschreitungen hatte die Bundesrepublik seit ihrer Gründung nicht erlebt.

Terror in Berlin!, titelte die *Bild-Zeitung* prompt.

Vicky hörte Schritte und wandte den Kopf.

»Darf ich?«, fragte Raimund, die Sonnenbrille auf der Nase, und auf ihr Nicken hin ließ er sich auf dem zweiten Stuhl nieder, ebenfalls mit einem Kaffee.

Vicky musterte ihn aus dem Augenwinkel. Mehr als geschäftsmäßige Äußerungen hatten sie noch nicht miteinander gewechselt, seit er heute seinen ersten Dienst angetreten hatte.

»Wie ist es für dich, wieder hier zu sein?«, erkundigte sie sich nach einer Weile.

Auf seinem Gesicht zuckte es. »Ich bin noch gar nicht wirklich angekommen. Hier ist alles so heil, so geordnet. Sogar der Straßenlärm. Daran muss ich mich erst wieder gewöhnen.«

Raimund stellte die Tasse ab, nestelte eine Packung Lucky Strikes aus der Brusttasche des kurzärmeligen Hemdes und klopfte konzentriert eine davon heraus.

»So etwas wie in Vietnam habe ich noch nie gesehen«, sprach er weiter. »Weder in Korea noch im Kongo. Die Leute sind teils kilometerweit durchs Land gelaufen, um zu uns aufs Schiff zu kommen oder zu den einheimischen Sanitätsbaracken am Hafenkai. Wir hatten Patienten mit Laborwerten, bei denen jeder Europäer schon gar nicht mehr am Leben wäre. Fast jeder Zweite dort leidet an Tuberkulose, und ich will nicht wissen, wie viele unserer Medikamente auf dem Schwarzmarkt landen, um für ein paar Tage die Reisschüssel zu füllen.« Er zündete die Zigarette an und stieß langsam den Rauch aus. »Und unter dem Gemetzel und dem Elend ist dieses Land so unglaublich schön. Die *Marble Mountains*. *Non Nuoc Beach*. Wenn dieser Krieg irgendwann vorbei ist, will ich noch einmal hinfliegen. In der Hoffnung, dass die Vietnamesen, mit denen ich mich angefreundet habe, dann noch leben.«

»Die USA werden verlieren, oder?«, warf Vicky leise ein.

Vor zwei Wochen hatte Lyndon B. Johnson bekannt gegeben, nicht wieder für das Präsidentenamt zu kandidieren. Ein Eingeständnis seines Scheiterns in Vietnam, wie es schien.

»Sie haben schon verloren«, erwiderte Raimund bissig. »Weil dieser Krieg nicht zu gewinnen ist. Nicht, wenn die Fischer, Obst- und Gemüsehändlerinnen und Handwerker, die man bei Tag sieht, mit Einbruch der Dunkelheit ihre versteckten Waffen hervorholen und für den Vietkong kämpfen. Fragt sich nur, wie die USA es schaffen wollen, sich zurückzuziehen, ohne vor der ganzen Welt das Gesicht zu verlieren. Und wie viele Menschen bis dahin noch ihr Leben lassen müssen, ob Vietnamesen oder Amerikaner.«

Die Weigerung, seinen Wehrdienst anzutreten, hatte Muhammad Ali eine hohe Geldstrafe und fünf Jahre Haft eingebracht, auf Kaution ausgesetzt. Auch seinen Titel und die Boxlizenz hatte er verloren und war als Drückeberger und Landesverräter beschimpft worden. Seitdem machte er sich in der Öffentlichkeit gegen diesen Krieg und gleichzeitig gegen Rassismus stark: *Warum sollte ich eine Uniform anziehen und zehntausend Meilen von zu Hause entfernt Bomben und Kugeln auf braunhäutige Menschen in Vietnam abfeuern – während man in Louisville Schwarze wie Hunde behandelt und ihnen Grundrechte verweigert?*

»Du heißt noch immer Becker«, sagte Raimund unvermittelt.

Vicky blinzelte gegen die Sonne an. »Achim und ich haben unterschiedliche Lebenswege eingeschlagen. Letztlich war wohl einfach zu viel Zeit verstrichen.«

Raimund schwieg. Sein Gesicht hinter der Sonnenbrille gab keinen Aufschluss darüber, was in ihm vorgehen mochte.

Seine Zigarette war schon fast aufgeraucht, als er wieder das Wort ergriff. »Frommer meint, ich soll ihm als Chefarzt nachfolgen. Der Vorstand muss es nur noch absegnen. Du sollst dich trotzdem weiter um die neue Klinik kümmern. Sofern du mit dieser Regelung einverstanden bist natürlich.«

Vicky gluckste. »Ich reiße mich bestimmt nicht um den ganzen Papierkram, der auf dem Chefposten anfällt. Den überlasse ich dir gern.«

»Okay.« Er löschte den Zigarettenstummel unter der Schuhsohle und nahm die Kaffeetasse wieder mit in die Sanitätsbaracke.

Raimund war zurück. Vicky schloss die Lider und reckte das Gesicht in die Sonne.

45

With a Little Help from My Friends

Im Mai wurde Dr. Frommer aus der Uniklinik nach Hause entlassen. In der spiegelblanken Küche belud Vicky ein Tablett mit Kaffee, Keksen und Obst und trug es ins Wohnzimmer. Die ganze Wohnung war wie aus dem Ei gepellt, das Werk von Elif und einer ihrer Kolleginnen aus der Putzkolonne.

»Und, was meinen Sie?«, erkundigte sich Henning und tätschelte stolz das brandneue Fernsehgerät, das eigentlich für die Sanitätsstelle bestimmt gewesen war. Doch genauso wie sie alle dafür zusammengelegt hatten, waren sie sich auch einig gewesen, dass Dr. Frommer den Apparat besser gebrauchen konnte.

Die morgendliche Wiederholung der gestrigen Tagesschau berichtete aus Frankreich, wo Studis und Arbeiter auf die Barrikaden gingen und zu einem Generalstreik aufriefen.

In einer bequemen Kordhose und Pantoffeln an den Füßen, saß Dr. Frommer im Sessel und blickte amüsiert drein. »Eigentlich dachte ich immer, ich hätte keine Zeit für solch eine Kiste«, erwiderte er. »An den Gedanken muss ich mich jetzt wohl gewöhnen.«

»Ich schau dann übermorgen wieder bei Ihnen vorbei«, verabschiedete sich Henning. »Tschüss, Dr. Frommer!«

Beim ersten Schluck aus der Tasse seufzte Dr. Frommer genießerisch. »Das nenne ich mal einen richtigen Kaffee! Nicht diese Brühe, die sie einem im Krankenhaus vorsetzen. Danke,

Dr. Becker.« Belustigt deutete er auf die Flaschen Wein und Rotbäckchen, die zellophanverpackten Fresskörbe und Pralinenschachteln auf dem Tisch, garniert mit Grußkarten der Belegschaft. So gut wie jeder, der auf Rhein-Main arbeitete, kannte Dr. Frommer und hatte bestürzt auf dessen unfreiwilligen Abschied vom Flughafen reagiert. »Verhungern werde ich die nächste Zeit schon mal nicht!«

Vicky grinste. »Warten Sie ab, bis Norbert Ihren Kühlschrank mit Tupperschüsseln füllt! In den vergangenen Nachtdiensten hat er schon Kochbücher und Hausfrauenzeitschriften gewälzt, auf der Suche nach brauchbaren Rezepten.«

Schmunzelnd stemmte er sich aus dem Sessel hoch und schlurfte zum Fernsehgerät, um es auszuschalten; innerhalb dieser wenigen Wochen schien er um Jahre gealtert.

Sie zögerte einen Augenblick. »Wir haben uns überlegt«, sagte sie dann, »wenn Sie noch mal verreisen wollen, könnte einer von uns Sie begleiten. Sofern Sie möchten.«

Überrascht sah er sie an. »Wozu soll ich verreisen? Ich hätte auch meinen Ruhestand nur mit Wanderungen im Taunus verbracht. Und damit, anderes zu lesen als Fachliteratur. Das kam die ganzen Jahre zu kurz.«

Schwer ließ er sich wieder in den Sessel fallen und brach in einen Hustenanfall aus. Ein hässlicher rasselnder Husten, der Vicky jedes Mal durch und durch ging. Einige Augenblicke rang er nach Luft und zog ein Stofftaschentuch aus der Hosentasche, mit dem er sich über den Mund wischte.

»Wie steht es denn mit Ihnen, Dr. Becker?«, nahm er keuchend den Faden wieder auf. »Falls ich mich recht entsinne, sind Sie nur ein einziges Mal in Urlaub gefahren. Weshalb?«

Vicky zuckte mit den Schultern und zog das Schleifenband eines Geschenkkorbs durch die Finger. Auf diese Frage hatte sie keine Antwort.

»Darf ich ganz offen sein?«, fuhr Dr. Frommer fort. »Als schwerkranker alter Mann? Sie kommen mir wie eine Person vor, die immer einen gepackten Koffer unter dem Bett hat. Bloß keine zu tiefen Wurzeln schlagen, Sie könnten ja wieder herausgerissen werden. Doch wenn Sie Ihr gewohntes Terrain verlassen, ist Ihnen der Weg zurück womöglich versperrt. Eine Zwickmühle, die ich von meiner Generation her kenne. Von denen, die Bombennächte erlebt haben, und von Kriegsflüchtlingen. Und ich wage zu behaupten, dass Ihnen der Flughafen deshalb so sehr behagt. Ein fester Ort, an dem ein beständiges Kommen und Gehen herrscht. Ein Niemandsland.«

Vicky stieg das Blut ins Gesicht.

Er streckte die Hand nach seiner Kaffeetasse aus, hielt dann jedoch inne. »Was ist eigentlich bei Ihren Bewerbungen rausgekommen?«

Damit erwischte er sie kalt, sie hatte gehofft, er hätte es vergessen. Im Nachhinein war sie froh, niemandem sonst davon erzählt zu haben.

»Nichts«, rang sie sich unter seinem unnachgiebigen Blick schließlich ab. »Oder so gut wie nichts. Zwei Vorstellungsgespräche hätte ich haben können, beide wieder in der Pädiatrie.« Sie bemühte sich um ein tapferes Lächeln. »Danke trotzdem für Ihre ausdrücklichen Empfehlungen an die Uniklinik und St. Elisabethen.«

Dr. Frommer blickte betroffen, klopfte dann einladend aufs Sofa, und Vicky ließ sich neben ihm nieder.

»Ich dachte, ich wäre gut«, brach es aus ihr heraus. »Gut genug für die Chirurgie. Doch nach den ganzen Absagen muss ich wohl einsehen, dass dem nicht so ist.«

»Ach, Mädle!« Er seufzte. »Wir beide wissen sehr genau, dass Sie das Zeug für die Chirurgie haben, den Absagen aber vermutlich etwas ganz anderes zugrunde liegt.«

»Ich versteh's nicht!«, stieß Vicky wütend hervor. »Ich bin während des Studiums im Seziersaal kein einziges Mal umgekippt, auch nie während der praktischen Übungen, etliche meiner Kommilitonen schon. Ich komme mit extremen Einsätzen wie bei *Knalltex* oder den beiden Zugunglücken zurecht, und ich bin auch kein zerbrechliches kleines Ding, das nicht ordentlich zupacken könnte. Es ist einfach nicht fair!« Sie kämpfte mit den Tränen.

Listig kniff er ein Auge zu. »Bedeuten Ihnen die kleinen Schnippeleien bei uns in der Sanitätsstelle denn so wenig?«

»Das ist es nicht!«, wehrte Vicky heftig ab und wischte sich mit dem Handballen über die nassen Augen. »Ich wollte in meinem ganzen Leben eben immer nur eins: Herzen operieren.«

»Zeigen Sie mir einen Medizinstudenten, der keine hochfliegenden Träume hat«, sagte er. »Krebs heilen, defekte Organe ersetzen oder sämtliche Seuchen der Menschheit ausrotten. Manchen gelingt es sogar. Jetzt haben wir ein Medikament für die Rhesusunverträglichkeit von Mutter und ungeborenem Kind, was vor nicht einmal fünf Jahren noch reines Wunschdenken war. Es schaffen eben nur nicht alle, ihre Ziele zu erreichen.«

Er machte eine kleine Pause, in der er gedankenvoll von seinem Kaffee trank.

»Es ist etwas Eigenes mit diesen Lebensträumen«, fuhr er dann fort. »Manche davon gehen in Erfüllung, während man andere früher oder später begraben muss. Und dann wirft einem das Leben immer mal Chancen vor die Füße, bei denen man erst viel später begreift, dass man eigentlich die ganze Zeit von so etwas geträumt hat, ohne es zu wissen.« Er deutete auf den ausgeschalteten Fernseher. »Diese jungen Leute da draußen ... Die haben schon recht, wenn sie für ihre Überzeugungen auf die Straße gehen. Wenn sie den Moder wegfegen wollen, der noch aus der Kriegs- und Nachkriegszeit übrig geblieben ist.

Und es ist das Vorrecht der Jugend, dabei himmelsstürmend und manchmal radikal zu sein. Was sie nicht sehen und auch nicht sehen können, weil sie dafür zu jung sind: Nicht jede Revolution kommt durch Straßenschlachten in Gang. Manche vollziehen sich im Kleinen und ganz leise.« Sein Blick aus babyblauen Augen bekam etwas Eindringliches. »Vielleicht müssen Sie Herzschrittmacher und Bypässe wirklich Ihren männlichen Kollegen überlassen. Das ist bitter, Dr. Becker, und es steht Ihnen zu, damit zu hadern. Machen Sie nur nicht den Fehler, Ihre eigenen Leistungen gering zu schätzen. Sie sind die erste Ärztin in der Sanitätsstelle. Die Erste, die einen Notarztwagen durchgesetzt hat. Und mit großer Wahrscheinlichkeit waren Sie weit und breit die Erste, die unverheirateten Frauen Rezepte für die Pille ausgestellt hat. Davon, dass Sie als Ärztin auch keinerlei Berührungsängste mit der sündigen Seite Frankfurts haben, gar nicht zu reden.« In den Augenwinkeln fächerten sich tiefe Strahlenkränze auf. »Wenn das keine Revolte ist, weiß ich auch nicht.«

Die Pfingstreisewelle rollte über Flughafen und Autobahn hinweg, dem regnerischen Wetter zum Trotz, und wie bereits an Ostern stand für schwere Unfälle endlich ein Rettungshubschrauber bereit. *Florian Frankfurt Hubschrauber 1* war ein Monstrum von Boeing, das an eine Banane mit Propellern erinnerte; eine Leihgabe der Bundeswehr über die Feiertage.

Kurz nach dem langen Wochenende stand die Welt geschockt für einen Moment lang still, im Echo der Schüsse, die im Ambassador Hotel von Los Angeles Robert F. Kennedy tödlich verletzten. Mit seiner Haltung gegen den Vietnamkrieg ein Hoffnungsträger all derer, die für ein Ende der amerikanischen Angriffe auf die Straße gingen, ob in den USA, Europa oder Japan. Ein Fürsprecher der Bürgerrechtsbewegung und Visionär eines gerechteren Amerikas, einer gerechteren Welt, war er mit seiner Bewerbung für das Präsidentschaftsamt gerade dabei gewesen, aus dem übermächtigen Schatten seines großen Bruders herauszutreten. Dass das Attentat am ersten Jahrestag des Sechstagekriegs zwischen Israel einerseits und Ägypten, Jordanien und Syrien andererseits verübt wurde und der Schütze gebürtiger Palästinenser war, geriet zur Nebensache. Vietnam war der Kampf, der die Menschen beschäftigte, nicht der schon so lange schwelende Nahostkonflikt. Das Jahr 1968 war noch nicht einmal zur Hälfte vorbei, und schon jetzt schien es von Wut, Hass und Gewalt gezeichnet zu sein.

Und wie ein zorniger alttestamentarischer Gott wütete Mitte Juni ein Unwetter über dem Rhein-Main-Gebiet, gegen das sich diejenigen vor fast genau zwei Jahren im Rückblick harmlos ausnahmen. Kurz nach Mittag zeigte sich der Himmel nachtschwarz, und unter grellen Blitzen stürzten Wassermassen vom Himmel, die Straßen in reißende Flüsse verwandelten oder in Schlammbrühen, einen halben Meter hoch. Halb Frankfurt meldete Land unter. Die neuen U-Bahn-Schächte liefen voll; aus den Kanalrohren schossen Geysire und katapultierten Gullydeckel durch die Gegend. Bis zum darauffolgenden Morgen fuhren die Feuerwehren der Stadt sechshundert Einsätze, das Team der Sanitätsstelle immerhin auch noch fast zwei Dutzend.

Dieses Mal genehmigte Herr Kleinschmitt, ohne mit der Wimper zu zucken, Vickys erneuten Antrag auf ein Schlauchboot.

Nicht einmal eine Woche später saß sie neben Ansgar und Raimund im Notarztwagen und raste über die bereits von der Polizei abgesperrte Autobahn. Schon von Weitem waren flackernde Blaulichter zu sehen. Mehrere Streifenwagen und Feuerwehrfahrzeuge umstanden einen Wall aus zerknäulten und ineinander verkeilten Autos, vor dem Ansgar schließlich hielt.

Durch die Windschutzscheibe warf Vicky einen flüchtigen Blick auf den zertrümmerten Lastwagen am Anfang der Massenkarambolage; den umgekippten Tanklastzug bedeckte die Feuerwehr gerade mit einem Schaumteppich. Eilig kletterte sie vom Sitz herab und trat in den brütenden Sonnenschein; es hatte sicher fast dreißig Grad. Die Luft roch nach Benzin und Asphalt, Gummi und Metall und zitterte förmlich unter den erregten Stimmen. Während ein paar Feuerwehrleute mit grobem Werkzeug zerbeulten Karosserien zu Leibe rückten, um noch die letzten Insassen zu befreien, verschaffte sich Vicky einen Überblick. Die meisten Unfallopfer schienen nur leicht verletzt, mit Platz- und Schnittwunden, Knochenbrüchen, sicher dem einen oder anderen Schleudertrauma; einige standen offensichtlich unter Schock. Die konnten sie getrost den Helfern von der Feuerwehr überlassen sowie den Krankenwagen, die sich gerade mit Blaulicht und Sirenengeheul näherten.

Nicht so die junge Frau, die bleich und bewusstlos auf dem Asphalt lag. Und sie war hochschwanger, mindestens in der fünfunddreißigsten Woche, schätzte Vicky.

»Ist mir gerade weggekippt!«, rief der Feuerwehrmann, der mit der Herzdruckmassage beschäftigt war.

»Schon mal einen perimortalen Kaiserschnitt gemacht?«, fragte Raimund Vicky, während er eine schnelle Untersuchung vornahm.

»Nur zwei normale«, erwiderte sie und schlug das geblümte Umstandskleid hoch, um den vorgewölbten Bauch abzutasten. »Alles andere ist für mich reine Theorie.«

»Gleiches Prinzip, aber mit Längsschnitt«, erklärte er über der Intubation. »Ist sicherer und verschafft größeren Überblick. Gib mir vier Minuten!«

Mit Ansgar neben sich brauchte Vicky für die Vorbereitungen nicht einmal eine halbe Minute. Und genauso schnell hatte sie einen der Polizisten dafür engagiert, überall herumzufragen, ob die junge Frau allein im Fahrzeug gesessen hatte. Weitere eineinhalb Minuten nutzte sie, um das Bruststück des Stethoskops auf den Bauch zu legen. Sie fand zwar Herztöne, doch die klangen alles andere als beruhigend. »Raimund!«

Während er den Brustkorb der Schwangeren bearbeitete, hielt er Vickys Blick fest; Schweiß lief ihm über das Gesicht. Bei diesen hochsommerlichen Temperaturen stand auch Vicky im eigenen Saft, und der Feuerwehrmann, der den Beatmungsbeutel betätigte, wischte sich mit dem Ärmel über die nasse Stirn. Zwei Leben standen hier auf dem Spiel, nahezu unmöglich, eines gegen das andere abzuwägen.

Raimund ruckte mit dem Kopf in Vickys Richtung. »Mach auf!«

Mit dem behandschuhten Zeigefinger suchte Vicky sich den Ansatzpunkt, atmete tief durch und zog dann beherzt das Skalpell von oben um den Bauchnabel herum nach unten durch. Sie hatte es gut erwischt und konnte auf Anhieb die Bauchdecke auseinanderzerren, die der Oberpfleger dann für sie aufhielt.

»Versuchen Sie, das Baby heil zu lassen«, knurrte er.

Sie nahm es Ansgar nicht übel, vor lauter Anspannung war sie selbst kratzbürstig gestimmt. »Danke für den Tipp!«

Vicky setzte einen kleinen Schnitt in den dunkelroten Uterus, und Fruchtwasser sprudelte ihr entgegen. Die Zunge in den Mundwinkel geklemmt, schob sie zwei Finger als Sicherheitspolster in die Gebärmutter und schnippelte dann vorsichtig mit der Schere darüber hinweg, bevor sie mit der einen Hand auf das obere Ende drückte, sodass ihr das Köpfchen entgegenkam.

»Ich brauche hier noch zwei Hände!«, hörte sie Raimund brüllen.

»Passen Sie bloß auf, dass es Ihnen nicht davonflutscht!«, schimpfte Ansgar.

»Ich geb mir alle Mühe«, keuchte Vicky, der Säugling war wirklich glitschig wie ein frisch gefangener Fisch.

»Bin da«, sagte Raimund so dicht neben ihr, dass sein Atem über ihre Wange strich, und zu zweit hoben sie das Kind aus dem Uterus heraus, das Vicky dann abnabelte.

Ein Mädchen, die Haut faltig und bläulich grau. Und es gab keinen Laut von sich. Raimund hüllte es in ein OP-Tuch und ging damit davon.

Vicky starrte auf ihre Finger, die Gummihandschuhe nass glänzend von Fruchtwasser und Blut. Vor ihr lag eine aufgeschnittene junge Frau, seit mehreren Minuten ohne Herzschlag, und das Kind, das sie gerade rausgeholt hatten, zeigte kein Lebenszeichen. Einen entsetzlich langen Augenblick wusste sie nicht mehr weiter. Dann ging ein Ruck durch sie, und sie entfernte die Plazenta, die Ansgar achtlos auf den Asphalt klatschen ließ.

»Die werden sie in der Klinik zumachen, oder?«, fragte sie barsch, während sie den Uterus gründlich durchmassierte. Als Ansgar ähnlich ruppig bejahte, begann sie, die Bauchhöhle provisorisch mit Tüchern auszustopfen.

Ein kleiner Laut wie der eines Kätzchens drang zu ihr durch, gleich darauf hörte sie den ersten dünnen Schrei eines Neugeborenen, und Tränen schossen ihr in die Augen. Ansgar schlug ihr kräftig auf die Schulter, und sie holte tief Luft, bevor sie weiterarbeitete.

Aus dem Augenwinkel nahm sie wahr, wie Raimund zu ihr trat.

»Würdest du sie nehmen?«, fragte er. »Im Ernstfall brauche ich Ansgar für eine offene Herzmassage.«

»Klar.« Im Aufstehen riss sie sich die Gummihandschuhe von den Händen.

Raimund löste den hinzugekommenen Feuerwehrmann wieder bei der Herzdruckmassage ab. Zum Schutz vor der Sonne zog Vicky das Tuch enger um das quäkende Kind und schickte im Schatten des Notarztwagens ein Stoßgebet nach dem anderen zum Himmel. Kurz darauf rannte Ansgar herbei und reckte grinsend den Daumen hoch. Es rumste und schepperte, als er die Hecktüren aufriss, die Trage herauszog und sie dann hochgebockt im Laufschritt davonrollte.

»Fräulein Doktor!« Der Polizeibeamte von eben winkte ihr mit dem grauen Büchlein eines Führerscheins zu, in der anderen Hand eine Damenhandtasche. »Claudia Schumann«, erklärte er, »sechsundzwanzig Jahre alt. War wohl allein im Fahrzeug. Wir würden dann die Angehörigen ausfindig machen und verständigen. Wen haben wir denn da?« Schmunzelnd blickte der Polizist auf das Baby in Vickys Arm und verfolgte dann mit bedrückter Miene, wie Ansgar die bewusstlose Patientin in den Transporter schob und selbst hineinkletterte. »Wird sie durchkommen?«, erkundigte er sich bedrückt.

»Wir hoffen es«, antwortete Raimund und schwang die Taschen mit medizinischer Ausrüstung hinein. »Dass Dr. Becker das Kind geholt hat, bedeutet auf jeden Fall eine massive Erleichterung für den mütterlichen Kreislauf. Um alles Weitere müssen sich die Kollegen in der Uniklinik kümmern.«

Ansgar sprang aus dem Wagen, und Raimund half Vicky mit dem Kind hinein.

»Ich lass die Heulboje erst mal aus«, verkündete der Oberpfleger. »Wegen dem Wurm da. Autobahn müsste ja leer sein.«

Er stieß die Türen zu, und Vicky ließ sich auf einem der Klappsitze nieder. Der Motor sprang an, und spürbar behutsam steuerte Ansgar den Wagen an der Unfallstelle vorbei, bevor er sanft beschleunigte. Im Stehen beugte Raimund sich über Claudia Schumann, die am Sauerstoff und einer Infusion hing; dünne Drähte führten unter den Ausschnitt ihres Umstandskleids.

Er fischte nach dem Ende des Papierstreifens, den das EKG-Gerät ausspuckte, neben dem Wagen selbst die teuerste Anschaffung.

»Sieht nicht übel aus«, kommentierte er den Kurvenverlauf.

Die Haut des Neugeborenen war inzwischen rosig und prall; überall haftete noch Käseschmiere. Es erstaunte Vicky einmal mehr, wie zerbrechlich ein solch frisch geschlüpftes Menschenkind war und mit welcher Kraft es dennoch kickte, mit den Armen fuchtelte und unwillig den Kopf hin und her drehte.

»Ja, ich weiß«, flüsterte Vicky, »das ist ganz grässlich gerade. Alles so laut und hell und gar nicht mehr wie in deiner Mama.«

Raimund schaltete ein paar der Innenleuchten aus und ließ sich auf den Klappsitz neben Vicky fallen. Sein kräftiger Geruch, wie nasse Erde und rauchig wie ein Laubfeuer, stieg ihr zu Kopf.

»Was für eine Art und Weise, auf die Welt zu kommen«, meinte Vicky leise.

Raimund brummte zustimmend. »Aber es ist für beide besser, dass sie jetzt da ist.«

Sie hob den Kopf. »Hattet ihr auf der *Helgoland* auch Entbindungen?«

Raimund nickte. »Obwohl das eigentlich nicht vorgesehen war, deshalb hatten wir auch keine Hebamme im Team. Keine Ahnung, weshalb da niemand dran gedacht hat, denn natürlich gab es auch schwangere Patientinnen. Manche davon waren noch stationär bei uns, als die Wehen einsetzten, und ein paarmal haben wir die Kinder aus medizinischen Gründen geholt.« Ein kleines Grinsen zuckte über sein Gesicht. »Ich war natürlich der King, weil ich als Einziger Erfahrung in der Geburtshilfe hatte. Du hättest mal sehen sollen, wie stolz die Kollegen die Winzlinge nach jeder geglückten Entbindung herumgetragen haben. Als hätten sie gerade das Rad erfunden.«

Vicky lachte leise.

Mit dem Zeigefinger fuhr Raimund über den Haarflaum des Neugeborenen. »Es gab viele Kinder an Bord. Sehr viele. Manche sind auch geblieben, weil wir nicht wussten, wo wir sie hinschicken sollten, nachdem wir sie zusammengeflickt und gesund gepflegt hatten. Sie schienen nirgendwo hinzugehören. Überall auf dem Schiff sind sie einem entgegengesprungen, wollten spielen, etwas erzählen, die Lieder singen, die die Krankenschwestern ihnen beigebracht hatten, oder in den Arm genommen werden.«

Aufmerksam sah Vicky ihn an. Die Tropensonne hatte feine Linien in sein Gesicht geritzt; vielleicht auch das, was er in Vietnam gesehen und erlebt hatte. »Du wärst gern dortgeblieben, oder?«

»Aber jetzt bin ich hier.« Die Brauen zusammengezogen, streichelte er die noch blassen Babyfinger. »Die Kinder bei uns an Bord ... Ich werde mich wohl immer fragen, was aus ihnen mal wird. Ob sie eine Chance haben, überhaupt erwachsen oder gar alt zu werden.«

Vickys Blick wanderte zu Claudia Schumann. Erst hier im Wagen war ihr der Ring an der rechten Hand aufgefallen. »Sie weiß noch gar nicht, dass sie jetzt Mutter ist«, flüsterte sie beklommen. »Womöglich wird sie es auch gar nicht mehr erfahren. Und irgendwo dort draußen gibt es einen Herrn Schumann, der keine Ahnung hat, dass er heute schon Vater geworden ist. Was für ein Schock auf ihn wartet. Welches Hoffen und Bangen.«

Das kleine Mädchen in ihrem Arm, noch keine halbe Stunde alt, begann lauthals zu weinen, die rote Schnute aufgerissen und mit bebender Unterlippe. Vicky streckte ihren kleinen Finger aus, und gierig begann das Baby daran zu saugen. Ein heißes Prickeln jagte durch sie hindurch; es kribbelte unter ihrer Zunge und hinter dem Brustbein, bis in den Schädel hinauf und in die Zehen hinunter. Die Körbchen ihres BHs fühlten sich plötzlich zu eng an, und ungeduldig schienen sich ihre Eierstöcke zu regen, die Follikel zum Bersten überreif. Eine vollkommen fremde und überwältigende Empfindung für Vicky, und ihre Augen liefen über.

»Ein Neugeborenes«, hörte sie Raimund heiser sagen, »lässt die Zeit für einen Augenblick stillstehen. Auf einmal ist da ein neues Leben, das gerade erst begonnen hat. Noch ist alles offen, alles möglich. Da denkt man unweigerlich daran, wie es wäre, selbst noch einmal von vorn anzufangen. An die Dinge, die man versäumt hat, die man anders machen würde. Daran, was hätte sein können.«

Ihre Wangen wurden heiß. Von viel zu vielen neuen und verwirrenden Gefühlen durchflutet, beugte sie sich tiefer über das Baby.

46

Take These Chains From My Heart

Vogelgezwitscher und Flugzeugbrummen über ihren Köpfen, spazierten Vicky und Dr. Frommer durch den Wald. Durch das sattgrüne Laub fielen Sonnenflecken auf den weichen Boden; der Juli war bisher sehr warm, aber oft von kräftigen Regengüssen begleitet.

»Jetzt ist Fritz Bauer also auch schon tot«, ließ Dr. Frommer sich nachdenklich vernehmen, seine Stimme kratziger als früher. »Die Neueröffnung des Cafés *Hauptwache* erlebt er nun nicht mehr mit. Da konnte man ihn oft sitzen sehen, mit Kaffee und Zigarre, einen dicken Packen Zeitungen vor sich.«

Vicky kannte den Staatsanwalt, der mit den Auschwitzprozessen Geschichte geschrieben hatte, nur von Fotos und aus dem Fernsehen: ein knorriger weißhaariger Mann mit Brille, der stark schwäbelte und selten die Miene verzog, immer einen Glimmstängel zwischen den Fingern.

»Und was für ein merkwürdiger Tod das war«, fügte Dr. Frommer hinzu. »Mit Schlafmittel in der Badewanne.«

Vicky runzelte die Stirn. »Inwiefern merkwürdig? Als starker Raucher war sein Herz bestimmt nicht gesund, und dazu litt er noch an einer akuten Bronchitis.«

Dr. Frommer wiegte bedächtig den Kopf hin und her. »Insofern, als ich immer befürchtet hatte, er würde irgendwann einer Gewalttat zum Opfer fallen. Außerhalb seines Büros betritt er Feindesland, hat er einmal gesagt. Vergessen Sie nicht, er war ein jüdischer Jurist, der aus dem dänischen Exil heimkehrte, um Auschwitz vor Gericht und in die deutschen Wohnzimmer zu bringen. Das hat vielen nicht gefallen. Und sein offenbar nicht vorhandenes Privatleben hat ihm ebenfalls einiges an Argwohn eingebracht.« Ein versonnener Ausdruck glitt über seine müden Züge. »Mich hat vor allem beeindruckt, wie er versucht hat, die Jugend anzusprechen. Sie für die Demokratie zu begeistern, zum kritischen Denken anzuregen und ihren Widerspruchsgeist zu wecken.«

Mit der Debatte über die Notstandsgesetze, die eine Einschränkung gewisser Grundrechte im Krisenfall möglich machten, war noch einmal eine Demonstrationswelle über die Bundesrepublik hereingebrochen. Gerade die junge Generation fürchtete eine Neuauflage des Ermächtigungsgesetzes von 1933, die Angst vor einem Vierten Reich auf deutschem Boden war groß. Doch seit Mai schien die Protestbewegung in sich zusammengefallen zu sein. Vielleicht hatten sich all die Streiter für eine neue Gesellschaft in das Unabänderliche geschickt, brüteten über anderen politischen Aktionen oder machten Sommerpause. Am Ende hatte sich die Rebellion womöglich auch schlicht selbst überlebt.

Obwohl Vicky und Dr. Frommer langsam gingen, wurde er zunehmend kurzatmig, völlig außer Puste blieb er stehen. Trotz des Sommerwetters hatte er eine Strickjacke über das Hemd gezogen, das lose Falten schlug, und die leichte Sommerhose wurde von Hosenträgern an ihrem Platz gehalten. Der Krebs zehrte unübersehbar an ihm.

»Dort vorn ist eine Bank«, sagte Vicky und hakte sich für die paar Schritte bei ihm unter.

Schnaufend setzte er sich, und ein Hustenanfall erfasste ihn, der nur zögerlich abflaute. Er holte noch ein paarmal krampfhaft Luft und nestelte dann seine Roth-Händle aus der Brusttasche.

»Vielleicht sollten Sie doch noch das Rauchen aufgeben.«

»Das lohnt jetzt auch nicht mehr«, nuschelte er, die Zigarette schon zwischen den Lippen.

»Wenn Sie erst mal dauerhaft am Sauerstoff hängen, ist es damit endgültig vorbei«, meinte Vicky trocken.

An der Flamme des Feuerzeugs vorbei warf er ihr einen schelmischen Seitenblick zu. »Eben.«

Eine Weile waren nur seine Züge an der Zigarette zu hören und das Rauschen, Knistern und Flüstern im Wald. Der rote Blitz eines Eichhörnchens fegte durchs Unterholz und flitzte dann einen Baumstamm hinauf.

»Es ist eigenartig«, ergriff Dr. Frommer nach einer Weile wieder das Wort. »Zu wissen, dass man bald sterben muss. Ich habe zwar oft an den Tod gedacht, auch als ich noch jung war. Schon durch das Medizinstudium, und es war ja Krieg, ich später an der Front. Sterben war da immer eine greifbare Möglichkeit, die ich direkt vor Augen hatte. Jetzt aber ist es ein Fakt, dem ich nicht mehr entkomme. Nichts, was sich noch irgendwie aufschieben lässt.« Sein Gesicht zog sich zusammen. »Da schaut man schon zurück und stellt verwundert fest, wie kurz und vergänglich so ein Menschenleben ist.«

»Ich habe mich nie bei Ihnen bedankt«, sagte Vicky. »Für die Chance, die Sie mir mit der Medizinalassistenz gegeben haben.«

»Na ja«, erwiderte er gedehnt. »Ich war neugierig auf diese kecke Jungärztin, die eigenmächtig eine Nadeldekompression vornimmt. Und da wir ums Verrecken niemanden für die Ambulanz finden konnten, dachte ich: Die sagt nicht Nein, dafür braucht sie die Stelle viel zu sehr.«

»Sie haben mich ausgetrickst!«, rief Vicky mit einem Auflachen.

Seine Brauen zuckten belustigt. »Aber alles Weitere haben Sie sich selbst erarbeitet, vergessen Sie das bloß nicht!«

»Trotzdem danke«, beharrte sie.

Kurz drückte er ihre Hand. »Scho recht, Mädle.«

Das Tor der Lagerhalle stand weit offen, draußen rollten unter Getöse dicht hintereinander zwei Frachtmaschinen vorüber. Über dem lichterfunkelnden Flughafen ging gerade die Sonne auf und tauchte die letzten Regenwolken der Nacht in fantasievolle Farben. Vicky gab sich einen Moment, um diesen Anblick in sich aufzusaugen, bevor sie im Schein der Leuchtstoffröhren weitere Kartons mit Medikamenten auf den bereitstehenden Gepäckhänger wuchtete.

»Ich hab gehört, ihr könnt noch zwei starke Arme brauchen!«, schallte eine kräftige Männerstimme durch die Halle. Vicky hob den Kopf, und trotz eines Anflugs von schlechtem Gewissen konnte sie nicht anders, als Wolf Rosskopf entgegenzulächeln, der mit breitem Grinsen auf sie zukam.

»Klasse, danke!«, rief sie.

Zu zweit ging es bedeutend schneller. Die Medikamente waren von Spendengeldern gekauft oder von Pharmaunternehmen gestiftet. Auch Vicky und ihre beiden Arztkollegen hatten bei ihren zuständigen Vertretern um Herzmedikamente gebettelt, um Antibiotika und Sulfonamide, diverse Zäpfchen, Schmerzmittel und Kohletabletten. Ein winziger Schatz, verglichen mit den Wänden aus Kisten, die einen großen Teil der Halle einnahmen und Fleischkonserven, Stockfisch und Milchpulver enthielten. Dabei war dieser Bestand bereits erheblich geschrumpft; seit den frühen Morgenstunden waren zwei Dutzend Männer damit beschäftigt, die Lebensmittel auf Lastwagen zu verladen. In spätestens drei Stunden sollten sie mit den insgesamt zwölf Tonnen Fracht fertig sein, damit der Flieger wie geplant gegen neun Uhr starten konnte. Ohne das Logo einer Fluggesellschaft am Rumpf, ohne Länderflagge; Caritas und Diakonie hatten die DC-7 vor Kurzem gemeinsam erworben. Nach einem Tankstopp in Lissabon würde die Maschine Kurs auf Afrika nehmen und unter erheblichem Risiko nigerianisches Territorium überfliegen. Ihr Ziel hieß Biafra.

Nachdem sich die Region Biafra vom Mutterstaat Nigeria abgespalten hatte, tobte dort ein blutiger Bürgerkrieg zwischen den Völkern, zwischen Islam und Christentum und nicht zuletzt ein Kampf ums Erdöl. Die Sowjetunion, Ägypten und die ehemalige Kolonialmacht Großbritannien mischten unter anderem mit, auf der anderen Seite Frankreich, Südafrika und ein paar Nationen mehr. Die Bundesregierung hielt sich raus, genau wie die Vereinten Nationen. Ein komplexer und vielschichtiger Konflikt, in dem nur klar war, wer die Last des Krieges trug: die Kinder von Biafra. Bilder von ihren spindeldürren Armen und Beinen und dem grotesk aufgetriebenen Hungerbauch, über dem man die Rippen zählen konnte, füllten die Zeitungen, Zeitschriften und Fernsehnachrichten. Verglichen mit Vietnam fiel der Protest gegen diesen Völkermord wesentlich leiser und kleiner aus, dafür umso schärfer. *A wie Auschwitz – B wie Biafra*. In erster Linie jedoch lösten diese Bilder eine Welle der Hilfsbereitschaft aus, um die von allen Seiten eingeschlossene Region mit dem Nötigsten zu versorgen. *Action medico*, ein eigens für diesen Zweck gegründeter Frankfurter Verein, sammelte mithilfe von Studierenden und Ärzten bereits weitere Medikamente für den nächsten Transport. Fast genau zwanzig Jahre nach den Rosinenbombern für Westberlin würde mit dem heutigen Tag wieder von Frankfurt aus eine Luftbrücke starten.

»Ich war gestern bei Dr. Frommer«, sagte Wolf und nahm ihr einen weiteren Karton ab. »Scheint ihm noch ganz ordentlich zu gehen.«

Vicky streckte die Hände nach dem nächsten Karton aus. »Ich bin auch froh, dass er bis jetzt so viele gute Tage hatte.«

»Wir zwei haben uns ja lange nicht mehr gesehen«, meinte Wolf. »Außer im Dienst.«

Das stimmte; sofern Vicky sich recht erinnerte, war sie im Frühling das letzte Mal bei ihm zu Hause gewesen, kurz vor Ostern, und erneut nagte das schlechte Gewissen an ihr.

»Das hat nicht zufällig etwas mit der Heimkehr unseres neuen Chefarztes zu tun?«, warf er ihr leichthin zu.

Unwillkürlich wanderte Vickys Blick durch die Halle, zu dem Lastwagen, auf dessen Pritsche Raimund in weißer Hose und kurzärmligem Hemd Kartons stapelte, und das Blut stieg ihr ins Gesicht.

Wolf lachte. »Ist okay! Wir waren uns doch einig, dass das mit uns nichts Festes ist. Ich wollt's nur wissen, das ist alles. Obwohl, wenn du mich mit deinen großen blauen Augen so ansiehst ...«

Um Vickys Mund zuckte es.

Anstatt ihr den Karton aus den Händen zu nehmen, hielt Wolf für einen Moment ihre Ellbogen fest. »Ich fänd's allerdings schade, wenn wir uns gar nicht mehr treffen würden, dafür mag ich dich zu gern. Wie wär's nachher gleich mit Frühstück und einem Eimer Kaffee?«

Forschend blickte Vicky ihm ins Gesicht. »Einfach so?«

»Einfach so. Ich bin nämlich nicht nur spitze im Bett, sondern auch ein super Kumpel.«

Sein Grinsen sprang auf sie über, und sie drückte ihm den Karton gegen die Brust. »Gebongt!«

Es war schon dunkel, als Vicky eine gute Woche später mit einer Cola aus der Sanitätsbaracke trat. Laue Abende wie dieser waren in diesem viel zu kühlen und verregneten Juli zu selten; auf der

Zugspitze waren nach ergiebigem Schneefall sogar die Skipisten wieder geöffnet.

Das Fenster des Dienstzimmers stand offen; warmer Lichtschein fiel hinaus, ebenso die Stimmen von Ansgar und Julius, auch das Radio lief. Vicky wischte die letzten Regentropfen vom Klappstuhl und ließ sich wohlig seufzend nieder. Sie trank ein paar Schlucke, dann angelte sie sich mit der Schuhspitze den zweiten Stuhl heran und streckte die Beine darauf aus.

Strawberries, cherries and an angel's kiss in spring, umgarnte Nancy Sinatras nymphenhafte Stimme das Cowboy-Timbre von Lee Hazlewood. Vicky beobachtete die blinkenden Lichter am dunklen Himmel. *Oh-hoo, summer wine.* Ein Song, der nach Sommerflirren über staubigen Wiesen klang, nach grenzenloser Weite und Nächte voller Grillenzirpen.

Schritte näherten sich, und sie blickte auf.

»Ich hatte vorhin vergessen, dir das zu zeigen«, sagte Raimund, ein Blatt Papier in der Hand.

Vicky nahm das Schreiben entgegen und hielt es in das Licht. Herr Kleinschmitt teilte nicht nur mit, dass sie *Fräulein Sun-hi Kim* einen unbefristeten Arbeitsvertrag anbieten konnten, sondern genehmigte ihnen dazu noch zwei weitere Pfleger oder Krankenschwestern. »Wie hast du das denn hingekriegt?«

»Ich habe ihm klargemacht, dass wir nicht früh genug damit anfangen können, Personal aufzustocken, damit wir den Umzug gut über die Bühne bringen und der Betrieb in der neuen Klinik von Anfang an reibungslos läuft.« Laut aktuellem Planungsstand waren es noch mindestens zwei Jahre bis dahin.

»Vorher brauchen wir aber noch ein paar zusätzliche Spindschränke«, wandte Vicky ein und gab ihm das Blatt zurück.

»Willst du dich um die Personalauswahl kümmern?«

Überrascht sah Vicky ihn an. »Das ist doch eigentlich dein Job als Chefarzt.«

»Du kannst das besser.«

Vicky wusste zwar nicht, wie sie das bei diesem irrwitzigen Dienstplan noch schaffen sollte, doch irgendwie würde es schon gehen, das tat es ja immer. »In Ordnung.«

Raimund schob das Schreiben zusammengefaltet in seinen Arztkittel, verharrte jedoch auf der Stelle. Seit er zurück war, sahen sie sich zwar dauernd, jedoch nur als Chefarzt und Oberärztin; dass die Passagierzahlen auf Rhein-Main rasant anstiegen, merkten sie auch in der Sanitätsstelle.

The Moody Blues beschworen schwermütig *nights in white satin* herauf. Vicky nahm die Beine vom Stuhl, und Raimund setzte sich. Aus dem Augenwinkel musterte sie ihn. Er wirkte ruhiger als früher, wie mit sich und der Welt im Reinen.

»Du bist immer noch wütend, weil ich nach Vietnam gegangen bin«, sagte er nach einer längeren Pause.

Vicky schmeckte dem Schluck Cola auf ihrer Zunge nach. »Dass du gehen wolltest, ohne dich in irgendeiner Form von mir zu verabschieden, hat mich verletzt.«

Er nickte vor sich hin. »Du hast mir einmal vorgeworfen, ich hätte mich in der Sanitätsstelle bequem eingerichtet. Du hattest recht. Ich musste raus hier, und dafür war ein klarer Schnitt notwendig.«

Vicky stellte die fast leere Flasche auf den Tisch. »Hätte es da nicht auch eine Klinik in Wanne-Eickel getan?«

Ein kleines Grinsen zuckte über sein Gesicht und verlosch. »Die Zeit auf der *Helgoland* war hart, aber ich habe sie gebraucht.«

Er richtete sich auf, fasste in die Hosentasche, und etwas Metallisches klimperte auf den Tisch. Vicky streckte die Hand danach aus. Die Brauen zusammengezogen, verhakten sich ihre Finger in den Kettengliedern, und sie holte erschrocken Luft. »Hast du deinen Ehering verloren?«

Die Antwort fiel ihm nicht leicht. »In Vietnam hat mich vieles an die Jahre in Korea erinnert. Dort habe ich aber auch begriffen, wie viel Zeit seitdem vergangen ist.« Im Zwielicht ruckte sein Adamsapfel auf und ab. »Jiah liebte das Meer. Ich fand, das sei ein guter Ort, um loszulassen.«

Unter halb gesenkten Lidern beobachtete sie, wie er aufstand und in die Baracke zurückkehrte. Sie ließ die Kette durch ihre Finger gleiten. Solange sie ihn kannte, hatte er sie getragen, der Ring daran wie eine Hundemarke, und auf schmerzlich schöne Weise flatterte es in ihrem Inneren.

47

Where Have All the Flowers Gone

Der August fiel ebenfalls ins Wasser, und in der Tschechoslowakei rollten sowjetische Panzer durch die Straßen, gefolgt von einer halben Million Soldaten des Warschauer Pakts. Der Prager Frühling hatte den Sommer nicht überdauert.
Der Herbst kam früh. Während der Regen das Grün aus den Bäumen wusch, Stürme das rostbraune und vergilbte Laub herunterrissen und die erste Linie der U-Bahn unter der Stadt hindurchrumpelte, zog sich der Radius von Dr. Frommer von den Wäldern um Zeppelinheim auf ein paar Straßenzüge zusammen, dann auf den umzäunten Vorgarten des Wohnblocks, schließlich auf seine eigenen vier Wände.
In der Küche beobachtete Vicky die Tropfen, die außen an der Schreibe hinabliefen. Sie hatte frischen Kaffee aufgesetzt; Raimund war gekommen, ein Schachspiel unter dem Arm. Während die Maschine blubberte und gurgelte, waren aus dem Wohnzimmer die Stimmen der beiden Männer zu hören. Die schleichende Invasion der Metastasen zermürbte Dr. Frommers Körper, aber sein Geist nahm weiterhin regen Anteil am Alltag in der Sanitätsstelle. Als zwischen den beiden Ärzten leises Lachen aufschäumte, spielte ein kleines Lächeln um Vickys Mund. Sobald Dr. Frommer jedoch in heftigen Husten ausbrach und nach Luft rang, ballte es sich hinter ihrem Brustbein schmerzhaft zusammen.

Schritte näherten sich über den Flur, und Raimund lehnte sich in den Türrahmen. »Du siehst aus, als müsstest du dich mal gründlich ausschlafen. Wie lange bist du heute schon hier?«

Vicky zuckte mit den Schultern; der gewohnte Takt der Zeit hatte seine Bedeutung verloren.

Er trat in die Küche und betrachtete die Schachteln mit Medikamenten, die den Lauf der Dinge nur verzögerten. »Du kannst nicht das nachholen, was du bei deinem Großvater versäumt hast«, sagte er mit brutaler Ehrlichkeit.

»Ich weiß«, erwiderte Vicky, ohne mit der Wimper zu zucken. »Trotzdem.«

Einige Herzschläge lang sahen sie sich nur an. Er schien zu zögern, dann legte er die Hand auf Vickys Wange.

»Ich bin da«, raunte er.

Sein Daumen fuhr sanft über ihr Jochbein. Eine Geste, die seine Worte in ein Morgen ausdehnte, an das gerade nicht zu denken war. Vicky schmiegte ihre Wange in seine Handfläche, und in seinen Augen glomm es auf, bevor er den Kaffee mit ins Wohnzimmer nahm.

Auch an diesem Abend Anfang November zischten die Reifen der Vespa auf nassem Asphalt, als Vicky nach Zeppelinheim fuhr; Tropfen trafen sie im Gesicht, und Lichter spiegelten sich in den Pfützen.

Hinter der Wohnungstür trat sie in den dumpfen Geruch von Krankheit und lauerndem Tod, gegen den auch die Putzmittel von Elif und ihren Kolleginnen nicht ankamen. Sie hängte Helm und nasse Jacke an die Garderobe und schlüpfte aus den Stiefeln, von denen das Wasser perlte. Das Schlafzimmer war nur von der Nachttischlampe erleuchtet. Im Streifenpyjama und von einem Kissenberg gestützt, strahlte Dr. Frommer ihr aus dem Bett entgegen, die Lesebrille auf der Nase und Zeitungen vor sich ausgebreitet. Im vergangenen Monat hatte er noch nächtelang vom Wohnzimmer aus die Olympischen Sommerspiele in Mexiko verfolgt, die ersten, bei denen BRD und DDR getrennt antraten; inzwischen war er mitsamt Fernsehgerät endgültig hierher übergesiedelt.

»Dr. Becker!«, krächzte er mit brüchig gewordener Stimme. »Was gibt's Neues am Flughafen? Was macht der Bummelstreik der Fluglotsen?«

Vicky verdrehte die Augen. »Jede Menge Chaos! Deshalb komme ich auch so spät. Ich hoffe wirklich, die kriegen schnell ihre Gehaltserhöhung. Vom Flug- bis zum Bodenpersonal sind auch schon alle sauer, weil sie deswegen zuhauf Überstunden schieben müssen. Wie geht's Ihnen heute?«

Sein eingefallenes Gesicht verzog sich zu einer vielsagenden Miene. »Ich habe gestern Raimund beim Schach geschlagen. Und Norbert hat zum ersten Mal perfekte Spätzle hingekriegt. Also gut natürlich.«

Schmunzelnd stellte Vicky ihre Taschen ab und zog ein paar Bewerbungsmappen heraus. »Schauen Sie mal, was gestern und heute in der Post war!«

Ein Leuchten in den Augen, streckte er begierig die knochig gewordene Hand aus, und über Lebensläufen und Zeugnissen von Krankenschwestern und Pflegern steckten sie die Köpfe zusammen.

»Danke für Ihre Einschätzung«, sagte sie schließlich. »Dann bitte ich diese beiden zum Vorstellungsgespräch.«

»Gut, dass ich wenigstens noch für irgendwas nützlich bin«, schnaufte Dr. Frommer und hustete heftig.

»Möchten Sie Sauerstoff?«

»Da weiß ich was Besseres«, keuchte er und schob die Bettdecke zur Seite. Vicky nahm ihm die Lesebrille ab und half ihm beim Aufstehen. In Morgenmantel und Pantoffeln schlurfte er hinüber in die Küche, Roth-Händle und Feuerzeug schon in der Hand.

Vicky seufzte und lüftete gründlich durch, während sie die Zeitungsseiten zusammenfaltete und zu Bücherstapel und Pillenschachtel auf den Nachttisch legte. Sie schüttelte gerade das Bettzeug auf, als Dr. Frommer von einem Abstecher ins Badezimmer zurückkehrte.

»Sterben ist nichts für Feiglinge«, japste er, wackelig auf den Beinen. »Ich habe ein richtig schlechtes Gewissen, dass Sie mich alle hätscheln wie einen alternden Pascha.«

Vicky zog ihm den Morgenmantel aus. »Da haben Sie als Chef wohl alles richtig gemacht.«

Er lachte auf, und hustend kroch er wieder ins Bett. Vicky schaltete den Fernseher ein und setzte sich in den Sessel, die Füße unter sich gezogen.

»Haben Sie kein eigenes Leben, Dr. Becker?«

»Eigentlich nicht, nein«, antwortete sie fröhlich, und sie tauschten ein kleines Lächeln.

Sie blieb nicht nur seinetwegen. Vicky verbrachte gern Zeit mit ihm, ihr Ersatz für die Debatten in den Nachtdiensten früher. Während sein eigenes Leben auf Schlafzimmer, Küche, Bad zusammengeschrumpft war, verfolgte er umso interessierter, was in der Welt vor sich ging. Präsident Johnson hatte zwar den Befehl gegeben, die Bombardierung Nordvietnams einzustellen, doch im Süden wurde weiter erbittert gekämpft. Morgen war Wahltag in den USA, Humphreys *politics of joy* gegen Nixons vollmundig verkündeten, aber noch geheimen Plan zur Beendigung des Krieges in Vietnam. Vor dem Landgericht Aachen fand nach langwierigen Ermittlungen der Contergan-Prozess statt, und Papst Paul VI. versuchte, das Rad der Zeit zurückzudrehen, indem er künstliche Verhütungsmittel wie Kondome oder gar die Pille für Katholiken verbot.

Es war kurz vor zehn Uhr abends, ein Montag. *Panorama* berichtete über zwei rätselhafte Todesfälle unter deutschen Offizieren und Geheimnisträgern, die ganz nach Selbstmord aussahen. Bereits bei der Überleitung zum nächsten Filmbeitrag, von einem streng aussehenden Herrn moderiert, setzte Vicky sich kerzengerade auf.

»In zwei Kaufhäusern der Frankfurter Innenstadt brachen in der Nacht zum dritten April dieses Jahres Brände aus ...«, verkündete ein Sprecher aus dem Off. Die erleuchtete Fassade vom Kaufhof flimmerte über den Bildschirm, dann die verwüstete Haushaltsabteilung.»... führte eine Anzeige zur Verhaftung von vier Verdächtigen. In der vergangenen Woche sprach die vierte große Strafkammer des Landgerichts Frankfurt die Angeklagten der gemeinschaftlichen versuchten menschengefährdenden Brandstiftung schuldig.«

Vicky hatte den Prozess mitverfolgt, deshalb waren ihr die Aufnahmen aus dem Gerichtssaal nicht neu. Der erste Schock, in den vier Angeklagten tatsächlich die jungen Leute wiederzuerkennen, die mit Achim vor ihrer Tür gestanden hatten, war zwar verflogen. Doch es blieb ein seltsames Gefühl, eine merkwürdige Faszination.

»Alle Angeklagten stammen aus sogenannten geordneten Verhältnissen ...«, erklärte der Sprecher halb ironisch, halb tadelnd.

Achims Name war nie gefallen, und trotzdem beunruhigte sie, dass er die vier offenbar gut genug kannte, um sie in jener Nacht bei Vicky unterbringen zu wollen. Sie fragte sich, was ihn mit Ensslin, Baader, Söhnlein und Proll verband, die den Gerichtssaal in eine Mischung aus Kasperletheater und Happening verwandelten. Die Jungs grinsend mit dicken Zigarren oder Zahnstochern zwischen den Zähnen und lässig applaudierend, Andreas Baader mit Sonnenbrille und Gudrun Ensslin mit glänzender Prachtmähne und kajalgeschminkt. Wie Rockstars auf Promotour.

»Wie kamen sie zu ihrer Tat?«, fragte indes der Sprecher. »Vor allem: Wie kam eine junge Frau dazu, Zeitzünder zu legen?«

Panorama kreiste um Gudrun Ensslin und zeigte ihre idyllische christliche Jugend in der schwäbischen Provinz. Ein braves und aufgewecktes Mädchen, das sich für den Frieden und gegen den Atomtod engagierte und für eine Demokratisierung der Freien Universität Berlin. Stipendiatin der Studienstiftung, zusammen mit ihrem Verlobten Jungverlegerin und eine junge Mutter, die zwei Wochen nach der Geburt des Sohnes mit einer Straßenaktion gegen die Ermordung Benno Ohnesorgs protestierte.

Dann war minutenlang nur ihre klare Stimme zu hören, unterlegt von einem Standbild, auf dem sie den wachen Blick an der Kamera vorbei richtete. »Womit ich mich niemals abfinden werde«, erklärte sie, mit dem Nachhall des Gerichtssaals versehen, »ist die Tendenz, mit der sich die spätkapitalistische Gesellschaft so ungeheuer deutlich fortbewegt, nämlich hin zum Faschismus. Das kann man wirklich mit einem Auge sehen, da braucht man gar nicht beide dazu.«

Dr. Frommers Atemzüge gingen in ein Stöhnen über.

Vicky beugte sich hinüber und fasste ihn am Arm. »Haben Sie Schmerzen?«

»Geht schon«, ächzte er, doch sein verzerrtes Gesicht besagte etwas anderes.

»Deshalb werde ich mich niemals damit abfinden, dass man nichts tut«, sagte Gudrun Ensslin in das Schlafzimmer hinein.

Vicky erhob sich aus dem Sessel, öffnete ihre Arzttasche und zog eine Spritze auf.

»Gleich ist's besser«, murmelte sie, während sie das Schmerzmittel in die Braunüle gab, die mit Leukoplast in Dr. Frommers Arm fixiert war, damit sie ihn nicht immer aufs Neue mit

Nadeln stechen musste. Noch kamen sie mit geringen Dosen aus, doch das würde nicht so bleiben. Der Krebs fraß sich in seine Organe und durch die Knochen.

»Die Tat sollte ein Fanal sein«, tönte der Kommentator aus dem Lautsprecher. »Mahnruf an die Gesellschaft und vor allem an eine Generation, zu der auch Gudruns Vater gehört.« Selbiger, ein Pastor in Stuttgart, verwahrte sich im Interview entschieden dagegen, auf diese Weise von der jungen Generation vereinnahmt zu werden.

Dr. Frommer entspannte sich merklich.

»Soll ich den Fernseher ausschalten?«, fragte Vicky.

Die Lider geschlossen, reagierte er nicht.

»... denn das wollten sie uns doch klarmachen«, befand ein Psychologe für *Panorama*. »Ein Kaufhausbrand, auch wenn kein Mensch dabei zu Schaden kommt, erregt uns, die von Napalm verbrannten Kinder in Vietnam lassen uns kalt ...«

Mit einem Tastendruck schnitt Vicky ihm das Wort ab und ließ sich auf der Bettkante nieder.

Das Gericht hatte weder politische Motive gelten lassen noch die Einsicht, dass die Tat falsch gewesen sei. Drei Jahre Zuchthaus lautete das Urteil. Für viele eine unverhältnismäßig hohe Strafe, gemessen an einem reinen Sachschaden. Die Verteidiger, Otto Schily, Horst Mahler und Klaus Eschen vom *Sozialistischen Anwaltskollektiv*, waren darauf spezialisiert, Studenten nach politischen Aktionen herauszupauken, und wollten in Revision gehen.

»Ich kann sie verstehen«, murmelte Dr. Frommer nach einer Weile, »diese jungen Leute. Ihren ungeheuren Zorn auf uns Alte. Warum wir nichts getan haben. Dafür gibt es keine Rechtfertigung.«

»Muss man deswegen gleich Kaufhäuser anzünden?«, konterte Vicky.

Dr. Frommer lächelte milde. »Wenn man glaubt, nicht anders aufrütteln zu können ... Wenn man nicht weiß, wohin mit seiner Wut. Ich verstehe die Angst vor einem übermächtigen Staatsapparat. Die Ohnmacht gegenüber einer schweigenden Masse, die nichts sehen, nichts hören will. Wir haben ein unsägliches Erbe hinterlassen. Daran werden auch die Generationen nach euch noch zu tragen haben.«

Eine Weile waren nur Flugzeuge zu hören, die über den Dächern in den Landeanflug gingen oder mit voller Kraft in höhere Sphären aufstiegen; der Bummelstreik sorgte zwischendurch für Stoßverkehr.

»Wir haben solche abscheulichen Verbrechen an der Menschlichkeit begangen«, murmelte Dr. Frommer. »Gerade wir Ärzte. Eigenmächtig haben wir entschieden, wer leben darf und wer nicht. Wir haben Beine aufgeschnitten und mit Eiterbakterien infiziert, Holz- und Glassplitter hineingesteckt, um zu testen, welche Medikamente die beste Wirkung zeigten. Ohne Anästhesie haben wir an Knochen, Muskeln und Nerven experimentiert, alles im Namen der Wissenschaft. Können Sie sich vorstellen, dass es Forschungsprojekte gab, denen sogar die SS die Zustimmung verweigerte?«

Vicky stockte der Atem. »Sie aber nicht, oder?« Sie brauchte diese Gewissheit, rang mit dem Zweifel. »Sie waren nicht dabei.«

Auf seinem Gesicht zuckte es. »Aber ich habe es gesehen, Dr. Becker. Ich habe es gesehen und nichts getan.«

»War das der finstere Ort«, flüsterte Vicky, »von dem Sie mir einmal erzählt haben?«

Er deutete ein Nicken an. »Es ist eine Lüge, dass wir alle gezwungen wurden. Mir hat niemand eine Waffe an die Schläfe gehalten oder mich verhaftet. Das Schulterzucken der Oberärzte war dennoch wie eine Verdammnis. Verdien deine Lorbeeren oder sieh zu, wo du bleibst, hat dieses Schulterzucken gesagt. Die kleinen Rädchen sind es, die die Maschinerie am Laufen halten, und sie laufen umso fleißiger, wenn man sie mit einem Gefühl der Macht schmiert. Ich war in Versuchung, mich von diesem Wahn anstecken zu lassen, die Herren über Leben und Tod zu sein. Dafür schäme ich mich bis heute.«

»Ich dachte immer, Sie waren an der Ostfront«, sagte Vicky lahm.

»Freiwillig gemeldet. Soldaten zusammenzuflicken, hat manchmal unmenschliche Entscheidungen verlangt, aber mich wenigstens nicht um meine Menschlichkeit gebracht. Sollte ich dabei umkommen, wäre das die gerechte Strafe für mein Schweigen, meine feige Untätigkeit, dachte ich.« Blicklos starrte er vor sich hin; er wirkte erschöpft. »Die weltliche Justiz hat mich nie belangt, aber was heißt das schon? Meine Schuld nehme ich mit hinüber. Was danach auch kommen mag, vielleicht ist da nichts als Krabbenacht.«

Vor dem Haus saß Vicky einige Zeit auf dem Motorroller und ließ den Regen an sich hinabrinnen. Während in den Wohnblöcken ein erleuchtetes Fenster nach dem anderen dunkel wurde, verstand sie das Nichtwissenwollen, Nichterinnertwerden, auf dem die Deutschen sich zur Ruhe betteten. Wollte man wirklich erfahren, was die Väter und Mütter, die Großeltern im Dritten Reich verbrochen hatten? Und genauso verstand sie die Wut der Nachgeborenen, die so heftig loderte wie ein brennendes Kaufhaus. *Macht kaputt, was euch kaputt macht!*

Ihre Finger waren schon klamm, als sie endlich den Helm aufsetzte und den Motor anwarf.

Bereits vor der Wohnungstür hörte Vicky, dass Elif telefonierte; ihr Türkisch war einige Dezibel lauter als ihr Deutsch. Während sie ihre nasse Jacke auszog, warf sie ihrer Freundin einen fragenden Blick zu. Eine Zigarette zwischen den Fingern und den Aschenbecher auf dem Boden, nickte Elif mit zuversichtlicher Miene; am Bosporus schien so weit alles in Ordnung zu sein.

Auch in der Türkei waren die Studierenden gegen Vietnam auf die Straße gegangen und hatten für mehr Freiheit und Demokratie ihre Universitäten besetzt. Proteste, die zunehmend weitere Kreise zogen. Die junge Generation forderte die Enteignung von Großgrundbesitzern und solidarisierte sich mit demonstrierenden Bauern und streikenden Arbeitern. Per Telefon informierte sich Elif über die jüngsten Ereignisse, die hierzulande praktisch nie irgendwo Erwähnung fanden, und vergewisserte sich, dass es ihren Freunden und Bekannten dort gut ging. Der Jurastudent Vedat Demircioğlu, der bei der polizeilichen Durchsuchung eines Studentenwohnheims aus dem Fenster gestoßen worden war, wurde zum türkischen Benno Ohnesorg.

Auf dem Küchentisch kühlte ein würzig duftender Eintopf in Tupperschüsseln aus; Sunny und Norbert hatten gerade den Abwasch erledigt.

»Wie geht es Dr. Frommer?«, erkundigte sich Sunny, eine adrette Schürze über einem apfelgrünen Hemdblusenkleid.

»Er schläft«, erwiderte Vicky und legte den Schlüssel zu seiner Wohnung ab; einer von zweien, die wie Staffelstäbe im Team der Sanitätsstelle weitergereicht wurden. »Ich habe ihm was gegen die Schmerzen gegeben, das sollte eine Weile anhalten. Es müsste also heute Nacht nicht unbedingt jemand bei ihm sein.«

»K-kein Problem«, meinte Norbert, schloss die Besteckschublade und steckte den Schlüssel ein. »Ich k-kann ja was zu lesen m-mitnehmen. Oder auf dem Sofa ein N-nickerchen machen.«

Sunny wischte noch einmal über die Spüle und trocknete

sich die Hände ab. »Norbert fährt mich in den Dienst, hält dann bei Dr. Frommer Wache, und ich komme am Morgen mit Taxi nach Zeppelinheim.«

»Danke, dass ihr das macht«, sagte Vicky; sie konnte es nicht oft genug wiederholen.

Norbert nickte über den Tupperschüsseln, die er gerade verschloss und in eine Tasche packte.

»Alles gut«, sagte Sunny zärtlich, schlang einen Arm um Vicky und hauchte ihr einen Kuss auf die Wange, bevor sie die Schürze an den Haken hängte. »Bis morgen«, fügte sie hinzu, ergriff Norbert an der Hand und zog ihn hinter sich her.

Vicky machte, dass sie aus ihren nassen Sachen rauskam. Als sie in Pyjama und dicken Socken in die Küche zurückkehrte, goss Elif sich gerade einen Tee ein. Unaufgefordert füllte sie eine zweite Tasse für Vicky.

»Willst du reden?«, erkundigte sie sich leise.

Vicky schüttelte den Kopf und verkroch sich auf dem Sofa. Ihre Freundin ließ sich neben ihr nieder, und aneinandergekuschelt brüteten sie in einmütigem Schweigen über ihrem Tee vor sich hin.

Der November kroch farblos und nasskalt vorüber, der Winter kündigte sich an. Nixon gewann die Präsidentschaftswahl und versprach einen *Frieden mit Ehre* in Vietnam, was Dr. Frommer ein Stirnrunzeln entlockte. Die Ohrfeige, die die deutsch-französische Journalistin Beate Klarsfeld Kanzler Kiesinger versetzte, während sie ihn als Nazi beschimpfte, brachte den früheren Chefarzt zum Schmunzeln, doch er wurde zusehends schwächer. Für Vicky, aber auch für Raimund und Dr. Küppers war die Palliativmedizin neues Terrain; in Absprache mit Dr. Graeven von der Uniklinik gingen sie schließlich zur Verabreichung von Morphium über. Und Sunny frischte die Kenntnisse von

Norbert, Ansgar, Julius und Henning in der Pflege Schwerstkranker auf, die sie alle mal gelernt, in der Sanitätsstelle jedoch nie gebraucht hatten.

Auch der Dezember begann trübselig. Das Einzige, was strahlte, war die Weihnachtsbeleuchtung in den Straßen; der Monatserste war auch gleich schon der erste Advent gewesen.

An diesem Mittwoch wartete Vicky nach ihrer Nachtschicht mit einem Kaffee darauf, dass sich das Team zum morgendlichen Rapport einfand. Raimund würde erst gegen Mittag kommen und dafür länger bleiben; seit gestern brachte ein erneuter Bummelstreik der Fluglotsen den Betrieb wieder gehörig durcheinander.

Den Kragen seiner Winterjacke hochgeschlagen und das hellblonde Haar regenfeucht, kam Julius zum Dienst, direkt aus Zeppelinheim.

»Wie war die Nacht?«, wollte Vicky wissen.

»Nicht gut«, antwortete er bedrückt. »Er liegt zwar die meiste Zeit im Dämmerzustand, aber ich glaube, er hat trotz Morphium starke Schmerzen.«

Dr. Küppers und Dr. Krautgartner wechselten beklommen einen Blick. Ansgar starrte finster vor sich hin, während Norbert blinzelte und Sunny ihm tröstend über den Arm strich. Die Brauen zusammengezogen, lehnte Henning am Kühlschrank, den Blick zu Boden gerichtet. Es ging ihnen allen nahe.

Julius' jungenhaftes Gesicht hellte sich eine Spur auf, als er Vicky den Schlüssel zur Frommer'schen Wohnung übergab. »Aber als ich ihm gesagt habe, dass du nachher gleich vorbeikommst, hat er gelächelt.«

Der Dezembermorgen war grau in grau, als Vicky vom Flughafen wegfuhr, mit Volltempo und einer ängstlichen Ungeduld im Bauch.

Wenn es ganz schlimm wird, Mädle, hatte Dr. Frommer einmal gesagt und seine Hand auf ihre gelegt. *Wenn es am Ende ganz schlimm wird, denk nicht einmal dran, es mir leichter zu machen.*

Ein Gewissenskonflikt, den Vicky von einem Tag auf den nächsten verschob und der auch jetzt auf ihren Schultern lastete, als sie mit steifen Fingern und rot gefrorener Nase vor dem Wohnhaus vom Motorroller abstieg.

Sie musste diese Entscheidung nicht mehr treffen, das sah sie sofort, als sie ins Schlafzimmer trat.

»Warum haben Sie nicht auf mich gewartet?«, flüsterte sie in die Stille hinein.

Es gab Patienten, die sich ans Leben krallten, weil sie nicht allein gehen wollten. Das war eine Erfahrung, die Traude Becker in ihrer Zeit als Lernschwester gemacht und an ihre Tochter weitergegeben hatte. Und es gab diejenigen, die in einem unbeobachteten Moment losließen. Um es denen, die zurückblieben, nicht noch schwerer zu machen. Vicky setzte sich auf die Bettkante und umfasste seine Hand, die schon eiskalt war.

»Wissen Sie, was ich bedaure?«, fragte sie nach einer Weile leise. »Dass Sie und meine Mutter sich nie kennenlernen konnten. Sie hätten einander sehr gemocht.«

Sie beugte sich vor und küsste ihn auf die Wange, die sich noch warm anfühlte. Dann stand sie auf, um Raimund anzurufen.

Knapp zehn Tage später lehnte Vicky an der Wand der Sanitätsbaracke und hielt das Gesicht in die Sonne. Das schwarze Kleid hatte sie bereits gegen ihre Arztkluft getauscht, aber noch einmal den dunklen Mantel übergezogen. Die Winterkälte biss in ihren nassen Augen. Über Mittag hatten sie Dr. Frommer zu Grabe getragen, zwischen den beiden Sprechstunden, so hätte er es gewollt.

Schritte näherten sich.

»Willst du lieber allein sein?«, fragte Raimund.

Sie schüttelte den Kopf. Die Holzlatten im Rücken, schwiegen sie beide, im Heulen und Brummen der Flugzeuge.

»Das war schön, was du am Grab gesagt hast«, sagte Raimund nach einer Weile.

Eine große Beerdigung war es gewesen; wer sich auf Rhein-Main irgendwie die Zeit nehmen konnte, hatte dem früheren Chefarzt die letzte Ehre erwiesen, bis hin zum gesamten Vorstand.

»Ich kann mir einfach nicht vorstellen, dass er nicht mehr da sein soll«, sagte sie leise. »Jeden Augenblick da drin fühlt es sich so an, als ob er gleich wieder zur Tür hereinkommt.«

Raimunds Hand strich ihren Unterarm hinunter, und Vicky legte ihre Finger in seine. Mit der anderen Hand fasste sie in die Tasche ihres Arztkittels und berührte die Kette, die von einem frischen Kittel in den nächsten wanderte. Eine unausgesprochene Frage, ein stummes Versprechen.

Sie wandte den Kopf. »Ich will nicht mit dir zusammen sein, weil meine erste große Liebe mir das Herz gebrochen hat. Ich will auch nicht mit dir zusammen sein, weil ich gerade Trost brauche. Und genauso wenig will ich es, weil deine Frau gestorben ist und du eine neue Liebe verdienst. Ich will ohne irgendeinen Grund mit dir zusammen sein. Doch dafür brauche ich noch ein bisschen Zeit.«

Aufmerksam hatte er ihr zugehört, einen warmen Schimmer in den Augen.

»Okay«, sagte er nur, schloss die Lider und ließ den Kopf wieder an der Wand ruhen.

Das war alles, was Vicky für den Moment brauchte, das ohrenbetäubende Lärmen der Flugzeuge, die Dezembersonne auf der Haut und Raimunds Hand, die ihre hielt.

48

Break on Through (To the Other Side)

Vicky nahm ihre Trauer mit in das neue Jahr. Schmerzhaft und tröstlich zugleich war es, Dr. Frommers spärlichen Hausstand aufzulösen, ein paar seiner Bücher behielt sie für sich. Es half, Elif vor ihren schriftlichen Abiturprüfungen abzuhören, bei Hansis und Poldis Umzug ins Westend mit anzupacken und beim Einzug der Nachmieter, einer bunten Truppe junger Leute. Dennoch schmolz die Trauer nur so langsam wie der Schnee, in dem Deutschland bis weit in den März hinein versank.

Mit dem Schnee kam der Terror. Auf dem Züricher Flughafen stürmten drei Männer und eine Frau aufs Vorfeld und beschossen mit Automatikwaffen eine Maschine der El Al aus Amsterdam mit Ziel Tel Aviv. Ein Mitarbeiter des israelischen Geheimdiensts erwiderte das Feuer; mehrere Mitglieder der Crew wurden verletzt, der Copilot und einer der Attentäter starben. Von einer palästinensischen Guerillaorganisation namens Fatah hatte bis dato noch kaum jemand etwas gehört.

Die Flughäfen verstärkten daraufhin ihre Sicherheitsvorkehrungen, auch Rhein-Main. Trotzdem explodierten zwei Tage vor Vickys einunddreißigstem Geburtstag Sprengsätze in einer Boeing von Ethiopian Airlines. Acht Putzfrauen, die für den Rückflug nach Addis Abeba an Bord gerade klar Schiff gemacht hatten, erlitten leichte Verletzungen und wurden in der Sanitätsstelle verarztet. Die *Frankfurter Allgemeine Zeitung* erhielt ein

Bekennerschreiben der Eritreischen Volksbefreiungsfront, das weitere Anschläge ankündigte. Das noch junge Jahr 1969 schien unruhigen Zeiten entgegenzugehen.

Am Freitag nach Ostern stieg Vicky in aller Frühe in den Schnellbus, um Elif zum Flieger zu bringen. Das Abendgymnasium hatte noch eine Woche lang Ferien, und Elif wollte nach Berlin, Informationen über das Studium einholen, Stadt und Universität ansehen, vielleicht schon nach einem Job und einem Zimmer für den Herbst Ausschau halten.

»Aufgeregt?«, neckte Vicky ihre Freundin, als sie durch den morgendlichen Trubel in der Abfertigungshalle schritten.

»Gut aufgeregt!« Elifs Bernsteinaugen leuchteten. Die kühnen Konturen ihres Gesichts hatten sich in den letzten Wochen schärfer herausgeprägt. Das schriftliche Abitur hatte an ihr gezehrt, und die mündlichen Prüfungen lagen ihr jetzt schon schwer im Magen.

»Die Tage werden dir guttun, wirst sehen«, munterte Vicky sie auf. Der Brandanschlag hier am Flughafen, der auch Elif hätte treffen können, hatte ihre Freundin ziemlich mitgenommen. Und nicht weniger der *Blutige Sonntag* in Istanbul, als mehrere Tausend Demonstranten von Ordnungskräften und reaktionären Gruppierungen angegriffen worden waren; es hatte Tote und unzählige Verletzte gegeben.

»Grüß mir Berlin«, sagte Vicky, als sich die beiden Freundinnen umarmten.

»Und du gib dir einen Ruck, ja?«, mahnte Elif.

Manche Nächte im Dreimäderlhaus waren lang. Bei Tee oder Wein debattierten sie nicht nur darüber, in was für einer Gesellschaft sie morgen leben wollten. Elif, die gerade die Freiheit ihres selbst gewählten Zölibats genoss, gestand die Unsicherheiten und Ängste ein, die sie als türkische Abiturientin und künftige Studentin plagten, während Sunny an Norberts Schüchternheit verzweifelte, die sie nicht über Küsse hinauskommen ließen. Und auch Vicky hatte gelernt, ihr Herz auszuschütten, das einmal so mutig gewesen war, bei Raimund jedoch zaghaft und geradezu scheu reagierte, gebranntes Kind, das sie war.

»Wenn du auf der Nase landest«, fügte Elif hinzu, »sammeln wir disch wieder auf.«

Vicky drückte ihre Freundin fester an sich. Daran hatte sie keinen Zweifel.

Flug BEA 1624 nach Berlin wurde aufgerufen.

»Bis Dienstag«, verabschiedeten sie sich wie aus einem Mund, und mit langen Schritten verschwand Elif in der vorwärtsströmenden Menge.

Im Dienst warteten auf Vicky Magenbeschwerden und Ausschläge, verschleimte Bronchien, Schnupfennasen und Impfungen in allerletzter Minute vor dem Abflug. Die WHO hatte eine Warnung vor *A2-Hongkong 68* ausgesprochen, ein neues Grippevirus, das seit letzten Sommer über den Globus zirkulierte.

»Diesen Rotzlöffeln müsste man mal kräftig die Ohren langziehen«, wetterte Ansgar in der Mittagspause und knallte die zusammengefaltete Zeitung neben sein Tablett auf den Tisch.

Seit Jahresbeginn brodelte es in Frankfurt. Studierende beiderlei Geschlechts protestierten für neue Inhalte der Lehre und modernere Formen des Unterrichts. Die Universität reagierte mit Strafanzeigen und Polizeieinsätzen und erntete dafür Randale und Krawall. Ein neu formierter *Weiberrat* prangerte den *sozialistischen Bumszwang* der Studentenrevolte an und forderte mit teils drastischen Aktionen Gleichberechtigung, sexuelle Selbstbestimmung und das Recht auf den eigenen Körper. Teenager rebellierten gegen das verkrustete Schulsystem und gründeten Schülerzeitungen, um sich Gehör zu verschaffen, Eltern demonstrierten für antiautoritäre Erziehung und richteten

Kinderläden ein. Molotowcocktails hatten das Amerika-Haus in Brand gesteckt und militante Aktivisten des SDS den Ostermarsch der Friedensbewegung mit Steinwürfen und demolierten Autos aufgemischt.

Weiter vor sich hin schimpfend, stand der Oberpfleger auf. Als er die Tür des Dienstzimmers öffnete, drang das Surren und Kreischen des Zahnarztbohrers herein. Dr. Krautgartner hatte einen Patienten mit akuten Zahnschmerzen in der Mangel und Henning als seinen Helfer schanghait.

Während Vicky ihren Pudding löffelte, drehte sie sich auf dem Stuhl halb um und blickte zu Raimund. Das leere Tablett von sich weggeschoben, studierte er am Schreibtisch Bewerbungsunterlagen. Auch nach einigen Vorstellungsgesprächen waren die beiden neuen Stellen noch unbesetzt. Krankenschwestern und Pfleger konnten es sich leisten, wählerisch zu sein, und bislang hatte die Flughafenambulanz jedes Mal den Kürzeren gezogen. Doch Vicky ließ nicht locker.

»Und, was meinst du?«, fragte sie.

»Dieser Herr Heinz klingt nicht schlecht«, murmelte er.

Vicky erhob sich und lehnte sich neben ihm an den Schreibtisch; draußen jagte irgendwo eine Polizeisirene vorüber. »Ich wäre ja für Fräulein Brinkmann.«

Raimund runzelte die Stirn. »Mir ist durchaus klar, dass du die Frauenquote hochtreiben willst, aber sie hat einfach zu wenig Erfahrung mit Notfällen.«

»Hatte ich auch nicht.«

»Eben.«

Vicky gluckste und kratzte den Rest des Puddings aus dem Glas. »Wir können ja beide einladen und sehen dann weiter.«

Er brummte zustimmend. Den Löffel auf der Zungenspitze, beobachtete Vicky ihn, wie er die nächste Bewerbung durchblätterte. Vielleicht lag es am Frühling, der dieses Jahr wieder mit voller Kraft Einzug hielt, dass sie beständig seine Nähe suchte, ein Kribbeln im Bauch, ein sehnsüchtiges Ziehen hinter dem Brustbein, das sie unruhig machte. Wolf, ihr Kaffeekumpel und manchmal Begleiter für eine durchtanzte Nacht im *King's Club*, hatte recht: Irgendwann musste sie ins kalte Wasser springen. Elifs Mahnung vom Morgen noch im Ohr, gab sie sich einen Ruck.

»Ich schulde dir noch ein Abendessen beim Chinesen«, sagte sie betont nebensächlich, während sie weiter mit dem Löffel im Glas herumfuhrwerkte.

»Stimmt«, erwiderte er ähnlich beiläufig.

»Wie wär's heute Abend?«

Sein Blick verharrte einen Augenblick reglos auf den Zeugnissen, dann hob er den Kopf, und der warme Glanz in seinen Augen ließ ihr Herz höherschlagen.

Irritiert zog er die Brauen zusammen und wandte den Kopf. »Hörst du das?«

Keine einzige Maschine ließ im Vorbeirollen die Baracke vibrieren, kein Flugzeug startete oder landete mit lautem Dröhnen und Pfeifen. Der Betrieb auf Rhein-Main schien komplett stillzustehen, während mehrstimmiges Sirenengeheul vorbeiflog.

Das Telefon klingelte.

Blaulicht und Martinshorn eingeschaltet, bog der Krankenwagen mit Henning und Raimund ab. Ihr Ziel war die Empfangshalle, wo mehrere Hundert junge Leute gerade alles kurz und klein schlugen. Umherfliegende Glasscherben und Holzsplitter hatten einige Personen verletzt, und auch bei den Handgreiflichkeiten mit der Polizei war es zu einigen Blessuren gekommen. Ansgar und Vicky indes preschten im Notarztwagen weiter über das Flughafengelände, zum Posten des Bundesgrenzschutzes.

Während Ansgar die fahrbare Trage herausholte, stürmte Vicky schon mit der Arzttasche in der Hand in die Wachstube. Am Boden rangelten zwei Beamte mit einem jungen Mann.

»Was ist passiert?«, rief Vicky, als sie sich dazwischendrängte und mit dem Knie in einer blutigen Pfütze landete.

»Keine Ahnung, wo er auf einmal die Rasierklinge herhatte!«, antwortete ein Mann über ihr.

»Irgendwo aus dem Hemd gefischt«, keuchte einer der Beamten neben ihr.

Ein Scheppern und das Quietschen von Gummirädern kündigte Ansgar mit der Trage an, der sich ohne viel Federlesens mit seinem ganzen Gewicht auf den dunkelhaarigen und schnauzbärtigen jungen Mann warf, um ihn ruhig zu halten.

»Ahmad Taheri, achtundzwanzig Jahre alt«, warf ein weiterer Grenzschützer ein. »Student aus dem Iran. Hat mehrfach die Verlängerung der behördlich vorgeschriebenen Aufenthaltserlaubnis versäumt und sollte vorhin mit einem tschechischen Flieger nach Teheran abgeschoben werden.«

Vicky begutachtete die aufgeritzten Unterarme des Studenten und begann sofort damit, Druckverbände anzulegen. »Sieht nicht allzu dramatisch aus. Herr Taheri, Sie müssen trotzdem sofort ins Krankenhaus.«

»Auf die Gefängnisstation«, widersprach einer der Beamten.

»Von mir aus«, gab Vicky knapp zurück und spritzte ein Beruhigungsmittel.

Ansgar und zwei der Bundesgrenzschützer hievten den jungen Mann auf die Trage. Während der Oberpfleger ihn festschnallte, waren draußen laute Stimmen zu hören, und im Eiltempo rollten sie den Studenten aus der Wachstube.

Johlend und grölend rannte eine größere Gruppe auf sie zu. Sie schafften es gerade noch, ihren Patienten in den Wagen zu schieben, dann ergoss sich der Mob über sie.

»Freiheit für Taheri!«
»Lasst ihn in Ruhe!«
»Keine Deportation!«

Wutbebende Menschen drängten sich um Vicky. Hände rissen an ihrem Arztkittel, Füße traten gegen ihre Beine, Hiebe trafen sie im Rücken.

»Ich bin Ärztin, verdammt!«, brüllte sie und schlug um sich. »Ich will nur helfen!«

Ihr Protest verhallte ungehört im blindwütigen Toben der Menge. Etwas Hartes schloss sich um ihren Hals und schnürte ihr die Luft ab; jemand nahm sie in den Schwitzkasten. Vicky zerrte an dem fremden Unterarm, boxte mit der Faust nach hinten und stach mit spitzem Zeigefinger dorthin, wo sie die Augen vermutete, doch vergeblich. Luft, sie bekam keine Luft. Vor ihren Augen flimmerte es, und das Blut rauschte in ihren Ohren, vielleicht war es auch eine Polizeisirene. Das Adrenalin kochte in ihren Adern hoch, bis ihr übel wurde, und ihr Herz pumpte wie verrückt gegen den Mangel an Sauerstoff an. Sie bekam einfach keine Luft mehr. Ein harter Schlag schleuderte sie zur Seite. Sie knallte auf den Asphalt, aber sie war frei, konnte endlich wieder atmen und füllte gierig ihre Lunge.

»Bist du okay?« Ansgar, eine blutende Platzwunde an der Stirn, zog sie vom Boden hoch. Vicky konnte nur nicken, ihr Hals fühlte sich wund an, Arme und Beine wie ausgeleierte Gummibänder.

Die Bundesgrenzschützer und ein Trupp Polizisten verschafften ihnen so weit Raum, dass Ansgar ihr in den Wagen helfen und die Türen zuschlagen konnte. Fahrig verriegelte Vicky von innen und hantierte mit Infusion und Sauerstoffgerät. Mit aufheulendem Motor fuhr Ansgar los, langsam zuerst, dann zunehmend schneller. Geschosse trafen polternd auf die Karosserie, und Polizeisirenen mischten sich in das Martinshorn des Notarztwagens. Ansgar trat das Gaspedal durch, und sie waren endlich raus aus dem Hexenkessel.

Rhythmisch kratzte der Scheibenwischer über das Glas. Neue Tropfen sammelten sich darauf und zogen nasse Spuren, in denen sich die abendlichen Lichter brachen. Der Motor der Ente lief noch, obwohl sie schon geraume Zeit hier standen, halb auf dem Bürgersteig. Mehr als ein paar Prellungen hatte Vicky nicht davongetragen, Raimund hatte sie gründlich untersucht, auch die Heiserkeit würde in den nächsten Tagen nachlassen. Energisch hatte sie darauf bestanden, den restlichen Dienst wie gewohnt zu absolvieren. Erst seit sie neben Raimund im Auto saß, fühlte sie sich wie gelähmt.

»Du solltest jetzt nicht allein sein«, sagte er.

Elif war in Berlin, sickerte es in ihr leeres Gehirn, und Sunny hatte Nachtdienst. Vicky nickte vor sich hin; wie eine Schlafwandlerin kam sie sich vor.

Raimund parkte hinten im Hof, und mühselig zog Vicky sich am Handlauf die Stufen im Treppenhaus hinauf. Lange stand sie danach unter der Dusche, um diesen Tag von sich abzuspülen. Als sie schließlich über den Wannenrand kletterte, schmerzten ihre Muskeln nicht mehr ganz so sehr. Ein Handtuch umgewickelt, wischte sie den beschlagenen Spiegel frei und betrachtete die roten Striemen an ihrem Hals. Sie wandte den Blick ab und griff zu ihrer Unterwäsche.

In T-Shirt und Jeans ging sie auf bloßen Füßen in die Küche. Raimund hatte eine Flasche Wein geöffnet, inzwischen eine seiner Gauloises geraucht. Die Beine unter sich gezogen, ließ Vicky sich neben ihm auf dem Sofa nieder und trank aus ihrem Glas. Das Schweigen zwischen ihnen war wie eine warme Decke. Dennoch brauchte es Zeit, bis die Worte in ihr heraufdrängten und sich auf ihrer Zunge formten.

»Einen Moment lang dachte ich«, flüsterte sie, »ich würde sterben.«

Raimund nahm ihr das Glas aus der Hand und stellte es auf den Tisch, bevor er sie an sich zog. Mit geschlossenen Augen ließ sie sich einfach halten, bis die schlimmsten Schockwellen dieses Nachmittags abflauten. Eingehüllt in seine Wärme, seinen Duft, horchte sie auf seinen Herzschlag, ein Echo ihres eigenen. Wohlig rieb sie das Gesicht an seiner Brust und stürzte sich schließlich blindlings in einen Kuss, den er erst vorsichtig erwiderte und dann so, als hätte er die ganze Zeit darauf gewartet. Er schmeckte nach schwerem Wein und Tabak und wie ein dunkler Wald nach kräftigem Regen, und Vicky konnte nicht genug davon kriegen.

Atemlos nahm er ihr Gesicht zwischen die Hände. »Hältst du das für eine gute Idee?«, fragte er rau. »Nach diesem Tag?«

Vicky pellte sich aus ihrem T-Shirt. »Kann sein, dass ich es morgen früh bereuen werde. Aber das ist es mir wert.«

Raimund zögerte, dann zog auch er sich Hemd und Unterhemd über den Kopf und drückte Vicky gegen die Sofalehne. Seine Haut auf ihrer zu spüren, ließ eine Hitze aufsteigen, die sie zum Schmelzen brachte.

»Ich bereue das sicher nicht«, raunte er zwischen zwei langen Küssen. Sein Mund wanderte über ihren malträtierten Hals, das Brustbein hinab und zu den Körbchen ihres BHs. Ein wohliger Schauder nach dem anderen rieselte durch Vicky und sammelte sich in ihrem Bauch, tröpfelte bis in ihr Becken hinein. »Und du zumindest die nächsten ein, zwei Stunden auch nicht.«

Er sollte recht behalten.

49

Wherever I Lay My Hat

Die Knie angezogen, saß Vicky auf dem zerknitterten Laken und betrachtete Raimund. Sie mochte diese Augenblicke, wenn er noch schlief, einen Bartschatten auf Wangen und Kinn und sein Gesicht vollkommen gelöst. So war es an jenem allerersten Morgen gewesen, und so war es immer noch, ein knappes halbes Jahr später. In diesem viel zu kleinen Bett tief im Süden, mehr als eintausend Kilometer von Frankfurt entfernt.

Der Ruf eines Vogels lockte sie zum Fenster, und barfuß ging sie über den Steinboden, Raimunds Duft und den getrockneten Schweiß ihrer Lust auf der nackten Haut. Seine Einsiedlerklause lag versteckt in einem verwilderten Gärtchen, und doch sah man von hier auf das azurblaue Meer, das der Küste ihren Namen gegeben hatte. Zu Hause war schon Herbst, hier noch Sommer. Ein Sommer, der nach Pinien und Grillfeuer roch, nach dem Salz des Meeres und nach sonnendurchwärmtem Sand, der hier aprikosenfarben war, durch die Elemente von den roten Felsen abgeschmirgelt. Für Vicky schmeckte dieser Sommer nach Roséwein, gebratener Dorade, Artischockenherzen und Baguette zum Auftunken, nach flaumigen Croissants, *café au lait* und *pain au chocolat*. Nach Glück.

Die Sonne war gerade aufgegangen, und am wolkenlosen Himmel leuchtete noch rund und voll der Mond. Am Fernseher der Sanitätsstelle hatten sie gebannt die Landung von Apollo 11 mitverfolgt und die ersten Schritte von Neil Armstrong und Buzz Aldrin, die größten Schritte der Menschheit. Die Zukunft schien jetzt grenzenlos.

Hinter ihr regte sich Raimund, und Vicky lächelte, als er die sehnigen Arme um sie schlang und sich an sie presste, seine Haut noch glühend von der Nacht.

»Ich will gar nicht daran denken, dass wir morgen schon wieder fahren«, flüsterte sie.

»Wir kommen wieder«, murmelte Raimund in ihr Haar. »Am Ende des Winters blühen die Mimosen, da ist alles wie in Gold getaucht.«

Kleine Versprechen für ein Morgen, ein Übermorgen zu zweit, an dem Vicky nicht einen Augenblick lang zweifelte. Auf der Hinfahrt in der Ente hatten sie einen Zwischenstopp bei seiner Mutter eingelegt. Eine fast schon einschüchternd elegante, aber herzliche Frau, die seit der Pensionierung ihres Mannes am Bodensee lebte. Bei Apfelkuchen hatte sie von den wilden Halbstarkenjahren ihres einzigen Sohnes erzählt, während der Stiefvater pfeifestopfend vor sich hin schmunzelte. Eine neue Facette an Raimund, für die sie ihn nur noch mehr liebte.

»Und denk an den Flieger, der in Frankfurt auf uns wartet«, fügte er mit einem Kuss in ihren Nacken hinzu.

Vickys Herz zuckte aufgeregt, und in ihrem Kopf sang Marlene Dietrich *Ich hab noch einen Koffer in Berlin*.

Zwei Tage später war Vicky wieder im deutschen Herbst angelangt. Eine Wildlederjacke über der Bluse mit spitzem Kragen und Stiefel mit Absatz unter der ausgestellten Blue Jeans, umklammerte sie Raimunds Hand und spähte angespannt aus dem Fenster der S-Bahn.

Mensch, Berlin, wie haste dir vaändat! Vicky erkannte ihre Heimatstadt kaum wieder, die wie Frankfurt zum Sprung in ein neues Jahrzehnt ansetzte. Bereits beim Landeanflug auf Tempelhof hatte sie den in diesem Jahr fertiggestellten Fernsehturm entdeckt, der vom Ostberliner Alexanderplatz aus alles überragte und an eine Christbaumspitze aus Lauschaer Glas erinnerte. Und mit einem wehen Gefühl im Herzen hatte sie die Mauer von oben gesehen; eine wulstige Narbe mit kahlen Streifen links und rechts, die zentrale Nervenbahnen durchschnitt.

Erst hier, in diesem Zug, hatte sich für Vicky eine beklemmende Vertrautheit eingestellt. Die braunen Polster fühlten sich noch genauso an, die Geräusche waren die gleichen, es roch auch noch wie früher.

Ein kleines Lächeln um den Mund, dachte sie an Sonnabende in der Fleischerei Storz und an ihre Studienjahre, jeder Tag zwischen Hörsaal und Sektionsübungen ein weiterer Schritt zum Traumziel Ärztin. Die Erinnerung an die Schulzeit in Lichtenberg schmeckte bittersüß, untrennbar verbunden mit Achim, ihrer ersten großen Liebe. Und sowohl für den grauen Hinterhof in der Rosenthaler Straße als auch für ihre unbeschwerte Kindheit zwischen den roten Backsteinbauten der Charité war in ihrem Herzen ein wehes Gefühl geblieben. Eine Biografie, die von der Mauer radikal entzweigeschnitten worden war.

Als ob ihr Leben rückwärtslief, zurück in jene Nacht vor fast acht Jahren. So stark war dieser Eindruck, dass ihr der Schweiß ausbrach bei dem Gedanken, wieder am Bahnhof Friedrichstraße zu landen, wo schon die Grenzer auf sie, den Republikflüchtling, warteten.

Ruckelnd und mit kreischenden Bremsen hielt die S-Bahn. Mit einem Satz war Vicky an der Tür und trat mit zitternden Beinen auf die Bodenfliesen des Lehrter Stadtbahnhofs.

Raimund legte den Arm um sie. »Es ist alles gut. Wir sind noch im Westen.«

Unter dem Dach aus schmiedeeisernem Gitterwerk drückte

Vicky sich an seine Cabanjacke und holte ein paarmal tief Luft. Suchend blickte sie sich zwischen den hohen Fenstern und braunen Klinkerwänden um.

»Da ist sie!«, hallte es über den Bahnsteig. »Vicky, hier!«

Sie fuhr herum, und ihr Herz setzte einen Schlag aus, bevor es vor Freude wild in ihrer Brust umhersprang. *Mutsch.* Vicky rannte los und fiel ihr um den Hals. Tränen strömten ihr über die Wangen, als sie den pudrigen Duft einatmete, der ihr sofort wieder vertraut war, ihre Mutter wieder leibhaftig spürte, das erste Mal seit acht Jahren.

»Ich hab dich so vermisst«, flüsterte sie.

»Ich dich auch, mein Mädchen. Lass dich ansehen.« Zärtlich streichelte Traude Becker ihrer Tochter über Haar und Gesicht und betrachtete sie aus nassen, aber strahlenden Augen. »Gut siehst du aus!«

»Du auch, Mutsch.« Kleiner und grauer war sie als in Vickys Erinnerung, gerade sechzig Jahre alt geworden. Mit der Rente hatte sich die Mauer für sie geöffnet.

»Erwachsen ist sie geworden!«, rief eine brüchige Stimme mit dem unverkennbaren Zungenschlag der Ostseeküste.

Verblüfft blickte Vicky zu der Sitzbank, von der sich eine alte Frau in Mantel und Blümchenkleid auf ihrem Gehstock hochstemmte, das noch immer üppige weiße Haar zum Knoten geschlungen.

»Ich hab sie vorgestern mit der Bahn geholt«, sagte Traude Becker. »Überraschung geglückt?«

Nachdem sie schon befürchtet hatte, Oma Käthe nie wiederzusehen, konnte Vicky nur nicken. Sie umschlang ihre Großmutter und badete in ihrem Duft, der sie an das Meer und die Erde des Gartens erinnerte, an Zwiebeln, frisch gehackte Petersilie und noch warmen Kuchen, gestreift von wehmütigen Gedanken an Opa Karl.

»Sie müssen Raimund sein«, hörte sie ihre Mutter sagen. Vicky blinzelte über die fragil gewordene Gestalt ihrer Großmutter hinweg. Traude Becker und Raimund mochten einander auf Anhieb, das war ihnen anzusehen. Und in diesem Moment wusste Vicky, dass jede Entscheidung, die sie getroffen hatte, richtig gewesen war. Wie gut es das Leben mit ihr gemeint hatte.

TERMINAL MITTE
21. MÄRZ 1972

50

Time Is on My Side

Das Piepsen der Geräte und das Schnaufen der Beatmungsmaschine war Musik in Vickys Ohren, die Werte, die der Anästhesist durchgab, der Refrain. Im Takt ihres Herzschlags und ihrer Atemzüge verlangte sie nach Skalpell, Schere, Tupfer, um unter der grellen OP-Leuchte Leber und Milz eines Vorfeldarbeiters zusammenzuflicken, der in einen Unfall mit einem der Flughafenfahrzeuge verwickelt gewesen war. Mit dieser Not-OP fing der Dienstag gleich gut an.

Vicky begutachtete zufrieden ihr Werk, die Nähte waren schick geworden. Das i-Tüpfelchen auf jedem gelungenen Eingriff und ihre einzige kleine Eitelkeit. Sie verschloss den Bauchraum und schnippelte sich durch die Faszien des zerquetschten Beins, bevor sie Knochenbrüche mit Kirschnerdrähten zusammenbastelte.

»Kann auf die Intensiv«, teilte sie schließlich Schwester Renate mit, die sogleich zum Haustelefon griff. »Dort sollen sie mir Bescheid geben, wenn er aufwacht.« Alles Weitere würden die Kollegen von St. Elisabethen übernehmen, sobald der Patient transportfähig war.

Vicky trat in den Waschraum, zog sich die Handschuhe aus, nahm Haube und Mundschutz ab und entfernte den Plastiküberzug von den Schuhen, bevor sie aus dem OP-Kittel schlüpfte und sich gründlich die Hände wusch. Der OP-Saal der neuen

Klinik ließ wirklich keine Wünsche offen. Die UV-Schranke zum Abtöten von Bakterien war an sich schon klasse. Richtiggehend verliebt jedoch war Vicky in das Herz-Lungen-Gerät und in den kompakten Defibrillator.

Auf quietschenden Gummisohlen eilte sie durch das ebenerdige Stockwerk, auf dem sich der Zugang zu den fünf Rettungsfahrzeugen befand. Der Unimog war weiter im Einsatz, der in Eigenregie ausgebaute Notarztwagen hatte inzwischen eine neuartige Vakuummatratze für Wirbelsäulenverletzungen mit an Bord, und ab dem Sommer konnten sie mit dauerhafter Unterstützung durch den Rettungshubschrauber Christoph 2 rechnen. Schwungvoll lief Vicky die Treppen ins Untergeschoss hinab, was erfahrungsgemäß schneller ging, als auf einen der Aufzüge zu warten. In der Damenumkleide wechselte sie Bluse und Hose und bürstete sich durch die Haare, die ihr wieder dick und schwer bis fast auf die Schultern fielen. Mit Blick in den Spiegel hielt sie kurz inne. Vierunddreißig Jahre alt war sie jetzt, und die allerersten zarten Linien zeichneten sich unter ihren ostseeblauen Augen ab. Ansonsten schien sie sich kaum verändert zu haben. Oder? Das Leuchten auf ihrem Gesicht machte sie selbst verlegen, und sie wandte sich ab, um wieder in die Schuhe zu steigen.

»Guten Morgen!« Übers ganze Gesicht strahlend, schwebte Sunny herein, schon etwas über ein Jahr nicht mehr Fräulein Kim, sondern Frau Brumm, und trotz Norberts Kochkünsten noch immer rank und schlank. »Wann kommt Elifs Flug an?«, fragte sie, während sie den kurzen Mantel und das noch kürzere Kleid gegen ihre Schwesternkluft tauschte.

»Um zwei«, erwiderte Vicky, schlüpfte in ihren Arztkittel und hängte sich das Stethoskop um. »Ich hole sie in meiner Mittagspause ab und fahre sie schnell nach Hause.«

Soziologie- und Politikstudentin im sechsten Semester, fühlte Elif sich im bunten und alternativen Kreuzberg so wohl wie ein Fisch im Wasser. Ihre BHs hatte sie in den Müll geworfen, engagierte sich in der Frauenbewegung und experimentierte mit neuen Beziehungsmodellen, seit einigen Monaten mit Silvia, einer Psychologiestudentin. Die Ausbildungsförderung besserte sie als Dolmetscherin und mit Übersetzungsjobs auf, und ganz nebenbei leitete sie eine Selbsterfahrungsgruppe und hatte eine Beratungsstelle für Migrantinnen aufgebaut. Trotzdem fand sie die Zeit, in den Semesterferien ein oder zwei Wochen mit ihren in Frankfurt gebliebenen Freundinnen zu verbringen. Sunnys ehemaliges Reich in der Gutleutstraße war jetzt das Gästezimmer, in dem auch Hannah bei ihren Besuchen aus Paris häufig unterkam.

»Das wird wie früher«, meinte Sunny selig.

Vicky stimmte lachend zu, trat auf den Korridor und grüßte nach allen Seiten. Sechzehn Krankenschwestern und Pfleger arbeiteten in Tag- und Nachtdiensten hier, zwei medizinisch-technische Angestellte, sechs Arzthelferinnen und sechzehn Transportsanitäter. Sie lief wieder Treppen hinauf, bog in den Gang ein, auf dem sich die Patientenzimmer befanden, und stutzte.

»Morgen, Mutsch. Wieso bist du denn noch da?«

Schwester Traude blickte vom Medikamentenwagen auf. »Ach, hier gibt's einfach immer so viel zu tun.«

Sie hatte lange überlegt, wie es nach der Rente für sie weitergehen sollte, und lange gezögert. Nach zwei ausgedehnten Besuchen in Frankfurt hatte sie sich letztlich doch entschlossen überzusiedeln, mit dem auf Rentner und Rentnerinnen beschränkten Segen der DDR. Der war ihr wichtig gewesen, damit sie weiterhin zu ihrer eigenen Mutter und ihrer Schwester fahren konnte.

Besuche, die Vicky weiterhin verwehrt blieben. Doch es gab Hoffnung. Die Zeichen mehrten sich, dass nicht nur eine Amnestie für politische Häftlinge, sondern auch für Republikflüchtlinge geplant war. Dass seit gut einem Jahr wieder zwischen Ost- und Westberlin telefoniert werden konnte, schien wie ein Sinnbild für die neue Beziehung der beiden deutschen Staaten. Nach dem Sturz Ulbrichts versprach Erich Honecker, fast zwanzig Jahre jünger und gebürtiger Saarländer, einen liberaleren Kurs. Was nicht zuletzt auch Willy Brandt zu verdanken war, dem ersten sozialdemokratischen Kanzler der Bundesrepublik. Mit seinem Kniefall vor dem Ehrenmal für die Helden des Warschauer Ghettos hatte er Geschichte geschrieben, und die versöhnliche Geste, mit der er den Ländern des Ostblocks die Hand entgegenstreckte, war sogar mit dem Friedensnobelpreis honoriert worden.

»Wird's dir auch wirklich nicht zu viel hier?«, fragte Vicky und bedankte sich bei Schwester Marianne, die ihr bereits die aktuellen Patientenunterlagen reichte.

Ihre Mutter winkte ab. »Iwo! Die paar Stunden schaffe ich schon, ich war ja früher ganz anderes gewohnt.« Sie war eben ein altes Zirkuspferd, wie sie selbst häufig anmerkte.

Wozu muss die noch arbeiten?, hatte Ansgar gemurrt. *Die kriegt vom Staat doch genau dieselbe Rente nachgeschmissen wie einer, der sein Leben lang hier bei uns eingezahlt hat.* Traude Becker hatte ihm dafür ordentlich den Marsch geblasen, seitdem kamen der Oberpfleger und die Nachtschwester in Teilzeit erstaunlich gut miteinander aus.

Vicky blickte auf die Uhr. »Du hast trotzdem schon Feierabend.«

»Bin auch gleich fertig«, murmelte Traude Becker und hob noch einmal den Kopf vom Klemmbrett. »Sonntag kommt ihr zum Essen, ja?«

»Aber klar!«, rief Vicky und klopfte an die Tür eines der sieben Patientenzimmer.

Aus dem Krankenbett blickte ihr ein Teenagermädchen entgegen, das in seinen Osterferien eigentlich mit Eltern und Geschwistern nach Mallorca hätte fliegen wollen, stattdessen jedoch mit einem akuten Blinddarmdurchbruch auf Vickys OP-Tisch gelandet war. Britta Thiede war noch etwas blass im Gesicht, doch ihr Blick wirkte schon wieder klar. Ihre Mutter, die die Nacht ebenfalls hier verbracht, aber offensichtlich kaum ein Auge zugetan hatte, hielt sich an einem Kaffee fest.

»Guten Morgen zusammen«, rief Vicky fröhlich und setzte sich auf die Bettkante. »Na, wie geht's dir heute?«

»Besser als gestern«, erwiderte Britta und zog die Nase kraus.

Vicky lachte. »Das glaub ich gern.« Sie schaute sich die aktuellen Werte an, untersuchte Britta kurz und warf einen Blick auf die frische OP-Naht. »Sieht alles prima aus. Dann schicken wir dich heute weiter ins St. Elisabethen, okay?«

Sie streichelte Britta über den Arm, verabschiedete sich von Mutter und Tochter und warf am Ende des Ganges noch einen Blick auf den intensivüberwachten Vorfeldarbeiter, der seine Narkose ausschlief.

Im Aufenthaltsraum goss sie sich wie gewohnt einen Kaffee ein. Die Tasse schon am Mund, hielt sie inne und starrte betrübt hinein. Der Duft war zu verlockend, doch darauf musste sie wohl erst einmal verzichten. Mit einem Stoßseufzer griff sie sich stattdessen einen Schokoriegel, trug den Kaffee über den Korridor und klopfte kurz an, bevor sie in das Zimmer des Chefarztes trat.

Raimund hob den Kopf, sein kurz geschorenes Haar weiter ergraut, ein paar Linien mehr in seinem Gesicht; er war jetzt einundvierzig Jahre alt. Bei ihrem Anblick schimmerte es warm in seinen Augen.

»Ich dachte, den kannst du bestimmt gut gebrauchen«, erklärte sie und platzierte die Tasse auf dem Schreibtisch.

Er runzelte die Stirn. Die Fürsorglichkeit einer Bilderbuchehefrau gehörte eigentlich nicht zu Vickys Stärken. »Danke«, sagte er und trank einen Schluck. »Wie war deine OP?«

»Alles tipptopp«, erwiderte Vicky, schwang sich auf die Tischplatte und riss die Packung des Schokoriegels auf. »Schon wieder eine Rettungsübung?«, fragte sie mit Blick auf die Papiere vor ihm.

»Sicher ist sicher.« Nach mehreren Flugzeugentführungen und Bombenattentaten auf Passagiermaschinen waren die Vorkehrungen auf Rhein-Main verstärkt worden.

»Hast du dich wegen der Demo am Samstag entschieden?«, erkundigte sie sich dann mit vollem Mund; momentan war Schokolade eines ihrer Grundnahrungsmittel.

Raimund blickte sie zweifelnd über die Tasse hinweg an, während er ihren Oberschenkel streichelte. »Meinst du, es ist wirklich gut, wenn ich als Mann da mitmarschiere?«

»Unbedingt!«

Wir haben abgetrieben – dazu hatten sich dreihundertvierundsiebzig Frauen im *Stern* bekannt, darunter Senta Berger und Romy Schneider. Seitdem verlief der Widerstand gegen den Paragraph 218 nicht mehr leise im Verborgenen ab, sondern äußerte sich lautstark auf den Straßen. Frauen sollten keinen illegalen Ausweg suchen oder in die Niederlande ausweichen müssen, fanden auch Vicky, Elif und Sunny. Die DDR hatte es unlängst mit einem neuen Gesetz vorgemacht, das nicht nur die Pille kostenfrei stellte, sondern Schwangerschaftsabbrüche bis zur zwölften Woche erlaubte. So weit wollten sie in der Bundesrepublik ebenfalls kommen.

Raimund nickte. »Dann bin ich dabei.«

Einige Herzschläge lang sahen sie sich in die Augen, und ein Glücksgefühl schäumte durch Vickys Adern. Sie beugte sich vor, legte die Hand in seinen Nacken und küsste ihn. Lange.

»Danke«, flüsterte sie und meinte nicht nur seine Zusage zur Protestaktion.

Unter seinem fragenden Blick sprang sie augenzwinkernd vom Tisch und eilte hinaus.

»Morgen, Doktor Vicky!«, schallte es ihr auf dem Korridor entgegen.

»Morgen, Frau Doktor!«

Im alltäglichen Sprachgebrauch hatte sich die Unterscheidung zwischen Dr. Bockeloh einerseits und Dr. Bockeloh-Becker andererseits als zu umständlich erwiesen. Unter der Woche waren sie tagsüber zu dritt im Dienst; in den Nächten, an Wochenenden und Feiertagen sowie als Urlaubsvertretung wechselten sich sieben Ärzte des Gesundheitsamtes ab. Auch eine richtige Zahnarztpraxis gab es im neuen Terminal; nachdem Dr. Krautgartner sich zur Ruhe gesetzt hatte, schaute er ab und zu auf einen Kaffee in der Klinik vorbei und schäkerte mit den Krankenschwestern.

Vicky betrat das Sekretariat. »Welch hoher Besuch! Hallo, Andi!«

Der Steppke, der auf einem Stuhl am Fenster kniete, zeigte sein Zahnlückengrinsen. »Hallo, Doktor Vicky!«

Er drückte sich wieder die Nase an der Scheibe platt, um die Flugzeuge zu verfolgen, die in der Frühlingssonne starteten und landeten.

»Schulferien«, erklärte Elvira Rappsilber, in Bleistiftrock und Schluppenbluse, seufzend. »Und in die Kinderbetreuung hier im Terminal wollte er heute nicht. Der Herr Chefarzt meinte, es sei in Ordnung, wenn er hier bei mir im Büro bleibt.«

Im Stehen füllte Vicky die Formulare für Britta Thiede und den verunglückten Vorfeldarbeiter aus und warf dabei immer wieder einen Blick zu Andreas Rappsilber, ein glückliches kleines Flattern im Bauch.

»Da sind übrigens Blumen für dich gekommen«, sagte Elvira. Verwundert betrachtete Vicky den Frühlingsstrauß und öffnete die beiliegende Karte. *Herzlichen Glückwunsch zu eurer grandiosen Airport-Klinik! Ich gebe zu, ich bin ein klein wenig neidisch! Dein alter Studienfreund Max.*

»Schleimer«, murmelte Vicky und konnte ein Grinsen nicht unterdrücken.

Vor einer Woche hatte Bundespräsident Gustav Heinemann das neue Terminal feierlich eröffnet. Seitdem überschlug sich die Presse im In- und Ausland vor Begeisterung. Größer, schöner, moderner – ein Terminal der Superlative. Mit einer Kapazität wie sonst nur O'Hare in Chicago, die Flugsteige angeordnet wie die Arme eines Schneekristalls, mit Ladenstraßen und futuristischem Design, der aktuellsten Computertechnik und der weltweit zuverlässigsten vollautomatischen Gepäckförderanlage, einem neuartigen Leitsystem aus Piktogrammen, mit S-Bahn- und bald auch Fernbahnanschluss. Alles für eine knappe Milliarde D-Mark. Rhein-Main, Heimathafen der Lufthansa, und das erste Airport-Hotel der Bundesrepublik in der Nachbarschaft waren nicht nur für eine neue Ära gerüstet, sondern auch für die Olympischen Sommerspiele von München. Da konnte für fünftausend geladene Gäste in der größten Wartungshalle der Welt auch schon mal der Champagner in Strömen fließen. Viel erstaunlicher war, dass der Umzug vom alten ins neue Terminal in nur fünfzehn Stunden bewältigt worden war und der Flugbetrieb von Stunde eins an wie am Schnürchen lief.

Mit alledem hatte die Klinik wenig zu tun, die bereits vor über einem Jahr den Betrieb aufgenommen hatte, als hier noch alles Baustelle gewesen war. Schlagzeilen wie *Ein klassenloses Krankenhaus – Erster Klasse* oder *Im Jet-Tempo Leben retten* las Vicky trotzdem gern. Sie wünschte nur, Dr. Frommer hätte das noch miterlebt.

»Frau Dr. Bockeloh-Becker bitte zur Anmeldung«, ertönte eine weibliche Stimme aus dem Lautsprecher draußen auf dem Gang. »Frau Dr. Bockeloh-Becker bitte!«

»Kann ich mir die Vase ausborgen?«, fragte Vicky. »Ich würde die Blumen gern ins Wartezimmer bringen, dann haben die Patienten etwas davon.«

Den Frühlingsstrauß im Arm, lief sie weiter über den Korridor. Bei insgesamt sechzig Räumen auf drei Ebenen kamen an einem Arbeitstag eine Menge Kilometer zusammen. Mit einem freundlichen Gruß in die Runde aus kleinen und großen Fluggästen aus aller Welt stellte sie die Blumen auf den Tisch mit den Zeitungen und Zeitschriften, eilte aus dem Wartezimmer um die Ecke herum – und blieb wenige Schritte vor der Anmeldung jäh stehen. Ein Mann wartete dort, in zerrissenen Jeans und olivgrünem T-Shirt, einen abgenutzten Rucksack und einen Gitarrenkoffer neben sich. Die Locken, die schon einige Zeit keine Friseurschere mehr gesehen hatten, leuchteten kupfern, und als er sich umwandte und lächelte, blitzten Grübchen in seinen Wangen auf.

Einige Herzschläge lang sagte keiner von beiden ein Wort. Als sie sich das letzte Mal gesehen hatten, gab es die Beatles noch, Janis Joplin und Jimi Hendrix waren noch am Leben, und die Welt hatte noch nichts von den Kriegsverbrechen der Amerikaner in My Lai gewusst. Es war nicht nur ein anderes Jahrzehnt gewesen, sondern eine andere Zeit.

»Mein Flug geht erst in einer Stunde«, ließ sich Achim schließlich vernehmen. »Und ich dachte, ich schau mir mal deine tolle neue Klinik an.« Seine Grübchen tanzten. »Bockeloh-Becker also?«

Lachend hob Vicky ihre nackte Rechte. »Im Dienst, deshalb ohne Ring. Wo hast du die ganze Zeit gesteckt?«

Achim zuckte mit den Schultern. »Mal hier, mal da. Ich bin

einiges in der Weltgeschichte herumgekommen.« Er sah nicht aus, als wäre er wirklich schon fünfunddreißig Jahre alt. Ein ewig Junggebliebener mit der Aura eines weit gereisten Abenteurers.

Vickys Lächeln fiel in sich zusammen. »Ich hab oft an dich gedacht. Diese eine Nacht, als du bei mir vor der Tür gestanden hast ... Die geht mir heute noch nach.«

High sein, frei sein, Terror muss dabei sein. Andreas Baader und Gudrun Ensslin waren nicht mehr nur Brandstifter. Während des Revisionsverfahrens auf freien Fuß gesetzt und schließlich abgetaucht, waren sie nach der Verhaftung und spektakulären Befreiung Baaders zusammen mit Ulrike Meinhof und einer Handvoll anderer junger Männer und Frauen die meistgesuchten Personen der Bundesrepublik. Der sogenannten Baader-Meinhof-Bande wurden Banküberfälle, Diebstähle und versuchter Mord zur Last gelegt, während sie ihrerseits als Rote Armee Fraktion dem Staat den Kampf erklärt hatten.

Ein Schatten legte sich auf Achims Gesicht, und er senkte den Blick. »Die Ziele waren richtig«, murmelte er, während er mit einem löchrigen Turnschuh über den Boden scharrte. »Doch irgendwann hat der Weg dorthin eine falsche Abzweigung genommen. Schätze mal, ich habe gerade noch die Kurve gekriegt.« Er schwieg einige Herzschläge lang, während sein Blick durch den Korridor wanderte und sich dann wieder auf Vicky richtete. »Das Rote Kreuz hat mir geholfen, meine Mutter zu finden. Ich war lange unschlüssig, ob ich sie wirklich sehen will, nachdem sie mich damals im Stich gelassen hat.« Grüblerisch zog er die Unterlippe zwischen die Zähne, bevor er weitersprach. »Sie sagt, sie hatte nur die eine Chance, rauszukommen, als ich gerade in Bukarest war. Danach hat sie alles versucht, um mit mir Kontakt aufzunehmen und mich rüberzuholen, doch der Alte und seine Stasi-Wachhunde haben abgeblockt. Nach allem, was war, glaube ich ihr das sogar.«

Vickys Kehle wurde eng. »Und deine Schwester?«

Seine dunklen Augen glänzten. »Ich bin unterwegs zu ihr. Sie lebt in Israel, in einem Kibbuz.« Er lachte auf. »Ich kann mir das noch gar nicht vorstellen, dass sie jetzt erwachsen ist! Vielleicht trampe ich hinterher noch ein Stück über den Hippie-Trail bis nach Indien. Mal sehen.«

Ich hoffe, du findest, was du suchst, lag ihr auf der Zunge. Doch womöglich war er gar nicht mehr auf der Suche, sondern immer schon ein Freigeist gewesen, ein Weltenbummler und Lebenskünstler, und hatte erst so spät den Mut aufgebracht, auch so zu leben.

Einen Moment lang sahen sie sich lächelnd in die Augen, die Kinder von Marx und Coca-Cola.

»Lass mal von dir hören«, flüsterte Vicky, und er nickte.

Ihr war leicht ums Herz, als er sein Gepäck schulterte, zum Abschied die Hand hob und sich die Aufzugtüren hinter ihm schlossen.

»V-Vicky!« Atemlos kam Norbert angelaufen. »Ich such dich überall! Die T-testergebnisse sind da, die du wolltest.«

Hastig überflog Vicky das Blatt, auf der Suche nach einem ganz bestimmten Wert in den Proben von Patientin X, geboren am 13.03.1938.

»Wer ist P-patientin X?«, fragte Norbert neugierig.

»Hm? Ach, das ist nur ein Experiment, mit dem ich unser Labor mal testen wollte.«

Der Galli-Mainini-Test an Fröschen hatte ausgedient. Vickys Herz schlug einen Purzelbaum nach dem anderen, als sie das schwarz auf weiß vor sich hatte, was ihre Listen und Tabellen nahelegten. Was ihr Bauchgefühl verriet. Ein Zellhaufen, der sich im dicken Polster ihrer Gebärmutter eingenistet und munter immer weiter geteilt hatte, jetzt schon eine Form bekam, ein winziges schlagendes Herz besaß. Für den Bruchteil eines Augenblicks durchzuckte sie die Angst vor ihrer eigenen Courage, dann überwältigte sie die Freude auf dieses Abenteuer.

»Auf j-jeden Fall ist P-patientin X gesund wie ein P-pferd«, ließ Norbert sich mit hörbarem Grinsen vernehmen. »Obwohl schon ein bisschen alt f-für ...« Er verstummte jäh mit offenem Mund.

Schmunzelnd legte Vicky den Finger an die Lippen. Norbert nickte und gab ihr einen unbeholfenen Klaps auf die Schulter, einen feuchten Glanz in den Augen.

»Dr. Bockeloh-Becker zum Notarztwagen«, dröhnte eine Männerstimme aus dem Lautsprecher.

Ein Adrenalinschub jagte durch Vickys Adern. Sie stopfte ihre Testergebnisse in die Tasche des Arztkittels und rannte durchs Treppenhaus nach unten. Unter dem Vordach hielt Julius ihr die Beifahrertür auf, die Arzttasche schon in der Hand.

Vicky kletterte auf die Sitzbank. »Was haben wir?«, rief sie Henning zu, der gerade den Motor anließ.

»Unfall am Frankfurter Kreuz!«

Julius stieg hinter ihr ein und schlug die Tür zu, und mit Blaulicht und Martinshorn preschten sie über den Asphalt des Flughafens. Ganz in der Nähe hob gerade eine Maschine ab. Das Dröhnen vibrierte in Vickys Bauch, und ein Lächeln zog über ihr Gesicht, als sie dem aufsteigenden Flugzeug nachblickte.

Ihr Platz war hier, und nirgendwo sonst.

Der Beipackzettel

Lebensträume ist ein Roman mit mindestens 47 % Wahrheitsgehalt.

Die Lebensläufe von Vicky und Achim sind an die Gegebenheiten zum jeweiligen Zeitpunkt angepasst; wären sie etwas älter oder jünger gewesen, hätte ihr Werdegang anders ausgesehen. Richard Dörner und Gernot Strasser sind fiktiv, doch die Fluchthelfergruppe um Detlef Girrmann und Dieter Thieme hat es wirklich gegeben. Obwohl bereits recht früh von der Stasi infiltriert, gelang es ihnen, bis Mitte des Jahrzehnts mehrere Hundert Menschen über die Grenze zu bringen.

Sammy Schlesinger und das *Gloria* in Hanau, Teddy Honigmann und das *Flamingo* in Frankfurt sind meiner Imagination entsprungen, orientieren sich jedoch an realen Vorbildern. Der Mordfall Helga Matura ist bis heute ungelöst. Wer in den 1960ern in den Lokalen des Frankfurter Bahnhofsviertels verkehrte, hätte Oskar Schindler dort ganz ähnlich erlebt wie Vicky und Elif. Aus dem geplanten Kinofilm mit Gregory Peck bzw. Richard Burton und Romy Schneider wurde dann doch nichts. Erst »Schindlers Liste«, der Anfang der 1980er erschienene, semidokumentarische Roman von Thomas Keneally und die Verfilmung durch Steven Spielberg 1993 machten Oskar Schindler postum weltberühmt. Dass sich Odessa Lee Clay, die Mutter von Muhammad Ali, bei einem schwulen und zur Hypochondrie neigenden Couturier in Frankfurt u. a. eine pinkfarbene Robe schneidern ließ, ist eine verbürgte Anekdote, aus der ich Hansi und Poldi schuf.

Die Sanitätsstelle im Roman basiert auf der realen Ambulanz am Frankfurter Flughafen in jenen Jahren, Vickys Rolle in der Planungsgeschichte der modernen Flughafenklinik ist allerdings fiktiv. Die Darstellung ihrer Ausbildung und Arbeit als Ärztin entspricht zu 91 % dem Stand der Medizin und des Rettungswesens in den 1960ern. Als es vieles noch nicht gab, was für uns heute schon lange selbstverständlich ist, wie zentrale Notrufnummern, Notrufsäulen oder medizinische Versorgung im Krankenwagen, der damals ein reines Transportfahrzeug war und im Innenraum nicht einmal genug Platz für eine zweite Person bot. Zur besseren Lesbarkeit wurde manches davon vereinfacht oder gestrafft.

Bis in die 1970er hinein waren umgerüstete Fahrradpumpen tatsächlich das Mittel der ersten Wahl bei heimlich durchgeführten Abtreibungen. Immer noch kommen Schwangerschaftsabbrüche im Medizinstudium kaum vor, erst Ende 2023 wurde beschlossen, sie verbindlich in den Lehrplan aufzunehmen. Und seit Anfang 2024 wird einmal mehr um eine Neufassung des Paragrafen 218 gestritten. Dass diese Art des Eingriffs zuerst an Papayas geübt wird, ist ebenfalls eine Tatsache, die allerdings aus unserer Zeit stammt. Im Roman ein Anachronismus, den ich mir guten Gewissens erlaubt habe, genauso wie Vickys kritische Sichtweise auf den Mythos des Jungfernhäutchens.

Die Explosion in der Caltex-Raffinerie, die beschriebenen Flugzeugunfälle, Zugunglücke und Unwetter haben sich so zugetragen. Dass Raimund in Korea Schwangerschaftsabbrüche vorgenommen hat, ist ein dramaturgisch notwendiger Teil seiner Biografie. Alle anderen hier wiedergegebenen Details zum deutschen Hospital in Busan entsprechen der historischen Realität, ebenso die Schilderungen des nach Vietnam entsandten Hospitalschiffs *Helgoland*. Auch die Anekdote der drei Löwenbabys, die an Bord einer Schweizer Frachtmaschine ins Cockpit ausgebüxt sind, ist bis hin zu den Funksprüchen wahr. Aus verständlichen Gründen habe ich im Roman diesen Flieger nicht in Frankfurt starten, sondern zwischenlanden lassen. Die Tumulte, die sich am 11. April 1969 auf dem Frankfurter Flughafen um die geplante Abschiebung und den Suizidversuch des iranischen Studenten Ahmad Taheri abspielten, sind ebenfalls belegt.

Es ist auch wahr, dass Andreas Baader, Gudrun Ensslin, Thorwald Proll und Horst Söhnlein am 2. April 1968 kurz vor Ladenschluss Brandsätze in den Frankfurter Kaufhäusern M. Schneider und Kaufhof deponierten und danach in den Club *Voltaire* gingen. Als um Mitternacht herum die Sirenen der Feuerwehr ertönten, verließen sie das Lokal, mischten sich unter die Schaulustigen und kehrten dann in den Club zurück, um weiterzufeiern, bis eine Bekannte sie in den frühen Morgenstunden mit nach Hause nahm.

Zu Risiken und Nebenwirkungen der Sprache: Da dieser Roman in einer Zeit spielt, in der es noch nicht selbstverständlich war, dass z. B. eine Gruppe von Studenten gemischtgeschlechtlich war, habe ich von Studenten und Studentinnen geschrieben, von Kommilitonen und Kommilitoninnen, Ärzten und Ärztinnen. Die Verwendung des Begriffs »Studierende« entspricht dem Wortlaut der Vorlesungsverzeichnisse beider Berliner Universitäten in jenen Jahren.

Das OP-Team

Die Montassers: Mariam, Philip und Thomas, der mir im Herbst 2021 das magische Wort »Flughafenärztin« zurief.
Lena Schäfer, die eine Meisterin der kreativen Impulse ist und dem Kind seinen Namen gegeben hat. Ilse Wagner, Wortchirurgin mit einem sechsten Sinn.
Jörg, Logik-Ass und Lebensmensch. Jutta und Jupp, mein Vater und Rose, die mir ihre Erinnerungen an die Sechzigerjahre an die Hand gaben. E. L. *Always there.*
AK und Dorit Havel (@wortkosterin auf Instagram), Qualitätsmanagement.
Doc Beni, medizinischer Support.
Walter fürs *Weanerische.*
Annette Schmidt und Markus Grossbach, Historisches Archiv Fraport AG. Dr. Gerhard Sälter, Stiftung Berliner Mauer.

Autorin

Svea Lenz ist ein Pseudonym der erfolgreichen Autorin Nicole C. Vosseler, die ihre Leser*innen gerne in fremde Welten und vergangene Zeiten entführt. Sie hat Literaturwissenschaften und Psychologie studiert und lebt am Bodensee. Wenn sie nicht gerade an einem ihrer Romane arbeitet, reist sie am liebsten mit der Kamera um die Welt.

Svea Lenz im Goldmann Verlag:
Die Stewardessen – Eine neue Freiheit. Roman
Die Stewardessen – Bis zum Horizont. Roman

(📖 Alle auch als E-Book erhältlich)